簡愛

Jane Eyre

Charlotte Brontë
夏綠蒂・勃朗特——著

張玄竺 譯

"But life is a battle: may we all be enabled
to fight it well!"
—Charlotte Brontë

人生就像是一場戰役，
但願我們都能奮力拚搏。
—夏綠蒂 ‧勃朗特

序

《簡愛》初版時沒必要寫序，所以我沒下筆寫序；第二版付梓時，需要致上感謝，也要抒發一些意見，所以必須說些話。

我的感謝分為三部分。

感謝讀者大眾，對這麼一個不太驚天動地的平凡故事如此寬厚。

感謝報刊雜誌，給予一個懷抱寫作夢想、名不見經傳的作家，公允正直的評論和發揮空間。

感謝我的出版商，謝謝他們的細心謹慎、務實眼光、活力衝勁，與投注的心力，以及對於一個沒沒無聞又無人推薦的作者，給予了慷慨與實質建議。

大眾和報刊雜誌對我而言，籠統而模糊，因此我僅能以籠統的方式致謝。然而我的出版社卻是實質而明確的對象；同樣地，幾位慷慨的評論家也是如此，承蒙他們的鼓勵，唯有仁慈胸懷且品德高尚的人才懂得如此鼓勵力爭上游的陌生人。對於他們，亦即我的出版社與那些出類拔萃的書評們，我由衷地說：先生們，我誠摯地獻上謝意。

向那些提攜過我、認同我的各界人士致謝後，我還要對另一群人說幾句話。據我所知，這一小群人為數不多，卻也不容忽視。我指的是那些神經兮兮、吹毛求疵之輩，他們質疑《簡愛》這類作品的旨趣。在他們眼中，與眾不同就是錯誤；在他們的耳聽來，只要批判「偏執」這個萬惡之母，就是污蔑虔敬的信仰、褻瀆了上帝在人間的威信。對於這些質疑者，我要提出幾點顯而易見的辨別，提醒他們某些簡單明瞭的事實。

因循常規慣例，並不等同於道德；自詡為正義之士，並不等同於信仰。抨擊前者未必代表詆毀後者；揭去偽善者的面具，未必是對耶穌的荊冠伸出褻瀆之手。

上述兩者的理念與行為實屬南轅北轍，它們之間的差別如同罪惡之於美德，人們卻習慣將它們混為一談，但這兩者不應該被混淆。我們不該錯把外在表象誤認為真相，而那些心胸狹隘的世俗教條，只是為了推崇、歌頌少數人，不能拿來取代基督的救世信念。容我再重申一遍，這兩者截然不同，黑白分明地畫出一道清楚的界線，是件好事，而非壞事。

世人或許不樂見這些觀點變得涇渭分明，因為大家習慣將它們混為一談。人們為了貪圖一時之快，把外在假象看成純正的價值，誤以為潔白牆壁內必定是清淨的聖壇[1]。他們痛恨那個膽敢審視、披露、勇於破除鑲金虛飾塗層的人，因為他讓人們看見底層的金屬；他們會痛恨那個勇於穿透墳墓，掘出墓穴遺骸的人。世人雖然會憎惡那個人，卻也受惠於他。

亞哈王不喜歡米該雅，因為米該雅從未給他的預言只有災禍，總是預言不測的風雲。亞哈王也許更欣賞基納拿的諂媚兒子，但是倘若亞哈王能夠拒絕聽信讒言，廣納逆耳忠言，也許就

1 參見《聖經・馬太福音》（23:27），耶穌用「刷了白灰的墳墓」比喻虛偽之輩。

能逃過死劫[2]。

在我們這個時代，也有這麼一位先生，他不會奉承、投他人所好。在我心目中，他比社會上的大人物更值得尊敬，正如音拉之子米該雅比猶大及以色列王兩地的國王更高貴，他坦白說出深切的事實，擁有先知般的偉大力量，行事作風無畏而果敢、膽識過人。這位創作《浮華世界》的諷刺作家[3]是否受到上流社會青睞？這點我無法確知。但是我想那些被他投以譏諷火舌、遭受他閃電般譴責的人，如果能及時接納忠告，他們與其後世子孫或許能從基列拉末般的噩運[4]全身而退。

為何我要提及這位先生？讀者啊，我之所以提及這位先生，是因為我在他身上見識到當代人士未能擁有的一種非凡且獨特的才智；也因為我視他為當今引領風騷的社會改革先驅，視他為奮力改革、撥亂反正的大師。更因為我認為目前所有評論他作品的人月士，他們至今仍

2 參見《聖經》〈列王紀〉、〈歷代志〉。亞哈王與猶大約沙法王合謀進攻基列拉末，出發前請示先知。米該雅預言亞哈王將中箭身亡，亞哈王憤怒得將米該雅囚進監牢，要米該雅親眼目睹他凱旋歸來。豈知最後亞哈王果真中箭身亡。

3 指威廉・梅克比斯・薩克萊（William Makepeace Thackeray, 1811 – 1863），維亞利亞時代的小說家，聞名於世的作品為《浮華世界》（*Vanity Fair: A Novel without a Hero*）取材於英國十九世紀初期攝政時期及滑鐵盧戰役，描繪當時社會虛偽人性。

4 亞哈王欲奪得此城，卻為之死於戰場。其後其子也欲奪此城，身受重傷而未果。

未能找出最適當、貼切的詞彙來形容他，未能充分描繪他的才華。他們說，他如同十八世紀的諷刺作家 菲爾丁，藉此比喻他的機智、幽默和喜劇的功力。他與菲爾丁的差別就像老鷹之於禿鷹：菲爾丁會撿拾腐肉，但薩克萊不屑一顧。薩克萊有聰明才智、迷人的幽默感，然而，相較於他真正的天賦，那些才華就像是在夏日雲端邊緣輕輕劃過的零星閃電，而非深藏在雲朵深處的奪命電光。最後，我之所以提到薩克萊先生，是因為我願將第二版《簡愛》獻給他；倘若他願意接受陌生人的獻辭。

庫瑞爾・貝爾

一八四七年十二月二十一日

第三版序

藉由《簡愛》第三版印行的機會，再次向大眾略作說明；我的小說家稱謂僅來自於這本書，因此，若有其他小說的作者頭銜冠蓋在我身上，那就是把榮耀歸於無功之人，於是，那理應得名之人的功勞卻反而被抹煞了。

希望此番說明能夠修正已成事實的訛傳，並進而避免往後的謬誤。

庫瑞爾・貝爾

一八四八年四月十三日

1

那天是不可能再出門散步了。其實，那天早上我們已經在枯了葉的灌木林裡閒逛一個小時。但從午餐開始（家裡沒客人的時候，里德太太就會提早用餐），冬天的寒風帶來陰鬱的烏雨和滂沱大雨，四處泥濘，根本不可能再做任何戶外活動了。

我滿高興的，我從來就不喜歡長途散步，尤其是在寒風刺骨的午後。我最怕在陰冷暮色中走回家，伴著凍僵的手指和腳趾，還被保母貝西責備而心情低洛，而且因為身形較伊麗莎、約翰、喬琪安娜弱小，而感到自卑沮喪。

剛剛說到的伊麗莎、約翰和喬琪安娜，他們此刻正在客廳裡，簇擁在他們媽媽的身旁。他們的媽媽斜倚在爐邊沙發上，孩子們圍繞在她身旁，不吵不鬧，一幅天倫之樂的景象。至於我呢，早就被她排除在外；她說，很遺憾必須疏遠我，除非她聽到貝西說或親眼觀察到我發自內心努力學習培養更隨和、更坦率的性情，舉手投足更討人喜愛、活潑開朗，就是變得更加愉快、率真、更自然一些；否則，她真的必須禁止我享受小孩子的特權──因為那專屬於知足快樂的小孩子。

「貝西到底說了我甚麼啊？」我問。

「簡，我不喜歡愛指控、問東問西的人。還有，小孩子不該這樣跟長輩說話。到別處去吧，如果不能用好口氣說話，就安靜別出聲。」

我溜進客廳隔壁的早餐室。裡面有個書櫃，我很快就拿了一本厚厚的書，還特別留意挑選裡面附有插圖的。我爬到窗臺上，蜷起雙腳，像個土耳其人一樣盤腿而坐，然後把紅色波紋窗簾拉攏到近乎緊閉，遁入這與世隔絕的聖地。

厚實的緋紅色簾幔層層疊疊遮蔽了我右手邊的視線，左手邊是透淨的窗玻璃，保護著我遠離陰鬱的十一月天，但又沒有讓我完全與世隔絕。偶爾，當我當在翻動手中書頁，會眺望著冬日的午後景象。遠處是白茫茫的雲霧，近處有濕冷的草地和飽受風雨蹂躪的灌木叢，呼嘯許久的狂風不停追著連綿雨絲，一片淒涼景象。

我的視線回到書本上，手中的書是畢維克的《英國鳥類史》1。我通常不太用心於看文字敘述的部分，但仍然有好幾頁篇章，讓我這樣年幼的孩子也無法略過。譬如裡面寫到海鳥的棲息地，描述到某些僅有海鳥出沒的「荒僻岩石與岬岸」，或描述挪威海岸，那裡從最南邊的林納斯尼斯（或名「納斯」），直到北角之間都綴滿了島嶼。

那裡，北冰洋掀起的巨大漩渦，
咆哮在極地光禿淒涼的小島四周；
而大西洋的洶湧波濤，

1 指湯瑪士・畢維克（Thomas Bewick,1753－1828）的《英國鳥類史》（*A History of British Birds*, 1843）。

瀉入狂暴的赫布里底群島。

而且，我也不能不去細讀書中描繪的荒涼峻冷的芬蘭極地、西伯利亞、斯匹次卑爾根島、新地島、冰島和格陵蘭。那兒有「遼闊的北極地、遺世獨立的沉鬱荒地，還有無邊無際的霜雪；那裡歷經數百年嚴冬沉積下來的堅實無比的冰原，像聳入雲霄的阿爾卑斯山一般，閃耀出晶瑩光芒，團團圍繞在極地中，造就了加倍凜冽的嚴寒天候」。對於這些蒼白之境，我腦海中自有一幅景象，它幽暗朦朧，一如那些沉浮在孩童腦海中的懵懂意念，朦朦朧朧卻又格外動人。這些文字敘述自然而然串聯到後面的插圖，以至於插畫裡那些孤獨矗立在波濤和浪花間的礁石、擱淺在荒蕪海岸的破船、那透過雲霧窺探沉船殘骸的詭魅冷月，都變得不尋常了。

我說不清縈繞著那荒涼墓地的氛圍帶給人甚麼樣的感受；鐫刻墓碑、一扇大門和兩棵樹木、狹窄的低地，環繞在一堵破牆中，而那一彎初升的新月，宣示了夜暮時刻降臨。

那停泊在死寂海面上的兩艘船隻，我深信是海上幽靈。

我快速翻過扣住竊賊背後行囊的惡魔；那真是太可怕了。

而漠然望著群眾圍繞的絞刑台、獨坐在岩石上的那隻黑角怪物，也同樣很可怕。

每幅圖畫都訴說著一個故事，儘管我的理解力不夠成熟、感受力懵懂，那些故事仍然神祕、饒富趣味，深深吸引住我，就像貝西在冬季夜晚講述的故事一樣有趣。當時她會帶著燙衣板到兒童房的壁爐邊，讓我們圍坐在四周，她一面熨燙里德太太的蕾絲褶邊或將睡帽帽緣燙出褶痕，一面在我們殷殷期盼之下講浪漫冒險的故事。那些故事取材自古老童話故事或民間傳說，或者出自《潘蜜拉》[2]和《摩爾蘭公爵亨利》[3]的故事（後來我才發現到）。

當時我膝上放著畢維克的書，心情輕鬆愉快，至少頗為自得其樂。我甚麼也不怕，只擔心被打擾，這份擔憂很快就成真了；有人打開早餐室的門。

「喂！憂鬱小姐！」是約翰的喊叫聲，然後他停頓了一下，似乎發現早餐室裡空無一人。

「她到底跑到哪裡去了！」他繼續喊叫，「伊麗莎！喬琪安娜！」（呼叫他的妹妹們）。「簡不在這裡，跟媽媽說她跑出去淋雨了。壞丫頭！」

「幸好我把窗簾放下來了。」我暗忖，強烈希望他別發現我的藏身處。事實上，約翰自己絕對沒本事發現我，他的眼力和反應都不夠靈敏。可惜伊麗莎從門口探頭進來早餐室，立刻說：「小翰，我敢保證，她一定在窗臺那裡。」

我因為害怕被她口中的「小翰」動手抓出來，趕緊走出來。

「你找我想要做甚樣？」我彆扭怯懦地問他。

「說：『里德少爺，您找我想要做甚麼？』」他回答。「我要妳過來。」他坐到扶手椅上，做了個手勢，暗示我過去站在他面前。

2　山繆爾・理查森（Samuel Richardson, 1689－1761）的作品（*Pamela*），敘述女僕與仕紳間不受認同的戀情。

3　英國神學家約翰・衛斯理（John Wesley, 1703－1791）的作品（*Henry, Earl of Moreland*），改寫自愛爾蘭作家亨利・布魯克（Henry Brooke）五冊巨著（*A Fool of Quality*）

約翰是個十四歲的中學生，比我大四歲，我當時才十歲。以他的年紀來說，他的身形算是又胖又壯，膚色暗沉、髒髒的，看起來不太健康，臉龐肥嘟嘟的，四肢粗壯、手腳肥大。他用餐時總是狼吞虎嚥，所以腸胃不好而脾氣暴躁，眼神黯淡混濁，兩頰鬆垮。他這個時候應該要待在學校裡，但他媽媽把他接回家一兩個月了，理由是「他體質虛弱」。學校老師邁爾斯先生斬釘截鐵地說，如果他少吃點家裡寄來的蛋糕和甜食，身體肯定會非常健康。但他母親愛子心切，聽不進如此嚴厲苛責的批評，寧可自欺欺人，相信約翰蠟黃的臉色是因為功課太多，或者是太思念家人的緣故。

約翰對母親和妹妹們沒甚麼感情，對我更是厭惡。他霸凌我、懲罰我，不是一週兩三次，也不是每天一兩回，而是無時無刻。我渾身上下的每吋神經都懼怕他，只要他靠近，我全身骨頭裡的每一塊肉都痙攣起來。面對他的威脅恐嚇，我求助無門，經常被他的折磨嚇得不知所措。僕人們並不會為了我而冒犯他們的少爺，里德太太也對這些事情視若無睹。縱使約翰一直以來經常在她背後打我罵我，也時常當著她的面前欺凌我，但她總是視而不見、置若罔聞。

我一如以往服從約翰，走到他的座椅前方。他花了大約三分鐘的時間對我扮鬼臉、吐舌頭，只差沒有扭傷舌頭。我知道他很快就會動手了，一面擔心著即將到來的苦刑，一面望著他暴力出手之前那副噁心又醜陋的臉龐。我想也許他看懂了我的表情，因為他突然二話不說，用力猛揮一拳。我一個踉蹌，後退了一兩步才勉強站穩。

「這是懲罰妳剛剛對媽媽傲慢無禮。」他說，「還有妳偷偷摸摸躲在窗簾後面，還有妳兩分鐘前的眼神，妳這小賤人！」

我早已習慣約翰的惡言相向，從來不想反駁這些辱罵的言詞。我一心只想著該如何承受這番羞辱之後，緊接而來的肢體攻擊。

「妳躲在窗簾後面做甚麼？」他問。

「我在看書。」

「把書拿來給我。」

我走回窗臺旁，取出書來。

「妳沒資格拿我們的書，媽媽說我們供妳吃穿。妳沒有錢，妳父親沒有留下半毛錢給妳。妳應該去沿街乞討，不配跟我們這些紳士家的孩子住在一起、跟我們吃一樣的食物、穿媽媽買來的衣服。現在，我要教訓妳，讓妳知道亂翻我的書櫃是甚麼下場，因為那些書櫃本來就是我的，這整棟房子全都屬於我，至少再過幾年後就會是我的。站到門邊去，離鏡子和窗戶遠一點！」

我照做了。一開始，我還沒意識到他接來下的意圖，但是當我看到他舉起書本，擺好姿勢，準備用力投擲出去，我直覺地跳開，驚叫了一聲，但是不夠快，那本書已經丟出來了，重重砸到我，害我跌倒在地，頭撞上門，一道傷口劃在撞到的地方；傷口開始汩汩流血，劇烈的疼痛感襲來。我的恐懼漲到了極限後，轉化成為一湧而上的憤怒。

「你這邪惡又殘忍的臭男生！」我嚷道，「你簡直是殺人兇手，你根本像是虐待奴隸的惡棍，就像是個羅馬暴君！」

我讀過哥德史密斯的《羅馬史》4，讀到尼祿、卡利古拉之類的殘暴皇帝，腦海裡浮現了既定的印象。我經常在心裡偷偷覺得約翰可以和這些暴君相比擬，但從來沒想過竟會脫口而出。

「甚麼！甚麼！」他大吼大叫，「她竟敢這樣跟我說話？伊麗莎！喬琪安娜！妳們聽見了嗎？看我會不會告訴媽媽！但是首先……」

他猛然衝向我，我感覺到他抓住我的頭髮和肩膀，來勢洶洶。我真的覺得他是個暴君，像殺人兇手。我感覺到一兩滴鮮血從額頭流到脖子上，同時還清楚感到一股刺痛。這些感受淹沒了恐懼，我發狂似地反擊。

我不太清楚自己的雙手究竟做了甚麼事，只聽到他咒罵我「小賤人！小賤人！」還大吼大叫著。很快就有人來幫他了，伊麗莎和喬琪安娜跑去樓上找里德太太，她立刻來到事故現場，後面跟著她的侍女艾波特和保母貝西，看到了這一幕。

她們把我們分開，然後我聽到這些話：

「唉呀！唉呀！怎麼這樣對約翰少爺發脾氣！」

「有人看過這麼兇烈的性情嗎？」

然後里德太太撂下一句話：「帶她去紅房間，把她鎖在裡面。」

旋即就有四隻手抓住我，硬抬我上樓。

4　指十八世紀英國小說家奧利・佛哥德史密斯（Oliver Goldsmith, 1730 – 1734）的作品（*History of Rome*）。

2

我一路奮力抵抗，之前我從未這樣過，而且原本就已經不喜歡我的貝西和艾波特，又加深了對我的壞印象。事實上，我那天就像是個麻煩精，或者，套句法國人的話，我有點精神錯亂。我清楚明白，這一刻的叛逆一定會讓我陷入始料未及的懲罰。然而，我如同反叛的奴隸，走投無路之餘，決心豁了出去、不顧一切。

「艾波特小姐，抓住她的手臂。她簡直像隻發瘋的小貓！」

「真可恥！不像話！」艾波特大聲喊叫，「愛小姐，妳竟然打妳的小少爺、打妳恩人的兒子，這種行為實在太過分了！他可是妳的小主人！」

「少爺！他怎麼會是我的少爺？難道我是僕人嗎？」

「不，妳比僕人還不如呢，因為妳不必做事，白吃白住。來，在這裡坐下，好好反省妳的惡劣行為。」

此時，她們已經把我抓去里德太太指定的那個房間，把我押在一個小凳子上。我一個勁的想從凳子上跳起來，卻被兩雙手緊緊按住。

「如果妳不乖乖坐好，我們只好把妳綁起來。」貝西說，「艾波特小姐，把妳的吊帶襪借我，我的兩三下就會被她扯斷。」

艾波特小姐轉身過去，從腿上褪去那條用來捆綁我的刑具；我看著她們的舉動，又想到捆綁之後免不了一一場恥辱，激動的心情就稍稍稍平息了下來。

「不要脫！」我大叫，「我不亂動就是了！」

為了證明我說的話，我緊抓著凳子。

「妳最好別亂動。」貝西說。她確定我安靜下來後，鬆開了手，然後她跟艾波特小姐都雙手抱胸站在我面前，氣憤又懷疑地盯著我看，似乎不相信我已經恢復理智。

「她以前從來沒這樣過。」貝西終於轉頭對艾波特說。

「她本來就是這副德性。」艾波特回答，「我常跟夫人說我對這孩子的想法，夫人也很贊同我。這丫頭人小鬼大，我從來沒見過這年紀的女孩有這麼多鬼心眼的。」

貝西沒回話，但過了不久，她對我說：「小姐，妳應該要明白，里德太太對妳有恩惠，是她收養了妳。如果她不願意收留妳，妳就得到救濟院去。」

對於這番話，我無言以對，這些話都不是第一次聽了。從我有記憶以來，就常聽見類似的暗示，關於我寄人籬下的這類訓話，在我耳中早已成為模糊又乏味的老調，聽起來很痛苦又難受，而我卻只是一知半解。艾波特小姐也說：

「而且，夫人好心才讓妳跟小姐們和里德少爺一起長大，妳最好別認為自己可以跟他們平起平坐。他們日後會有很多錢，妳卻是身無分文。妳最好安分守己，要學會討他們歡心。」

「我們說這些都是為妳好。」貝西接著說，口氣並不嚴厲，「妳要想辦法讓自己有點用處，逗別人開心，那麼或許這裡會成為妳的家。可是，如果妳脾氣暴躁又粗魯，夫人一定會把妳送走，這點我敢保證。」

「更何況，」艾波特小姐說，「上帝會懲罰她。說不定會在她鬧脾氣的時候劈死她，到時候再看她要到哪裡去！貝西，我們走吧，別管她，我才不會像她一樣壞心腸。愛小姐，剩下妳自己一個人在這裡時，別忘了禱告。如果妳不懺悔，也許會有甚麼妖魔鬼怪從煙囪進來，把妳抓走。」

她們走了出去，轉身關上門，從外面鎖上門。

紅房間是一間正方形的寢室，很少有人睡在裡面過夜。其實我大可以說從來沒有使用過這個房間，除非蓋茲海德莊園突然湧進大群賓客，必須使用莊園裡所有空房間。但是，這房間卻是莊園裡最大、最富麗堂皇的臥室之一。房間正中央擺著一張垂著布幕的大床，床的四個角落豎起巨大桃花心木柱，懸掛著深紅色的錦緞羅帳，像神龕一樣矗立在中間。臥室內的兩扇大窗戶，始終放下窗簾，花綵綴飾和同樣式錦緞羅帳半遮掩著窗戶。地上鋪著紅地毯，擺在床腳的桌子上鋪著暗紅色桌巾；牆壁是柔和的黃褐色，帶著一抹粉紅色調，衣櫃、盥洗檯和椅子都是用拋磨出幽暗色澤的桃花心木做成的。在這片暗紅色系的擺設中，高高疊起的白色床墊、枕頭和雪白的馬賽緹花床單，就顯得格外亮眼。同樣突出醒目的擺設，還有一張床頭邊的安樂椅，這張椅子上鋪滿厚厚的座墊，也是白色的，再加上前方那張腳凳，我覺得看起來極像個雪白的寶座。

這房間很冷，因為裡面難得升火；也很安靜，因為離兒童房和廚房很遠。這裡很肅穆，因為很少有人進來。只有清潔的女僕會在週六時進來，撣去鏡子和傢俱上堆積一個禮拜的灰塵。里德太太久久才進來一次，察看衣櫥裡祕密抽屜的東西，那裡面有各式羊皮文件、她的珠寶盒，以及一張她已故丈夫的袖珍畫像。「已故丈夫」這幾個字透露了紅房間的祕密，也說明為何這般富麗堂皇的房間，淪落得如此孤寂。

里德先生過世九年了。他在這房間裡嚥下最後一口氣，在此撒手人寰。之後，殯葬業者從這裡將他的棺木抬走，從那天起，一股陰鬱的神聖氛圍開始守護這個房間，使它免受眾人出入的侵擾。

貝西和冷漠的艾波特要我固定坐著的座位，是一張靠近大理石壁爐的矮絲絨腳凳。那張大床聳立在我的面前。我右手邊是那座高大的暗色衣櫃，衣櫃的鏡面木板映照出深淺不一、零零碎碎的反光。我的左手邊是若隱若現在窗簾間的窗戶，衣櫃與窗戶之間是一面大鏡子，映照出放大一倍的空蕩床鋪和臥室空間。我不確定她們是否真的鎖上了門，等我鼓起勇氣站起來走過去看時，唉！果然沒錯，沒有比這裡更固若金湯的監獄了。我轉身走回矮凳的途中，必須經過那面大鏡子，我不由自主地著迷於鏡子裡的影像。那幅空洞影像比真實世界更冰冷陰暗，而在鏡中凝視我的怪異小人影，臉色慘白，雙臂覆蓋著陰沉的暗影，閃閃發光的驚恐眼珠骨碌碌地轉動，看著四周的死寂，像個貨真價實的鬼魂。我覺得它很像貝西午夜故事裡的小小幽靈，半妖半仙，它們來自沼澤區荒煙蔓草的小幽谷，總是突然在摸黑趕路的旅人眼前現身。我重新坐回腳凳。

那時的我滿腦子妖魔鬼怪，只不過，鬼怪還沒完全征服我，我依然熱血奔騰，叛逆奴隸的激動情緒還在我的血液裡竄流。新仇舊恨一時間湧上心頭，當這些情緒消失之前，眼前淒慘的景象暫時不會擊垮我。

約翰・里德的所有暴政、他妹妹們的傲慢冷漠、他母親的憎恨嫌惡、僕人們的偏袒，這些都浮現在我不安寧的大腦裡，如同混濁深井裡的污穢沉澱物。為甚麼我總是在受罪、總是戰戰兢兢、總是遭受到責備、總是被譴責？為甚麼我始終不能開心？為甚麼我沒辦法贏得任何人的歡心？伊麗莎任性又自私，卻備受寵愛；喬琪安娜恃寵而驕、刻薄刁鑽、挑發是非又傲慢無恥，大家卻總是遷就她。她的美貌、她的粉嫩雙頰和金色鬈髮似乎人見人愛，可以讓人不去追究她的過失。約翰一向為所欲為，即使他扭斷鴿子的脖子、虐死孔雀幼鶵、把狗放到羊圈裡、偷摘溫室裡藤蔓的果實、掐掉溫室裡最珍貴的嫩芽，也絕不會受到懲罰。他還叫他母親是「老女人」，有時取笑她的黝黑膚色，但他自己的膚色其實也不相上下。他更公然違逆母親，經常撕爛扯破她的絲綢衣裳，但他仍然是她的「心肝寶貝」。我從來不敢犯錯，努力做好份內的事，卻從早到晚被人指責是頑皮、惹人厭、脾氣乖戾又鬼鬼祟祟。

我被書本擊中後又摔跤的傷口，仍然疼痛也還在流血，卻沒有人責罵約翰故意傷害我，但我只因為正當防衛而出手還擊，就被眾人嚴厲指責。

「不公平！不公平！」我的理智吶喊著，因為極度苦惱而開始胡思亂想：我要反抗，要開始策畫一些權宜之計，從這難以忍受的壓迫中逃脫出來，譬如說逃走，如果萬一逃不出去的話，或者就從此不吃不喝，死掉算了。

在那個悲慘的午夜，我的靈魂多麼驚懼！腦袋裡的思緒一團混亂、心情像要叛亂似的，躁動不安。但是，這場內心交戰是多麼陰暗、又多麼愚昧無知啊！我無法回答心中不斷冒出的問題：為甚麼我要承受如此多折磨？如今，經過了這許多年——我不說是多少年後了——我終於明白了。

我是蓋茲海德莊園的異類，在那兒我與眾不同。我和里德太太、她的孩子們以及她信任的家僕格格不入。如果說他們不愛我，那麼說實在的，我也不愛他們。我無法理解他們或認同他們，我像個異類，不論在性情、地位、嗜好各方面，都與他們唱反調；我一無是處，既不能投他們所好，也不能增添他們的生活樂趣。我像是個害群之馬，對他們的言行和想法感到惱怒、嗤之以鼻。我知道這樣的我，無論如何都得不到他們關愛的眼神。我知道，如果我是個聰明伶俐、無憂無慮、謹慎得體、外貌出眾、活潑快樂的孩子，即使我仍然寄人籬下又孤苦無依，里德太太或許會更樂意接納我，她的孩子也會待我像同儕般熱絡，僕人們也比較不會拿我當兒童房裡的代罪羔羊。

時間已經過了下午四點，紅房間裡的日光開始黯淡，烏雲密佈的午後只剩陰鬱肅穆的黃昏。我聽見雨聲仍然不停敲打樓梯間的窗玻璃，狂風在走廊後方的樹叢呼嘯。我漸漸陳僵得像石頭一樣，激昂的情緒一點一滴消沉下去。我慣有的羞辱感、自我懷疑與淒涼無助的心情沉沉壓在怒火餘燼上。大家都說我很壞，也許我真的很壞吧，不然我剛剛怎麼會有想餓死自己的念頭呢？那簡直就是一種罪過。我可以尋死嗎？或蓋茲海德教堂聖壇底下的墓穴會是我理想的歸依嗎？聽說里德先生就埋葬在那樣的墓穴裡。想到這兒，我不禁想起里德先生這個人，而且愈想愈恐懼。我不記得他了，但知道他是我的舅舅，是我母親的親哥哥，自從父母過世後，他把我這個還是嬰兒的小孤兒帶回家。他臨終交待里德太太承諾：日後會把我當成親生孩子般扶養照顧。里德太太大概認為自己履行了這項諾言，事實上，我敢說她只不過盡力做到了，在她天性所能的範圍內辦到了。她丈夫逝世後，她又怎麼肯願意收留一個非她族類、又與她毫無血緣關係的外人呢？她怎麼能容忍一個外人跟自己家人住在同一屋簷下？她迫於無奈，才在自己無法疼愛的古怪小孩的面前，嘗試扮演母親的角色，還得眼睜睜看著一個跟她不投緣的外人長期侵擾她的家庭，想必她極度厭惡這個情況。

突然有個念頭閃過我的腦海。我相信也從未懷疑，如果里德先生還在人世，他一定會善待我。此刻我坐在這裡，望著那張大床和黑影幢幢的牆壁，偶爾偷瞄那面微微發光的鏡子，開始回想先前聽說過的死人的故事。譬如，亡者由於遺願未能實現，在墳墓裡死不瞑目，就會重返人間，懲罰那些食言的人，並替受委屈的人討回公道。我想到里德先生的魂魄，它說不定會因為不滿妹妹的孩子受盡欺凌，而離開了長眠之地——不論是教堂墓穴或某個不知名的地下世界——幽幽飄到這房間，浮現在我面前。我拭去淚水，壓抑啜泣聲，擔心過度哀傷的神情會喚來某個超自然的聲音來安慰我，或從幽暗的地方喚醒某張發著光暈的臉龐，側著臉用異樣的憐憫目光俯看我。照理說，這些念頭令人感到慰藉，可是萬一成真，我恐怕會嚇得魂不附體。於是我竭盡全力不再胡思亂想，拚命堅定自己的情緒。我甩開遮住眼睛的髮絲，抬起頭，勇敢地環顧這暗的房間，卻見到牆面上閃過一道亮光。我問自己，這是從窗簾縫隙照射進來的月光嗎？不對，月光只會靜靜灑落下來，但這道光卻是閃耀跳動。我盯著它看時，光線攀緣上天花板，在我頭頂上輕輕顫動。我推測這光線極可能是有人提著燈籠穿越草坪，手上燈籠照射出來的亮光。但當時，我腦海中滿是恐怖景象，又因為緊張情緒翻攪不安而神經緊繃。我想這道突然游移的微光可能來自陰間，是要來預示陰間幻影即將現身。

我的心怦怦狂跳，額頭脹熱。耳朵裡充滿某種聲音，我覺得是翅膀急速飛撲的聲音，似乎有某種東西在我身邊。我備受折磨，再也無法冷靜。我終於崩潰，衝到門口，使盡全力氣拚命搖動門鎖。急切的腳步聲從外面走道傳來，鑰匙轉動了房門，貝西和艾波特走了進來。

「愛小姐，妳不舒服嗎？」貝西問。

「好可怕的聲音！讓我心驚膽戰的！」艾波特說。

「帶我出去，我要去兒童房！」我哭喊著。

「怎麼了？妳受傷了嗎？還是妳看到了甚麼？」貝西又問。

「哦！我看見一道光，好像是鬼魂要來了。」我緊抓住貝西的手，她沒有推開我。

「她一定是故意尖叫。」艾波特語調厭惡地說，「鬼叫成那樣！如果她真的受傷生病了，倒還值得原諒，可是她只想騙我們過來這兒。我很清楚她的詭計。」

「這是怎麼回事？」另一個聲音厲聲質問。里德太太從走廊那兒過來，睡帽亂掀開來、長袍沙沙如狂風作響。「艾波特、貝西，我記得叫妳們把簡愛關在紅房間裡，直到我親自放她出來。」

「夫人，愛小姐叫得很大聲。」貝西趕緊解釋。

「讓她叫。」里德太太說，「孩子，放開貝西的手。妳記住，妳不能用這些小伎倆得逞。我討厭人使詭計，尤其是小孩子，我有責任讓妳明白，這樣的詭計是不會得逞的。現在妳必須在這裡多待一小時，只有妳乖乖聽話、安安靜靜的時候，我才會放妳出來。」

「哦，舅媽！求求妳！原諒我！我真的受不了，用別的方式懲罰我吧！我會死掉的……」

「閉嘴！這種壞脾氣真是令人厭惡。」原來，她心裡確實也這麼想。我在她心目中，是個早熟的女演員，她真心認定我惡毒、卑鄙陰險又滿嘴謊言。

貝西和艾波特已經離開了，我仍然痛苦哀嚎、劇烈哭泣，里德太太開始感到不耐煩了，她用力將我推回房間裡，鎖上門，不願再多說些甚麼。我聽見她快步離開的聲音。不久後，我猜自己大概暈厥了，在昏迷中，這件事落幕了。

接下來的記憶，就是醒來時覺得自己像做了場驚悚的噩夢，眼前出現一團刺眼的火光，一塊塊粗厚的黑色木柱穿插在其中。我還聽到了聲音，是沉沉的說話聲，隱隱約約的聲音，彷彿被一陣疾風或激流聲覆蓋。激動不安和壓垮一切的恐懼感混淆了我的感官。不久後，我才意識到有人在觸碰我，把我抱起來，扶我坐著。從未有人如此溫柔抱著我。我的頭靠在枕頭或手臂上，感覺很舒服。

五分鐘後，心中的疑雲消失了，我躺在自己的床上，那道火光是兒童房的爐火。現在已經夜深了，桌上點著一根蠟燭。貝西端著臉盆站在床角，一位先生坐在我枕邊的椅子上，俯身看我。

當我發現房間裡有個陌生人，而且這個人不屬於蓋茲海德莊園、與里德太太沒有關係時，忽然間感到一股難以言喻的輕鬆感，並且相信自己受到保護，安全無虞。我的視線從貝西身上移開（雖然貝西不像其他人——譬如艾波特——那麼令人厭惡），仔細察看這位先生的面貌。我認識他，他是羅伊德先生，是一位藥劑師。家裡的僕人如果覺得不舒服的時候，里德太太就會請他過來。若是她自己或她的孩子們生病，就會請醫生來家裡。

「我是誰呢？」他問。

我說出他的名字，向他伸出手。他拉著我的手，微笑說：「妳很快就會沒事的。」然後他讓我躺下，轉頭叮嚀貝西照顧我、夜晚時別吵我。他又吩咐了一些事，說他隔天會再過來，然後就離開了。我有點悵然若失，因為他坐在我身邊時，我覺得受到庇護、得到友誼。等他走出去時關上門，整個房間頓時陰暗下來，我的心情又跌到谷底，一股難以言喻的悲傷沉沉壓在我心上。

「小姐，妳想睡了嗎？」貝西的語氣非常輕柔。

我幾乎不敢回答她，擔心她下一句話又會嚴厲起來。「我會盡量試試看。」

「妳想喝點甚麼嗎？或者妳能吃得下東西？」

「不用。謝謝妳，貝西。」

「那我去睡囉，已經十二點多了。如果妳夜裡有任何需要，可以隨時喊我一聲。」

多麼和善的語氣！讓我鼓起勇氣問她問題。

「貝西，我怎麼了？我生病了嗎？」

「我猜妳應該是在紅房間裡哭到昏倒了。別擔心，妳很快就會好起來。」

貝西走到鄰近的女僕房，離這房間不遠處，我聽見她說：「莎菈，過來陪我到兒童房睡，今天晚上我不敢獨自守著那可憐的孩子，她說不定會死。她發病的樣子可真奇怪，不知道是不是撞見了甚麼。夫人實在太狠心了。」

莎菈跟她一起走進來，兩人都上了床。睡前還竊竊私語聊了半個小時才睡著。我聽見一些零碎片段，不難推敲出她們的話題。

「有個東西穿過她，全身都穿著白色衣服，然後消失了」；「一隻大黑狗跟在他背後」；「紅房間的門叩叩叩敲響了三下」；「教堂墓地出現那一道光，就照在他墳上正上方」，諸如此類的談話。

她們終於都睡著了，壁爐的火和蠟燭都熄滅了。至於我，在這漫漫長夜輾轉難眠，因為恐懼佔據了我的眼睛、耳朵與心靈，那是小孩子才能感受到的驚懼。

紅房間事件後，我的身體沒有嚴重的後遺症，只留下至今仍餘悸猶存的強烈震撼。沒錯，里德太太，妳確實讓我經歷這些飽受驚嚇的痛苦與精神上的折磨，但我應該要原諒妳，因為妳根本不知道自己做了甚麼。妳撕碎了我的情感，卻以為自己只是在根除我的壞習性。

隔天中午，我起床穿好衣服，披著圍巾坐在兒童房的爐邊。我覺得身體虛弱，幾乎要垮下來，更糟糕的是，一股有苦難言的自憐，讓我一直默默啜泣，才擦掉臉頰上鹹鹹的淚水，馬上又滑下一行淚。不過，我應該要感到開心才對，因為里德家的孩子不在，全都跟著他們的母親搭乘馬車出門了。艾波特也在另一個房間做縫衣服。至於貝西，她在房間裡走來走去，收拾玩具、整理抽屜，不時用罕見和善語氣噓寒問暖。這的處境對我來說應該恬靜如天堂，畢竟我的生活一向充滿無止境的責罵、苦差事。但是我的精神飽受摧殘，任何愜意都不能撫慰我，也沒有任何愉快的事能讓我感到雀躍。

貝西去過一趟廚房，帶回一片餡餅，盛在一只彩繪鮮豔的瓷盤上，瓷盤上畫著一隻天堂鳥，棲息在牽牛花和玫瑰花蕾編織成的花環上。若在平時，我一定會興奮得大肆讚美這只盤子。我曾經好幾次央求他們，讓我拿著這盤子細細欣賞，卻一再被拒絕，他們說我不配享有這份待遇。但此刻這只盤子擺在我腿上，貝西殷勤勸我吃盤子上那塊圓圓的糕餅，卻已是徒然的善意啊！正如同那些我曾渴望卻感受不到的溫情，這份關心來得太遲！我沒辦法品嚐那塊糕餅，而那隻鳥的羽毛、花朵的豔麗色彩，似乎都莫明黯淡了。我把瓷盤和蛋糕移開。貝西問我想不想看書，聽見「書」這個字，我立刻精神一振，拜託她到書房幫我拿《格列佛遊記》。每次讀這本書，我總是津津有味讀一遍又一遍，我覺得書裡的故事全是真的，所以比起童話故事，我更喜歡這本書。像是童話故事裡的精靈，我曾經在毛地黃的綠葉和鐘形花朵間搜尋，也曾在蘑菇和披覆古老舊牆角的金錢薄荷下尋找，卻一無所獲。最後，我終於認清哀傷的事實，相信它們全都離開英格蘭，到某個樹林更荒僻蔥鬱、人煙更稀少的蠻荒地域。然而，在我心中，小人國和巨人國都真實存在於塵世間某個國度。我相信總有一天我會在遠渡重洋旅途中，親眼見到那片國土上的小田野、小房子和小樹木，見到那些小小人、迷你牛羊和鳥兒。也能親眼看到另一片土地上森林般的高大玉米田、龐大的馴犬、怪獸般的貓、高塔似的男男女女。可是，等我捧著這本我鍾愛的書，翻開書頁、瀏覽那些直到如今仍讓我著迷的圖畫，卻已感到毛骨悚然、索然無味。那些巨人們變成憔悴的妖怪，小人們變成歹毒的魔鬼，格列佛化身為遊蕩在最恐怖、最危險地域的流浪漢。我闔上書，把它放在桌上那塊完整如初的糕餅旁邊，再也不敢看下去。

這時貝西已經整理好房間、撢完灰塵。她洗過手後，打開一個小抽屜，裡面裝滿絲緞布條。然後她開始幫喬琪安娜的娃娃縫製新帽子。她一面縫一面哼歌：

很久很久以前，
我們結伴一起浪跡天涯。

這首歌我聽過許多次了，每次聽總是很愉快，因為貝西的嗓音很甜美；至少我是這麼認為的。儘管她的聲音依然悅耳，可是現在，我卻覺得旋律裡有股難以言喻的哀傷。她專注於工作的時候，唱著副歌的聲音變輕、拍子慢了下來。〈「很久很久以前〉聽起來就像喪禮哀悼曲中最悲傷的曲調。她又唱起另一支曲子，這首歌是真正的哀歌。

雙腳疼痛，四肢行倦；
長路漫漫，群山峻嶺漫漫遍野。
轉瞬薄暮將逝，捎來陰鬱無月的夜，
籠罩淒涼可憐的孤兒路。

何苦棄我如此遙遠他鄉？
徘徊在濕冷荒原，亂石野嶺間，
人心冷若堅鋼，
唯有天使守護孤兒的步履。

遠方捎來夜風和煦，
晴空之下，星光閃爍。
上帝慈悲，眷顧苦命孤兒，

賜予溫柔安慰與希望。
縱使我墮落斷橋，
誤入泥沼、迷失方向，
天父依然信守承諾與庇佑，
將可憐孤兒擁入胸懷。

信念終將得力量，
儘管流離失所，無親可依，
天堂永遠容我安身，
上帝是可憐孤兒的支柱。

「哎呀，簡小姐，別哭了。」貝西唱完時說。她倒不如叫爐火裡的火焰「別燃燒！」但她又怎麼能理解我內心承受的痛楚辛酸呢？那天早上，羅伊德先生又來看我了。

「甚麼？妳已經下床了！」他走進兒童房時說。「保母，她好點了嗎？」

貝西回答說我恢復得還不錯。

「那她的表情應該更高興一點才對。簡小姐，過來這兒。妳的名字叫簡，對嗎？」

「是的，先生，我叫簡愛。」

「嗯，愛小姐，妳一直在哭。可以跟我說怎麼了嗎？妳哪裡不舒服嗎？」

「沒有，醫生。」

「噢！我想她是因為不能跟夫人他們一起搭馬車出去，才會哭的。」貝西插嘴說。

「顯然不是，因為她已經過了使性子的年紀了。」

我心裡也這麼想，可是還是因為貝西莫名的指控，感到委屈，趕緊回答：「我從來不會為了這種事而哭，我討厭搭馬車出去。我哭是因為我很可憐。」

「噢，小姐。」貝西生氣了。

好心的藥劑師似乎露出困惑的表情。我站在他面前，他的眼神堅定看著我。他的灰色小眼珠不太明亮，但我想那是雙敏銳的眼睛。他的輪廓剛毅，表情卻很和善。他從容地觀察我片刻後，才說：「妳昨天為甚麼會昏倒？」

「她跌倒了。」貝西說，再度插話。

「跌倒？怎麼可能！小寶寶才會跌倒！難道她這個年紀還不會走路嗎？她至少八、九歲了！」

「我是被打才會跌倒。」我自尊受損，急得脫口而出。接著又補充說：「可是我昏倒不是因為那件事。」羅伊德先生捏了一撮鼻菸，用力一吸表示瞭解。

當他把鼻菸盒放回背心口袋時，正巧叫喚僕人的午餐鈴聲響了，他知道那代表甚麼意思。

「保母，那是在叫妳了。」他說，「妳下樓去吧，妳回來前，我會跟愛小姐聊聊。」貝西寧可留下來，但她必須離開，因為在蓋茲海德莊園裡，不容許用餐時間遲到。

「妳不是跌倒才昏倒的，所以妳為甚麼會昏倒呢？」貝西一離開，羅伊德先生繼續追問。

「我被關在一間有鬼的房間裡，一直到天黑之後。」

我看見羅伊德先生微笑，同時也皺起眉頭。

「鬼！甚麼，難道妳還是個小嬰兒？妳怕鬼？」

「我怕里德先生的鬼魂，他死在那個房間裡，從那裡被人抬出去。貝西和其他人晚上都盡量不進去那個房間。把我孤伶伶關在裡面，連一根蠟燭都沒有，實在是太殘忍了，我永遠也忘不了。」

「胡說！所以妳是因為那件事才覺得自己很可憐嗎？現在是大白天，妳還會害怕嗎？」

「不會，但是晚上很久又會到了。還有，為了別件事，我很不快樂，非常不快樂。」

「甚麼別的事情？妳可以透露一些嗎？」

我真想一五一十道出所有一切！但沒想到構思一個答案竟是這麼困難。孩子們能夠感受到內心的體會，卻無法分析出來，即使心裡有一些想法稍稍成形，他們也不懂得該如何用語言表達。但是，我卻害怕失去這第一次、也是唯一一次向人訴苦、化解內心憂愁的機會。內心糾結片刻後，我勉強想出一個內容貧乏卻絲毫沒有虛假的答覆。

「首先，我沒有爸爸媽媽和兄弟姊妹。」

「妳有仁慈的舅媽和表哥表姊。」

我又停頓了下來，然後笨拙地說：「但是約翰打我，舅媽把我關在紅房間裡。」

羅伊德先生再次拿出鼻菸盒。

「妳不覺得蓋茲海德莊園非常漂亮嗎？」他問，「妳覺得住在這麼好的地方，不值得感恩嗎？」

「先生，這不是我的家，更何況艾波特說，我比僕人更沒資格住在這裡。」

「哇，妳該不會愚蠢到想離開這麼美麗的房子吧？」

「如果我有地方可去，我很樂意離開這裡。可惜我長大之前，恐怕都沒辦法離開蓋茲海德莊園。」

「或許可以，誰知道呢？除了里德太太之外，妳還有其他親戚嗎？」

「好像沒有，先生。」

「妳父親那邊沒有親戚了嗎？」

「我不清楚。我問過里德舅媽，她說我們家可能有一些窮困、身分卑微的親戚，但她完全不認識那些人。」

「如果妳有這樣的親戚，妳願意去跟他們住嗎？」

我想了想，貧窮對大人來說似乎是很悲慘的事，對小孩來說更是如此。孩子們心目中沒有所謂勤勉、勞動、活得有尊嚴的貧窮，「貧窮」這個詞在他們眼中就等同於衣衫襤褸、三餐不繼、無法生火的壁爐、粗魯舉止和卑劣行徑。所以，在我的認知裡，貧窮無異於墮落。

「不，我不想跟窮人一起生活。」我說。

「即使他們對妳很好，也不想嗎？」

我搖搖頭，我不懂窮人怎麼有能力對別人好。何況我還必須學他們的言行舉止，也會像他們一樣不能接受教育，長大以後就會變成像我見過的那些婦女那樣，她們在蓋茲海德村莊照顧孩子、清洗衣服。不，我還不夠勇敢，無法為了追求自由而拋棄社會地位。

「可是妳的親戚真的有這麼窮嗎？他們都是工人嗎？」

「我不知道。里德舅媽說就算我有別的親戚，那些人也一定都是乞丐。我不想出去乞討。」

「妳想上學嗎？」

我又想了想，我對學校一無所知，貝西有時候會提到學校，說那地方的女孩子都戴著木枷端坐、穿著脊椎矯正背板，言行舉止都要非常端莊嫻靜、循規蹈距。約翰討厭學校，還作弄他的老師。但是，約翰．里德的見解不值得供作參考。若說貝西描述的那些校規有些可怕（消息來源是她來蓋茲海德之前幫傭家庭的年輕女孩們，從她們口中聽來的），但她也說到學校裡那些年輕女孩在學業上的成就，聽起來很吸引人。貝西讚不絕口地說，那些小姐們會畫很漂亮的風景、花朵，她們還會唱好聽的歌、彈奏優美樂曲；她們會編織錢包，翻譯法文書籍，這些描述讓我充滿悸動，一心想去經歷那些親耳聽見的事。除此之外，學校意味著生活即將徹底改變，那是一段遠走他方的旅程，徹底揮別與蓋茲海德莊園。展開新的生活。

「我真想去上學。」我深思熟慮後，大聲說出這個結論。

「哎呀！誰知道未來會發生甚麼事呢？」羅伊德先生邊說邊站了起來。接著又自言自語：「這孩子需要換個氛圍不同的環境。精神狀態有些緊繃哪。」

這時，貝西回來了，樓下剛巧也響起馬車駛進碎石子路的達達聲。

「保母，那是妳家夫人回來了嗎？」羅伊德先生問。「我離開前，想跟她說幾句話。」

貝西請羅伊德先生到早餐室坐坐，帶著他出去了。從剛剛的談話推測，我猜想接下來他跟里德太太的對話，可能會建議送我去學校，而里德太太顯然毫不遲疑就採納了這個建議。因為某天夜晚，艾波特和貝西在兒童房裡邊做針線活，邊談論起這個話題，當時我已經上床，她們都以為我睡著了。艾波特說：「我覺得夫人一定很慶幸終於可擺脫這個難調教又麻煩的小孩。這孩子總是一副盯著大家的樣子，像在暗地裡偷使甚麼詭計似的。」在艾波特眼中，我變成了小小蓋伊・福克斯一樣[1]。

那天晚上，我才從艾波特小姐和貝西說的話當中，第一次得知我父親生前是個貧窮的牧師，我母親不顧身分懸殊和親友反對，執意嫁給他。我外祖父為此勃然大怒，斷絕她的經濟來源，一毛錢也不願給她。我母親和父親結婚一年後，父親在探視教區裡某個工業城鎮的窮人時，不慎罹患了當地盛行的斑疹傷寒，不久我母親也被傳染，兩人在一個月內相繼病逝。

貝西聽完這番話之後，嘆息道：「艾波特，可憐的愛小姐太也很值得同情。」

「是啊。」艾波特回答，「如果她溫柔又可愛，別人可能還會同情她的身世，但偏偏她是這樣的壞小孩，很難讓人心疼。」

「的確如此，沒辦法太疼愛她。」貝西附和道，「總之，像喬琪安娜小姐這樣的漂亮女孩如果遇到同樣的命運，一定會比較惹人憐愛。」

1 蓋伊・福克斯（Guy Fawkes, 1570－1605）是一六〇五年「火藥陰謀」的參與者之一，計畫埋火藥於國會大廈地下室，刺殺國王詹姆士一世，結果事跡敗露，福克斯被捕處死。此後，英國人每年十一月五日都會點燃火，以作紀念。

「對呀，我好喜歡喬琪安娜小姐！」艾波特熱情地讚嘆道，「她真是個小可愛！長長的髮髮、藍色的眼珠，膚色那麼紅潤，簡直像從畫裡走出來似的！貝西，真希望晚餐可以吃威爾斯披薩土司。」

「我也是，還要加上烤洋蔥！走吧，我們下樓去。」她們一起離開了。

根據我與羅伊德先生的談話，還有貝西跟艾波特那晚的閒談，我內心總算有了一線希望，足以激勵我努的恢復健康。總覺得似乎日子會有甚麼改變，我默默期待、等待著。可惜日子一天天、幾個禮拜過去了，都毫無動靜。我的身體已經康復，卻沒有任何人提到我滿心期待的那件事。里德太太時偶爾會用嚴肅的目光審視我，卻鮮少跟我說話。自從我生病後，她更嚴格禁止我和她的孩子們接觸，指定我單獨一人睡在小房間裡，要我一個人用餐，整天都不准離開兒童房，而我的表哥表姊們卻可以待在客廳裡。然而，她從來沒有透露出要送我去學校的訊息，但我還是有股直覺，相信她絕對不肯繼續容忍我跟她同在一個屋簷下。因為每次她看我的眼神，總次流露出比以前更根深柢固的厭惡。

伊麗莎和喬琪安娜顯然遵從她們母親的指示，盡量避免跟我交談。約翰每次看到我就對我吐舌頭、扮鬼臉，有次還企圖挑釁，但當我懷著積怨已久的怒氣和厭惡，當場要回擊時，他見苗頭不對，趕緊打消念頭，轉身跑開，還咒罵我，說我揍了他的鼻子。我的確使出全身力氣，用我的指關節對準了他的鼻樑，狠狠一擊。當我發現他被我那一拳的神態嚇退時，真想趁勝追擊，揍他一頓，可惜他已經跑到他母親身邊。我聽見他哭哭啼啼地告狀，說「那個可惡的簡愛」像隻瘋貓一樣撲打他，里德夫人卻嚴厲制止他：

「約翰，不要跟我提到她！我告訴過你別靠近她、不要理會她。我不希望你或你妹妹跟她有任何瓜葛。」

這時，我俯身靠在樓梯欄杆，突然不假思索地大聲叫喊：「他們沒資格當我的親戚！」

里德太太是個又矮又胖的婦人，但是一聽到這膽大妄為的宣言，她行動敏捷地奔上樓梯，一陣旋風似的把我抓進兒童房，砰地將我扔在我的小床床沿，凶狠地警告我，命令我當天不准從這張床上離開，也不准再開口說一句話。

「如果舅舅還在世，他會怎麼說？」我忍不住開口質問她。我說「忍不住」，是因為我的舌頭好像沒經過我的允許，就擅自說出了這些話。那些話不聽我的使喚，直接從我的嘴巴溜出去。

「甚麼？」里德太太倒抽一口氣，她一貫冷靜的灰色眼珠裡充滿了恐懼。她鬆開我的手臂，直盯著我看，彷彿一副不明白我究竟是個孩子，或是個魔鬼。這下子我佔上風了。

「我的里德舅舅在天堂，看得到妳做的事，也知道妳心裡的盤算。我爸爸和媽媽也都看得到。他們知道妳整天把我關起來，知道妳多麼希望我消失。」

里德太太很快就恢復鎮定，她拚了命地用力搖晃我，甩了我兩個耳光，然後不發一語地離開。貝西整整訓話了一個小時，說我是天底下最歹毒、最野蠻的小孩子。我有點相信她，因為我的確覺得自己滿腦子壞念頭。

十一月、十二月過去，一月也過了大半。蓋茲海德往年一樣歡欣鼓舞慶祝聖誕節和新年，人們交換禮物，午晚餐宴會一場接著一場。當然，這些玩樂的事情我全不能參與。我能沾的一點喜氣就是冷眼旁觀伊麗莎和喬琪安娜盛裝打扮，看著她們穿著薄紗蓬裙、繫著鮮紅色腰帶，頭髮也精心梳理成漂亮的鬈髮，走下樓到客廳去。然後聆聽著樓下傳來的鋼琴或豎琴的彈奏聲、管家和僕人們來回穿梭的腳步聲，聽見茶具瓷器鏗鏘碰撞的聲音、隨著客廳門開開關關而傳來的斷斷絮語。我聽得厭煩時，就從樓梯口回到孤單寂寞的兒童房。在那兒，雖然有點哀傷，卻不覺得悲慘。說實話，我完全不想加入他們，因為在人群中很少會有人搭理我。如果貝西友善又和氣，我反倒覺得每天晚上靜靜跟她待在一起，是件莫大的樂事，總比待在里德太太儼人目光下、擠在一屋子賓客之間，還要舒適。可惜貝西幫她的小姐們打扮好之後，就會帶走蠟燭，去氣氛更熱鬧的廚房或女傭房。我只能獨自坐在房裡，等壁爐的火光漸漸變成黯淡的灰燼時，就會迅速褪去外衣，急忙解開蝴蝶結和衣帶，鑽進我的小被窩，躲進寒冷與黑暗。我總是帶著我的洋娃娃上床，因為人總要有所依戀。可惜我毫無更理想的感情寄託，只能轉而呵護、珍愛一個破舊得像迷你稻草人的褪色木偶娃娃。如今回憶起來，我不明白當初為甚麼如此荒謬地珍愛這個小玩具，竟還幻想它有生命、有感覺。總要把它藏進睡袍裡，我才能安心入睡。看著它安全又溫暖地躺著，我就覺得開心，也相信它跟我一樣開心。

等待的時間總是特別漫長，樓下賓客遲遲不走，貝西上樓的腳步聲也始終沒出現，貝西偶爾會抽空上來取她的頂針或剪刀，或者帶點圓麵包或乳酪蛋糕之類的晚餐給我，然後她會坐在床邊看我吃，等我吃完，她會幫我蓋被子、親我兩次，說：「簡小姐，晚安。」每當貝西表現得這麼溫柔時，我總覺得她是全世界最完美、最漂亮又最善良的人。我好希望她可以永遠都這麼和藹可親，不像她平常那樣強迫我、責罵我、或不講理地派我做一堆苦差事。我猜想，貝西一定是天資聰穎的人，因為她做任何事都很伶俐，而且說故事的本領也很高；至少她的床邊故事留給我這個印象。如果我沒記錯她的模樣的話，她長得也很漂亮。我記得她身材纖細苗條、黑髮黑眼睛，五官也很標緻、膚色白淨。可惜她的性情善變易怒，不太注重原則和正義之類的事情。儘管如此，在蓋茲海德莊園裡，我最喜歡的人非她莫屬。

那天是一月十五日，大概早上九點鐘。貝西下樓去吃早餐，我的表哥表姊們還沒被他們的媽媽召喚。伊麗莎正在穿戴帽子和保暖外套，準備去餵她養的雞。她很喜歡做這件，也喜歡把雞蛋賣給管家們，儲蓄賺來的金錢。她很有做生意的本領，存錢的功力更是一流，這種天份不只表現在買賣雞蛋和雞隻的交易上，她還會兜售花莖、種籽和植物插枝，講價時的那種氣勢絕不輸人。里德太太吩咐園丁，只要小姐花園裡有任何要出售，都要照單全收。如果頭髮可以賺一大筆錢，伊麗莎肯定會不惜落髮。至於她賺來的錢，起初她會用碎布或捲髮紙包裹這些錢，東藏西藏，結果有些被清掃的女僕發現，伊麗莎擔心有天會失去她珍貴的財產，於是同意用百分之五十或六十的高額利息，存在她母親那兒。她每三個月索討一次利息，準確無誤地在一本小冊子裡記錄存款數目。

喬琪安娜坐在高腳椅凳上，對著鏡子梳理頭髮，邊把她在閣樓抽屜裡找到的假花和褪色羽毛飾品編進髮辮裡。我正在鋪床，因為貝西嚴格要求我在她回來之前整理好床鋪；最近貝西經常把我當成兒童房的小女僕，指派我做這做那的，譬如收拾房間、撢撢椅子上的灰塵。我攤開被子、摺好睡衣後，就走到窗臺整理散落的幾本圖畫書和扮家家酒的小傢俱。喬琪安娜突然不准我動她的玩具；因為那些迷你椅子和鏡子、小巧的盤子和小杯子全是她的東西，所以我只好停下來。然後因為沒別的事可做，於是就彎腰對被籠罩在窗玻璃的霧吹氣。玻璃窗上出現一圈透明空間，我透過它望出去，看見戶外的地面覆蓋在一層嚴霜霧之下，到處死氣沉沉。

從這扇窗子，可以看見門房的小屋子和車道。我才剛在遮蔽窗玻璃的那層銀白色霧氣上劃開一塊足以看清外面的玻璃，就看見一輛馬車駛進敞開的大門。我淡然看著馬車駛上車道。經常有馬車造訪蓋茲海德莊園，但馬車裡從來不會有我感興趣的訪客。馬車停在房子前方，門鈴大聲響起，客人進來了。這些事都與我無關，我茫然地注意力很快就轉到更有趣的目標上，一隻飢腸轆轆的小知更鳥飛過來，停在窗外牆邊光溜溜的櫻桃樹枝椏上，吱吱喳喳地啾叫。我早餐吃剩下的麵包、牛奶還在桌上，我剝了一小塊麵包，推開窗框，想把麵包屑放在外面的窗臺上。這時，貝西恰巧匆忙上樓，跑進房間。

「簡小姐，把圍裙脫下來。妳在那裡做甚麼？妳今天早上洗過手和臉了嗎？」

我回答之前又用力推了一次窗戶，想確保鳥兒吃得到麵包屑。窗戶打開了一些，我把麵包屑撒出去，有些掉落在石頭窗臺上，有些落在櫻桃樹枝上。然後我關上窗戶，回答貝西：

「還沒，我才剛剛撢完灰塵。」

「真是麻煩又鹵莽的小鬼！妳整張臉紅紅的，是不是又闖禍了。妳剛剛開窗做甚麼？」

我完全無需回答，因為貝西似乎沒時間聽我解釋。她把我拉到盥洗臺前，粗魯地用肥皂、水和粗糙的毛巾做勁刷洗我的臉和手，幸好只短暫洗了一下。她又拿硬鬃毛梳子幫我梳頭，脫下我的圍裙，然後匆匆忙忙把我推到樓梯口，要我直接下樓，因為早餐室有人等著見我。

原本我想問是誰想見我，也想知道里德太太在不在那裡，但是貝西已經走了，還把我關在兒童房外。我慢慢走下樓梯。最近三個月以來，里德太太從來沒有叫我到她面前過，有好長一段時間內，我一直待在兒童房，如今早餐室、餐廳和客廳都變成令我惶惶不安的禁區。

此刻，我站在空蕩蕩的大廳，眼前就是早餐室的門，我停下腳步，心驚膽跳，一直顫抖。那段日子遭受的不公平懲罰與恐懼，竟讓我變成了一個膽小如鼠的可憐蟲！我不敢回到兒童房，又不敢向前走進早餐室。我緊張萬分、又猶豫不決，在原地站了十分鐘左右。早餐室響起催促的鈴聲，我別無選擇，我必須進去。

「會是誰想見我呢？」我暗自問，用雙手轉開緊扣的門把，費了一、兩秒鐘才轉開不肯屈服的門把。「在裡面除了里德太太，我還會見到誰呢？女人或男人？」門把轉動了，我走進門，行屈膝禮，抬頭時看見了……一根黑色柱子，至少乍看之下是這種印象。那個穿著黑貂外衣、聳立在地毯上的身影筆直又細瘦，頂端那張陰沉的臉，就像擺放在柱子上面充當柱頂的雕刻面具。

里德太太坐在壁爐邊的老位置子上，用手勢示意我走上前。我向她走過去，她向那位冷峻的陌生人這般介紹我：「這就是我向您申請入學的那名小女孩。」

「他」是位男性，緩緩轉頭面向我站立的地方，好奇地用兩道濃眉下的一雙灰眼珠打量我，眼神閃閃發光，再用低沉的嗓音嚴肅地說：「她個子很嬌小，今年幾歲？」

「十歲。」

「這麼大啦？」他的語氣略帶質疑，又多看了我幾分鐘，才開口對我說：「小女孩，妳叫甚麼名字？」

「先生，我叫簡愛。」

我邊回店邊抬頭。他看起來身材很高大，當時的我很渺小。他方頭大耳，五官和身材的輪廓都顯得嚴肅拘謹。

「嗯，簡愛，妳是乖孩子嗎？」

這個問題根本沒有肯定的答案，在我的小小世界裡存在著相反見解，於是我沉默以對。里德太太搖了搖頭，一副意味深長的樣子，算是替我回答了。她很快又補充說：「布洛克赫先生，這個問題還是少說為妙。」

「很遺憾聽到你這麼說！看來她跟我得好好聊聊。」他彎下挺直的身軀，坐在里德太太對面的扶手椅上。「過來這兒。」他說。

我走過地毯，他讓我站在他正前方，跟他面對面。他的臉長得真奇怪！此時幾乎與我的臉平行；他的鼻子好大啊！好醜的嘴巴！還有那突出的大暴牙！

「看到淘氣的孩子最令人難過了。」他說，「尤其是淘氣的小女孩。妳知道壞人死後會去哪裡嗎？」

「會下地獄。」最簡單的標準答案。

「那地獄是甚麼樣子？妳可以跟我說說嗎？」

「是一大團火坑。」

「那妳想要掉進那個坑裡，永遠在那兒被火燒嗎？」

「先生，我不想。」

「那麼妳該怎麼做，才能避免下地獄？」

我仔細思索了片刻，心中有了想法，但只怕我的答案不太中聽：「我應該保持健康，不能失去生命。」

「妳要怎麼保持健康呢？每天都有比妳年紀小的孩子死去呢。一、兩天前，我才親手埋葬一個只有五歲大的孩子，是個好孩子，他的靈魂已經進入天堂了。如果哪天妳死了，恐怕沒辦法進得了天堂。」

我沒有能力排除他對我的質疑，只能低頭盯著地毯上的那雙大腳，嘆了口氣，暗暗希望自己離這裡愈遠愈好。

「我希望那聲嘆息是發自內心，懺悔妳曾經惹惱妳這位善心的恩人。」

「恩人！恩人！」我在心裡吶喊，「大家都說里德太太是我的恩人。如果真的是這樣，那恩人真是一種討人厭的東西！」

「妳每天早晚都有確實禱告嗎？」那位先生繼續盤問。

「有的，先生。」

「妳讀《聖經》嗎？」

「有時候。」

「讀得開心嗎？妳喜歡《聖經》嗎？」

「我喜歡〈啟示錄〉、〈但以理書〉、〈創世紀〉和〈撒母耳〉，一小部分的〈出埃及記〉，還有〈列王紀〉、〈歷代志〉的某些篇章，也喜歡〈約伯記〉和〈約拿書〉。」

「那麼〈詩篇〉呢？希望妳也喜歡？」

「先生，我不喜歡。」

「不喜歡？哦，太令人震驚了！我認識一個小男孩，年紀比妳還小，已經會背六首詩篇。如果你問他想吃薑餅，還是背一首詩篇，他說會：『哦！我要背詩篇！天使會唱詩篇。』他說：『我想在人間當個小天使。』然後他因為小小年紀就這麼虔誠，得到兩塊薑餅作為獎勵。」

「〈詩篇〉很無趣。」我說。

「那就證明妳有顆邪惡的心，妳必須禱告，祈求上帝修正妳的心，賜給妳一顆全新純潔的心，除去妳的鐵石心腸，並賜給妳血肉之心。[1]」

我正要發問換心這件事是用哪種方法進行的，里德太太卻打斷我們的談話，她要我坐下，然後自顧自地說起話來。

「布洛克赫先生，我相信我在三個星期前寫給你的那封信提到過，這個小女孩的品格和性情，不能讓我滿意。如果您允許她進入羅伍德學校就讀，也要求學校裡的學監和老師們能夠嚴格管教她，那麼我會很感激。最重要的是，要提防她再說謊騙人的習慣，那是她最大的缺點。簡，我之所以在妳面前說這些話，就是讓妳不能欺騙布洛克赫先生。」

里德太太就是殘酷傷害我的天敵，我理所當然會害怕、討厭她。我在她面前從來沒有開心

1 出自《聖經・以西結書》（36：26）。

過，不論我多麼小心翼翼順從她、竭盡所能地討好她，我的苦心總是能夠遭到她冷漠的排斥，得到的回報總是像剛剛的那種批評。此刻，在一個陌生人面前，這些誣陷的話狠狠刺傷我的心。我隱約察覺到，她在替我安排前程的同時，順勢摧毀我未來人生的所有希望，儘管我無法用言語形容，但我覺得她正在我未來的路途上埋下惡意與刻薄的種子。我看見自己在布洛克赫先生眼中變成狡詐、惡毒的小孩。而我該怎麼做，才能補救這個傷害呢？

「真的沒有任何辦法。」我心想，我強忍著委屈的淚水，迅速拭去幾滴眼淚；這是我內心傷痛的卑微明證。

「在孩子身上，欺騙實在是非常可悲的缺點。」布洛克赫先生說，「就跟說謊差不多，所有騙子死後，都會在那個充滿火焰和硫磺的河裡遭受折磨。但是，里德太太，她一定會受到嚴密監督，我會轉告譚波老師和其他老師。」

「我希望她受到的教育能符合她的身分地位。」我的恩人繼續說，「我希望她成為有用、謙虛的人。至於假期，如果您同意，就讓她待在羅伍德學校吧。」

「夫人，這是個決定非常明智。」布洛克赫先生回答。「謙虛是基督教的美德，尤其適合羅伍德的學生更是如此。因此，我才要求教師們格外注重這方面的教養。我研究過如何才能有效克制學生內心的那股世俗驕氣，幾天前，我才驗收令人滿意的成效。我的二女兒奧古絲塔陪她母親一同參訪學校，回家後她說：『噢，親愛的爸爸，羅伍德那些女孩子看起來都好安靜樸素，頭髮都梳到耳後，穿著長長的圍裙，她們的連衣裙外面還繫著麻布小口袋，看起來就像窮人家的孩子一樣！還有，』她說，『她們看著我和媽媽的衣裳，表現出一副從來沒見過絲質禮服似的。』」

「這正是我所希望的情況，」里德太太回答，「就算找遍整個英格蘭，恐怕也找不到更適合簡愛這種孩子的學校了。我是真心這麼認為，布洛克赫先生，我做任何事都講究言行一致。」

「夫人，言行一致正是基督徒的首要美德，也是羅伍德學校的創立宗旨、大小事物的準則。粗茶淡飯、樸素衣著、簡樸住所、勤奮刻苦的習性，整間學校和全體師生都遵循這般的生活準則。」

「先生，說得真好。那麼我是否能確定這孩子已經獲准入學，可以在羅伍德接受符合她身分和前途的教養呢？」

「夫人，當然可以。我們將會安置她在特別管理的培育班級，她雀屏中選後，我相信她會由衷感恩這份特殊待遇。」

「那麼，布洛克赫先生，我會盡快送她過去，因為，坦白說，我很期待早日擺脫這樁愈來愈煩人的重擔。」

「那是當然，夫人，確實如此。那麼，我祝您安好。我預計一、兩個星期內會返回布洛克赫莊園，因為我的好友，也就是副主教要我再多待一些日子。我會寫信給譚波老師，提醒她有個新學生，學校那邊也才好作收留她的準備。告辭。」

「再見，布洛克赫先生。請代我向布洛克赫太太和布洛克小姐問好，還有奧古絲塔、希爾朵，以及布魯頓・布拉克少爺。」

「我會的，夫人。小女孩，這裡有一本《兒童規箴》，每天禱告的時候讀，尤其關於『小瑪莎慘死』的這篇故事，瑪莎是個愛說謊騙人的壞孩子。」

布洛克赫先生說完這句言，就把一本裝幀了書皮的薄薄小冊子到我手裡，再拉鈴傳喚他的馬車，然後就離開了。

早餐室裡只剩下我和里德太太，幾分鐘過去了，我們一直沉默無聲。她在刺繡，而我注視著她。里德太太那時大概三十六、七歲，是個體格壯碩的女人，肩膀寬大、四肢強壯結實，身材不高，雖然有點豐腴，卻稱不上肥胖。她的臉有點大、下顎稜角分明，眉毛長得很低，下巴又大又凸出、嘴巴和鼻子非常普通。她稀疏的淡眉底下閃爍著一雙冷漠無情的的眼睛，皮膚黝黑、黯淡無光彩，頭髮接近亞麻色。她身體很健康，從來不曾生病。她是個錙銖必較的精明主婦，莊園內外的家務和佃農全都在她的掌控之中，只有她的孩子偶爾會違逆她的權威、嘲笑奚落她。她的衣著講究，也精心擺出端莊的儀態來駕馭華麗的服飾。

我坐在矮凳上，離她的扶手椅幾公尺遠。我仔細觀察她的體型和長相，手裡拿著那本描述騙子慘死故事的小冊子，這是一本特別用來告誡我的指定閱讀書籍。剛剛發生的事，里德太太對布洛克赫先生說的話，他們交談的字字句句言猶在耳，縈繞在我心中。那些話很刻薄，刺痛我的心靈。我清楚聽見每一句話，也敏銳感受到這些話將帶來的殺傷力。此刻，我內心的激動不已，憤憤不平。

里德太太停下手邊的事，抬起頭來看我，靈活的手指也停頓下來。

「離開這房間，回兒童房去！」她命令我。她或許覺得我的表情或其他樣子冒犯她了，因為她說話的語氣流露出一股壓抑的怒氣。我站起來，走到門口；又折返回去，我走向窗邊，再穿越房間，走到她面前。

我非得一吐心中怨氣。我的尊嚴被狠狠踐踏，一定要反擊回去。但是該怎麼反擊呢？我有甚麼力量可以向敵人投擲復仇的箭？我鼓起勇氣，說出一連串直率的話，展開報復：

「我才不會騙人！如果我是騙子，我會說我愛妳，可是我要大聲說我不愛妳。在這個世界上，除了約翰・里德之外，妳是我最討厭的人。至於這本敘述騙子的書，妳可以送給妳女兒喬琪安娜安娜，因為她才是那個愛說謊的人，不是我。」

里德太太的手仍然拿著針線，一動也不動。她冷冰冰的眼神依然直勾勾地注視我。

「妳還有話想說嗎？」她的口氣比較像在對敵人說話，一般人通常不會對小孩子這樣說話。

她那雙眼睛、說話的聲音激起我內心所有的憎惡與反感；我渾身顫抖、情緒失控，激動萬分，接著又說：

「我很慶幸妳跟我沒有血緣關係，只要我活著的一天，就絕不會再開口喊妳一聲舅媽。我長大以後，絕對不會回來看妳。如果有人問我是否喜歡妳、問起妳對待我好不好，我會說妳極度冷酷地對待我。」

「簡愛，妳怎麼敢說這種話！」

「我怎麼敢？里德太太，我怎麼敢？因為這是事實！妳以為我沒有感覺，以為我可以過著沒有愛、沒有溫暖的生活，但我沒辦法這樣過日子。妳絲毫沒有同情心。我到死的那一天都會記得妳多麼殘忍、粗魯又暴力地把我推回紅房間裡，即使我難過得喘不過氣來、痛苦不堪，幾乎窒息地哭喊著『求求妳！可憐可憐我！里德舅媽！』妳還是把我鎖在裡面。妳那麼殘忍處罰我，只因為妳居心叵測的兒子打我，無緣無故把我推倒。只要有人問起，我會告訴他們事情的真相。人人都以為妳是好女人，但其實妳又壞又鐵石心腸，妳才是騙子！」

我說完這些話，只覺得內心開始膨脹，靈魂欣喜若狂，感到前所未有、奇異的解脫和勝利。彷彿某一道隱形的束縛切斷了，我匍匐著來到意料之外的自由國度。這份心情非空穴來風，因為里德太太看起來一臉恐懼，她手中的針線從膝頭上滑落；她舉起手不停拍撫自己胸口，表情甚至扭曲得像快哭泣的模樣。

「簡，妳怎麼會這樣說，妳怎麼啦？為甚麼妳顫抖得這麼厲害？要不要喝點水？」

「不需要，里德太太。」

「簡，妳想要點甚麼嗎？我向妳保證，我希望當妳的朋友。」

「不必了。妳告訴布洛克赫先生說我的性格很壞，說我愛說謊騙人。我會讓羅伍德學校的人都知道妳是甚麼樣的人，還有妳做過些甚麼事。」

「簡，妳不瞭解這些事，小孩子有錯誤的習慣，就得糾正。」

「我沒有騙人的壞習慣！」我憤怒發狂地高聲喊叫。

「可是妳很容易生氣，簡，妳一定要承認這一點。現在回到兒童房去，這樣才是乖孩子，去冷靜一下。」

「我才不是妳的乖孩子，我沒辦法冷靜！里德太太，請趕快送我到學校去，因為我恨透這裡了。」

「我確實需要盡快送她去學校。」里德太太低聲喃喃自語，然後收拾好針線，匆匆離開早餐室。

我獨自留下，像一個戰場上的勝利者。這是我最艱困的戰役，也是我第一次嘗到的勝利滋味。我茫然站在地毯上半晌，剛剛布洛克赫先生才駐足過這個地方，品味征服者的孤獨。起初，我得意洋洋笑著，但是，那股強烈的興奮感迅速消褪，正如我加速的脈搏驟然減緩一樣。小孩子如果像我那樣跟長輩頂嘴，表現出像我剛剛恣意發洩的猛烈憤怒，事後難免要嘗到苦果，會感受到悔恨及冷顫。當我指控里德太太時，我內心的寫照如同一片燃燒火光的石楠山脊，烈焰奔流、火光閃動，吞噬一切。這座山脊在火焰熄滅後焦黑枯槁，足以形容我此刻的心境。經過半小時的靜默與省思，我才醒悟到自已的行徑失控、感悟到像我這般既惹人厭惡、又痛恨他人的處境十分悲哀。

我第一次嘗到復仇的快感，感覺像是入喉的香醇美酒，溫暖又爽口，但後勁卻猶如腐鏽味的毒藥，苦澀難咽。此時，我非常樂意去向里德太太請求原諒，但從過往的經驗和直覺，我很清楚那麼做反倒會讓她加倍輕蔑喝斥我，又會再次引爆我天性中的狂暴衝動。

我寧可找些更好的事情做，也不願再口不擇言。比起抑鬱憤慨的言語，我寧可為那些平和的情感尋找養分。我拿起一本阿拉伯寓言故事書，坐下來專心閱讀。我看不懂書本裡在敘述些甚麼，我的思緒始終遊移在腦海和那些令我著迷的書頁之間。我打開早餐室的玻璃門，外面的灌木叢靜靜挺直著，黑暗的寒霜主宰大地，陽光和微風都不能撼動它。我用連衣裙襬包住頭手，走到室外，在這片隱密的林木間漫步。周遭盡是沉靜的樹木、掉落的冷杉毬果、凍結的深秋殘跡，而枯黃的落葉被風成堆吹起；我看著這些景色沒有絲毫暢意的感覺。我靠在一扇門上，望著前方沒有羊群吃草的空蕩田野，上面的青草被嚴霜侵害，又孱弱又蒼白。那是天色灰濛濛的日子，天空烏雲密布，大雪欲來的氛圍籠罩四周，幾片雪花間或飄下，落在堅硬小徑和灰白牧草上，凝結成冰。我站在原地，悲慘無助，喃喃重複說著：「我該怎麼辦？我該怎麼辦？」

突然間，我聽見清亮的嗓音叫喚：「簡小姐！妳在哪兒？來吃午餐了！」

我很清楚那是貝西，但我沒有回應。她腳步輕快地從小徑上奔過來。

「妳這調皮的小傢伙！」她說。「聽見人家叫妳，為甚麼不過來？」

相較於我腦海裡的憂愁思緒，貝西的出現似乎讓人開心了一些，儘管她像往常一樣有點暴躁。事實上，經歷我和里德太太的那場衝突和勝利後，我對貝西一時間的怒氣毫不在乎了，反倒很樂意徜徉在她青春洋溢的輕快心境。我張開雙臂環抱她說：「別這樣嘛，貝西，別罵我了。」

這個舉動比我平日的習性更加率真、大膽，她卻好像很高興。

「簡小姐，妳真是個怪孩子。」她低下頭來看我，「一個徘徊遊蕩、獨來獨往的小傢伙。我猜，妳要上學去了？」

我點點頭。

「妳會不會捨不得開可憐的貝西？」

「貝西會捨不得我嗎？她老是罵我。」

「因為妳實在是個古怪、膽怯又害羞的小東西，妳應該更大膽些。」
「甚麼！難道要挨更多揍嗎？」
「胡扯！但妳過得也真是辛苦。我媽媽上星期來看我的時候，說她絕不想讓自己的孩子過跟妳一樣的生活。來吧，我有好消息告訴妳呢！」
「我不相信妳有好消息，貝西。」
「孩子！妳這是甚麼意思？妳的眼神好悲傷啊！好吧。夫人、小姐們和約翰少爺今天下午要外出喝茶，所以妳要跟我喝下午茶。我會請廚子幫妳烤個小蛋糕，然後妳要幫我整理妳的抽屜，因為不久後我就要幫妳收拾行李了。夫人打算這一、兩天內送妳離開蓋茲海德莊園，妳可以挑選喜歡的玩具帶走。」
「貝西，妳答應我，在我走之前不能再罵我了。」
「好，我答應妳。但是記著，妳是個很乖的小女孩，別怕我。我只是偶爾說話口氣比較尖銳，別總是一副擔心受怕的樣子，看起來很氣人。」
「貝西，我再也不會怕妳了，因為我已經習慣妳了，何況很快就會有另一群人讓我感到害怕。」
「如果妳怕他們，他們就不會喜歡妳。」
「像妳一樣嗎？」
「我沒有不喜歡妳，我想我最喜歡的人就是妳。」
「一點都看不出來。」

「妳這精明的小傢伙！妳現在說話的樣子跟以前不太一樣了，妳甚麼時候變得這麼主動又大膽呀？」

「因為我就要離開妳了，而且……」我原本想透露我和里德太太之間的紛爭，但仔細想，還是覺得不提為妙。

「所以妳很高興不久就要離開我？」

「一點也不，貝西，其實我剛剛覺得有點難過。」

「『剛剛』！而且是『有點』！我的小小姐真冷淡！我敢說如果我要妳親我一下，妳肯定會拒絕，妳會說妳『有點』不想。」

「我會親妳，而且會很開心。頭低一些。」貝西彎下腰，我們互相擁抱。然後，我跟隨她進到屋子裡，內心覺得慰藉。那天下午在平靜和諧中度過，晚上貝西說了最吸引人的故事，唱給我聽幾支最動人的歌曲。即使悲慘如我，生命中也會有一抹燦爛陽光。

一月十九日清晨，時鐘還未敲響五點，貝西就拿著蠟燭走進我的小壁櫥，發現我早已起床，衣服也快穿好了。在她進來之前半小時，我就醒了，也盥洗完畢。西沉的半輪明月剛從我床鋪旁的窄窗照射進來，我對著月光換衣服了。那天，我即將搭乘六點鐘經過蓋茲海德莊園大門的公共馬車離開。整棟莊園唯有貝西醒來。她點亮兒童房裡的爐火，開始動手準備我的早餐。即將要出門旅行的孩子怎麼能吃得下呢，我沒有胃口。貝西非要逼我吃幾口她準備的熱牛奶和麵包，我不聽從，她只好用紙幫我包幾塊比士吉小麵包，塞進我的袋子裡。接著她幫我穿上毛皮大衣、戴上帽子，自己再套上披肩，帶著我走出兒童房。我們經過里德太太的臥房時，貝西說：「妳要進去跟夫人道別嗎？」

「不用了，貝西。妳昨晚下樓吃晚餐的時候，她來到我床邊，叫我今天早上別去吵醒她和表哥表姊。她還要我記住，她一直以來都是我最好的朋友，往後要跟別人說她的好話，也要感恩她。」

「那妳怎麼回答呢？」

「我甚麼也沒說。我用被子摀住臉，轉身面向牆壁。」

「簡小姐，妳不應該那樣子。」

「貝西，這樣子很好。妳的夫人從來就不是我的朋友，她是我的敵人。」

「噢，簡小姐！別說這種話！」

「永別了，蓋茲海德莊園！」我們穿越大廳出走前門時，我大喊一聲。

月亮西沉了，天色昏暗。貝西提著燈籠，燈光照在冰雪融化後濕答答的臺階和碎石路上。真是個寒氣入骨的冬季冷冽清晨，門房的妻子正在點燃爐火。我的皮箱前一天晚上就搬下來了，用繩子捆綁妥當，擺在門邊。距離六點只剩五分鐘了，很快，鐘敲了六個聲響，遠處傳來轆轆車輪聲，宣告公共馬車已經抵達。我走到門口邊，看著車燈穿越黑暗，急驟馳來，由遠而近。

「她自己一個人去嗎？」門房的妻子問。

「是的。」

「學校離這兒多遠呢？」

「八十公里。」

「好遠哪！她一個人去這麼遠的地方，里德太太不擔心嗎？」

馬車來了，拉車的四匹馬停在大門口，車上滿載旅客。車長和車伕大聲催促。我的行李被抬上馬車，我攬著貝西的脖子親吻她，卻被人抱走。

「一定要好好照顧她！」車長把我抱進馬車時，她對他大喊。

「好，會的！」車長回答。車門砰地一聲重重關上，有個聲音叫喚道「好咧！」於是我們就出發了。我從此離開與貝西和蓋茲海德莊園別離，疾駛向未知。我當時覺得奔向了遙遠又神祕的國度。

那趟旅程在我的印象中很模糊，只知道記憶中的那天，日子似乎不可思議地漫長，彷彿走了幾百公里的路。我們經過好幾座城鎮，馬車在其中一座很大的城鎮停下來。馬兒被解往別處，乘客們下車用餐。有人帶我到一間小餐館，車長希望我吃點東西，但我沒胃口，他就把我留在一個前後兩端都有壁爐的房間裡；天花板垂吊著一件美術吊燈、牆壁高處有個紅色的小陳列區，上面擺滿各式各樣的樂器。我在房間裡來回走動很長一段時間，內心充滿了奇異的感覺，也十分擔心，害怕有人進來綁架我。我相信世上有綁票犯，他們的惡劣行徑經常出現在貝西的爐邊故事裡。最後車長回來了，我重新登上馬車。我的守護者登上他的座位，吹響空心的號角。我們喀噠喀噠奔馳在L鎮的「石板街道」上[1]。

那天傍晚空氣潮濕，霧濛濛的，隨著天色漸漸變暗，我開始意識到此刻真的離蓋茲海德很遠了。我們不再經過大城小鎮，鄉間景色漸漸轉變。高大的灰色山丘環繞著地平線層層堆疊。夜幕低垂時，我們駛進黑森森的山谷，周圍盡是樹木。等到夜色覆蓋所有景象，看不清前方道路時，我聽見樹林間颳起一陣颯颯狂風。

呼嘯的風聲宛如催眠曲，我終於沉沉睡去。過沒多久，馬車突然停頓，驚醒了我。車門開啟來，一個女僕似的人站在車門邊，我在車上燈籠的微光下看清她的臉龐和衣著。

---

1 「石板街道」（story street）出自拜倫（Lord Byron, 1788－1824）的敘事長詩《恰爾德・哈羅爾德遊記》（*Childe Harold's Pilgrimage*）。詩中描述滑鐵盧前夕時，晚宴上的賓客將戰場鐘聲誤聽成石板街道（stony street）上的馬車聲。

「車裡有個叫作簡愛的小女孩嗎？」她問。我回應：「我就是。」有人把我抱下車，行李也卸下了，馬車立刻向前奔馳。

長時間久坐馬車，我全身僵硬，嘈雜的馬車聲響和一路的顛簸，讓我一時間恍恍惚惚。我盡力清醒腦袋，轉頭向四周張望。空氣中全是風聲雨聲、一片黑暗，但是朦朧中，我看見正前方有一面牆，那兒有一扇敞開的門。我跟隨我的新嚮導穿過那道門，她轉身關門上鎖。我眼前赫然出現一棟房舍，或好幾間房舍；因為這棟建築一直往兩側延伸到遠處。有許多扇窗戶，某些窗戶透出燈光。我們踏上一條寬闊的鵝卵石徑，路面都被雨水淋濕了。最後，我們獲准進入另一扇門。那名僕人領著我穿過一條走道，進入一間升了爐火的房間，留下我一個人。

我站在爐火邊烘暖凍僵的手指，接著環顧四周。這間屋子裡沒有蠟燭，但壁爐邊的搖曳火光間或照亮了壁紙、地毯、窗簾和油亮的紅木傢俱。這是一間客廳，無論空間與華麗等級都比蓋茲海德莊園的客廳遜色，但很舒適。我正想看清楚牆上的一幅畫像，門卻打開了，有個人拿著蠟燭走進來，另一個人緊跟在後。

走在前面的那位女士身材很高，一頭深色髮絲、深色眼珠，額頭白皙又寬闊。她裹著披肩，遮住了大半個身子，表情嚴肅，儀態端正。

「這孩子年紀太小，不適合獨自出門。」她一面說，一面把蠟燭放在桌上。她若有所思地端詳我一、兩分鐘，接著說：「最好盡快讓她上床睡覺，她看起來累壞了。妳累嗎？」她把手搭在我肩上。

「有一點，女士。」

「八成也餓壞了。米勒老師，讓她先吃點東西再上床。小女孩，妳是第一次離開父母進學校嗎？」

我告訴她我沒有父母親。她問我父母過世多久了，又問我多大年紀、我的名字、叫甚麼名字，會不會讀書寫字和縫紉。最後，她輕輕用手指碰觸我臉頰，說「希望妳是個好孩子」，說完就讓我隨米勒老師一起離開。

剛剛那位女士的年紀約莫二十九歲，跟我一起離開的這位老師顯然年輕一些。前面那位女士的嗓音、儀表和氣質都令我印象深刻。米勒老師就平凡得多，雖然膚色紅潤，卻疲憊不堪，步伐和動作都很匆促，像隨時隨地有許多事正等著她似的。她看起來眼像助理教師，後來證明我的猜測沒錯。我跟著她走過一區又一區不規則的大型建築裡，穿越一條條走道，走過那些略微沉悶的死寂區塊，最後終於聽見陣陣說話聲。接著，我們走進一間又寬又長的房間，裡面擺了許多桌子，兩兩並排，每張桌子都點著蠟燭。一大群年紀各不相同的女孩圍坐在桌子旁的長椅上，從九歲、十歲到二十歲都有。在昏暗的燭光下，我覺得好像有數不清的女孩，但實際上不超過八十個人。她們全都穿著造型怪異的棕色羊毛連身裙，外罩一件亞麻長裙。當時正是自習時間，她們都在專心準備明天的功課。我剛剛聽見的聲音就是她們低聲誦讀課文的聲音。

米勒老師示意我坐在靠門的一張長椅上，然後她走到房間的一端，大聲喊道：「班長，收拾好作業！」

四名高個子女孩分別從四張桌子旁邊站起來，來回走動、收齊課本，整理好放在別處。米勒老師再次下命令：「班長們，拿晚餐托盤！」

那些高個子女孩走出去，隨即又端著托盤走回來，上面擺放著一份份我無法辯識的東西，托盤中央放著一壺水和一個馬克杯。大家輪流傳遞那一份份食物，想喝水的人就用那只公用馬克杯倒水喝。輪到我的時候，我喝了些水，因為我很渴。但由於既興奮以及疲倦，根本吃不下東西。但現在我看明白了，托盤上裝著一塊切成很多份的薄薄燕麥餅。

用餐完畢後，米勒老師朗誦祈禱文，全部人排列成隊伍離開，兩兩並排上樓。此時，我已經疲倦得渾身乏力，完全沒注意到寢室是甚麼模樣，只知道它像教室一樣，也很狹長。今晚我跟米勒老師一起睡，她幫我更衣。躺下時，我瞥見那一排排床鋪，每張床都迅速擠進兩個人。不到十分鐘，唯一的一盞燈熄滅了，我在寂靜與黑暗中沉沉入睡。

那天夜晚很快就過去了。我累得甚至連做夢的力氣都沒有。只有在半夜裡醒來一次，聽見狂風怒吼、大雨滂沱呼呼傾注，也感覺到米勒老師已經在我身旁就寢。當我再次睜開雙眼，只聽見鐘聲正大聲響著，女孩們都起床了，正在更衣。破曉前的天色朦朧，房間裡只有一兩盞黯淡燭光。我百般不情願地起床，天寒地凍，我邊顫抖邊勉強穿好衣服，再排隊等待洗臉，因為六個女孩共用放在寢室中央的架子上的一只臉盆。鈴聲又響起，所有人兩兩排隊成縱列，走下樓梯，進入只有微弱光線的冰冷教室。米勒老師在這裡帶領大家唸完晨禱。然後她喊道：

「每個班級各就各位！」

接下來，持續了幾分鐘的騷動，米勒老師不停喊叫「肅靜！」「守秩序！」等喧嘩聲平息後，我發現女孩們圍成四個半圓，面對四張擺在桌旁的椅子。大家手裡都拿著書，每張桌上躺著一本類似《聖經》的大部頭書。之後安靜了一陣，空中充滿模糊的低沉誦念聲。米勒老師在各班級之間走動巡視，制止隱隱約約的聲響。

遠處響起鐘聲，三位女士隨即進入教室，各自走到一張桌子旁的椅子坐下。米勒老師坐在第四張空椅上，那是最靠近門口的椅子，旁邊圍著年紀最小的女孩們。我被分配到這個初級班，坐在最末一個位置。

正式課程開始了，先複誦一遍當天的短禱文，再念誦幾段經文，接著大約讀了一小時《聖經》章節。讀經活動結束時，天已經大亮。辛勤不輟的鐘聲敲響第四次，所有班級排隊走進另一間教室用早餐。終於有東西吃了！我心中雀躍不已。前一天我吃的東西太少，此時已經餓昏了。

這是間天花板低矮、光線昏暗的大食堂，兩張長桌上擺著盛裝某種熱食、冒著蒸騰熱氣的大盆子，可惜飄出來的味道一點也不誘人，真令人沮喪。我看見那些食客一聞到食物氣味時，清一色露出不滿表情。排在隊伍前方的高年級女孩們此起彼落地悄聲說：「好噁心！麥片粥又燒焦了！」

「安靜！」突然有人叫喊了一聲，不是米勒老師，而是某個高年級教師，她的膚色黝黑、個子矮小，衣著講究，但感覺有些陰沉孤僻。那位老師坐在一張桌子的前方主位，另一位體態豐盈些的老師坐在另一桌。我到處找不到前一天夜晚見到的那位女士，她不在這裡。米勒老師坐在我這張桌子的尾端。一位模樣怪異、像外國人的年長女士坐在另一張餐桌的師長座位，後來我才知道她是法文老師。大家說完長篇餐前禱告，唱過讚美詩後，有位僕人端來老師們的茶點，大家就開動了。

我飢腸轆轆、虛弱無力，囫圇吞下一兩口粥，根本無暇品嘗早餐的味道，但等到一開始的飢餓感稍稍緩和後，馬上被湯匙裡令人作嘔的味道淹沒。燒焦的粥幾乎跟腐爛的馬鈴薯一樣糟糕，就算是餓鬼也食不下嚥。大家手裡的湯匙都緩慢了下來，女孩們都先淺嘗一口，再設法嚥下口中的食物，但大多數人很快就放棄了。早餐結束，卻沒人享用了早餐。我們為沒吞下肚的食物禱告、感謝上帝，唱了第二首讚美詩，再列隊離開食堂，前往教室。我排在隊伍最後面，經過餐桌時，看見一個老師舀了一匙粥嘗了嘗，再看其他老師一眼；所有老師的表情都快快不樂，身材豐盈的那一位老師低聲說：

「太噁心了！真可恥！」

再過十五分鐘就又開始上課了，這段時間，教室裡鬧烘烘的。這似乎是可以自由自在大聲說話的時間，女孩們也把握住機會，大家的話題都圍繞著早餐，每個人輪流嚴詞抨擊。太可憐了！她們僅能如此發洩情緒。此時米勒老師是教室裡唯一的老師，一群年紀較大的女孩圍在她身邊說話，激動又生氣地比手畫腳。我聽見有人提起布洛克赫先生的名字，米勒老師搖了搖頭，但她並沒有進一步去制止滿溢出來的憤怒情緒，顯然她也頗有同感。

教室鐘聲響起，九點了，米勒老師離開那群女孩，站在教室中央喊道：

「安靜！回座位！」

紀律壓制一切，不到五分鐘，亂閧閧的教室就恢復秩序。本來七嘴八舌、嘰嘰喳喳的聲音也安靜了下來。高年級教師們準時回到座位，但所有人似乎還在等待。八十個女孩整齊坐在靠教室兩邊的長椅上，面無表情地正襟危坐。她們看起來怪模怪樣的，頭髮全都往後直梳，素淨得沒有一絲亂髮；她們穿著褐色連衣裙，前襟高高地圍著頸部的狹窄領布；進衣裙上縫著小麻布口袋（形狀類似蘇格蘭士兵的布包），是用來充當工作袋的。此外，所有人都穿著羊毛襪和鄉村的手工鞋，鞋面繫著黃銅扣。學生之中大約有二十個已經成年的女孩，這些人可以說是少女了，跟這身裝扮格格不入，即使長相最漂亮的女孩也都露出一副古怪的模樣。

我仍然在觀察她們，偶爾也看看那些老師。老師們沒一個讓我看得順眼，因為體態豐盈的那位老師有點庸俗，黑皮膚的那位很兇惡，外國老師嚴厲又古怪，而米勒老師嘛，真是個可憐人！她的臉色發青、飽經風霜、操勞過度。當我的視線還遊走在一張張臉孔時，所有人突然同時起立，彷彿被同一支彈簧彈到一樣。

怎麼回事？我沒聽見指令呀，我一頭霧水，還沒弄清楚狀況，各個班級又坐下了，所有人的視線都轉往同一個方向。我的目光跟隨過去，看見昨晚接見我的那個人。她站在狹長教室最後面的壁爐邊，教室兩端各有爐火燒著。她沉默嚴肅地審視坐成兩排的女孩。米勒老師走過去，問她一個問題，得到答覆，重新回到座位上，大聲說：

「第一班班長，拿地球儀！」

班長奉命去拿地球儀時，那位女士慢慢巡視整間教室。我想自己很有尊敬人的潛力，因為至今我仍記得當目光追隨著她的腳步，內心湧起一股欽佩的敬意。在白天的光線下，她的身材高大、身材勻稱，褐色眼珠裡閃耀出仁慈的光輝，濃密的長睫毛襯托出她白皙的寬闊額頭。她的兩側鬢角垂著深褐色鬈髮，正是當時流行的髮型；那時候並不流行滑順的髮帶，也不流行長鬈髮。她紫色衣裳的款式也很時尚，用西班牙黑色天鵝絨飾品錦上添花，腰帶上掛了一只金錶（當時手銶並不如現在這般普遍）。若要呈現更完整的畫面，讀者只需再加上秀氣的五官、白皙剔透的膚色、高雅的氣質和姿態，如此就能勾勒出譚波老師的模樣，精準度媲美一大段文字敘述。她的名字是瑪麗．譚波，後來我在拿本教堂用的禱告書裡看見這個名字。

譚波老師就是羅伍德學校的學監，她在一張擺放兩座地球儀的桌子前坐下，召喚第一班學生到她身邊，開始講授地理課。其他老師替低年級班的學生上課，背誦歷史、文法等內容。課程持續大約一小時，接著是作文課和算術數。譚波老師還教授高年級女孩音樂課。每堂課時間都是一小時，最後時鐘終於敲響十二下，譚波老師站起來。

「我有事要跟大家宣布。」她說。

聽見校長的聲音，教室裡的下課喧嘩聲瞬間平息下來。她繼續說：

「今天早上妳們的早餐難以下嚥，應該都餓了，我已經吩咐廚房準備點心，每個人都可以吃到麵包和乳酪。」

其他幾位老師們略微驚訝地看著她。

「這由我個人負擔。」她用解釋的口吻補充說明，隨即離開教室。

麵包和乳酪已經送來，也分配完畢。學生們都歡欣鼓舞，體力也恢復不少。接下來的命令是「到花園去！」女孩們都戴上一頂襯有彩色印花棉布帽繩的燈芯草帽，再披上灰色粗呢披風。我也穿戴了同樣服飾，跟在隊伍後面走到戶外。

花園很寬闊，四周圍繞著高牆，完全看不見外面的景色。一座遮陽迴廊通向花園另一側，中央的空間隔成幾十塊小花圃，旁邊寬敞的步道。每位學生都負責一塊花圃，供她們栽種花草植物。花朵盛開時，整片花圃想必萬紫千紅、賞心悅目。但此時正是一月下旬，眼前盡是冬季枯萎殘敗的景象。我站著觀察四周，冷得直打寒顫。這種寒冷天氣實在不適合戶外活動，儘管沒有下雨，飽含水氣的昏黃霧靄卻讓天色昏暗。腳下的地面還濕轆轆的，浸在昨天那場豪雨之中。那些體格比較強壯的女孩子跑來跑去嬉鬧，但其他蒼白瘦弱的女孩只能窩在迴廊裡取暖，濕濕的濃霧依然鑽入她們顫抖的身軀，我不斷聽見陣陣乾咳聲。

迄今，我還沒跟任何人說話，也似乎沒有人注意到我。我獨自站在一旁，幸好這種孤立感我早已習慣，所以並未因此心情鬱悶。我倚著迴廊的柱子，拉緊灰色披風，努力設法忘記侵襲我的凜冽寒氣，忘卻飢餓感啃噬我的身體，盡力將心思集中在觀察和思考上。當時我內心的想法已經不復記憶，也太瑣碎，不值得描述出來。我不確定自己究竟身在何方，蓋茲海德莊園和過去的一切似乎已經飄向無邊無際的遠方，現在的一切則既模糊又陌生，根本難以想像未來。我環顧這修道院般的花園，再抬頭看看這巨大的房子。這棟建築物其中一半灰灰舊舊的，另外一半卻十分新穎。新建築裡面有教室和宿舍，牆面上裝潢著明亮的輻射狀格子窗，感覺很像教堂，門上的石匾刻著下列文字：

「羅伍德機構。由本郡布洛克赫莊園的娜歐米・布洛克赫贊助重建。」「你的光當在人前閃耀，如此人們才能看見你的善行，並將榮耀歸給你在天上的父。」——〈馬太福音〉第五章第十六節。

我反覆誦讀這些文字，覺得應該有個適當的解釋，卻始終想不透。我還在思索「機構」這個詞的意思，設法理解前段碑文和後段經文的關聯時，卻聽見背後傳來一陣咳嗽聲。我轉頭查看，有個女孩坐在附近的石椅上，低頭認真閱讀，好像讀得很專注。從我站的地方可以看見書名：《雷斯勒斯》[2]，我覺得這個書名很奇怪，自然受到吸引。她翻頁時恰巧抬起頭，於是我直接問她：

「妳的書好看嗎？」我打算改天向她借來看看。

「我非常喜歡。」她停頓了一、兩秒鐘，仔細端詳我一番才回答。

「內容在講些甚麼？」我繼續問。我搞不清楚自己哪來的膽子竟跟陌生人主動攀談，這種情形完全跟我的個性背道而馳。但是，我猜她的消遣活動在我內心引發了共鳴；因為我也喜歡看書，雖然只是孩氣子的草率閱讀，沒辦法消化或理解嚴肅又艱深的內容。

「妳可以拿去看看。」那女孩把書遞給我。

我拿過來翻閱，有段簡介告訴我書本內容並不像書名那般有趣。以我膚淺的品味而言，《雷斯勒斯》太過枯燥乏味。我發現書裡沒有仙子、精靈，書頁裡密密麻麻的文字之間沒有鮮豔的圖案。我把書本遞還給她，她默默接過去，不發一語地沉浸在專心勤奮的閱讀狀態。我再度打擾她。

「妳能不能告訴我，門上那塊石匾刻的字是甚麼意思？羅伍德機構是甚麼？」

「妳現在住的地方。」

2 英國作家山繆・詹森（Samuel Johnson, 1709 – 1784）的作品（*The History of Rasselas, Prince of Abissinia*），書中描述居住在快樂谷的王子生活沉悶，於是決心離開家鄉，前去尋找快樂。

「那為甚麼稱它為『機構』呢？這裡和學校有甚麼不同嗎？」

「這裡算是半慈善性質的學校，妳跟我，還有其他所有學生都是受人恩惠的學童。我猜妳是孤兒，妳爸爸或媽媽是不是過世了？」

「在我有記憶以前，他們就過世了。」

「嗯，這裡的女孩子都無父無母，或是來自單親家庭，這裡是教育孤兒的機構。」

「我們沒有付學費嗎？他們免費照顧我們嗎？」

「我們有付錢，或親戚朋友付錢，每位學生一年十五英鎊。」

「那為甚麼說我們是受救濟的孩子？」

「因為十五英鎊不夠支付住宿費和學費，不足的部分由各界善款補助。」

「誰會捐款呢？」

「住在附近或倫敦一些善心人士。」

「娜歐米・布洛克赫是甚麼人呢？」

「就像石碑上說的，她就是重建那棟新建築的女士。她兒子負責監督指揮學校的一切。」

「為甚麼？」

「因為他是這個機構的財務出納兼總管。」

「所以這個學校不是由那個戴著手錶的高個子女士囉？就是答應給我們麵包和乳酪的那個女士。」

「譚波老師？喔，不是！但願如此。她做任何事都必須聽從布洛克赫先生的命令。布洛克赫先生負責我們吃穿方面的開銷。」

「他住在這裡嗎？」

「不是，他住在三公里外的一座大莊園裡。」

「他是好人嗎？」

「他是牧師，聽說做了很多善事。」

「妳剛剛說那位高個子的老師是譚波老師嗎？」

「對。」

「那其他老師叫甚麼名字？」

「臉頰紅潤的那位是史密斯老師，她負責監督大家勞動、剪裁布料，因為我們自己做衣服，包括連衣裙和大衣。黑髮嬌小的那位是斯卡翠老師，她教歷史和文法，也負責聽第二班背誦課文。至於那位圍著披肩、側面用黃絲帶綁著一條手帕的是皮耶荷老師，她的家鄉在法國的里爾，負責教法文。」

「妳喜歡這裡的老師嗎？」

「還可以。」

「妳喜歡那個皮膚黝黑、個子嬌小的老師嗎，還有那個皮甚麼的……？我沒辦法像妳一樣發音念她的名字。」

「斯卡翠老師比較急性子，妳一定要小心別招惹她。皮耶荷老師不是壞人。」

「但譚波老師是最好的一個，對嗎？」

「譚波老師人很善良，也很聰明，她比其他老師優秀，因為她的學問比她們深厚。」

「妳在這裡待很久了嗎？」

「兩年了。」

「妳是孤兒嗎？」

「我媽媽過世了。」

「妳在這裡過得快樂嗎？」

「妳的問題還真多，我已經回答夠多了。現在我想讀書。」

但這時午餐鐘正好響起，所有學生再度回到屋內。食堂裡瀰漫令人食不下嚥的氣味，聞起來跟早餐不相上下。午餐裝在兩只巨大的鍍錫器皿裡，飄散出一股強烈的腐臭油膩味。我看見鍋中的料理簡單雜燴了馬鈴薯和不新鮮的肉絲。每個學生都可以分到一大盤分量。我盡力吞嚥下去，邊吃邊想著這裡的食物是否每天都如此。

午餐結束後，我們馬上前往教室去上課，直到五點鐘。

那天下午唯一一件受矚目的事，就是跟我在迴廊聊天的女孩被斯卡翠老師趕出歷史課，在偌大的教室中央罰站。這項懲罰在我看來是奇恥大辱，尤其對象是這麼大年紀的女孩子；她看起來差不多十三歲或更大一些。我以為她會露出難過或羞愧的表情，卻驚訝地發現她既不哭也沒臉紅。她站在眾目睽睽之下雖然神情肅穆，卻很鎮定。「她怎麼能這麼沉穩、堅定地承受呢？」我在心裡默問自己。「如果是我，八成會想找個地洞鑽進去。她看起來好像沒有在想責罰的事，也沒有考慮到自己的處境，而且思索某種不在眼前的事。我聽說過白日夢，她正在做白日夢嗎？她的視線盯著地板，但我敢肯定她沒看見地板。她的目光似乎停留在內心的探索世界。我相信，她正在觀看腦海中的事，而不是眼前情景。我好奇她是甚麼樣的女孩，是乖巧聽話的女孩呢？還是調皮淘氣的女孩？」

五點鐘一到，我們又吃了點東西，有一小杯咖啡和半片全麥麵包。我津津有味品嘗麵包，喝光咖啡。如果份量再多一點就好了，因為我還是覺得很餓。接下來有半小時的休息時間，然後是晚自習，結束後就是那杯水和燕麥餅、禱告、就寢。這就是我在羅伍德的第一天。

6

第二天跟昨天一樣，天才微亮就得起床更衣。只是今天我們省略了盥洗步驟，因為水壺裡的水結凍了。前一天夜晚天氣轉冷，鋒利的東北風呼嘯，從我們寢室的窗戶縫隙鑽進來，害我們整晚蜷曲在被窩裡顫抖，寒風也把大水壺裡的水結凍成冰。

長達一小時半的晨禱與讀經課尚未結束，我已經凍得幾乎麻木。終於到了早餐時間，今天早上的粥沒有煮焦，口味也還不錯，只是份量少了些。我的那一份看起來真是少得可憐！真希望可以吃到兩倍份量。

那天我正式成為第四班的一員，被分配正規課程和任務。在此之前，我只是羅伍德各項活動的旁觀者，現在成為正式一員了。起初，由於不習慣默記，課文內容似乎冗長又難懂，不停變換的課程也讓我頭昏腦脹、不知所措。直到下午三點鐘左右，史密斯老師塞給我一疊兩公尺長的棉布邊、縫衣針和頂針等，讓我坐在教室一個安靜角落，按照指示縫好褶邊，我才總算鬆了一口氣。那一小時內，大部分都在縫紉，只剩一個班級還圍在斯卡翠老師身邊閱讀。由於其他班級都很安靜，所以很容易聽見她們上課的內容，也能辨別每位學生的表現，以及斯卡翠老師對她們的批評或嘉勉。那堂課是英國歷史課，我在迴廊認識的新朋友也在課堂中；剛開始上課時，她排在全班最前面，但因為某個字發音錯誤或不小心停頓，突然被斯卡翠老師叫到最後面去。即使已經坐在不顯眼的位置，斯卡翠老師依然一直讓她成為矚目焦點，不斷對她說這樣的話：

「勃恩絲，」（這是她的姓氏，跟其他地方的男孩子一樣，這裡的女孩都以姓氏來稱呼），「勃恩絲，別用鞋子側面踩著地面，立刻把腳趾伸直。」「勃恩絲，妳的下巴突出得很礙眼，縮回妳的下巴！」「勃恩絲，把頭抬高，不准用那種姿勢上我的課！」

一個章節的課文讀過兩遍後，她們闔起書本，開始接受測驗。課文內容有一部分介紹查理一世統治時期，有許多關於船舶噸位、稅金和造船稅的問題，大多數學生顯然答不出來，但是，勃恩絲總能迎刃而解每個小難題。她好像能記住全篇課文，每個細節她都瞭若指掌。我滿心期待斯卡翠老師會稱讚勃恩絲如此專心聽課，卻聽見她突然大叫：

「妳這髒兮兮的女孩！今天早上妳又沒有清洗指甲縫！」

勃恩絲沒出聲。我無法理解她的沉默。「為甚麼？」我心想，「她不解釋今天早晨水結凍了，所以沒辦法清洗手跟臉？」

這時史密斯老師轉移了我的注意力，她要我幫忙她拉線，她要纏紗線。她不時跟我說話，問我以前有沒有上過學，會不會打版、縫紉、編織等。直到她允許我離開前，我都沒辦法再觀察斯卡翠老師的舉動。等我回到座位，斯卡翠老師剛剛下了一道指令，我沒有聽見內容，只見勃恩絲立即離開教室，走到裡面放書的放書的小房間。半分鐘後她重新出現，手裡拿著一綑頂端綁起來的樹枝。她畢恭畢敬地行禮，將這個不祥的教鞭交給斯卡翠老師，再默默解開圍裙。斯卡翠老師立刻狠狠用那綑樹枝抽打她脖子十多下，勃恩絲眼眶沒有流出一滴。看到這一幕景象，我義憤填膺卻又無可奈何，只能憤怒得手指顫抖，停下手邊的針線工作。勃恩絲沉鬱的表情，卻從未有起伏。

「頑固的女孩！」斯卡翠老師斥責她，「怎麼樣都無法糾正妳這懶散的壞習慣，把教鞭拿走。」

勃恩絲服從指示。她從書櫃走出來時正把手帕塞回口袋，我看見她削瘦的臉頰上有一絲晶瑩的淚水。

我覺得夜晚那段休息時間是羅伍德一天中最開心的時光。五點鐘吃的麵包和幾口咖啡雖然不足以果腹，卻至少喚醒了活力，緊繃一整天的精神得以鬆懈下來。教室感覺比早晨溫暖多了，因為這時壁爐添加了爐火，多少替代那些尚未點燃的蠟燭。黃昏的紅霞、無拘無束的熱鬧氣氛和齊聲喧嘩的聲音，給人一種迎接自由的美妙感覺。

目睹斯卡翠老師鞭打勃恩絲的那天夜晚，我像往常一樣獨自遊蕩在長板凳、桌子和嬉笑的人群之間，絲毫不覺得孤單。經過窗戶時，偶爾會拉開窗簾向外望；窗外雪花紛飛，低處的窗玻璃外側已積雪。我把耳朵貼近窗子，在室內的笑鬧聲中聽見外頭寒風悲戚地嗚咽聲。

如果我剛剛離開溫暖的家和慈愛的父母，也許這時會因為與親人分離而心酸，風聲也會增添我的哀傷，眼前的嘈雜氣氛更會擾亂我平靜的心。但是，我在風聲和周遭的氣氛中感到一絲莫名的興奮，輕率又殷殷期盼風勢再淩厲些，使陰暗的天色轉成了一片漆黑，讓周圍的騷動陷入喧囂。

我跳過長板凳，爬到桌子底下，匍匐到其中一個有壁爐的地方。在這裡，我發現勃恩絲跪在高高的鐵絲爐圍前；她全神貫注、不發一語，無視周遭地與書為伍。她藉著黯淡火光專注讀著那本書。

「妳還在看《雷斯勒斯》嗎？」我走到她背後問。

「嗯，」她說，「快看完了。」

五分鐘後她闔上書本。我很高興，心想：「現在她可以跟我說說話了。」我坐在她旁邊的地板上。

「妳姓勃恩絲，叫甚麼名字呢？」

「海倫。」

「妳從很遠的地方來嗎？」

「我從接近蘇格蘭的邊境，一個很遠的北邊來的。」

「妳還會回去嗎？」

「希望可以，但是未來誰也說不準。」

「妳一定很想離開羅伍德。」

「才不！為甚麼呢？我來羅伍德接受教育，目標還沒達成就離開，不就前功盡棄了。」

「可是那個老師，斯卡翠老師，不是對妳很殘忍嗎？」

「殘忍？一點也不會！她很嚴格，不喜歡我的缺點。」

「如果我是妳，應該會討厭她、反抗她。如果她用教鞭打我，我一定會把它搶過來，當她的面折斷教鞭。」

「妳多半不會做那樣的事，但如果妳真做了，布洛克赫先生會把妳開除，那妳的親人就會很傷心。與其衝動行事，不如耐心承受只有自己感受到的痛苦。更何況《聖經》勸我們以德報怨。」

「可是被鞭打好像很丟臉，還在大庭廣眾之下被罰站在教室中央，妳年紀這麼大，我比妳小許多歲，連我都沒辦法忍受這種待遇。」

「但如果無法避免，妳就有責任忍耐。對於命中注定該忍受的事，嚷嚷說自己沒辦法忍受，實在既軟弱又愚蠢。」

我感到萬分驚訝，實在無法理解這種忍耐的教條，更加不能認同她覺得要忍受施予懲罰的人。儘管如此，我依然覺得海倫・勃恩絲用某種超越我的見解在看待一切。我想或許她說得沒錯，我的想法不盡正確。但我不願意深入思考這個問題。我跟《使徒行傳》裡的腓力斯[1]一樣，將它留待日後解決吧。

「海倫，妳說妳有缺點，妳有甚麼缺點呢？我覺得妳很好呀。」

「那就把我當成教材，不要以貌取人。就像卡翠老師說的，我很懶散，很少把東西收拾整齊，從來不會保持清潔。我很粗心大意，經常忘記規矩。應該溫習功課的時候，卻在讀閒書。我做事毫無章法，有時候跟妳一樣，我會說自己沒辦法忍受一板一眼的生活規矩。這些習慣在斯卡翠老師眼中都很惹人厭，因為她天生喜歡整潔、守時、凡事講究。」

1 《聖經・使徒行傳》（24: 22），腓力斯洞悉上帝的教誨，卻遲遲不願意實踐教誨。

「而且脾氣又壞又殘酷。」我補充了一句。但是海倫不贊同我的想法，她沉默不語。

「譚波老師也像斯卡翠老師一樣，對妳那麼嚴厲嗎？」

一聽我提到譚波老師，海倫憂鬱的臉龐浮現一抹淡淡微笑。

「譚波老師非常好，不忍心對任何人嚴厲，即使對全校最差勁的學生，也一樣如此。她看見我犯錯，會輕聲提醒我。如果我做了甚麼值得嘉獎的事，她也會慷慨地稱讚我。即使是她那些極為溫和、理性的告誡，也不能矯正我的毛病，這更加證明我的天性不可救藥。就連她那些我非常珍惜的讚美，也沒辦法激勵我時時刻刻專注用心，事事小心謹慎。」

「這可真奇怪，」我說，「專注用心其實很簡單啊。」

「我相信對妳來說，一點也不困難。今天早上我觀察妳上課的表現，發現妳非常專心，米勒老師講課或問妳問題時，妳一點也不會分心。不像我總是心不在焉，明明應該注意聽斯卡翠老師說話、勤奮記住她講課的內容，卻經常聽不進她的聲音，沉進某種夢境。有時我覺得自己身在諾森伯蘭郡，耳朵裡只聽得見我家附近那條穿越迪普頓深谷的小溪潺潺聲。然後等輪到我回答問題時，旁邊的人就得叫醒我，而我因為只顧聽著想像中的汩汩水聲，根本沒聽見別人念到甚麼地方，自然就沒辦法回答。」

「可是妳今天下午回答得多麼好啊。」

「那只是運氣好，剛好我對上課的內容很有興趣。今天下午我沒有神遊迪普頓，而是納悶，一個很想把事情做好的人，怎麼會做出一些不公平、不明智的舉動？查理一世有時候就會做出這些事情。我覺得真可惜，像他這樣正直又認真負責的人，目光卻只看到王位帶來的權勢。如果他的能夠把眼光放遠，看清楚人們所說的時代精神流向何處，那該有多好！但是，我還是喜歡查理，我尊敬他，也同情他是一位慘遭殺害的可憐國王。沒錯，他的敵人最可惡，殺了他們無權殺害的人。他們竟然敢謀害他！」

海倫已經在自言自語。她忘記我不太能理解她的話，忘記我對她談論的話題一無所知，或幾乎一無所知。於是我將她拉回來。

「那譚波老師上課時，妳也會胡思亂想嗎？」

「當然不會，不會常常這樣。因為譚波老師說的事常比我自己的幻想更有新意，我特別喜歡她的表達方式，而她傳達的訊息往往正是我想知道的。」

「嗯，那麼譚波老師上課時，妳表現得很優秀囉？」

「嗯，但是被動地表現優秀。我沒有努力，只是隨心所欲。這種『優秀』不值得鼓勵。」

「很值得鼓勵啊，妳對那些待妳好的人很好，我只想成為這樣的人。如果大家總是聽從那些殘酷又不公平的人、對他們和善，那些壞人就會肆無忌憚，他們永遠也不會覺得害怕，所以也就永遠不會改邪歸正，只會變得愈來愈壞。如果我們無緣無故被鞭打，一定要使出全力反擊，我覺得我們應該要這麼做，好好教訓那些攻擊我們的人，讓他們不敢再侵犯。」

「希望等妳長大以後，妳會改變想法。畢竟妳現在還是個沒受教育的小女孩。」

「可是這是我的感覺。海倫，對於那些不論我如何討好，都依然固執討厭我的人，我一定要討厭他們，反抗那些不公平懲罰我的人。這是自然不過的事情，就像我要去愛那些關愛我的人一樣，我願意接受自己應得的懲罰。」

「異教徒和野蠻人才有這種教條，可是基督徒和文明國家的人對這種想法叱之以鼻。」
「為甚麼？我不懂。」
「以怨報怨並不是征服憎恨的最佳手段，復仇也不是治療傷害的良藥。」
「那麼該怎麼辦呢？」
「妳去讀讀《新約聖經》，看耶穌怎麼說、看祂怎麼做。把祂的話語當作圭臬，將祂的行為當成妳的榜樣。」
「祂說了甚麼？」
「要愛你的仇敵，祝福那些詛咒你的人；善待那些怨恨你、惡意利用你的人。」
「那麼我就應該愛里德太太，可是我辦不到。我也應該要祝福她的兒子約翰，但這是不可能的事。」
換海倫要我解釋剛剛的話，我毫不猶豫暢所欲言，用自己的方式講述所有折磨和怨恨。講到激動處，我滿腔憤怒與仇恨，據實說出心裡的感受，毫無保留，也不婉轉。
海倫耐心聽完這番話，我以為她會發表一些看法，但是她沒說話。
我心急如焚地問她：「妳不覺得里德太太是個鐵石心腸的壞女人嗎？」
「很顯然，她對妳不好，因為她不喜歡妳的個性，就像斯卡翠老師不喜歡我的性格一樣。但是妳把她對妳做過的事、跟妳說過的話記得多麼清楚啊！她那些不公正的作為似乎深刻烙印在妳心裡！我不會讓任何虐待在心裡留下記憶。如果妳試著忘記她的苛刻、放下那份嚴苛挑起的激動情緒，妳是不是會過得更快樂？我覺得人生苦短，不值得浪費在仇恨或指責過錯。我們所有人在這世上都必須背負著各種過失。但我相信再過不久，我們脫離這具罪惡的軀殼時，也能放下一切怨恨。那時，瑕疵和罪惡都會隨著這具礙事的軀殼離開我們，只剩下靈魂的光耀；那是無形光明和思想的替根源，不可捉摸，純淨得像它最初離開造物主、啟發萬物的狀態。它怎麼來就會怎麼回去，也許重新傳遞給比人類更高等的生物，也許會經歷各階段的榮耀，從黯淡的人類靈魂變得熠熠光輝，再化身為大天使撒拉弗！相反地，難道它絕不會從人類墮落成惡魔嗎？不會的，我相信不會。我有個信念，從來沒人教過我，我也很少提起，但是它讓我欣喜，我堅信不移。因為這個信念帶給所有人希望，使永恆變成安息處所，變成偉大歸屬，而不是恐懼的深淵。此外，藉由這股信念，我能夠清楚分辨罪人和他的罪惡。我可以在憎恨罪惡的同時，真心原諒犯罪的惡人。有了這份信念，我從來不會讓仇恨蝕我的心靈。當眾丟臉的處境從來不會困擾我，我也不會被不公義的事情擊垮。我活得很平靜，精神仰望著終點。」

總是垂頭喪氣的海倫說完這番話時，頭垂得更低了。看她的表情，我明白她不想再跟我說話，寧可沉浸在自己的思緒中。可惜她沒有多少時間可以冥想，因為有個班長，一位舉止粗魯的大女孩走過來，帶著濃重的坎伯蘭口音喊道：

「海倫・勃恩絲，如果妳再不去整理妳的抽屜，把作業收拾好，我就要叫斯卡翠老師過來檢查！」

海倫的白日夢消失無蹤了。她嘆口氣，立刻按照班長的指示去做，不發一語。

7

我在羅伍德學校的前三個月似乎是一段漫長歲月，而且日子過得不是很愉快。為了適應全新的規定與不熟悉的課業，生活夾雜令人厭煩的掙扎與痛苦。那些時候，我時時擔心做錯事，心理壓力比身體上的勞苦更惱人，雖然身體上的勞苦也非同小可。

在一月、二月和三月上旬，道路不是被積雪封住，就是泡在融化後的雪水裡，寸步難行，除了上教堂外，我們活動範圍侷限在花園圍牆內。即使是待在花園裡，我們每天仍然必須暴露在寒冷空氣中一個小時。我們的衣物不足以抵禦嚴寒氣候；我們沒有靴子，積雪滲進鞋子裡，在鞋裡面融化；我們沒有手套，雙手凍得麻木、長滿凍瘡，雙腳也無法倖免於難。我還清楚記得我的雙腳紅腫刺痛，每天早上還得勉強自己把腫痛、破皮又僵硬的腳塞進鞋子裡，總是滿腹憤憤不平、苦惱萬分。匱乏的食物更是令人沮喪，發育中的孩子胃口奇佳，但我們得不到足夠支撐虛弱身軀的養分。食物供給不足衍生出霸凌問題，年紀較小的學生深受其害，那些飢餓的大女孩只要一找到機會，就會欺壓年幼學生，連哄帶騙或威脅小女孩們交出自己的食物。我經常得跟另兩名勒索者分享午茶時間的那一小片珍貴全麥麵包，之後還得把馬克杯裡的咖啡分一半給第三人享用。我常常餓得忍不住落淚，偷偷伴著淚水嚥下杯中僅剩的幾滴咖啡。

那年冬季，星期天是最恐怖的日子。我們必須徒步走三公里路到布洛克布里奇教堂，那是我們贊助人任職的教會。外頭很冷，到教堂時感覺更冷。做晨間禮拜的過程中，大家幾乎冷得凍僵了。教堂距離學校太遠，沒辦法回去用餐，因此在兩次禮拜之間，我們會輪流分配到冷肉和麵包，份量跟平時的學校餐點一樣微薄。

下午的禮拜結束後，我們走一條毫無屏障又高低起伏的山坡路回家，冷颼颼的寒風從北方的皚皚雪山巔吹襲下來，幾乎颳傷我們臉上的皮膚。

我還記得譚波老師步履輕快又敏捷地，走在我們士氣頹喪的隊伍旁，她抓緊被冷風吹得啪答響的格紋披風，一面說話鼓勵我們，一面以身作則向前挺進，提振我們的士氣，要我們像「英勇的戰士」，讓我們打起精神向前走。至於其他老師，真可憐，她們自己也已經垂頭喪氣，沒有多餘心力去激勵別人。

我們回到學校後，多麼渴望熾烈的爐火散發出光亮與溫暖啊！可惜這點希望也遭到剝奪了，至少對那些年紀小的女孩而言如此，教室裡的兩座壁爐前總是立刻圍上兩圈大女孩，年幼的那些孩子躲在她們背後，成群蜷縮著身體，細瘦的臂膀裹在長圍裙裡。

到了茶點時間，我們總算得到小小慰藉，每個人分配到平時兩倍份量的麵包，是一整片麵包，而不是半片，上面還塗上一層薄薄的美味奶油。這是每週一次的犒賞，讓我們從這個安息日盼到下一個安息日，這是每週一次的例行饗宴。我通常會設法替自己保留下這份慷慨的美味佳餚，但另一半總是被迫無奈地分割出去。

星期天晚上都在背誦中度過，背誦內容包括教義問答，以及《馬太福音》第五、六、七章，之後是一篇由米勒老師誦讀的冗長佈道文；她總是壓抑不住呵欠，沒辦法掩飾自己的疲累。按照慣例，這些活動的常見插曲就是五、六個小女生扮演起猶推古[1]；她們因為抵擋不住睡意，常會跌落在地，即使不是從三層樓摔下來，至少也是從第四班的長板凳跌到地上，被扶起來時個個癱軟、氣弱猶絲。有趣的解決方法就是把她們推到教室中央，要她們在那兒罰站，直到佈道結束。有時候她們的雙腿無力，一個個跌成一團，這時就會有人拿班長的高凳子撐住她們。

我還沒提到布洛克赫先生來校察訪的事。其實我入學後的第一個月裡，那位先生幾乎都不在家，也許他又在那位副主教朋友家多逗留了一段時日。他不在的這段時間，我的心情比較輕鬆。很顯然，我害怕他來學校是有理由的，但他終究還是來了。

某天下午（這時我已經來到羅伍德學校三個星期），我拿著寫字板，思考一道長除法題目的答案。我心不在焉地抬頭望向窗外，正巧瞥見有個人影走過去。我幾乎憑直覺就認出那個削瘦的輪廓。兩分鐘後，所有學生及老師們，全都集體站了起來，我不需要伸長脖子去查看大家起身迎接的人是何許人物。他跨著大步來回巡視教室，那根曾經站在蓋茲海德莊園壁爐地毯上、對我皺著不悅眉頭的黑色石柱，此刻豎立在譚波老師身旁。我側過臉看一眼這根柱子，對，我猜的沒錯，的確是布洛克赫先生。他裹著一件大衣，整個人顯得更瘦長，比從前更加冷峻嚴肅。

---

1 《聖經・使徒行傳》（20: 7－12），少年猶推古「坐在窗臺上，陷入了沉睡。保羅又講論了很久，猶圖克斯在沉睡中從三樓掉了下去，被扶起來的時候，已經死了。」

看見這個幽靈般的身影，我有足夠的理由驚慌。我清楚記得里德太太虛假暗示我品格不良，也記得布洛克赫先生信誓旦旦說，要把我的惡行惡狀告訴譚波老師和其他老師。我一直以來，都很擔心這個諾言會實現，每天都戒慎恐懼地留意這位先生的「降臨」，因為他會告訴大家我以往的一切和我說過的話，讓我從此被標上壞孩子的標籤。如今他來了。

他站在譚波老師旁邊，正低聲在她耳邊說話。我深信他在披露我的惡行，只能焦急地看著譚波老師，每一秒鐘都覺得她那雙深色眼珠會轉過來看我，厭惡又輕蔑地瞅我一眼。我也豎起耳朵聽著，因為我正巧坐在教室前端；我聽見他大部分的說話內容後，鬆了口氣，心中的擔憂暫時得以消除。

「譚波老師，我保證我從盧頓鎮採買回來的線應該很合用。當時我突然想到，這些線的質料正好適合縫製印花棉布襯衣。我還找了一些合用的針。妳可能要跟史密斯老師說，我忘記在備忘錄寫下要購買編織針。不過，她下禮拜應該會收到一些紙張，提醒她絕對不可一次給學生超過一張，如果她們拿到太多東西，就會粗心大意弄丟。喔，對了！我希望學生們更珍惜她們的羊毛襪！上次我過來的時候，到菜園去檢查曬在晾衣繩上的衣服，很多黑色長襪都沒有仔細縫補。從上面的破洞可以看得出來，那些襪子並沒有經常妥當縫補。」

他停頓了一下。

「先生，我們會遵照您的指示。」譚波老師回答。

「還有，譚波老師，」他繼續說，「洗衣的女僕告訴我，有些女孩一星期內用了兩件乾淨的領布。這太多了，按規定只能用一件。」

「先生，我想我可以跟您解釋這個情況。上週四艾格妮絲和凱瑟琳・詹斯頓姊妹受邀到盧頓鎮，跟朋友喝下午茶，我同意她們穿戴乾淨的領布過去。」

布洛克赫先生點了點頭。

「嗯，一次倒還無妨，但請不要太常讓這種情況發生。還有另一件事讓我覺得很驚訝，我跟管家對帳時發現，過去這兩個星期，女孩們吃了兩次麵包加乳酪的點心。這是怎麼回事？我查了規定的菜單，上頭並沒有提到點心這種事。這是誰的創舉？又是誰批准的？」

「先生，這件事由我負責。」譚波老師回答，「因為早餐煮壞了，學生們根本吃不下去，我不敢讓她們空著肚子挨餓到午餐時間。」

「女士，恕我直言。妳應該明白，我教養這些女孩的目標，不是養成她們奢侈浪費的習性，而是要訓練她們能夠吃苦耐勞、沉著冷靜、克己奉獻。即使發生任何影響食慾的小事情，例如像伙食煮壞了、調味料放得太淡或太重，也不能用更美味的食物來彌補口腹之慾的損失，養成學生嬌生慣養的身體，違背這個機構的宗旨。本機構的目標應該是啟發學生、教導學生，讓她們在短暫的匱乏中學習堅忍剛毅。在那些情境下，最適合來一段簡短的精神訓話，明智的教導者會把握機會，提醒大家古代基督徒承受的苦難、殉道者受到的苦刑，以及我們敬愛的主召喚門徒，要他們揹起十字架跟隨祂的諄諄教誨；祂告誡世人不能僅靠食糧而活著，而要依循神口中說出的字字句句、祂賜予的神聖撫慰：『若你們為我忍受飢渴，你們就會快樂。』唉，女士，當妳放進孩子口中的是麵包和乳酪，而不是燒焦的粥，妳或許餵飽了她們的萬惡軀殼，卻沒想到自己匱乏了她們的靈魂！」

布洛克赫先生又停頓下來，或許是情緒太過激動的緣故。從他一開始說話，譚波老師始終低垂著頭，但她現在直視前方。她的臉龐天生白皙如大理石，此時似乎也像大理石般冰冷堅硬，尤其她緊緊抿著的嘴唇，彷彿需要借用雕刻家的鑿子，才能撬得開似的，她的眉毛也漸漸如岩石般嚴肅。

此時，布洛克赫先生雙手揹在背後，站在壁爐前，威風凜凜地審視全校師生。突然間，他的眼眨了一下，彷彿看見甚麼刺眼或震驚的事物。他轉過身，說話速度比剛才更急促：

「譚波老師，譚波老師！那個、那個女孩為甚麼有鬈髮？紅頭髮，還是捲的，整頭都是鬈髮！」接著他抬起手杖，指向那個糟糕至極的目標物，手還止不住顫抖。

「那是茱莉亞・塞文。」譚波老師極小聲地回答。

「茱莉亞・塞文。女士！那麼她，或者其他女孩為甚麼留著鬈髮？她為甚麼能夠違反這間學校的每一條訓誡和規定，頂著一頭雜亂鬈髮，公然在這個傳福音的慈善機構迎合世俗習氣？」

「茱莉亞的頭髮是自然鬈。」譚波老師更小聲地回答。

「自然鬈！沒錯，可是我們依循的不是自然法則，我希望這些女孩子都是蒙受恩典的孩子。還有，為甚麼頭髮又多又蓬？我一而再、再而三提醒過，希望嚴格規定學生把頭髮梳理得嚴密、謙卑、簡樸。譚波老師，那女孩的頭髮得全部剪掉，我明天會派個理髮師來。我還看到有些人頭髮長得太長。那個高個子女孩，叫她向後轉。叫第一班學生全站起來，面向牆壁。」

譚波老師拿起手帕輕掩嘴唇，像是要抹去忍不住揚起的笑意。但她還是下達了指令，第一班學生聽到指令後馬上奉命行事。我坐在長椅上稍稍向後仰，看見她們呲牙咧嘴地扮鬼臉，表達內心的不滿，可惜布洛克赫先生看不見，如果他看見了，或許就會體認到：無論他如何整治杯盤的外表，想改變杯盤的內在，卻困難得超乎他的想像。

他檢視這些活獎牌的背面大約五分鐘，然後宣布判決，那些話聽來像是敲響的喪鐘：

「這些髮辮都要剪掉！」

譚波老師似乎想抗議。

「女士，」他繼續說道，「我所侍奉的主，祂的王國並不在這個塵世。我的任務就是泯除這些女孩的物質慾望，教導她們在衣著上展現謙卑和節制，而不是編起髮辮、穿著昂貴服飾。我們面前的這些女孩，每個人的頭髮都有一束辮子，想必是虛榮心作祟。我再次鄭重強調，一定要剪去這些髮辮，想想她們浪費了多少時間在頭髮上……」

這時，布洛克赫先生的話被打斷了，另外三位訪客走進教室，這三位女士們應該早點進來，才能聽見他剛剛那一番評論衣著的演說，因為她們全穿著光鮮亮麗的天鵝絨、絲綢和皮草。其中兩位年輕小姐（十六、七歲的美麗少女）戴著當時流行的灰色海狸皮帽，帽子裝飾了鴕鳥羽毛，典雅頭飾下緣還垂墜著濃密的披肩長髮，鬈度精緻無比。那位年長的女士披著貂皮滾邊的昂貴天鵝絨披肩，頭上戴著鬈曲的法式劉海假髮。

譚波老師恭敬地稱呼這些女士為布洛克赫太太和小姐，並引導她們到教室前方的貴賓席就座。她們似乎是跟著可敬的親人，一同搭乘馬車前來，並且當他跟管家洽談公事、盤查洗衣女僕、告誡學監時，她們一直在樓上巡視搜查房間。此時，她們開始指出好幾處缺失，責備負責衣物布料和宿舍的史密斯老師。但我沒時間聽她們說的話，我一直在留意別的事情，聽得入神。

截至目前為止，我側耳傾聽布洛克赫先生和譚波老師對話的同時，也沒有忘記要確保自身安全。我覺得只要不引人注意，應該可以逃過一劫。我坐在全班最後一排的位子，為了保持低調，一面假裝專心算術，一面技巧地用寫字板擋住臉孔。我差點就成功了，只可惜我那不聽話的寫字板從我的手中滑落，聲勢浩大地摔落地板，現場所有目光同時轉向我。我知道大勢已去，一面我彎身撿起斷成兩半的寫板，一面做好迎接惡果的準備，一切前功盡棄，終究逃不過惡果。

「粗心大意的女孩！」布洛克赫先生說，立刻接著說：「我看見了，是那個新學生。」我還來不及吸氣，又聽見他說：「我不該忘記要跟大家說說她的事。」接著，他提高音量，聽在耳朵裡多麼響亮刺耳啊！「叫那個摔壞寫字板的女孩到前面來！」

我嚇得無法動彈，絕不可能主動走上前。坐在我身邊的兩名高年級女孩拉我站起來，再把我推向那恐怖的審判官。譚波老師溫柔地扶我到他面前，我聽見她輕聲安慰：

「簡，別害怕，我知道那是意外，妳不會受懲罰的。」

這和善的安慰像匕首般刺進我的心臟。

「下一分鐘，她就會唾棄我這個偽君子。」我心想。想到此處，油然升起一股衝著里德太太、布洛克赫先生等人的怒氣，隨著我的脈膊跳動。我可不能像海倫・勃恩絲一樣。

「搬那張凳子來！」布洛克赫先生指著一張很高的凳子，有個班長剛剛起身離開。那張凳子被搬了過來。

「把那孩子放在凳子上。」

有人把我抱了上凳子，我不清楚是誰抱我上去，此時我沒有心思留意細節，只知道我現在跟布洛克赫先生的鼻子一樣高，距離他不到一公尺，更知道我下方有一片鮮豔的橙黃和紫紅色絲綢皮草大衣、一團銀白羽毛花團錦簇地搖擺飄動。

布洛克赫先生「嗯哼」了一聲。

「女士們，」轉身朝向他的家人，「譚波老師、各位老師、各位同學，大家都看見這女孩了嗎？」

她們當然看見了，因為我感覺到大家的目光，就像點火石似地聚焦灼燒著我的皮膚。

「妳們看她年紀這麼小，只看見她有平凡女孩的外表。神賜予她仁慈，讓她擁有像我們大家一樣的外表，沒有明顯的缺陷來暴露性格上的污點。誰能想到『魔鬼』已經把她收編為奴僕和代理人。我很遺憾地說，事實正是如此。」

他停頓片刻。我開始穩定自己癱軟的神經，開始感覺到已經渡過盧比孔河了[2]，決心破釜沉舟，再也逃不過這場審判，必定要堅強承受下去。

「親愛的孩子們！」這位黑色大理石般的牧師繼續激動地說，「這是件哀傷又可悲的情況，因為我有責任要告誡妳們，這個女孩或許也是上帝的羔羊，是個被驅逐的迷途罪人。她不是真

2 「渡過盧比孔河」（Crossing the Rubicon），典故源自於西元前四十九年，凱撒破除將領不得帶兵渡過盧比孔河的禁忌，帶兵進軍羅馬與格奈烏斯・龐培展開內戰，並最終獲勝。

正的羔羊，顯然是一位不速之客及異類。妳們必須時時提防她，不能拿她做榜樣。若有必要，請跟她保持距離，不讓她參加妳們的活動，不許她跟妳們交談。老師們，妳們務必看管好她，密切注意她的一舉一動，別輕信她的話，嚴格審查她的行為，必要時懲罰她的身體來救贖她的靈魂。確實，我們有必要拯救她，因為（我說這句話時舌頭都要發顫、打結）這個女孩、這個孩子，這個出生在基督國度的子民，其實比許多向梵天禱告、跪拜神像札格納特的異教徒更低劣[3]，這女孩是個……騙子！」

全場靜默了十分鐘，此時我的已經完全恢復意識，看見布洛克赫家的女士們掏出手帕擦擦眼角，年長的那位女士身體晃了晃，兩位年輕的女士悄聲說：「真是太驚人了！」

布洛克赫先生繼續說話：

「這些是我從她恩人口中聽來的，那位虔誠女士善心收養這名孤女、將她視為己出般撫養長大。而對於這位女士的仁慈慷慨，這個悶悶不樂的女孩竟忘恩負義，惡劣地回報恩人。最後，這名監護人擔心這名女孩的墮落天性污染她孩子的純真，不得已只好將這女孩隔離開自己的小孩。她把小女孩送來這裡接受矯正，正如古代猶太人把病人送入畢士特池攪動中的池水。所以，老師們、學監，我懇求妳們別讓池水在她周遭停滯。」

說完這句精闢的結語後，布洛克赫先生調整了大衣第一顆鈕釦，對他的家人低聲說了句

3 梵天（Brahma）是印度教的創造神、札格納特（Juggernaut）是印度教三大神之一毗濕奴的化身。

話。她們聞言站了起來，對譚波老師行禮，然後所有大人物全都起身威風凜凜地離開教室。我的審判官走到門口時轉身說：

「罰她在凳子上多站半小時，今天之內不許任何人跟她說話。」

於是，我高高站在凳子上；先前還曾經說過我無法忍受站在教室中央的恥辱，如今卻在眾目睽睽之下，站上可恥的臺座。我的心情難以用言語形容，但當她們全體起立時，我只覺得呼吸困難、所有情緒如鯁在喉。這時有個女孩走過來，經過我身邊時，她的眼睛往上來看我。那眼神裡的光采帶給我一股驚人的感受，多麼奇異！這股全新感受讓我有了勇氣支撐下去！就像一位烈士、一個英雄走過奴隸或受難者身旁，擦肩而過時給予他們力量。我克制住漸漸爆發的歇斯底里，抬起頭來，穩穩站在凳子上。海倫向史密斯老師問了無關緊要的課業問題，因而遭受責罵。她又經過我身邊回到座位時，對我露出微笑。多麼美好的笑容！我至今記憶猶新，我知道那笑容流露出非凡的智慧、真正的勇氣。那抹微笑讓她那斑痕的外貌、削瘦的臉龐、凹陷的灰色眼珠頓時容光煥發，就像天使般。可是，海倫手臂上別著「髒亂學生」的臂章，不到一小時前，我才聽見斯卡翠老師罰她明天午餐只能吃麵包配水，因為她抄寫作業時，墨漬弄髒了紙頁。這就是人類天生的不完美啊！即使是最明亮的星球上也會有污點，而以斯卡翠老師這樣的目光，只能看見那些微小的缺陷，看不見整顆星球的熠耀光暉。

半小時還沒結束，響起五點的鐘聲，下課了，所有人都到餐廳去喝下午茶，我才敢爬下來。天色已經變暗，我躲進教室角落，坐在地板上。支撐著我的咒語開始消退，不久，正常反應開始出現，我覺得悲痛不已，整個人倒臥在地上，臉趴在地板上哭泣。海倫不在這裡，沒有人可以安慰我，我孤苦無依，自怨自艾，任由淚水沾濕地板。我原本想當個好學生，想在羅伍德學校盡心努力、交許多朋友、贏得尊重和關愛。我已經有顯著的進步，那天早上我剛成為全班第一名，米勒老師親切地誇獎我，譚波老師也微笑表示贊同，如果我未來兩個月內持續這樣優異的表現，譚波老師就會教我畫畫、讓我學法文。而且，班上同學也都誠心接納我，跟我同年齡的學生都平等待我，沒有人欺侮我。但如今，我再次被擊垮和踐踏，還能重新站起來嗎？

「絕不可能！」我心想，寧可死掉算了。我抽抽噎噎地啜泣，斷斷續續地說出這個念頭。有個人靠近我，我坐起來，海倫又出現了。逐漸熄滅的火光殘影中，映照她的身影走過空蕩蕩的長教室，她幫我帶來了咖啡和麵包。

「來，吃點東西。」她說。但我推開了東西，覺得以目前的狀態，即使一粒麵包屑或一滴咖啡都會噎住我的喉嚨。海倫看著我，似乎有點驚訝。儘管我努力克制，就是無法壓抑激動煩躁的情緒。她在我身旁的地板坐下，雙手抱膝，頭靠在膝蓋上，就這麼沉默無聲，像個印第安人似的。我反倒先開口說話：

「海倫，妳為甚麼要跟一個大家都覺得是騙子的人在一起？」

「大家？為甚麼這麼說，簡？只有八十個人聽見人家喊妳是騙子，這個世界上有千百萬人呢。」

「但是那千百萬人跟我有甚麼關係？而我認識的那八十個人，都鄙視我。」

「簡，妳錯了，學校也許沒有人瞧不起妳或討厭妳，我相信很多人非常同情妳。」

「她們聽見布洛克赫先生說那種話，怎麼可能同情我？」

「布洛克赫先生不是神，更不是甚麼偉大或受尊敬的人，這裡沒人喜歡他，他從沒做過任何贏得大家愛戴的事。萬一他特別禮遇妳，妳身邊反而會多出許多敵人，明裡暗裡的攻擊妳。其實大多數人都願意來安慰妳，只是欠缺勇氣。老師和學生們可能會冷落妳一、兩天，但是她們心裡都藏著善意的感情。如果妳繼續努力認真，這些暫時被壓抑的情緒遲早會更明顯表現出來。還有，簡──」她停頓下來。

「怎麼樣，海倫？」我握著她的手。她輕柔搓揉我的手指，讓它們溫暖起來，接著又說：

「就算全世界都討厭妳、相信妳不好，但只要妳心安理得，就不會沒有朋友。」

「不對。我知道應該看重自己，可是這根本不夠。如果其他人不喜歡我，我寧可死掉，也沒辦法忍受孤獨和被人討厭呀。海倫，想看看，為了從妳、譚波老師或任何我真心喜歡的人身上得到關愛，我甘願折斷手骨、被公牛撞飛，或者被馬匹的腳蹄踢碎我的胸口……」

「別說了，簡！妳太在乎人類的情感，太容易衝動、感情太強烈。那雙至高無上的主宰之手創造妳的身軀、賦予它生命，也賦予其他跟妳一樣軟弱的生物，那雙手還賜予妳其他寶藏。

在這個地球之外、人類之外，還有一個看不見的世界、一個靈魂的國度；那個世界就在我們身邊，無所不在；那些靈魂看顧著我們，因為祂們的使命就是守護我們。如果我們即將死於痛苦和羞辱、奚落從四面八方重擊我們、仇恨摧殘我們，天使能看見我們的痛楚、辯識我們的清白（假設我們確實無辜，就像布洛克赫先生從里德太太聽來不足為據、盛氣凌人的二手指控。我相信妳是無辜的，因為從妳炙熱真誠的眼神中，看見妳光明磊落的本性。）神會等待我們靈魂與肉體分離的時刻，賜予我們應得的冠冕。這麼說來，人生如此短暫，死亡又必然是通往快樂、榮耀的途徑。那麼，我們何苦要沉淪於痛苦哀傷之中呢？」

我沉默下來，海倫已經安撫了我的心。但是她給予我的這份平靜卻夾雜著無法言喻的憂傷。我感受到她話語中的悲傷，卻說不出它從何而來。她說完話後，呼吸變得稍微急促，還咳了幾聲，我暫時忘記自己的傷痛，隱約為她生起一股關懷之心。

我把頭靠在海倫肩上，雙臂環抱她的腰。她把我拉過去，我們靜靜依偎著彼此。我們並沒有坐太久，就有另一個人走進來。一陣剛剛颳起的風吹散空中濃密的雲層，露出皎潔的月亮。月光從近處的窗戶灑進來，照在我們倆和那個慢慢走近的人影，我們馬上認出那是譚波老師。

「簡愛，我專程來找妳。」她說，「到我房間裡。既然海倫・勃恩絲跟妳在一起，她也可以一起來。」

我們跟隨譚波老師的腳步離開教室，穿過錯綜複雜的走道，爬上一層樓梯，才來到她的住處。她房裡點著溫暖爐火，氣氛十分舒適宜人。譚波老師叫海倫坐在壁爐邊一張低矮扶手椅上，她自己坐進另一張，再把我叫到她身邊去。

「都沒事了嗎？」她低頭看著我的臉。「哭過以後，心情好點了嗎？」
「我覺得我的心情永遠也好不起來。」
「為甚麼？」
「因為我蒙上了不白之冤，現在老師和所有人都一定會覺得我是壞孩子。」
「孩子，我們只會相信妳表現出來的模樣。繼續當個乖女孩，我們就會很滿意。」
「是嗎，譚波老師？」
「是的。」她雙手搭著我的肩膀，「現在跟我說說，布洛克赫先生提到的那個恩人是誰？」
「是里德太太，我舅舅的妻子。我舅舅過世了，把我託付給她照顧。」
「那麼，她不是自願收養妳？」
「不是的，老師，她根本不願意這麼做。我常聽僕人們說，我舅舅臨死前逼她承諾會好好照顧我。」
「嗯，簡，如妳所知，或至少我會告訴妳，當罪犯受到控訴時，他應該有機會為自己辯護。有人指控妳說謊，妳要盡力為自己澄清。跟我說說是怎麼回事吧，依據妳的記憶說出真相，但別加油添醋、誇大其詞。」
我發自內心決定要用最適當、理性的方式表達。我回想了幾分鐘，理清楚頭緒，就對老師敘述我悲傷的童年。我剛剛哭泣過，說話的語氣比平時更克制，也謹記海倫的告誡，不要恣意發洩怒氣。我娓娓道來往事時，少了許多怨恨的情緒和怨恨，經過壓抑和簡明扼要的敘述，聽起來反倒更加可信。我感覺到譚波老師全心全意相信我的話。

講述往事的過程中，我提到那次暈倒後羅伊德先生來看我，因為我永遠不會忘記那對我來說可怕至極的紅房間。描述那件事時，我非常激動，肯定有某種程度的失控，因為里德太太無視我的痛苦哀求，再度把我鎖進那個漆黑的鬧鬼房間，在記憶深處留下揪心的傷痛，至今仍然沒有任何事物可以撫平這個傷痛。

我說完後，譚波老師靜靜注視我幾分鐘，然後說：「我認識那位羅伊德先生，我會寫封信給他。如果他的回覆能證實妳說的話，我會公開澄清妳所有罪名。在我心目中，簡，妳現在是清白的。」

她親親我，也讓我繼續留在她身邊。我心滿意足站在那兒，目光觀察她的臉龐、服飾、身上那一兩件佩飾、白皙的額頭與一綹綹光滑閃亮的鬈髮、散發出光采的深色眼珠，對一個孩子來說，這是種享受。她轉頭對海倫說話。

「海倫，妳今晚好嗎？今天咳得厲害嗎？」

「我覺得咳得不怎麼厲害，老師。」

「妳的胸口還疼痛嗎？」

「好一點了。」

譚波老師站起來，檢查她手腕的脈搏，然後返回自己的座位。她坐下時，我聽見她輕聲嘆息。她沉思片刻，然後打起精神，愉悅地說：

「今晚妳們倆是我的客人，我一定得好好招待妳們。」她拉了鈴。

「芭芭拉，」她對回覆的僕人說，「我還沒用茶點，把托盤拿過來，順便幫這兩位小姐準備茶杯。」

托盤很快就送上來。在我眼裡，那些擺在壁爐旁小圓桌上的陶瓷杯和閃亮的茶壺，多麼漂亮啊！那茶湯的熱氣多香醇！還有烤麵包的香味！可惜，我發現麵包的份量只有一點點，感到多麼沮喪（因為我開始感覺到餓意）。譚波老師也發現了。

「芭芭拉。」她說，「妳能不能拿大塊一點的麵包和奶油來？這些不夠三個人吃。」

芭芭拉走出去，不久又回來了。

「女士，哈頓太太說她已經送來平時的份量了。」

哈頓太太就是那位管家，是布洛克赫先生的心腹，同樣生了副鐵石心腸。

「喔，那好吧！」譚波老師回答，「看來我們只好將就點了，芭芭拉。」那女孩離開後，她又微笑補說一句：「幸好，這次我有東西可以派上用場。」

她邀請我和海倫走到圓桌旁，在我們倆面前各擺了一杯茶和一片美味卻薄薄的土司。然後她站起來，打開抽屜，拿出一個用紙包著的東西，打開來是一塊好大的核果糕餅。

「我原本打算讓妳們倆各自帶一些回去，」她說，「但可惜麵包太少，妳們只好現在吃了。」接著她大方地切開糕餅。

那天晚上我們彷彿享用人間的美饌，而且在那場饗宴中，女主人始終心滿意足地看著我們津津有味吃著她慷慨準備的美食，更令人感到開心。茶點用完，僕人收走了托盤，她再次請我們到爐火邊。我們一左一右坐在她身旁，她和海倫開始侃侃而談；我多麼榮幸能聆聽這場對談。

譚波老師舉手投足間總是帶著寧靜的氣質，神情始終莊嚴，談吐文雅，不急不徐，讓人看著她和聽她說話時，不僅滿懷崇敬，也感受到一股純淨的喜悅，而這就是我當時的感受。至於海倫，她令我驚豔。

那頓提神的茶點、明亮的火光，她敬愛老師的陪伴和慈愛，或許更重要的是她獨特的心靈世界，有某種東西喚醒她的力量。那股力量甦醒了、發光發熱。起初，它閃耀在她紅潤的臉頰，以往她的臉頰一直蒼白無血色。接著，她的眼眸閃耀在水盈盈的光澤中，那雙眼睛瞬間比譚波老師的眼睛更加美麗出色；那種美不是來自於美好的色澤，也不是來自長長的睫毛，更非描畫過的眉毛，而是來自於有深度、充滿光彩的姿態。然後，她的靈魂附身在她的嘴唇上，流淌出的話語如行雲流水，卻無從得知言語的源頭。一個年僅十四歲的女孩，她的心竟如此開闊，又充沛得足以容納百川、這種純粹、豐富、熾熱且源源不絕的雄辯泉源？在那個令我極為難忘的夜晚，海倫的言談正是如此。她的靈魂似乎急著在短時間活得精彩，活出別人漫長人生同等時間的光芒。

她們談著我前所未聞的事情，談過去的民族和時代，關於遙遠的國度、已揭曉或仍未解謎的大自然奧秘。她們也談論書本。她們多麼飽讀詩書啊！知識如此豐富呀！然後，她們似乎對法文名字和法國作家知之甚詳。但是，最讓我驚訝的是，譚波老師問海倫是否找時間複習她父親教她的拉丁文，並從書架上取下一本書，請海倫朗讀一段維吉爾的詩篇[1]，並解釋內

1　拉丁名為普布利烏斯・維吉利烏斯・馬羅（Publius Vergilius Maro），古羅馬詩人。

容。海倫照做了。我每聽她唸一行詩，就愈是對她滿腹崇拜。可惜她還沒唸完，就寢的鈴聲就響起了，就寢時間容許稍有耽擱，譚波老師給我們倆一人一個擁抱，說：「願上帝祝福妳們，我的孩子！」

她抱海倫抱得更久一些，更捨不得放開她。她送我們到門口時，眼睛注視著海倫，再次嘆息，拭去臉頰上流下的淚珠。

快到寢室門口時，我們聽見斯卡翠老師的聲音，她正在檢查抽屜，剛好拉開海倫的抽屜。我們一進門，海倫就遭受到一頓嚴厲的斥責，說明天要在海倫肩膀別上五、六張摺得亂七八糟的東西。

「我的東西確實是亂七八糟。」海倫低聲喃喃對我說，「我本來想整理一下，但是忘記了。」

隔天早晨，斯卡翠老師在一張硬紙板上寫著明顯的幾個大字：「邋遢學生」，像避邪符似的貼在海倫寬闊、溫順、聰穎又和善的額頭上。海倫很有耐心，無怨無悔戴著那張牌子直到傍晚，將它視為應得的懲罰。下午課程結束後，斯卡翠老師才走出教室，我就跑到海倫身邊，撕掉那個紙板，扔進火爐裡燒掉。她沒有萌生的怒火燃燒在我身體內一整天，大顆大顆的淚水不停澆燙我的臉頰。目睹她悲傷無奈的屈服，我心痛得難以忍受。

之前敘述的那樁事件過後，約莫經過一個星期，譚波老師寫給羅伊德先生的信件收到回音；顯然羅伊德先生陳述的內容與我的話相符。譚波老師於是召集全校師生，公布她的調查結果，說明簡愛所遭受到的換控並非實情，她非常高興能夠聲明，簡愛背負的污名純屬子虛烏有。老師們都跟我握手、親吻我，班上同學也都開心地低聲、交頭接耳地說話。

我如釋重負，從那一刻重新發奮圖強，決心克服所有困難。我努力苦讀，而我的付出也獲得回報。反覆練習讓我的腦袋更靈光，我不算好的記憶力也在練習中進步了。幾個星期內，我升到更高的年級，不到兩個月，我就獲准開始學習法語與繪畫了。我學會了法語動詞ETRE的前兩種時態，同一天之內，又畫了我第一張素描，是間小屋子（事實上，那小屋牆壁的斜度與比薩斜塔相比，有過之而無不及）。那天晚上就寢時，我忘了運用想像力幫自己料理一頓熱騰騰的烤馬鈴薯，或白麵包加新鮮牛奶的巴米賽德晚餐[2]，我習慣用這種方式充飢。結果，我在黑暗中看見我親手繪製的畫作，隨興揮灑出的房舍與樹木、如詩如畫般的嶙峋岩石和斷垣殘壁；克伊普[3]繪畫方式的牛群；蝴蝶飛舞在含苞玫瑰上的甜蜜景象、鳥兒啄食熟成的櫻桃；鷦鷯在常春藤新枝築成的巢裡孵著珍珠般的鳥蛋。我也想在腦海中流暢翻譯出那天皮耶荷老師拿給我讀的法文小故事，這個問題還沒想透徹，我就已經又香又沉地睡入夢鄉了。

所羅門王說得好：「嚼食粗茶淡飯而彼此相愛，勝過相互憎恨的山珍佳餚。」如今的我，說甚麼也不願用蓋茲海德的奢華富裕來換取羅伍德的一切困苦。

2 巴米賽德（Barmeide）是《天方夜譚》（*The Arabian Nights' Entertainments*）一則故事中的大富翁。他在宴請一位名叫夏卡巴克（Schacabac）的乞丐時，以空盤饗客，光用嘴說一道一道的菜，但並沒有真的菜端上來。

3 阿爾伯特・克伊普（Albert Cuyp, 1620－1691）是十七世紀的荷蘭畫家，畫作多描繪鄉間景物。

9

但是羅伍德學校的貧困生活，或不如說是艱困的磨難，已經逐漸好轉了。春天的腳步將至，春意確實已躍上枝頭，冬天的霜雪褪去、積雪融化，刺骨寒風變成和煦微風。我悲慘的雙腳在一月隆冬的冷空氣中凍得脫皮腫痛、走路時跛行的樣子，如今在四月的暖風中開始痊癒。夜晚與清晨也不再有如加拿大的嚴寒冷風，冰凍住我們血管中的血液。如今我們可以忍受在花園裡度過休息時間，有時候是遇見晴朗的好天氣，氣溫甚至宜人舒適。那些黃褐色的花圃也萌生出點點綠意，花草一天比一天綠意盎然，顯然希望女神趁著夜晚拂過它們，每天早晨都留下更鮮亮的足跡。花朵從綠葉中探頭出來，雪蓮花、番紅花、紫色報春花，還有金眼三色堇等。星期四下午停課，我們會出門散步，在路旁或在樹籬下總能發現更鮮豔甜美的花朵盛開。

我也在花園那堵高聳的尖刺圍牆外，發現許多無邊無際直抵地平線的美好事物：環繞著開闊山谷的壯麗山峰，長著鬱鬱蔥蔥的翠綠草木和綠樹濃蔭。清澈的山溪中盡是幽暗石塊和閃亮晶瑩的漩渦流水。這跟我在嚴冬時看到的景色多麼不同啊！那時鐵灰色的天空底下，全被白雪籠罩、霜霧冰凍！如同死神般的冰冷霧靄，在東風吹送下沿著紫色山巔漫遊，滾下河流旁平緩的沙洲，直到與溪水的冷冽霧氣融合。於是那條溪水化成一道湍急的奔流，混濁、奔騰如脫韁野馬，沖刷著林木，在空氣中常伴隨著滂沱大雨和紛飛的冰霰，發出怒吼響徹雲霄。至於河岸上的森林，放眼望去唯有一列列枯木殘骸。

時序從四月到了五月，那是明亮晴朗又寧靜的五月，可以看到湛藍的天空與和煦陽光，溫柔的西風與南風輕輕吹拂。花草樹木茁壯成長，羅伍德解脫了垂掛的冰柱，周遭盡是滿園春色。原本枯萎的榆樹、白臘樹和橡樹枝幹恢復了盎然生機，林地裡的植物從隱蔽處繁茂，無數種苔蘚鋪滿低窪的沼澤地。遍地都是淡黃色野花，乍看之下像是從地底照射出的陽光，化為一幅奇妙景象。我在許多陰涼處見過它們的金黃色微光，像散落一地的溫潤光輝。我經常全心全意欣賞這一切，無拘無束、不受監督地獨自一人享受著這些事物。這難得的自由與歡娛其來有自，現在容我說明其中原委。

我所描述的羅伍德這坐落在山丘林間、臨溪而立，難道不是個愉悅的好住處嗎？它確實很美好，但至於夠不夠健康，卻是另一回事了。

羅伍德所在的林間幽谷終日霧氣濛濛，充滿霧霾引發的瘴癘，隨著春天的腳步，瘴氣滲進了那棟孤兒院庇護所，對擁擠的教室與宿舍吹送斑疹傷寒的疫情。五月到來前，整間學校已經變身為醫院。

平日忍飢挨餓、未能及時治療傷風感冒的學生們對疾病完全沒有抵抗力，八十個女孩之中有四、五十個同時躺在病床上。課程中斷了、校規也鬆弛了，少數幸運保持健康的學生獲得無拘無束的自由，因為醫護人員堅持要她們經常運動，保持健康。再說，也沒有人有閒工夫監督或約束她們。譚波老師全副心思投注在病人身上，她住在病房裡，鎮日守護在病房裡，只在夜裡回房間休息幾小時。其他老師也忙得分身乏術，為那些還有親友照顧、協助的幸運女孩打包行李、準備行前的必需品，讓她們離開疾病的溫床。許多已病入膏肓的學生返家之後仍舊回天乏術。有些人則在學校裡病歿，校方低調迅速地埋葬她們，因為那種傳染病不容許有任何耽擱。

當疾病在羅伍德學校蔓延開來，死神成為頻繁造訪的常客；學校圍牆內充滿陰暗和恐懼，教室及走廊瀰漫醫院的藥水味，而藥品和錠劑的味道也掩蓋不了屍體的惡臭。室外的五月陽光照耀著晴朗無雲的鮮明山丘和美麗林木。羅伍德的花園也滿是色彩繽紛的花朵；蜀葵長得幾乎與樹木齊高、百合花花瓣綻放開來、鬱金香和玫瑰也盛開了。一座座小花圃邊緣歡欣熱鬧地擠滿粉嫩海石竹和紅雛菊。野薔薇日日夜夜盛開，吐露香草與蘋果的芬芳。對於住在羅伍德的絕大多數病人而言，這些香氣除了偶爾有一、兩把鮮花或香草放進棺木中陪葬，毫無用處。

但是我和其他健康狀況良好的學生，卻盡情享受這繁花似景的美景。我們可以從早到晚在樹林間遊蕩，像流浪的吉普賽人般。我們可以做自己喜歡的事，任意去想去的地方。我們的生活條件也有所改善。布洛克赫先生和他的家人再也不曾造訪羅伍德，學校事務不再受到監管，那個惡毒管家也害怕被傳染病感染而離開了。接替管家一職的是洛頓鎮診所的護士長，由於還不適應新環境中的規矩，於是在管理上改採寬鬆政策。除此之外，要餵飽的人數變少了，病人吃不下東西，我們的早餐變得充足許多。如果廚房沒時間準備正規午餐（這種事經常發生），就會給我們一大片冷餡餅，或厚厚的麵包與乳酪，我們可以帶著這些食物走到樹林裡，挑選各自最喜歡的地點，暢快享用一頓奢侈餐點。

我最喜愛的用餐地點是一塊又寬又平滑的石頭，它潔白又乾淨地矗立在山溪正中央，唯有涉水而行才能抵達，我總是赤腳達成這英勇壯舉。這塊石頭剛好足夠容納我和另一個女孩瑪麗安，她是我當時的同伴，我們舒舒服服地躺在上面。她是個很機靈的女孩，觀察力靈敏、比我年長幾歲，也比我洞悉世事，可以跟我說許多我愛聽的事，跟她相處時，我的好奇心得到滿足。她也能寬容我的缺點，任由我暢所欲言，從不會加以阻擋或限制。她擅長說故事，我善於分析；她喜歡發言，我喜歡提問，所以我們相處融洽。我們之間的談話就算不足以讓彼此成長，至少也提供了不少樂趣。

這段期間，海倫在哪裡呢？為甚麼我沒跟她一起度過這些逍遙自在的美好日子呢？我忘記她了嗎？或者，我厭倦她只跟她作伴的單調生活？我剛剛提到的瑪麗安．威爾森當然比不上海倫。瑪麗安只能跟我說些有趣的故事，或是交換我感興趣的新鮮刺激的蜚短流長，至於海倫，我說句公道話，她有本事讓任何有幸聽她談話的人，獲得更高品味的啟發。

讀者呀，這是真的，我清楚明白也感受過。儘管我性格不夠完美，有太多缺點卻又一無是處，但我從未厭倦海倫。我始終珍藏一份對她的溫情依戀，比任何感情都還要溫柔、強韌與恭敬。因為海倫無論何時何地，都默默陪伴我、不離不棄，這份友誼堅貞而且從不曾因我的壞脾氣而改變，或因為我的惱怒而受挫。但是海倫生病了，我已經幾個星期沒見到她了，我知道她被安置在樓上某個房間，卻不清楚確切的地點。有人告訴人她並沒有跟其他傷寒患者一起待在學校的醫務室裡，因為她得的是肺癆，不是斑疹傷寒。至於這個肺癆，當時淺薄的我以為那是一種溫和的慢性病，只要妥善調養就一定能復原。

我如此想法是因為海倫曾在溫暖晴朗的午後下樓一、兩次，譚波老師帶著她到花園去。但那幾次，我不被允許去找她，也不能跟她說話，只能隔著教室窗戶遠遠看她，沒辦法看得太清楚，因為她全身包得密不透風，遠遠坐在迴廊底下。

六月初的某天傍晚，我跟瑪麗安在林間待到很晚，我們如同以往，沒跟其他學生一起走，逕自閒逛到遠處。結果我們迷路了，只得到附近唯一的偏僻茅屋去問路。屋頭住著一對男女，他們飼養一群半野生的豬隻，那些豬在林間覓食堅果。我們回到學校時，月亮已經升起，看見一匹小馬站在花園門口，我們知道那是醫生的馬。瑪麗安說她猜一定有人病情惡化，所以才會這麼晚請貝慈醫生過來。她進屋去去，我在花園多耽擱了幾分鐘時間，把我在森林裡挖掘到的花草種在我的花圃裡，因為擔心拖延到明天早上，花草就會枯萎了。種好以後，我又遊蕩了一會兒。露水降下時，花朵的芬芳格外香甜，多麼心曠神怡的夜晚，寧靜又溫暖。西方的晚霞仍然亮著，看來明天也會是個好天氣，月亮在黯淡的東方夜空中升起，如此瑰麗壯觀。我幼小的心靈盡情欣賞、享受眼前的景致，內心卻突然湧現一種未曾體驗過的心情：

「這個時候躺在床上奄奄一息，面對死亡的威脅，真是太悲傷了！這個世界這麼賞心悅目，要離開這個地方，去一個無人知曉的地方，應該是很悲慘的事吧！」

那時，我生平第一次認真去理解平時被灌輸的天堂和地獄，也第一次如此猶豫困惑。我的心靈第一次思索未來與過去，卻只見周遭盡是萬丈深淵。我的心真切感受到「當下」，其餘一切如浮雲虛空。想到一個踉蹌就會衝進那團混沌，我的心就因這頓悟而戰慄不已。當我思索這個全新概念時，聽見前門開了。貝慈醫生走了出來，旁邊跟著一位護士。護士目送醫師上馬離開，轉身準備關門，但我跑了過去。

「海倫・勃恩絲怎麼樣了？」

「不太樂觀。」她回答。

「貝慈醫生是來看她的嗎?」

「是啊。」

「那他怎麼說呢?」

「他說她待在這裡的時間不多了。」

如果是昨天的我聽到這句話,肯定會以為她就要被送回諾森伯蘭郡家鄉了,不會想到這是在暗示我她快死了。但是當時,我立刻就聽懂了!我清楚明白:海倫活在這世界的日子所剩不多,她即將前往靈魂的國度,如果真有這個國度的存在的話。我只覺得一陣恐懼的驚愕,緊接著是一股強烈的哀慟,然後感到一股迫切的欲望,我必須現在去看她。我問護士海倫在哪個房間。

「她在譚波老師房裡。」護士說。

「我能不能上去跟她說說話?」

「噢,不行,孩子!不太可能。妳該進去了,霧水很重,如果妳一直待在外頭,會感冒發燒的。」

護士關上前門,我從側門進去,直接走到教室。正巧趕上九點鐘,米勒老師正在叫學生們就寢。

約莫兩個鐘頭之後,大概接近十一點時,我睡不著,而且整棟宿舍靜悄悄地,我猜大家都熟睡了,我躡手躡腳爬了起來,在睡衣外罩上連衣裙,赤腳溜出寢室,準備去尋找譚波老師的房間。譚波老師的房間在校舍另一端,但我認得路。晴朗無雲的夏夜中,月光從走道窗戶灑下一道道光暉，我才能輕而易舉找到目的地。當我經過發燒病人的病房時，傳來一股樟腦和焦醋味，我趕緊快步通過，以免值夜班的護士察覺我的行動。我害怕被發現後送回寢室，因為我必須見海倫一面；我一定要在她死前抱抱她，一定得給她最後一個吻，跟她說最後一次話。

我走下一層階梯，又走了一段路，成功無聲地開關了兩扇門，之後我快速走到另一道階梯，爬上去後，正對面就是譚波老師的房間。鑰匙孔和門縫底下透出光線，四周一片寂靜。我走近門口時，發現門微微開啟，或許是要讓新鮮空氣吹進密閉的病房。我不想再猶豫，內心焦躁不已，靈魂和感官都因強烈的痛苦而顫抖。我推開門、探頭往裡面查看，目光搜尋著海倫，擔心找到死亡的陰影。

譚波老師的床鋪附近有張小床，白色的簾幕半掩著。我看見被褥下有人的身形，可是臉被簾子遮住了。在花園跟我說話的護士坐在躺椅上睡著了，桌上未熄滅的蠟燭發出黯淡微光。譚波老師不見人影，後來才得知她被叫去發燒病房幫忙，因為有人病情加劇。我往前走，站在小床邊停下腳步，伸手抓住簾子，但我想在拉開簾幕前出聲確認，因為我還是害怕會看見一具屍體。

「海倫，」我輕輕叫喚，「妳醒著嗎？」

她翻身動了動，拉開簾子，我看見她的臉，蒼白無血色，卻相當平靜。她看起來沒甚麼改變，我先前的恐懼瞬間消失無蹤。

「簡，真的是妳嗎？」她用一貫溫柔的聲音問道。

「喔！」我心想，「她不會死，他們搞錯了。如果她快死了，怎麼還能說話，而且模樣這麼平靜。」

我走到她的小床邊，親吻她一下。她的額頭很冰涼，臉頰又冰又瘦，雙手和手腕也是，但是她的笑容一如以往。

「簡，妳怎麼會來這裡？已經過十一點多了，我幾分鐘前才聽到鐘聲。」

「我來看妳，海倫。我聽說妳病得很沉重，我要跟妳說說話，才睡得著。」

「那麼妳是來跟我道別的，也許妳來的正是時候。」

「海倫，妳要去哪裡嗎？妳要回家了？」

「嗯，回我永遠的家，我最後的歸宿。」

「不，不，海倫！」我難過得停頓下來，心慌意亂。我努力壓抑淚水，海倫猛咳了一陣，幸好並沒有吵醒護士。她咳完後，人也累癱了，喘息了好幾分鐘，才悄聲說：

「簡，妳還光著小腳呢，躺下來，蓋我的被子。」

我鑽進她的被窩，她用手環抱我，我緊緊依偎著她。沉默半晌後，她又開口了，仍是虛弱氣音：「簡，我好高興。當妳聽見我死的消息，千萬別傷心，沒甚麼好傷心的。我們總有一天會死。正在幫我解脫的這個病並不痛苦，它溫和又和緩，我內心裡很平靜，因為我死後不會有人太哀傷，我只有一個父親，他最近再婚了，所以不會想念我。我年紀輕輕就死去，正好躲過無數磨難。我欠缺在這世界出類拔萃的能力與天分，只會不停受到責難。」

「但是妳要去哪裡呢，海倫？妳看得見嗎？妳知道嗎？」

「我相信，我依靠我的信仰，我要去神的身邊。」

「神在哪裡呢？神是甚麼？」

「創造我和妳的人，祂永不會摧毀他創造的一切。我默默依賴祂的力量，全心全意將自己託付給祂。我數著時間，等待那一刻到來，到時祂會顯現在我面前，我就能回歸祂身旁。」

「海倫，這麼說妳真的相信世上有天堂，也相信我們的靈魂死後會回到天堂？」

「我相信有個未來國度，我相信神是仁慈的，我能夠把我的靈魂託付給祂，毫不猶豫。神是我的父親、我的朋友，我愛祂，我相信祂也愛我。」

「海倫，那我死了以後會再見到妳嗎？」

「親愛的簡，妳會來到同樣幸福的國度，毫無疑問也會到同樣力量的庇祐，永恆的天父一定會接納妳。」

我又問她，只是這次只在心裡問：「那個國度在哪裡呢？它真的存在嗎？」我又用雙臂把海倫抱得更緊，我好像比以前更喜歡她了，覺得不想放開她。我把臉埋在她的脖子旁，她用最甜美的聲音說：「我覺得好舒服！剛剛咳得有點累，我有點想睡了。可是是簡，別離開我，我想要妳陪在我身邊。」

「最親愛的海倫，我會陪在妳身邊，沒有人可以帶走我。」

「親愛的，妳夠暖和嗎？」

「嗯。」

「晚安了，簡愛。」

「晚安，海倫。」

她親吻我一下，我也親她一下，不久我們倆就都沉沉睡去了。

我醒來時已經天亮，一陣不尋常的騷動吵醒了我，我抬頭一看，發現自己在某個人的懷中；護士抱著我，穿越走廊要走回寢室。我並沒有因為擅自離開床鋪而受到責罵，因為大家都有其他事要忙。當時我的許多問頭都沒有得到答覆，但一、兩天後，我才聽說譚波老師那天清晨回房間時，發現我躺在小床上，臉貼靠著海倫的肩膀，雙手環抱海倫的脖子。我睡得很沉，而海倫……已經過世了。

海倫被葬在布羅克橋教堂的墓園裡。她死後整整十五年的時間，憤墓上只是一堆青草蔓生的土堆，但如今那裡立起一塊大理石墓碑，上面鐫刻她的名字，以及拉丁文「我將再起」。

目前為止，我鉅細靡遺描述了我的渺小人生。為了描寫我生命最初的前十年，我用了幾乎相等數目的篇章。但這並不是普通的傳記，我只想喚起某些值得關注、足以引發共鳴的回憶。因此，現在我要默默帶過接下來的那八年歲月，只用寥寥數語銜接下去。

當斑疹傷寒蹂躪殆盡羅伍德，完成它的使命後便逐漸離去，但那是在它的荼毒和奪去的性命已經引起社會大眾關注之後。相關單位開始著手調查這次疫情的根源，種種不堪事實漸漸被披露，激起強烈公憤。校舍周邊不健全的環境、學生飲食的份量和品質、用來烹煮食物的難聞臭水、學生們簡陋單薄的衣物與惡劣的住宿環境等，這些情況一一被公諸於世。這些真相讓布洛克赫先生吃了苦頭，機構本身卻獲益良多。

地方上幾位富裕的慈善家慷慨捐贈大筆資金，重新找地點建造更宜人居住的校舍。學校裡頒布了全新規定，飲食與衣物也大幅改善。學校的募款經費交由管理委員會管理。布洛克赫先生的勢力仍不容忽視，因為他畢竟擁有財力與家族人脈，所以他仍然保有出納的職位，但他在執行職務時，一旁有胸襟開闊、富有同情心的先生輔助。同樣，他的督察業務也有其他更通達情理、更兼顧儉約和舒適、仁慈正直的人共同分擔。經過一番變革後，學校慢慢成為一間真正能利益眾生的機構。羅伍德重獲新生後，我繼續在裡面生活了八年，其中六年是學生，最後兩年擔任教職。無論當學生或老師，都能見證這間機構的重要價值。

在這八年的日子裡，我的生活始終如一，日子過得頗有活力，所以還算開心。我有機會接受良好教育，也喜愛我修習的某些科目，心中有一份想在各科目出類拔萃的渴望，只要能討老師們歡心，尤其是那些我衷心愛戴的老師，就讓我有奮發向上的動力。我竭盡全力妥善運用所有資源優勢，短短時間內就成為第一班第一名學生。之後，我加入教師行列，充滿熱忱地投入教師崗位整整兩年。但兩年之後，我轉換跑道了。

歷經改革後，譚波老師繼續擔任學校的學監。我在學習上的許多成就都受益於她的教導，她的友情與陪伴一直是我的慰藉。對我而言，她既是母親也是教師，後來還變成我的朋友。但她結婚了，搬去遙遠的地方與丈夫（一位非常傑出的牧師，幾乎匹配得上這般賢妻）同住。於是我自然失去了這位良師益友的陪伴。

從她離開的那天起，我就變了；隨著她離去，所有安定感也都消失了，少了她，羅伍德再也不能給我家一般的感覺。我受到她的性格和習慣影響，學到她身上那種平靜和諧的想法，也在內心裡學會控制好情緒。我盡忠職守，也很沉靜，我相信在旁人眼中，我的日子過得很滿足，有時甚至自己也會有這種感覺。表面上看來，我是個嚴守紀律、個性溫順的人。

但是命運化身為納斯密牧師，介入我和譚波老師之間。婚禮過後不久，我看著她身穿一襲輕裝踏上驛馬車，目送馬車爬上山坡，消失在山巔的另一邊。然後，我回到自己的房間，孤單度過校方為慶祝她結婚而停課的半天假期。

我在房間裡來回踱步，悵然若失，我以為自己只是在追憶失去的友誼，並想辦法彌補這份失落。但等我思考完，抬起頭來卻發現夜幕已低垂。我忽然靈光一閃，在那天下午短暫休憩過後，我歷經了一番轉變。我的心中收藏起它從譚波老師那裡借來的一切，或者應該說，她已帶走了我在她身邊時感受到的那股寧靜氛圍。如今我只剩下自己，開始體驗到舊日的情感在翻騰，那種感覺並不像某個倚靠的支柱垮了，而像是突然失去某種動力。我不是喪失了保持平靜的力量，而是失去了保持平靜的理由。我的世界幾年來一直侷限在羅伍德，我的世界經驗來自學校的規矩和體制。現在我記起真實世界的遼闊，也想起有個充滿希望與恐懼、感知與興奮的天地，多彩多姿地等著任何勇者向前探索，去冒險追尋生命的真正意義。

我走到窗戶旁，打開窗向外探看。眼前有兩間校舍在左右兩端，有花園，有羅伍德外圍區域，有山巒起伏的地平線。我的視線越過一切事物，直達到最遠處的藍色山峰，那些就是我渴望攀越的地界。在那些看似監獄、流放之地的岩石與石楠邊界，我追尋著一條蜿蜒山腳的白色路徑，那條路徑消失在兩座高山之間的峽谷。我多渴望能夠循著那條道路去更遠的地方！我想起搭乘馬車走在那條路徑上的長長旅途，我還記得在薄暮微光之中，自己從那座山丘下來。我初次來到羅伍德的那一天彷彿是久遠以前的事，遙遠得恍若隔世，從那天起，我再也不曾離開過這裡。我在羅伍德度過所有假期，里德太太從未派人接我回去蓋茲海德莊園，她和她的家人也從未來探望我。我從來沒有寄出任何書信或訊息，不曾跟在外在世界聯繫。校規、校務、學校裡的生活習慣和想法、聲音、臉孔、語句、服裝、偏好和反感，這些是我生命唯一所知。如今我發現這些東西不能滿足我，我厭倦了八年如一日的生活。我想要自由，我渴望自由，為自由而呼吸急促，為了自由而禱告，但那些禱告聲被徐徐微風吹散，飄盪而去。我放棄那段禱告，重新想出一個更謙卑的祈求：我期盼改變與刺激，但這個願望似乎也消散在虛無飄渺的空中。「那麼，」我近乎絕望地呼喚：「至少賜給我新的勞務吧！」

這時晚餐鈴聲響起，召喚我下樓。

甚至直到就寢時間，我都無法繼續思考那個中斷的問題，跟我同寢室的老師卻絮絮叨叨一直閒聊，害我無暇思索在腦海裡的那個話題。我多麼希望睡眠能夠使她安靜下來。我隱約感覺到，只要我能重新思考剛剛站在窗前的思緒，應該會得到新的靈感，也才能減輕苦悶。

格莉絲老師終於發出鼾聲，她是個壯碩的威爾斯女人，直到現在，她睡覺時的打呼習慣始終困擾我。但今晚我為那低沉音符的出現歡呼，我不再受到干擾，那半逝去的思緒立即甦醒過來，活躍在腦海中。

「新的勞務！有點意思。」我在內心獨白（是在心裡說，我不習慣自言自語），「我知道一定有的，因為它聽起來不太愜意，它不像『自由』、『刺激』、『享受』之類的語詞，這些迷人的詞彙聽在我朵裡只是單純的字音，空洞短暫，不值得浪費時間去聽。但是勞務！那必定很實際，任何人都能從事勞務。我已在這裡服務了八年，如今只想到別的地方去服務。難道我連這點事都不能自己做主嗎？這件事難道不可行嗎？可以、可以的。這個目標不算太困難，只要我的腦袋能夠想出達成目標的三辦法。」

我從床上坐起來，試圖喚醒這顆腦袋。那天晚上冷颼颼，我裹著披肩，繼續殫精竭慮地思考。

「我想要甚麼？新的職位，在新的房子裡，周遭都是新臉孔，置身於全新的環中，我只求這些，因為奢望其他更好的結果只是白費工夫。人們如何找到新的職位呢？我猜他們可以投靠朋友，但我沒有朋友。世界上還有很多無親無故的人，他們必須照料自己，靠自己的力量幫自己，那他們會有甚麼對策呢？」

我想不出來，也沒有答案。我命令我的腦袋快點找出答案，我的大腦運轉地愈來愈快，我能感覺到頭殼和太陽穴的脈搏在跳動，可是將近一個小時都處在一片沌混中，毫無頭緒。我愈想愈心情煩躁，徒勞無功，忍不住下床在房裡繞一圈。拉開窗簾，我數著夜空中的一、兩顆星辰，冷得發顫，趕緊又爬回床上。

一位好心的小精靈在我離開床鋪時，一定在枕頭上拋下了好主意。因為當我一躺下，那個念頭自然而然悄悄潛入我腦海：「那些想要工作的人會刊登廣告，妳必須在某郡的先驅報刊登啟事。」

「怎麼刊登呢？我根本不懂廣告。」

立刻有個聲音輕輕響起答案：「妳要把廣告內容和刊登費用裝進信封裡，寄給某郡先驅報的編輯。一有機會就得把信拿到到洛頓鎮的郵局去投遞，回郵地址就指定郵局，收件人是J・E。寄出信件大約一星期後，妳再到郵局去詢問是否有回信，如果有回覆，再思考下一步行動。」

我在腦中反覆琢磨整套計畫兩、三次，直到完全駕輕就熟。腦子裡出現一個明確可行的計畫後，我才心滿意足地沉沉睡去。

隔天我起了個大早，趕在學校起床鐘響之前寫好我的廣告內容，並裝進信封裡，標明收件地址。廣告內容如下：

「年輕女教師（我不是教了兩年書嗎？）希望尋找私人家庭教師的職位，對象為十四歲以下的學生（我心想，畢竟我還未滿十八歲，不適合指導年齡太相近的學生）。有能力教授優良英國教育中的普通課程，以及法文、繪畫與音樂課程（讀者們啊，在那個年代，擁有這區區幾項專長就勉強足以勝任教職）。回郵請寄至某郡洛頓鎮郵局，收件人：J・E。」

這封信鎖在我的抽屜裡一整天，午茶時間後，我詢問新學監能否讓我請假外出洛頓鎮一趟，處理一些個人事務，順便幫一、兩位老師跑跑腿。學監立刻允諾，於是我就啟程了。到鎮上的路程大約三公里路，傍晚時分有點濕氣，但天色還微亮。我跑了一、兩家店鋪，到郵局寄信，返程途中遇見滂沱大雨，全身濕漉漉地回到學校，心情卻很舒暢。

接下來的那一星期感覺非常漫長，但也終於接近尾聲，就像一切世間事物，終歸有結束的一天。在一個美好的秋日傍晚，我又再次踏上前往洛頓鎮的路途。一路風景如畫，沿途伴著小河流而行，穿越起伏山谷中最優美的山坳。但那天我心有旁騖，只想著在即將抵達的小鎮，究竟有沒有信件等著我，而無暇欣賞原野與溪流的綺麗。

我趟出門的藉口是丈量鞋子，所以我先去量製一雙鞋，事情辦完後，我走出鞋匠店，越過那條乾淨又寧靜的街道，來到郵局。值班的是一位鼻樑上戴著牛角眼鏡、雙手戴著黑色連指手套的老婦人。

「有給J・E的信嗎？」我問。

她從眼鏡邊緣瞥了我一眼，然後拉開抽屜翻找了一陣子，久得我滿懷的希望都要落空了。最後，她拿出一封信函在眼前端詳了五分鐘，才把信擺在櫃檯上，還再次帶著狐疑的眼神，用不信任的目光瞄我一眼。那是封給J・E的信。

「只有一封嗎？」我問。

「沒有其他封信了。」她說。我把信收進口袋，轉身準備回去。我沒辦法立刻拆信來讀，因為依照規定，我必須在八點前趕回學校，那時已經七點半了。

一回到學校後，還有許多差事等著我做。我得監督女學生們晚自習，那天輪到我頌念禱告詞、督導學生就寢，之後還與其他老師一起用晚餐。即使終於可以回房休息，格莉絲老師仍無可避免地待在我身旁。我們僅有一小截蠟燭立在燭臺上，我很擔心她會喋喋不休講到蠟燭全燒光。幸好，她晚餐吃得太多，回房時已昏昏欲睡。我還在換睡衣，她已經開始打呼了。那時蠟燭約莫還剩下兩公分長，我拿出信來，封口的署名是首字母F。我拆開信，看見信的內容簡單扼要。

「如果上週四在某群先驅報刊登廣告啟事的J・E確實有如實的專長，而且可以提供說明個人特質與學識能力的完全推薦函，那麼她可以應聘為家庭教師，勝任此項工作。僅須教導一位未滿十歲的小女孩，年薪為三十英鎊。J・E需將推薦信、真實姓名、地址及其餘相關資料寄送至『某郡米爾科特鎮的荊棘園，菲爾法克斯太太。』」

我反反覆覆看了這封信，看得很久，信的字跡有點老派、不夠沉穩，像是一位年長婦人的手筆，這個情況很令人滿意。但我心底一直有個恐懼，此時襲來了：我擔心自己這麼自作主張謀職，可能會讓自己陷入某種窘境。更重要的是，我希望這番努力的結果是得體又合宜，而且妥當。我現在覺得對方是位年長婦人，這應該算是相當理想的狀況。菲爾法克斯太太！我想像她身穿黑色長袍、頭戴寡婦黑帽，或許有點淡漠，但不失禮儀，是一位傳統英國長者的樣貌。

荊棘園！那顯然是她住宅的名稱，我相信那是一棟簡潔有序的房舍，只是我無法想像那棟房子的格局與外貌。某郡的米爾科特鎮，我在腦海中回想英格蘭地圖，對了，我看到了，這個郡和這座小鎮的位置浮現在腦海中，那個郡距離倫敦比我居住的偏僻市鎮，約了一百一十公里，在我看來這是項優點。我渴望到熱鬧繁榮的地方去，米爾科特是個大型工業城鎮，濱臨X河畔，顯然是個相當繁忙的城鎮。這樣更好，至少是個徹底的改變。雖然我如癡如醉地幻想，但不代表我多麼喜歡那裡經常有的高大煙囪和如雲黑煙。「但是，」我辯白道：「或許荊棘園距離城鎮有段距離。」

這時殘燭掉進燭座裡，燭芯熄滅了。

隔天要進行下一個步驟。我的計劃不能只藏在心底了。如果想達成目標，我必須說出來。我利用午休時間去拜見學監，告訴她我有機會找到一份新工作，薪資是目前的一倍（因為我在羅伍德的年薪只有十五英鎊），希望她代我向布洛克赫先生或委員會的先生們報告，並徵詢他們是否同意列為我的推薦人。她欣然同意為我居中協調這件事。第二天她向布洛克赫先生呈報這件事，布洛克赫先生認為有必要寫信告知里德夫人，畢竟里德夫人仍是我的監護人。於是我寫了封信寄給里德太太，她回信說隨我的意思，她早就不再干涉關於我的任何事情。這封回函後來呈給了委員會。最後，經過令我心急如焚的漫長等候，校方正式的離職同意書總算批准下來了，方便我去另謀更美好前程。另外因為我在羅伍德期間表現良好，無論是以學生或教師身分，機構的監察委員也願意共同簽署推薦函，他們將會為我的品格與能力擔保，協助我順利求職。

這份推薦函約莫一個月後送到我的手中，也寄出一份副本給菲爾法克斯太太，並很快收到她的回信，說她非常滿意，希望我在兩星期後開始在她家擔任教師。

我開始忙著準備行李，兩個星期一轉眼就過去了。我的衣服很夠用，數量卻不多，出發前一天再收拾也綽綽也餘。我的行李箱還是八年前從蓋茲海德帶來的那一只。

我用繩子捆綁好行李箱，將名牌貼在上面。半小時內，搬運工就會來取行李箱，送往洛頓鎮，那是我隔天清晨出門去搭馬車的地方。我已經刷好我的羊毛旅行裝，也準備好帽子、手套和暖手筒，還檢查了所有抽屜，沒有遺漏的物品。最後，一切已就緒，我只能坐下休息放鬆。至今我仍靜不下心，雖然我一整天都在東奔西走，此時卻仍然一秒鐘都靜不下來，我太興奮了。今晚，我人生的這個階段即將劃下句點，明天將會開啟新的扉頁。在這期間我根本無法入眠，迫不及待目睹這場變化。

「小姐。」某個僕人來門廊找我，我正像個失神的遊魂東走西走，「樓下有人想見妳。」

「一定是搬運工。」我心想，沒多問就跑下樓。我經過後側客廳，或說是教師休息室，跑向廚房，門正好半掩著，有個人從裡面跑出來。

「是她，我敢確定！無論到哪我都認得出她！」那個人攔住我的去路，還牽起我的手。

我定睛一看，是個女人，穿著打扮像衣著考究的僕人，舉止成熟穩重，但年輕還很輕，黑髮黑眼珠，氣色紅潤。

「欸呀，我是誰呢？」她問道，聲音和笑容都似曾相識，「簡小姐，我想妳沒忘記我吧？」

下一秒鐘我已經抱住她，興高采烈地親吻她：「貝西！貝西！貝西！」她又哭又笑，我興奮得說不出話來。我們一起走進了客廳，壁爐旁站著一個三歲小男孩，他穿著格子圖案的外袍和長褲。

「這是我兒子。」貝西直接說。

「所以妳結婚了，貝西？」

「是啊，嫁給馬車伕羅伯特・里蒙，快五年囉。除了小鮑比，我還有個女兒，我幫她取名叫簡。」

「妳還住在蓋茲海德莊園裡嗎？」

「我住在門房小屋，之前的老門房已經離開了。」

「嗯，大家都過得好嗎？仔細跟我說說他們的近況，貝西，但妳先坐下來吧！鮑比，過來坐我膝上好嗎？」但鮑比寧可羞怯溜到媽媽身邊。

「簡小姐，妳長得不算很高，也不夠結實。」貝西說，「我敢說學校裡的人一定沒有好好照顧妳，伊麗莎小姐比妳高出一個頭和一個肩膀，喬琪安娜小姐至少比妳豐腴兩倍。」

「貝西，喬琪安娜一定長得很美吧？」

「非常漂亮，她去年冬天跟夫人去倫敦，那裡的人都很仰慕她，還有位年輕少爺愛上她，但可惜他的家人不贊成這門親事，結果妳猜怎麼了？他跟喬琪安娜小姐竟然商量好私奔，最後消息走漏，被阻擋了。查出這件事情的人是伊麗莎小姐，我猜她八成是很嫉妒。現在她跟她姊姊兩個處得水火不容，一天到晚爭吵不休……」

「嗯，那麼約翰・里德呢？」

「喔，他的發展不如他媽媽的期待。雖然去上了大學，卻被學校……退學，我想他們是這麼講的。後來他舅舅希望他去當律師，研讀法律，可惜他實在是個遊手好閒的浪蕩子，很難調教成材。」

「他的相貌如何呢？」

「長得很高，有些人說他長得很英俊，但他的嘴唇太厚。」

「那麼里德太太呢？」

「夫人表面上看起來結實又健康，但我猜她的心裡很難受。約翰少爺的行為舉止讓她很失望，他揮霍掉不少家產。」

「是里德太太派妳來的嗎，貝西？」

「其實不是，但我一直都想來看看妳。前陣子我聽說妳寄了一封信來，聽說妳要到很遠的地方去，我覺得應該要趕緊動身走這一趟，趁妳走遠之前探望妳一下。」

「貝西，恐怕妳對我很失望吧。」我笑著說。從貝西的眼神看來，雖然充滿關懷，卻少了一絲有讚賞。

「不會啊，簡小姐，一點也不會。妳很文靜秀氣，看起來像個淑女，完全符合我的期待。妳小時候就不是個美女了啊。」

貝西的坦率回答讓我會心一笑，我想她說的沒錯，但我承認聽到這種話，心裡有點失望，十八歲的人總是希望自己討人喜歡，知道自己的外表沒有條件贏得讚美時，難免覺得有些失落。

「但我相信妳一定很聰明，」貝西接著說，試著安慰我：「妳學會些甚麼本事呢？會彈鋼琴嗎？」

「會一點點。」

客廳裡有一架鋼琴，貝西走過去掀開鋼琴蓋，然後請我坐下來，為她彈奏一首曲子。我彈了一兩首華爾滋，她聽得入迷。

「里德家的小姐們彈得都沒妳好！」她喜悅地說。「我一直相信妳在學業上會比她們優秀。那麼，妳會畫畫嗎？」

「壁爐上那幅畫就是我的畫。」那是一幅水彩風景畫，是我送給學監的禮物，感謝她替我跟出面跟委員會協調。學監把畫加框裱褙起來。

「哇，簡小姐！這張畫真美！妳畫得真好，跟里德小姐們的畫畫老師一樣好，就別提那兩位小姐了，差妳一大截呢。那妳學過法文嗎？」

「學過，我能讀也會說。」

「那妳會細布和粗布的刺繡嗎？」

「我會。」

「喔，簡小姐，妳真是多才多藝的大家閨秀！我就知道會有這麼一天，不論妳的親戚有沒有關心妳，妳都可以過得很好。還有件事我想問妳，妳有沒有聽說過妳父親那邊親戚的消息？」

「從來沒有。」

「妳知道夫人總是說他們貧窮又地位卑微。也許他們真的很窮，但我相信他們跟里德家一樣，都是仕紳階級。因為大概七年前，有天一位愛先生造訪蓋茲海德莊園，說想見妳。夫人告訴他說，妳在八十公里外的學校。他看起來好失望，因為他沒辦法久留，他要搭船到國外去，一、兩天內就要從倫敦啟航了。那個人看起來就像是紳士，我猜他應該是妳父親的兄弟。」

「他要去哪個國家呢？」

「幾千公里外的小島，他們在那兒釀造葡萄酒，管家告訴過我……」

「是馬德拉嗎？」我問道。

「對，就是這個地名。」

「所以他離開了？」

「對，他只在莊園裡停留了片刻。夫人的態度很傲慢，事後還說他是『奸詐的生意人』。我丈夫里蒙猜測他可能是個大酒商。」

「很有可能。」我說，「也許是酒商的職員或代理商。」

貝西和我繼續敘舊了一個鐘頭，回憶往事。之後她不得不離開。隔天早上我在洛頓鎮等候馬車時又遇見她，又談了幾分鐘，最後我們終於在布洛克赫旅店門口道別，走上各自的旅途。她出發前往羅伍德山丘去，搭乘前往蓋茲海德的馬車，我則坐上即將帶我前往米爾科特的馬車，啟程向陌生地域的新職務與新生活。

小說新的章節宛如戲劇裡新的一幕，這次當我掀開簾幕時，讀者啊，你要想像自己看見米爾科特喬治旅館，想像牆面貼著一般旅館房間常見的花朵圖案的壁紙，同樣常見的地毯、傢俱和壁爐架上的裝飾。也有圖畫，包含一幅喬治三世的肖像、另一幅威爾斯王子的畫像[1]，以及一幅紀念沃爾將軍壯烈犧牲的畫作[2]。天花板垂吊的一盞油燈，壁爐暖和的火光也燒得猛烈，所以這一切都清晰入目。我身穿披風、頭戴帽子坐在壁爐旁，暖手筒和雨傘放在桌上。我凌晨四點鐘離開從羅伍德出發，而現在米爾科特鎮的鐘剛敲響了八下，我連續十六個小時暴露在十月寒風中，凍得直瑟縮，渾身僵硬，正藉由爐火烘烤身軀。

讀者啊，雖然我表面上看似一派悠閒，內心卻不太平靜。我以為馬車抵達時，就會有人在這裡等候，所以我下車時踏下擦鞋小弟擺放好的木造臺楷，焦急不安地東張西望，期待有人喚我的名字，或者會看見某輛馬車等著載我前往荊棘園，但可惜甚麼也沒有。我詢問侍者是否有

1 喬治三世為英國國王，在位於一七六〇~一八二〇年。威爾斯王子為喬治三世的長子，繼位於一八二〇年，以奢侈淫蕩的生活著名於世。

2 沃爾夫將軍（James Wolfe, 1727－1759）在英法魁北克戰爭中擊退法軍，奠定英國殖民加拿大的基礎。

人曾打聽一位愛小姐，得到的也是否定答案。所以我沒辦法，只能請他們給我一間清靜的房間。現在我坐在這裡等待，內心惴惴不安，充滿各種疑惑和恐懼。對一個不諳世事的年輕人，忽然發現自己孑然一身、飄泊無依，不確定是否能靠岸停泊，又礙於各種困難，無法重返已離開的舊地，這時內心的感受非常奇特。冒險的魔力美化了這種感覺，滿腔的自尊心溫暖了這種奇異感，但是一陣陣恐懼的悸動卻又驚擾了它，半小時過去了，我仍然獨自一人，恐懼漸漸佔上風。我這才想到可以去按鈴問人。

「這附近有個叫『荊棘園』的地方嗎？」我問前來答鈴的侍者。

「荊棘園？我不清楚，女士，我到酒吧問問。」他離開了，但很快又回來了。

「小姐，妳姓愛嗎？」

「對。」

「有人在這兒等妳。」

我跳起來，抓起暖手筒和雨傘，快步趕到旅館外的走廊，有個男人站在敞開的門口旁，昏暗的街燈下，似乎停駛著一輛輕便馬車。

「我想這是妳的行李吧？」那人一看到我，突然開口問道，還指指我放在走道上的行李箱。

「沒錯。」他把行李抬到馬車上，那是某種有車廂的馬車，然後我坐進去，趕在他關車門之前，我問他到荊棘園約莫有多久路程。

「大概十公里。」

「多久時間會到呢？」

「一個半小時左右。」

他拴緊車門，爬上自己在外面的駕駛座，我們就出發了。馬車走得慢悠悠的，我有充分時間思索一番。終於接近旅途終點了，我以萬事篤定的模樣，往後靠在這輛雖不華麗卻還算舒適馬車裡，輕鬆地凝神冥想。

「這位車伕的裝扮和馬車這麼樸實無華，」我心想，「看來菲爾法克斯太太並不是個浮誇虛榮的人，幸好如此。我只有一次住家有錢人家的經驗，那段日子的我只有悲慘二字可以形容。只是不知道她是否跟這小女孩相依為命，倘若如此，她的人如果又和藹的話，那麼我肯定會跟她和睦相處。我會盡我所能，雖然付出的努力未必能得到回報。其實在羅伍德的時候，我下定決心也徹底實踐，終於贏得大家的認同。但與里德太太一起住的時候，我記得我的努力總是受到冷嘲熱諷。我祈求上帝，但願菲爾法克斯太太不是第二個里德太太，即使她是，我也無須久待！萬不得已的時候，我還可以再登一次廣告。嗯，我們到底行駛了多遠呢？」

我拉下車窗向外望。米爾科特鎮已經在後面，從鎮上燈光數量看來，似乎是個規模比洛頓鎮大許多的地方。據我所知，我們此時來到某塊公有地，附近稀稀落落散布著民宅。我感覺我們在一個與羅伍德截然不同的地方，這裡人口多了些，景致失了幾分秀麗；更熱鬧些，但氛圍不夠浪漫。

在這霧濛濛的夜色，路面泥濘而使路途沉重。我的車伕任由馬匹一路緩緩前行，原先預估的一個半小時已經過去了，我敢肯定路程延長了兩個小時。最後，他終於從轉身說：

「現在距離荊棘園不遠了。」

我再次探頭向外看，我們剛經過一座教堂，我看見它低矮寬闊的塔樓映襯在夜空中，此時響起一刻鐘的鐘聲。我還看見一縷銀河般的燈火盤旋在山腰上，也許是個村莊或小村落。大約十分鐘後，車伕下車，打開兩扇大門，我們穿越那道門，兩扇門隨即咔噠一聲關上。我們緩緩駛在上升的車道，來到一棟寬敞的房子前方。一扇窗簾緊閉的弓形窗透出燭光，其餘全是黑漆漆的一片。馬車停在前門，一位年輕女僕來開門，我下車走進去。

「小姐，請這邊走。」那女孩說道，我跟隨她穿過一間四周都有挑高門楹的正方形大廳。她領我走進一個房間，裡面有爐火和燭火的光線疊影。我的眼睛連續兩小時處於黑暗中，一時之間適應不了光線，只覺得一陣頭暈眼花。等我能看清楚時，一幕溫馨宜人的景象躍然出現在眼前。

這是個溫暖舒適的小房間，和煦的爐火旁擺著圓桌和舊式高背扶手椅，扶手椅上坐著一名儀表整潔得無從挑剔的嬌小老婦人。她戴著寡婦帽，身穿黑色絲綢長袍和雪白棉布圍裙，完全是我想像中的菲爾法克斯太太，只是少了些嚴肅感，神態更溫和。她正忙著織毛衣，一隻胖大貓兒端坐在她腳邊，這一幕儼然是舒適家居生活的理想典型。對一位新來乍到的家庭女教師而言，沒有比這幕景象更令人心安的事了。這裡沒有金碧輝煌的擺飾，不會令人手足無措，也沒有使人侷促不安的威嚴感。當我進門時，那位老太太立刻起身，慈祥和善地招呼我。

「親愛的，妳好嗎？這一路恐怕累了吧，約翰駕車慢吞吞的。妳一定凍壞了，過來爐邊取暖吧！」

「您是菲爾法克斯太太吧？」我說。

「沒錯，妳猜對了。請坐。」

她讓我坐在她的椅子上，接著開始動手幫我脫下圍巾、解開帽繩。我受寵若驚，請她別麻煩。

「喔，一點也不麻煩，我想妳的手一定凍僵了。莉亞，倒杯尼格斯酒，再切一、兩份三明治，這是儲藏室的鑰匙。」

她從口袋掏出一大串管家風格的鑰匙，遞給僕人。

「喏，靠近爐火一些吧。」她繼續說道，「親愛的，妳帶了行李過來，對嗎？」

「是的，女士。」

「我派人把行李送到妳房間。」說完，她急忙走出去。

「她接待我像對待客人似的。」我心想，「沒想到我會受到這麼熱忱的款待，原以為只有冷漠和尷尬等著我。完全不像我從前聽說家庭女教師大部分受到的待遇。但是我也別高興得太早。」

她回來了，親手清理她的針線，把一兩本書從桌上移開，方便擺放此時莉亞端進來的托盤，接著親手遞給我點心。我從未受到這麼親切的招待，何況對方還是我的雇主兼長輩，實在讓我一頭霧水。但她似乎不覺得自己做了有失身分的事，我想最好還是默默接受她的招待。

「今晚有榮幸見到菲爾法克斯小姐嗎？」吃完她遞給我的東西後，我問她。

「親愛的，妳剛剛說甚麼？我有點重聽。」慈祥的菲爾法克斯太太一面說，一面把耳朵湊近我嘴邊。

我再仔細重複一遍剛才的問題。

「菲爾法克斯小姐？噢，妳是說凡瑞絲小姐！妳未來學生姓凡瑞絲。」

「原來如此！那麼，她不是您女兒？」

「不是，我沒有家人。」

我應該要繼續問題下去，問清楚阿黛拉小姐和她究竟是甚麼關係。但我想了想，覺得問太多問題不太禮貌，而且，我遲早有時間明白的。

「我很高興。」她在我對面坐下來，一邊把貓抱到膝上，「我很高興妳來了，終於多了個伴，日子一定會過得更有意思。這裡的生活當然很開心，因為荊棘園是棟很雅致的老房子，或許最近幾年比較冷清，但還是個很體面的地方。但是妳也知道，即使住在最豪華的房子裡，如果沒人陪伴，冬天一到，還是會心情寂寞。我為甚麼說『沒人陪伴』，莉亞當然是個好女孩，約翰和他太太也都是非常親切的人，可是他們都是僕人，我不能和他們平起平坐地聊天，一定得保持適當距離，以免失了威嚴。我記得去年冬天，是個特別冷的冬天，如果妳有印象的話，那時候天氣很冷，即使沒下雪，也是風雨強大。從十一月到二月，只有肉販和郵差會過來。我每天夜晚獨自呆坐著，真的覺得很憂鬱。偶爾我會叫莉亞進來念書給我聽，但是可憐的莉亞似乎不太喜歡這份差事，她覺得很拘束。春夏之間的季節，人的心情跟著輕鬆起來，耀眼的陽光和變長的白晝讓人神清氣爽。然後，今年秋初時分，小阿黛拉・凡瑞絲跟她的保母來了，多個小孩子，整棟房子都熱鬧起來了。現在又多了妳，我一定會更開心。」

聽到這位可敬的女士說話，我內心對她產生一股親切感。我把椅子朝她移近了些，誠心對她說，希望日後能如她所願，我是她的良伴。

「我不能再拖著妳熬夜了。」她說，「鐘聲已經敲響十二點了，妳也坐了一天車，一定累壞了。如果妳的腳夠暖和了，我就帶妳到回房間去。我安排妳住在我隔壁，空間不算寬敞，但我想比起前排那些大房間，妳應該會更喜歡這間房。那些房間裡的傢俱比較雅致，卻很沉悶又孤單，我自己從來沒住過那些房間。」

我感謝她這麼體貼費心，也因為長途跋涉，實在覺得疲累，於是坦白告訴她我想休息了。她拿起蠟燭，我跟在她後面走出房間。她先去查看大廳的門是否拴好了，再從門鎖上抽出鑰匙，帶著我上樓。樓梯和欄杆都是橡木製，樓梯口的窗戶極高，有格子裝飾。樓梯口和兩旁房門敞開的長廊讓這個空間看起來比較像教堂，而不是一般住家。樓梯和長廊傳來一股冷颼颼、地窖般的空氣，可怕和孤寂這類的淒然情感油然而生。終於進到我的房間之後，我很高興地發現，它是個擺設現代尋常傢俱的小房間。

菲爾法克斯太太親切道了晚安，我鎖上門，閒適地環顧四周，剛才那開闊大廳、空曠又幽暗的樓梯間和漫長冷清的走廊令人毛骨悚然，我這個溫暖有生氣的小房間將這些陰鬱一掃而空。我這才想起來，歷經一整天的身體疲累與精神焦慮，我終於來到安全的避風港。我心懷感恩，連忙跪在床邊禱告，向上帝表達應有的感謝。我起身之前，也沒忘記祈禱未來能繼續得到扶持，並且由於我沒有付出任何事就能獲得善意對待，我祈求上帝慷慨賜予我回報的能力。那天夜晚，我的枕上再也沒有惱人的事，我獨居的房間不存在憂愁恐懼。我既疲乏又欣喜，很快就酣然入夢。醒來時，天色已亮。

陽光從鮮豔的藍色印花綿布窗簾間照進來，牆上的壁紙和地面鋪設的地毯映入眼簾，這小房間看起來如此明亮，和羅伍德學校光溜溜的木板與斑駁灰泥牆面有著天壤之別，我的精神為之一振，心情也開朗起來。外在景物對年輕人有莫大影響，我覺得我的生命已經進入更美好的階段，踏入一個有鮮花和歡笑、有荊棘和辛苦的階段。面對全新的環境與充滿希望的未來，我的感官似乎全然甦醒。我無法確切形容在期待著甚麼，但總之是某種愉悅的事物，也許不是在那天或那個月，而是在一段未知的將來出現。

起床後，我細心裝扮，不得不一身樸素，因為我所有衣裳都是最簡單的剪裁，但是我天性注重整潔，期望能夠服裝合宜。我並不是不在乎儀表，也不是不介意給人的觀感，相反地，我總是盡力打扮整齊些，即使其貌不揚，也要盡量給別人好印象。我有時遺憾自己長得不夠漂亮，希望自己能有玫瑰色的雙頰、挺直的鼻子和櫻桃小嘴。我希望自己的身材更高䠷、更高雅、更勻稱。我覺得自己很不幸，個子如此嬌小、臉色蒼白、五官不端正又不白淨。為甚麼我會有這些奢望和遺憾呢？實在很難說清楚，我當時確實有個理由，既合乎邏輯又有道理的理由，只可惜當時我無法跟自己解釋清楚。總之，我把頭髮梳理得柔順、穿著黑色披風，這件披風雖然很像貴格教徒的服飾，但至少還算體面，我還調整了潔白的領布。我覺得自己應該以端莊得體的樣貌出現菲爾法克斯太太面前，至少避免讓我的新學生產生反感。我打開窗戶，再次確認所有用品都有條不紊地擺放在梳妝台上，就走出門去。

我越過鋪了地毯的長廊，走下光滑的橡木樓梯，來到大廳。我在大廳駐足片刻，觀看牆面上的圖畫（我記得其中一幅畫是穿著鐵甲的冷酷男人，另一幅畫是一位頭髮撲了粉、戴珍珠項鍊的仕女）、再看看天花板垂下來的青銅油燈、一座外殼雕刻古怪造型的橡木大鐘。時鐘表面由於年代久遠、頻繁擦拭而變得烏黑光滑。這一切在我眼中都顯得肅穆又莊嚴，只是當時的我眼界尚淺，並不能欣賞這樣的堂皇富麗。大廳的門有一部分鑲嵌著玻璃，此時敞開著，我跨出門檻，這是個秋高氣爽的清晨，初升的陽光靜謐照耀在黃褐色樹叢及依然翠綠的田野上，日光正緩緩走向草坪。我抬頭查看這棟宅邸的正面，是一棟三層樓高的建築，佔地不算寬廣，但也夠可觀了。算是紳士的莊園，而非貴族的領地。屋頂周邊的城垛式裝飾牆壁讓整棟房子顯得別具風格，房子灰色外牆在後方那片白嘴鴉棲息林的襯托下，更加醒目。有那些鳥兒此時已經振翅高飛、嘎嘎啼叫，降落在一大片牧草地上。屋子和牧草地之間隔著一道深溝，溝邊種植著一排巨大的老荊棘樹，枝幹強壯結實，又盤根錯節，壯碩得如橡樹一般，這就說明了這棟莊園的命名由來。更遠處山巒起伏，山勢不如羅伍德的山峰那般高聳、崎嶇險峻，也沒那麼像一道隔絕外界的屏障。但是這些山峰寂寥而蒼茫，似乎把荊棘園包圍起來，與世隔絕，讓人萬萬想不到在熱鬧的米爾科特鎮周邊竟有如此僻靜的角落。有個小村落散布在附近山區，屋瓦掩映在樹叢間。這個區域的教堂離荊棘園很近，教堂古老的塔樓遠眺著莊園和大門間的小圓丘。

我還在享受這片寧靜祥和的景色與新鮮空氣，一面愉悅地聆聽白嘴的啞叫聲，一面觀賞房子寬敞的灰色門面，心裡想著：如此幽靜的居所正適合像菲爾法克斯太太這樣嬌小的獨居夫人，沒想到她就出現在門口。

「甚麼？已經出來啦？」她說，「看起來妳起得很早哪。」我迎向前去，她慈祥和藹地親吻我，又跟我握手打招呼。

「妳喜歡荊棘園嗎？」她問。我告訴她我非常喜歡。

「嗯，」她說，「這棟宅邸很漂亮，只是我擔心屋況會愈來愈糟，除非羅徹斯特先生突然心血來潮，決定回來定居，或者至少更常回來。豪華的房舍好和肥沃土地都需要地主時時看顧。」

「羅徹斯特先生！」我驚呼，「他是誰？」

「荊棘園的主人。」她平靜地回答。「妳不知道他姓羅徹斯特嗎？」

我當然不知道，我從未聽說過這號人物，但是這位老太太彷彿一副理所當然的模樣，以為全世界都知道有這個人存在、聽說過他的姓名。

「我還以為，」我繼續說，「妳是荊棘園的主人。」

「我的？天啊，孩子，妳怎麼會有這種念頭！我只是個管家，也就是總管。我確實是羅徹斯特先生母親那邊的遠親，至少我先生是。我丈夫從前是個牧師，教區在海伊村，也就是那邊山丘上的小村落，他服務的教堂就是大門過去那座教堂。現任主人羅徹斯特先生的母親娘家姓菲爾法克斯，也是我丈夫的遠房表親，但我從來不曾攀過這層關係，事實上，我覺得那不值得一提。我只把自己當作普通的管家，我的雇主非常客氣有禮，我已經很滿足了。」

「那麼，那個小女孩，我的學生呢？」

「她是羅徹斯特先生收養的孩子，先生指示我幫她找個家庭女教師。我猜想先生打算讓她在這裡長大成人。她來了，跟她『姆媽』在一起，她都這麼喊她的保母。」謎團終於解開了，這位和藹慈祥的寡婦不是甚麼貴夫人，而是跟我一樣的雇員。我並不會因此而減少喜愛她的程度，我反而覺得更愉快了。她跟我之間的平等地位是真實的，並不是她紆尊降貴的結果。這樣反倒比較好，我的處境更自由了。

我還在思索這個新發現，一個小女孩跑上草坪來，後面跟著她的隨從。我看著我的學生，一開始她似乎沒注意到我。她年紀還很小，大約七、八歲，纖細嬌小、白皙細緻的容貌，一頭濃密長鬈髮直垂到腰際。

「早安，阿黛拉小姐！」菲爾法克斯太太說，「過來跟妳的老師說說話，她會教導妳，把妳變成一個聰明的女人。」小女孩走過來了。

「這是我的女教師！」她指著我，用法語對她的保母說。

保母回答：「是啊，當然。」

「她們是外國人嗎？」我很驚訝，在這裡竟然會見法語。

「保母是外國人，阿黛拉在歐洲出生，我猜她半年以前才第一次離開那裡。她剛來的時候一句英語也不會，現在可以穿插幾句。可惜她夾雜太多法語，我聽不懂她的話，但是我敢說妳一定能聽懂她在說甚麼。」

幸好我有機會跟土生土長的法文老師學習法語。過去七年來，我經常刻意去找皮耶荷老師談話，每天還背誦一段法文，努力矯正我的腔調，盡可能模仿皮耶荷老師的發音，所以學會了流暢又正確的法語，因此不至於在阿黛拉小姐面前張口結舌。聽到我是她的老師，她走過來跟我握手。我帶她進屋吃早餐時，用法語跟她說了幾句話，起初她回答得很簡短，等我們坐在餐桌旁，她用那雙淡褐色大眼珠端詳我十分鐘後，突然滔滔不絕地說起流利的法語。

「哇！」她用法文叫了一聲，「妳的法文說得跟羅徹斯特先生一樣好。我可以像跟他說話一樣，跟妳說話，蘇菲也是，她一定會很高興，這裡沒人聽得懂她的話，菲爾法克斯太太只會講英語。蘇菲是我的保母，她跟我一起搭一艘大船渡海過來，那艘船上有會吐煙的煙囪，噴了好多煙哦！我那時候暈船了，蘇菲也是，羅徹斯特先生也是。羅徹斯特先生躺在一間叫做沙龍的沙發上，蘇菲和我在另一個地方有我們自己的小床。那張床窄得跟架子差不多，我差點滾下床。小姐，妳叫甚麼名字？」

「我姓愛，叫簡愛。」

「簡埃？唉呀，我不會念。有天早上天還沒亮，我們的船停在一座大城市，非常大的城市，有許多黑漆漆的房子，到處都在冒煙，一點也不像我之前住的那個乾淨又漂亮的小鎮。羅徹斯特先生抱著我跨過一塊木板到岸上，蘇菲跟著我們，我們一起坐進一輛四輪大馬車，馬車載我們到一間很大很漂亮的房子，比這裡更大更好看，叫做旅館。我們在那裡待了大約一星期，蘇菲和我每天都到一個叫做公園的地方散步，那個地方很大、到處綠油油的。除了我以外，那裡還有好多小孩子，有一座池塘，裡面有漂亮的小鳥，我還餵牠們吃麵包屑。」

「她說這麼快，妳聽得懂嗎？」菲爾法克斯太太問我。

我完全聽得懂，因為我聽慣了皮耶荷老師的流利語句。

「妳能不能……」菲爾法克斯太太又說，「問她幾個關於她爸媽的問題？不知道她還記不記得他們。」

「阿黛拉。」我問她，「妳住在剛剛說的那個乾淨漂亮的小鎮時，誰跟妳一起住？」

「很久之前我跟媽媽一起住，但是她已經去到聖母瑪莉身邊去了。媽媽以前常教我唱歌跳舞，還教我念詩。很多先生女士來看媽媽，我會跳舞給他們看，或坐在他們腿上唱歌給他們聽，妳要聽聽我唱歌嗎？」

她已經吃完早餐，所以我允許她稍微展露才華。她從椅子上走下來，過來坐在我膝上，然後煞有介事地把雙手交叉放在胸前，鬈髮撥到背後，抬頭看著天花板，唱起某齣歌劇的歌曲。歌裡訴說一位被拋棄的女子，因情人背棄而痛哭過後，決心拾回驕傲，她命令侍女幫她穿戴最耀眼閃亮的首飾和最華麗的禮服，打算當晚出席一場舞會，強顏歡笑向負心漢宣示，自己絲毫不在乎他離去。

對於這樣一個稚齡的孩子而言，選擇這種主頭的歌曲未免稍嫌怪異。但我想若只是為了聽聽稚氣孩童稚嫩的嗓音演繹愛恨情仇的樂章，這種品味實在有欠高雅，而且庸俗，至少我是這麼認為。

阿黛拉歌聲流露出一份屬於她年紀的天真單純，把這首歌唱得悅耳動聽。表演完畢，她從我膝上跳下，說：「現在，小姐，我要朗誦給妳聽。」

她裝腔作勢開始念：「拉芳丹預寓言：老鼠結盟。」接著她朗誦一小段文章，沒有疏忽斷句與抑揚頓挫，嗓音也很柔和，手勢搭配得恰到好處，以她的年齡而言，實在很難得，這說明她曾被悉心教導過。

「是妳媽媽教妳念的嗎？」我問。

「對呀，她通常會這樣念：『你有甚麼問題？其中一隻老鼠說，說吧！』她要我舉起手，好提醒自己念到這句時要提高音調。我跳舞給妳看好嗎？」

「不，這樣就好了。但在妳媽媽去了聖母瑪莉那兒之後，像妳說的，妳跟誰一起住？」

「菲德希克夫人和她先生，她照顧我，但她和我沒有血緣關係。我想她很窮，因為她沒有像媽媽那樣好的房子。我在那裡沒有待很久。羅徹斯特先生問我願不願意跟他到英國住，我說好，因為我認識菲德希克夫人之前就認識羅徹斯特先生了，他總是對我很好，送我漂亮衣服和玩具。但妳看，他沒有遵守諾言，因為他帶我來英國，現在他自己又回去了，我都沒看到他。」

早餐過後，我和阿黛拉到書房去，羅徹斯特先生顯然指定這個房間做為教室。玻璃門後的書櫃大部分都鎖起來了，但有一個書櫃開著，裡面有各種初級教學需要用到的書本，以及幾冊簡易文學、詩集、傳記、旅遊和一些愛情小說等。我猜他可能認為這些書就足以應付家庭女教師平日閒暇閱讀的書，現階段有這些書確實就很知足了，相較於我在羅伍德偶爾接觸到的微不足道的書籍量，這些書簡直是逍遣與求知上的大豐收。這間書房裡還有一架很新穎的豎立式鋼琴，音質很好，也有作畫用的畫架和兩座地球儀。

我的學生個性算溫馴，卻不太認真，而且到目前為止，她還沒有按照過任何規律性的作息。我心想一開始就過度約束她，絕非明智之舉，所以我跟她說了許多話，教她學一點點新東西，時間也到了中午，就允許她回去找保母。然後我打算利用午餐前的時間，專心畫素描，做為備課的教材。

我上樓去取畫袋和素描鉛筆時，菲爾法克斯太太喚我：「妳早上的課結束啦？」她說。她在某個房間裡，房間的摺疊門敞開著，我聽見她喚我的聲音後，就走了進去。這間房間又大又氣派，擺設了紫色椅子和窗簾，還有土耳其地毯和胡桃木牆面，以及一扇鑲嵌許多斜面玻璃的大窗戶、格調雅致的挑高天花板。菲爾法克斯太太正在撢去餐具櫃上幾只紫水晶花瓶上的灰塵。

「好漂亮的房間！」我一邊環顧四周，一邊讚嘆，我從沒見過氣勢如此恢宏的房間。

「是啊，這裡是餐廳。我剛把窗戶打開，讓一點空氣流通、陽光照進來。這些不常使用的房間很容易潮濕，另外那邊的客廳簡直感覺像地窖。」

她指著一扇跟窗戶相連的寬闊拱門，拱門像窗戶一樣掛著紫紅色窗簾，此時用扣環收攏起來。我朝拱門跨了兩大步，望向裡面，剎那間以為自己窺見了仙境，拱門另一邊的情景如此炫爛奪目，出現在我見識淺薄的雙眼前，但其實那只是間美侖美奐的客廳，裡面還有一間寢室，兩間房都鋪著白色地毯，地毯上彷彿編織了色彩鮮豔的花環。兩個房間的天花板都鑲嵌了雪白的葡萄與藤蔓嵌板。天花板底下是對比鮮明的深紅色沙發和腳凳，而灰白大理石壁爐架上閃耀著晶瑩剔透的寶石紅波希米亞琉璃。兩扇窗戶間的一面鏡子忠實映照出雪白與火紅的絕妙佈置。

「菲爾法克斯太太，妳把這些房間打理得一塵不染啊！」我說道，「沒有灰塵、不用防塵布套覆蓋。如果不是空氣有點冷，誰都會以為這裡天天有人使用。」

「哎呀，愛小姐，雖然羅徹斯特先生很少來訪，但他總是突如其來出現，讓人措手不及。我發現他不喜歡看到東西全都蓋著，也不喜歡等他來了大家才匆忙整理，所以我覺得最好隨時讓這些房間保持在最佳狀態。」

「羅徹斯特先生是個嚴格又挑剔的人嗎？」

「倒不至於，只是他是有教養的人，自然有紳士的品味和習慣。他喜歡所有東西都井然有序。」

「妳喜歡他嗎？他受歡迎嗎？」

「哦，喜歡呀。他的家族在地方上一向很受尊敬。這附近的土地，妳眼睛看得見的地方，歷代以來就幾乎都屬於羅徹斯特家族了。」

「嗯。但是，撇開他有土地不談，妳喜歡他這個人嗎？他本身的個性討人喜歡嗎？」

「我沒有理由不喜歡他，我相信他的佃戶也都認為他是公正開明的地主，只是他很少跟他們相處。」

「他有甚麼人格特質嗎？也就是說，他的個性怎麼樣呢？」

「噢！我想他的個性應該無可挑剔。也許有點特別，他經常外出旅行，走遍世界各地。我相信他很聰明，只是我很少跟他談話。」

「怎麼樣特別呢？」

「我也說不上來，這很難形容，也沒甚麼特別的，但妳跟他說話時就可以感覺得出來。妳永遠不能確定他是在說正經話或是開玩笑，不明白他究竟開不開心。簡單來說，妳很難完全瞭解他，至少我就不瞭解。但這無所謂，他是個好雇主。」

這些就是我從菲爾法克斯太太口中打聽到的內容──關於我們共同雇主的描述。某些人好像天生不擅長描繪別人的性格，也不會觀察及描述人事物的顯著特徵；這位善良的老太太顯然就是這類人。我的問題讓她動腦筋思索，卻說不出答案。在她眼裡，羅徹斯特先生就是羅徹斯特先生，一位有教養的紳士、坐擁田宅的地主，僅此而已。她不會多問，也不會多想，而且顯然不明白我為何非得要瞭解他的個性。

我們離開餐廳後，她提議要帶我參觀整棟房子，我跟隨她上樓又下樓，每到一處就讚嘆聲水連，因為房裡一切的陳設都如此井然有序。我覺得前排那些大房間特別華麗，樓上有些房間雖然昏暗又低矮，卻流露出古雅的韻致。隨著潮流變遷，每隔一段時間，樓下房間一些原本很新潮的傢俱就被搬移到這兒來。幽微的光線從狹窄的鉸鏈窗扉照進來，照射在百年床架上。有幾個橡木或胡桃木衣櫃上面雕刻樣式奇異的棕櫚枝幹和小天使頭像，好似希伯來約櫃3。還有成排的高背古董椅，椅背又高又窄。也有更古老的凳子，凳子上的軟墊明顯留下大部分已磨損的刺繡殘餘，而那些辛勤縫製這些飾品的手早已埋入塵土，長達兩個世代。這些遺物讓荊棘園的三樓有某種老宅的氛圍，像記憶的神龕。我喜歡這份肅穆、寂靜沉鬱，喜歡這些幽靜角落在大白天裡的樂趣。可是，我一點兒也不想在那些寬大又沉重的大床上歇息。有幾個房間裝設了橡木房門，其他那些則垂掛著織綿繁複的布簾，圖案是奇異花卉、珍禽異鳥和形狀奇怪的人物，這一切在清冷月光的照耀下，一定會交織出一幕詭譎怪誕的景象。

「僕人們睡在這些房裡嗎？」我問。

「不是。他們住在後排那些比較小的房間裡，從來沒有人在這裡住過。大家都覺得，如果荊棘園鬧鬼，鬼魂一定會在這些房間出沒。」

「所以你們這裡沒鬧鬼吧？」

「我沒聽說過。」菲爾法克斯太太微笑著回答。

3 《聖經》中提到的聖物，因為據說內有放置在石板的出自上帝之手記下的《十誡》。出埃及記（大約西元前一千四百年）中記載，摩西在西奈山接受十戒法版，在上帝的指示下製造了約櫃。人們相信它是上帝在世間的文字表示。

「也沒有古老傳說？沒有傳奇或鬼故事？」

「我想沒有。據說羅徹斯特在過去時代是支極度殘暴的家族，或許正是因為這樣，他們現在可以在墳墓裡平靜地安息吧。」

「是啊，『經過了一輩子的大風大浪，他們睡得很安穩。』」我喃喃說道。她開始移動腳步，「菲爾法克斯太太，您現在要去那兒？」

「上鉛皮頂樓去，妳要來看看上面的風景嗎？」我繼續跟著她，爬上一道非常狹窄的樓梯，再爬一段梯子，穿過一道活動天窗，踏上莊園的屋頂。我現在跟一群白嘴鴉同在一個地盤，還可以看見牠們的巢穴。從城垛俯瞰到最遠處，我看見地底的田地像地圖般展開，絲絨般的鮮綠草坪緊緊圍繞莊園的灰色地基。田野像公園一樣寬闊，上面點綴著年代久遠的古木。乾枯的黃褐色樹林被一條雜草蔓生的小徑隔開來，小徑上的蘚苔比枝椏上的樹葉更綠意盎然。大門附近的教堂、道路、寧靜的山丘，全都悠閒徜徉在秋日陽光下。地平線上方是蔚藍宜人的天空，蕩漾著幾抹珍珠光的白色雲彩。這幅景象平凡無奇，卻是如此舒暢。當我轉身走下活動天窗時，幾乎看不清楚下樓的梯子。我方才眺望了一抹藍天，又愉快地俯瞰莊園周遭閃耀在陽光下的樹林、牧草和碧綠山丘，與這景色相比，閣樓漆黑得如同暗無天日的地窖。

菲爾法克斯太太走在後方，負責鎖門，而我摸索著找到閣樓的出口，走下那道狹窄的樓梯。我逗留在通往樓梯的長廊，這條長廊分隔三樓的前後排房間，狹窄低矮又陰暗，只有遙遠的另一端有扇小窗戶。長廊左右兩排黑色小門全都緊閉著，看上去就像是藍鬍子[4]城堡的盡頭。

我緩緩向前走，在這孤寂靜止的地方，卻忽然聽見一陣刺耳的笑聲，很怪異又很清晰，這笑聲既拘謹又很悲傷。我停下腳步，聲音消失了，過沒多久，又傳出笑聲，更響亮了，因為一開始時雖然很清晰，卻很小聲。笑聲嘹亮，也持續了一陣子，雖然原本只有一聲，卻彷彿穿過所有空蕩蕩的房間，引起陣陣回音。我甚至可以明確指出傳出最大聲音的那個房間。

「菲爾法克斯太太！」我喊她，因為我聽見她已經爬下樓梯。「妳有沒有聽見那個笑聲？那是誰？」

「很可能是某個僕人。」她說，「也許是葛瑞絲・普爾。」

「妳聽到了嗎？」我再次追問。

「嗯，我聽得很清楚。我經常聽她的聲音，她在這裡的房間做針線活。有時候莉亞也跟她在一起，她們湊在一起時總是很吵鬧。」

那陣笑聲又再度出現，低沉又帶著音節般的抑揚頓挫，結束時是詭異的喃喃低語。

「葛瑞絲！」菲爾法克斯太太喊道。

我一點都不相信有甚麼葛瑞絲來應聲，因為那個笑聲很悲慘、靈異，我從未聽過這種笑聲。幸好那天時值正午，沒有鬼魅事件跟隨那串詭異的笑聲而來，時空條件不構成恐懼，不

---

4 《藍鬍子》（*Barbe-Bleue*）是由法國詩人夏爾・佩羅（Charles Perrault）所創作的童話法國童話故事人物，他冷酷殺害幾名妻子，再藏屍於城堡中。

然，我恐怕會鬼迷心竅畏懼起來。總之，事實證明，我為這種事吃驚，實在是太愚蠢。

距離我最靠近的門打開來，有個僕人走出來；是個約莫三十多歲的婦人，呆板方正的體型、紅頭髮、嚴厲又平庸的面貌，她應該是最不淒美、陰森的幽靈影像了。

「葛瑞絲，太吵了。」菲爾法克斯太太說。「記得守規矩！」葛瑞絲默默行屈膝禮，轉身進房去。

「她負責縫紉工作，有時候也幫忙莉亞分擔家務。」菲爾法克斯太太繼續說道，「雖然某些方面不算可圈可點，但工作表現還算良好。對了，妳今天早上跟新學生相處得如何呢？」話題於是轉到阿黛拉身上，一路持續到我們抵達明朗敞亮的樓下空間。阿黛拉跑進大廳來找我，用法語嚷嚷著：「女士們，妳們的午餐準備好了！」又補充一句：「我餓壞了！」

午餐果然已經送來了，擺在菲爾法克斯太太的房裡間等著我們。

我初見荊棘園時可算是風平浪靜，似乎確保這份工作未來的平順。進一步與這座宅邸和裡面的人熟識之後，結果並沒有令我失望。菲爾法克斯太太表裡如一，是個性情溫、心地善良的女人，她受過足夠的教育、才智中等。我的學生很活潑開朗，只是習慣了備受寵愛和縱容，所以有時會任性倔強，但因為我全權負責她的教養，也沒有外界干涉來妨礙我教導矯正她的規劃，不久後她就洗盡了那些小毛病，變得乖巧上進。她天資不聰穎，個性上也沒有明顯特點，在感受力和興趣上與其他孩子無異，不足以讓她出類拔萃，但也沒有任何缺點或惡習。她持續定地進步，對待我非常熱情，雖然或許並不是特別深刻的感情。而因為她性格上的單純、沒頭沒腦的童言童語，以及為了討好我而盡力求表現的舉動，也讓我對她有某種程度上的喜愛，所以我們倆很享受跟彼此相處的時光。

順帶一提，剛剛那些話可能會讓某些嚴肅強調孩童都是天使的人，批評為冷酷。那些人認為，負責教育孩子的人應該對孩子們懷有一種偶像崇拜式的犧牲奉獻。但我並不打算奉承教養者的自以為是，更不想為了附和欺世盜名而苟同偽善的言詞，我只是陳述事實。我真心關懷阿黛拉的健康和成長，心裡確實也喜歡她，正如同我感恩菲爾法克斯太太的友善關懷；她看重我、她那溫和的心靈與性格，讓我樂意與她相伴。

我還要再多說幾句，想責備我的人請便吧。有時候，我獨自在庭園散步，或走到大門旁遠眺門外的道路；又或者，如果阿黛拉跟保母在一起，而菲爾法克斯太太在儲藏室裡做果醬，我會爬上三樓，推開閣樓的天窗，踏上鉛皮屋頂，望向遠處幽靜的田野和山丘，沿著天際線綿延。我總渴望擁有無窮視力，渴望跨越眼前的障礙，抵達繁忙的塵世，到達我曾耳聞卻未曾目睹的喧鬧城鎮和地域。我也想擁有比目前更豐富的閱歷，結交更多與我相同的人、見識形形色色的人。我珍惜菲爾法克斯太太的長處、阿黛拉的優點，但我相信這世上還存在更多顯著的善意，我想要親眼目睹自己相信的事物。說了這些，應該會有人想指責我吧？

有誰會責備我呢？肯定有許多人，毫無疑問，他們會說我不知足。我也無可奈何，我天生有不安份的靈魂，有時它會煩擾我，令我痛苦不堪，當那種時刻來臨時，我唯一的慰藉就是在三樓的長廊散步，來來回回，恣意沉浸在寂靜和孤獨中，跟隨心靈之眼盡情觀賞任何浮現腦海的豐富影像。當然，這些景象目不暇給，也會讓我的心隨著那歡欣的悸動翩翩起舞，儘管我的心因那份騷動滿溢憂愁。最棒的是，這些景象打開了我內心的耳朵，聆聽一段永不完結的故事，那故事經由我的想像力創造出來、持續不斷地講述。故事中的事件、生命、熱忱、情感讓故事有聲有色，這些都是我心嚮往之，卻未能在真實生活中經歷的事物。

人是不可能甘於平淡的，他們必須有所作為，如果沒有機會，他們就應該要自己去創造。成千上萬的人注定過著比我更沉寂的生活，也有成千上萬的人默默地對抗他們的命運；我不是指政治上的造反。誰也不清楚，那些寄寓塵世中的廣大人群中，還有多少人內心也醞釀著反抗的情緒。人們通常期待女性應該要表現得文靜，但是女性的感受與男性相同，她們跟她們的兄弟一樣，需要運用感官去體驗，需要可以發揮的空間。女性如果受到嚴苛的束縛，如果活得像行屍走肉，也會跟男性一樣感到生不如死。那些得天獨厚的男性如果認為女人只能做布丁、織襪子、彈鋼琴、繡手提袋，未免心胸太過狹隘。任意譴責或訕笑那些試圖跨越世俗偏見、盡力在學識上有所成就的女性，實在不近人情。

獨自一人時，我經常聽見葛瑞絲的笑聲，聽見那陣第一次讓我心驚膽跳的相同音調、同樣低聲而緩慢的「哈！哈！」狂笑。我也聽見她怪異的喃喃低語，比她的笑聲更詭異。某些日子她還算安靜，但其他日子裡則是發出一陣聲響，我實在無法理解這些聲音。有時我會看見她走出房間，手拿著盆子、碟子或托盤，走到樓下廚房，又馬上走回去，通常（喔，浪漫的讀者，原諒我說出掃興的事實！）帶著一壺黑啤酒。她那怪異的嗓音很令人好奇，但她的容貌粗陋、神情沉穩，全身上下沒有吸引人的地方，總會讓人打消好奇心。她實在讓人意興闌珊。我幾度試圖跟她攀談，但她似乎是沉默寡言的人，經常回答得很簡略，話題只能就此打住。

宅邸裡的其他成員──約翰夫婦、女僕莉亞和法籍保母蘇菲，都是和善有禮貌的人，但都沒有特殊之處。我經常跟用法文跟蘇菲談天，有時候會問她一些法國的事，可惜她不擅長描述或形容，通常給的回答都索然無味，而且令人困惑，彷彿故意阻撓人問問題，不鼓勵人繼續深談。

十月、十一月、十二月過去了。一月的某日午後，因為阿黛拉感冒了，菲爾法克斯太太幫阿黛拉請半天病假，阿黛拉拚命附和，我才想起自己童年時期碰見這種意外假期，是多麼地雀躍，於是我同意了，也覺得自己彈性處理得很適宜。雖然那天氣候嚴寒，但是個寧靜的好日子。我厭倦整個漫長的早上靜靜坐在書房裡，恰巧菲爾法克斯太太剛寫好一封信，等著投遞去，於是我穿戴好帽子和披風，自告奮勇到海伊村郵局去寄信。前往海伊村的路程約莫三公里，在冬日午後漫步應該會很愉快。那時阿黛拉舒服坐在菲爾法克斯太太的小客廳爐火旁，就坐在她自己的小椅子上，我把她最愛的洋娃娃（我平時用銀紙包裹娃娃，收藏在抽屜裡）拿給她玩，再遞給她一本故事書，讓她玩膩娃娃時閱讀。阿黛拉對我說：「親愛的朋友、親愛的小姐，快點回來喔。」我親吻她一下，就出發了。

路面堅硬，空氣靜止無風，我孤單上路。一開始我走得很快，直到感覺身體暖和起來，才放慢腳步，盡情欣賞和思索此時此刻的美好。當時已下午三點鐘，我走過教堂鐘樓下時，鐘聲響起。這個時刻的迷人之處在於天色漸漸暗下、緩緩滑向地平線、光線微弱的夕陽。我離荊棘園已有一英里，走在夏開滿野薔薇、秋季盛產堅果和黑莓的小徑上；即使如今已到深冬時節，也還留有玫瑰果和山楂果等橙紅色果實。然而這條路最美好的冬季景象是那份枯葉落盡、冷僻荒涼的靜謐感。在這個地方，縱使有一絲風的氣息，也毫無聲響，因為這裡沒有冬青，也沒有長青樹沙沙作響聲，而光禿禿的山楂樹和榛樹叢靜止不動，如同道路中央鋪砌的白色石子。向道路兩旁的遠處望去，全是田野，沒有牛群在上面嚼食草地。小小棕色的鳥兒偶然停在樹叢間，乍看之下彷彿像是忘記凋落的枯黃樹葉。

這條小徑朝向海伊村的方向緩緩上坡，我走到半途時，坐在一處通往田野的石階上。天寒地凍，那條冰封的小溪幾天前曾急遽解凍，溪水流淌至路面，但現在又凝結住了，所以鋪砌的道路上結了一層薄冰。我拉緊披風，手裹在暖手筒裡，雖然天氣寒凍，卻一點也不覺得冷。從我坐的位置可以看見下方的荊棘園，灰色城垛的裝飾牆就是下方溪谷最顯眼的建築，周遭樹林和陰暗的白嘴鴉棲息在西邊。我靜靜待到明亮深紅的夕陽落至樹林間、沉到樹林片後方，然後才轉向東邊望去。

月亮已在前方高處的山丘頂端升起，此時還白得像雲朵，但看起來愈來愈光亮。被樹叢遮去大部分的海伊村靜靜躺臥在月光下，幾根煙囪飄出裊裊青煙。距離海伊村只剩不到一英里的路程，但在這片絕對的寂靜之中，我能夠清晰聽見村落裡的生命呢喃。我的耳朵也感受到涓涓流水聲，雖不知是從哪座山谷、哪個深潭中傳出來，但海伊村的另一端有許多山丘，顯然也會有許多山澗溪水流經此處。那天傍晚的寧靜也洩露鄰近溪流的叮鈴流水聲，以及遠處的颯颯風聲、汩汩流水聲。

一陣唐突的噪音打擾亂潺潺溪流聲和淙淙呢喃，聲音又遠又近。沉重的踩踏聲、金屬噹啷聲，打斷悠閒的漫步。如同一幅畫裡大片的懸崖峭壁或巨大橡木樹幹，在前景處顯得又壯大又幽暗，抹去遠處蔚藍的巍峨山丘、陽光普照的地平線，以及色調或深或淺的雲霓。

那陣嘈雜聲音就在這條路上，有匹馬正奔馳過來，被蜿蜒的路徑遮擋住，正慢慢接近中。我原本正打算離開石階，但因為路面狹窄，就繼續坐著等待馬匹經過。在那年輕的歲月，我腦海裡常塞滿各種明亮或幽暗的幻想，在這些幻想中穿插了貝西的兒童房故事。當那些鬼怪傳說重新浮現，少女的想像比兒童時更加鮮明生動。隨著馬蹄聲漸漸靠近，我一面等著看牠出現在暮色中，一面回想起貝西說過的一些故事，描述出沒於英格蘭北方一匹名為「基崔司」的妖怪，它以馬、騾或大狗的樣貌出現在荒郊野外，有時候還會接近夜歸的行人，如同此時此刻正向我奔來的這匹馬。

牠已經距離我很近，但還看不見牠，除了達達馬蹄聲，我還聽見樹籬下傳來急速的奔馳聲，靠近榛木樹幹下的地方出現一隻大狗，毛色黑白相間，在樹林間格外顯眼，完全是貝西口中「基崔司」的化身：狀似獅子的長毛怪物，有一顆巨大的頭顱。我原本以為那隻狗會停下來，用牠那似犬非犬的詭異眼神凝視我，沒想到，牠卻平靜地經過我身旁。那匹馬緊跟著出現在後，是一匹高大的駿馬，馬背上有個騎士，是個男人——一個人類，他瞬間打破了想像的魔咒。「基崔司」的背上永遠不會有騎士，牠總是獨來獨往。而據我所知，小妖精們雖然會附身在野獸的屍體中，卻不會寄寓在普通人類身上。這肯定不是「基崔司」，只是一個走捷徑到米爾科特的旅人。他騎馬過去了，我繼續上路，走了幾步就轉身，因為我聽見後面傳來「咕咚」一聲，緊接著是一聲咒罵：「見鬼了，走了甚麼厄運？」然後是一陣滾落的聲音。我看見馬蹄在道路上的薄冰上跌倒，頓時人仰馬翻，雙雙摔倒在地。那隻狗跑了回來，看見主人陷入困境，又聽見馬匹哀鳴，狗兒吠叫聲迴盪在傍晚山丘間。牠的吠叫聲十分低沉，相稱於牠的龐大體型，牠圍繞在臥倒的主人和馬匹身旁，嗅了嗅，接著跑向我，這是牠唯一能做的事情，眼前沒有其他求助的對象。我聽從牠，走向那位騎士，他現在正掙扎從馬鞍上脫身。他的動作強而有力，我想應該沒有受傷太嚴重，但還是問他：「先生，您受傷了嗎？」

我彷彿聽見他罵髒話，但不太確定。總之，他正在嘀咕，沒有辦法直接回答我。

「我能幫甚麼忙嗎？」我又問了一次。

「妳站在旁邊就好。」他邊說邊爬了起來，先是膝蓋跪著，然後雙腳站了起來。我照他說的站在一旁，這時傳出一陣嘶嘶聲、咔噠咔噠聲和踩踏的碰撞聲，伴隨著狂吠聲，逼得我後退好幾公尺遠，不過，我還是保持看得見事件進展的視野內。結果總算萬幸，馬兒重新站起來了，大狗兒聽見一聲「別叫，派勒！」也安靜下來。這位騎士此刻搖搖晃晃撫摸腿和腳，似乎在檢查雙腿是否受傷了。顯然他受傷了，因為他一拐一拐走到我剛剛休息的石階上，坐了下來。

我想我很樂意自己能派上用場，至少想多管閒事，所以我又再次走近他身邊。

「先生，如果您受傷了，需要幫忙，我可以到荊棘園或海伊村找人來。」

「謝謝妳，我無大礙。沒有骨折，只是扭傷了腳。」他再次試圖站起來走幾步，卻不由自主發出「唉！」的一聲。

此時天色還有一點薄暮的餘光，月亮漸漸照出光亮，我能夠清楚看見他。他裹著一件騎士披風，毛皮衣領上別著鐵釦環。看不出他的體型，但依稀可以看出中等身材的輪廓、頗為寬闊的肩膀。他有張黝黑的臉龐，五官嚴峻、額頭憂鬱，他的眼睛和緊蹙的眉頭流露出憤怒與挫敗。他不是年輕男子，但也還沒進入中年，也許是三十五歲左右吧。我不害怕他，也沒感到羞怯。如果他是個帥氣挺拔的年輕紳士，我肯定不敢違背他的意思，或未經同意就自動上前、開口提供協助。我幾乎沒見過年輕的英俊男子，也從未跟那樣的人說過話。我對於俊美、優雅、英勇和有魅力的人，懷有一股莫名的尊敬與崇拜。但倘若我哪天真的遇見擁有這些特質的男性，應該會察覺出他們對我這樣的人不會有任何共鳴與興趣，所以我盡量迴避他們，就像人們避開電光火石，或任何閃亮卻令人不愉快的事物。

甚至，如果這個陌生人在我上前關心時微笑，或善意回應，或者委婉拒絕我的提議，我就會轉身走開，也不會覺得有必要再多詢問。然而，這個人皺著眉頭、粗魯的言行反倒讓我輕鬆自在。他揮揮手要我離開的時候，我繼續留在原地，對他說：

「先生，時間這麼晚了，我不能把你留在沒有人煙的小路上，除非我確定您能跨上馬鞍。」

我說這句話時，他看著我。在這之前，他的視線幾乎沒有朝向我這邊。

「我覺得妳應該待在家裡。」他說道，「如果妳家就在附近的話。妳從哪裡來的？」

「我就住在山下。有月亮的時候，我不怕晚上一個人待在外頭。如果您需要的話，我很樂意幫您跑一趟海伊村，反正我正要去那裡寄信。」

「妳就住在山下，妳是指那棟有城垛的房子嗎？」他指著荊棘園。此時灰白色的月光照耀荊棘園，讓莊園在樹林間醒目又明亮，而那片樹林與西邊天空相映襯，已經化作一團陰影。

「是的，先生。」

「那是誰的房子？」

「是羅徹斯特先生的。」

「妳認識羅徹斯特先生嗎？」

「不認識，我從未見過他。」

「那麼他不住那裡了？」

「對。」

「妳知道他在哪裡嗎？」

「不知道。」

「妳顯然不是莊園裡的僕人，妳是……」他停頓了一下，目光打量我的穿著，我的裝扮一如往常簡樸：黑色羊毛披風、黑色海狸毛帽，看起來連一半貴夫人女僕的服飾都比不上。他似乎猜不出我的身分，於是我幫他解惑。

「我是家庭教師。」

「啊，家庭女教師！」他重複一遍，「真糟糕，我竟然忘了！是家庭教師！」接著他再次檢視我的穿著。約莫兩分鐘後，他從石階上站起來，移動時表情痛苦萬分。

「我不能麻煩妳去找人幫忙。」他說，「但如果妳願意，倒是可以幫我一個小忙。」

「好的，先生。」

「妳有沒有雨傘可以借我當拐杖？」

「沒有。」

「那妳試試能不能拉住馬的轠繩，牽馬過來，妳不怕吧？」

如果是獨自一人，我一定不敢靠近那匹馬，可是當他要我去拉馬時，我決定要照做。我將暖手筒放在石階上，走向那匹高大的駿馬。我設法拉住轠繩，但是馬兒性格桀敖，不肯讓我靠近牠的頭部。我試了幾次，還是徒勞無功，同時也很害怕牠不停跺步的前蹄。那位騎士看了一會兒，終於大笑出來。

「好吧。」他說，「看來山是不可能被帶到穆罕默德面前，所以妳只好幫助穆罕默德上山[1]。請妳到這兒來。」

1　先知穆罕默德名言：「山不來就我，我便去就山。」

我走過去。「容我失禮，」他接著說，「情非得已，借助妳的肩膀一用。」他將手重重搭在我肩上，稍微用力靠著我，一拐一拐跛行走到馬匹旁邊。他拉住韁繩後，立刻駕馭馬匹，人也熟練地躍馬鞍，他施力時臉部因扭傷而痛苦扭曲。

「現在，」他說道，鬆開緊咬著的下唇，「只要幫我把馬鞭子拿過來，鞭子就放在樹叢底下。」

我去找到了鞭子。

「謝謝妳。現在妳可以趕緊到海伊村寄信了，儘快回家吧。」

他用靴刺踢了馬匹一下，馬兒先是一驚後退，隨後立即奔馳而去。大狗跟在後頭，也狂奔而去，人、馬和狗全都消失了。

正如荒原之石楠，
隨無情狂風疾馳而去。

我拿起暖手筒，繼續上路。對我而言，剛剛那件事發生後又結束了。某種程度上，這只是一件無意義的事，既無浪漫可言，也索然無味，但在我單調乏味的人生在短短一小時內激起漣漪。有人開口請求我的協助，而我付出棉薄之力，很高興自己做了一點事。雖然這個舉動如此微不足道，如此短暫，它終究仍是一項積極的事，我最害怕度過消極虛無的人生。再說，那張新面孔像一幅嶄新圖畫，藏在記憶中的畫廊，而且它跟其他幅畫全然不同。首先，因為它屬於男性的陽剛；其次，因為那張臉孔黝黑、強壯而嚴峻。我踏入海伊村、將信丟擲進郵局時，那幅畫還浮現在我腦海。我快步走下山丘回家時，那張臉彷彿清晰可見。當抵達石階處，我停了一分鐘，環顧四周，凝神靜聽，期盼馬蹄聲或許會再次響起，而那披著披風的騎士、一條像「基崔司」的紐芬蘭犬也可能會再次現身。但我眼前只看見樹叢和一棵殘柳，柳樹直挺挺站著，靜靜映著月暈，只聽見一英里外，微風一陣一陣在荊棘園周圍的樹林間打轉。當我低頭看向那風聲呢喃之處，再掃過荊棘園正前方，看見一扇窗裡燃起爐火，那火光讓我驚覺時間已晚，連忙加緊了腳步。

我並不想再次踏進荊棘園。踏進了門檻就等於回到一成不變的生活。走過寂靜的大廳、爬上漆黑的樓梯、走回我那個孤寂的小房間，然後再去見平靜的菲爾法克斯太太，與她熬過漫漫冬夜，而且僅有她相伴。這一切足以澆息我散步時挑起的那一絲興奮的波瀾，我的感官也會再次套上隱形枷鎖，再次活得一成不變，生活凝滯如一灘死水。我漸漸無法喜歡這種生活特有的安定與閒適。如果當時我在不安的暴風雨中掙扎、體會生活的磨難，酸楚的經驗會教導我去渴望此刻我百般埋怨的這份平靜，那該有多好啊！是啊，正如同人總會厭倦「過度安逸的生活」，坐膩了安樂椅就想出門去漫步。正如在我的處境下，人總會渴望變化起伏。

我在大門外徘徊，在草坪逗留，在步道上來回走動。玻璃門的百葉窗闔上了，我看不見屋裡的情景。我的視線和靈魂似乎都不想靠近那陰鬱的宅邸，不想靠近那塞滿幽暗小囚房的灰色空洞建築，我寧可望著眼前浩瀚的蒼穹，它像一片湛藍大海，絲毫未沾染一絲雲朵。月亮踏著端莊的步伐緩緩爬升，離開山顛時，她圓圓的臉龐似乎抬頭仰望，不再回顧遙遙拋在下方的出發點。她期望抵達天顛，想碰觸那片深不可測、遙不可及的午夜黑幕。至於那些追隨她腳步的閃爍星辰，我看著她們時，只覺心情悸動、脈搏慷慨激昂。能庭園的鐘聲響起，區區小事就能讓我們回到了現實。這樣就夠了，我轉身背對月亮和星星，打開側門，走了進去。

大廳微笑，唯一那盞懸掛在高處的青銅吊燈尚未點燃。一道溫暖火光照亮了大廳和橡木樓梯底部幾級楷梯。這微紅的光線來自偌大的華麗餐廳，餐廳的兩扇門敞開著，能看見裡面壁爐然燒著宜人火焰，閃耀在大理石壁爐床和黃銅爐柵上；紫色窗簾和擦得發亮的傢俱也沐浴在火光中，火光也照亮壁爐旁邊的人群。我還來不及看清楚那群人、聽清楚那群人歡暢的說話聲，門就闔上了，只隱約聽見阿黛拉的聲音。

我快步走到菲爾法克斯太太的房間，她房裡也點燃爐火，但沒有蠟燭，菲爾法克斯太太不見人影，我只看見一隻黑白相間的長毛狗端坐在地毯上，專注望著火焰，像極了小徑上的「基崔司」。實在長得太像了，所以我走上前喊了聲：「派勒！」牠跳起來走到我身邊東嗅西嗅。我撫摸牠，牠搖搖大尾巴。跟牠單獨相處的感覺實在有點詭異，我猜不透牠從甚麼地方來的。我按了鈴，因為想要支蠟燭，也想知道這位訪客的來歷。此時莉亞進來了。

「這隻狗是？」

「牠跟先生一起來的。」

「跟誰？」

「先生，羅徹斯特先生，他剛到家。」

「果然！所以菲爾法克斯太太跟他在一起？」

「對，還有阿黛拉小姐。他們都在餐廳。約翰去請醫生了，因為先生出了點意外，他的馬跌倒，他扭傷了腳踝。」

「他的馬是在海伊村的路上跌倒的嗎？」

「對，下坡的時候他踩到冰滑倒了。」

「啊！莉亞，可以幫我拿支蠟燭來嗎？」

莉亞拿來蠟燭時，後面跟著菲爾法克斯太太。菲爾法克斯太太又重述了事故一次，補充說卡特醫生已經到了，現在正在治療羅徹斯特先生。她說完後，趕忙出去吩咐僕人準備茶點，我則走上樓脫外套。

13

羅徹斯特先生似乎在醫生的指示下早早休息了，隔天也沒有起得太早。等他終於下樓時，就是要談公事，他的代理人、佃戶們都來了，等著要跟他說話。

我和阿黛拉現在必須空出書房，當作訪客們的接待室。樓上一間房裡點起了爐火，我帶著我們的書到那兒，準備把它當成之後的上課教室。那天早上我感覺到，荊棘園徹底成為一個不同的地方：不再安靜得像教堂，每隔一、兩個小時就會響起敲門聲或門鈴聲；樓下大廳也經常傳出腳步聲和各種語調陌生的說話聲；一條潺潺溪流從外界流了進來；莊園有了主人，對我來說，我更喜歡這樣。

那天阿黛拉躁動不安，她無法專心，不停跑到門口，倚著欄杆看能不能看到羅徹斯特先生。接著她找藉口要下樓，依我判斷，是要去書房，但我知道她不能去那兒。接著，當我有些不悅，要她靜靜坐好，她卻開始喋喋不休談起她的「好朋友愛德華・菲爾法克斯・羅徹斯特先生」，她給他冠上了複姓（我之前沒聽過他的家族名），又不停猜著他會帶甚麼禮物給她；因為他昨晚似乎暗示，當行李從米爾科特寄來時，裡面會有個小盒子，裝著有她喜歡的東西。

「這就表示。」她用法文說，「裡面是給我的禮物，可能也有妳的，老師。因為羅徹斯特先生提起過妳，他問我家庭教師的名字，還問我妳是不是個個子嬌小、纖細苗條、臉色有點蒼白。我說對，因為妳真的是那樣，對不對，老師？」

我和阿黛拉如同以往在菲爾法克斯太太的客廳用餐，那天下午颳風又下雪，我們一直在教室裡度過。天色暗了之後，我允許阿黛拉放下書本和作業，跑下樓去。因為從樓下靜悄悄的，已經不再有門鈴聲，我想羅徹斯特先生現在應該是在書房裡。我獨自走向窗邊，但景色霧茫茫。暮色和雪花使天氣變得迷濛，掩蓋了草坪上的灌木叢。我放下窗簾，走回爐火邊。

明亮的餘火中，我正描繪著一幅一幅景象，有點像我印象中的萊茵河畔的海德堡。菲爾法克斯太太走進來，打斷了我沉浸在火焰中拼湊起來的馬賽克畫，也驅散了因寂寞而開始湧入的沉重思緒。

「今晚羅徹斯特先生希望能和妳及阿黛拉一起在客廳喝茶。」她說，「他忙碌了一整天，都沒時間找妳聊聊。」

「他的茶點時間是甚麼時候？」我問道。

「喔，六點鐘，他回鄉下時，用餐時間會提早一些。妳現在最好去換件連衣裙，我跟妳去，幫妳扣釦子、繫帶子。拿著蠟燭吧！」

「我一定要換衣服嗎？」

「最好是，羅徹斯特先生在家的時候，我晚餐時通常會穿得正式一點。」

這儀式顯得莫名隆重，但我還是回到房裡，在菲爾法克斯太太的協助下，脫下黑色呢絨洋裝，換上一件黑色絲綢小禮服；除了另一件淺灰色禮服，這是我唯一一件可供選擇、也是最好的衣裳。至於那件灰色衣裳，以羅伍德學校的標準來說，太過精緻，除非出席極為重要的場合，否則我很少穿上。

「妳還少了個胸針。」菲爾法克斯太太說。我只有一個珍珠胸針，是譚波老師送我的臨別禮物，我將它戴上，然後我們下樓。我向來不太習慣與陌生人相處，所以打扮的這麼隆重去見羅徹斯特先生，感覺簡直是個考驗。我讓菲爾法克斯太太在前面走進餐廳，走過餐廳、穿過簾子時，我一直躲在她後面，我們穿過已放了下簾幕的拱門，走進裡面那間典雅的客廳。

桌上和壁爐架上各點燃兩支蠟燭，派勒趴著，被爐火的光芒和舒適的溫度包圍著；阿黛拉跪在牠身邊。羅徹斯特先生斜躺在沙發上，一隻腳擱在椅凳上，凝視著阿黛拉和派勒，火光照亮他的臉龐。我認得那位騎士烏黑又濃密的眉毛，他方正的額頭因斜撥的黑色頭髮顯得更加方正。我認得他剛毅的鼻樑，與其說長得俊俏，不如說：有個性的令人印象深刻。他的鼓起的鼻孔，我心想，顯得脾氣暴躁的樣子。嚴峻的嘴唇、下巴和下顎；沒錯，這三個部分都非常冷峻，一點也沒錯。我看見他脫去外衣的體型方正剛毅，和他的臉很搭配。我想從體魄是否健壯的角度來看，應該算是優良體格；胸膛寬闊、側身精瘦，雖然個頭不算高大，也不夠文雅。

羅徹斯特先生一定注意到了菲爾法克斯太太和我走進房間，卻一副沒心情搭理我們的模樣，因為我們經過他身旁時，他並沒有抬頭。

「先生，這位是愛小姐。」菲爾法克斯太太說，用她一貫的平靜語調。他欠了欠身，視線仍然停留在狗和小孩身上。

「請愛小姐坐下吧！」他說。他僵硬拘謹的點頭動作，和說話時不耐煩卻又正經八百的語調，似乎在說：「愛小姐在不在這裡跟我有甚麼關係？我現在沒心情跟她說話。」

我放心大膽地坐了下來。過度禮貌周到的接待可能反倒會令我不知所措，因為我無法報以優雅合宜的回應；但我也沒有義務接受嚴厲惡劣的對待。反倒是這怪誕行為，讓我鬆了口氣，而且，面對怪誕舉止時，我還能自持、保持靜默。除此之外，這古怪的行徑倒是有趣，我想看看他接下來會怎麼做。

接下來他就像個雕像似的，保持緘默，一動也沒動。菲爾法克斯太太似乎覺得應該有人來打破僵局，所以她開始講話。一如往常和善，也一如往常老套；說他一整天忙著公事，壓力一定很大、扭傷的腳踝一定很痛，然後說只要有耐心和毅力，一定可以撐過去的。

「女士，我想用點茶。」菲爾法克斯太太只得到的這一句回答。她趕緊起身按鈴，茶點端來時，她殷勤迅速地擺放杯子、湯匙等。我和阿黛拉走到桌邊，但這位主人並沒有離開沙發。

「妳可以幫羅徹斯特先生端茶過去嗎？」菲爾法克斯太太跟我說。「阿黛拉可能會打翻。」我允諾照做。當他從我手上端走茶杯，阿黛拉覺得該是時候替我討些獎賞了，便用法語大聲說：

「先生，你的小盒子裡也有給愛老師的禮物嗎？」

「誰說有禮物？」他不客氣地說。「愛小姐，妳想要禮物嗎？妳喜歡禮物嗎？」他看著我，眼神陰暗、略帶惱怒而銳利。

「先生，我不知道。我很少有收禮物的經驗，但通常禮物是令人開心的。」

「通常？但『妳』覺得呢？」

「先生，我需要花點時間想想，才能給您滿意的答覆。禮物有很多種，不是嗎？在說出看法之前，應該考慮到所有可能。」

「愛小姐，妳倒是不像阿黛拉這麼天真。她每次看到我，總嚷嚷著要『禮物』；妳多慮了。」

「因為我對自己的處境沒有阿黛拉那麼自信，她與您是舊識，大可以提出要求。基於以往慣例，也有權利要求，因為她說您總會送她玩具。但若要我找個有禮物的理由，倒是令人困惑了，因為我是個陌生人，沒做過任何好讓您答謝的事。」

「喔，別來過度謙虛那一套！我已經考過阿黛拉了，發現妳費了一番心力。她不聰明，沒有天分，但在這麼短時間內，她竟然進步了這麼多。」

「先生，謝謝您，您現在已給了我『禮物』。學生的進步受到讚賞，就是教師最渴望的獎賞。」

「哼！」羅徹斯特先生質疑了一聲，安靜地喝著茶。

「到火爐邊來。」羅徹斯特先生說道。此時僕人把托盤端走，菲爾法克斯太太坐在角落織起她的針線活，阿黛拉拉著我的手在房間裡繞圈圈，帶我觀賞精裝書、五斗櫃子和落地櫃上的擺飾品。我們聽從指示走到壁爐旁。阿黛拉想坐在我的膝上，但羅徹斯特先生要她去跟派勒玩。

「妳在這裡待三個月了？」

「是的，先生。」

「那麼，妳從哪裡來？」

「羅伍德學校。」

「啊！一個慈善機構。妳在那裡待了多久？」

「八年。」

「八年！妳一定非常堅忍不拔！我想在那樣一個地方，大半時間都得照規矩來，可以摧毀人的健康！難怪妳看起來像從另一個世界來的，妳的樣貌令我感到驚異。昨天晚上妳出現在海伊村路上，我莫名其妙地想到童話故事，還幾乎想問妳是不是對我的馬施了魔咒；我到現在都還無從確認。妳的父母親呢？」

「我沒有父母。」

「我猜妳從來沒有見過他們。妳還記得他們嗎？」

「不記得。」

「我想也是。所以妳坐在那石階上的時候，是在等妳的人嗎？」

「等誰，先生？」

「等綠精靈們，那晚的月光很適合他們現身。我是不是打擾了你們的聚會，所以妳才在那該死的冰上施了咒語？」

我搖搖頭。「綠精靈在一百多年前就全數離開英格蘭了。」我跟他一樣正經八百地說。「即使在海伊村路，或附近的田野間，您也不到他們的蹤跡。我想無論是春天、秋天或冬日月光下，都不可能見到他們狂歡宴飲。」

菲爾法克斯太太停下手邊的針線，挑起眉毛，似乎不懂這算哪門子的對話。

「嗯。」羅徹斯特先生接著說，「妳沒有父母，那總該有親戚吧，叔伯舅舅和姑姑阿姨之類的？」

「沒有，從未見過。」

「那妳的呢？」

「我沒有家。」

「妳的兄弟姊妹住哪裡？」

「我沒有兄弟姊妹。」

「誰推薦妳來這裡？」

「我自己登廣告，菲爾法克斯太太寄信回覆我的啟事。」

「沒錯。」這位好女士現在終於跟上我們的談話，「我每天都感謝上天引領我做了這個決定，對我而言，愛小姐的陪伴如此珍貴；對阿黛拉來說，是個親切認真的好老師。」

「妳別忙著替她說好話。」羅徹斯特先生回答，「歌功頌德的話左右不了我，我會自己判斷。一見到她就讓我的馬滑了跤。」

「啊，先生？」菲爾法克斯太太說。

「我腳扭傷是拜她所賜。」

菲爾法克斯太太看起來驚訝極了。

「愛小姐，妳住過繁榮的城鎮嗎？」

「沒有，先生。」

「妳見過的人多嗎？」

「不多，只有羅伍德的師生，和現在荊棘園裡的人。」

「妳讀過的書多嗎？」

「只是有甚麼書就看甚麼，數量不多，內容也不夠淵博。」

「妳的生活像修女一樣，妳對宗教信仰那一套一定很熟悉；據我所知，布洛克赫是羅伍德學校的負責人。他是個牧師，對吧？」

「是的，先生。」

「妳們女孩子大概很崇拜他，全是修女的女修道院通常會很景仰她們的院長。」

「噢，並非如此。」

「妳真失禮！並非如此！甚麼？見習修女竟然不崇拜她的牧師！真是大不敬。」

「我不喜歡布洛克赫先生，而且我不是唯一特例。他是個苛刻的人，總是自以為是又事事干涉。他剪了我們的頭髮，又以經費拮据為由，給我們幾乎無法縫紉的低劣針線。」

「真是非常糟糕的財務管理方式。」菲爾法克斯太太說，她現在又跟上我們的對話了。

「那麼他哪一點最討人厭呢？」羅徹斯特先生問。

「在委員會成立前，他全權掌控學校的膳食，他幾乎讓我們挨餓至死。每星期總有一次煩人的長篇大論，來教訓我們，晚上還要讀他指定的書，都是講述猝死和審判的故事，嚇得我們都不敢上床睡覺。」

「妳幾歲進羅伍德學校去的？」

「大概十歲。」

「妳在那裡待了八年，所以妳現在是十八歲？」

我點點頭。

「妳看，算術果然很有用。沒有算術幫忙的話，我應該無法猜出妳的年紀。對於妳那和年紀不相符的樣子和冷靜表情，很難猜測妳的年齡。那麼妳在羅伍德學了些甚麼？妳會彈鋼琴嗎？」

「會一點。」

「當然，那是官方回答。到書房去，呃，我是說如果妳願意的話。請原諒我用命令的口吻，我習慣說『去做這件事！』然後事情就完成了。我沒辦法為一個新來的人改變一直以來的習慣。所以，去吧，到書房去。帶一支蠟燭，別關上門，坐在鋼琴前，彈一首曲子。」

我離開客廳，遵照他的指示行事。

「可以了！」幾分鐘後他的聲音傳來。「看來妳『彈一點』鋼琴，我明白了。程度跟所有英國女學生一樣，或許彈得比某些人好，但不是非常好。」

我蓋上鋼琴，回到客廳。羅徹斯特先生繼續說：「今天早上阿黛拉給我看了幾張素描畫，她說是妳畫的。我不確定是不是妳自己的作品，或許有哪個老師幫妳？」

「才沒有！」我急著說。

「啊！傷到自尊心了。好吧，如果妳保證是原創畫作，那就去拿妳的畫冊來給我看。但除非妳非常肯定，不然就別說大話，我能辨別拼拼湊湊、不同人的筆觸。」

「那我甚麼也不說，交給您自己判斷，先生。」

我到書房去取畫冊來。

「把桌子挪過來。」他說，我把桌子推向他的沙發。阿黛拉和菲爾法克斯太太也湊近來看畫。

「別擠在這兒。」羅徹斯特先生說，「我看完後就讓妳們拿去看，但別把妳們的臉湊在我面前。」

他從容不迫地檢視每張素描和圖畫。他把其中三張擺在一起，其餘的，他每看完一張，便掃到旁邊去。

「菲爾法克斯太太，這些拿到另一張桌子去。」他說，「跟阿黛拉一起看。妳，」他瞥了我一眼說：「坐回妳的椅子上，回答我的問題。我看得出來這些畫作都出自同一隻手，這隻手的主人是妳嗎？」

「是的。」

「妳怎麼有時間作畫？這些畫作很費時，還必須費點心思。」

「我在羅伍德時，利用最後兩次長假畫的，當時也沒其他事做。」

「妳的靈感從哪裡模仿來的？」

「從我的腦袋裡。」

「就是妳肩膀上的這顆腦袋嗎？」

「是的，先生。」

「那裡頭還有其他類似的靈感嗎？」

「我想應該有吧，我希望是更好的。」

他把那三張畫作攤在面前，再次輪流審視。

趁他看得這麼認真的時候，讀者啊，我來跟你說說那些是甚麼樣的畫作。首先，我得說，這些畫不甚精彩。其實，這些畫面都清晰地浮現在我腦海裡。我用畫筆勾勒之前，先在我的靈魂之窗看見它們，都是活靈活現的。但我的手不肯為我的想像力效命，總只能畫出眼中影像的模糊、平淡輪廓。

這些都是水彩畫。第一張畫是青灰色的雲，低空翻騰在波濤洶湧的海水上。一切晦暗無光、前景也是，或者說，最近處的浪濤也是一般，因為沒有陸地。一支半沉入水中的桅杆閃著一抹微光，上頭站著一隻鸕鷀，又黑又大，翅膀上掛著點點泡沫；牠的喙叼著一條鑲金黃色寶石的手鐲，我盡可能用調色盤所能調出的鮮麗色彩，去表現那只手鐲。一具溺水的屍體沉在鸕鷀和大海的下方，眼睛望著碧綠海水，唯一能夠清楚看見的屍體四肢只有一隻豐潤胳膊，金手鐲就是從這隻胳膊上被海水沖刷或叼走的。

第二張畫的前景僅有朦朧的山巒，山上的野草和幾片葉子彷彿被微風吹拂一般傾斜著。遼闊的天空之上，深藍如薄暮，一個女人的半身像飄浮在天際，是用我所能調製出最幽暗輕柔的顏色所描繪出來的。黯淡的前額有一顆星星，下方的輪廓在霧氣瀰漫之中若隱若現。雙眼黑暗狂野，髮絲如陰影流動，如遭受暴風或強烈閃電而撕裂的雲朵。半身像的脖子上有好似月光般的反光，微光觸碰著從這夜晚晨星中浮現的一串薄透雲朵，是金星的幻影。

第三張畫裡是冰山的尖頂，高聳直入北極的冬日蒼穹。北極光聚集，彷若一束束微光長矛，沿著地平線林立。前景有一顆頭顱，把剛剛那些全都推向遠處。那是顆巨大頭顱，斜靠著冰山歇息。兩支細瘦的手在額頭下方合掌。五官上的黑色面紗掀了起來，露出面無血色的臉孔，雪白似骨，只見眼神空洞凝滯，訴說著最純粹的絕望。太陽穴上方纏繞著黑色頭巾，色澤隱約如雲朵，頭巾褶間中閃耀一只白色光芒的戒環，更點綴著色調火紅的光波。這輪亮白新月猶如「王者皇冠」，加冕的是那「無形之身」[1]。

1 典故出自十七世紀英國詩人約翰彌爾頓（John Milton, 1608 – 1674）《失樂園》（*Paradise Lost*）的死亡詩句。

「妳畫這些畫的時候快樂嗎？」羅徹斯特先生隨即問道。

「先生，我全心投入。沒錯，我很快樂。簡單說，畫這些畫就是在享受最極致的樂趣。」

「這句話不算甚麼。如妳所言，妳生活中的樂趣本來就不多。但我敢說，妳確實活在藝術家的夢想國度裡，才能調製與安排這些詭異的色調。妳每天花很長時間作畫嗎？」

「因為是假期，我沒其他事可做。所以我從早畫到中午，從中午又畫到晚上。盛夏的白晝很長，剛好能讓我全心全意投入。」

「那麼妳對這些熱忱苦役的結果很滿意囉？」

「不甚滿意。我的構思和手中的成品差距很大，我為此苦惱不已。每次明明腦海中浮現了甚麼，卻苦無能力忠實呈現出來。」

「那倒並非如此，妳已經抓住心中想像的影子，但或許也只能如此了。妳沒有足夠的藝術技巧來全然呈現它，但是就一個女學生而言，這些畫作也夠獨特了。至於畫中隱含的思緒，有點妖氣。想必妳是在夢中見到那幅金星裡的眼神。妳怎麼有辦法讓它們看起來如此清澈，卻不明亮？因為上方那顆金星壓抑了它們的光芒。而且那眼神裡的凝重深沉又在表達甚麼？是誰教妳描繪風？天空中和這山峰上都有一陣強風。妳在哪見過拉特摩斯山的？因為那正是拉特摩斯山。好了，把畫都拿走吧！」

我還在綁畫冊的繩子，他看了看手錶，突然說：「已經九點鐘了，愛小姐，妳怎麼能讓阿黛拉待在這裡這麼久？帶她去睡覺吧。」

阿黛拉離開前親吻他，他忍受她的親吻，表現得很冷淡，似乎不像派勒那麼熱絡。

「祝妳們晚安。」他說完便揮手指向門口，表示他已經累了，我們該離開了。菲爾法克斯太太收拾好她的針線，我拿起我的畫冊，像他行屈膝禮，他僵硬地欠身回應，我們就離開了。

「菲爾法克斯太太，妳說羅徹斯特先生沒有特別古怪。」送阿黛拉上床後，再走進菲爾法克斯太太房間裡時，我說道。

「嗯，他古怪嗎？」

「我是這麼想，他非常反覆無常又唐突魯莽。」

「的確是啊，在陌生人眼中，他或許是如此，但我已經習慣他了，從來沒想過這事。話說回來，如果他脾氣不穩，也是情有可原。」

「為甚麼？」

「一部分是因為那是他的天性，我們都無法改變自己的天性。另一部分原因是他有痛苦的情緒煩擾，所以難怪他心裡不太平靜。」

「是甚麼事？」

「家庭問題，是其中一件事。」

「但是他沒有家人呀。」

「現在沒有，但他曾經有；或者至少，有親戚。他哥哥幾年前過世了。」

「他哥哥？」

「對，現在的羅徹斯特先生得到這片產業的時間並不長，只有大概九年。」

「九年也夠長了，他這麼喜歡他哥哥，所以才仍舊為哥哥的死傷心嗎？」

「哦，不是，應該不是這樣。我想他們之間有些誤會。羅蘭德·羅徹斯特先生對愛德華·羅徹斯特先生不太好，他讓他父親對愛德華先生懷有成見。老羅徹斯特先生很重視金錢，也努力想保有家族土地的完整。他不想分財產，卻又希望愛德華先生能擁有大筆財富，以免愧對羅徹斯特這個家族姓氏。於是愛德華先生一成年，他們做了不太公平的事，造成很大的傷害。老羅徹斯特先生和羅蘭德先生一起幫愛德華先生安排了命運，讓他陷入痛苦的處境，只為了讓他獲取財產。實際情況我一直不太清楚，但愛德華先生無法容忍那種折磨。他不能原諒家人，所以跟他們決裂，多年來一直過著飄泊的生活。他哥哥死後並沒有留下遺囑，家族產業依照法律落到他身上，這些年他從來沒在荊棘園待超過兩個禮拜，也難怪他要迴避這棟老宅邸。」

「為甚麼他要迴避這裡？」

「也許他覺得這裡很陰沉。」

這個答案有些避重就輕，我希望能聽到更明確的答案，但菲爾法克斯太太不是不能，就是不願意告訴我羅徹斯特先生確切的痛苦原因。她堅稱自己也不清楚箇中原由，她所知道的一切都只是臆測罷了。很顯然，她希望我別再談這個話題，我也就不再追問。

接下來好幾天，我都沒見到羅徹斯特先生。早上他似乎總在忙公事，下午則會有紳士從米爾科特或周邊地區來造訪，有時候會留下用晚餐。他的腳踝大致痊癒、可以騎馬時，他便經常出門，或許是要禮尚往來，去拜訪那些人，他經常很晚才回家。

這段期間，他很少召見阿黛拉，我和他的交流也只僅止於偶然在大廳、樓梯間或走廊相遇。他有時會傲慢冷漠地經過我身邊，只點個頭或冷淡地瞥一眼，有時卻像紳士般和藹可親地鞠躬微笑。他這種善變性情並沒有冒犯到我，因為我明白他的情緒變化與我無關，那情緒起伏的原因多半也與我無關。

有天他留客人一起吃晚餐，派人來取我的畫冊，顯然是為了展示畫作。菲爾法克斯太太跟我說，客人因為要去參加米爾科特的一個公眾聚會，很早就告辭離開了，但因為天候濕冷嚴寒，羅徹斯特先生沒有一同前往。客人離開後不久，他按了鈴，吩咐要我和阿黛拉下樓。我梳理了阿黛拉的頭髮、把她打扮整齊，確認我平時穿的貴格式服裝、頭上緊緻的髮辮都整齊樸素；沒機會弄凌亂，當然不需要再整裝。我們下樓時，阿黛拉一直猜想是不是終於要拿到禮物了，因為某些差錯，行李箱送遲了。我們一進到餐廳，她興高采烈地看著桌上擺著一只小紙盒，似乎一眼就認出那只盒子是她的禮物。

「我的禮物！我的禮物！」她一面用法語喊，一面跑過去。

「是啊，妳的禮物終於到了。妳這如假包換的巴黎女兒。拿到角落去拆禮物，自己開心去吧。」羅徹斯特先生低沉、略帶挖苦的聲音從火爐邊的安樂椅傳來。「記住，」他繼續說，「解剖盒子的時候，不需要報告細節，也不需要告訴我裡面有甚麼五臟六腑。安安靜靜動你的手術。」最後用法語說：「孩子，安安靜靜的，明白嗎？」

阿黛拉似乎不需要這告誡，她已經拿著她的寶貝退到一旁的沙發，而且手忙腳亂地拆解繫著盒蓋的細繩。她移開盒蓋後，掀開幾層銀色包裝紙，驚呼道：

「噢，天哪！真漂亮！」然後沉浸在狂喜中，入迷地把玩著。

「愛小姐在這裡嗎？」先生說話了，還從座位半坐起，朝門口張望，此時我站在門邊。

「啊！過來吧，坐在這裡。」他拉了一張椅子到他旁邊。「我不太喜歡聽小孩講話。」他繼續說，「因為像我這樣的老男人，聽不懂他們在說甚麼，跟他們打交道時，沒有相關的愉快經驗。要我整晚跟一個小傢伙在一起，簡直難以忍受。愛小姐，別把椅子拉那麼遠，就坐在我放的地方。呃，我是說如果妳不介意的話。這些該死的客套話！我老是忘記。我也不太喜歡頭腦簡單的老女人。對了，我可別忘了自家的老女人，千萬不能忽略她，她是菲爾法克斯家的人，或說嫁進菲爾法克斯家，大家都說血濃於水。」

他按了鈴，派人請菲爾法克斯太太過來。她不久就帶著針線籃到了。

「晚安，女士，我請妳來幫個忙。我不准阿黛拉跟我說禮物的事，但她很想分享，幫個忙，當她的聽眾，跟她說話，這就是妳所能做的最仁慈的事。」

阿黛拉果然馬上看見了菲爾法克斯太太，於是招手要她到沙發那邊去。她快速的在菲爾法克斯太太膝上擺滿她的禮物，有瓷器、象牙和蠟製玩具。她一下子說個不停，用她僅有的破英文說得歡天喜地。

「好啦，我已經盡到好主人的本份。」羅徹斯特先生說道，「讓我的客人相談甚歡，我就可以自在地享受自己的樂趣。愛小姐，把妳的椅子向前移一些，妳坐得太後面了，我如果想看見妳，就得犧牲我在這張舒適椅上的坐姿，但我實在不願意那麼做。」

我按照他的命令做，雖然我寧可繼續待在陰暗一點的地方，但羅徹斯特先生下令的口吻很直接，似乎理所當然必須立刻遵從。

如我剛剛說過，我們在餐廳裡。剛剛晚宴點的燈光讓整個地方顯得喜慶歡樂。壁爐裡的熊熊火焰鮮紅又明亮，高聳的窗戶和更上方的拱門前懸掛著奢華寬敞的紫色簾幕。屋子裡靜悄悄的，只有阿黛拉壓低聲音的說話聲（她不敢大聲說話），每一次談話聲暫歇時，能夠聽見冬雨拍打玻璃窗的聲音。

羅徹斯特先生坐在錦緞安樂椅上，模樣跟我以往看到他時不盡相同；沒那麼嚴厲、少了些陰沉。他的嘴角掛著微笑，眼神發亮，不確定是不是喝了酒的緣故，但我想很有可能。總之，他飯後的心情不錯，更開朗、更親切，也比早上冷淡刻板的樣子更愜意。仔細看，他仍舊嚴肅，他那顆寬大的頭枕著椅子的波浪靠背，火光照著他堅硬如石的五官。至於他那雙深邃的大眼睛，沒錯，他有雙黑色大眼睛，而且是一雙非常美麗的眼眸，偶更流露出一種神采，即使不是柔情的眼神，也至少很接近那樣的感覺。

他盯著爐火約莫看了兩分鐘，我也盯著他看了兩分鐘。突然，他轉過頭來，發現我的視線正停駐在他臉上。

「愛小姐，妳在觀察我。」他說，「妳覺得我英俊嗎？」

我應該要深思熟慮，照慣例用模糊又客氣的制式答覆回應，可惜不知道為甚麼，我不假思索就脫口而出：「不，先生。」

「啊！說實在，妳還真是特別。」他說。「妳的舉手投足就像小修女，古怪有趣、沉靜嚴肅又簡單樸實。因為妳端坐著時雙手總放在膝上，眼睛通常垂看地毯。順帶一提，除了像剛剛眼神銳利地盯著我看時。如果有人問妳問題，或說了句話，妳不得不回答時，妳就無不留情、心直口快地回答，這若不是魯莽無禮，也夠突兀了。妳那句話是甚麼意思呢？」

「先生，請原諒我的直言。我本來想說的是，關於外表的問題，若事前毫無準備很難即席回答。還有每個人的品味不同、外在的美貌並不重要，或類似的回答。」

「妳不須這麼回答。外在的美貌不重要，說得跟真的一樣！所以，為了和緩掩飾先前的冒犯、為了安撫我，妳倒在我耳裡刺進一把狡猾的刀。繼續說吧，妳還能挑出我的毛病，我哪裡不好看？我想我四肢健全，五官跟正常男人沒甚麼兩樣吧？」

「羅徹斯特先生，容我收回先前的回答，我並無惡意，僅是欠缺考慮。」

「僅是如此，我想也是，但妳還是要負起責任，挑剔我吧。妳不滿意我的額頭嗎？」

他將覆蓋至眉毛的黑色劉海掀起來，露出一大片額頭，露出紮實的思考大腦，卻無從得見仁慈及溫和。

「現在怎麼了，小姐，我很愚蠢嗎？」

「完全不會，先生。若我問您是否是個慈善家，您或許會覺得我很無禮？」

「又來了！她假裝要拍拍我的頭，卻又刺了我一刀，一定是因為我說我不喜歡小孩和老女人（低俗的言論！）不，小姐，我不是慷慨的慈善家，但是我有良心。」他指了指良心所在的頭部，幸好，他飽滿寬闊的額頭其實倒是顯而易見。「而且，我曾經也有顆善良無禮的心。我年紀跟妳一樣大時，也是個很心軟的年輕人，尤其是對幼小、失怙和不幸的人。但命運在那時打了我一拳，甚至是重重一擊，現在我敢說自己像橡皮球般堅韌，只是強硬之中還是有一、兩處可以穿透的裂縫，在挫敗中還能保有知覺。嗯，那這樣的我還有希望嗎？」

「甚麼樣的希望呢，先生？」

「我最終能不能從橡皮球變回血肉之軀呢？」

「他鐵定喝太多酒了。」我暗忖，但不知道該怎麼回答他奇怪的問題，我怎麼知道他能不能再次變身呢？

「妳看起來非常困惑，愛小姐。雖然比起我，妳也沒漂亮多少，但妳總有股茫然的氣息，讓妳增色幾分。這樣倒好，因為如此一來，可以讓妳那雙探索的眼睛從我臉上移開，忙著觀察地毯上的紡織花圖案，所以繼續思索吧。我今晚決定平易近人，好好跟妳聊聊。」

他邊說邊從椅子上站了起來，手臂擱在大理石壁爐架，這個姿勢讓他的身材和面孔一覽無遺；他比常人寬大的胸膛，幾乎和四肢不成比例。我相信大多數人會覺得他相貌醜陋，但他的體態不自覺流露出一股傲氣，舉止如此從容自在，看起來毫不在意自己的外表，自負於他先天或後天特質所產生的力量，足以彌補個人缺乏的魅力。因此，僅僅看著他，讓人無從在意外表，甚至盲目一味地信任他的自信。

「我今晚打算好好跟妳聊聊。」他又重複道，「那也是我派人找妳來的原因。這爐火和吊燈不足以陪伴我，派勒也行，因為這些東西都不會說話。阿黛拉好一些，但還是遠遠低於水準，菲爾法克斯太太也是。至於妳，我相信如果妳願意的話，是適當人選。第一次邀請妳來這裡的那天晚上，妳讓我充滿好奇。那次之後我幾乎忘記妳了，我的腦袋被其他思緒佔據了。但今晚我決定要放鬆，放下繁瑣的事情，只喚起愉快的事。如果可以聽妳說話、多認識妳，我會很高興，所以說吧。」

我沒說話，只露出微笑，而且不是那種溫順滿足的微笑。

「說話吧。」他催促道。

「說甚麼呢，先生？」

「隨妳高興。我把話題和敘述方式全權交給妳決定。」

於是我坐著，不發一語。心想：「如果他覺得我會為了說話而說話、或為炫耀而說話，那他會發現自己找錯對象了。」

「妳很沉默，愛小姐。」

我仍舊保持沉默。他將頭微微傾向我這邊，迫切的眼神似乎想一探我眼裡究竟。

「是固執嗎？」他說，「也有點惱怒了。啊！也對。我請求的方式太唐突無禮了。愛小姐，我請求妳的諒解。事實上，我不願在妳面前擺高姿態。也就是說……」他糾正自己，「在妳面前，我唯一的優勢是年長妳二十歲，人生閱歷也領先妳將近一世紀。這種優勢是理所當然的，套句阿黛拉常講的法語：『我非常相信』。但不管這些，我希望妳能夠好心跟我說說話，轉移我的思緒，因為我的腦袋現在只想著一件充滿怨毒的心事，像根生鏽的釘子慢慢腐蝕。」

他挖空心思替自己解釋，幾乎像在道歉，我不至於對他的屈尊俯就無動於衷，也不希望如此。

「若我有那份能力，先生，我很樂意為您解悶，但我無法自己開啟話題，因為我怎麼知道您對哪些話題感興趣呢？請您發問吧，我會盡力回答。」

「那麼，首先，妳是否同意基於我剛剛提出的觀點；也就是說，我比妳年長，足以當妳的父親，還跟許多國家的人打過交道，累積各式各樣的經歷，遊歷了大半個地球，而妳始終安靜地和同一群人待在一處，因此我有權利耍點威嚴、行為稍微魯莽，甚至偶爾有點嚴厲呢？」

「隨您所願，先生。」

「那不是回答，或說該說這個答覆非常惱人，因為就是推託之詞。清楚回答我。」

「先生，我不認為僅憑您比我年長，或因為您見多識廣，便有資格使喚我。您所宣稱的優越都只是來自於年歲和經歷。」

「哼！回答得倒挺快。不過我不贊同，因為那不符合我的情況。我只是單純運用這兩項優勢，並不算運用得不恰當。撇開優越感不談，那麼，妳一定願意偶爾接受我的指示，不會被命令的語氣激怒或刺傷，對嗎？」

我露出微笑。我心想，羅徹斯特先生果然很古怪。他似乎忘記自己每年付我三十英鎊來受他差遣。

「那個笑容很好。」他馬上便注意到那一閃即逝的表情，「但還是要說說話！」

「先生，我剛剛在想，大概沒有雇主會擔心下屬會不會被自己的命令激怒或刺傷。」

「下屬！甚麼！妳是我領我薪水的下屬，是嗎？喔對，我都忘了薪水的事！那好吧，基於雇傭關係，妳是否願意容忍我的頤指氣使？」

「不，先生。並非基於雇傭關係，而是基於您真的忘記這件事，也基於您在乎您聘僱的人是否舒適自在，因此我真心認同您有權威。」

「那妳是否同意我省略諸多陳規禮數和客套話，而且不會將此視為傲慢所導致的疏忽？」

「先生，我很肯定，我不會將不拘禮節錯當成傲慢無禮。首先，我更喜歡不拘小節，但是所有生而自由的人不願屈從於傲慢無禮，即就是為了一份薪資。」

「胡說巴道！人總會為了五斗米折腰。所以，說妳自己就好了，別去提到妳不瞭解的大多數事情。不過，撇去妳這不切實際的回答，我精神上認同妳的回答，也認同妳的態度和妳所說的內容。妳的態度坦率真誠，這並不常見。相反地，真誠往往只會得到矯揉造作、冷淡、愚蠢的回報或遭受低劣粗俗的誤解。在三千個普通女學生的家庭教師裡，能如妳這般回答我的問題，不出三位。但我畢竟太快下定論，若與大部分人抱持不同想法，於妳自然是毫無異處。然後，畢竟我是太早下結論了，因為我還不知道，或許妳並不比其他人優秀，或許妳有令人難以忍受的缺點，足以抹煞妳那區區幾個優點。」

「你也一樣。」我暗忖。當這個念頭閃過腦海，我恰好與他四目交接。他似乎讀懂了我的那抹眼神，提出答辯，彷彿我的念頭不只存在於腦海中，而是用言語表達出來：

「是，是啊，妳想的沒錯。」他說。「我有很多缺點，我曉得這點，我向妳保證，我一點也沒有掩飾。上帝明鑑，我不需要嚴以待人。我心裡總思量著自己的一段過去、做過的事和生一段精彩人生，那些事可能會招來鄰人的嘲諷與譴責。二十一歲時，我踏出錯誤的第一步。或說我被推上了歧路，因為我像其他散漫之人一樣，會把一半的責任推御給命運和逆境，從那以後，我從此就再也沒有回到正途。但我很可能變成截然不同的人，也像妳一樣善良，比妳更有智慧、幾乎像妳一樣純潔無瑕。我羨慕妳平靜的心靈，妳是非分明的善惡觀，妳未受污染的回憶。小女孩，沒有斑點的回憶是珍貴的至寶，那無窮無盡的源頭，讓人精神颯颯，可不是嗎？」

「先生，您十八歲時的回憶是怎麼樣的呢？」

「那時甚麼都好，澄澈清爽，沒有如船底污水流向惡臭水坑的裝腔作勢。我十八歲時跟妳一樣，大致說來，造物主有意讓我變成一個好人，愛小姐，算是更好的那一類人，但現在妳看得出來，並非如此。妳或許會說妳看不出來，至少我敢誇口能讀懂妳眼神裡的話。附帶一提，小心妳的眼神，妳那對眼珠透露太多訊息。所以聽著，我並不是個惡棍，妳不該這麼假設，不能把我想得如此不堪。我只是一個平凡無奇的罪人，我真心相信自己變成這副模樣，是因為環境，而非天性所致。跟那些一無是處的富貴一樣，浸淫在所有低下卑賤的放蕩生活中。想知道為甚麼我掏心掏肺妳說這些嗎？妳該知道，在妳未來的生活裡，妳會經常發現自己無意間聽見朋友的祕密。別人會和我一樣，自然而然發現妳不善於傾訴心事，卻很擅長聆聽別人談論自己。他們也會發現，妳聽見他們失序的錯誤時，並不會惡意譴責，而是出自內心、自然流露的同情。由於那份同情表現得毫不做作，所以也讓人感到安慰和鼓舞。」

「您怎麼知道？先生，您怎能能猜到這些？」

「我太瞭解了，所以我才像寫日記一般，自在地訴說自己的心情。妳可能會說，我不該屈服於環境，的確如此。可惜我做不到。當命運虧待我，我沒有保持沉著的智慧，我變得絕望，然後自甘墮落。如今，假若有卑鄙小人做出一些令我感到憎惡、不屑的行為，我不能誇口說我比他正大光明。我被迫承認，我與他其實是一丘之貉。我好希望自己當時更堅定立場。我說的是實話！愛小姐，當妳受到誘惑時，妳要懼怕悔恨，悔恨是人生的毒藥。」

「但聽說懺悔是悔恨的解藥，先生。」

「懺悔不是悔恨的解藥。改過自新或許是解藥。我也許能改過，至少我還有這股力量，只要……可是，像我這般背著重擔、作繭自縛、受盡詛咒折磨的人，想這些又有甚麼用？而且，既然幸福已毅然決然棄我而去，我有權尋求生活中的一點樂趣，不惜以任何代價得到它。」

「那麼您會更加墮落，先生。」

「也許吧，但如果我能夠得到愜意、舒暢的趣味，又何必放棄呢？也許那樂趣愜意得甘啊蜜蜂在荒原中採集的野蜜，一樣的鮮甜。」

「它會刺痛您的舌頭，嘗起來很苦澀，先生。」

「妳怎麼知道？妳從未嘗過。妳的表情真嚴肅，妳看起來好正經呀！妳就跟這浮雕頭像一樣無知。」他從壁爐架上拿起一個浮雕頭像，「妳無權向我說教，妳這個新教徒，妳還沒踏上人生的門廊，是沒見識過生命奧祕的初生之犢。」

「我只是用您自己的話提醒您，先生。您說錯誤導致悔恨，還說悔恨是人生的毒藥。」

「現在誰在說錯誤了？我可不覺得那從我腦中閃過的念頭是錯誤，我相信那是種啟發，而不是誘惑。它非常宜人，撫慰人心，這點我很清楚。它再次浮現了！它不是惡魔，我敢保證，就算是，它也披著天使光芒的長袍。有如此美好的訪客請求進入我心中，我想我必須開門迎接它。」

「它不可信，先生，那不是真正的天使。」

「又來了，妳怎麼知道呢？妳根據哪一種本能辨別墜入無底深淵的大天使、來自永恆王座的使者？分辨引領者與誘惑者？」

「我從您的面容判斷，先生。您剛剛提到那跡象重新浮現腦海時，面容憂慮不安。我覺得若您聽從它，必然會遭受更多痛苦。」

「完全不會，它捎來世界上最親切善意的訊息。至於其他問題，妳並不是我的道德使者，所以妳無須擔心。來，進來吧，美麗的漫遊者！」

他彷彿對著一個只有他看得見的影像說話，接著，他將剛剛半展開的雙臂抱在胸前，宛如把一個隱形生命的軀體擁入懷中。

「現在，」他再次對我說，「我已收留了這位朝聖者，我確信那是一位女神的化身，祂已經為我帶來好處。我的心原本埋藏著屍骸，現在即將成為一座聖殿。」

「老實說，先生，我完全聽不懂您在說甚麼。我無法繼續與您對話，因為這已經超出我的理解範圍。我只知道一件事，您說您並不如您期望的那麼善良，說您懊悔和遺憾自己的不完。我只能理解一件事：您說受到玷污的回憶是終身的災禍。我覺得，如果您肯努力，遲早能夠成為自己認同的那種人，也會發現：如果從今日起開始改正思想和行為，幾年內一定能夠重新擁有無污點的新記憶，屆時就能重新擁有快樂。」

「想得很對，說得很好，愛小姐。此時此刻，我正幹勁十足地鋪砌地獄之路。」

「先生？」

「我正在用善良的意圖鋪路，我相信它會如堅硬的燧石一樣牢固。當然，我身邊的人和我追求的目標也會變得跟以前不同。」

「比以前更好嗎？」

「比以前好，如純潔的礦石，而非污濁的殘渣。妳似乎在懷疑我，我不懷疑自己。我知道我的目標、我的動機，這一刻我下定決心，如米底亞人與波斯人的律法一般，無可動搖。我相信它們都是正確的。」

「不可能，先生。如果需要加入新的法令使它們合法化，並非不可動搖。」

「愛小姐，我的目標和動機需要新法令，但它們都沒有錯。不尋常的局面需要不尋常的規則。」

「聽來像是句危險的話，先生。因為誰都看得出來，這話可能輕易淪為濫說。」

「正氣凜然的聖人！或許是吧，但我以家庭守護神發誓，絕不濫用。」

「您是人，難免會犯錯。」

「說得對，妳也一樣。所以那怎樣？」

「人難免會犯錯，不能妄自擅用只能託付給至高神靈的神聖權力。」

「甚麼權力？」

「看見怪異，就未經允許而說出：『讓它成真吧！』」

「『讓它成真吧！』正是如此，如妳所說。」

「改成『願它成真』吧！」我說著站了起來，覺得沒必要繼續談論一個全然隱晦不明的話題。而且，談話對象的性格完全超出了我的理解範圍，至少現階段難以理解。我覺得無所適從，有一股若有似無的不安全感，意識到自己的無知。

「妳要去哪裡？」

「帶阿黛拉上床睡覺，已經超過她睡覺的時間。」

「妳怕我，因為我如獅身人面的斯芬克斯般，淨說些神祕的話。」

「您的言語確實難以理解，先生。雖然我感到困惑，卻完全不覺得害怕。」

「妳怕了，妳的自負讓妳害怕犯錯。」

「某種程度上，我確實感到害怕；我不想漫無邊際地談下去。」

「即使妳說了些無意義的話，妳仍是如此嚴肅沉靜，我會誤以為妳發現了有趣見解。妳從來不笑嗎，愛小姐？別急著回答，我發現妳很少笑，但妳可以開懷大笑的。相信我，如同我不天生凶惡，妳也不是天生就嚴肅的人。羅伍德學校的規矩仍緊抓住妳不放，控制妳的五官、壓抑妳的聲音，束縛妳的四肢。妳害在怕男人和兄弟、或父親或主人面前，隨妳怎麼說，笑得太開心、話說得太坦率或行動太敏捷。但是時日一久，我想妳能夠學會跟我自然相處，因為我實在沒辦法太過分拘泥地對待妳。到那時，妳的表情和舉止會比現在妳膽敢表現的更有朝氣、多彩多姿。有時候我會看見好奇的鳥兒在鳥籠的緊密柵欄裡向外窺探，那是隻靈動、內心騷動而勇敢的俘虜。一旦牠飛出鳥籠，就能翱翔天際。妳還是要走嗎？」

「已經九點了，先生。」

「不用在意，再等等。阿黛拉還不想睡。愛小姐，我的位置背對爐火，面對餐廳內的空間，有利於觀察。我跟妳說話時，偶爾也在觀察阿黛拉。基於私人理由，我覺得她是有趣的研究對象，這些理由改天我也許……不，我一定會說給妳聽。大概十分鐘以前，她從盒子裡取出一件粉紅絲綢小禮服，打開時臉都亮了起來。她風騷的血液流淌在腦裡和骨髓裡，『我要穿穿看！』她大叫，『現在就要穿！』然後她衝出餐廳。她現在跟蘇菲在一起，正在進行裝儀式，幾分鐘後她會再進來，我知道我會看到甚麼畫面：縮小版的凡瑞絲，像她以前出現在簾幕升起之際，出現在舞台上的……但不說這些了。總之，我最敏感脆弱的情感即將受到震撼，這是我的預感。先別走，看看我的預言會不會成真。」

不久，就傳來阿黛拉小腳蹦蹦跳跳奔過大廳的聲音。她進來了，一如她的監護人所預言。她換下之前穿的棕色連衣裙，換穿上一件非常短的玫瑰色綢緞洋裝，裙襬蓬得可以。她額頭上戴著玫瑰花環，腳上穿著絲襪和白色綢緞小涼鞋。

「我的洋裝漂亮嗎？」她一面用法語說，一面蹦蹦跳跳跑過來。「我的鞋子漂亮嗎？絲襪呢？啊，我想要跳支舞！」

她拉開裙襬，踩起快滑步越過餐廳，走到羅徹斯特先生面前。她踮起腳尖輕盈地轉了一圈，再單膝跪在他面前，說道：「先生，我要謝謝您一千次，謝謝你待我這麼好。」接著她站起來，說：「媽媽以前就是這麼跳的，對不對，先生？」

「完全正確！」他回答。「也『就是這樣』，她讓我從人列顛馬褲口袋裡掏出錢來。我也曾經年輕，愛小姐，唉，像草一般脆綠的青春歲月，曾經跟妳現在一樣的花樣年華。然而，我的春天已經走了。但春天把那朵法國小花留在我手上，有時候我心情不好，會希望擺脫掉她。如今對我而言，那朵花的盛開之處不再珍貴，何況這朵小花只能用金粉施肥灌溉，而且我本來就不太喜歡這朵花，尤其當它像剛剛看起來如此虛假的時候。我收留它、扶養它，只是基於羅馬天主教義，想藉由一件善行彌補我無數、大大小小的罪愆。我改天會再解釋這一切，晚安。」

後來有一次，羅徹斯特先生果然把事情解釋清楚了。那是某天下午，他偶然在庭園裡遇見我和阿黛拉。當時阿黛拉跟派勒玩，一面踢毽子時，他邀我到仍能看見阿黛拉的視線範圍內，在一條山毛櫸林蔭大道來回漫步。

接著他說，阿黛拉的母親是一位法國歌劇舞者，名叫席琳・凡瑞絲。凡瑞絲是他曾經瘋狂愛上的人，他稱之為「狂烈的熱情」，而凡瑞絲則聲稱會用更激烈的熱情回報他。他以為儘管自己其貌不揚，自己仍是她的「白馬王子」。照他的說法，他相信她更愛他媲美阿波羅的「壯碩身材」。

「因此，愛小姐，這法國美女如此吹捧一個英國侏儒，我如此欣喜若狂，便將她安置在一間旅館，給她僕人、馬車、開士米羊毛衣、鑽戒、金飾等等，甚麼都有。總而言之，在這標準模式下，我開始愈陷愈深，如同所有痴情之人，我一開始似乎沒有想到會走上一條恥辱和毀滅的新道路，而分毫不差、愚蠢地走向那條無數人走過的路徑中心。我的命運，是我自取其辱，像所有痴情之人一樣。有天晚上，凡瑞絲不知道我會去，我到的時候她出門了。但那是個溫暖的夜晚，我厭倦了在巴黎閒逛，所以便坐在她的房裡，開心地呼吸著她留下的神聖氣息。不，我誇大了，我從來不認為她有任何聖潔美德，那只是她身上留下的某種胭脂香氣，有麝香和琥珀的味道，而非甚麼聖潔氣息。當我開始因那滿室花香和噴灑的香水味感到窒息，我打開窗戶，走到陽台去。月光伴著煤油路燈，非常詳和靜謐。陽台上有一兩張椅子，我坐下來，點一根菸；我現在要點根菸，希望妳別介意。」

他停了下來，點了根雪茄，放在唇上，在寒冷陰暗的空氣中吐出一縷哈瓦那菸霧，接著說：

「在那些日子裡，我也喜歡夾心軟糖，愛小姐。那時我口裡嚼著（請忽略我的粗俗舉止）脆餅巧克力糖，一邊抽著菸，看著五光十色街上駛向鄰近歌劇院的馬車。這時一輛雅致的有蓬馬車駛近，由一對漂亮英國馬拉著，我在繽紛的城市夜晚中清楚認得那是我送給凡瑞絲的輕便馬車。她回來了，當然，我倚著欄杆的心不耐煩地跳動。馬車停了下來，如我所預料，停在旅館門口。我的熱情火焰（這正是面對歌劇女伶情人的心情）燃燒著。雖然披著斗蓬；順帶一提，在溫暖的六月晚上，那真是個毫無必要的累贅；當她從馬車臺階上跳下來時，我馬上便認出了那隱隱從裙底露出的的纖細小腳。我從陽台探出身子，正要悄悄喊出『我的天使』；當然，只會用戀人的耳朵才聽得見的語調。那時，一個身影跟著她身後從馬車跳下來，也披著斗蓬。但那雙馬刺靴在人行道上發出了聲音，那戴著帽子的人頭穿過了旅館的拱頂門廊。」

「妳從未感受過嫉妒，對嗎，愛小姐？當然沒有，我根本無須問妳，因為妳沒有感受過愛情。妳多愁善感，卻從未真正體驗過這兩種感受，妳的靈魂沉睡著，還未曾被驚醒過。妳以為所有的人生都如同妳至今的青春般平靜流逝。妳的雙眼闔著，耳朵蒙著，看不見那平靜河床不遠處豎起的岩石，也聽不見那碎浪激昂拍打岩石的聲音。但我告訴妳，妳要記住我的話，有一天妳將會漂流到這岩壁湍流之處，整條生命之河將陷入漩渦和混亂、泡沫和噪音之中。妳若不是被撞成了岩壁上的微小碎波，就是被高高舉起，湧入大浪之中，成為更平靜的河流；如同現在的我。」

「我喜歡今天，喜歡那鐵灰色天空，喜歡這濃霧之下冷峻平靜的世界。我喜歡荊棘園，喜歡它的古色古香、幽靜偏僻、有烏鴉的老樹和荊棘樹、莊園灰色的正面和倒映著鐵灰蒼穹的一排黑暗窗戶。但有多久，我一想到它便恨之入骨，好似它是個災厄之地？為甚麼我仍舊憎惡……」

他咬著牙沉默，停下步伐，用靴子踱了踱堅硬的地面。恨意似乎緊揪著他，緊緊勒住他，使他無法舉步向前。

他停下之時，我們正在上坡，莊園在我們正前方。他抬頭看著莊園城垛，用某種我從未見過、往後再也沒見到的眼神瞟了一眼。痛苦、恥辱、憤怒、急躁、憎恨、嫌惡，似乎暫時在他的烏黑眉毛下的大眼珠掙扎顫抖著。狂暴的憤怒在這角力之中佔據上風，但另一種情緒湧上來，贏得了勝利。那是某種冷酷無情又憤世嫉俗的情緒，頑固又堅決，平息了他的激動，平靜了他的面容。他繼續說道：

「那一刻我安靜了下來，愛小姐，我正在與我的命運交戰。她站在那兒，在那山毛櫸樹旁，是個老太婆，像佛瑞斯荒原中現身在馬克白面前的女巫。『你喜歡荊棘園？』她說著舉起手指，接著在莊園前方、上排和下排窗戶之間，畫了一道火紅難辨的文字。『若你行就喜歡吧！若你敢就喜歡去吧！』」

「『我會喜歡的，』我說，『我敢。』而且。」他變得悶悶不樂，然後說：「我會守著承諾，我會突破障礙，找到快樂、找到良善；是的，良善。我希望成為一個比過去、比現在更好的人。就像約伯的海怪突破了魚叉、標槍、鎧甲和一切鐵器銅器的障礙，那些對於我來說，不過是稻草和腐木。」

這時阿黛拉拿著毽子跑到他面前。「走開！」他厲聲說，「離我遠點，孩子，不然就去找蘇菲！」接著他繼續不發一語向前走，我冒昧停醒他剛剛突然岔開的故事還未說完。

「先生，凡瑞絲進門的時後。」我問道，「您有離開陽台嗎？」

我以為他會斷然拒絕回應這不合時宜的問題，但結果相反，他蹙眉的憤怒臉龐回過神來，將視線轉像我時，眉間的陰影似乎消失了。「喔，我都忘了凡瑞絲！好，繼續。我看著我的情人和護花使者走進來，似乎聽見了嫉妒青蛇的嘶嘶聲，迴繞在月下的陽台，鑽入我的背心，短短兩分鐘就啃噬了我的心。真奇怪！」他突然又岔開了話題。「真奇怪，我竟然跟妳說這些，年輕女孩。更奇怪的是妳竟然安靜地聽，彷彿像我這樣的男人跟一個像妳這樣不諳世事的女孩提起他歌劇女伶情人的故事，是這世上最尋常普通的事！但這應驗了我之前說過的話，妳，妳的認真、善解人意和謹慎，讓人容易向妳傾訴心事。此外，我知道與我對話的是一顆甚麼樣的心。我知道這顆心不容易受影響，它是顆特別的心，獨一無二的心。很高興我並無意傷害它，但若我傷害了它，它也並不會傷害我。我與妳聊得愈多愈好，因為我並不會使妳沉淪，而妳卻能提振我的精神。」說完這些話之後，他繼續說：

「我繼續待在陽台。『無庸置疑地，他們會到她房裡來。』我心想，『就在這裡偷待著吧。』因此我手從開著的窗戶伸進去，把窗簾拉上，只留下一個縫隙，讓我可以偷窺裡面。然後我關上窗戶，只留下一點縫隙，好讓我能聽見他們的悄悄話。然後我悄悄坐回椅子上，這時他們走了進來。我馬上朝縫隙瞧去，凡瑞絲的女僕走進來，點了盞燈，把燈放在桌上，然後便離開了。因此我可以清楚看見他們，兩個人拖去斗蓬，絲緞禮服和珠寶閃閃發亮，那當然都是我送的禮物。她的護花使者穿著軍官制服。我認得他，他是個放蕩成性的子爵，一個我有時會在社交場合預見的無腦惡劣年輕人。我從沒想過要討厭他，因為我如此瞧不起他。一認出他，嫉妒之舌的毒牙便立刻收了回去，因為這時我對凡瑞絲的愛意完全熄滅。一個會因為這樣的人而背叛我的女人，不值得我付出。她只配受到唾棄，只是我更應該受到唾棄，因為我竟然被她玩弄於鼓掌之間。」

「他們開始聊天，他們的聊天內容讓我火氣全消：輕佻、唯利是圖、冷酷無情又愚蠢，只讓人乏味，而不令人憤怒。我寫的卡片放在桌上，他們看到了，開始聊起我。他們竭盡所能膚淺地用鄙俗字眼侮辱我，而沒有力量或內涵能夠徹底抨擊我。尤其是凡瑞絲，她甚至加油添醋地批評我的外貌，她稱之為畸形。但她一開始總熱情地讚嘆，說我身材壯碩健美。在這方面，她與妳完全相反，妳在第二次見面便直接了當告訴我，妳覺得我並不好看。當時她的反差讓我極為震驚……」

阿黛拉再度跑了過來。

「先生，約翰剛剛說你的代理人過來了，說想見你一面。」

「啊！這樣一來，我可得長話短說了。我打開窗戶，走向他們，要求凡瑞絲離開，搬出旅館。我給了她一個錢包，當作應急，無視她的尖叫、歇斯底里、哀求、抗議和驚厥，並跟那位子爵相約在布洛涅森林。隔天早上我懷著興致去見他，在他可憐蒼白、虛弱得像瘟雞翅膀的手臂上留下一顆子彈，然後覺得我跟這兩個人從此毫無瓜葛。但很不幸，六個月前，凡瑞絲把天真純淨的阿黛拉給了我，她堅稱她是我的女兒。或許是吧，雖然我從她的臉上完全看不出我是她親生父親的證據，派勒長得還比她更像我。在我跟凡瑞絲分手幾年後，她拋下孩子，跟一個音樂家或歌手私奔到義大利去了。我知道阿黛拉和我沒有血緣關係，我現在也覺得沒有，因為我不是她的父親。但一聽見她被拋下，我甚至去把這可憐的小傢伙拉出巴黎的爛泥中，帶她來到這裡，在英國庭園生氣勃勃的土壤中清清白白地成長。菲爾法克斯太太找妳來教她，但現在妳知道她是法國歌劇女伶的私生女，或許妳會有不同的立場和想法、有天會來跟我說妳找到其他工作了，請我另聘新的家庭教師，對嗎？」

「不，阿黛拉沒有責任承擔她母親或你的錯誤。既然我知道了，她在某方面來說無父無母，被母親拋棄，您又否認跟任何關系，先生，我會比以前更愛護她了。比起富有家庭理被慣壞了、把家庭教師當作討厭鬼的孩子，我怎會不喜歡一個把自己當朋友的寂寞小孤兒呢？」

「喔，原來妳是這麼想的！嗯，我該進去了，妳也進來吧，天色暗了。」

但我跟阿黛拉和派勒又多待了幾分鐘；跟她比賽跑步、打毽板和踢毽子。我們進屋裡時，我幫她脫下帽子和外套，把她放在膝上，讓她坐了一個小時，說她想說的話，甚至給了她一些小自由，沒制止她受注意時會岔開去講瑣碎小事的習慣。這習慣暴露了她膚淺的個性，和英國人的性個很不同，或許是遺傳自她母親。但她仍有長處，我希望能盡力去欣賞她的優點。我想從她的表情和五官找到和羅徹斯特先生相似的地方，卻一無所獲。沒有任何特徵、沒有任何表情能夠證明他們的血緣關係。真可惜，若她長得跟他有點相似之處，他一定會更加關愛她。

直到那天晚上回到房裡，我才開始細回想羅徹斯特先生告訴我的事。如他所說，或許那故事沒甚麼好令人大驚小怪；一個富有的英國男子對法國舞者的愛戀，和她的背叛，無庸置疑地，這都是真實生活中天天上演、平凡不過的情節。但這之中還有著甚麼奇怪的事，在他抒發心情、表達對現狀的滿足、在這老莊園和環境中重新找回快樂時，突然緊揪著他。我滿心狐疑地思索這件事，但慢慢就放棄了，因為我發現這在短時間之內不可能有解答。我轉而思考他對我的態度。他之所以跟我說自己的想法，似乎是因為我的謹慎斟酌，我是這麼想的。他這幾個禮拜以來的行為舉止比起一開始要一致多了。我似乎不再格格不入，他也不再傲慢冷酷。我們不期而遇時，他似乎是高興的，總會跟我說話，有時會對我微笑。他請我去找他時，總以誠摯的言行對待我，讓我覺得自己真的有能力取悅他。這些晚上的相會給了他樂趣，也讓我覺得開心。

事實上，我說的話相對地少，但我聽他說話聽得津津有味。他很擅於說話，喜歡讓一顆對這世界還不熟悉的心打開眼界（我並非指墮落和邪惡的一面，而是指發生的有趣事情和奇異新穎的事物），而我對於接收他所給的新東西深感愉悅，一邊想像他所描繪的畫面，一邊隨著他的思想進入新的領域，從未感到詫異或煩擾厭惡。

他輕鬆的態度讓我從痛苦拘束中解脫，他對待我友好又坦誠、衷心又真摯，讓我與他拉進了距離。我有時覺得他彷彿是我的親人，而非主人，他有時仍然會專橫跋扈，但我並不介意，我知道那就是他的行事風格。這新添加在生活中的樂趣讓我變得如此開心、如此滿足，也不再渴望擁有家人。我缺憾的命運似乎逐漸飽滿，單調乏味的人生豐富起來。我的身體變得健康，身材豐腴了，氣色也變好了。

現在羅徹斯特先生在我眼中醜嗎？不，讀者，對他的感激、許多情感，全都愉悅美好，他成了我最想見到的臉孔。有他在的地方，比最明亮的爐火都要令人開心。但我並沒有忘了他的缺點，事實是無法忘，因為他經常將缺點顯露在我面前。他對那些各方面都不如他的人傲慢、冷嘲熱諷、嚴厲苛刻；在我心底，我默默覺儘管他對我展現高度友善，對其他卻是同等地不公允且嚴苛。他也沒來由地喜怒無常。許多次，他召喚我去為他朗讀時，發現他獨自坐在書房裡，頭埋在交疊的手裡；當他抬起頭，臉上的陰沉、近乎邪惡、皺著眉的怒容讓他的五官變得黑暗。但我相信，他的喜怒無常、他的嚴苛和他過去的錯誤（我說「過去」，因為他現在似乎已有所彌補）都是因為殘酷命運的十字架。我相信他是個本性善良、原則較高、比他所生長的環境、所受的教育或遭受的命運更為純粹簡單的人。我想他還有很棒的地方，只是目前還在過度期混亂糾結著。我無法否認，無論是甚麼事，我都因他的難過而難過，也希望能夠給予足夠安慰。

雖然我現在已將蠟燭熄滅，躺在床上，但卻無法睡去，一直想著那天在林蔭大道散步時，他停頓下來、說命運阻擋在他面前、威脅他不會在荊棘園得到快樂時的神情。

「為甚麼呢？」我問自己。「是甚麼讓他想逃離這莊園？他很快又會再度離開嗎？菲爾法克斯太太說他很少在這裡待超過兩週，但現在他已經待了八週。若他離開了，一定會很令人難過的。如果春天、夏天和秋天他都不在，陽光和好天氣會顯得多麼沉悶無趣呀！」

想著想著，我不知道自己有沒有睡著；總之，我被一陣模糊、詭異而哀傷的呢喃聲給驚醒了。那聲音聽起來就在我正上方，我心想。我真希望蠟燭沒有熄滅。夜晚黑得嚇人，我心神不寧。我從床上坐了起來，側耳傾聽。那聲音安靜了下來。

我又試著睡覺，但心卻焦慮地狂跳，心裡再無法沉著平靜。樓下遠遠的鐘聲響起，兩點鐘了。這時，似乎有人碰了我的門把，像是沿著外面黑漆漆的走廊，手指摸索門板前進的聲音。我問道：「是誰？」沒人回答。我害怕地直打寒顫。

這時我想到可能是派勒，每次只要廚房門沒關，牠就會跑到羅徹斯特先生的房門前。我自己有看過牠早上趴在那兒。我冷靜下來，躺了下來。靜默安撫了焦慮情緒，整間屋子再次籠罩在一片靜寂之下，我也開始覺得有了睡意，然而那晚注定我無法成眠。夢境還沒到來，便被一陣令人脊椎發涼的聲音給嚇走了。

這是魔鬼的笑聲，低聲、壓抑、深沉，好似就從我房門的鑰匙孔傳來。我的床頭在門邊，我一開始還以為有鬼魅站在我的床邊，或蹲在我的枕頭邊。但當我坐起來，環顧四周，卻甚麼也沒看見。當我仍瞪著眼看時，那神祕的聲音反覆持續著。我知道那聲音就在門後。我第一個反應就是爬起來，閂上門，接下來再度大聲問：「是誰在外面？」

我聽見咯咯笑和呻吟嗚咽聲。不久，腳步聲離開了走廊，走向三樓樓梯。樓梯口的門最近才被鎖起來。我聽見有人開門、關門，一切安靜下來。

「那是葛瑞絲嗎？她被魔鬼附身了嗎？」我暗忖。現在我再不可能獨自待在房裡，我得去找菲爾法克斯太太。我趕緊套上連衣裙、披了件披肩，用顫抖的手拿開門閂、打開門。外頭正好有支蠟燭放在走廊地毯上，我看到這情景很吃驚，但更吃驚的是，空氣很灰暗，好像瀰漫著煙霧。我左看右看，想找到這藍色煙霧的來源，才聞到一陣刺鼻的燒焦味。

有東西咯吱咯吱響，是一扇微微開啟的門，那是羅徹斯特先生的房門，濃煙正是從那裡竄出。我再沒去想菲爾法克斯太太、再沒去想葛瑞絲或那笑聲了。不一會，我已在那房裡。火舌延著床邊吐出，窗簾都著了火。在火焰和濃霧之中，羅徹斯特先生無意識地躺著，熟睡著。

「醒醒！醒醒！」我大叫。我搖搖他，但他只是呢喃幾句便轉過身，煙霧已把他弄得昏昏沉沉。現在刻不容緩，床單已著了火，我衝去拿他的臉盆和水壺，幸好一個很寬、另一個很深，兩個都裝滿了水。我舉起臉盆和水壺，澆在床鋪和羅徹斯特先生身上，衝回我房裡，拿了我的水壺，再次淋在床上。謝天謝地，吞噬床鋪的火焰被澆熄了。

火被撲滅的嘶嘶聲、我用完便扔開的水壺破裂聲，還有大量潑灑的水，終於讓羅徹斯特先生醒來了。雖然現在一片黑暗，但我知道他醒了，因為我聽見他發現自己身在一攤水中而爆怒的咒罵聲。

「是淹水了嗎？」他大吼。

「不是，先生。」我回答；「但剛剛失火了，起床吧，你現在沒事了，我去幫你拿蠟燭。」

「以基督國家所有精靈之名，是簡愛嗎？」他質問道。「妳對我做了甚麼事？巫術？魔法？除了妳還有誰在這房間裡？妳要把我淹死嗎？」

「我去幫您拿根蠟燭，先生。還有，看在老天的份上，起來吧。這是個陰謀，你必須馬上找出那個人，查明真相。」

「好！我現在起來了，但妳還是得冒個險去拿蠟燭來。等我兩分鐘，我換件乾的衣服，如果還有的乾衣服話，這是我的睡袍。現在快去吧！」

我用跑的去拿了那支還放在走廊上的蠟燭。他從我手中接過蠟燭，舉高查看床鋪，全都燒得焦黑，床單濕透了，周圍的地毯全泡在水裡。

「這是怎麼回事？是誰做得好事？」他問道。我簡短跟他敘述發生了甚麼事情：我剛剛聽到的走廊上的笑聲、走上三樓的腳步聲、濃煙，引我走到它房裡的煙味、我怎麼發現火災、怎麼把手邊所有拿得到的水澆在他身上。

他嚴肅地聽著，我越說，他的臉色便愈凝重，多過驚嚇。我說完時，他並沒有馬上回話。

「要叫菲爾法克斯太太來嗎？」我問。

「菲爾法克斯太太？不用，妳叫她來做甚麼？她能做甚麼？讓她安心睡吧。」

「那我叫莉亞來，也去叫醒約翰和他太太。」

「都不用，這樣就好了。妳披著披肩，如果妳覺得不夠暖，可以拿我那邊的外套來披，坐在扶手椅上。外套就在那裡，我幫妳披上。現在把妳的腳放在腳凳上，不要踩到濕的地方。妳先在這裡待一下，我去拿蠟燭。安安靜靜地在這裡等我回來。我得到三樓看一看。記住，不要動，也不要叫任何人來。」

他走了，我看著燭光遠去。他輕輕走過走廊，盡可能小聲打開樓梯間的鎖，關上，最後的光線消失了。我被留在黑暗之中。我仔細聽，但甚麼也沒聽見。過了一段很長的時間，我漸漸感覺疲倦，雖然有外套，卻還是很冷；我覺得既然不用去叫醒整間屋子的人，待在這也沒用。我正處要貿然違背羅徹斯特先生的命令、可能使他不高興的猶豫之中時，光線再次照亮了走廊的牆。我聽見赤腳踩在地毯上的聲音，「希望是他。」我心想，「別是其他可怕的東西。」

他再度走進來，蒼白而陰鬱。「我知道是怎麼回事了。」他說著把蠟燭放在洗手台上。「跟我想的一樣。」

「怎麼回事，先生？」

他沒有回答，雙手抱胸站著，看著地板。幾分鐘後，他用一種奇怪的口吻問：

「我忘了妳有沒有說開門時看到甚麼。」

「沒有，先生，我只看見地上有支蠟燭。」

「但妳說妳聽見奇怪的笑聲？我想，妳之前有聽過那笑聲，或其他類似的聲音？」

「是的，先生。有一個幫忙縫衣服的女傭，叫葛瑞絲；她會那樣笑。她是個很特別的人。」

「正是如此。葛瑞絲，妳猜到了。她正如妳所說，很奇怪，非常奇怪。嗯，我得好好想想。我很高興今晚所有事情發生時，除了我，只有妳在這裡。妳不是大嘴巴，甚麼也別說出去。我會想辦法處理。」他指指床，說：「現在回房間去吧。我今晚會去睡書房的沙發。已經快四點鐘了，再兩個小時僕人們就會起床。」

「那麼，晚安了，先生。」我說完便要離開。

他似乎很驚訝；非常前後不一，因為他剛剛才要我走。

「甚麼！」他說，「妳這樣就要離開了？」

「您要我離開的，先生。」

「但那簡短、冷漠無情的話，沒有道別、沒有一兩句關心，甚麼也沒有。為甚麼？妳救了我一命哪！把我從可怕難受的死亡中救了出來！然後妳一副我們只是互不相識的陌生人，就要離開我身邊？至少握個手吧。」

他伸出手，我也伸出手。他一次便將我的雙手握在手中。

「妳救了我的命，我很高興欠妳這麼大一個人情。我無法再多說些甚麼。這樣的恩惠和人情債主換做其他人，我一定無法忍受，但妳不同，我覺得妳的恩惠毫無負擔，簡。」

他停了下來，看著我，嘴唇幾乎顫抖地說完這些話，但他的聲音很鎮定。

「再次晚安，先生。這件事沒有債主、人情、負擔、義務。」

「我知道。」他繼續說道，「妳總有天會是我的貴人；我第一次看見妳時，便從妳的眼中得知了。妳的眼神和笑容並非……」他再次停了下來；「並非，」他急促地說：「毫無來由地擊中我內心深處的欣喜。人們總說心有靈犀，我曾聽說過善良的精靈，最荒誕的童話故事裡果然還是有一丁點事實的。我的恩人，晚安了！」

他的聲音裡有著奇怪的口吻，眼神中有奇異的火焰。

「我很慶幸自己剛好醒著。」我說完便要走了。

「甚麼！妳要走了？」

「我很冷，先生。」

「很冷？也對。站在一攤水池裡！那麼走吧，簡，去吧！」但他仍握著我的手，我無法掙脫。我想到了個權宜之計。

「我好像聽見菲爾法克斯太太起床的聲音了，先生。」我說道。

「好，走吧！」他鬆開手，我就離開了。

我回到床上，但卻睡不著。直到清晨，我都浮沉在高漲不寧的海中，喜悅的浪濤下翻攪著煩惱的巨浪。我有時覺得自己在狂浪之中看見了海岸，如安息地的山丘一般靜謐甜美，卻又不時懷著因希望而起的清新微風，帶著我的靈魂神采奕奕奔向河流的終點。但我無法到達彼岸，即使在幻想之中也辦不到，一陣逆行的風從陸地那邊吹了過來，不斷將我向後推回去。理智壓抑了興奮之情，判斷力冷靜了激情。我心情激動地無法入眠，天剛破曉就起床了。

無眠之夜的次日，我既期待又害怕看見羅徹斯特先生。我想再聽見他的聲音，卻又害怕看見他的眼睛。整個清晨，我無時無刻都在期待他的到來。他不常到教室來，但的確有進來過幾次。我那天總覺得他會過來。

但上午一往如常地過去，甚麼也來打擾阿黛拉安靜的讀書時間。只有早餐後不久，我聽見羅徹斯特先生房間附近傳來鬧哄哄的聲音，有菲爾法克斯太太的聲音、莉亞的聲音和廚娘的聲音，也就是約翰的太太，甚至還有約翰粗啞的聲音。他們驚叫著：「上天保佑沒讓先生燒死在床上！」「晚上沒把蠟燭熄滅就是很危險！」「幸好他有想到水壺！」「不知道有沒有人被他吵醒！」「希望他睡在書房的沙發上沒著涼了！」等等。

談話聲混雜著刷洗和移動東西的聲音，我要下樓用晚餐經過時，從開著門看去，一切都已恢復原狀，只有床單還沒鋪上。莉亞站在窗臺上刷著被煙燻黑的窗戶，我正要跟她說話，因為想知道他們聽到的說法是甚麼，但一走近，我就看見另一個人在房裡；一個女人坐在床邊的椅子上縫著新窗簾的掛環。那女人不是別人，正是葛瑞絲。

她坐在那兒，如同往常沉默冷靜、穿著棕色絨布衣和工作圍裙、白色手帕和帽子。她專心縫著，似乎那麼全神貫注。她緊繃的額頭、平庸的五官，都看不出一個蓄意謀害、昨晚被謀害對象追至藏身處、並且（我猜想的）被迫招認罪行的女人臉上該有的慘白和絕望。我很詫異、很困惑。我盯著她看時，她抬起頭，沒有驚訝，沒有洩漏情緒的心虛神色、罪惡感或擔心被發現的表情。她如往常鎮定簡短地說：「早安，小姐。」接著拿起另一個掛環和線捲，繼續縫著。

「我要測試測試她。」我暗忖。「這沒事人似的樣子實在令人費解。」

「早安，葛瑞絲。」我說道。「這裡發生了甚麼事嗎？我剛剛就聽到僕人們聊個不停。」

「先生昨晚在床上讀書，沒熄蠟燭就睡著，結果窗簾著了火。但幸好他在床單和木製傢俱著火前醒來，想辦法用大水壺裡的水撲滅了火焰。」

「真奇怪！」我低聲說，然後定睛看著她，「羅徹斯特先生有吵醒任何人嗎？沒有人聽到他的動靜嗎？」

她再次抬頭看我，這次像察覺了甚麼。她似乎小心翼翼地打量我，然後說：

「僕人們睡覺的地方都很遠，妳也知道，小姐，他們不可能聽到的。菲爾法克斯太太和妳的房間是最靠近先生房間的，但菲爾法克斯太太說她甚麼也沒聽見。人老的時候，通常會睡得太熟。」她停頓了一下，用一種無關緊要卻意味深長的語氣說；「但妳很年輕，小姐，應該睡得不熟，或許妳聽見了甚麼？」

「我聽見了。」我壓低聲音，不讓還在擦窗框的莉亞聽見。「一開始我以為是派勒，但派勒不可能會笑，所以我確定我聽到的是笑聲，很奇怪的笑聲。」

她拿了一綑新的線，仔細上蠟，手穩穩地把線穿過針孔，接著用極度平靜的口吻說：

「小姐，我想先生在這麼危險的時候是不可能會笑的，妳一定是在作夢。」

「我沒有做夢。」我有些惱怒，因為她無恥的冷漠激怒了我。她再度看著我，同樣是那審視和機警的眼神。

「妳有告訴先生妳聽見笑聲嗎？」她問道。

「我今早還沒機會跟他說話。」

「妳沒有想打開門看看嗎？」她繼續追問。

她似乎要盤問我，想從我這裡得到她不知道的訊息。我忽然想到，若她發現我知道或懷疑她，她可能會對我不利。我想我最好還是保護好自己。

「正好相反。」我說，「我把門閂上了。」

「那妳晚上睡前都不習慣鎖門嗎？」

「惡魔！她想知道我的習慣，那麼她便可以依計行事！」我的憤怒壓過了謹慎，尖酸地回答：「我是經常忘了鎖門，覺得沒必要。我沒想到在荊棘園裡會有危險或惱人的事要提防，但今後。」我刻意強調：「我要貿然躺下前，會好好確認自己的安危。」

「這樣是好事。」她回答道，「就我所知，這附近安靜得可以，我從沒聽過莊園建蓋以來有甚麼盜匪入侵，雖然大家都知道，櫥櫃裡有值好幾百英鎊的盤子。而且妳看，這麼大一間房子，僕人卻很少，因為先生很少住這裡。因為是單身男子，他來的時候也不需要甚麼服侍，但我總覺得，為了安全起見，最好謹慎些。把門關好，才能隔開任何可能的麻煩。很多人啊，小姐，全都聽天由命，但我說聽天命不表示甚麼都不做，畢竟老天常會保佑謹慎之人。」她的高談闊論就此打住。她以貴格派女教徒一本正經之姿，說出這就她而言算是很長的一段話。

我仍舊站著，對她不可思議的沉著冷靜和不可理解的偽善感到非常不解，這時廚娘走了進來。

「普爾太太。」她對葛瑞絲說，「僕人們的晚餐很快就好了，您要下樓用餐嗎？」

「不了，給我一品脫黑啤酒和一點布丁就好，我會拿上樓。」

「要一些肉嗎？」

「一點點就好，還要一點起司，就這樣。」

「西米露呢？」

「現在不用，茶點時間我會下樓，到時再自己來。」

廚娘這時轉向我，說菲爾法克斯太太在等我，因此我就離開了。

晚餐時間，菲爾法克斯太太幾乎沒怎麼提到窗簾著火的事，少得讓我對葛瑞絲神祕的性格充滿疑惑，更對她在荊棘園的地位感到困惑，不解她為甚麼沒有在那天早上便受到監禁，或至少被打發遣走。他昨晚幾乎信誓旦旦地確認了她的罪行，是甚麼神祕的原因讓他沒責難她？為甚麼他囑咐我要保密？這事很奇怪，一個無所畏懼、復仇心切又高傲自大的男人似乎對這最微小的傭人無可奈何，如此受制於她。即使她已威脅到他的生命，他也不敢公然指控，更別說是責罰。

若葛瑞絲年輕貌美，我或許會覺得是羅徹斯特先生對她的寵愛包容，而不會戒慎恐懼。然而，她身材臃腫，相貌也不討喜，這實在說不過去。「但是。」我細想，「她曾經年輕，或許是正當羅徹斯特先生年輕時。菲爾法克斯太太曾跟我說過，她在這裡住很多年了。我覺得她不可能漂亮過，但就我所知，她或許有足以彌補外貌缺陷的奇特性格和魅力。羅徹斯特先生是個果斷又古怪的人，至少葛瑞絲也怪得可以。或許有甚麼怪念頭讓他陷入他的魅力之中（一如他的剛愎怪誕，很有可能突然異想天開），而他曾經不理智的行為，讓他現在祕密受制於她，無法擺脫，也不敢不理不睬。」但，想到這裡，葛瑞絲又方又平的五官，又醜又乾，甚至粗糙無比的臉清楚在我眼前浮現，我心想：「不，不可能！我的猜測不可能是真的。但是。」心裡的聲音悄悄浮現：「妳也不漂亮，羅徹斯特先生卻很欣賞妳，至少妳常感覺到他好像是欣賞妳的。而昨晚。想想他的話，想想他的樣子，想想他的聲音！」

我記得清清楚楚，那時他的話、眼神和口吻都清晰地浮現。我在教室裡，阿黛拉正在畫畫，我彎身拿著阿黛拉的畫筆教她畫畫。她抬頭看我，一臉驚嚇。

「老師，妳怎麼了？」她說，「妳的手指抖得像葉子發顫一樣，妳的臉好紅，紅得像櫻桃！」

「阿黛拉，我一直彎著身子，所以很熱！」她繼續畫畫，我繼續想著。

我趕緊把跟葛瑞絲有關的討厭思緒從腦中揮去，那讓我覺得很不舒服。我把自己跟她比較，覺得我們很不一樣。貝西說過，我像個淑女，她說的是事實；我的確是個淑女。而且現在我比貝西看到我時好多了，氣色更好、更圓潤、更有活力、更活潑，因為我有了更美好的希望和更愉快的生活。

「傍晚了。」我看向窗戶想著。「我今天都沒聽見羅徹斯特先生的說話聲或腳步聲，但我應該會在入夜之前見到他。早上我害怕見到他，現在我卻可望見他，因為期望落空許久，漸漸不耐了起來。」

當夜幕低垂，阿黛拉離開我，到保母房去跟蘇菲玩，我如此真切地渴望。我期待聽見樓下的鈴聲，聽見莉亞上樓來傳訊息；有時我以為聽見了羅徹斯特先生的腳步聲，我走向門邊，期待門會打開，他會走進來。門仍是關著的，只有黑暗從窗戶進來。時間還不晚，他經常在七八點時要我過去，現在才六點鐘。我今晚應該不會太失望的，我有好多事要跟他說！我想再次提起葛瑞絲的事，想聽聽他的回答；我想直接問他他是否真的覺得昨晚可怕的行為是她所為，如果是，為甚麼他要包庇她的惡行。就算我的好奇心惹怒了他也沒關係，我享受著一邊惹怒他、一邊安撫他的樂趣。那是我最開心的事，而我的直覺總能讓我不至跨越界限惹他發火，總能遊走在他惱怒的邊緣。在這極端的邊緣，我總喜歡測試自己的能耐。保有每分鐘的尊重、每份合乎身分的禮儀，我仍能無所畏懼或無所不安壓抑地與他爭執。這很適合他和我。

樓梯終於傳來咯吱咯吱響的腳步聲。莉亞出現了，但只是要告訴我茶點已經準備好了，在菲爾法克斯太太的房裡。我整理了一下，很高興至少可以下樓，因為我想，那讓我離羅徹斯特先生近了些。

「妳一定想用點茶點。」我到了之後，這位好心的老太太說，「妳晚餐吃得好少。我想說。」她繼續說道，「妳是不是今天不太舒服，臉看來又紅又熱的。」

「喔，沒事！我再好不過了！」

「那麼妳可得讓我看看妳的好胃口。我要把這一針織完，妳能倒個茶嗎？」她織完後便起身去放下百葉窗。她一直開著百葉窗的原因，我想，應該是為了讓光線近來，雖然現下夜色正快速地黯淡深沉下來。

「今晚夜色很美。」她邊說邊看向窗櫺，「雖然沒有星光，但大致來說，是個適合羅徹斯特先生上路的好天氣。」

「上路！羅徹斯特先生去了哪了嗎？我不知道他出門了。」

「喔，他吃完早餐便出發了！他要去利耶斯莊園，埃希頓先生家，在米爾科特另一邊，離這裡有十英里。我想他們在那兒有個重要聚會，英格雷姆勳爵、喬治林恩爵士、丹特上校，還有其他人都會過去。」

「他今晚會回來嗎？」

「不會；明晚也不會回來，我想他應該會待上一個禮拜或更久。當這些政商名流聚在一起時，有好多珍貴東西和慶祝活動，要確保所有人都玩得開心，所以不會急著離開。紳士們尤其常受邀到這樣的場合去，羅徹斯特先生很有才華，在上流社會中很活躍，我想他很受歡迎的。女士們都很喜歡他，雖然妳可能覺得他們對他的外貌看不上眼，但我想他的學識才能，或者是身家血統，足以彌補任何外貌的小缺陷。」

「利耶斯莊園裡有女士嗎？」

「有埃希頓先太太和她三個女兒，她女兒都是非常優雅的年輕小姐，還有高貴的瑪俐小姐和布蘭琪小姐，我想，她們應該是是最漂亮的。事實上，我見過布蘭琪小姐，大概六七年前，那時她還是個十八歲的小女孩。她來這裡參加羅徹斯特先生辦的聖誕舞會。妳真該看看那天的餐廳，布置得美輪美奐，燈火通明的！我猜應該有五十位女士紳士們在場，全是郡裡最有名望的家族。布蘭琪小姐是那晚公認最美的佳麗。」

「妳說妳看過她，菲爾法克斯太太，她長得甚麼樣子？」

「是啊，我見過她。聖誕節的時候，餐廳的門都是開著的，僕人們可以到大廳去聽一些女士們唱歌彈琴。羅徹斯特先生要我去，所以我坐在一個安靜的角落看他們。我沒見過這麼富麗堂皇的場面，女士們穿的好隆重華麗，大部分女士，至少是年輕的女士，看起來都好漂亮，但布蘭琪小姐絕對其中的佼佼者。」

「她長得甚麼樣子？」

「很高䠷、胸部豐滿、斜肩、脖子又長又優雅；橄欖般的膚色，深而清爽；高貴的五官，眼睛跟羅徹斯特先生一樣，又大又黑，跟她的珠寶一樣亮。還有她的頭髮好漂亮，烏黑亮麗又得體，厚厚的辮子編成一圈皇冠盤在後面，前面放下來的是我見過最長、最有光澤的鬈髮。她全身純白，肩上披著一條琥珀色的披巾，披巾繞過胸前，綁在側邊，尾端長長的邊飾垂到膝上。她頭髮上也插著一朵琥珀色的花，正好凸顯她烏黑發亮的長鬈髮。」

「顯然她會受到很多讚美囉？」

「是呀，當然。不只是她的美貌，還有她的才藝。她是其中一位唱歌的女士，一位紳士彈鋼琴替她伴奏，她和羅徹斯特先生合唱二重唱。」

「羅徹斯特先生？我不知道他會唱歌。」

「喔！他低沉的嗓音很好聽，對音樂也有很獨到的品味。」

「那布蘭琪小姐呢？她是甚麼樣的聲音？」

「非常豐富、有感染力的聲音，她唱得很愉快，聽她唱歌是種享受。唱完歌她也會彈琴。

我不懂音樂，但羅徹斯特先生懂，我聽到他說，她的演奏非常出色。」

「那這位漂亮又有才藝的小姐，她還沒結婚？」

「好像是，我想她和她的妹妹都沒有甚麼財產。老英格雷姆勳爵的家產有指定的繼承方式，大兒子幾乎繼承了所有家產。」

「但怎麼沒有富家少爺或紳士想追求她呢？像是羅徹斯特先生。他很富裕，不是嗎？」

「喔！是呀！但妳想想，他們年紀差那麼多。羅徹斯特先生快四十了，但她才不過二十五歲。」

「那有甚麼？每天都有差距更多的人結為夫妻。」

「是啊，但我不覺得羅徹斯特先生會想這麼做。但妳甚麼也沒吃哪！妳從剛剛到現在幾乎甚麼也沒動。」

「沒的事，我只是太渴了，還不想吃東西。可以再讓我喝杯茶嗎？」

我正要繼續想羅徹斯特先生和美麗的布蘭琪小姐結合的可能，但阿黛拉跑了進來，話題便轉到另一處去了。

再度獨自一人時，我反覆想了想剛剛的對話，看看我的心，檢視它的想法和感受，努力要把自己拉回合理的猜想，免得浪費時間想些不著天際的事。

看看自己的身分，我想起從昨夜起我所珍藏的盼望、希望和感觸；過去近兩個禮拜在我心中深陷的心情。理智以她平靜的方式前來告訴我，一個坦白的事實，是我沒看清現實，非得貪婪強求那幻想，我告訴自己：

再沒有比簡愛更愚蠢的人；再愛幻想的蠢蛋都不會讓自己沉溺在甜美的謊言中、不會錯把毒藥當作瓊漿玉液。

「妳。」我說道，「羅徹斯特先生喜歡的人？有討他歡心的天賦？妳對他有多重要？算了吧！妳的愚蠢讓我噁心。妳還因為偶然的青睞而開心；以為那是這有頭有臉的男人對一個年輕下屬的曖昧表示。妳怎麼敢？可憐可悲的笨蛋！連自私都無法讓妳聰明些嗎？妳整個早上反覆想著昨晚那短暫的一幕嗎？掩起臉吧，丟人哪！他稱讚妳的眼睛了，是嗎？盲目的傻子！睜開那昏聵的眼睛，看看自己有多愚蠢無知和討人厭！一個女人受到僱主的讚美毫無用處，他不可能會娶她的！對所有女人來說，在心中燃起祕密愛慕簡直愚蠢瘋狂，那愛慕若不為人知、得不到回報，必會吞噬了生命；但若為人所知並得了回應，那虛幻的希望必會陷入荒野泥濘之中，無可自拔。」

「所以，仔細聽好，簡愛：明天，在面前放面鏡子，用蠟筆忠實地畫下自己的樣子，毫無掩飾，不要刪去難看的線條、不要修飾不完美的地方，在下方寫著：『家庭女教師自畫像：舉目無親、一無所有、相貌平平』。」

「之後，拿張平滑的象牙紙；妳的抽屜裡有一張，拿出調色板，調出最清新、優美和清澈的顏色；選一支最美的駝色色筆，仔細勾勒出妳所能想像的最迷人的臉龐。依據菲爾法克斯太太對布蘭琪小姐的描述，畫上最柔和的陰影和最甜美的線條。記得那烏黑的長鬈髮、烏溜溜的眼珠；甚麼！妳想以羅徹斯特先生的眼睛做為範本！冷靜！不許哭！不許感傷、不許惋惜！我僅能有理智和決心。想想那立體又和諧的輪廓，希臘女神般的脖子和胸部，露出那圓潤誘人的胳膊和細緻的手，加上鑽戒和黃金項鍊，忠實地畫出那盛裝、那飄然蕾絲和光滑的柔軟綢緞、優雅的披巾和金色玫瑰。稱這幅畫為『高貴才女布蘭琪』。」

「往後，只要妳幻想羅徹斯特先生想著妳，就拿出這兩張畫來比較。告訴自己：『只要羅徹斯特先生願意，就能夠得到那位高貴女士的愛，他怎麼可能把心思浪費在一個貧乏又不重要的普通人身上？』」

「就這麼做。」我下定決心。有了這個決心後，我冷靜了下來，沉沉睡去。

我記著自己的決定。我只花了一兩個小時便將我的蠟筆自畫像畫好，不到兩個禮拜，便在象牙紙上完成了想像的布蘭琪小姐畫像。畫中的人有張可愛迷人的臉龐，與蠟筆頭像一對照，差異之大足以讓我克制著自己的妄想。這件事對我也有好處，讓我的腦袋和手無暇分神，努力將這新面孔深深銘記在心中。

不久後，我就在這有益身心的訓練之中壓制了情感。多虧這項工作，我才能平靜地面對後續發生的事件。若毫無心理準備，我恐怕就連表面的鎮定都很難維持。

一個星期過去，沒有任何羅徹斯特先生的消息。十天了，他仍舊沒有回來。菲爾法克斯太太說若他直接從利耶斯莊園去倫敦，再到歐洲，一年都不在荊棘園露面，她也不會覺得驚訝。他經常像這樣突然匆促地便離開了。當我聽見這些，心裡開始覺得異樣地心寒和失落。我讓自己沉浸在心煩意亂和失望之中，但很快便恢復了理智，找回自己的原則，讓情感回歸冷靜。熬過那暫時的渾渾噩噩、清理那些錯以為羅徹斯特先生將自己當成重要的人的思緒，是件很棒的事。我並非謙恭地要自己委身背屈之下，相反地，我告訴自己：

「妳和荊棘園的主人毫無關係，除了他請妳教養女的家教薪資外。妳對這尊重和禮遇心懷感恩，但若妳盡忠職守，便有權接受他的禮遇。要知道，那是他所承認的、妳和他之間唯一的聯繫。所以別使他成為妳開心、狂喜、痛苦等的來源。他和妳身分不同，妳得安分守己，自重自愛，別將全心全意、整個靈魂和心力的愛揮霍在不被需要且會遭鄙視的地方。」

我繼續平靜地做自己分內的事，但朦朧中總有聲音一次又一次在我腦中浮現，告訴我離開荊棘園的理由。我不得不擬起工作啟事，猜測著會有甚麼新環境。這些想法不停在我腦中思索著，或許終會有所結果。

羅徹斯特先生離開了兩個多禮拜後，郵差給菲爾法克斯太太捎來了信。

「是先生寄來的。」她看著寄件地址說。「現在我們就會知道他回不回來了。」

當她拆開信讀著時，我繼續喝我的咖啡（我們正在用早餐）。那天很熱，我想是這樣才讓我的臉突然火燒般熱了起來。至於為甚麼我的手會顫抖，為甚麼不小心打翻了半杯咖啡，我並不想去想。

「嗯，我有時候覺得我們太安靜了，但現在我們有機會忙囉，至少會忙一陣子。」菲爾法克斯太太說著，手仍把信拿在眼前。

我先幫阿黛拉綁好鬆掉的圍兜，順便幫她拿了另一塊麵包、再幫她倒滿牛奶，才故作輕鬆地隨口問道：

「羅徹斯特先生該不會快回來了吧？」

「他快回來了，三天後，他說的。那就是下禮拜四，而且也不是獨自回來。我不知道多少上流人士要從利耶斯莊園跟他過來，他吩咐我們打理好所有最好的房間，書房和客廳都得打掃乾淨。我得請喬治旅館、米爾科特那邊和其他我知道的地方多派些廚房人手過來。女士們會帶貼身女僕來，男士們會有貼身男僕，所以我們到時可熱鬧了。」菲爾法克斯太太吞下早餐，急忙開始著手準備。

如她所料，這三天忙得不可開交。我以為荊棘園裡的所有房間都是乾淨漂亮又整齊的，但我似乎錯了。有三個女人來幫忙，這裡擦擦，那裡刷刷，一會兒擦畫和拍打地毯，一會兒把畫拿下又掛上，一會兒把鏡子擦得發亮，一會兒把房間裡的爐火都點著，一會兒在爐邊曬被單和羽絨被，我從未見過這情景。阿黛拉跑上跑下玩瘋了，有人要來似乎讓她開心地不得了。她要蘇菲仔細檢查她稱作「服飾」的小洋裝，把過時的重新修改，把新的拿出來整理和晾一晾。她自己則甚麼也不做，只是在房間前面蹦蹦跳跳、在床架上跳上跳下、躺在爐火轟隆前的床墊上、抱枕和枕頭堆上。她也不用上課了，菲爾法克斯太太拜託我幫她忙，我整天都待在儲藏室裡，幫她和廚娘（或愈幫愈忙），學著做奶黃、起司蛋糕和酥皮點心、把雞鴨的翅膀和腳紮緊，還有擺盤。

他們預計在星期四下午到，正好趕上六點的晚餐時間。在這期間，我沒時間想東想西，跟著其他人一樣；除了阿黛拉，她又忙又開心。但我仍不時在愉悅的情緒中感到失落，不自覺地陷入懷疑、不詳和陰暗的臆想。這通常是在我偶然看見三樓樓梯門緩緩打開，葛瑞絲戴著拘謹的帽子、穿著白色圍裙、拿著手帕的身影出現時；在我看見她悄悄走過走廊，安靜的腳步聲因室內拖鞋沉了下去時，在我看見她望向忙得亂起八糟的房間時，或許只是跟打雜的女傭人說句話，說怎麼清理壁爐，或壁爐架，或除去壁紙上的污點，然後便走了。她接著會下樓到廚房去，一天就這麼一次，去吃她的晚餐，坐在坑上抽根菸，然後走回去，帶著她的黑啤酒，當作她在那樓上幽暗禁閉之地的慰藉。二十四小時中，她只有一小時會到樓下和她的同事們聊天，其餘時間她都待在二樓一個天花板很低的橡木臥房裡度過；她在那兒坐著坐針線活，或許兀自陰沉地笑起來，像個沒有同伴、獨自在地牢裡的囚犯。

最奇怪的是，除了我，這房子裡沒有任何人注意到，或對她的舉止大驚小怪，沒有人討論過她的地位或工作，沒有人可憐她那麼孤單寂寞。事實上，我曾有次聽見莉亞和一位女傭人說起葛瑞絲。莉亞說了甚麼我沒聽見，然後那女傭人說：

「我想她的薪水很好吧？」

「是啊。」莉亞說，「真希望我的薪水也那麼好，不是說我的不好，荊棘園的待遇一向不差，但還不及葛瑞絲的五十分之一。而且她在存錢，每三個月就往米爾科特的銀行跑。如果她想離開的話，也應該存夠本了。但我想她習慣這裡了，她還不到四十歲，身體好，甚麼都可以做，要退休太早了。」

「我想她是個好幫手。」女傭人說。

「啊，對！她知道自己該做甚麼；沒人能跟她比。」莉亞認真地回答，「而且不是每個人都可以代替她。有錢也找不到她這樣的。」

「沒錯！」女傭人答道。「我想先生會不會；」

女傭人還要繼續說，但莉亞轉過頭來看見了我，馬上推了推她。

「她不知道嗎？」我聽見她小聲說。

莉亞搖搖頭，對話就此結束。我聽到的僅止於荊棘園有個祕密，而那個祕密是我不能知道的。

星期四到了，所有的事情在前一晚都已經完成。地毯鋪好了、床罩掛好了、潔白光亮的白色床單鋪好了、梳妝檯擺好了、傢俱擦好了、花瓶裡的花插好了。房間和交誼廳看來煥然一新又明亮動人。大廳也是，打理得美輪美奐，大時鐘、樓梯台階和扶手都像玻璃一樣亮得會反光；餐廳裡的餐具櫃和盤子一樣閃著燦爛的光芒，客廳和小房間裡擺滿了各種異國風情的奇特花卉。

下午一到，菲爾法克斯太太便換上了她最好的黑色綢緞禮服、手套和金色手表，因為她得負責接待；例如帶女士們到房間去。阿黛拉也得換裝打扮，雖然我覺得那天她沒甚麼機會見到貴客們。但為了讓她開心，我讓蘇菲替她換上一件純棉小洋裝。我自己則無須換裝，我應該可以待在教室裡，不會被叫出去。現在教室已成了我的密室：「一個非常時期的舒適避風港。」

那天是個和煦寧靜的春日，三月末或四月初，陽光照亮了大地，像預示著夏日的到來。這天快結束了，但傍晚更是溫暖，我坐在窗戶開著的教室裡備課。

「很晚了。」菲爾法克斯太太急忙忙地進來。「我真高興我把晚餐時間訂在羅徹斯特先生原訂時間的一小時後，因為現在已經超過六點了。我要約翰到門口去看看路上有沒有人，從那裡往米爾科特方向看去，可以看得很遠。」她走到窗邊，「他在這裡！」她說。「約翰！」她探出身子說：「有看到嗎？」

「他們要來了，太太。」他回答。「他們再十分鐘就到了。」

阿黛拉飛奔到窗戶邊，我跟了過去，小心翼翼地站在旁邊，這樣有窗簾擋著我，我可以看到外面，卻不會被看見。

約翰說的十分鐘感覺好久，但最後總算聽見車輪聲了。有四匹馬奔馳而來，後面有兩輛馬車，馬車上有飄揚的面紗和飛舞的帽子羽飾。兩位年輕騎士看起來很時髦。第三位是羅徹斯特先生，騎著他的黑馬，馬斯羅爾，派勒在前方跳躍著，他身旁騎著馬的是位女士，他們倆在隊伍的最前方。她的紫色騎裝幾乎掃到了地面，面紗隨著微風飄揚；透明的皺褶與一頭烏黑的長髮交織，閃耀著微光。

「布蘭琪小姐！」菲爾法克斯太太大叫，趕緊跑下去。

行進隊伍隨著高低起伏的車道，很快地便在莊園前轉了個彎，消失在我眼前。阿黛拉哀求著要下樓，但我把她抱在膝上，要她明白，無論現在或其他時候，除非有人要她去，否則她都不能出現在女士們面前；羅徹斯特先生會很生氣的。聽見這些，「她落下虛假的眼淚[1]」，但當我一露出不悅的表情，她便總算擦乾了淚。

現在大廳裡傳來愉悅的聲音；男士們低沉的說話聲和女士們的銀鈴聲和諧地交織在一起。其中雖不大聲卻清晰的，是荊棘園莊主招呼貴客的宏亮聲音。接著腳步聲上了樓，走廊上一陣輕快的步伐和歡快的輕笑聲，以及開門關門聲，接著靜默了一陣。

「他們去換衣服了。」阿黛拉說。她剛剛跟著每一個動靜，聽得很仔細。然後她嘆了口氣。「跟媽媽在一起的時候，」她說，「只要有人來，我就跟著她到處去，帶客人到他們房間去。我經常看女僕們幫夫人小姐們換衣服和梳理頭髮，好好玩，我們也順便學。」

「妳不餓嗎，阿黛拉？」

「會呀，老師！我已經看了五六個小時了，我們都沒吃東西。」

「那好，趁著女士小姐們都在房裡，我下樓去拿點東西給妳吃。」

我小心翼翼地走出我的避難所，找到通往廚房的樓梯。廚房燈火通明，騷動喧鬧，湯和魚都快煮好了，廚娘正使力地攪動鍋爐，彷彿身心都要一起燃燒了起來。僕人室裡有兩位車伕

1　改編自米爾頓（Milton）史詩《失樂園》（*Paradise Lost*）。

和三位男傭或站或坐在火爐邊，我想侍女們該是在樓上陪著夫人小姐們。從米爾科特請來的新佣人們正忙裡忙外。在這陣混亂中，我終於到了食物儲藏室，拿了一隻冷掉的雞、一條麵包、一些水果餡餅、一兩個盤子、一支刀子和一支叉子。有了戰利品後，我就趕緊撤退。我又回到走廊上，一關上身後的門，便聽見嗡嗡的交談聲越來越近，女士們要從房裡出來了。要走到教室就得經過她們的房門，我就得冒著被撞見拿著這一堆食物的風險，於是我僵直地站在沒有窗戶、陰暗的這一端。現在天色頗暗，因為太陽下山了，只剩昏暗的微光。

女士們從房裡一個一個走了出來，開心又輕鬆的樣子，禮服在薄暮之中閃閃發亮。她們在走廊另一端聚集了一會，甜美的交談聲中壓抑著雀躍之情。她們接著幾乎安靜無聲地下樓，像是朝氣蓬勃的霧氣沿著山丘降下。她們的樣子讓我見識了上流社會的端莊優雅，那是我從未見過的。

我發現阿黛拉從教室門口探了出來，拉著半開的門。「好漂亮的夫人小姐們！」她用英文叫了出來。「噢，我真希望能去找她們！妳覺得羅徹斯特先生等一下晚餐過後會讓我們下去嗎？」

「不，真的，我不覺得。羅徹斯特先生還有別的事要忙。今晚別想那些夫人小姐們了，或許妳明天就會見到她們。喏，吃晚餐吧！」

她真的餓了，所以雞肉和水果餡餅分散了她的注意力一段時間。幸好我弄來了這些食物，否則她和我，還有蘇菲（我要她跟我們一起用餐）便完全沒有機會吃晚餐了。樓下的人全都忙得忘了我們。茶點直到九點過後才送來，十點時，男傭人們還端著餐盤和咖啡杯跑進跑出。我讓阿黛拉比平常睡許多，因為她說樓下的門開開關關又那麼熱鬧，她不可能睡得著。而且，她補充說，羅徹斯特先生有可能在她換了衣服後稍來訊息，「那多可惜呀！」

我講故事給她聽，她能聽多久我就講多久。講了一陣，我帶著她到走廊去。走廊的燈亮著，她扶著欄杆往下看，看僕人們忙進忙出。夜更深時，客廳傳來音樂聲，鋼琴稍早便被移了過去。阿黛拉和我坐在樓梯的最高處聽著，有歌聲隨著豐富多變的琴音傳來，是位女士的歌聲，她的聲音非常甜美。獨唱完畢，接著是二重唱，然後是三重唱，中場休息傳來一陣愉悅的交談聲。我聽了好久，突然發現自己正聚精會神張大耳朵分析著人群中的聲音，試圖要從中找出羅徹斯特先生的聲音。我很快便聽見了，聽著那因距離遙遠而模糊不輕的聲音，我努力想聽出他在說些甚麼。

十一點的鐘聲響起，我看著阿黛拉，她頭靠著我的肩，眼皮沉重，因此我將她抱在懷裡，帶她上床睡覺去。男士和女士們準備回房時已經快一點鐘了。

隔天的天氣跟前一天一樣好，賓客們要到附近去郊遊。他們上午早早便出發了，有些人騎馬，其餘的則坐馬車。我看著他們出去和回來，布蘭琪小姐跟先前一樣，是唯一一位女騎士，羅徹斯特先生馳騁在她身旁，兩人離其他人有些距離。菲爾法克斯太太和我一起站在窗邊看，我依這情景問她：

「妳說他們不可能結婚。」我說，「但妳看，比起其他女士們，羅徹斯特先生顯然比較喜歡她。」

「是呀，我想他毫無疑問是欣賞她的。」

「她對他也是。」我補充道，「看她頭靠著他說話，狀似親密。真希望能看看她的臉，我還沒看過呢。」

「妳今晚會看到她的。」菲爾法克斯太太說。「我跟羅徹斯特先生提了阿黛拉很想看夫人小姐們，他說：『喔！讓她晚餐後來客廳吧，請愛小姐陪她一起過來。』」

「這樣啊，他只是出於禮貌罷了。我想我不需要去的。」我回答。

「嗯，我有告訴他妳不習慣跟客人交際，我想妳應該不會想出現在這麼熱鬧歡快的人群面前，全都是陌生人。他快人快語答道：『胡說！如果她拒絕了，跟她說是我特別希望她來，若她堅決不從，說我會去找她。』」

「我不會給他添麻煩的。」我說。「如果沒別的辦法，我會去的。妳會在嗎，菲爾法克斯太太？」

「不會，我拜託他讓我休息，他同意了。我會告訴妳要怎麼免去進場的尷尬，眾目睽睽之下進去是最討厭的事。妳得在女士們離開餐桌前、沒人的時候進到客廳，選個喜歡的角落待著。除非妳想，不然等男士們進來後，妳不必待太久。只要讓羅徹斯特先生看到妳在，之後再偷偷溜走就行了。沒有人會注意到的。」

「妳覺得這些人會待很久嗎？」

「也許兩三個禮拜吧，不會再久了。復活節假期過後，喬治林恩爵士，他最近剛當選米爾科特市議員，回到市區就任。我想羅徹斯特先生會跟他去，我很訝異他竟然會在荊棘園待這麼長一段時間。」

隨著時間接近，我對於要到客廳去覺得有些惶恐不安。聽到她今晚可以建道夫人小姐們後，阿黛拉已經興高采烈了整天，直到蘇菲開始替她換衣服，她才安靜下來。這件事的重要性很快就讓她沉靜了下來，在她頭髮梳好、盤起、穿上粉紅絲緞小洋裝、繫上長腰帶、套上蕾絲手套後，她嚴肅得像法官一樣。不需要叫她不許弄亂衣服，她一穿好衣服便端莊地坐在她的小椅子上，因為怕弄縐，還事先撩起了絲緞裙襬，跟我保證在我準備好之前都不會亂動。我趕緊著手準備，很快地穿上我最好的洋裝（銀灰色那件，為了譚波老師的婚禮買的，那之後再也沒穿過）、梳理好頭髮、戴上唯一的配飾：珍珠胸針，我們便下樓了。

幸好除了他們用餐的交誼廳過去外，還有另一個門可以通到客廳。我們發現客廳裡空無一人，大理石壁爐裡大火靜靜燃燒著，明亮的蠟燭孤獨地閃耀著，桌上擺飾著精美雅致的花朵。拱門前垂掛著深紅色帷簾，隔開了在交誼廳用餐的貴客們。他們低聲交談著，除了沉穩的嗡嗡聲外，甚麼也聽不清楚。

阿黛拉在這莊重的氣氛下顯得很僵硬，她坐在我指定的椅子上，不發一語。我躲在窗邊的位置，從附近的桌上拿了一本書，努力讀著。阿黛拉拉著她的椅子到我跟前，不久碰了碰我的膝蓋。

「怎麼了，阿黛拉？」

「老師，我可以拿那些漂亮的花嗎？可以讓我的小洋裝看起來更漂亮。」

「妳太在意妳的『小洋裝』了，阿黛拉，但妳可以拿一朵。」我從花瓶裡拿了一朵玫瑰，繫在她的腰帶上。她發出一聲滿足的嘆息，那嘆息聲難以形容，就享她盛著快樂的杯子已經滿了似的。我別開臉，掩飾壓抑不住的笑意。這巴黎小女孩的嚴肅認真和愛美的天性又好笑又令人心疼。

我聽見輕柔的起立聲，帷簾被掀了開來。從拱門望去就是交誼廳，燈光繽紛光彩，照亮長桌上裝著美味甜點的銀盤和玻璃杯。一群女士站在拱門門口，走了進來，簾子在她們身後落下。

她們不過八個人，但不知道為甚麼，她們走進來時，感覺好多人。她們之中有些人很高，好幾個穿著白色禮服，全都一身氣派盛裝，彷彿把她們全都給放大了，像霧氣襯托著月亮一般。我起身向她們行禮，一兩位點了點頭，其餘的只是盯著我看。

她們分散在客廳各處，她們輕快閒適的腳步，讓我覺得像一群白色羽毛的鳥兒。她們有些人斜倚在沙發和長軟椅上，有些彎身看著桌上的花和書，其他的人聚在火爐邊，全都輕聲細語地交談，這似乎是她們習慣的說話方式。我後來知道了她們的名字，現在就來一一介紹。

首先是埃希頓夫人和她的兩位女兒。她過去顯然是位美麗的女子，並且維持得很好。她的大女兒，艾咪，較為嬌小，臉上和行為舉止都很天真稚氣，樣子很活潑，她的白紗洋裝和藍色腰帶很適合她。第二位，露易莎，較為高䠷優雅，臉蛋很漂亮，正是法文中說的「甜美可人」。兩姊妹都像百合花一般美麗。

林恩爵士夫人是個年約四十，矮矮胖胖的，頭抬得高高地，看起來非常高傲。她穿著華麗色澤的錦緞禮服，深色頭髮在天藍色的帽子羽飾和寶石鑲嵌的髮箍下閃著光澤。

丹特上校夫人較沒那麼豔麗，但我覺得她更像個淑女。她的身型瘦小，有張白皙溫婉的臉和美麗的秀髮。比起七彩繽紛的爵士夫人，她的黑色晚禮服、異國風情的花邊圍巾和珍珠首飾更令我喜歡。

但最為醒目的三位；某部分也許是因為她們長得最高；是英格雷姆勳爵夫人和她的女兒們，布蘭琪和瑪俐。她們三位全都有著高䠷身材。勳爵夫人大約四五十歲，身材仍舊很好，頭髮（至少在燭光下）仍然烏黑，牙齒也是，仍然完美無瑕。以她的年紀，多數人都會認為她非常美；就外貌而言，她也的確如此。但她的舉止和臉上散發著一股令人無法忍受的傲慢。她有羅馬人的輪廓和雙下巴，下巴沒入柱子般的喉嚨。這些就我看來，不只因傲氣而顯得膨脹又陰暗，甚至起了皺紋。下巴也一樣，直挺得幾乎不可思議。同樣地，她有雙凶狠瑞利的眼睛，讓我想起里德太太。她說話時嘴型誇大、聲音低沉、浮誇又武斷；總而言之，非常令人無法忍受。深紅色的天鵝絨長袍、鑲著黃金的印度頭巾，讓她（我想她是這麼覺得）真的有種皇家貴族氣息。

布蘭琪和瑪俐身材差不多，如白楊樹般修長高䠷。瑪俐以她的身高而言太瘦了點，但布蘭琪出落得像黛安娜女神般。我對她，當然特別有興趣。首先我想看看她是否符合菲爾法克斯太太的描述；其次，是否像我為她畫的畫像；第三，最重要的一點！是否如我想的一樣符合羅徹斯特先生的品味。

就外型看來，她確實在在都符合我的畫和菲爾法克斯太太的描述。豐滿的胸、傾斜的肩、優雅的脖子、深色眼珠和烏黑長鬈髮都有了，但她的臉蛋呢？跟她母親一樣，沒有皺紋的年輕版：同樣的低眉、同樣立體的五官、同樣的傲氣。然而，那可不是如此低調的傲氣！她不停笑著，笑聲嘲弄著人，如同她習慣噘起的高傲的唇。

人說英才是有自知之明的，我無法看出布蘭琪小姐是不是英才，但她很有自知之明；自知特別引人注意。她跟丹特上校夫人聊起了植物學，丹特上校夫人似乎對此沒有研究，雖然如她所言，她很喜歡花卉，「尤其是野花。」布蘭琪小姐有所言就，便一股傲氣地講了一堆特有名詞。我感覺到她正在以「抓語病」的姿態（套句世俗的話）貶低丹特上校夫人；換句話說，嘲諷她的不學無術。她抓人語病的手法或許很高明，但顯然不懷好意。她彈琴，演奏得很棒；她唱歌，聲音很美；她跟她媽媽說法語，說得很好，口音又流暢又道地。

比起布蘭琪，瑪俐的面容較為溫和包容，五官也較為柔和，皮膚更白一些（布蘭琪小姐是像西班牙人般的小麥膚色）；但瑪俐顯得死氣沉沉：她的臉沒有表情、眼睛沒有光澤、沒有話可說、一坐到位置上便像壁龕上的雕像般。這兩姊妹都穿得全身純白。

我現在是否覺得布蘭琪小姐是羅徹斯特先生會喜歡的類型呢？我無從判斷；我不知道他對女性外貌的品味。若他喜歡美豔奪目，她就是那類型中的翹楚：她擅於社交、活潑有朝氣。我想，大部分的男士都會喜歡她，他也的確喜歡她，我已經親眼見過了。要除去那最後一絲疑慮，便得看他們相處的情況。

讀者啊，可別以為阿黛拉這段時間會安靜乖巧地坐在我腳邊的凳子上，不，夫人小姐們一進來，她便站了起來，向前走去，認真地跟她們敬禮，正經八百地說：

「夫人小姐們好。」

布蘭琪小姐嘲弄地低頭看她，說：「喔，真是個小東西！」

林恩爵士夫人說：「我猜這是羅徹斯特先生的養女，他提過的法國小女孩。」

丹特上校夫人和善地拉著她的手，親了她一下。

艾咪和露易莎同時大叫出聲：「好可愛的小孩！」

接著她們要她到沙發去，她現在坐在她們倆中間，輪流用法文和不流利的英文說話。不只年輕小姐們，她還受到埃希頓夫人和林恩爵士夫人的關注，滿足了她受寵的心。

咖啡最後送了進來，男士們也進來了。我坐在陰暗處；若要說這明亮客廳有哪裡陰暗的話，也就是這兒了；窗簾半遮掩著我。拱門帷簾再度被掀開來，他們走了進來。男士們的樣子就跟女士們一樣，氣派宏偉，全都穿著黑色服裝，大多都很高，有幾個很年輕。亨利和弗雷德里克・林恩非常時髦瀟灑，丹特上校有著雄赳氣昂的軍人樣。市議員埃希頓先生是個紳士的樣子，頭髮花白，眉毛和鬍鬚仍然烏黑，像位德高望重的長者。英格雷姆少爺和他的姊妹們一樣非常高，也像她們一樣俊美，但他和瑪俐一樣面無表情和無精打采。他似乎長了四肢，卻沒長血氣和精神。

那麼，羅徹斯特先生在哪呢？

他最後才進來，我並沒有看著拱門，但我看見他走進來了。我試著把注意力集中在手上的針線、我正在縫的提包上，我希望只專注在手上的工作，只看著腳上放的銀珠和銀線。然而，我卻直覺認出了他的身影，不由自主想起上次見到他的樣子，就在我給了那被他視為重要的救命之恩，他握著我的手，低頭看著我，眼神中充滿渴望滿溢的心，我也感受到他的情緒。那一刻我與他多麼靠近啊！那之後發生了甚麼事，改變了他和我親近的關係呢？而現在，我們多麼遙遠、多麼疏遠！如此遙遠，遠得我不奢望他會來同我說話。當他看也不看我，便坐在客廳的另一邊，開始和一些女士們交談時，我並不感到意外。

不久我就看見他的注意力完全在她們身上，我可以看著他而不被發現，我的視線因此不自覺地看著他。我無法控制和隱藏，我的眼神往上飄，眼球直盯著他。我看著，沉浸在看著他的喜悅中，一種珍貴卻痛苦的喜悅，純金有著鐵刺的痛楚，如同一個即將渴死之人，明知井裡有毒，卻仍匍匐爬近，屈身啜飲那神聖之水。

「情人眼裡出西施」說的真對，我的主人那無血色如橄欖的臉、方正寬大的額頭、寬而烏黑的眉、深邃的眼睛、剛毅的五官、堅定嚴肅的嘴，全都充滿精力、決心、意志。客觀來說並不英俊，但對我而言卻如此好看，全都充滿征服我的趣味和力量，讓我的感受臣服在他之下。我並無意愛他，讀者知道我有多麼努力要從我的靈魂中連根拔起。但現在，才一再見到他，那幼苗便再度滋長、翠綠和茁壯！他連看都沒看我，就讓我愛上他了。

我把他與他的賓客們相比，林恩兄弟的風流倜儻、英格雷姆少爺慵懶的優雅；甚至是丹特上校的英武雄健，怎能比得上他所散發出的骨氣和蘊涵的力量呢？我對他們的外表、舉止言談毫無興趣。但我知道，大多數人會說他們有魅力、英俊和氣宇非凡。而羅徹斯特先生則會被視為五官醜陋和相貌陰鬱。我看見他們微笑、大笑，在我心中甚麼也不是，他們微笑中的靈魂輕如燭光，笑聲不過鈴聲般的重量。我看見羅徹斯特先生微笑，他剛毅的五官變得柔和，眼睛又亮又溫柔，眼光深遂又甜蜜。那時，他正在跟露易莎和艾咪說話。在那雙就我看來會把人看透的眼神中，她們竟顯得如此冷靜。我以為她們會垂下眼、紅著臉，但我很高興地看見她們無動於衷。「他在她們眼中和在我眼中不同。」我心想，「他和她們並不是同類人。我想他和我是同類；我確定他是；我覺得和他心有靈犀；我能解讀他的表情和一舉一動。雖然身分地位使我們遙不可及，我的腦和心、我的血液和神經都與他如此親近。這些日子以來，難道除了薪資他甚麼也沒給我嗎？難道我要壓抑自己只將他當個雇主嗎？這是對自然本性的褻瀆啊！每一絲都是我本能從他身邊得到的好的、真實的、熱情的感受。我知道我必須抹去我的感受，我必須泯除希望，我必須記住，他對我的在乎僅止如此。我說我和他是同類，並不代表我有他那樣的影響力和吸引人的魔咒，我只是說，我和他有相似的品味和感受。所以，我得不停告訴自己，我們永遠不會在一起；然而，只要我能夠呼吸和思考，我就得愛他。」

僕人們遞上咖啡。從男士們進來後，女士們便成了活潑的雲雀，雀躍地聊著天。丹特上校和埃希頓先生爭論著政治議題，他們的夫人們靜靜聽著。那兩位驕傲的貴婦，林恩爵士夫人和英格雷姆勳爵夫人聊著天。喬治林恩爵士，話說我忘了描述他，一位非常壯碩，看來非常神清氣爽的鄉間紳士，站在她們的沙發前，手上拿著咖啡，偶爾插幾句話。弗雷德里克坐在瑪俐旁邊，正拿著一本精美的版畫畫冊給她看；她不時露出微笑，但顯然並不怎麼說話。又高又淡漠的勳爵少爺抱著手靠在椅背上，看著嬌小活潑的艾咪；她抬頭看他，像隻鷦鷯一樣吱吱喳喳，她喜歡他多過羅徹斯特先生。亨利坐在露易莎腳邊的絨布長椅上，阿黛拉跟他坐同一張椅子，他試著跟她講法文，露易莎笑他的笨拙。布蘭琪小姐跟誰在一起呢？她正站在桌邊，優雅地彎身看著一本畫冊。她似乎在等人跟她聊天，但她等不了太久，便自己選了個伴。

羅徹斯特先生跟埃希頓家小姐們聊完天後，獨自站在火爐邊。她走向他，坐在壁爐對面。

「羅徹斯特先生，我以為你不喜歡孩子？」

「我不喜歡小孩。」

「那為甚麼你要收養那麼小的孩子呢？」，她指向阿黛拉說：「你在哪撿到她的？」

「她不是撿來的，是受託於我。」

「你應該要送她去學校。」

「我負擔不起，學校太昂貴了。」

「為甚麼？我想你為她請了個家庭教師，我剛剛看見有個人跟著她。她走了嗎？喔，沒有！她還在那兒，在窗簾後面。你理應付她薪水，我想那跟學校一樣貴，或更貴，因為你得養她們兩個人。」

我擔心，或者我該說，希望？她提到我會讓羅徹斯特先生看向我這邊，我不由地縮瑟到陰影裡，但他並沒有看過來。

「我沒想過這些。」他蠻不在乎說，眼睛直視著前方。

「不，你們男人從來不會精打細算，也沒有常識。你真該聽聽媽媽怎麼說家庭女教師的。瑪俐和我有過，我想想，至少十二個家庭教師。其中一半都是討厭鬼，剩下的荒謬得可以，全部都是夢靨；對吧，媽媽？」

「妳在跟我說話嗎，我的女兒？」

於是被這位貴婦稱為自己女兒的小姐把問題重複了一次，順帶附上解釋。

「親愛的，別提家庭女教師，這字眼讓我緊張。因為她們能力不足和莫名其妙，我可是受盡折磨哪！感謝老天，我現在跟她們沒關係了！」

丹特上校夫人傾身在那位矯揉造作的夫人耳邊說了幾句話，從她之後的回答看來，我想應該是提醒她在場正有位異教徒。

「沒關係！」這位夫人說，「我是希望為她好！」接著她壓低聲，但仍舊大聲得讓我聽得見，說：「我有注意到她，我很會看人的，從她臉上我看得出她有那一類人所有的通病。」

「是甚麼通病，太太？」羅徹斯特先生大聲問。

「我再私下跟你說。」她說完甩了三次頭巾，一副自命不凡的樣子。

「但我的好奇心等一下就沒胃口了，它現在得吃東西呀！」

「問布蘭琪吧，她離你比較近。」

「噢，不要推給我，媽媽！我對那群人只有一句形容：她們是討厭鬼。我並沒有因為她們受太多折磨，我很努力扭轉局面的。西奧多和我都會作弄葳兒森小姐和格瑞斯太太，還有朱伯特夫人！瑪俐老是想睡覺，就不能加入我們。最好玩的是朱伯特夫人，葳兒森小姐是個可憐蟲，愛哭又沒精打采的，總之，完全不值得作弄她。格瑞斯太太又粗俗又麻木不仁，怎麼作弄都沒用。但可憐的朱伯特夫人！我知道只要把她逼入絕境，她就會大發雷霆，打翻我們的茶、打爛我們的麵包和奶油、把我們的書丟到天花板去、用尺啊、書桌啊、爐圍啊、火鏟的，鬧得翻天覆地。西奧多，你記得那些快樂的日子嗎？」

「是，啊，我當然記得。」勳爵少爺慢條斯理地說。「還有那些老可憐蟲老是大叫：『喔，你們這些小惡魔！』然後我們就會跟她說，想教像我們這麼優秀的小孩，她還早得很呢。」

「是啊，還有，西奧多，你記得嗎，我曾經幫你告發過你的家庭教師，那個奶油小生，瓦寧先生；討厭鬼牧師，我們都這樣叫他。他和葳兒森小姐在書房裡調情，至少西奧多和我是這麼覺得。我們覺得那個種各樣的柔情眼神和嘆息都是『熱情』的證據。跟你們說，我們發現的事很快就被證實了。我們把這當作一種趕走拖油瓶的手段。那時，親愛的媽媽一有了這事的蛛絲馬跡，就發現他們不軌的姦情。對嗎，親愛的母親大人？」

「是啊，親愛的。而且我是對的，依這事來看，尊貴的好人家裡不該發生家庭女教師和男教師私通的理由就有上千個。首先……」

「唉呀，媽媽！放過我們吧！剩下的我們都知道了，給純真的孩子帶來壞榜樣；因為暗通款曲而分心，導致無法盡到本分，因有了同夥的信心，傲慢無禮隨之而來，所以會亂來和情緒不穩。我說的對嗎，英格雷姆花園的男爵夫人？」

「我的百合花，妳說的對，一向都對。」

「那麼就沒甚麼好說了，換個話題吧。」

艾咪沒聽到或沒留意聽，用她輕柔孩子氣的語調說：「我和露易莎以前也會考我們的家庭女教師，但她人非常好，甚麼都可以忍受，怎樣也不會發脾氣。她從來沒有對我們惱火，對吧，露易莎？」

「是呀，從來沒有過，我們想做甚麼便做甚麼，翻她桌子和工具箱，把她抽屜整個翻過來，她脾氣好好，我們要甚麼她就給甚麼。」

「我想，既然如此。」布蘭琪小姐嘲諷地嘛著她的嘴說，「我們真該把這所有的家庭女教師寫成一本回憶錄保存下來，免得再遭受這樣的災難。再次強調，我要換話題了。羅徹斯特先生，你同意嗎？」

「小姐，這點我同意，其他也同意。」

「那麼我就有責任開新話題了。閣下，你今晚要唱歌嗎？」

「白雪公主，妳一聲下令，我就會唱。」

「那麼，閣下，我要你遵從我的指示，清潤你的肺和其他發聲部位，為女王效命。」

「有這麼尊貴的瑪麗女王，誰不願當里齊奧呢？」

「一位里齊奧！」她大聲說，邊走向鋼琴，邊甩了甩一頭長鬈髮。「我個人認為，提琴手特克勒一定是個無趣的傢伙，我比較喜歡心狠手辣的伯斯威伯爵四世。在我心中，男人若沒有一點壞心眼，便食之無味。歷史或許對伯斯威伯爵四世有其評價，但我覺得，他就是我所欣賞的那種野性、凶狠的盜匪英雄。」

「男士們，你們聽聽！現在你們之中誰最像伯斯威伯爵四世？」羅徹斯特先生大喊。

「我覺得你最像。」丹特上校說。

「我的榮幸，非常感激您。」羅徹斯特先生回答。

布蘭琪小姐，現在她優雅高傲地坐在鋼琴前，女皇般展開她雪白的禮服，彈起美妙的前奏，一邊說著話。她今晚似乎騎著她高大的馬，她的言談和氣質似乎都不只是為了得到讚美，而是要使聽的人感到詫異。她顯然用了非常大膽有氣勢的方式來震撼在場的人。

「喔，我如此厭倦現今的年輕男性！」她邊急促彈奏邊說道。「可悲弱小的東西，完全不適合踏出爸爸的花園大門，甚至不能沒有媽媽的允許和保護便出遠門！如此在乎他們漂亮臉蛋、白皙的手和小腳的生物，娘兒們似的！好似甜美可人不再是女人的特權，不是她所要繼承的傳家寶！我認為醜陋的女人是美麗生物中的污漬，但男人啊，讓他們僅僅在乎是否孔武勇猛就好吧！他們的座右銘該是：狩獵、射擊和戰鬥，其餘皆為不足道。若我是男人，我就奉此為圭臬。」

「無論我何時結婚。」在一陣無人插話的停頓後，她繼續說道，「我堅信我的丈夫不該與我匹敵，而是我的陪襯之物。我將因皇座無競爭者而煩心，我需要專一效忠之人，我無須與他鏡中身影分享他的付出。羅徹斯特先生，現在唱吧，我會為你彈奏。」

「僅聽尊旨。」他答道。

「這是一首海盜之歌，我太喜歡海盜了，因此，唱得輕快活潑些。」

「布蘭琪小姐命令一下，牛奶與水便增添了靈性。」

「那麼，小心了，若你無法令我滿意，我就會讓你知道該怎麼唱。」

「那就是對我能力不足的獎勵了，我可得努力唱得不好。」

「注意你的言行！若你故意出錯，我可會加以懲罰。」

「布蘭琪小姐可得仁慈些，因她本身便有令凡人無法承受的懲罰力量。」

「哈！說來聽聽！」布蘭琪小姐命令道。

「原諒我，小姐，無須解釋；妳必定清楚知道，只要妳的眉頭一皺，就是對我極大的懲罰。」

「唱吧！」她說，再度彈起鋼琴，輕快有活力地伴奏著。

「現在該是我溜走的好時機。」我暗自想著，但那讓空氣凝結了的歌聲吸引住我。菲爾法克斯太太說羅徹斯特先生有副好嗓子，的確如此；圓潤柔和又有力的低音，注入他的獨特情感、獨特的力道，讓聲音從耳朵進到了內心，喚醒一種奇異感受。我等到最後一個深沉飽滿的抖音結束，直到停頓了一會兒的談話聲再度熱騰起來，我才離開我陰暗的角落，從側門離開，所幸側門很近。那兒有一條狹窄的走道通往大廳，我走過大廳，察覺到鞋上的綁帶鬆了，便停下來，跪在階梯最下方的踏墊上綁鞋帶。我聽見餐廳的門打開，一位男士走了出來，我匆匆站起，正好與他面對面；是羅徹斯特先生。

「妳好嗎？」他問。

「我很好，先生。」

「妳剛剛為甚麼不來跟我說話？」

我正想把問題丟回去給他，用相同的問題反問他，卻不敢造次。我說道：

「您似乎很忙，我不想打擾您，先生。」

「我不在家的時候，妳都做了些甚麼？」

「沒甚麼，跟平常一樣幫阿黛拉上課。」

「與我第一次見到妳時相比，妳蒼白了許多。怎麼回事？」

「沒事，先生。」

「妳差點淹死我的那天晚上感冒了嗎？」

「完全沒有。」

「回到客廳去吧，妳太早離開了。」

「我累了，先生。」

他端詳我一分鐘之久。

「而且也有點沮喪。」他說道。「怎麼回事？告訴我吧。」

「沒事、沒事的，先生。我沒有心情不好。」

「但我很肯定妳有心事，再多說幾句就要落淚了，確實，淚水現在閃著光芒，泫然欲泣，一顆淚珠已經從睫毛掉到地面上了。如果我有時間，而且不用擔心經過這裡的僕人說閒話的話，一定要弄清楚這是怎麼回事。好吧，今晚我饒了妳！但是妳要記住，只要我的賓客還待在這裡，妳每天晚都要出現在客廳裡。這是我的要求，別置之不理。現在走吧，叫蘇菲來帶阿黛拉上樓。晚安了，我的……」他停住了，咬了咬嘴唇，突然轉身離開。

荊棘園的這些日子又快樂，又忙碌。與前三個月我在這屋簷下度過的寂靜無聲、千篇一律和孤獨寂寞是多麼的不同啊！似乎所有悲傷的感受都被驅趕了出去，所有陰鬱的想法都被遺忘了。這裡到處是多采多姿的生活，整天熙來攘往。現在走過曾經寂靜的走廊，或曾經空無一人的前側房間，都會遇見打扮漂亮的女僕或時髦的男僕。

廚房、司膳總管的食品儲藏室、僕人室、門口大廳都同樣熱鬧。只有會客室裡空空蕩蕩，因為宜人春日的藍天和和煦陽光將賓客們喚了出去。即使氣候不佳，連續下了幾天雨，歡樂的氣氛似乎也染不上一絲消沉。因為無法出遊盡興，室內消遣反倒變得更熱鬧多樣。

第一晚時我才正想著他們要做甚麼，便有人提議玩些別的。他們提到「猜字謎」，但我茫然無知，不瞭解這是甚麼意思。他們把僕人們叫了進來，搬走晚餐餐桌、佈置燈光，椅子在拱門正對面圍成了一個半圓。羅徹斯特先生和其他男士們在指揮時，女士們忙著上樓下樓按鈴找她們的貼身侍女們。菲爾法克斯太太被喚了進來，告知屋裡披肩、洋裝、各種布匹儲放地點；三樓的幾個衣櫃都被仔細翻找過，侍女們手抱著裡面的錦緞、裙撐、綢緞、禮服、帽沿花邊垂片等到樓下來。接著女士們選了幾樣東西，要人拿到客廳裡的寢房裡。

這時，羅徹斯特先生再次請女士們到他身邊，開始選和他同隊的成員。「布蘭琪小姐當然是我的。」他說。之後他點了兩位埃希頓家小姐和丹特上校夫人。他看著我，我正好在他附近，幫丹特上校夫人把鬆脫的項鍊鉤環勾好。「妳要玩嗎？」他問道。我搖搖頭。幸好他沒有如我擔心的堅持，他讓我靜靜回到平常的位置。

他和他的隊友們走到帷簾後方，由丹特上校帶領的另一群人坐在新月形的椅子上。其中一位男士，埃希頓先生，發現了我，似乎想邀我加入，但英格雷姆勳爵夫人馬上表示反對。

「不。」我聽見她說，「她看起來太笨了，根本沒辦法玩這種遊戲。」

不久鈴聲響起，帷簾被掀了起來。壯碩的喬治林恩爵士站在拱門裡，他是羅徹斯特先生選的隊友，他披著白色床單。他前方的桌上一本大大的書開著，艾咪站在他身旁，披著羅徹斯特先生的披風，手上拿著一本書。有人，看不見是誰，開心地搖鈴，接著阿黛拉（她堅持要跟她的監護人同一隊）蹦蹦跳跳跑上前，手上掛著花籃，邊走邊撒籃裡的花。接著布蘭琪小姐一身白隆重登場，頭上罩著長紗，額頭上圍了一圈玫瑰花；羅徹斯特先生走在她身旁，兩人一起走向桌前。他們跪下，丹特上校夫人和露易莎也同樣一身白，站在他們身後的位置。接著演出一場沉默的儀式，很容易便可以猜到是婚禮。結束時，丹特上校和他的隊友們悄聲討論了兩分鐘，接著丹特上校大聲說：

「新娘！」羅徹斯特先生鞠了個躬，帷簾落下。

中間休息良久，帷簾才再次被拉起，第二幕比前一幕要更精心準備。如我先前所發現的，客廳比餐廳高了兩個臺階，最高一個臺階上，客廳後方一兩碼處，出現了一個巨大的大理石水缸；我認得那是放在溫室的擺飾，周圍通常有著各種奇花異草，缸裡養著金魚。依水缸大小和重量來看，搬過來一定費了不少力氣。

羅徹斯特先生坐在水缸旁的地毯上，披著披肩，頭上纏著頭巾。他深色的眼珠、黝黑的皮膚和立體的五官非常適合這個裝扮，看起來完全是個中東王公貴族的樣子，執絞刑或受絞刑的人。現在來看看布蘭琪小姐，她也穿著東方服飾，腰間圍著一條腰帶似的深紅色圍巾，太陽穴的地方別了一條繡花手帕。她美麗優雅的手臂裸露著，頭上優雅地頂著水壺，一手高高舉起平衡水壺。她的姿態和特徵，她的膚色和氣質，都像是古以色列族長時代的公主，而這無非就是她所要呈現的角色。

她走向水缸，彎身假裝裝水，她再次把水壺頂到頭上。水缸邊的人似乎與她攀談，問了些問題：「她急忙拿下水壺來，托在手上給他喝。1」他從長袍胸前拿出首飾盒，裡面打開來是華麗貴重的項鍊和耳環。她表現出又驚又喜的樣子，他跪著，將首飾盒放在她腳邊。她的表情和動作表現出不可置信又開心的樣子，陌生男子為她繫上手鍊、戴上耳環。這是以撒和利百加的故事，只是少了駱駝。

猜題隊再次將頭靠在一起，顯然他們對於這一幕要表達的詞彙沒有共識。丹特上校，他們的發言人，要求要「完整演出」，於是簾幕再次落下。

第三次簾幕升起，只看見客廳的一小部分，其餘的地方全用深色粗布遮住了。大理石水缸被移走了，原來的地方放著一張桌子和椅子。這些東西放在油燈的黯淡光線下，燭火全都已熄滅。

1 出自《聖經》創世紀 24:18。

在這黯淡的一幕之中，有位男子手蜷曲著靠在膝上，眼睛看著地上。我知道那是羅徹斯特先生。雖然蓬頭垢面、衣衫凌亂（外套鬆垮地掛在一隻手臂上，彷彿在一陣亂鬥中被人從背後撕破）、絕望陰沉的面容、粗糙直豎的頭髮將他掩飾得很好。他一動，鐵鍊噹啷聲響起，他的手腕上銬著手鐐。

「井邊的新娘！」丹特上校大喊，解開了謎題。

休息時間長得足以讓表演者換回他們平常的服裝，他們再次進到餐廳。羅徹斯特先生讓布蘭琪小姐走在前方，她正在極力讚美他的演出。

「你知道嗎？」她說道，「三個角色裡，我最喜歡你最後一個角色！喔，若你生在早些年前，肯定是個時髦帥氣的紳士盜匪！」

「我臉上的煤炭都洗乾淨了嗎？」他轉頭問她。

「唉，都洗乾淨了。這才叫可惜呢！你得要那樣的膚色才像盜匪呀！」

「妳當真喜歡過路英雄？」

「英國的過路英雄僅次於義大利盜匪，而地中海海盜又更勝於義大利盜匪。」

「好吧，無論我是甚麼，記得妳是我的妻子，我們一小時前在這所有人面前可是結了婚了。」她咯咯發笑，羞紅了臉。

「現在，丹特上校，」羅徹斯特先生繼續說道，「換你們了！」當另一組人離開時，他和隊友在空了的椅子上坐下。布蘭琪小姐坐在他的右手邊，其他賓客各自在他們兩旁邊坐下。我現在不看演戲的人了，也不再興致勃勃地等著簾幕拉起。我的注意力完全集中在看戲的人身上，我前不久還盯著拱門看的視線，現在不由自主被吸引到了椅子圍成的半圓圈裡。丹特上校和他的隊友表演了甚麼、選了甚麼詞彙、怎麼表演，我全都不記得；但我還記得每一幕之後討論的畫面，我看見羅徹斯特先生轉向布蘭琪小姐，布蘭琪小姐轉向他，她的頭朝他靠近，烏黑的鬈髮幾乎碰到了他的肩，在他臉頰邊擺動著。我聽見他們的竊竊私語，我看見他們交換的眼神。這一刻，想起那一幕，記憶中的感受都回來了。

讀者啊，我已告訴過你，我發現自己愛著羅徹斯特先生。如今我不可能僅因為發現他不再注意我，因為我和他同處一室這麼久，他不曾把視線轉向我的方向；因為他的注意力都被一位美麗女子佔去了，那女子走過我身邊時，連裙襬都不屑碰到我；她深色而高傲的視線若偶然落在我身上，便彷若瞧見了不屑一顧的事物般立即瞥開，便不去愛他。我無法不愛他，因為我很肯定，他很快便要娶這位妙齡女子為妻；因為我每日都從他對她的刻意奉承中感覺到她的篤定；因為我親眼看見他每時每刻的殷勤，即使漫不經心、一副被追求而非追求者的樣子，卻在那漫不經心之中格外吸引人，在那傲慢之中格外令人無法抗拒。

在這樣的情況下，即使多半是失落，卻甚麼也無法冷卻或消除我的愛意。讀者啊，你可能多半覺得是嫉妒；換做任何女人，在我的處境下，都會被認定是嫉妒布蘭琪小姐的吧。但我並非嫉妒，或幾乎沒有任何妒忌之心，我所感受到的痛楚並非那個字眼可以解釋。布蘭琪小姐不值得嫉妒，她低俗得不足以令人感覺嫉妒。原諒我看似矛盾的說法，但我確實這麼想。她非常美豔動人，但卻並不名副其實；她的外表美麗、有許多才華，但她的思想膚淺、內心如貧瘠之地；在那樣的土壤之上，甚麼也無法生長，無法滋養自然的果實。她並不優秀，她沒有想法，她總是背誦書裡的名言佳句，也未曾有過她自己的想法。她的感性矯揉造作，但她並不懂真正的憐憫和同情，她從不瞭解謙恭溫婉和事物本質。她太常在對阿黛拉表現出極度厭惡時暴露這些，若阿黛拉不小心靠近了，便以傲慢的姿態將她推開；有時要她過來，卻老是對她冷淡又苛薄。除了我，還有另一雙眼也看著這些暴露的性格，仔細、敏銳、慧黠地看著。是的，這未來的新郎倌，羅徹斯特先生自己，不停地看守著他的未婚妻。而正是出於這份睿智，他有所保留的思慮他對他美麗佳人的缺點完全清楚明白，他對她顯然毫無熱情，而這正是我無盡痛苦的根源。

我看見他將為了家庭，或許是政治因素娶她為妻，因為她與他門當戶對；我感覺到他對她並沒有愛，而她的性格也不可能贏得他的珍愛。這就是了，這就是為何我痛心，又覺得可笑，這就是為何我所承受的痛苦更加深重；她根本無法吸引他。

若她努力贏得了他的愛，而他心甘情願臣服於她的腳下，我就會掩著臉，面向牆去，當作自己死了（只是象徵地說）。若布蘭琪小姐是個善良高貴的女人，擁有權勢、熱忱、善良和見識，那我就會由著嫉妒和沮喪這兩頭老虎去私鬥；那麼，我就會痛苦心碎，我就會發自內心欣賞她因為知道她的出色；然後安安靜靜地過著往後的日子；她愈有不容置疑的優勢，我就愈欣賞；我的沉默也會更真實、更平靜。但眼前的事實卻是，看著布蘭琪小姐努力勾引羅徹斯特先生，看著他們不斷重蹈覆轍；而她對他們的不合適卻毫不自知，自以為猛力的追求已達目的，自顧自沉浸於滿足之中，但她的傲慢與自滿卻實則讓她想媚惑的人愈來愈反感；看著這些，便有無止盡的激動和強忍的壓抑。

因為，當她適得其反，我知道她該怎麼做才對。我知道，那不斷投射向羅徹斯特先生胸口、毫髮無傷落在他腳邊的愛神之箭，只要有更準確的弓箭手，就能射中他驕傲的心，在他胸口熱切地顫動；讓他嚴厲的眼有了愛情、冷酷的臉有了溫情；或者，甚至更好的，不須武器的沉默就能夠征服他的心。

「為甚麼她明明能夠靠他這麼近，卻無法讓他再更愛她？」我問自己。「一定是因為她無法真的喜歡他，或並不真心真意喜歡他！若她真愛，便不需要強堆笑臉、如此不懈地拋媚眼和矯揉造作。依我看來，她或許可以靜靜坐在他身旁就好，少說一些話、少拋一些媚眼、多與他的心親近。我曾見過那與她現在活潑地攀談的僵硬臉孔全然不同的表情，但那是自然流露的樣子，沒有俗氣浮華的假面和精心設計的花招，讓人只得接受；回答他那毫無造作的問題、必要時毫無輕蔑之貌地與他說話；那張臉孔會變得愈來愈溫和宜人，溫暖得如同陽光。他們結婚後，她該怎麼取悅他呢？我想她無法取悅他的，但或許可以，那麼我確信，他的妻子會是陽光所在之地最幸福的女人。」

我還沒對羅徹斯特先生打算因利益和關係結婚有所非難。我剛發現他的意圖時非常訝異，我曾以為他是個不會在選擇妻子時被如此世俗的動機影響的人，但我考慮這群人的地位、教育等考慮得愈久，便愈不願責備他或布蘭琪小姐這顯然從孩提時期便根深柢固的想法和原則。他們的階層裡有這些原則，我想，因此他們有理由有這樣的想法，正如同我沒有一樣。對我來說，若我是個像他一樣的紳士，我只願娶我所愛之人為妻；但在這樣的婚姻中，丈夫得到的好處和快樂明明如此明顯；因此我相信，其中必然有我所不知道的、不被普遍接受的爭議；否則我敢肯定，全世界都要照我所希望的去做了。

但除了這點，從另一個角度說，我對我的主人愈來愈寬厚。我漸漸忘了他所有我曾嚴苛檢視的缺點，我曾努力解讀他各方面的性格，從好的方面去想，並公平地衡量，有了合理的判斷。現在我看不見他的不好了。這諷刺的結果，擊退了那曾讓我詫異的刺耳言語，反倒成了上等料理中的濃厚調味料，有了它們，便有了辛辣痛苦，但若沒了它們，便相對平淡無味了。而那些模糊不清的；是惡意或是憂傷、是有所預謀或是沮喪無助的表情？無論何時，都會從他的眼神透露，敞開在細心的觀察者面前，並在那奇怪想像與深度被完全揭露之前再次關閉。那模糊不清的曾讓我害怕畏怯，彷彿遊走在看似火山的小丘上，突然感覺到地面的震動，看見地面崩裂開來；那樣的表情，我，仍不時會看見。心中隱隱作痛，但卻無法無動於衷。我不想躲避，只希望能勇敢面對，使那樣的面容變得神聖。我想布蘭琪小姐是幸福的，因為或許有一天，她能夠從容自若地看見那深淵，探索其中祕密並探究其本真。

這時，當我只管想著我的主人和他未來的新娘時，眼裡只有他們、耳裡只有他們的交談、心裡只想著他們的一舉一動；其他人各自有著他們的娛樂和享受。林恩爵士夫人和英格雷姆勳爵夫人繼續嚴肅地討論著，兩頂帽子對彼此點著頭，四隻手依她們八卦的內容揮舞著，有驚訝、或神祕、或驚恐，就像一對誇張的木偶人。溫婉的丹特上校夫人和善良的埃希頓夫人交談著，不時親切有禮地跟我說話或對我微笑。喬治林恩爵士、丹特上校和埃希頓先生在討論政治，或郡裡事務，或司法審判。英格雷姆少爺和艾咪在打情罵俏；露易莎跟其中一位林恩少爺在彈琴唱歌；瑪俐陰沉地聽著其他人的談話。有時所有人會同時停下他們配角的戲分，看向並聆聽主要角色們說話。因為，畢竟羅徹斯特先生跟與他密切相關的布蘭琪小姐，是這場盛宴中的靈魂人物。若他離開一小時，整個客廳和賓客們便似乎沉悶、無精打采了起來；他再進來時，所有的談話馬上便注入了新鮮脈搏和活力。

他活躍的影響力在某天尤為顯著，那天他被請到米爾科特去談公事，要到很晚才會回來。那是個潮濕的午後，賓客們原要去參觀最近在海伊村公有地駐紮的吉普賽營，也因此延期。幾位紳士去賽馬，年輕的紳士則跟年輕的小姐們一起在撞球室打撞球。英格雷姆勳爵夫人和林恩爵士夫人安靜地玩紙牌打發時間；丹特上校夫人和埃希頓夫人努力想拉布蘭琪小姐一起聊天，她以高傲緘默作為抵抗之後，先是去彈鋼琴，喃喃哼了幾首感傷的曲調，接著從書房拿了一本書，傲慢又無精打采地倒在沙發上，準備要沉浸在小說中，消磨這沒了伴的冗長乏味時刻。客廳裡和整間屋子裡都靜悄悄的，只有樓上不時傳出打撞球的開心聲音。

夜幕將至，鐘聲響起，提醒大家要去換衣服用晚餐了。我坐在客廳的窗臺上，跪在我身旁的小阿黛拉突然喊道：

「羅徹斯特先生回來啦！」

我轉過頭，布蘭琪小姐從沙發跳了起來，飛奔向前，其他人也都從自己在做的事情中抬起頭來。在這同時，我聽見車輪在碎石子地上轉動和馬蹄濺起水花的聲音。一輛驛馬車正在駛近。

「他怎麼是這樣回來？」布蘭琪小姐說道。「他出去的時候騎的是馬斯羅爾（那匹黑馬），不是嗎？派勒也跟著他；那些動物怎麼不見了？」

她一邊說，一邊將她高大的身軀和蓬裙靠近窗邊，我不得不向後仰靠，腰幾乎要斷了。她一開始心切沒注意到我，但當一注意到我，便噘起了嘴，走到另一個窗臺去。馬車停了下來，車伕按了按門鈴，一位穿著旅行裝的紳士跳下車，但那不是羅徹斯特先生，而是一位高䠷時髦的男子，一個陌生人。

「真討厭！」布蘭琪小姐大叫，「妳這隻煩人的猴子！」她指著阿黛拉說：「誰要妳在窗臺上報假消息的？」接著她生氣地看了我一眼，好像是我的錯似的。

大廳傳來說話聲，很快地這位新來到的人進來了。他向英格雷姆勳爵夫人一鞠躬，似乎認為她是在場最年長的女士。

「在我朋友，羅徹斯特先生，不在時來訪，我似乎來的不是時候，女士。」他說道。「但我走了很長一段路，我想看在我倆老交情的份上，或許能夠冒昧在這裡待到他回來。」

他很有禮貌，說話的口音很不尋常，讓我有些詫異；不完全是外國腔，但也不全是英語。他的年紀和羅徹斯特先生相仿；大約三到四十歲，膚色非常灰黃，否則他倒是好看，尤其是第一眼見到時。再仔細一點，卻會發現他的臉不是那麼討喜，或說無法讓人喜歡。他的五官普通，但過於鬆散；他的眼睛很大、形狀也好看，但看上去卻溫順空洞。至少我這麼覺得。

更衣的鐘聲讓賓客們各自離開，直到晚餐過後，我才再見到他。他那時看起來頗從容自在，但我比之前更不喜歡他的樣子了，吊兒郎當又沒精打采的。他的眼神游移，卻又漫無目的。這讓他看起來很怪，是我從沒見過的。雖然英俊，看起來也不難親近，卻讓我非常反感。他平滑的鵝蛋臉上沒有一點力度，鷹勾鼻和櫻桃小嘴看來薄志弱行，甚至額頭也沒有一點思想，棕色的眼珠裡茫然空洞。

我坐在一貫的窗臺上，藉著壁爐架上照著他的燭台火光看他；因為他正坐在靠近爐火的休閒椅上，不停地縮澀和靠近爐火，彷彿很冷似的。我把他與羅徹斯特先生相比，我想（說這話並無不敬）最大的差別就像是一隻時髦雅致的雄鵝和一隻兇猛的獵鷹、一隻溫馴軟弱的綿羊和看守著牠的；一隻雄赳赳氣昂昂、眼神銳利的狗。

他說羅徹斯特先生是老朋友，他們的友誼一定很令人好奇，完全印證了古語所說的「兩極相通」。

兩三位男士坐在他附近，從客廳的這一端，我聽見他們對話的零碎片段。一開始我聽不太清楚，因為露易莎和瑪俐坐在我附近說話，不時打斷我接收到的零星字句。她們最後談論到那位陌生人，兩人都說他是個「美男子」。露易莎說他是「造物主的愛」，而且她「很喜歡他」；瑪俐說他的「俊美的小嘴和好看的鼻子」是她心目中白馬王子的樣子。

「還有那額頭多惹人憐愛呀！」露易莎叫了出來，「好光滑；沒有我不喜歡的那些奇怪皺褶；還有那溫和沉穩的眼睛和笑容呀！」

這時亨利少爺要她們到客廳另一邊去，討論去海伊村公有地踏青的事，讓我鬆了一口氣。我終於可以專心聽火爐邊的那群人說話，剛剛得知新來的人叫做馬森先生。接著我得知他從某個炎熱的國家來，剛抵達英國；難怪，他的臉如此灰黃、坐得離火爐邊這麼近、還在室內穿著大衣。他待過牙買加、京斯敦、西班牙城鎮，表示他住在西印度群島，不出我所料，不久前，他就是在那兒遇見並認識了羅徹斯特先生。他說他的朋友不喜歡那地方的炎熱天氣、龍捲風和雨季。我知道羅徹斯特先生會到處旅行，菲爾法克斯太太曾說過，但我以為他只在歐洲遊歷。在這之前，我從未聽說他到過更遠的地方。

我正想著這些事，有件意想不到的事打斷了我的思緒。有人偶然打開了門，馬森先生冷得發顫，問能不能再多加些煤炭到爐火裡，爐火雖是燒盡了，但一堆煤炭仍又熱又紅。男傭拿了煤炭進來，要出去時，站在埃希頓先生的椅子跟前，低聲說了一些話，我只聽見「老女人」、「很麻煩」。

「跟她說如果不自己走人，就等著被關到儲藏室去。」埃希頓先生說。

「不，別這樣！」丹特上校插話說。「別趕她走，埃希頓，我們得商量商量，最好問問女士們。」他接著大聲說道：「女士們，妳們說要去參觀海伊村公有地的吉普賽營，山姆說現在僕人室裡有位神婆占卜師，堅持要見『貴客們』，替他們占卜。妳們想見見她嗎？」

「當然不見，丹特。」英格雷姆勳爵夫人大聲說，「你不會想讓我們見這低俗的騙子吧？馬上趕她走，甚麼方法都好！」

「但我趕不走她，勳爵夫人。」男傭人說道。「其他僕人也趕不走，剛剛菲爾法克斯太太去請她離開，但她拿了張椅子坐在煙囪角落，說除非能進來，否則她說甚麼也不離開。」

「她想要甚麼？」埃希頓太太問道。

「『替貴客們算命。』她說的，太太，而且她信誓旦旦說一定要見到各位。」

「她長甚麼樣子？」埃希頓家小姐們異口同聲問道。

「一個其醜無比的老太婆，小姐，幾乎跟煤炭一樣黑。」

「唉呀！她是真正的女巫！」弗雷德里克叫道。「我們一定要讓她進來。」

「是啊。」他哥哥附和道，「要是失去這有趣的機會，可是萬分可惜啊！」

「親愛的兒子們，你們在想甚麼哪！」林恩爵士夫人叫道。

「一言既出，我可不能容忍前後不一的行徑。」

「確實，媽媽，但妳可以的，而且也得如此。」布蘭琪傲慢的聲音傳來，她從鋼琴座椅上轉過身來。直到剛剛她都沉默地坐在那兒，顯然在看各種樂譜。「我倒想聽聽自己的命運，所以，山姆，要那醜老太婆進來吧！」

「我親愛的布蘭琪！記得。」

「我記得，我記得所有妳要說的話。我就是要聽聽。快去，山姆！」

「去吧、去吧、去吧！」所有年輕男女大喊著。「讓她進來，一定很好玩！」

男傭人仍躊躇不前，「她真的長得很醜。」他說。

「去！」布蘭琪小姐叫了出來，男傭人便去了。

全部人立刻興奮了起來，山姆回來時，全部人正熱攘地談天說笑。

「她不過來。」他說道，「她說她不能出現在『一般人』面前（這是她說的）。我得讓她自己待在一個地方，想去占卜的得一個一個去找她。」

「妳看看，我的布蘭琪女王。」英格雷姆勳爵夫人開口說，「她得寸進尺了。聽話，我的天使女孩，還有……」

「那就帶她去書房吧！」這位「天使女孩」打斷她的話。「我也不想在一般人面前聽，我會自己去找她。書房裡有爐火嗎？」

「有的，小姐。但她看上去真是個粗鄙人。」

「少囉嗦，蠢蛋！照我的話做。」

山姆再次離去，好奇猜測、熱烈討論和期待再次熱攘地響起。

「她準備好了。」男傭人再次出現時說。「她想知道誰是她第一位客人。」

「任何女士去之前，我想我最好先去看看。」丹特上校說。

「山姆，跟她說一位男士要過去。」

山姆去了又回來。

「先生，她說她不見男士，不需勞煩男士們靠近她。還有，」他吞吞吐吐地補充說，「女士們也是，除了年輕單身的。」

「天啊，她還挑！」亨利少爺叫道。

布蘭琪小姐嚴肅地起身：「我先去！」她用一種彷彿敗陣軍隊領袖要衝鋒陷陣般的姿態說。

「噢，我的好女兒！噢，親愛的！別去，想一想啊！」她媽媽哭喊著，但她以高貴的姿態靜靜從她身邊走過，走出丹特上校拉開的門，接著我們聽見她走進書房。

相對於剛剛的熱鬧，現在一陣沉默。十五個人等著書房的門再度打開，布蘭琪小姐穿過拱門，再度走向我們。

她會笑嗎？她會把這當作笑話嗎？所有好奇的視線盯著她，她以冷漠拒絕回應所有視線。她看起來不激動，也不開心；她僵硬地走回座位上，安靜地坐下。

「嗯，布蘭琪？」勳爵少爺說道。

「她說了甚麼，姊姊？」瑪俐問道。

「妳覺得怎樣？感覺如何？她算得準嗎？」埃希頓家小姐們追問。

「夠了，夠了，你們行行好。」布蘭琪小姐回答，「別逼我。你們的好奇心太旺盛、太容易受騙了。各位尊貴；我的好媽媽也是；你們之所以好奇，似乎是因為確實相信我們這屋裡有位和先人有著密切聯繫的真正女巫。我曾見過流浪的吉普賽人，她看手相的技能平庸，說的話就跟那些人一樣。我的興致夠了，現在我想埃希頓先生可以如他所說的，明天一早把那老太婆關進儲藏室裡了。」

布蘭琪小姐拿了本書，靠在椅子上，再不想說話。我看著她看了近半個小時，她連一頁都沒翻，臉色變得愈來愈難看、愈來愈不甘心、愈來愈顯得失落。她顯然沒聽見甚麼好事，我想，儘管她表現得滿不在乎，但從她的陰鬱和緘默看來，她是非常在意聽見的事的。

這時，瑪俐、艾咪和露易莎說她們不敢去，但她們全都想去。山姆便開始當起了傳話人，來來回回好幾趟後，直到我覺得山姆的小腿一定疫痛了；在千辛萬苦、討價還價後，這位苛刻的女神婆總算同意讓這三人一起去見她。

她們並不像布蘭琪小姐如此安靜，我們聽見書房傳來激動的笑聲和小聲尖叫。二十分鐘後，她們奪門而入，跑過大廳，像被嚇破了膽似的。

「我敢肯定她絕不是普通人！」她們同聲大叫。「她竟然跟我們說那種事！她知道我們全部的事！」她們上氣不接下氣地各自倒在男士們急忙搬來的椅子上。

在追問之下，她們說她說了她們孩提時曾經說過的話和做過的事、描述她們家中房間的書和擺設；各種不同紀念品的意義。她們說她甚至占卜出她們在想甚麼，還在每個人的耳裡說了她們在這世上最喜歡的人、講了她們最大的心願。

男士們這時插話懇請她們說出最後提到的兩點，但他們的要求只換來臉紅、尖叫、激動發抖和傻笑。此刻幾位已婚女士遞上香料、幫忙搧扇子，一次又一次地責怪她們不聽勸告。年長的男士們大笑出聲，年輕男士們則忙著安撫他們激動的可人兒們。

在這混亂之中，我的眼睛和耳朵全專注在眼前的場景時，我聽見身後傳來一聲嗯哼聲。我轉過頭，看見山姆。

「小姐，若您願意，神婆說客廳裡還有一位年輕單身女士，她堅持要看過全部人才離開。我想一定就是您了，再沒其他人了。我該怎麼回覆她呢？」

「喔，我願從善如流。」我答道。我很高興有這意想不到的機會可以滿足我膨脹的好奇心。我從客廳溜了出去，誰也沒看見；因為大夥正在因那剛回來、激動發顫的三人組而陷入混亂，我靜靜關上身後的門。

「小姐，若您覺得需要。」山姆說，「我會在大廳等您。若她嚇著您，只要喊一聲我就會過來。」

「不用了，山姆，回廚房去吧。我完全不怕。」我的確不害怕，反倒滿心興致勃勃。

我進去時，書房看來極為平靜祥和，那位席貝兒；若她真是如席貝兒般的女預言家；正舒適地坐在爐邊角落的安樂椅上。她披著一件紅色斗篷，戴著一頂黑色帽子，或者應該說是一頂帽緣寬大的吉普賽帽，一條直條狀絲巾壓下帽緣，綁在下巴上。桌上放著一盞熄滅的蠟燭，她彎身靠近火爐，藉著火光，似乎在讀一本貌似祈禱書的小黑書。一如多數的老女人，她邊讀邊喃喃自語，並沒有因為我的到來便立即停止，似乎想讀完一個段落再說。

我站在地毯上暖和自己因離客廳爐火有段距離而發冷的手。吉普賽女人的樣貌並不至於令人無法鎮定，我感到無比平靜。她闔上書，緩緩抬起頭，帽緣遮住了大半的臉，但當她抬起頭時，我看見了她的樣貌，確實很怪。她的臉是棕黑色的，亂髮從穿過下巴的白色細繩竄出，幾乎蓋住了半張臉，或下顎。她看向我，眼神直接而毫無畏懼。

「妳想算命？」她說道，聲音一如眼神果斷，一如她的輪廓般嚴酷。

「我不在乎命運，神婆，妳想怎麼做就怎麼做。但我得警告妳，我不信這套。」

「依妳的傲氣，就會這麼說，在我預期之中。妳一踏進門檻，我就從妳的腳步中聽見了。」

「是嗎?妳的聽力真好。」

「是呀，眼力和腦力也很好。」

「要做這行，的確得要這些都好才行。」

「是啊，尤其遇到像妳這樣的客人。妳怎麼沒發顫呢？」

「我不冷。」

「妳怎麼沒臉色發白呢？」

「我沒生病。」

「妳怎麼不問問題呢？」

「我不傻。」

那乾扁老太婆在帽下暗自竊笑，然後抽出一只黑色菸斗、點燃、開始抽了起來。一陣靜默之後，她伸直彎曲的身子，把菸斗從嘴邊拿開，盯著爐火，從容不迫地說；「妳冷了，妳病了，妳傻了。」

「證明給我看。」我回答。

「我會的，就幾句話。妳冷，因為妳孤獨一人，沒人觸碰到妳心中的火。妳病，因為那賜予人類最好、最崇高和最甜美的感受都離妳遙遠。妳傻，因為即使妳如此痛苦，也不願令那感受靠近、不願跨出一步去與那等待著妳的相遇。」

她再度把那黑短菸斗放在唇邊，大口吞吐了起來。

「妳大可說幾乎所有妳認識的、住在大莊園裡的人，都是孤獨的依附者。」

「我大可對每個人都這麼說，但真的幾乎所有人都如此嗎？」

「對我而言是。」

「是呀，只是如此，對妳而言。但妳能說出個跟妳同樣處境的人嗎？」

「要找到成千上萬個都不是難事。」

「很難找到的。妳要知道，妳的處境很特別，非常靠近幸福，是的，觸手可及。所有東西都準備好了，只缺那一步。命運使它們分散各處，就讓它們靠近彼此，擁有祝福吧。」

「我不懂猜謎，我從沒猜對謎題。」

「若要我說得更白話些，得讓我看看妳的掌心。」

「那我一定得多給錢了，是嗎？」

「當然。」

我給了她一先令，她從口袋裡掏出一隻舊絲襪，把錢放進去、綁緊、塞回口袋裡。她要我伸出手，我伸出了手。她將臉靠近我的手心，沒有碰觸而專注地凝視著。

「長得太好了。」她說。「我從這手看不出甚麼，幾乎沒有掌紋。反正手掌又能有甚麼呢？命運又不在那兒。」

「我信妳了。」我說。

「不。」她繼續說道，「命運在臉上，在額頭、眼睛、嘴的線條上。跪下，抬起妳的頭。」

「啊，現在妳可回到現實了。」我邊說邊照做。「我現在開始有點信妳了。」

我在離她半碼處跪下。她翻動爐火，被翻動的煤炭中閃現出火光。但因為她坐著，那火焰讓她的臉陷入更深的陰影中，而我的臉則亮了起來。

「我很好奇，妳今晚帶著甚麼心情來找我。」她看了我一會後說道。「妳在那邊的客廳裡坐著、上流人士們在妳面前如燈影般飛舞時，心裡都想些甚麼？妳沒怎麼跟他們交流互動，彷佛他們不過是有著人類形體的影子，而非真實存在。」
「我常覺得疲倦，有時想睡，但很少覺得憂傷。」
「那麼妳有些祕密希望支持自己，因對未來的想像而愉悅囉？」
「並非如此。我最希望的是，有天存夠了錢，可以在一間自己租的小房子裡辦學校。」
「真是微不足道的動力，坐在那窗邊位置（瞧，我知道妳的習慣）；」
「是僕人們告訴妳的。」
「呀，妳以為自己有多聰明呢。好吧，或許是這樣。老實說，我認識其中一位僕人，葛瑞絲。」
我聽見這名字，吃驚得站了起來。
「妳認識；妳認識她嗎？」我心想。「那麼，這事一定有蹊蹺！」
「別緊張。」那怪人繼續說道，「葛瑞絲嘴巴牢靠，謹慎又安靜，任何人都能信任她的。但如我所說，坐在窗邊時，除了未來的學校，妳甚麼也沒想嗎？妳對眼前坐在沙發椅子上的人，沒一個有興趣嗎？沒有認真看過誰的臉嗎？一個至少妳帶著好奇心、觀察一舉一動的人？」
「我喜歡觀察所有的面孔和所有人。」
「但妳難道從未專注在一個人；或可能是，兩個人身上嗎？」
「我常如此，但兩個人的姿勢或表情似乎在說些甚麼時，會讓我想看著他們。」
「妳最喜歡聽些甚麼？」
「喔，我沒甚麼選擇。他們通常都在同樣的話題上打轉；求愛，然後以同樣悲慘的結局收尾；婚姻。」

「妳喜歡那單調的話題嗎？」

「老實說，我不在乎，那與我無關。」

「與妳無關？當一位年輕、充滿活力而健康，集美貌、地位和財富於一身的女士，坐在那兒，對一位紳士露出笑意，那位妳……」

「我怎麼了？」

「妳認識；而且或許有好感的人。」

「我不認識在這兒的紳士們。我幾乎沒跟他們任何人說過話，更別說對誰有好感。我只覺得有幾位中年紳士令人尊敬而顯高貴，其他年輕紳士則是時髦帥氣而顯得有活力。但他們顯然都有充分自由，去追求喜歡的人的笑容，而不必顧慮我任何時刻的感受。」

「妳不認識這兒的紳士們？妳沒跟他們任何人說過話？那麼對這莊園的主人也是如此嗎？」

「他不在家。」

「說得真好！最荒謬的推託之詞！他今早去了米爾科特，今晚或明早會回來。難道這就讓他從妳認識的名單中去除了嗎？無視於他，仿若他不存在？」

「不是這樣的，但我不太懂羅徹斯特先生和妳剛提的事有甚麼關係。」

「我說的是女士們對男士們露出的笑意，和近日對羅徹斯特先生流露的笑容，多得要滿出眼眶，妳沒注意到嗎？」

「羅徹斯特先生有權享受賓客間的交際。」

「無關他的權利，而是妳難道從未發現，在所有與婚姻有關的話題中，最常提及羅徹斯特先生，對他也談得最起勁嗎？」

「聽者有意，說者起勁。」這話雖是說給那吉普賽女人聽，卻是在說給我自己聽。她奇怪的話題、聲音、態度，在這時成了夢境一般包圍著我。她口中吐出一句又一句出人意料的話，直到我陷入困惑之網，懷疑有甚麼無形的靈魂已在我心中待了幾個禮拜，端詳和記錄著脈搏的悸動。

「聽者有意！」她重複道。「是啊，羅徹斯特先生坐在那兒，聽著他們交流時迷人的話語，如此賞心悅耳。並且對那給予他的消遣娛樂，羅徹斯特先生如此願意接收，看來如此感激。」

「感激！我不記得看過他臉上有感激之情。」

「看過！妳可是開始分析了。那若非感激，妳看見了甚麼？」

我沉默不語。

「妳看見了愛情，是吧？再往前看，妳看見他結婚，開心地看著他的新娘？」

「哼！完全不是。妳的占卜有時也會出錯。」

「那麼，妳究竟看見甚麼了？」

「那不重要，我是來問問題，不是來告解的。羅徹斯特先生要結婚了嗎？」

「是的，與那美麗的布蘭琪小姐。」

「很快嗎？」

「顯然是如此，並且他們毫無疑問地（雖然，極想膽大妄為地責罵於妳；妳似乎有所質疑）

會是非常幸福的一對。他一定會愛著如此美麗、高貴、機智和有才華的女子；她也可能愛著他，或者，若不是愛著他的人，至少愛他的荷包。我知道她以為羅徹斯特家族的地產全有法律認可的，雖然（神哪，請原諒我！）我一小時前跟她說了些讓她臉色極為凝重的事情，她的嘴角都垂了半吋。我勸她那黝黑的追求者得小心，如果有另一個地產更多、更清楚明確的人來；他便完了；」

「但神婆，我不是來算羅徹斯特先生的命的，我是來算我自己的，可妳甚麼也沒說。」

「妳的命盤還在混沌未明之中，我看過妳的面相，每個特徵都相互矛盾。我知道的是，命運給了妳一份幸福。在我今天傍晚到這兒之前，我就知道了。我看見她將幸福小心地放置在妳身邊，只要妳伸出手，就能將幸福拾起。但妳究竟會不會這麼做，就是我琢磨的問題。再一次跪在地毯上吧。」

「別太久，爐火要把我烤焦了。」

我跪了下來。她並沒有彎身看我，只是靠在椅子上凝望著。她開始喃喃說道；

「閃動眼裡的火焰，如晨露般耀眼的眼眸，看來溫柔又多情。它對我的胡言亂語微笑著，它敏感多情，那澄澈之所在有著一幕幕畫面；當它不再微笑，就是悲傷；眼皮上承載著無意識的困乏，那意味著來自孤寂的憂鬱。它轉開視線，再也無法忍受檢視，似乎以那嘲諷的眼神抗拒著，我已揭露的事實；否認了敏感與悔恨的心，使我更加肯定那傲氣與驕矜。這是雙討人喜愛的眼睛。」

「嘴巴的話嘛，笑的時候好看，口是心非；雖然我敢肯定，說的比心裡想的要少。伶牙俐嘴，未曾因陷於孤寂的沉默中而緊閉。這是張該說更多話、該經常笑、和向對話者流露情感的嘴。這張嘴，也是討喜的。」

「沒甚麼不好的，除了眉毛。那眉毛像在說：『若尊嚴和環境允許，我能夠獨自生活。我無須出賣靈魂來買幸福。我有蘊涵內在的寶藏，即使外在的光環枯萎了，或有我負擔不起的代價，我仍能存活。』額頭說著：『理智穩坐著，緊抓著韁繩，絕不使感受失控和駛入深淵。熱情或許翻騰洶湧，如異教徒般；欲望或許想望著所有無益的事物，但在所有矛盾掙扎中，判斷力終會保有最終決定權和那翻轉決定的一票。或許遭遇強風、地震和大火，但我會遵從著那支配良知、仍舊微小的聲音的指引。』」

「額頭啊，說得真好，令人尊敬。我有計畫了——我想是正確的計畫——有著良知的呼喚和理智的忠告。若是，在那祝福的杯中，有那麼一丁點羞愧，或被察覺出一分悔恨，我知道青春會逝去和枯萎得多快。而我不要犧牲、悲傷和了結，這不是我要的。我希望能夠在希望中，而非枯萎沮喪中，得到感激，不是擰絞著血淚；不，也不能是淚。我豐收的必得是愛意和甜蜜之中的笑容，這才行。我想我是精神錯亂得語無倫次了，真希望現在這一刻能夠成為『永遠』，但我不敢如此盼望。目前我已全然控制了自己。我已竭盡全力，但再多的努力便可能超出我的能力。起來吧，愛小姐。離開吧，遊戲結束了。」

我在哪？是醒著或是睡著？我在做夢嗎？我仍在夢中嗎？老女人的聲音變了，她的腔調、姿勢，和所有姿態如此熟悉，如玻璃杯中的我，如我的話語。我站起來，但並沒有離開。我看著，翻動爐火，我再看了一眼，但她拉下帽緣，將絲帶拉得更緊，再度示意我離開。火焰映照著她伸出的手，現在我想起來了，有了警覺，我曾經看過那隻手。那手不比我老、沒有皺紋、豐潤柔軟，光滑勻稱的手指。小指上的一顆大戒指閃耀著，我彎身向前，看見一顆我看過不下百次的寶石。我再次看著那張臉，那張臉不再避開我，相反地，她脫下帽子、解開絲帶、把頭伸向前。

「嗯，簡愛，妳認得我嗎？」熟悉的聲音問道。

「脫下紅色斗篷，先生，然後——」

「但這帶子打了死結，幫我。」

「扯斷吧，先生。」

「好吧，那麼，『去吧，你們這些身外之物！』」羅徹斯特先生踏出了斗篷。

「先生，這主意真奇怪！」

「但還不錯，是吧？妳不覺得嗎？」

「那些女士們一定覺得很不錯。」

「但妳不覺得？」

「您並沒有吉普賽女郎的樣子。」

「那我是甚麼樣子？我自己的樣子？」

「不，莫名其妙的樣子。總之，我覺得你試圖試探我，或套我話。您說一些莫名其妙的話來讓我說出莫名其妙的話，這不公平，先生。」

「妳願意原諒我嗎，簡愛？」

「在沒把事情想清楚前，我不能回答。若在思考時，我發現自己並沒有說出荒謬怪誕的話，便可以原諒您，但您不該這麼做。」

「噢，妳沒說甚麼奇怪的話，非常謹慎，非常明智。」

我回想、仔細想了想，確實是如此。這令人鬆了口氣，但事實上，我幾乎從一開始便戒備著，懷疑有人裝神弄鬼。我知道吉普賽女郎和占卜師說話方式和這位老太太不同。除此之外，我注意到她虛偽的聲音、她想遮掩面貌的不安。但我的心思都在葛瑞絲身上，她在我心裡就是那謎樣、難以理解的神祕人物。我自始至終都沒想到羅徹斯特先生。

「嗯哼。」他說，「妳在想甚麼？那詭異的笑容是甚麼意思？」

「詫異和沾沾自喜，先生。我想，我現在可以走了？」

「不，再待一會。告訴我那些人在客廳裡做甚麼。」

「討論吉普賽女郎，我想。」

「坐下！跟我說說他們說了我甚麼。」

「我不能待太久，先生，現在一定快十一點了。喔，您知道嗎，羅徹斯特先生，您今早離開後，有個陌生人來。」

「陌生人！不對，會是誰呢？我想不到。他走了嗎？」

「不，他說他和您是舊識，可以隨意在這裡待到您回來。」

「難道是魔鬼不成！他有說他的名字嗎？」

「他叫馬森，先生。他從西印度來，我想是牙買加的西班牙鎮。」

羅徹斯特先生站離我很近，我說話時，他拉著我、像要帶我到椅子上坐的手，突然緊抓著我，唇邊的笑容僵住了，顯然非常驚愕。

「馬森！西印度！」他說道，像機器人般一個字一個字說著。「馬森！西印度！」他反覆說道，說了三次，臉色愈來愈白如死灰，似乎不知道自己在做甚麼。

「您不舒服嗎，先生？」我詢問道。

「簡愛，我喘不過氣，我喘不過氣，簡愛！」他搖搖晃晃。

「噢，先生，靠著我吧。」

「簡愛，妳先前曾說可以讓我靠著妳的肩，現在讓我靠著吧。」

「好的，先生，好的，還有我的手臂。」

他坐了下來，讓我坐在他身邊，雙手握著我的手摩擦著。同時間，他用憂擾恐懼的神情看著我。

「我的小朋友！」他說，「我真希望自己和妳在一座安靜的無人島上，憂煩、危險和醜惡的回憶都離我遠去。」

「我能幫上忙嗎，先生？我願奉獻生命來幫您。」

「簡愛，若可以，我會尋求妳的協助，我保證。」

「謝謝您，先生。告訴我怎麼做，至少我會盡力一試。」

「簡愛，現在到客廳去為我取一杯酒，他們會在那裡用消夜。告訴我馬森有沒有跟他們在一起，還有他在做甚麼。」

我去了。所有人都在客廳用消夜，如羅徹斯特先生說的。他們沒有坐在餐桌前，消夜擺放在餐具櫃上，每個人都可以隨意取用，他們這兒那兒地成群站著，手中拿著杯子和盤子。每個人似乎都很開心，充滿有活力的笑聲和交談聲。馬森先生坐在火爐邊，跟丹特上校和丹特上校夫人聊天，跟大家一樣開心。我裝了一杯酒（我看見布蘭琪小姐皺著眉看我，我想她覺得我太過放肆了），轉身走回書房。

羅徹斯特先生蒼白的神色消散了，看起來更加堅定嚴峻。他從我手中接過杯子。

「敬妳的健康，熱心助人的小精靈！」他說完便喝下杯中物，將杯子還給我。「簡愛，他們在做甚麼？」

「談天說笑，先生。」

「他們看起來像是聽了甚麼奇怪的事一樣不可思議和嚴肅嗎？」

「完全沒有，他們全都開心快活地說笑。」

「那馬森呢？」

「他也笑得很開心。」

「如果所有人一起唾棄我，妳會怎麼做，簡愛？」

「將他們趕出去，先生，如果我能的話。」

他似笑非笑。「但若是我走向他們，他們只是冷冷地看著我，竊竊私語，然後一個接一個地離開，妳怎麼做？妳會跟他們一起離開嗎？」

「我想不會，先生，跟您待在一起比較好。」

「安慰我嗎？」

「是的，先生，盡我所能安慰您。」

「若他們禁止妳站在我這邊呢？」

「他們應該不會阻止我甚麼，就算會，我也不在乎。」

「那麼，就算妳會因我而受非難？」

「任何值得我支持的朋友，我都會這麼做，就如同您，我相信您也會這麼做。」

「現在回客廳去，悄悄地附耳跟馬森說，羅徹斯特先生回來了，想見他，帶他來這裡，然後妳再離開。」

「好的，先生。」

我依照指示。當我直接穿過賓客們時，他們全都盯著我看。我找到馬森先生，傳了訊息，領著他走出客廳。我帶他到書房，然後走上樓。

深夜時，在我睡了一段時間後，我聽見賓客們回到他們的房間。我聽出羅徹斯特先生的聲音，聽見他說：「這邊走，馬森，這是你的房間。」

他爽朗地說，那愉悅的聲音讓我鬆了口氣，很快便睡著了。

20

我忘了像往常一樣將窗簾放下，也忘了放下窗頁。結果就是，又圓又亮的滿月（那晚天氣很好）循著軌跡，透過沒有窗簾的窗櫺，從窗外的夜空映照了進來，月亮那燦爛明亮的凝望讓我醒了過來。我在夜晚一片死寂中醒來，睜開眼睛看著她的圓盤，銀白而澄澈透明。很美，但太過肅穆。我半坐起，伸手將窗簾拉下。

老天！那是甚麼叫聲！

一陣粗野、尖銳、令人不寒而慄、傳遍荊棘園的叫聲打破了寂靜休憩之夜。

我的脈搏停了，心跳停了，伸出的手臂停在空中。叫聲停止，不再響起。事實上，無論甚麼東西發出了那樣可怕的叫聲，都不可能馬上再重複一次，就連安地斯山脈翅膀最遼闊的兀鷹，都無法從那烏雲遮蔽的巢穴中連續叫出兩聲。發出這聲音的東西現在肯定正養精蓄銳休息著。

聲音是從三樓傳來的，因為在正上方。正上方——是的，我房間天花板的正上方房間——現在我聽見了掙扎聲，從聲音聽來，似乎有場激烈打鬥。一個快窒息的聲音大叫：

「救命！救命！救命！」急促地喊了三次。

「來人哪！」聲音叫著，接著，在一陣狂亂的搖晃踩踏聲中，我從厚板及灰泥牆中聽見

「羅徹斯特！羅徹斯特！老天，快來！」

一扇房門打開，有人從走廊奔跑或猛衝了出去。上方地板出現另一個腳步聲，有東西倒了下去，接著一片寂靜。

我穿上衣服，全身驚嚇得顫抖，走出了房門。所有人都被吵醒了，每個房裡都傳來尖叫聲和恐懼的低語，門一扇接著一扇打開，頭一個一個探了出來，走廊上全是人。男士和女士們都下了床，「噢！那是甚麼？」「誰受傷了嗎？」「發生甚麼事？」「去拿燭火！」「是火災嗎？」「有強盜嗎？」「我們要跑去哪？」一所有人都困惑焦急地問著。但僅有的月光使他們身處一片漆黑之中。他們奔來走去，聚在一起，有人嗚咽啜泣，有人腳步踉蹌，一陣混亂騷動。

「羅徹斯特到底去哪了？」丹特上校大叫。「他不在房裡！」

「這兒！這兒！」有聲音大聲答道。「大家別慌，我來了。」

走道盡頭的門開了，羅徹斯特先生拿著蠟燭走向前，他剛從樓上下來。一位女士直接衝向他，抓著他的手臂——是布蘭琪小姐。

「發生了甚麼可怕的事？」她說。「說呀！全都告訴我們！」

「但可別把我給撲倒，也別擰我。」他回道，因為現在埃希頓家小姐們正緊抓著他不放，兩位穿著浴袍的貴夫人正使勁衝向他，如同全速前進的船。

「沒事！沒事了！」他喊道。「不過是《無事生非》的排演，女士們，放開我，否則我不客氣了。」

他看起來很嚇人，黑色瞳孔射出火光。他努力讓自己鎮定下來，接著說：

「一個僕人做了惡夢，就是這樣。她是個容易緊張激動的人，把夢當真，以為見了幽靈或那之類的東西，把自己嚇著了。那麼現在，我得看著你們全都回自己房裡去，因為要屋裡整頓好了，才能有人照料她。男士們，當女士們的模範吧。布蘭琪小姐，我相信妳不會迷信害怕這些怪力亂神。艾咪和露易莎，像一對鴿子般回到自己的巢裡吧，如妳們往常的樣子。夫人們。」他對兩位貴夫人說：「再繼續待在這涼颼颼的走廊上，妳們一定會著涼的。」

於是，就這麼半哄半命令的，他讓大家都回到了各自的房裡。我沒等他吩咐，便在沒人注意時悄悄回到了房裡，如同離開房間時。

然而，我沒躺回床上；相反地，我開始仔細著裝。那尖叫聲後我聽見的聲音和那些話，可能只有我聽見，因為就在我房間的正上方。但那些聲音讓我確定，那驚動整屋子人的絕非是一個僕人做了夢，而羅徹斯特先生的解釋不過是用來安撫賓客們編造出來的。我穿好衣服，接著準備面對突發事件。我打扮好，在窗邊坐了很久，看著外頭靜默的地面和銀色大地，等待著我未知的事。我覺得在那奇異的尖叫、掙扎聲和叫喊之後，似乎會有甚麼事情隨之而來。

甚麼也沒有，再度回復寂靜，低語和騷動聲漸漸平息，不到一小時，荊棘園再次沉靜如沙漠，彷彿沉睡與夜晚重新掌控了他們的國度。此時月亮漸漸下沉，她即將落下。不願再坐在寒冷與黑暗之中，我想穿著這身衣服到床上躺著。我離開窗戶，無聲無息地走過地毯。當我彎身脫掉鞋子時，門邊傳來警戒低沉的敲門聲。

「需要我幫忙嗎？」我問道。

「妳醒著嗎？」那聲音問道，如我所想，那正是我的主人。

「是的，先生。」

「穿好衣服了？」

「是的。」

「那麼，安靜地出來吧。」

我照做。羅徹斯特先生拿著一支蠟燭，站在走廊上。

「我需要妳。」他說，「這邊走，慢慢來，別出聲。」

我的拖鞋很輕薄，可以像貓一樣輕巧地走在地毯上。他悄悄走過走廊，走上樓，停在那漆黑、通道狹窄、多災多難的三樓。我跟上，站在他身邊。

「妳房裡有海綿嗎？」他悄聲問。

「有的，先生。」

「妳有鹽嗎？嗅鹽？」

「有的。」

「回去拿這兩樣東西來。」

我回房，拿了盥洗台上的海綿、抽屜裡的嗅鹽，再度折返。他仍等著，手上拿著一支鑰匙，走近其中一扇黑色小門，將鑰匙插進鎖孔，停頓了一下，再次跟我說了話。

「妳不會怕看到血吧？」

「我想應該不會，我沒有這種經驗。」

我回答他時打了個冷顫，但不是因為冷，也不是因為虛弱。

「把妳的手給我。」他說，「免得暈了。」

我將手交給他，「溫暖又堅定」是他的評論。他轉動鑰匙，打開了門。

我看見一間曾見過的房間，菲爾法克斯太太帶我參觀莊園的那天。那時掛著的壁掛，現在一部分捲了起來，露出一扇曾被隱蔽的門。這扇門開著，有道光線從裡頭的房間照了出來。我聽見那兒傳出斷斷續續的咆嘯聲，像狗兒吵架一樣。羅徹斯特先生放下蠟燭，對我說：「等一下。」他便走進了裡面的房間。他一進去，便傳來一陣大笑聲，一開始很吵，最後結束在葛瑞絲妖怪似的「哈！哈！」聲中。那麼她也在裡面了。他默默地安頓了不知甚麼事，雖然我聽見有個低沉聲音跟他說話。他走了出來，關上背後的門。

「這裡，簡愛！」他說道。我繞過一張大床，到床的另一邊，床上垂下的帷簾遮住大半個房間。床頭邊有張安樂椅，一個沒穿外套的男人坐在裡面。他一動也不動，頭向後躺，眼睛閉著。羅徹斯特先生舉起蠟燭，我認出他那蒼白無血色的臉——是那個陌生人，馬森。我也看見他一邊的衣服、一隻手臂幾乎全是血。

「拿著蠟燭。」羅徹斯特先生說。我拿著蠟燭，他到洗手檯拿了一盆水，「拿著。」他說。我照做。他拿了海綿，浸到裡面，濕潤那張屍體般的臉。他要我拿嗅鹽罐給他，把鹽罐放在馬森先生鼻前。他很快便張開了眼睛，開始呻吟。羅徹斯特先生打開這受傷男子的襯衫，包紮他的手臂和肩膀，擦去快速淌流滴下的血。

「有生命危險嗎？」馬森先生喃喃問道。

「呸！沒有，只是皮肉傷，別這麼緊張，老兄。振作點！我現在去幫你請醫生來，我自己去，希望早晨之前便可以把你送走。簡愛。」他繼續說道。

「先生？」

「我得把妳和這位先生留在房裡一小時，或是兩小時。流血時，妳得像我剛剛做的那樣，把血用海綿擦掉。如果他快昏了，就把洗手檯上的水杯端到他嘴邊、嗅鹽放到他鼻前。別跟他多說話。還有，理查，如果你跟她說話，就是置自己的生命於不顧。別張嘴，別太激動，否則我不敢說會有甚麼後果。」

這可憐男子再度呻吟，看來完全不敢動。若非恐懼，就是死亡或類似的東西彷彿讓他近乎癱瘓。羅徹斯特先生將現在滿是鮮血的海綿交給我，我接續著他做的事。他看了我一會，然後說：「記住！不要說話。」他便離開了。當鑰匙將門鎖上、他離去的腳步聲漸漸聽不見，我有一股奇異的感覺。

我這時在三樓，被關在一個神祕的密室中。夜晚包圍著我，我的眼前和手邊有個蒼白、血淋淋的人；女兇手和我不過一道門之隔，是的，這才是最駭人的，其他我倒還能忍受。一想到葛瑞絲可能奪門而出，我就不住發顫。

可是我得保持鎮定，我得看著這張嚇人的臉孔，這僵直發青、無法張開的雙唇，這雙時而緊閉、時而睜開、時而遊走在房間內、時而盯著我看、因驚嚇而呆滯的雙眼。我得一次又一次將手浸到裝著血水的臉盆裡，擦去不停流出的血。我得看著燭火的燈光逐漸微弱，四周精緻古老壁掛的陰影在大床垂帷下愈來愈深、變成黑色；在對面那巨大密室的門上詭異地顫動著。那扇門上有十二片嵌版，刻著令人生畏的十二位使徒的頭像，每個在嵌版裡的頭像都像張相框，最上方則是一個黑色十字架和瀕死的耶穌。

順著朦朧而閃爍的光線移轉，一下這兒，一下那兒；有時照在滿臉鬍鬚、低垂著眉的醫生路加臉上，有時照在聖約翰搖曳的長髮上，不久又到了猶大邪惡的臉龐上，彷彿聚集了靈氣，威嚇著要揭示那背叛者──撒旦在其魁儡身上的化身。

在這期間，我得看，也得聽，聽著那野獸或惡魔在藏身處的動靜。但從羅徹斯特先生造訪過後，牠似乎被下了符咒，我整晚只聽見三次聲音，分別在三次長長的靜默中出現──腳步踩踏的咯吱聲、短暫的咆嘯聲、吠叫聲和一聲低沉的人類呻吟聲。

我想著想著，便擔心了起來。在這僻靜的莊園裡，究竟有著甚麼樣罪惡的化身，是莊園主人無法驅逐，也無力壓制的？在這最深的夜裡，究竟是甚麼樣的神祕事物，一會釀成火災，一會血流如注？一個平凡女人的臉孔和身體裡，究竟有著甚麼樣的生物，能發出那聲音，一下如嘲弄的魔鬼，一下又是尋覓著腐肉的梟鳥？

而這我俯身照料的男子，這平凡安靜的陌生人，究竟是如何陷入這恐怖之網？為何那復仇之神找上他？是甚麼讓他在這奇怪的時間、他應該在床上熟睡的時刻，來到莊園此處？我明明聽見羅徹斯特先生讓他睡在樓下的一間房間，到底他為何來這裡？還有，為甚麼他現在如此順服在那暴力或背叛之下？為何要安靜地屈服於羅徹斯特先生強逼他隱瞞的事？為甚麼羅徹斯特先生要堅持隱瞞這件事？他的客人受了傷，他的性命在前一個意圖不軌的事件中受到了可怕的威脅，兩件事就這麼被祕密壓抑，石沉大海。剛才我看見馬森先生對羅徹斯特先生言聽計從，後者那狂暴的性格意志完全支配了溫吞文弱的前者；他們之間僅有的幾句話就讓我確認了這點。顯然在他們先前的對話裡，消極的一方一向受強勢的一方影響，那為何羅徹斯特先生在聽見馬森先生來訪時，如此擔憂驚慌？為何僅僅是這無從抵抗的人的名字——一個他能以言語控制、如同孩子般的人——在幾小時前能夠如同雷聲閃電打在橡樹上一樣，使他惶惶不安？

喔！我無法忘記他的樣子和他蒼白的臉色，說著：「簡愛，我喘不過氣，我喘不過氣，簡愛！」我無法忘記他靠在我肩上時顫抖的手臂，要能撼動羅徹斯特主人果敢不屈的靈魂和強而有力軀體的，絕非皮毛小事。

「他甚麼時候來？他甚麼時候來？」隨著夜愈來愈長，我心裡吶喊著，如同我滴著血、呻吟萎靡的病人。沒有白晝，也沒有支援。我一次又一次將水端近馬森先生蒼白的嘴邊，一次又一次將嗅鹽遞給他。我的努力好似徒勞無益，肉體或精神的折磨，或失血，或一切折騰都在耗損他的體力。他呻吟著，看起來好虛弱、狂亂而茫然，我擔心他快死了，而我甚至不能跟他說話。

蠟燭最終燒盡熄滅了，當燭火一熄滅，我看見窗簾縫隙有道灰色的光，黎明要來了。這時我聽見遠處下方傳來派勒的叫聲，在庭院遠處的狗屋外吠著；希望重新燃起，不再飄渺無邊。不到五分鐘，傳來鑰匙和喀喀作響的門鎖聲，我總算能夠鬆一口氣。這區區兩個小時，彷彿比幾個禮拜還要漫長。

羅徹斯特先生走了進來，他找來的外科醫生跟著他走進來。

「現在，卡特，注意。」他對後面的人說，「我給你半小時的時間處理傷口、包紮、送病人下樓和所有事情。」

「但他可以動嗎，先生？」

「當然可以，沒甚麼大不了的，他太緊張了，心情得放鬆點。來吧，開始吧！」

羅徹斯特先生拉開厚重的窗簾，捲起百葉窗，讓所有光線照進來。我訝異又開心地看見天已經好亮了，玫瑰色的光線開始照亮東方。接著他走向醫生已接手照料的馬森。

「現在，我的好兄弟，感覺如何？」他問。

「她恐怕是要了我的命了。」他虛弱答道。

「沒有的事！勇敢點！兩個禮拜你就會完全康復了。你流了一點血，僅此而已。卡特，跟他說沒有大礙。」

「我可以憑良心保證。」卡特說，他已經包紮好了。「我只希望我能早點到這裡，他就不會流這麼多血，但這是怎麼回事？肩上的傷跟刀割一樣深，這傷口不可能是刀割的，這裡還有牙齒！」

「她咬我！」他喃喃說。「羅徹斯特把刀搶走時，她像母老虎一樣撲向我。」

「你不該屈服的，應該要馬上抓住她。」羅徹斯特先生說。

「但在那樣的狀況下，還能怎麼辦？」馬森說道。「喔，真是可怕！」他顫抖著補充道。

「我沒想到會那樣，她一開始看起來很安靜。」

「我警告過你了。」他的朋友回答。「我說靠近她的時候要小心。還有，你可以等到明天，找我一起來。今晚試圖來找她，還獨自一人，真是愚蠢至極。」

「我以為我來會有點幫助。」

「你以為，你以為！對，我聽得很不耐煩。但反正你吃了苦頭，而且因為沒聽我的話受的苦也夠多了，所以我就不說了。卡特，快！快！太陽快升起了，我得讓他離開。」

「馬上好，先生，肩膀剛剛包紮好了。我得看看手臂上這個傷，我想這裡也有她的牙齒。」

「她吸我的血，她說她要吸乾我的心臟。」馬森說。

我看見羅徹斯特先生顫了一下，臉孔因噁心、恐懼、厭惡的表情而幾乎變形；但他只說：

「好了，理查，冷靜點，別管她的胡言亂語，別再說了。」

「我真希望我可以忘得掉。」馬森答道。

「離開英國就會忘了，等你回到西班牙鎮，你可以當她死了、埋了，或者，你根本不用想她。」

「不可能忘掉今晚的！」

「不會不可能，有點信心，老兄。兩小時前你以為自己是條死魚，現在你不但沒事，還可以說話。瞧！卡特已經幫你處理好，或快好了，我會馬上讓你體面些，簡愛。」從他進來後，這是他第一次轉頭看我，「拿這把鑰匙，下樓到我房裡，直接走進更衣室，打開衣櫃最上面的抽屜，拿一件乾淨的襯衫和領巾過來，快去快回。」

我下樓，找到他說的地方和指定的物品，帶著它們走回去。

「現在。」他說，「到床另一邊去，我要幫他穿衣服，但別離開房間，我還需要妳。」

我遵照他的指示走開。

「簡愛，妳下樓時，有人起床了嗎？」不久羅徹斯特先生問。

「沒有，先生，一切都非常安靜。」

「我們得小心讓你離開，老兄，這樣好點，對你、對那裡那個可憐生物都好。我一直努力不讓事情曝光，我不希望最後還是功虧一簣。這兒，卡特，幫他穿上背心。你的披風放哪？在這麼冷的天氣裡，我想，沒有披風你連一英里都撐不了。在你房裡？簡愛，下樓去馬森先生房裡，在我隔壁房，拿妳看到的披風來。」

我再次跑下樓，拿了一件有內襯、邊緣有皮毛的大披風回來。

「現在，我還有另一件事交給妳。」我毫不顯疲倦的主人說，「妳得再到我房裡去，幸好妳穿著絨布拖鞋，簡愛！粗心的人在這種時候絕不會想到的。妳打開我梳妝台的中間抽屜，拿一個小藥瓶和一個小玻璃杯，快去！」

我飛奔下樓，拿著指定的容器回來。

「太好了！現在，醫生，我要擅自用藥了，這我自行負責。這是我在羅馬時，一個義大利郎中給我的甘露酒，你一定會想踹他，卡特。這東西不能隨便用，但在像這樣的時刻很好用。簡愛，加一點水。」

他把小玻璃杯給我，我拿洗手檯上水壺的水，倒了半杯。

「這樣就好，現在把瓶口沾濕。」

我照做，他滴了十二滴深紅色液體到杯子裡，遞給馬森。

「喝吧，理查，這可以給你一小時左右的信心。」

「但這會對我有害嗎？會刺激嗎？」

「喝吧！喝吧！喝吧！」

馬森先生只能照做，因為反抗顯然無效。現在他已著裝完畢，看起來仍舊蒼白，但不再沾滿血污。喝下那液體後，羅徹斯特先生讓他坐了三分鐘，然後扶著他的手臂。

「現在你可以自己站起來了，」他說，「試試看。」

馬森先生站了起來。

「卡特，攙著他另一邊的肩膀。理查，保持好心情，踏出去，就是這樣！」

「我覺得好多了。」馬森先生說。

「我想也是。簡愛，先到後面的樓梯去，拔去側邊通道的門閂，跟庭院的車伕說，他可能就在外面，因為我要他別讓車輪壓到碎石路，會有聲音，叫他準備好，我們要過去了。還有，簡愛，如果有人在附近，就到樓梯腳出個聲。」

這時已過五點半，太陽正要升起，但廚房仍是又暗又靜。側邊通道的門鎖上了，我盡量不發出聲音將門打開；整個庭院靜悄悄的，但大門敞開，那兒有匹馬車，馬已上好鞍，車伕坐在位置上，等在外頭。我走近他，說先生們要來了，他點點頭，然後我看了看四周，仔細聽著。清晨的沉靜讓四周一片靜默，僕人們房裡的窗簾還沒拉開，小鳥們在枝枒繁茂的果樹上唧唧喳喳，那巨大的樹枝垂在庭院一側，像花環一樣圍繞著牆垣，馬兒在馬棚裡不時踩踏著，除此之外，一片寂靜。

男士們到了，羅徹斯特先生和卡特醫生攙著馬森，似乎走得還算輕鬆。他們扶他上馬車，卡特醫生也跟著上去。

「好好照顧他。」羅徹斯特先生對卡特醫生說，「讓他在你家把傷養好，我過一兩天會去看他。理查，你還好嗎？」

「這清新的空氣讓我活過來了，羅徹斯特。」

「把他旁邊的窗戶開著，卡特，今天沒有風。再見了，老兄。」

「羅徹斯特……」

「怎麼了？」

「好好照顧她，盡可能待她溫柔，讓她……」他泣不成聲。

「我會盡力，一直都很盡力，之後也會。」羅徹斯特先生回答。他關上車門，馬車駛去。

「老天啊，希望這一切到此為止！」羅徹斯特先生邊說邊把沉重的大門關上、拴好。關好門後，他心不在焉地緩緩走向果園牆邊的門。我想他應該不需要我了，準備進屋裡，但卻聽見他叫「簡愛！」他開了門，站在門邊等著我。

「來這裡呼吸些新鮮空氣、待一會兒吧！」他說。「那房子只不過是個牢籠，妳不覺得嗎？」

「對我來說是幢富麗堂皇的別墅，先生。」

「妳的眼裡有單純的光芒。」他說道，「而妳藉著那被施了法的媒介看去，便不覺得那虛偽的外觀有多惹人厭、不覺得那絲質窗簾是蜘蛛網般的圈套、那光亮的木頭不過是廢物殘渣和蛀了蟲的樹皮。現在這兒，」他指著我們走進的圍牆邊簇葉，「全是真實、甜美而純淨的。」

他走進一條步道，一邊是黃楊木、蘋果樹、梨樹和櫻桃樹，另一邊則開滿了各種古典花卉，有紫羅蘭、須苞石竹、報春花、三色堇，穿雜著青窩、多花薔薇和各種香料草藥，全都因春雨微光和美好的春日早晨而欣欣向榮。一束束陽光剛從東方升起，使得花叢和帶著露水的果樹容光煥發，也照亮了下方的安靜小徑。

他採了朵開在花叢最上方、半開的玫瑰，遞給我。

「簡愛，妳想要花嗎？」

「謝謝您，先生。」

「妳喜歡這日出嗎，簡愛？那在天空裡又高又亮、等白晝溫暖了便要融化的雲，這宜人芬芳的氣息？」

「非常喜歡。」

「妳經歷了一個奇異的夜晚，簡愛。」

「是的，先生。」

「妳看起來好蒼白，我把妳獨自跟馬森留下時，妳害怕嗎？」

「我怕裡頭的房間會有人出來。」

「但我把門鎖上了，鑰匙在我口袋裡。若我毫無防備便把一隻羊——我寵愛的羊——留在那麼靠近狼的巢穴的地方，豈不是個粗心大意的牧羊人？妳很安全。」

「葛瑞絲還會繼續留在這兒嗎，先生？」

「喔，是的！別為她的事煩惱，別想了。」

「但依我看來，只要她在，您便有性命之憂。」

「別害怕，我會照顧自己。」

「昨晚的事不會再發生了嗎，先生？」

「除非馬森離開英國，否則我無法擔保，就算他離開了，可能也無法。簡愛，對我來說，活著就像是站在一個隨時會噴發的火山口。」

「但馬森先生看來是個容易控制的人，您的影響力，先生，對他來說顯然強而有力。他永遠也不會反抗或惡意傷害您。」

「喔，不！馬森不會與我對立，我也知道，他不會傷害我，但在無意中，可能是某個時刻、某句不經意的話裡，就會剝奪了我的生命，或永遠的幸福。」

「要他小心點，先生，讓他知道您擔心的事，告訴他怎麼免於危險。」

他笑了出來，抓住了我的手，又趕緊放開。

「若我做得到，傻瓜，哪會有甚麼危險呢？一下子便可以解決。從我認識馬森以來，我只需要跟他說『這樣做』，他就會去做。但就這件事，我無法要他做甚麼，我不能說『小心別傷害我，理查。』因為不讓他知道甚麼會對我造成傷害，才是我該做的。妳看起來很困惑，還有更讓妳困惑的。妳是我的小朋友，對吧？」

「我喜歡服侍您，先生，也喜歡遵從您做所有對的事。」

「顯然，我看得出來。妳幫忙我和服侍我時，我能夠從妳的步伐和樣子、眼睛和表情，看出妳心滿意足；幫我做事、跟我一起，如妳所說，「做所有對的事」。因為若我要妳做妳覺得不對的事，妳的腳步不會如此輕盈、妳不會欣然同意、妳的眼神不會有活潑歡快的氣色。我的小朋友會轉頭冷靜又蒼白的說：『不，先生，不可能，我不能這麼做，因為這樣不對。』然後變成了一顆堅定的恆星。唔，妳對我有種魔力，可能會傷害我，但我不敢讓妳知道我脆弱的地方，以免忠實又友善如妳，會立刻將我刺傷。」

「如果您不害怕馬森先生，就更不該怕我，先生，您非常安全。」

「老天保佑，希望如此！簡愛，這裡有個涼亭，坐下吧。」

涼亭是牆邊搭的一個拱門，爬滿了藤蔓，椅子是樹枝做成的。羅徹斯特先生坐下來，留了個空位給我，但我只站在他前方。

「坐呀。」他說，「這凳子很長，夠兩個人坐。妳不會是不想坐在我旁邊吧？坐我旁邊不好嗎，簡愛？」

我坐了下來，當作對他的回答，我覺得拒絕是不明智的事。

「現在，我的小朋友，當陽光飲盡了露水，當這老舊花園裡所有的花都甦醒開展過來，鳥兒從荊棘園外獵捕了幼鳥的早餐，早班的蜜蜂開始牠們第一班工作，我有個假設，妳得努力想像是自己的處境。但首先看著我，告訴我妳不介意、不怪我耽擱妳或不怪自己留下來。」

「不會的，先生，我很樂意。」

「那麼，簡愛，想像一下——妳不再是個受良好教育和教養的女孩，而是個從童年便沉溺放縱的男孩。想像妳在一個遙遠的異國土地上，想像妳在那兒犯了嚴重的錯誤，無論是甚麼情況或甚麼動機，但那是個必然會跟隨妳一輩子的污點。注意，我說的不是犯罪，不是殺人流血或任何有法律責任的犯罪行為，我用的字是錯誤。妳所做的事，結果是妳最終完全無法接受的。妳想辦法得到解放，卻是不尋常的辦法，但並非違背法律或有罪。妳仍舊感到悲哀，因為在有所限制的生活裡，希望已離妳遠去；正午的陽光成了黯影，妳覺得那黯影直到落日都不會離開。酸苦和膚淺的生活成了記憶的唯一食糧，妳四處遊蕩，找尋放逐中的解脫、尋求感官的愉悅——我指的是沒有靈魂的感官享受——使心靈匱乏、感受凋零。妳的心累了、靈魂頹喪，在多年的自我放逐後回到家，結識了新朋友，怎麼結識或在哪都不重要；妳發現這陌生人有妳二十年來所追尋、但從未遇見過的善良和美好特質，如此清新、健康、沒有髒污、沒有污點。這樣的情誼使人甦醒重生，妳覺得好日子回來了，有了更好的希望、更純淨的情感；妳想重新開始生活，用更值得靈魂追尋的方式度過所剩的日子。為了達到這目標，妳是否應當跨過那過去的阻礙——一個僅僅是道德良知無法釋懷、心中過不去的阻礙？」

他等著我的回答，但我能說甚麼呢？噢，但願有好心的精靈給我明智而令人滿意的答覆！空想啊！西風對圍繞我身邊的常春藤喃喃細語，但風之精靈並沒有藉著那氣息訴說些甚麼；鳥兒在樹梢歌唱，但那歌聲再美妙，也不是話語。

羅徹斯特先生再度提出問題：

「為了能永遠與這溫柔、仁慈、溫婉、能夠使他心中平靜且重生的陌生人匹配，這遊蕩而罪惡、但如今悔恨且追尋依靠的人是否能夠無視於世人的眼光？」

「先生。」我答道，「遊蕩者的依靠或有罪之人的重生都不該依附著另一個人。男人和女人難逃一死，賢哲在智慧中猶豫，基督徒在善行中躊躇；若您熟識的人因犯了錯而痛苦，讓他向更崇高的存在尋求改過自新和慰藉療癒的力量吧。」

「但方法——方法呢！神安排了一切，規定了方法。我自己——我告訴妳的並不是寓言故事

——便曾是個粗鄙浪蕩、躁動不安的人，而我相信，我已找到了治療我的方法。」

他停了下來，鳥兒仍舊唱著歡愉之歌，樹葉輕快地沙沙作響。我不解牠們怎能不停下歌唱和細語，來傾聽這旋即而止的告解。但牠們恐怕得等上些時間，沉默如此漫長。最後我抬頭看那吞吞吐吐的說話者，他正熱切地看著我。

「小朋友，」他的語氣變了，表情也變了，不再溫柔嚴肅，而是酸苦嘲諷，「妳注意到我對布蘭琪小姐的強烈興趣，妳不覺得若我與她結婚，我就能夠徹底重生嗎？」

他忽地站了起來，走到步道的另一端，當他走回來時，嘴裡哼著歌。

「簡愛，簡愛，」他在我面前停下說，「妳整夜沒睡，臉色不太好，妳不怪我打擾了妳的休息嗎？」

「怪您？不會的，先生。」

「握手為證。好冷的手！我昨晚在密室門前握的手溫暖多了。簡愛，妳甚麼時候會再跟我一同值夜呢？」

「任何我派得上用場的時候，先生。」

「例如，我大婚前一晚！我想我應該會睡不著。妳能答應陪著我嗎？我能跟妳聊我所愛的人，因為妳已見過她，也認識她了。」

「好的，先生。」

「她是個特別的人，對嗎，簡愛？」

「是的，先生。」

「一個強壯——真正強壯的人，簡愛。她高壯、健康而豐滿，一頭猶如迦太基仕女般的長髮。祝福我吧！丹特上校和林恩爵士在馬棚裡了！從那扇小門走，走到灌木林裡吧。」

我走過去，他走另一條路，我聽見他在庭院裡愉悅地說：

「馬森今天起得比你們都早，太陽升起前就離開了，我早上四點就起來送他。」

第六感真是奇怪的東西！還有心有靈犀，以及預兆。這三者是人類始終未解的謎。我從未笑看第六感，因為我自己也曾有過奇怪的預感。我相信心有靈犀是存在的（例如在距離遙遠、久未見面或素未蒙面的親人之間，儘管疏離，卻有著相同的血脈相連），超越了凡人的理解。而預兆，以我們的所知來看，或許不過是自然與人類間的連結。

當我還是個六歲的小女孩時，有天晚上聽見貝西跟艾波特說她一直夢到一個小孩，夢到小孩是不好的徵兆，可能是某人或某人的親人會有不好的事發生。若不是因為之後隨即發生的事，這說法也不會在我的記憶中難以磨滅。隔天貝西便因她小妹妹的死訊被送回家。

最近我常想起這個說法和這件事，因為過去一週，我幾乎每晚都在床榻間夢見嬰兒，有時抱在我懷裡，有時放在我膝上逗弄，有時我看著他在草地上玩著小雛菊，或者有時將他的手浸泡在流動的水裡。今晚是哭泣的孩子，明晚是笑著的孩子，有時緊緊依偎著我，有時跑向我，但無論那嬰孩是甚麼情緒，無論有甚麼樣的徵兆，連續七天晚上當我進入夢鄉，他就會來到。

我不喜歡這種重複出現的事情；這不斷出現的異象讓我在臨睡和影像出現前變得緊張。這嬰孩的影像便如影隨形，我在某個月夜聽見哭聲，醒了過來。隔天下午，便有人在樓下菲爾法克斯太太房裡說要找我。一到那兒，我就看見有個男子等著我，看來是位紳士的僕人。他穿著黑色喪服，拿在手上的帽子纏繞了一圈黑紗。

「我想您不記得我了，小姐。」我一進去他便站起來說道，「我叫里蒙，八、九年前妳還在蓋茲海德莊園時，我是里德太太的車伕，我現在還住在那裡。」

「噢，里蒙！你好嗎？我當然記得你，你常載我，有時候是騎喬琪安娜小姐的紅棕色小馬。貝西好嗎？你跟貝西結婚了？」

「是的，小姐。我太太非常健康，謝謝您。她兩個月前又替我生了個孩子，我們現在有三個孩子了，她和孩子們都很好。」

「里德家的人都還好嗎，里蒙？」

「很遺憾無法給您帶來好消息，小姐。他們現在很不好，狀況很糟。」

「希望別是有人走了。」我看著他的黑色裝束說。他也低頭看了看手中的帽子，說：

「約翰少爺走了，到昨天剛好一個禮拜，在他倫敦的房裡。」

「約翰少爺？」

「是的。」

「那他母親怎麼能受得了？」

「怎麼會呢？愛小姐，您瞧，這不是件壞事啊。他的生活一直都放蕩不羈，最後這三年，他的日子過得可怪裡怪氣，死也死得嚇人。」

「我聽貝西說他過得不太好。」

「不太好！不能再壞了。他跟一群糟糕透頂的男男女女鬼混，健康啊錢財啊都沒了。他負債累累，又進了監獄，他母親保他出來兩次，但他一恢復自由，就又照舊跟那些不三不四的老朋友鬼混。他的腦袋不太靈光，那幫無賴把他騙得團團轉，我聽得是不可置信。他三個禮拜前回蓋茲海德來，要夫人把所有財產都交給他。夫人不同意，財產都要給他揮霍光了，所以他便又回去了。接下來就是他死的消息。他怎麼死的，天知道！他們說他是自殺的。」

我沉默不語，這些事太駭人聽聞了。里蒙繼續說：

「夫人自己的身體不太好也有些時間了，她變得很胖，但不健康，她損失了一些錢，又害怕過窮日子，整個人快垮了。約翰少爺的死訊和死因來得太突然，她中風了，整整三天都沒說話，但上星期二好像好轉了點；她像是想說甚麼，一直跟我太太比手畫腳，嘴裡念念有詞。可不過是昨天早上的事，貝西聽出她在說妳的名字，最後她說『把簡愛帶來——去找簡愛，我要跟她說話。』貝西不確定自己有沒有聽對，或有沒有搞錯，但她跟伊麗莎小姐和喬琪安娜小姐說了這事，建議她們找妳來。小姐們一開始推託，但夫人愈來愈心神不寧，說了好幾次『簡愛，簡愛』，最後她們才同意。我是昨天離開蓋茲海德的，若您能準備好，小姐，我明天一早就可以帶您回去。」

「好，里蒙，我應該可以準備妥當，我似乎應該去一趟。」

「我想也是，小姐。貝西說她知道您不會拒絕的，但我想您動身之前得先告假？」

「對，我現在就去。」帶里蒙到僕人休息室，請約翰和他太太幫忙照料安置他後，我就去找羅徹斯特先生。

他不在樓下任何一處，不在庭院、馬棚或莊園四周。我問菲爾法克斯太太有沒有看見他；有的，她想他正在跟布蘭琪小姐打撞球。我加快腳步到了撞球室，裡面傳來撞球碰撞的聲音。

羅徹斯特先生、布蘭琪小姐、兩位埃希頓家小姐和她們的追求者，都忙著打撞球。要打擾這群興頭上的人，得要鼓起勇氣才行。然而，我的請求刻不容緩，因此我走近站在布蘭琪小姐身旁的莊園主人。我一走近，她便轉身傲慢地看著我，眼神彷彿在說：「這卑賤的僕人現在來做甚麼？」我低聲說：「羅徹斯特先生。」她做了個動作，像是要打發我走。我記得她那時的樣子——優雅端莊又惹人注目，她穿著一件天空藍的縐絲晨衣，頭髮上纏繞著一條碧藍色紗質絲巾。她正玩得興高采烈，怒容並沒有使她高傲的容貌紆尊降貴。

「那個人要找你嗎？」她問羅徹斯特先生，羅徹斯特先生轉頭看「那個人」究竟是誰。他露出不解的表情，他常用這表情來表示奇怪和困惑；接著他放下手邊的事，跟著我離開撞球室。

「怎麼了，簡愛？」他背靠著他剛關上的教室門說。

「如果可以的話，先生，我想告假一兩週。」

「做甚麼？去哪？」

「去探望一位病重的女士，她想見我。」

「甚麼病重的女士？她住在哪？」

「在某某郡的蓋茲海德莊園。」

「某某郡？那可是一百英里外！她是甚麼人，要人到那麼遠的地方去看她？」

「她姓里德，先生，里德太太。」

「蓋茲海德莊園的里德家族？之前有個來自蓋茲海德莊園的官員也姓里德。」

「那位女士是他的遺孀，先生。」

「妳跟她又是甚麼關係？妳怎麼認識她的？」

「里德先生是我舅舅——我母親的哥哥。」

「真是替他惋惜！妳之前從沒跟我提過，妳總說妳沒有親人。」

「沒有願意養育我的親人，先生。里德先生走了以後，他太太將我趕走。」

「為甚麼？」

「因為我出身貧困，又麻煩，而且她不喜歡我。」

「但里德有孩子？妳應該有表兄弟姊妹？林恩爵士昨天才說起一個蓋茲海德莊園裡姓里德的，說是鎮上最糟糕的無賴；英格雷姆勳爵則提到一位來自同樣小鎮的喬琪安娜小姐，說她三五個月前在倫敦很受歡迎。」

「約翰．里德也死了，先生，他毀了自己，也讓他的家庭毀滅了一半，聽說是自殺。消息來得太突然，讓他母親中風了。」

「妳去能做甚麼呢？別傻了，簡愛！我不覺得要趕一百英里的路去看一個，或許在妳抵達之前就會死去的老婦人。還有，妳說她曾把妳趕出家門。」

「沒錯，先生，但那是很久以前的事了，現在情況不一樣了，違背她的心願，我也不會安心的。」

「妳要待多久？」

「盡快回來，先生。」

「答應我只待一個禮拜。」

「我不能保證，我可能無法做到。」

「無論如何，妳都一定要回來，妳不會因為任何勸誘便答應她要永遠留下吧？」

「喔，不會的！如果一切都好，我一定會回來的。」

「那誰跟妳去？妳不能獨自遠行一百英里。」

「不，先生，她派了她的車伕過來。」

「是值得信賴的人嗎？」

「是的，他在蓋茲海德待了十年了。」

羅徹斯特先生想了想，「妳打算甚麼時候走？」

「明天一早，先生。」

「唔，妳得帶些錢，不能沒帶錢出門，而且我想妳沒多少錢，我還沒付妳酬勞。妳身上有多少錢，簡愛？」他笑著問。

我拿出錢包，如此輕薄微小。「五先令，先生。」他拿走錢包，把錢倒進手中掂量，然後咯咯笑著，好似這錢少得逗樂了他。不久他拿出皮夾，「喏。」他給了我一張五十英鎊支票，但他只欠我十五英鎊。我跟他說我沒有零錢。

「不用找錢，妳知道的，拿著妳的酬勞吧。」

我不願收下超出我應得的薪資，他起初沉下臉，接著好像想起甚麼似的，說：

「對，對！最好別現在全給妳，如果妳有五十鎊，可能會待三個月。這裡是十鎊，這樣夠嗎？」

「夠，先生，但現在您還欠我五英鎊了。」

「那麼就回來拿吧，我有妳的四十鎊。」

「羅徹斯特先生，趁這個機會，我也要跟您說另一件事。」

「另一件事？我洗耳恭聽。」

「先生，您好意告訴過我，您很快便要結婚了？」

「是的，所以呢？」

「這樣一來，先生，阿黛拉便得去學校，我想您知道這有其必要。」

「讓她離我的新娘遠點，因為她顯然會待她過於苛刻？這建議很有道理，是該如此。如妳所說，阿黛拉得去學校；而妳，當然得直奔魔鬼？」

「希望不要，先生，但我一定得另尋他處。」

「自然！」他用鼻音和古怪滑稽的表情說。他看著我看了幾分鐘。

「而且我想，妳會拜託里德老太太或夫人、她的女兒幫妳另尋安身之所？」

「不，先生，我和我的親人們不是我會請他們幫忙的關係；但我會登廣告。」

「妳倒不如去爬埃及金字塔！」他咆哮道。「登廣告是在冒險！我真希望我剛剛只給妳一鎊，不是十鎊。把九鎊還我，簡愛，我有用處。」

「我也有用處，先生。」我邊回他邊把錢包放在身後。「我絕對不會把錢交出來。」

「小氣鬼！」他說，「不給我錢！給我五鎊，簡愛。」

「五先令都不行，先生，五便士也不行。」
「讓我看一眼就好。」
「不行，先生，我不相信您。」
「簡愛！」
「先生？」
「答應我一件事。」
「先生，我會答應您任何我能夠做到的事。」
「別登廣告，把這事情交給我，我會幫妳找的。」
「若您也能夠答應我，在您的新娘嫁進來前，會將阿黛拉安全地送出去，那我會很樂意答應您，先生。」
「很好！很好！我跟妳保證。那麼，妳明早走？」
「是的，先生，一大早。」
「妳晚餐後會來客廳嗎？」
「不了，先生，我得收拾行李。」
「那麼妳和我得暫時說再見了？」
「我想是的，先生。」
「那大家都是怎麼說再見的，簡愛？教我，我不太會。」
「他們會說，再見，或任何他們想說的話。」

「那就說吧。」

「再見，羅徹斯特先生，暫別了。」

「我該說甚麼？」

「一樣的話，如果先生您願意。」

「再見，簡愛，暫別了。就這樣？」

「怎麼了嗎？」

「感覺很小氣，又枯燥又不近人情。我想要點別的，一點附加儀式。像是握手，可是不行，這我也不滿意。所以妳除了說再見，沒有其他的話了嗎，簡愛？」

「這樣就夠了，先生，話在真心不在多。」

「是啊，但這太單調冷漠了——『再見。』」

「他要靠著那扇門站多久呢？」我暗忖。「我想開始打包行李了。」晚餐鈴響起，他突然走了出去，甚麼也沒說。我那天也沒再看見他，他隔天起床前我就動身了。

五月的第一天午後五點左右，我到了蓋茲海德的看守小屋，進莊園前我走進屋裡。裡頭非常乾淨整潔，裝飾用的窗子上掛著白色小窗簾。地板一塵不染，壁爐和火鏟擦得光亮，爐火清澈透明。貝西坐在爐邊為最小的孩子哺乳，鮑比和他妹妹安靜地在角落玩。

「辛苦了！我就知道妳會來！」我一進門，貝西便大叫。

「是啊，貝西。」我親了親她後說。「我想我沒來得太晚。里德太太還好嗎？希望她還活著。」

「還活著，意識比之前還要更清楚和鎮定。醫生說她可能還能活一兩個禮拜，但恐怕是好不了了。」

「她最近有提到我嗎？」

「她今早才剛提到妳，說希望妳來，但她現在在睡覺，或應該說我十分鐘前在莊園時，她還在睡。她通常整個下午都處在昏睡狀態，大概六七點才起來。小姐，妳要不要先在這兒待一個小時，然後我再跟妳上莊園去？」

這時里蒙走了進來，貝西把睡著的孩子放進搖籃裡，向前招呼他。之後她堅持要我脫下帽子、用點午茶，因為她說我看起來疲憊又蒼白。我高興地收下她的好意，像從前還是孩子一樣無力抗拒，讓她幫我把外衣脫下。

看著她忙裡忙外準備午茶，彷彿回到了舊時光；她把最好的陶瓷器具擺在午茶托盤上、切麵包和奶油、烤茶點，其間不時拍拍或推推鮑比和簡恩，像她以前對我那樣。貝西還是一樣急性子、快手快腳和好看。

茶點準備好了，我正要走向餐桌，但她以一向專斷的口氣要我坐好。她說我得在爐邊用茶點，於是在我面前放了一張小圓桌，上頭有我的茶杯和一盤吐司，完全是她以前偷拿好吃的東西、放在兒童椅上給我吃的情景。我微微笑，像過去一樣乖乖聽話。

她想知道我在荊棘園過得開不開心，還有女主人是甚麼樣的人。我告訴她莊園只有男主人，還說了他人好不好、我喜不喜歡他。我跟她說，他長得不好看，但是個有禮的紳士，他對我很好，我很滿足。接著我繼續跟她描述最近來訪莊園裡的賓客們，貝西聽得興致盎然，顯然非常享受。

在談天中，一個小時很快便過去了。貝西幫我把帽子等東西穿戴好，陪著我一起離開小屋，進莊園去。九年前，她也是這樣陪著我走下我現在正走上去的路。在那個陰暗、濃霧、濕冷的一月早晨，我帶著絕望和滿腔憤怒離開那充滿敵意的屋簷——一股被流放和幾乎受到遺棄的感受——前往那遙遠、未知又冰冷的羅伍德學校尋求庇護。同一個充滿敵意的屋簷現在再度出現在我眼前，我不確定該抱持著甚麼期盼，心仍舊隱隱作痛。在這世上，我仍覺得像個遊魂，但我對自己和自己的力量更加堅定，不再恐懼畏縮。我委屈的傷口現在已復原，心中的怒火已熄滅。

「妳可以先去早餐室。」貝西邊說邊帶我走過大廳，「小姐們都在那兒。」

下一刻，我已在早餐室裡。裡頭的每樣傢俱擺設都和我第一次見到布洛克赫先生那天早晨一樣，他站過的那塊地毯仍在爐邊。我看了書櫃一眼，看見比尤伊克的《英國鳥類史》上下冊仍在第三層書架上，《格列佛遊記》和《一千零一夜》就放在上一層。事物沒變，可人事已非。

兩位年輕小姐出現在我面前，一位非常高，幾乎和布蘭琪小姐一樣高，也非常消瘦，臉色灰黃又黯淡。她看起來像個苦行者，尤其加上極為樸素的黑色直筒毛呢洋裝、拘謹的亞麻衣領、從額頭向後盤起的髮髻、修女班的黑檀珠鍊和十字架。雖然我無法從那拉長且無血色的面容找到小時候的影子，但我非常確定這是伊麗莎。

另一位肯定是喬琪安娜了，但不是我記得的那個喬琪安娜——那小天使般纖細的十一歲女孩。現在她是個貌美如花且豐滿的少女，勻稱端正的五官美得如同蠟像，有著慵懶的藍色眼珠和一頭黃褐色鬈髮。她的洋裝也是黑的，但樣式和她姊姊的全然不同，多了凹凸有致的曲線，也好看多了，看起來很時髦，另一位則像是虔誠的清教徒。

兩姊妹身上都有母親的影子，就只有那麼一點。纖瘦又蒼白的姊姊有她母親的綠色眼睛，貌美又奢華的妹妹有母親的下巴和下顎，或許柔和些，但跟如此性感豐滿的體態相比，臉上仍帶有一股難以言喻的苛刻。

我一走向前，兩位小姐起身迎接我，都稱呼我「愛小姐」。伊麗莎的問候不帶笑容，簡短而唐突；她接著坐下來，視線盯著爐火，彷彿忘了我的存在。喬琪安娜除了「妳好嗎？」還慢聲慢氣地加了一些旅途和天氣之類的寒暄，不時從頭到尾側眼打量我；一下看著我黃褐色呢絨大衣的皺褶，一下游移在我帽子上樸素的飾物上。年輕小姐們有一種特別的方式，不必說話就讓妳知道她們覺得妳是個「笑話」。不必言行舉止來表示任何無禮，某種傲慢的表情、冷漠的態度、漠不關心的語調，便完全展現了她們的心態。

然而，無論是明嘲或暗諷，都不再如同過去那樣影響我。我坐在她們之間，很訝異地發現在一個全然漠視和另一個半帶挖苦的打量下，自己竟然覺得無比自在；伊麗莎並不讓我覺得屈辱，喬琪安娜也沒有觸怒我。事實就是，我還有其他的事要想。在過去這幾個月裡，我心裡有好多比她們能引發的更加強烈的情感翻騰著，痛苦和快樂的力量比起她們的打擊或施予要更深刻劇烈，我再無法顧慮她們的態度是好是壞。

「里德太太還好嗎？」不久，我冷靜地看著喬琪安娜問道，她覺得這直接的問題很適合發火，好像我太過放肆似的。

「里德太太？啊！妳是說媽媽。她非常不好，不知道妳今晚能不能見到她。」

「如果，」我說道，「妳可以直接上樓告訴她我來了，我會很感謝妳。」

喬琪安娜驚訝極了，藍色的眼睛睜得又圓又大。「我知道她想見我。」我接著說，「若非必要，我不願拖延她的心願。」

「媽媽不喜歡傍晚的時候被打擾。」伊麗莎說。我立刻站了起來，不情自請地靜靜脫下帽子和手套，說我直接去找貝西，我想她應該在廚房，請她跟里德太太確認今晚是否想見我。我找到貝西，請她替我詢問後，我有了其他考量。若是一年以前，總是因自尊心而退縮的我，受了今天這些氣，肯定隔天早上便離開蓋茲海德。現在，那對我來說全是不明智的決定。我已經坐了一百英里的車來見我舅媽，就一定得陪著她直到她好轉或離開人世。至於她女兒的傲慢或愚昧，我就得放一邊，讓自己置身事外。因此我去找管家，請她替我準備一個房間，告訴她我可能會在這裡待一兩個禮拜；請人把我的行李搬到房裡，我自己也跟著過去，在樓梯轉角遇見了貝西。

「夫人醒了。」她說，「我跟她說了妳在這兒，來看看她認不認得妳吧。」

我不需要人帶，就能走到那我再熟悉不過的房間，過去我經常被叫來懲罰或訓斥。我快步走在貝西前面，輕輕開了門。一盞昏暗的燈立在桌上，因為現在天色已晚；梳妝台、安樂椅和我幾百次被叫來跪著、為我沒做的事道歉的腳凳一如以往擺在那兒。我看向某個鄰近角落，總覺得會看見我曾經恐懼的鞭子，那細瘦身影總潛伏在那兒，像魔鬼一樣等著跳出來、鞭斥我顫抖的手心或緊縮的頸子。我走進床邊，拉開床帷，傾身靠近墊高的枕頭。

我仍清楚記得里德太太的臉，我努力想找尋那熟悉的面容。我很高興時間平息了報復的欲望，消弭了憤怒和厭惡。我曾帶著委屈和恨意離開這個女人，現在回到她身邊，我同情她遭受的巨變、盼望能夠遺忘及原諒所有傷痛，握手言和。

那張熟悉的臉在那兒，如過往般苛刻、無情，甚麼也改變不了的犀利眼神，那總飛揚跋扈又專橫的眉毛。那眉毛多麼常對我低皺著，帶著威脅和怨恨！看著那嚴厲的眉宇之間，童年的恐懼和憂傷回憶再度甦醒過來！但我彎身親了親她，她看著我。

「是簡愛嗎？」她問。

「是的，里德舅媽。妳好嗎，親愛的舅媽？」

我曾經發誓再也不喊她舅媽，但我想現在忘卻和打破那誓言也不為過。我緊緊握著她放在被子外的手，若她善意地拍拍我，這一刻我一定會感到真正的快樂。但頑強固執的性格無法如此快速轉變，憎惡也無法如此輕易消除。里德太太抽開手，將臉轉開，說天氣很熱。她仍舊對我如此冰冷，我突然覺得她對我的想法、對我的感受從未改變，也不可能改變。我從她岩石般的眼神——堅不可摧、淚穿不透的眼神——看得出來，她終究認定我惡劣，因為相信我的良善對她沒有好處，只是徒增折磨。

我覺得痛苦，然後憤怒，下定決心要征服她，不顧她的天性和意志，成為她的主人。我的淚湧了出來，如同孩提時期，我強忍著不讓淚流下。我拿了張椅子到床頭，坐了下來，俯身靠近枕邊。

「妳要我來。」我說，「我來了，我打算留下來，好好看看妳。」

「喔，當然可以。妳見著我女兒了嗎？」

「見著了。」

「嗯，妳可以跟她們說，我希望妳留下來，直到我可以把心裡的事情告訴妳。今晚太晚了，我想不起要說甚麼，但我有事想說，讓我想想——」

那憔悴的樣子和變了的音調，看得出她曾經健康活力的身體受了多大的摧殘。她焦躁地轉身，把被單拉向她，我靠在被單一角的手肘滑了下來，她一股氣惱。

「坐好！」她說，「不要抓著被單，真煩人！妳是簡愛嗎？」

「我是簡愛。」

「沒人知道那孩子給我帶來多大的麻煩，交給我這樣一個負擔，她那難以理解的個性、突然發作的脾氣和她時時刻刻盯著每個人舉動的奇怪行為，讓我每天每刻都煩惱得不得了！她有一次像瘋了，或像個魔鬼一樣跟我說話，沒有小孩會說那種話或像那樣子，我真高興可以把她趕出去。他們在羅伍德是怎麼應付她的呢？那裡爆發了傷寒，好多孩子都死了，可她竟然沒死。但我說她死了，我真希望她死了。」

「好奇怪的希望，里德太太，為甚麼妳這麼恨她？」

「我一直不喜歡她母親，她是我先生唯一的妹妹，我先生待她極好。她要下嫁那卑賤人家時，家裡面說要跟她斷絕關係，他站出來反對；她去世的消息傳來時，他哭得像個笨蛋似的。

即使我求他付錢把孩子送到孤兒院就好，他還是要人把那嬰兒送過來。我看到那孩子的第一眼就恨透她了——病懨懨的、哭個不停、累死人的東西！她可以在搖籃裡哭泣整晚，還不是像其他孩子那樣哭得聲嘶力竭，而是抽抽噎噎的。里德很同情她，把她當自己孩子一樣照顧關心；事實上，更甚於對自己孩子在那個年紀時的關愛。他試圖讓我的孩子跟那小乞丐當朋友，我的寶貝們不想，露出厭惡的神情，他就對他們生氣。在他病床前，他一直要人把她抱到床邊，臨走前大概一小時，還要我發誓會照顧她。我寧可要一個救濟院的小乞丐！但他心軟，天生便心軟。我真高興約翰完全不像他父親，他像我和我兄弟們，也就是個吉勃遜家的人。噢，我真希望他不要再寫信跟我要錢了。我沒有錢給他，我們愈來愈窮，我得遣散一半的僕人，還得把房子裡幾處關閉或租人。我完全無法忍受，但我們能怎麼辦？我三分之二的錢都拿去還借款的利息了。約翰賭博賭得很兇，常常輸錢。可憐的孩子！他被那些騙子給玩弄了，又墮落又聲名狼藉；他的樣子真嚇人，我看到他的時候，真替他感到羞恥。」

她愈來愈激動了。「我想我該讓她靜一靜。」我對站在床另一邊的貝西說。

「或許吧，小姐，但她晚上經常像這樣，早上會鎮靜些。」

我站了起來。「不許走！」里德太太大叫，「我還想說一件事。他威脅我，他一直用他的性命或我的性命威脅我，我有時會夢見他躺在外頭，脖子上被深深砍了一刀，或鼻青臉腫。我進退兩難，我的壓力好大。怎麼辦？錢要從哪來？」

貝西現在得努力勸她喝鎮定藥水，費盡千辛萬苦才成功。不久，里德太太鎮定多了，開始打盹後，我才離開。

十多天過去，我都沒有再跟她說過話。她持續精神錯亂或昏睡，醫生說她不能再受到任何刺激。這期間，我盡可能和伊麗莎及喬琪安娜和睦共處。事實上，她們一開始對我很冷淡。伊麗莎半天都坐著刺繡、看書或寫作，幾乎不跟我或她妹妹說話。喬琪安娜不時會對她的金絲雀胡言亂語，當作沒看見我。但我早已決心不要一副沒了消遣娛樂的樣子；我帶了我的畫具來，作為消遣娛樂。

有了盒畫筆和幾張紙，我通常會坐在離她們很遠的窗邊位置，忙著畫下那想像中千變萬化的景象——海在兩顆岩石間閃瞬的微光、一艘船滑過升起的月亮、頭戴蓮花花圈的水泉女神頭像在蘆葦和黃菖蒲叢間升起、坐在山楂花圈下籬雀窩裡的小精靈。

一天早晨，我專心地畫著一張臉。那是張甚麼樣的臉孔，我並不在意，也不知道。我拿了枝柔軟的黑色畫筆，畫了粗略的輪廓後便開始描繪細部。不久，我的畫紙上有了一張額頭寬大突出、輪廓方正的臉，那張臉讓我覺得開心，我的手積極地繼續畫著其他特徵。那額頭下得有平直的濃眉；接下來，自然是直挺飽滿而精緻的鼻子；然後是張看來大方慷慨的嘴，當然不能太小；接著是堅毅的下巴，中間有道深深的凹痕；當然，還需要點鬍子、一些烏黑發亮的頭髮、濃密的鬢角、額頭上波浪狀的髮絲。然後是眼睛，我把眼睛留在最後，因為最需要精細的刻畫。我畫了雙大眼，細細描繪深色的長睫毛和大又亮的眼珠。「好了！但還少了點甚麼，」我看著畫想著：「還需要點霸氣和活力。」我把輪廓描得更深，將眼睛襯托得更炯炯有神，多這一兩筆便完成了。瞧，我有位朋友在這。那兩位小姐轉身看我，是甚麼意思呢？我看著畫像，對著那栩栩如生的臉孔微笑，專心而滿足。

「那畫像是妳認識的人嗎？」伊麗莎問，她在我沒注意時已走到我身旁。我說那只是想像的頭像，趕緊將畫放到其他紙下面。當然，我說謊了。事實上，那就是羅徹斯特先生的畫像。但除了自己，我怎能跟她或任何人說呢？喬琪安娜也走向前看，她比較喜歡其他的畫，但那畫像是個「醜陋的男人」。她們都對我的畫畫技巧感到訝異。我提議要為她們畫像，她們輪流坐著讓我畫下輪廓。接著喬琪安娜把她的相本給我，我答應她要用水彩畫，讓她開心得不得了。她提議要去庭院散步。我們出去不到兩小時，便聊得極為熱絡。我喜歡聽她說她去年冬天在倫敦的事——她在那兒有多受歡迎、多引人注目，她甚至暗示有貴族追求她。那天下午和傍晚，這些暗示愈來愈清晰——各種情話綿綿、濃情蜜意的場景，簡而言之，我聽到的就是一部當代上流社會生活的小說。這些對話內容每天都不同，但主軸總是在她自己、她的愛情和傷痛。很奇怪的是，她從沒有提過她母親的病，或她哥哥的死，或現在家中前景未卜的情況。她似乎滿心都是過去快樂的回憶，和對揮霍玩樂日子的嚮往。她每天只在母親的病房裡待五分鐘，僅此而已。

伊麗莎還是很少說話，她顯然沒時間聊天。我從沒見過看起來像她如此忙碌的人，但卻很難說她做了甚麼，或者說，很難知道她的努力有甚麼結果。她的鬧鐘一早便把她叫醒，我不知道她早餐前都在忙些甚麼，但早餐後她會平均分配她的時間，每個小時都有固定的事情要做。每天她會讀一本小書三次，我猜那本書應該是《公禱書》。我有次問她那本書甚麼部分最好看，她說：「禮拜規程。」她有三小時在縫紉，用金色絲線縫一件方形深紅色的布邊，那張布大得幾乎可以當地毯。在我問了這東西的功用之後，她告訴我最近蓋茲海德附近新建了間教堂，那是用來蓋在祭壇上的布巾。她花兩個小時在寫日記，兩小時待在廚房後面的花圃裡，還有一小時在管理她的帳戶。她似乎不希望有人打擾，不想聊天。我想她過得倒是快樂，這個作息讓她心滿意足。除了打亂她精準作息的突發事件，沒甚麼讓她煩心的事了。

有天傍晚她比平常更健談，她告訴我，約翰的死和整個家庭的巨變讓她一直很煩惱，但她說她現在已經平靜了、作好決定了。她仔細保護著自己的財產，一旦母親走了——這是必然的事，她平靜地說，母親已經無法復原，也不會拖太久，她就會去實行她一直以來的計畫：尋覓一個永遠不受打擾的隱居之地，讓自己遠離世俗。我問她喬琪安娜會不會跟她去。

當然不會。喬琪安娜跟她沒有共同點，從來就沒有過。無論如何，她都不想有她陪伴。喬琪安娜會過她自己的人生，而她，伊麗莎，也會過她自己的人生。

喬琪安娜沒跟我吐露心聲時，多半都躺在沙發上，抱怨在家無聊，一次又一次希望她的吉勃遜阿姨會邀她進城。「如果可以就好了。」她說，「如果可以出去一兩個月，直到所有事情結束就好了。」我並沒有問她「所有事情結束」代表甚麼，但我想她指的是她母親離開和後續的喪葬儀式。伊麗莎通常不會理會她妹妹的無所事事和抱怨，彷彿這碎碎念、懶散消磨時間的物體並不存在。然而，有一天，她放下帳本、把布摺好，突然接著她的話說：

「喬琪安娜，這世上絕對沒有比妳更沒用又愚蠢的生物。妳沒有生存的權利，因為妳一無是處。妳沒有像個人一樣為自己、靠自己、自力更生，妳只想依附別人。如果沒有人願意負擔這肥胖、軟弱、臃腫又沒用的東西，妳便哭著說妳被欺負了、忽略了、多可憐。還有，妳以為妳的人生就該千變萬化、充滿刺激，否則全世界都是地牢；別人都要稱讚妳、追求妳、討好妳；妳一定得有音樂、舞蹈和社交關係，否則妳就奄奄一息，了無生趣。難道妳沒想過一個不依賴別人的努力和想法、可以獨立自主的生活方式嗎？把一天分成幾部分，安排每部分的工作，不要浪費任何一刻、十分鐘、五分鐘，全都排滿。按部就班、嚴格規律地做每件事。這樣在妳還沒察覺一天開始之前，一天就已經結束了，妳不需要任何人來幫妳打發時間，不需要依賴別人的陪伴、聊天、同情、忍讓，妳便可以活著，也就是每個獨立個體都該做的事。這是我唯一，也是最後一個給妳的建議，接著無論發生甚麼事，妳都不再需要我或任何人。要是不聽勸，照舊天馬行空、嘀咕牢騷和無所事事，妳就會自食愚蠢的後果，無論那後果多糟糕、多無藥可救。我坦白告訴妳，聽著，因為我很確定我不會說第二次。母親走後，我就與妳再無關係。從她入棺下葬到蓋茲海德教堂那天起，妳我就將分道揚鑣，如同我倆素未蒙面。妳可別以為我們生於同樣的家庭，只要稍作軟弱，我就會讓妳拖我下水。我告訴妳，就算全人類都滅亡，只剩我倆獨自生活在這地球上，我依舊會把妳留在舊世界，自己前往新世界。」

她闔起了嘴。

「妳大可不必如此長篇大論。」喬琪安娜回道。「大家都知道妳有多自私無情，而且我知道妳對我懷恨在心。妳耍了我和維爾動爵就是最好的例子，妳無法忍受我比妳好、和貴族在一起，更無法忍受我可以進到一個妳不敢露面的圈子裡，所以妳就去告密，永遠毀了我的大好前途。」喬琪安娜拿出手帕，抽抽噎噎了一個小時。伊麗莎冷冷地坐著，無所動搖，孜孜不倦地做自己的事。

是啊，有些人認為寬容大度不是甚麼大不了的事，但這裡可有兩種典型：一個刻薄得令人難以忍受，另一個小氣得可鄙又乏味。毫無情感實則淡而無味，但無節制的情感則太過冷冽酸苦，令人難以忍受。

某個潮濕又有風的午後，喬琪安娜在沙發上看小說看得睡著了，伊麗莎去參加新教堂的諸聖節禮拜；在宗教上，她是個謹遵形式的人，天氣從來不能阻止她履行奉獻的義務。無論天氣好壞，她每個週日都會上教堂三次，而且平日裡只要有禱告會，她也一定出席。

我想上樓看看那奄奄一息、幾乎被忽視的女人；僕人們想到才會來看她一下，護士沒甚麼人看管，找到機會便偷溜出去。貝西很忠心，但她有自己的家庭要照顧，只能偶爾來莊園一趟。如我所料，病房裡沒人。沒有護士，病人直挺挺地躺著，似乎正在昏睡。她青紫色的臉龐陷進枕頭裡，爐火已經快熄滅了。我加了煤炭，重新鋪好床，看了她一會，她現在無法瞪著我了，然後我走向窗邊。

雨用力地打在窗稜上，風狂亂地吹著。「躺在那兒的人，」我想，「很快便要離開這俗世的戰場。那靈魂現在正要掙脫其有形之軀，最終將在何處安息呢？」

思索著這奧祕，我想起海倫，回憶起她臨死的話——她的信仰——相信靈魂平等的說法。我若有所思，似乎仍能清晰聽見她的聲音，仍能看見她平靜地躺在病床前蒼白超然的模樣、消瘦的臉頰和晶亮的眼神，悄聲訴說回到天父懷抱的希望。這時後面的床榻傳來虛弱的聲音：「是誰？」

我知道里德太太已經好幾天沒開口了，她恢復精力了嗎？我走向她。

「是我，里德舅媽。」

「誰——我？」她答道。「妳是誰？」她詫異又帶著戒心地看著我，但仍然鎮定。「我不認識妳，貝西呢？」

「她在小屋裡，舅媽。」

「舅媽。」她重複道，「誰會叫我舅媽？妳不是吉勃遜家的人，但我認得妳，那張臉、那雙眼睛和額頭都好眼熟，妳好像——唉呀，妳好像簡愛！」

我沒說話，擔心說了我是誰會刺激到她。

「但是，」她說，「恐怕是搞錯了，我自己胡思亂想。我想見簡愛，就幻想出一個不存在的影子，而且八年了，她一定變了很多。」我立刻輕聲告訴她，我就是她看見的、想見的那個人。感覺到她懂了，意識清醒，便解釋是貝西請她丈夫到荊棘園接我過來的。

「我病得很重，我知道。」不久她說。「剛剛我一直試圖翻身，但怎麼也動不了。若能在死前解開心中的結，也夠了。我們在健康時沒去想的事，倒在現在這種時刻成了重擔。護士在嗎？或者除了妳，還有人在房裡嗎？」

我跟她保證，只有我們兩人。

「嗯，我對妳做了兩件讓我後悔的錯事。一是沒做到答應我丈夫要把妳當親生孩子扶養的承諾；另一件事——」她停頓了一下。「反正，也許那不重要。」她喃喃自語，「也許我會好過些，但對她這麼低聲下氣真難受。」

她努力調整姿勢，卻沒成功。她的臉色變了，似乎在經歷某種內心的掙扎，或許，那預示著最後的苦痛。

「唉，我得了結這件事。永世就在我面前，我還是跟她說了吧。到我的衣櫥去，打開衣櫥，妳會看到一封信，把信拿出來。」

我依照她的指示，「唸出來吧。」她說。

信很短，信裡寫著：

> 夫人：能否請您好心將我姪女簡愛的地址寄給我，並告訴我她好不好？我希望盡快寄信給她，盼她到馬德拉來找我。上天讓我有足夠的能力照顧她，且因為我未娶妻生子，希望能在有生之年認養她，好將遺產及一切贈予她。夫人，我……
>
> 約翰・愛，寫於馬德拉

日期是三年前。

「為甚麼我從來沒聽說這件事？」我問道。

「因為我太憎恨了，完全不想讓妳過好的生活。我無法忘記妳對我做的事，簡愛——妳曾經發在我身上的怒氣，說我是妳在這世上最討厭的人；妳說厭惡我、說我對妳殘忍無情的樣子和聲音完全不像個孩子。妳暴怒、一股腦說出心中怨恨時，我無法忘記自己的感受。我總是感到害怕，就像我曾屈打或推開的動物用人類的眼神看著我、用人類的聲音咒罵我一樣——給我水！快點！」

「親愛的里德太太。」我邊說邊將水遞給她，「別再想這些了，讓事情過去吧。原諒我激烈的言語，我當時還是個孩子，現在都八九年過去了。」

她沒聽進我說的話，一喝完水、緩口氣後，繼續說：

「我告訴妳，我忘不了。所以我要報復，我無法忍受妳讓妳伯父扶養、擁有安穩舒適的生活。我寫信給他，我說我很遺憾，但簡愛已經死了，死因是羅伍德學校爆發的流行性斑疹傷寒。現在隨妳想怎麼做，大可寫信去澄清我說的話，越快揭發我的惡行對妳越好。我覺得，妳就是生來折磨我的，我最後的苦痛就是想起這些事，要不是因為妳，我是絕不會去做這些事的。」

「聽我的勸，別再想了，仁慈寬容地待我吧。」

「妳的個性非常糟。」她說，「到現在我都無法理解，妳怎麼能在一個環境下耐心安靜地待九年，然後在第十年宣洩出所有怒火和暴力，我永遠也無法理解。」

「我的個性沒妳想的糟糕，我很有想法，但並不是惡意的。身為一個孩子，很多時候我是很樂意去愛妳的，如果妳願意的話。我非常希望現在能夠與妳和解，親親我吧，舅媽。」

我將臉頰靠近她，她不願觸碰。她說我靠近床邊只讓她心煩，再次要了水喝。我扶她躺下——我剛扶她起來，讓她靠在我懷裡喝水——我握著她冰涼濕冷的手掌，那虛弱的手從我手中抽開，那遲滯的眼神避開了我的視線。

「那麼，隨妳愛我或恨我吧。」我最後說，「我全然原諒妳了，任妳接不接受。現在去尋求神的寬恕，安息吧。」

可憐又受盡折磨的女人！現在要她努力改變對我一貫的感覺，已經太遲了。活著時，她恨了我一輩子；死了，她仍然要恨我。

這時護士走了進來，貝西跟著進來。我又多待了半小時，希冀能看見友好的暗示，但她不願意給。她很快便又陷入恍惚，再也沒回過神。凌晨十二點時，她便離開人世。她闔眼時，我並不在她身旁，她的女兒們也不在。她們隔天早上才告訴我們，一切都辦妥了。那時她已要準備入殮。伊麗莎和我去看她，喬琪安娜大哭起來，說她不敢去。里德太太曾經健壯、活力充沛的軀體，僵直硬挺地躺在那兒。冰冷的眼皮覆蓋了她火炬般的眼神，眉毛和突出的五官仍有著她冷冽嚴肅的靈魂。我覺得那遺體陌生又肅穆，我憂傷而痛苦地凝視著它，沒有溫情、沒有美好感受、沒有同情、或希望、或壓抑，只是為她的不幸——而不是因為我失去了一個親人——感到痛苦難受，對這軀體的死去、死亡的可怕感到一股淡漠的沮喪。

伊麗莎冷靜地看著她母親，沉默了幾分鐘後說：

「以她的身體狀況來看，應該可以活很久的，都是因為心病。」接著她的嘴唇抽搐了一下，她轉身離開房間，我也離開了。誰也沒有落下一滴淚水。

羅徹斯特先生只讓我請一個禮拜的假，但我在蓋茲海德待了一個月才離開。喪禮過後我想馬上離開，但喬琪安娜拜託我留下，直到她可以去倫敦再走。她的舅舅吉勃遜先生來參加喪禮和處理後事時，終於邀請了她。喬琪安娜說她害怕跟伊麗莎獨處，因為她不理解她的哀痛、她的眼淚，也不會幫她打包行李。所以我就耐著性子忍受她脆弱的淚水和自怨自艾，盡可能幫她縫衣服和打包。是真的，我在忙時，她便四處遊蕩。我心想：「若妳和我要永遠住一起，表姊，情況會非常不同。我不會溫順的當個耐心寬容的人，我會指派妳該做的工作，強迫妳完成，否則便不會有人做。我也會堅持要妳把一些矯揉造作、虛與委蛇的抱怨藏在心裡。只不過因為我們相處的時間很短暫，又在這麼一個特別悲傷的場合，我才會如此耐心和順從。」

最後我送走了喬琪安娜，但換伊麗莎拜託我多留一個禮拜。她得把所有時間和注意力集中在她的計畫上，她說她準備要前往某個未知的目標。因此她整天待在自己房裡，房門深鎖；她整理行李、清空抽屜、焚燒文件、不見任何人。她希望我可以幫忙看家，接見訪客和回覆慰問信件。

一天早上，她告訴我，我可以離開了。「還有，」她接著說，「很感謝妳的幫忙和謹慎周到的照料！和像妳這樣的人一起生活，跟和喬琪安娜一起時不太一樣。妳會做好自己的事，不給人添麻煩。明天，」她繼續說道，「我就要前往歐洲了。我會住在萊爾附近的宗教住所，也可以說是修女院。在那裡，我會很平靜，不再受到任何煩擾。我會全心投入羅馬天主教，勤勉地研讀經典。若我發現，如我所預期，那是讓所有事物井然有序的最好教義，我就會奉獻於天主教，也可能成為修女。」

我沒有表示訝異，也沒有勸阻她。「那工作很適合妳，」我想著，「但願妳會開心。」

我們要分別時，她說：「再見了，簡愛表妹，祝妳一切都好，妳是個有教養見識的人。」

我回道：「妳也是，伊麗莎表姊。但我想妳所擁有的一切，來年便要被禁錮在法國修道院裡了。然而，這與我無關，而且那樣的生活很適合妳，這樣就好。」

「妳說的對。」她說。我們就此分道揚鑣，往後我也沒機會再見到她或她妹妹。順道一提，喬琪安娜攀上了上流社會一個富有的老男人，伊麗莎後來則成了修女，如今擔任她前往見習那間修道院的院長，也奉獻了自己的所有財富。

我不知道人們在離家後回到家是甚麼感覺，無論離家多久，我從未有過那種感受。我知道在一個孩子走了段漫長的路回到蓋茲海德，卻因發冷或陰鬱而受到責備是甚麼樣的心情；後來，我知道從教堂回到羅伍德學校，渴望有豐碩的食物和溫暖的爐火，卻甚麼也沒有的心情。這兩種歸返的心情都不是很好，走得愈靠近，也不曾讓我歸心似箭。回到荊棘園的心情卻是前所未有的。

我的旅途似乎乏善可陳，極度乏味。一天五十英里，在旅館過一夜，隔天又是五十英里。起先的十二小時裡，我想到里德太太臨終的畫面。我看見她消瘦無血色的臉龐，聽見她變得奇怪的聲音。我想著喪禮那天，那棺材、那靈車、那大排長龍的房客佃戶和僕人們，親戚屈指可數，敞開的墓穴、寂靜的教堂、肅穆的儀式。接著我想起伊麗莎和喬琪安娜，看見她們一個前往五光十色之地，另一個沉居在修道院中；我細想分析著她們各自的特質和性格。傍晚馬車抵達一座大城鎮，這些思緒一掃而空。深夜我想起了另一件事，躺在旅宿的床上，不再回憶，心中暗自期盼。

我要回荊棘園了，但會待多久呢？我想是不久了。我不在的這段期間，從菲爾法克斯太太那兒聽說莊園的聚會結束了，三個禮拜前羅徹斯特先生就去了倫敦，但兩個禮拜後便將回莊園。菲爾法克斯太太猜測他是去籌備婚事，因為他提到要買輛新馬車。她說她還是覺得羅徹斯特先生要娶布蘭琪小姐這個傳聞事有蹊蹺，但從大家議論紛紛和她所見看來，她想他們應該很快就會舉行婚禮。「妳若不相信，那才真是奇怪呢。」我心想，「我倒不懷疑。」

接下來的問題就是：「我要去哪呢？」我整晚都夢見布蘭琪小姐；在一個真實清晰的早晨，我看見她正在關上荊棘園的大門，指著另一條路要我走去；羅徹斯特先生環抱手臂看著，似乎望著她和我冷冷微笑。

我沒有告知菲爾法克斯太太我回去的確切日期，因為我不希望有馬車到米爾科特來接我。我想自己靜靜走段路。在把我的行李交給馬伕保管之後，我就悄悄地在這六月天傍晚的六點左右離開喬治旅館，走上返回荊棘園的熟悉小徑。小徑直接穿過荊棘林，現在鮮有人煙。

雖然和煦宜人，但這並不是個晴朗或天氣極好的夏日傍晚。沿路全是堆乾草的人們，天空雖非無雲，卻看得出接下來的天氣會很好：天空的藍色清晰可見，柔和又沉穩，雲層又高又薄。西邊也很暖和，沒有令人發寒的濕冷微光；在那大理石花紋般的蒸氣後方和金紅色的孔隙之中，彷彿有祭壇火光燃燒著。

隨著路途愈來愈近，我愈是雀躍，開心得一度停下來問自己為何而心情愉悅、提醒自己那開心的理由並不在我要歸返的家裡，不在永遠的安息之所、或有我所喜愛的朋友探頭等待我抵達的地方。「菲爾法克斯太太一定會沉靜微笑著迎接妳，」我說道，「小阿黛拉會拍著手、蹦蹦跳跳來見妳；但妳很清楚，妳想的是別人，而他並不想著妳。」

但有甚麼比青春更固執任性？有甚麼比未經世事更加懵懂盲目？光是能夠遠遠望著羅徹斯特先生就已足夠，無論他是否看向我，於是心裡喊著：「快！快！趁能夠和他在一起時，待在他身邊吧！再過幾天或最多幾個星期，妳便要永遠與他分離！」於是我壓抑著那剛剛萌生的激動情緒、那我無法要自己再多想的醜陋念頭，向前跑去。

荊棘園的工人們也在草原上堆著乾草，或說在我抵達時，他們正結束工作，肩上扛著犁耙準備回家。只要再踏過一兩片荊棘，我就能走上那條小路，抵達大門。籬笆上的薔薇開得多麼茂盛呀！但我沒有時間去採花，我想回家。我穿過一叢高大、枝葉茂密的荊棘小徑，看見一張有石頭踏板的狹窄石階，還看見了羅徹斯特先生坐在那兒，手上拿著一本書和一枝筆，正在寫東西。

唉呀，他又不是鬼魂，但我的每吋神經都緊繃著；有那麼一刻，我無法控制自己。這代表甚麼？我沒想到我見著他時會這般發顫、或啞然失聲、或動彈不得。一旦我能動，便要盡快回到屋裡。但就算我知道二十條路都無濟於事，因為他看見我了。

「嘿呀！」他大叫，拿開書和筆。「妳回來了！來這兒吧！」

我想我是走過去了，雖然並不知道是怎麼過去的。我完全沒有意識到自己的動作，只想著要表現鎮定；還有最重要的，控制我臉部肌肉——我感覺到那東西無禮地背叛了我的意志，正掙扎著要洩漏出我決心隱藏的情緒。但我有面紗，面紗是垂下的，我可以別過臉，但仍舊保持鎮定。

「是簡愛嗎？妳從米爾科特過來，而且用走的？是啊，妳的伎倆之一，不用馬車、像普通人一樣走在街上，但可以像幻影或幽靈一樣在黃昏時藏身到妳家附近。妳這過去一個月到底都做了些甚麼？」

「我一直陪著我的舅媽，先生，她去世了。」

「果然是簡愛的回答！善良的天使來守護我了！她來自另一個世界，來自已逝之人的住處，在這黃昏時刻與我單獨相遇，她如是說。我真想碰碰妳，看看妳是魂魄或是幻影，妳這精靈！但我想盡快抓住這沼地之中的藍色火光。怠忽職守！怠忽職守！」他停頓了一會又補充道。「離開一整個月，我敢說妳都要忘了我了！」

我就知道，與我的主人再見會是開心的事，即使他很快便不再是我的主人，即使知道自己對他來說甚麼也不是，羅徹斯特先生總是（至少我這麼覺得）能夠帶來快樂，對於像我這樣離群的陌生鳥兒來說，他散播的點滴便已如此慷慨。那些話好似他有那麼點在乎我是否忘了他。他將荊棘園說成是我的家，但願那真是我的家！

他沒有離開石階，我也不願說要離開。不久我問他是否去了倫敦。

「去了，我想妳一定有千里眼。」

「菲爾法克斯太太在信裡提到的。」

「那她有說我去做甚麼嗎？」

「喔，當然，先生！大家都知道你去做甚麼。」

「妳一定得看看那輛馬車，簡愛，跟我說妳覺得適不適合羅徹斯特夫人；還有她靠著那些紫色座墊時，像不像布狄卡皇后。簡愛，我希望我能有配得上她的外在。告訴我，小精靈，妳能不能施個魔法，或迷藥或甚麼東西，讓我成為一個英俊的男子？」

「這超乎魔法界限了，先生。」接著我心想，「只要有雙迷人的眼睛就已足矣，如此說來，您也已經夠英俊了；或者說，您的氣勢已超越了英俊。」

不可思議的是，羅徹斯特先生有時能夠敏銳地讀出我心中的想法；就現在來說，他沒多注意我魯莽的回應，卻用他獨特的笑意看著我，那是他很少露出的笑容。他好似覺得那笑容太好，不能在普通場合流露出來──那是真正的暖陽，而他現在正將那陽光照在我身上。

「過去吧，簡愛。」他邊說邊讓出空間讓我跨過石階。「回家吧，到有人的屋裡歇息妳疲倦流浪的小腳。」

我靜靜地聽從指示，無須再多說話。我不發一語跨過石階，準備平靜地離開。但忽然一股衝動，讓我不自主地轉過身。我說──或是我身體裡的某個東西替我開口，而那不是我。

「謝謝你的仁心厚道，羅徹斯特先生。能回到你身邊，我莫名覺得開心。有你在的地方就是我的家──我唯一的家。」

我繼續快步走，快得即使他追趕也趕不上。小阿黛拉看到我時欣喜若狂，菲爾法克斯太太用她一貫的樸實善意迎接我。莉亞微笑著，連蘇菲都高興地跟我說：「晚上好。」這很令人愉悅，再沒有比被同類所愛、覺得自己的存在那麼令她們舒心更快樂的事了。

那天晚上，我毅然闔上想望未來的眼，不再傾聽那不停提醒我分離將近和悲傷將至的聲音。當晚餐結束，菲爾法克斯太太做著她的針線活，我坐在她旁邊的低椅子上；阿黛拉跪坐在地毯上，依偎著我；一種共同的情感彷彿祥和的金戒指般環繞在我們身邊，我默默禱告，祈禱我們不會分離得太遠或太快。但這時，當我們都還坐著，羅徹斯特先生無聲無息地走了進來，看著我們，似乎很享受這溫馨友好的一幕。他說菲爾法克斯太太現在好多了，因為乾女兒回來了；又接著說他覺得阿黛拉「準備要煩死她的英國媽媽了」，我幾乎要脫口而出，希望即使在他婚後，也能夠讓我們一起住在某個受他保護的屋簷下，而不要將我們逐出有他在的暖陽下。

在我回到荊棘園後，過了兩個禮拜不好不壞的平靜日子。沒有人提及婚禮，也沒見到有人在為這件事做準備。我幾乎每天都問菲爾法克斯太太有沒有聽見甚麼，她的答案總是否定的。有次她說，她問過羅徹斯特先生甚麼時候帶他的新娘過來，但他只開了個玩笑，露出怪異的表情，她實在不懂那是甚麼意思。

讓我尤其訝異的是，他並沒有頻繁拜訪英格雷姆宅邸——當然，英格雷姆宅邸在二十英里遠、另一個郡的邊界——但對熱戀中的愛侶來說，那距離算甚麼呢？以羅徹斯特先生這麼精熟馬術和體力充沛的人來說，不過一個早晨就可抵達。我開始幻想我沒有權利奢求的希望，盼望這樁婚事是破局了、一切都是謠傳或其中一方改變心意了。我常會看著羅徹斯特先生的表情，觀察是否有難過或氣惱之情，但卻沒見過比他現在更神清氣爽或喜笑顏開的樣子了。在我和阿黛拉跟他在一起的時刻，若我無精打采、陷入低沉，他反倒更加開心。他從未如此頻繁喚我到他身邊，也從未對我如此好過。唉！我也從未如此愛他。

燦爛的仲夏照亮了整個英格蘭，天空如此純淨，陽光如此明亮，蔓延了一段長長的路途，不僅是獨惠我們這環海的島國。那天空和陽光彷彿一條絲帶，從南方義大利而來，好似一群壯觀的過境候鳥，停駐在阿爾比恩的崖壁上。乾草都收了起來，荊棘園四周經過修剪的草原一片綠意；被烤乾的白色道路、鬱鬱蔥蔥的樹木、茂盛深綠的樹籬和樹林，和映照著草原的陽光色調相互輝映。

在仲夏傍晚，阿黛拉因在海伊村小徑上採了半天的野草莓，累得太陽還未下山便早早上床睡覺。我看她睡著了，便離開到花園去。

這是二十四小時裡最美好的時刻——「白晝的炙熱已盡」。清涼的露水落在起伏的曠野和灼熱的山峰上。日頭在平靜安詳中落下潔淨而壯觀的雲，撒了一片肅穆的紫，山的一頭燃起紅寶石和火焰般的光芒，在半片天空中開展得又高又遠、柔情似水。東方有著迷人的靛藍色和端莊優雅的寶石，一顆渺小的孤星；那孤星很快便要擁月自居，可惜月亮仍未從地平線上升起。

我在人行道上走了一會，但隱約從某扇窗戶傳來熟悉的氣味——雪茄的味道，我看見書房的窗微微開著。我知道可能有人在看我，因此便走進了果園。這個角落隱密又美麗，如伊甸園般。裡頭種滿了樹、繁花似錦。一邊有座高牆將這裡與庭園隔絕，另一邊有山毛櫸林蔭大道，隔開了草地。最裡面有個凹陷的籬笆，獨自隔絕了孤寂的草原；有條蜿蜒小路通往籬笆，路旁全是月桂樹，盡頭有棵巨大的七葉樹，下方圍著一圈座椅。在這裡散步便不會被人看見。在這樣的薄暮中，甘美的露水落下，一切如此寂靜，我覺得彷彿能夠永遠徘徊於此。穿梭於花叢和幽閉深處的果園，為照在這開闊角落升起的月光所著迷，我卻停下了腳步——不是因為聲音、不是因為看見了甚麼，而是因為一股香氣。

多花薔薇和鹼蒿、茉莉、石竹花和玫瑰在傍晚都會散發出一股香氣，但這氣味並非來自灌木叢，也非花香，而是羅徹斯特先生的雪茄——我再熟悉不過的氣味。我看了看四周，仔細聽著。我看見樹上滿是鮮美熟透的果實，我聽見夜鶯在半英里外的囀鳴。沒有移動的身影，沒有走近的腳步聲，但那香氣卻愈來愈濃——我得逃走。我打開通往灌木林的小門，卻看見羅徹斯特先生走了進來。我走進一旁有常春藤的隱蔽處。他不會待太久的，他很快就會離開，如果我靜靜坐著，他絕不會發現我。

但不——日暮時分於他一樣美好，這古老花園一樣引人駐足。他緩步走著，一下抬高醋栗樹枝，看著上頭滿載碩大如洋李般的果實；一下從牆邊摘下熟透的櫻桃；一下彎身花叢間，或聞花香，或欣賞花瓣上的露珠。一隻大飛蛾在我身邊嗡嗡飛著，飛到了羅徹斯特先生腳邊的一株植物上，他看見了，彎身看牠。

「現在，他可是背對我了。」我暗忖，「而且他正忙著，或許我悄悄溜走，便不會被發現。」

我踏在草皮邊緣，以免石子路的細碎聲洩漏行蹤。他站在離我要走的路一兩碼處的花圃間，飛蛾顯然佔據了他的注意力。「我應該可以順利過去。」我心想。當我走過他被剛升起的月光拉長的影子，他背著我輕聲說：

「簡愛，過來看看這傢伙。」

我並沒有發出聲音，他的背後也沒長眼睛，他的影子有感覺嗎？我愣了一會，接著便走向他。

「看牠的翅膀。」他說，「讓我想起一種西印度昆蟲。這種大又鮮豔的夜行蟲在英格蘭不多見，看！牠飛走了。」

那飛蛾飛往他處，我也怯懦地走開。但羅徹斯特先生跟著我，走到小門時，他說道：

「回來。這麼美的夜晚，待在屋裡可惜了，而且在這日落和月出交會時，沒人會想上床睡覺的。」

我的缺點就是，雖然有時我能夠對答如流，但也有時悲哀得找不著推託藉口，而且總是在某些緊要關頭，說不出個簡單的字眼或情有可原的理由來解救我脫離困境。我並不想單獨和羅徹斯特先生在這個時間、這幽閉的果樹林裡散步，但我卻找不到個理由離開。我跟在他身後慢慢走著，思緒忙亂地想找方法脫身，但他看起來如此沉著，也如此正經八百，我開始對自己的慌亂感到羞愧。似乎只有我有那邪惡的念頭──若真有任何邪惡的存在或想法；他未曾多想，心中平靜。

「簡愛。」我們走進月桂小徑，安靜地走向塌陷籬笆和七葉樹時他問，「荊棘園夏天真是個美不勝收的地方，對嗎？」

「是的，先生。」

「妳一定滿喜歡那房子的吧！妳這麼喜歡自然之美，又如此能感受到其間連結。」
「我的確很喜歡。」
「雖然不能理解，但我想妳也很在乎阿黛拉那傻氣的孩子，甚至是頭腦簡單的菲爾法克斯太太？」
「是的，先生，不同的喜歡，我很在乎她們。」
「而且若要與她們分離，會很難過？」
「是的。」
「可憐！」他邊嘆氣邊說，停頓了一下。「人生總是如此。」他立刻繼續說，「一旦安定下來，就會有個聲音要妳繼續向前進，因為休息時間已經過了。」
「我一定得前進嗎，先生？」我問。「我一定得離開荊棘園嗎？」
「我想是的，簡愛。很抱歉，簡愛，但我想這是必須的。」
我一陣愕然，但並沒有受到打擊。
「好的，先生，您說一聲，我就會隨時準備動身。」
「現在便要說了，我今晚就得說。」
「那麼，您要結婚了，先生？」
「是的，沒錯。妳一向敏銳，一語中的。」
「很快嗎，先生？」
「非常快，我的——我是說，愛小姐。妳記得嗎？簡愛，第一次我本人或謠言暗示我打算將這老單身漢的脖子伸進婚姻神聖的墳墓——也就是說，將布蘭琪小姐攬入懷中，雖然她壯碩得無法一手攬入胸懷，但那不是重點，有了我美麗的布蘭琪，誰還能抱怨太多呢？嗯，我是說——聽我說，簡愛！妳不會是轉頭想找飛蛾吧？那只是隻瓢蟲，孩子，『飛回家去吧！』我想提醒妳，是妳以那我所尊重的嚴肅口吻——那遠見、審慎和謙卑總讓妳顯得有責任感及獨立自主——告訴我，若我娶了布蘭琪小姐，妳和阿黛拉最好盡快離開。我不介意那建議中對我所愛之人的毀謗，其實當妳遠離時，簡愛，我就會試圖忘卻。我只會記得其中的智慧，我會把這當作原則。阿黛拉得去學校，而妳，愛小姐，得到一個新環境去。」

「是的，先生，我會即刻登報，在這期間，我想——」我原要說，「我想我會先待在這兒，直到找到另一個地方可去。」但我沒說出口，覺得我的聲音已不受控制，不適合說太多話。

「我希望在一個月內成為新郎。」羅徹斯特先生繼續說，「在這段期間，我會替妳找到新的工作和庇護所。」

「謝謝您，先生，很抱歉給您添——」

「哦，不需要抱歉！我想一位如妳一般盡責的員工，有權請她的雇主給予任何一點他所能提供的協助。事實上，我已經從我未來的岳母那兒，聽到一個我想會適合妳的地方。那就是到愛爾蘭康諾特省的胡桃山莊，教導奧古太太的五位女兒。妳會喜歡愛爾蘭的，我想。他們說，那裡的人都很熱情善良。」

「那兒好遠哪，先生。」

「不要緊，像妳這般有見識的女孩是不會拒絕去旅行或走這段路的。」

「旅行不要緊，而是這段路，還隔著一片海呢！」
「隔開哪呢，簡愛？」
「隔開英格蘭和荊棘園，還有——」
「嗯？」
「還有您，先生。」
我不由自主地說出這句話，再無法克制地湧出了淚水。但我並沒有哭出聲，我不願抽抽噎噎的。想到胡桃山莊的奧古太太就讓我心寒，想到那海水和泡沫心更寒，彷彿注定要灌進我和走在身旁的羅徹斯特先生之間。最令人心冷的是那汪洋大海所代表的——財富、地位、身分，橫跨在我和我情不自禁愛上的人之間。
「那是一段遙遠的距離。」我再次說道。
「確實是，當妳去了愛爾蘭康諾特省的胡桃山莊後，我就絕對再也見不到妳了，簡愛。我從來沒去過愛爾蘭，也沒想過要去。我們是好朋友，簡愛，對嗎？」
「是的，先生。」
「朋友在臨別之夜都喜歡用剩下的時間和彼此交心。來吧！我們花個半小時，好好聊聊這趟旅程和離別。星星正掛在天空閃耀著，這裡有七葉樹，老樹根下有張長椅。來吧，我們今晚安靜地坐在那兒，即使我們再也沒有機會一起坐在那兒。」他讓我坐下，自己也坐了下來。
「到愛爾蘭是段長長的路途，簡愛，我很遺憾，要把我的小朋友送上這麼辛苦的旅程。但就算我不能做得更好，又怎麼樣呢？妳和我有任何血緣關係嗎，妳覺得呢，簡愛？」

這次我沒有任何回答，我的心一陣靜默。

「因為，」他說，「有時我對妳有個奇怪的感覺，尤其當妳靠近我時，如同現在，就好像左邊肋骨有條細線緊緊地連到妳的小身軀，在同樣的部位打了個結。如果我們之間隔著那狂暴的海峽，和兩百英里的土地，那緊密的細繩恐怕會就此扯斷。因此我有個不安的感覺，在內心淌著血。我害怕妳——妳會忘了我。」

「我絕不會，先生，您可知道——」我再無法繼續。

「簡愛，妳聽見林間的夜鶯歌唱了嗎？聽！」

我邊聽邊啜泣著，因為再也無法壓抑自己。我止不住潰堤，從頭到腳因真實的悲切而顫抖著。說出口的話不過是莽撞地希望自己從未出生，或從未到過荊棘園。

「因為離開讓妳難過嗎？」

心中的憂傷和愛意翻湧起我內心強烈的情感，稱霸了主權、奮力一搏、堅定地主宰、征服、活了起來、升起、最終支配一切——是的，說吧。

「要離開荊棘園讓我覺得悲傷，我愛荊棘園，我愛它，因為我在這裡度過了完整幸福的生活；即使短暫，也至少有過，我並沒有虛度、沒有備受折磨、沒有低聲下氣、沒有受到那開朗、精力充沛和崇高之人的排擠。我面對面與我所敬愛、所喜愛的人談天——那些有思想、有活力、開放的心。我認識了您，羅徹斯特先生。必須永遠離開您讓我覺得恐懼和痛苦，我知道分離是必然的結果，如同死亡也是必然的結果。」

「妳從何看出是必然的結果？」他突然問。

「從何看出？您，先生，已將那結果展現我眼前。」

「那是甚麼樣子？」

「布蘭琪小姐的樣子，一位高貴而美麗的女子——您的新娘。」

「我的新娘！甚麼新娘？我沒有新娘！」

「但您將會有。」

「對，我會有！我會有！」他露齒而笑。

「那麼我就得走，您自己也說了。」

「不，妳得待下！我保證，而且言出必行。」

「我說我必須離開！」我激動地回應。「您覺得我能夠甚麼也不是的留下嗎？您以為我是機器人嗎？沒有情感的機器？可以忍受嘴邊的麵包屑被奪走，讓活命的水從杯裡打翻嗎？您以為，因為我很貧窮、卑微、平庸和渺小，就沒有靈魂、沒有心嗎？您錯了！我有和您一樣的靈魂、一樣飽滿的心！若神賜與我一些美貌和多一點財富，我就會讓您難以離開我，如我現在難以離開您。現在與您對話的不是傳統、規範，甚至不是平凡的肉體——而是我的靈魂，對著您的靈魂說話。正如同我們穿越墓地，平等地站在神的面前——人本是如此！」

「人本是如此！」羅徹斯特先生重複道，「所以，」他伸出手將我擁入懷中，他的唇吻住我的唇，「所以呀，簡愛！」

「正是如此，先生。」我回答，「但卻尚未如此，因為您是已婚之人，或和已婚之人一樣好，卻要與比您低下的人結婚，與一個您無法認同、我也不相信您真的愛她的人，因為我見過，也聽過您嘲諷她。我鄙視這樣的結合，因此我要比您好得多，讓我走吧！」

「去哪，簡愛？愛爾蘭？」

「是的，去愛爾蘭。我話已說完，現在哪都能去了。」

「簡愛，鎮定些，別這麼激動，像隻發了狂、不顧一切撕扯自己羽毛的鳥兒。」

「我不是鳥，沒有陷阱能誘捕我，我是自由的人類，擁有獨立的意志，我現在會用盡力氣離開您。」

有股力量將我釋放，我直挺挺地站在他面前。

「而且妳的意志將會決定妳的命運。」他說，「我將我的手、我的心和我所有的財產交予妳。」

「您在開玩笑，這一點也不好笑。」

「我要妳終生伴我身旁，成為第二個我，和最好的伴侶。」

「您早已做了你的決定，便必須信守承諾。」

「簡愛，鎮定一會兒，妳太過激動了，我也該鎮定下來。」

月桂小徑上一陣風吹下，顫動了七葉樹的枝幹，然後吹走，吹走，吹向未知的方向，消逝無息。夜鶯的歌聲是這時唯一的聲音，聽著聽著，我又再次哭了。羅徹斯特先生靜靜坐著，溫柔又嚴肅地看著我。過了一會才終於開口說：

「到我身旁來吧，簡愛，讓我們好好解釋、瞭解彼此。」

「我不會再到您的身旁，我已經被迫離開，無法再回頭了。」

「可是，簡愛，我懇求妳成為我的妻子，妳是我唯一想娶的人。」

我沉默不語，覺得他在作弄我。

「來吧，簡愛，來這兒。」

「您的新娘站在我們之間。」

他起身，一個大步向我走來。「我的新娘在這裡。」他說道，再次將我攬入懷中，「因為我的另一半、我的同類在這裡。簡愛，妳願意嫁給我嗎？」

我仍是不回話，仍想掙脫他的懷抱，因為我仍是不能置信。

「妳懷疑我嗎，簡愛？」

「非常。」

「妳不相信我？」

「完全不相信。」

「我在妳眼裡就是個騙子嗎？」他激動地問。「小疑心鬼，妳該相信我的。我對布蘭琪小姐哪有愛呢？沒有，而且妳知道。她對我有愛嗎？沒有，因為我用犧牲換來證明。我散出謠言，讓她以為我的財產不到她想的三分之一，之後我也親自見到了結果，那就是她和她母親的冷淡。我不會；也不能；娶布蘭琪小姐。而妳，妳這精靈般的傢伙！我愛得入骨。妳貧窮而不起眼，嬌小又平凡——我懇求妳接受我成為妳的丈夫。」

「甚麼，我？」我脫口而出，但他的認真，尤其那唐突的告白，讓我開始相信他是真心的。「我這個除了您，世上再沒有其他朋友的人？若您算是我的朋友。這個除了您給我的、一毛錢也沒有的人？」

「正是妳，簡愛，我必須將妳據為己有——完全屬於我。妳願意嗎？快說願意吧。」

「羅徹斯特先生，讓我看看您的臉，面向月光。」

「為甚麼？」

「因為我想看看妳的表情，轉過去！」

「看吧！妳會看到那不過是張皺巴巴、劃破了的紙。看吧，只是盡快，因為我正備受煎熬。」

他的臉激動得漲紅，臉部表情強烈扭曲，眼裡閃著奇異的光芒。

「喔，簡愛，妳在折磨我！」他喊著。「那追根究柢卻又信賴寬容的表情，妳在折磨我！」

「怎麼會呢？若您是真心的，您說的話是真的，我對您便只有感激和鍾情，不會是折磨。」

「感激！」他叫了出來，發了狂似地說；「簡愛快接受我吧。說愛德華！喊我的名字——愛德華，我願意嫁給你。」

「您是認真的嗎？您真的愛我嗎？真的希望我成為您的妻子嗎？」

「真的。如果誓言才能證明，那我就發誓。」

「那麼，先生，我願意嫁給您。」

「說愛德華——我的小夫人。」

「親愛的愛德華！」

「到我身邊，現在便徹底來到我身邊吧。」他說道，接著將臉頰貼著我，用他最低沉的嗓音在我耳邊說：「成為我的幸福吧！我也會成為妳的幸福。」

「神哪，原諒我！」他不久又說，「無人能夠干涉我，我有了她，就會牢牢抱住她。」

「沒有人會干涉，先生，我沒有親人。」

「不，那當然是最好。」他說。若我沒那麼愛他，或許會覺得他狂喜的音調和樣子像個野蠻人；但坐在他身旁，從分離的夢魘中醒來，到了相結合的天堂，我只感謝上天給我如此富足的幸福。他一次又一次地問我：「妳快樂嗎，簡愛？」我一次又一次地回答：「快樂。」之後他喃喃自語：「可以彌補的、可以彌補的。我難道不知道她沒有朋友、感到寒冷而無所適從嗎？難道沒有保護、珍惜和撫慰她嗎？難道心中沒有愛、沒有堅貞和決心嗎？在神的審判之前，我會得到救贖的。我知道我的造物者支持我所做的。世俗的審判——我自此不予理睬。人們的意見——我會斷然反抗。」

但那晚發生了甚麼事呢？月亮還未升起，我們便深陷黑影之中。即使再靠近，我也看不見羅徹斯特先生的臉。是甚麼使七葉樹如此痛苦地扭曲和呻吟？風在月桂小徑中呼嘯著，掃過我們的上空。

「我們必須進屋裡了。」羅徹斯特先生說，「變天了。要不我能和妳坐到天明，簡愛。」

「我也是。」我心想，「能與您坐到天明。」或許我本來要說出口，但卻看見一陣青紅的鮮明火花從雲層竄出，一陣爆裂，霹啪一聲，加上巨大的隆隆聲，我只能將暈眩的雙眼藏進羅徹斯特先生的肩膀。

大雨落下。他催促著我穿過小徑、走過庭園、進到屋裡，但我們到門前便已濕透了。當菲爾法克斯太太從房裡探出頭來，他正在大廳替我脫去披肩，撥去我凌亂頭髮上的水。我起初沒有發現她，羅徹斯特先生也沒發現。燈火亮著，十二點的鐘聲響起。

「趕緊去把濕衣服換掉。」他說，「在妳走之前，晚安、晚安，我的親愛的！」

他不停吻我。我離開他的臂彎，一抬頭便看見菲爾法克斯太太發白、嚴肅和震驚的臉。我只對她微微笑，便跑了上樓。「下次再解釋吧！」我心想。但當我回到房間，想到她可能暫時誤會了，仍是感到難過。但喜悅之情很快便抹去了其餘的感受，即使在這風雨交加的兩個小時中風聲呼嘯、雷霆巨響、電光閃現、大雨傾盆，我仍不覺恐懼和畏怯。在這之中，羅徹斯特先生到我們前來了三次，問我是否平安無事，那就是最大的慰藉和力量。

早晨下床之前，小阿黛拉跑進來告訴我，果樹林最裡面那棵巨大的七葉樹昨晚被閃電擊中，裂成了兩半。

我起身著裝時，將發生的事想了一遍，不確定是否是夢。直到再次見到羅徹斯特先生，聽見他充滿愛意和誓言的話，我才相信是真的。

整理頭髮時，我看著自己鏡中的臉，覺得這張臉不再平庸，有了希望、生氣和血色；我的眼睛彷彿美好的泉源，有了那來自漣漪水光的喜色。我常不願看著羅徹斯特先生，因為擔心他不喜歡我的相貌，但我現在能夠抬頭仰望著他，不再對他的熱情冷漠。我從衣櫃裡選了件樸素但乾淨明亮的夏日洋裝穿上，好似再也沒有如此適合我的衣裳，因為我從未有過這麼美好的心情。

當我跑下樓，到了大廳，看見晴朗的六月早晨已接替了昨晚的狂風暴雨，心裡並不覺得詫異。從那敞開的玻璃門，我感覺到微風清新芬芳的氣息。當我如此快樂，大自然也定是歡欣鼓舞。一位女乞丐和她的小男孩來到門前小路，兩個人都衣衫襤褸而面色灰白；我跑了下去，把錢包裡所有的錢都給了他們，大概三四個先令。無論多少，他們一定也感受到了我的喜悅。白嘴鴉啞啞叫著，鳥兒吱喳歌唱，但再沒甚麼比我心中的欣喜旋律更加快樂美妙。

菲爾法克斯太太倒是讓我嚇了一跳，她憂傷地看著窗外，陰鬱地說：「愛小姐，妳要用早餐嗎？」整個餐間，她沉默又冷淡，但我還無法告訴她真相。我得等到羅徹斯特先生跟她解釋，她也是。我勉強吃了一些，便趕緊上樓，碰見阿黛拉正要離開教室。

「妳要去哪裡？現在是上課時間呢。」

「羅徹斯特先生要我到兒童房去。」

「他在哪裡？」

「在那裡。」她指著剛剛離開的教室。我走了進去，看見他站在裡面。

「過來跟我說早安。」他說。我開心走向前，不再只有冰冷的詞彙，或僅是握握手，而是擁抱和親吻。好像很自然似的，如此被他愛著、寵溺著感覺真好。

「簡愛，妳看起來如花綻放、笑得好美。」他說，「今早真的好美。這是我蒼白的小精靈嗎？這是我的小不點嗎？是這陽光燦爛、帶著酒窩和玫瑰唇色的小女孩嗎？是這有著光滑柔軟的淡褐髮色和這明亮閃耀的褐色眼珠的小女孩嗎？」（讀者呀，我的眼睛是綠色的，但你可得要諒解，因為我想，對他來說我的雙眼染了新的顏色。）

「是簡愛沒錯，先生。」

「很快就會成為羅徹斯特夫人了。」他補充道，「再四個禮拜，簡愛，多一天都不行。妳聽見了嗎？」

我聽見了，但卻不太理解，只覺得一陣暈眩。這個宣告讓我全身覺得有種大過喜悅的強烈感受、某種被重擊和震驚的感覺。我想應該是恐懼。

「妳剛剛才紅著臉，現在卻臉色發白，簡愛，怎麼了嗎？」

「因為您給我了新名字——羅徹斯特夫人，感覺好奇怪。」

「是啊，羅徹斯特夫人。」他說，「年輕的羅徹斯特夫人——羅徹斯特先生的少女新娘。」

「不可能，先生，這不是真的。人在這世上不可能擁有完整的幸福。我沒想過會有如此不同的命運，這樣的情節對我來說就像童話故事、白日夢一樣。」

「而我能夠，也會將它實現，從今天開始。今天早上我寫了封信給我倫敦的銀行員，要他寄幾樣保管的珠寶過來——荊棘園家的傳家寶。再一兩天，我希望將它們交到妳手上。就像要迎娶仕紳的女兒一樣，我會將一切特權和心意都給妳。」

「喔，先生！不要珠寶！我不願聽這些。珠寶不屬於簡愛，聽起來那麼奇怪，我寧可不要。」

「我會親自將鑽石項鍊圍在妳脖子上，將頭飾環繞在妳的額頭上；如此一來，簡愛，便至少在這面容上刻印了高貴的地位。我會用手鍊將這雙細緻的手腕扣牢，在這精靈般的指頭上戴上戒指。」

「不，不，先生！想想別的東西，說說別的事情、別的話題。別把我說得像是個美女似的，我只是您平凡樸實的家庭女教師。」

「妳在我眼中就是美女，我心所渴望的美女——纖細嬌弱而清新脫俗。」

「您的意思應該是微不足道和無足輕重。您在做夢，先生，或在笑話我。求您行行好，別這麼嘲弄我。」

「我也會讓全世界知道妳的美。」他繼續說，而我真的對這個話題感到很不自在，因為我覺得他不是欺騙自己，就是欺騙我。「我要用綢緞和蕾絲來打扮我的簡愛，她的頭髮上會有玫瑰，我會在那我最愛的頭上蓋上無價的頭紗。」

「那麼您便不會瞭解我，先生。我不會再是您的簡愛，而是一個穿著小丑外衣的丑角，插著借來的羽毛的烏鴉。當我穿上那貴族禮袍，您也會像是穿著戲袍的戲子。而且我不會用英俊來描述您，先生，雖然我如此愛您；因為太愛您，所以不願吹捧您。您就別吹捧我了。」

然而，他不顧我的異議繼續說著：「今天，我會帶妳搭馬車到米爾科特去，而妳得為自己挑些禮服。我跟妳說過，我們再四個禮拜就要結婚。婚禮會靜靜地在下方的教堂舉辦，然後我會將妳送到鎮上去。在那兒待幾天，我就要帶著我的寶貝到離陽光更近的地方去，到法國的葡萄園或和義大利平原去。她會看見那古老的故事和直至今日的記載。她也能夠品嚐城市生活，學著把自己和別人平等相待。」

「我要遠行？和您嗎，先生？」

「妳可以留在巴黎、羅馬和那不勒斯、佛羅倫斯、威尼斯和維也納。妳會再次走過所有我遊歷過的土地，只要有我足跡的地方，妳的小腳也會踏過。這十年來，我瘋了似的在歐洲飛行，帶著厭惡、恨意和憤怒。現在我要帶著痊癒和淨化的心，以及這一位療癒天使，重新拜訪歐洲。」

我笑著聽他說這些。「我不是天使，」我堅稱，「就算死了也不會是，我是我自己。羅徹斯特先生，您不能指望，也不能把我想得如此神聖美好；因為我不是那樣的人，而您也不是，我也完全不期待您是。」

「妳對我有甚麼期待？」

「您偶爾或許會像現在這樣——非常偶爾——然後您會變得很冷漠、善變、苛刻，而我得忙著取悅您。但當您習慣了我，或許會再次喜歡我；我說的是喜歡，而不是愛。我想您的愛會沸騰六個月，或更短。我在男人寫的書裡讀到，一位丈夫的熱情最多是如此。然而，畢竟身為一位朋友和伴侶，我希望永遠不使我親愛的主人感到厭惡。」

「厭惡！再次喜歡妳！我想我會一再一再地喜歡妳，我會讓妳知道，我不只喜歡，而是愛著妳──真摯、熱烈、恆久不變。」

「但您難道不是個善變的人嗎，先生？」

「對於只用相貌吸引我的女人，當我發現她們沒有靈魂，也沒有情感；當她們只讓我看見單調乏味、淺薄輕浮，或許愚昧無知、粗俗無理和脾氣暴躁時，我確實會非常惡劣。但對於那清澈的雙眼和善於雄辯的口才、那火焰般的靈魂、能屈能伸的性格──如此柔軟而沉穩、溫柔而堅強──我就會永遠溫柔真摯。」

「您曾經和這樣性格的人相處過嗎，先生？您愛過這樣的人嗎？」

「我正愛著這樣的人。」

「但在我之前呢？假若我真的達到了您困難的標準。」

「我從未遇過和妳相似的人。簡愛，妳讓我感到愉快，妳駕馭了我，妳看似屈服妥協，而我正愛妳所給予的柔軟。當我將那柔軟的絲線纏繞在指尖，便有一陣顫動傳到了我的手臂、我的心。妳影響了我，征服了我。而那影響了我的，甜美得超乎我所能言喻；那征服我的，有一股魔力，超乎我所能贏得的勝利。為甚麼妳要笑呢，簡愛？那令人費解、那不尋常的表情是甚麼意思？」

「我在想，先生，請原諒我忍不住有了這個想法——我想到海克力斯和參孫，還有魅惑他們的人。」

「妳這，妳這小鬼靈精。」

「噓，先生！您剛剛說的話很不明智，就像那些不明智的紳士們一樣。然而，一旦他們結了婚，便毫無疑問地會把作為丈夫的權威展現出來，取代了作為追求者的溫柔。恐怕您也是如此。我倒想知道若是一年後，我麻煩您做您不方便或不想做的事，您會怎麼回答。」

「現在問我幾件吧，簡愛，至少幾件，我想讓妳麻煩我。」

「我會的，先生，我都已經想好了。」

「說吧！但如果妳用那笑著的表情望著我，我在知道甚麼事之前就會先答應妳了，那表情讓我都要傻了。」

「才不呢，先生，我只麻煩您這件事——不要送珠寶、不要幫我戴上玫瑰花，您可以在您那條樸素的手帕邊上縫上金色蕾絲就好。」

「我或許還會『將純金鍍金』呢。我瞭解，我同意妳的請求；暫且如此，我會收回給銀行員的指令。但妳還沒要求任何事呢，妳剛剛說想麻煩我，再說說吧。」

「那好，先生，麻煩好心滿足我的好奇心吧，這事始終讓我困惑。」

他看起來有些不安，「甚麼事？甚麼事？」他急促地說。「好奇心很危險，幸好我還沒發誓要答應每個要求。」

「但答應了也沒甚麼危險的，先生。」

「說吧，簡愛，但或許比起僅僅探問祕密，我更希望是要求我一半的財產。」

「衝動莽撞的亞哈隨魯王！我要您一半的財產做甚麼呢？您覺得我是放高利貸的奸商，想投資土地嗎？我寧可要您所有的信任。若您讓我進入您的心，便不會將我排拒於外吧？」

「我很樂意交付我所有的信任，只要值得，簡愛。但看在老天份上，別強求無用的負擔！別渴求毒藥，別在我手裡成為墮落的夏娃！」

「為甚麼呢，先生？您剛剛才告訴我，您有多希望被征服，多喜歡受我的感染。您不覺得，我最好藉這表白，開始哄誘和請求——若需要，即就是任性哭鬧也無妨——以測試我的力量？」

「我拒絕這樣的測試。侵犯隱私、放肆冒昧，遊戲結束了。」

「是嗎，先生？您這麼快便放棄了。您看起來好嚴肅吶！您的眉頭皺得和我的手指一樣粗，你的額頭就像我曾經讀過的一句嚇人的詩文：『鐵青的烏雲層疊，有雷霆將至。』我想那就是您婚後的神情了，先生？」

「若那是妳婚後的神情，我，身為一個基督徒，就會趕緊放棄和一個區區小妖或火精結合。但話說，妳到底要問甚麼，小傢伙？」

「瞧，您現在可沒那麼有素養了。比起奉承吹捧，我更喜歡粗魯無禮。我寧可當個傢伙，也不願是天使。我要問的是——為甚麼要這麼苦心積慮，讓我以為你想和布蘭琪小姐結婚？」

「就這樣嗎？謝天謝地，不是更糟的！」他的濃眉立刻舒緩開來，低頭笑著看我，摸摸我的頭，好像很高興免於危難。「我想我得承認，」他繼續說，「雖然我讓妳有些怨憤，簡愛，而且我看見當妳氣憤時會成為一個烈火精靈。妳昨晚在寒冷的月光下發著光，對抗著命運，說妳與我平等。順帶一提，簡愛，這可是妳說的。」

「當然。但能不能回到重點呢，先生——布蘭琪小姐？」

「好吧，我假裝追求布蘭琪小姐，因為想讓妳如同我愛上妳一樣，瘋狂愛上我。我知道醋意是讓我達成目的的最好催化劑。」

「很好！您真是小人，氣度比我的小指頭還要小。那樣做真是可恥又卑鄙，您難道沒想過布蘭琪小姐的感受嗎？」

「她的感受就只有一個：傲慢，需得有人挫挫她的銳氣。妳吃醋了嗎，簡愛？」

「別管這事了，羅徹斯特先生。您就算知道，也沒甚麼有趣。再回答我一次，布蘭琪小姐難道不會因為您的玩弄而痛苦嗎？她不會覺得被拋棄和遺棄了嗎？」

「不可能！我告訴過妳，事實相反，是她離棄我。知道我破產讓她的熱火瞬間冷卻熄滅。」

「您很古怪、城府很深，羅徹斯特先生。我擔心您做人做事是否有違常理。」

「我做人做事從未有違常理，簡愛，奇怪的想法是為了博取注意。」

「再一次認真問您，我是否不須擔心有人正在承受我不久前受過的苦，能夠全心享受上天賜予我的恩惠？」

「妳可以，我善良的小女孩。這世上再沒有人如妳一般，能給我同樣純粹的愛，因為我將那聖油全給了我的靈魂，簡愛，妳的愛就是我的信仰。」

我吻了吻那放在我肩上的手。我好愛他，愛得我無法言喻，大過於言語所能表達。

「再多些要求。」他立刻說，「我喜歡受妳所託、臣服於妳。」

我再次提出了請求。「把您的想法告訴菲爾法克斯太太，先生。她昨晚看見我和您在大廳裡，她很震驚。在我再見到她之前，跟她解釋吧。被這麼一位善良的太太誤會讓我覺得很難過。」

「回妳房裡去戴上帽子吧。」他回答。「我希望妳今早陪我去米爾科特一趟，妳準備的時候，我會跟老太太解釋清楚。簡愛，她會覺得妳錯付了真心嗎？」

「我想她是覺得我忘了身分，而你也是，先生。」

「身分！身分！妳的身分在我心裡，從今以後要有人侮辱妳，我就宰了他們。去吧。」

我很快便著裝完畢。一聽見羅徹斯特先生離開菲爾法克斯太太起居室的聲音，我就趕緊下樓到她房裡。菲爾法克斯太太正讀著晨間經文——主導文。她的《聖經》打開放在面前，眼鏡放在上面。她的例行公事被羅徹斯特先生給打斷了，似乎忘了要繼續。她的視線盯著對面空白的牆，彷彿平靜的心被不尋常的消息給打亂了。她看見我，站了起來，努力擠出微笑，勉強說了幾句恭喜的話，但話還沒說完，笑容便消失了。她戴上眼鏡，闔上《聖經》，推開椅子。

「我覺得好詫異。」她開始說道，「我不知道該跟妳說甚麼，愛小姐。我顯然不是在做夢，對嗎？有時候我自己坐著就會半夢半醒的，想些不曾發生的事情。我好像不止一次在打盹時，看見我十五年前去世的丈夫走了進來，到我身邊坐著。我甚至聽見他像過去那樣喊我的名字，埃麗絲。現在，妳能不能告訴我，羅徹斯特先生真的要妳嫁給他嗎？別笑我，但我真的覺得他五分鐘前走進來過，跟我說再一個月，妳就要成為他的夫人。」

「他也跟我說了同樣的話。」我回答。

「他說了！妳相信嗎？妳答應了嗎？」

「是的。」

她驚訝地看著我。「我從沒想過。他是個驕傲的男人，羅徹斯特家所有人都很驕傲。他的父親，至少他是如此，很愛錢。他也是，總是小心翼翼的。他真打算娶妳？」

「他是這麼跟我說的。」

她把我整個人打量了一番，從她眼裡，我知道她看不出我有甚麼魅力，足以回答這謎題。

「我真不信！」她繼續說道，「但既然妳都說了，便絕對是真的。事情會怎麼樣，我也說不準，我真的不知道。常說婚姻要門當戶對，何況你們還差了二十歲，他都幾乎可以當妳父親了。」

「不，菲爾法克斯太太！」我氣惱地說，「事實上他一點也不像我父親！就算看見我們走在一起，沒有人會這麼想的。羅徹斯特先生看起來很年輕，也確實很年輕，就像二十五歲一樣。」

「他真是為了愛而娶妳嗎？」她問。

她的冷漠和懷疑讓我很受傷，眼淚在我的眼眶裡打轉。

「我很抱歉，讓妳難過了。」菲爾法克斯太太繼續說，「但妳這麼年輕，對男人這麼不瞭解，我希望妳能保護好自己。俗話說：『金玉其外，敗絮其中』我確實擔心這件事會跟妳我想的不同。」

「為甚麼？我是怪物嗎？」我說。「難道羅徹斯特先生就不可能真心愛我嗎？」

「不，妳很好，也的確很好。我想，羅徹斯特先生很喜歡妳。我總感覺妳像他的寵物似的。有時候，對於他明顯的偏愛，我會替妳擔心，也希望妳保護自己，但我不願冒著錯判的可能去說這些話。我知道這樣的想法可能會嚇著妳，或許會冒犯妳。妳這麼謹慎，這麼端莊穩重和有見識，我希望妳一定得好好保護自己。昨晚我找妳找了整屋子，就是找不著，也找不著先生，接著十二點鐘時，看見妳和他走了進來，我心裡真不知有多難受。」

「唉呀，別想這些了。」我不耐煩地打斷她，「現在都好好的不就好了。」

「希望最終會是好的。」她說，「但相信我，小心點總是好的。試著和羅徹斯特先生保持距離，別太相信自己，也別太相信他。像他那樣的紳士通常是不會娶自己的家庭教師的。」

我真的愈來愈惱怒了，幸好，阿黛拉跑了進來。

「讓我去嘛！也讓我去米爾科特！」她叫著。「明明新馬車裡還有位置，羅徹斯特先生就是不准我跟。求他帶我去嘛，老師。」

「我會的，阿黛拉。」我連忙跟她過去，慶幸能夠離開那陰鬱的勸說者。馬車備妥了，他們拉著馬車繞到門前，羅徹斯特先生在人行道上走來走去，派勒跟前跟後。

「阿黛拉能跟我們去，對吧，先生？」

「我跟她說不行。我不想帶搗蛋鬼去，我只要妳。」

「可以的話，讓她去吧，羅徹斯特先生，有她陪著好多了。」

「不行，她只會添麻煩。」

他的表情和聲音都很專橫，我想起菲爾法克斯太太冰冷的警告和消極的懷疑，讓我的希望變得不真實又不確定。我沒了左右他的力量，默默地聽從，不再多加抗議。但當他扶我進馬車時，他看了看我的臉。

「怎麼了？」他問，「所有陽光都沒了。妳真的希望那小孩去？如果不帶她去，妳會不高興嗎？」

「我非常希望帶她去，先生。」

「那麼去拿妳的帽子，快去快回！」他大聲對阿黛拉說。

她用盡力氣飛快地去回。

「畢竟一個早上的干擾也算不了甚麼。」他說，「我馬上就能夠擁有妳——妳一生的思想、話語和陪伴。」

阿黛拉被抱上馬車後，親吻我表示感謝。她立刻躲進與他同一邊的角落裡，轉頭偷看我。他那麼嚴厲，脾氣又那麼乖張易怒，跟他坐在一起太拘束了，她不敢說話，也不敢問他任何事。

「讓她來我這邊吧。」我請求道，「她或許會叨擾到您，先生。這邊的位置還很夠。」

他把她像小狗一樣抱過來，「我總有一天要把她送去學校。」

阿黛拉聽見了，便問老師是不是不會跟她去學校。

「對，」他回答，「老師當然不跟妳去，因為我要帶老師到月球去了。我會在那些火山口的白色峽谷裡找一個洞穴，老師會跟我住在那，而且只跟我。」

「她會沒有東西吃，你會餓著她。」阿黛拉說。

「我日日夜夜都會找嗎哪來給她，整個月球上的平原和山丘都是嗎哪，白得發亮呀，阿黛拉。」

「如果她想取暖，要怎麼生火呢？」

「火會從月亮的山脈升起，當她冷的時候，我會帶她到山頂去，讓她躺在火山口。」

「噢，那一定很不好受、很不舒服！還有她的衣服，衣服會穿破，她去哪買新衣服呢？」

羅徹斯特先生假裝思考著，「唔，」他說，「妳會怎麼辦呢，阿黛拉？動動腦筋想辦法。妳覺得摘朵白色或粉紅色的雲來當禮服怎麼樣？還可以裁一段彩虹，就是一條漂亮的圍巾。」

「那她現在這樣好多了。」阿黛拉下了結論，又想了想說：「可是，她只跟你待在月亮上，會厭倦的。如果我是老師，我就不會跟你去。」

「她會去，她已經答應我了。」

「但你沒辦法帶她去呀，沒有到月亮的路。那裡全是空氣，你不會飛，她也不會飛。」

「阿黛拉，看那草原。」我們現在出了荊棘園的大門，輕快地駛在通往米爾科特的平緩道路上。路上因下過雷雨，沒有飛揚的塵土，兩旁的灌木叢和高聳的樹林閃耀著雨後的翠綠清新。

「大概兩個星期前的一天晚上，阿黛拉，我走在那草原上，就是妳幫我在果樹林草皮上堆乾草那天。我堆乾草堆累了，坐在一個石階上，拿出一小本書和筆，開始要寫下好久以前我曾遭遇過的不幸，期望快樂幸福的日子會到來。雖然日光在葉片間逐漸消逝，我卻寫得很快，那時有東西走上小徑，在我前方兩碼處停了下來。我看著他。他是個頭帶薄紗的小傢伙，我要他靠近我，他便靠到了我腳邊。我沒說話，他也沒說話，但我看著他的眼睛，他也看著我的，我們無聲交談。

「他說他是來自精靈國度的小精靈。他的任務就是讓我快樂，我得跟他離開這花花世界，前往一個孤獨的地方；像是月亮；他向海伊村山丘上升起的玉弓之月點點頭。他跟我描述了我們可以去的雪白洞穴和銀色溪谷，我說我願意去，但我提醒他，像妳跟我說的一樣，我沒有翅膀可以飛。

「『喔，』小精靈說，『沒關係！這裡有個護身符，想去哪便可以去哪。』他拿出了一個漂亮的金戒指。『戴上它，』他說，『戴在我左手的無名指上，我就是你的，你也是我的。我們可以離開地球，到那兒去創造我們的天堂。』他再次對月亮點點頭。阿黛拉，那戒指就在我褲子的口袋裡，化成了一枚金幣，但很快地我就要使它再次化為戒指。」

「但老師跟這有甚麼關係呢？我才不管那小精靈；你說你要帶老師到月亮去。」

「老師是個小精靈。」他神祕地低聲說。我要她別理會他的玩笑，而她也展現了她名副其實的法國式懷疑精神，說羅徹斯特先生是個「大騙子」，說她絕不相信他說的「童話故事」，而且「才沒有精靈，就算有」，他們也絕對不會出現在他面前，更不會給他戒指，或說要跟他住在月亮上。

在米爾科特的時光對我來說格外困擾，羅徹斯特先生要我到某間布料批發店，替我訂了六件禮服。我不喜歡這樣，便推託下次再說，但不行，現在就得決定。我努力低聲懇求他，才從六件減成了兩件。然而他說，這兩件的布料都得由他選。我不安地看著他環顧光彩奪目的布料，看上了一匹極為美麗的昂貴淡紫色絲質布料，和一匹極好的粉色緞布。我再度悄悄跟他說，他可以順便幫我買件金色禮服和一頂銀色帽子，我絕對不敢穿他買的東西。因為他如頑石般固執，我費盡千辛萬苦才說服他另選了一匹素淨的黑色緞布和珍珠灰絲質布料。「暫且如此吧。」他說。但他說希望看見我像百花齊綻般耀眼奪目。

我很高興總算拉他離開布料批發店，隨後又離開了珠寶店。他為我買得越多，我就越覺得惱怒和受到羞辱。當我們再度上了馬車，我坐在後方，又熱又累。在這匆促的行程中，晝夜交替，我完全忘了我約翰伯父寄給里德太太的信，忘了他想收養我和指定我為遺產受贈人的事。「那樣一來，我就能自在些了。」我想著，「如果一直這麼無依無靠，一定無法忍受被羅徹斯特先生打扮得像個洋娃娃，或像達妮一樣每天得被黃金洗禮。我一回到家便要寫信到馬德拉去，告訴伯父我要結婚了，還有嫁給誰。如果有天能夠為羅徹斯特先生帶來一筆遺產，我就能夠忍受如此依附著他。」想到這些，我鬆了口氣，再次大膽地看著羅徹斯特先生那充滿愛意的眼神；即使我先前轉開了臉和視線，那眼神仍執拗地搜尋著我的眼。他微微笑，我覺得那笑容好似蘇丹王帶著祝福、多情地將黃金珠寶賞賜給他的俘虜。我握緊了一下他那始終緊抓牢著我的熱烈的手，並將被我壓紅了的手推回去。

「您無須那樣看我。」我說，「如果您再看，我就從頭至尾穿著羅伍德學校的連身裙。我會穿著這件紫丁香格子裙，你可以自己用那匹珍珠灰的絲綢做件睡袍，還可以用那匹黑色緞布做一大堆背心。」

他笑出來，搓了搓手。「喔，看著她、聽她說話真有趣。」他說。「她怪嗎？她兇嗎？就算有整個土耳其帝國的後宮、大眼美女、所有一切，我也絕不用這小英國女孩去交換。」

那東方後宮又激怒了我。「我一點也比不上您的後宮。」我說，「所以別拿我與後宮相比。如果您真想，就去吧，先生，即刻出發到伊斯坦堡的市集去，把那些您在這兒花得不滿足的錢拿去大肆採購奴隸吧。」

「那我採購這麼多雙秀色可餐的黑色眼珠時，妳會怎麼做呢，簡愛？」

「我會以傳道士的身分前去您的後宮；向那些受奴役的人宣揚自由。我會進到那兒，發起叛亂，而您這位大人物，先生，就會遭我們五花大綁，直到您簽下那所有暴君之中最自由的豁免契約，才除去您的銬鍊。」

「我會乞求妳的憐憫，簡愛。」

「若您用那樣的眼神乞求，羅徹斯特先生，我是不會憐憫您的。看您的樣子，我就知道您在受脅迫之下無論答應了甚麼，一旦重獲自由，就會反悔。」

「為甚麼這麼說，簡愛，妳要甚麼呢？我擔心除了教堂婚禮之外，妳還會要我參加一個祕密婚禮儀式。我想，妳會訂下一些奇怪的規矩；有是甚麼呢？」

「我只想要一顆簡單的心，先生，不需要繁文縟節。您記得您怎麼說凡瑞絲的嗎？那些您給過她的鑽戒和喀什米爾羊毛衣？我不會是您的英國版凡瑞絲。我會繼續當阿黛拉的家教，賺取自己的伙食和寄宿費，一年拿三十鎊薪資。我會自己用那些錢買衣服，您甚麼也不必給我，只要——」

「嗯，只要甚麼？」

「您的關心，而若我也能報以我的關心，便算是互不相欠了。」

「唉，就冷漠魯莽和與生俱來的傲氣來說，妳真算是獨一無二。」他說。我們現在正接近荊棘園。「妳今天想跟我一起用晚餐嗎？」我們進大門時他問我。

「不了，謝謝您，先生。」

「『不了，謝謝您』是甚麼意思？」

「我從沒跟您一起用過晚餐，也不覺得現在要，除非——」

「除非甚麼？妳老喜歡話說一半。」

「除非不得不。」

「妳覺得我是食人魔鬼或食屍鬼，害怕跟我一起用餐嗎？」

「我並沒有這麼想，先生，但我希望接下來一個月跟以往一樣。」

「妳可以現在就停止家教工作。」

「我實在得請求您的諒解，先生，我不願意停止家教工作，我希望如同以往。我不會整天都見到您，如我所習慣的，您傍晚想見我的時候可以要我過去，那麼我就會過去，但其他時間不行。」

「簡愛，我想抽根雪茄，或來點鼻菸作為慰藉，『給我力量』——阿黛拉會這麼說。可惜我沒帶雪茄盒，也沒帶鼻菸壺。但聽著，偷偷告訴妳：現在妳正得勢，小暴君，但很快就換我了。那時我就會緊緊抓牢、擁有和佔據妳，打個比方，我會把妳綁在這鏈帶一樣的東西上。」他指了指他的錶鏈帶，「是的，小聰明，我會把妳戴在胸口，免得弄丟了我的寶貝。」

他邊說邊扶著我下馬車，隨後抱阿黛拉下車。我走進屋裡，隨即上了樓。

傍晚他準時請我過去，我已準備好怎麼應付他，因為我不希望整晚都是面對面聊天。我記得他嗓子好，知道他喜歡唱歌，嗓子好的人通常都喜歡唱歌。我不擅唱歌，而且就他的嚴格標準而言，連音樂也不懂，但我喜歡聽美好的歌聲。夜幕在那浪漫時刻開始從窗邊降下深藍的滿星旗幟，我起身，掀開琴蓋，請求他看在這美好夜晚的份上，為我唱一首歌。他說我是個任性的女巫，他想下次再唱，但我堅持要他現在唱。

他問我喜不喜歡他的歌聲。

「非常喜歡。」我並不喜歡太過縱容他那敏感的虛榮心，但就這次的權宜之計，我甚至願意滿足和鼓舞他。

「那麼，簡愛，妳得當我的伴奏。」

「非常樂意，先生，我試試看。」

我確實試了，但馬上被趕下椅凳，稱是「笨拙的小傢伙」。羅徹斯特先生無禮地將我趕到一邊，正中我下懷；他坐上椅凳，開始自己自彈自唱了起來。我趕緊躲到窗臺邊，坐在那兒看著外頭靜止不動的樹和朦朧的草坪，芳醇的歌聲伴隨著甜美的歌詞傳來：

最真的愛，在心中燃起，
穿過脈搏，傾速流淌似潮水。
我日日企盼，她的到來，
與她分離，我痛徹心扉。
每當她緩下腳步，我便凝心成霜。
我夢呀夢那無比的祝福，

愛呀愛這人兒，
心切入懷、盲目渴望。
世間之大，路途如此艱難，
我倆生命之間，如驚滔駭浪。
如那盜匪出沒的荒野林間，
我倆之間有天與地、有傷與怒。
不怕險阻，不畏人言，
我將一切拋去。煩擾憂愁，
不屑一顧。
奔向彩虹，如電光石火，
彷彿在夢中。
因那清純的玫瑰浮現眼前，
如純淨雨露和微光。
苦難折磨中仍閃亮，
那溫柔肅穆的歡愉，
照亮痛苦折磨的烏雲；我心一如往昔。

在此甜蜜時刻，我越過千山萬水，
展翼勇敢翱翔，誓言讓我付出痛苦代價。
雖傲氣仇恨將會擊潰我，
公理將束縛我，
惱人的強權瞪著怒目，誓言不共戴天。
我的愛懷抱高貴信任，執子之手，
宣誓我倆永結同心，
誓言共赴那姻緣牽掛，
纏繞一生不忘。
以封印之吻，誓言我的愛，
與我同生共死，至死不渝。
我終將享有無比的祝福，
我愛著人，也被人所愛。

他起身走向我，我看見他的臉燃著火，鷹眼閃著光芒，每一吋都是柔情和愛意。我一下膽怯了，又重新振作起來。不願面對甜言蜜語和赤裸的告白，但我卻身處其中，我得有防禦的武器；我磨亮了舌尖，當他一靠近，便地問道：「他現在要娶的究竟是甚麼人？」

「他親愛的簡愛問了個奇怪的問題。」

「怎麼會呢！我倒覺得這自然是個非常必要的問題。他提到要他未來的妻子與他同生共死，如此野蠻的想法是甚麼意思呢？我並不打算要同他共死，他可得明白這點。」

「喔，他所希望、祈求的，不過是『我』能夠與『他』共生！『我』還談不上死哪。」

「確實，如同他一般，我有權等時候到了才死去，但我得等到那時，而非為夫殉節。」

「『我』願意原諒『他』自私的想法，以吻作為和解嗎？」

「不，我寧可不要。」

我聽見他說我是個「難搞的小傢伙」，還說「換了別的女人，聽了這麼滿懷柔情的歌，肯定都融化了。」

我告訴他，我天性如此，又硬又臭，他會經常體會這點的。還有，我決定了要在這接下來的四個禮拜裡，嶄露性格中的各種缺點。趁還有時間反悔，他得全然明白自己要簽的是甚麼協議。

「『我』會保持安靜和理性的談話嗎？」

「若『他』要我安靜，我就會安靜。理性談話也一樣，我想我現在正是如此。」

他煩躁地「啐！」了一聲，哼了幾聲。「很好。」我心想，「您煩了想發怒便發怒吧，但這計畫必然得繼續下去。我對您的喜歡超乎言語，但我不願陷入矯揉造作的感性之中。我要用這些刺人的話讓您遠離那巨大鴻溝，其次，保持這尖刻的回應，讓您和我更能看清我們真正需要彼此的原因。」

我變本加厲，使他相當氣惱，接著，在他氣憤地走到另一端去時，我起身用平常自然有禮的態度說：「晚安，先生。」接著便悄悄從側門溜了出去。

我繼續以這個模式測試他，結果頗為成功。想當然，他始終處在暴躁易怒的狀態下，但整體而言，我知道他也樂在其中。綿羊般柔順和斑鳩似的多情敏感會使他更加專制，他反倒不會開心、得不到滿足，也甚至不會喜歡。

有別人在時，我如同以往恭敬順從而安靜，多餘的舉動毫無必要。只有在傍晚時，我才會使他受挫和折騰他。他一直都準時在七點鐘響時請我過去；即使我出現在他面前，他也不再頻頻把愛呀親愛的甜言蜜語掛在嘴邊，最多只說「讓人生氣的小傢伙」、「小壞蛋」、「鬼靈精」或「小傻瓜」等。擁抱親吻也沒了，現在只剩鬼臉，有時握握我的手，有時捏捏我手臂，有時親親我臉頰，有時擰擰我耳朵。這些都沒關係，現在比起任何柔情對待，我寧可要這些粗暴的寵愛。我感覺到菲爾法克斯太太很認同我，她不再為我憂心忡忡了，因此我確信我的做法是對的。這期間，羅徹斯特先生說我把他折磨得只剩皮包骨了，威脅等到某個快到來的時候，便要我好看。對他的威嚇，我一笑置之。「現在你已在我的掌控之中。」我心想，「今後也必然能如此。就算一個方法沒用，也會有別的方法。」

但我的任務畢竟沒這麼簡單，比起嘲諷逗弄他，我更常要討好他。我的未婚夫正漸漸成為我的全世界，甚至大於全世界，幾乎是我的天和希望。他站在我和信仰之間，如同人類和廣大太陽之間的天。在那些日子裡，我看不見神，只看見祂所造之人，那我所崇拜信仰之人。

一個月的追求過去，剩下最後幾個鐘頭。即將到來的日子——大喜之日——沒有延後，所有東西都準備好了。至少我是沒事可做了：行李收拾好、鎖上、用繩子綁好了，現在靠在我小房間的牆上，排成一排。明天的這個時候，他們已在前往倫敦的路上，而我也是（若天從人願），或者說，不是我，而是羅徹斯特太太，一個我還不清楚是誰的人。寄件地址的四張方形掛牌還沒掛上，放在抽屜裡。羅徹斯特先生自己在每張掛牌上寫上了「倫敦某某旅館，羅徹斯特太太收」，我無法說服自己或要別人將它們掛上。羅徹斯特太太！她並不存在，她得到明天上午八點後才會出現，而我要等到那時才要將所有權讓給她，允許她降臨到這世上。在我梳妝台對面的那個衣櫃裡，她的衣服已取代了我在羅伍德學校的黑色毛呢長裙和草帽，這樣就夠了。因為那套結婚禮服——那露出在旅行皮箱外的珍珠色禮服、薄霧頭紗並不屬於我。我關上衣櫃，將那帶著奇異幻影的服裝藏起來。那禮服在這夜晚時刻——九點鐘——在我房裡的陰暗處閃著一種近乎鬼魅的光芒。「白色夢境啊，就讓你自己留在那兒吧。」我說道。「我很焦躁，我聽見風在吹，我要出門去吹吹風。」

我焦躁不只是因為準備得匆促，不只是因為即將到來的巨大變化、明天將要開始的新生活。讓我在這夜深時刻，懷著不安又期待的心情走進幽暗的庭園，這兩者必然有所影響，但還有另一個更令我不安的原因。

我心底有個奇怪又焦慮的感覺。有件我無法理解的事情發生了，除了我，沒有人知道或看到，就在昨晚。羅徹斯特先生昨晚不在家，到三十英里外他所有的一小塊地去處理公事，那塊地上有兩三個農場，是他在離開英國前必須親自去處理的事。我現在仍等著他回來，渴望讓心情平靜下來，也希望他的答案能夠解除我的疑惑。等他一回來，讀者啊，我就會將我的祕密告訴他，你便也會明白的。

我走到果樹林裡，到風吹不到的地方。風從南方來，強而有勁，已吹了一整天。然而，卻沒有帶來一絲水氣。風沒有因為夜晚到來而平靜，反倒似乎更加猛烈翻湧，疾聲呼嘯；樹朝一個方向傾倒，毫無轉圜餘地，粗大樹枝幾乎無從回到原位。繁茂的枝頭始終彎曲向北，雲朵從這端飄到那端，快速層層堆疊，在那七月天裡，看不見一絲藍天的蹤影。

我帶著不安的心，在那遼闊之中無盡奔流似雷響的狂風下跑著，倒不無野趣。我走進月桂小徑，看見七葉樹的殘骸。樹幹焦黑，從中間裂成了兩半，奄奄一息。被劈開的兩半沒有分開，因為那底部和粗壯的樹根將它們緊緊相連；雖然生命泉源已被摧毀，汁液再無法相會貫流——兩邊巨大的樹枝都死了，冬天接續而來的暴風雪一定會讓其中一邊或兩邊回到土壤之中；然而，人們仍會說它們是一棵樹——毀滅，但是種未斷的毀滅。

「你們緊緊抓住彼此是對的。」我說道，彷彿這怪獸般分裂的樹能夠聽見我說話。「我想，即使你們看來受了傷、焦黑枯萎，心裡一定還有小小的生命，要從那堅貞誠實的根裡發芽出來。你們永遠不會再有綠葉，永遠看不見鳥兒在枝頭築巢歌唱，享樂和充滿愛的時光已過，但你們並不孤獨；在這逐漸腐敗老去中，你們兩個有同伴的相依相隨。」當我抬頭看上去，枝幹間被天空填滿的縫隙中，月亮暫時露了臉。她血紅色的銀盤被雲擋住了一半，似乎困惑又無聊地看了我一眼，旋即又將自己埋入了層層漂浮的雲朵中。荊棘園周圍的風安靜了一陣，但遠處的樹林和水面上傳來狂亂而憂傷的哭嚎。那聲音很悲傷，我就又跑開了。

我在果樹林裡東奔西跑，拾起一地散落樹根處草地上的蘋果，接著把成熟的和沒成熟的分開，拿進屋裡，放進儲藏室。然後我到了書房，確認爐火是否點燃，因為即就是夏日，我知道在這樣陰冷的晚上，羅徹斯特先生進門時看見溫暖的爐火會很開心的。是的，爐火已經點燃了一會兒，燒得正旺。我將他的安樂椅放在火爐邊，推了張桌子到椅子旁，放下窗簾，請人把蠟燭拿進來，準備點蠟燭。當我把所有東西都準備擺設好後，心中更加不安了，我坐立難安，甚至無法待在屋裡。書房裡的小時鐘和大廳裡的老舊時鐘同時響起十點鐘聲。

「都這麼晚了！」我說道。「我要到大門去看看，現在不時有月光，路能看得很清楚。他也許回來了，早點見到他就早幾分鐘安心。」

風在遮蔽大門的大樹枝頭呼嘯著，但我望了又望，從右手邊到左手邊，路上空蕩蕩的，只有月亮探出頭時幾朵偶然飄過的雲影。小路漫長，一個人影也沒有。

我看著看著，孩子氣的淚水模糊了視線，那是失望又心焦的眼淚。我自覺丟臉，抹去了淚水。我漫無目的地遊走，月亮將自己完全關進了閨房，拉上厚厚雲層的簾子。夜愈來愈深，雨伴隨著強風越下越大。

「我希望他快回來！我希望他快回來！」我懷著不祥的預感呼喊著。我本以為他會在晚餐前回來，現在天色都暗了，他怎麼了嗎？發生甚麼意外了嗎？昨晚的事情再度湧上我心頭，總覺得是災難的徵兆。我害怕是願望太過美好，我最近已經有了這麼多幸福，恐怕是用盡了好運，現在厄運要來了。

「嗯，我不能回屋裡去。」我心想，「這麼險惡的天氣，他一個人在外頭，我無法坐在爐邊等。身體的疲累也好過揪心的煎熬，我得繼續往前走，直到見到他。」

我開始動身，走得很快，但沒走太久，還不到四百公尺，我就聽見了馬蹄聲。有位騎士疾馳而來，一隻狗跟在他身旁跑。那不祥的預感煙消雲散！是他，他回來了，騎在馬斯羅爾背上，派勒跟在他身邊。他看見了我，因為月亮已在空中開展了一片藍色平原，明亮得如同水光。他脫下帽子，在頭上揮了揮，我立刻向他跑去。

「看哪！」他從馬鞍上彎身伸出手喊道，「顯然妳不能沒有我。踩在我的靴子上，把兩隻手給我，上來吧！」

我照做，喜悅的心情讓我變得輕盈，我一躍而上，坐在他前方。迎接我的是熱烈的吻，和狂妄的勝利言語，我努力嚥下這一切。他在洋洋得意之中打住，問道：「但妳這麼晚跑來找我，是怎麼了嗎，簡愛？發生甚麼事了嗎？」

「沒有，但我怕你不回來了。我無法在屋裡等你，尤其風雨這麼大。」

「沒錯，又是風又是雨。是呀，妳濕淋淋得像隻美人魚，快把我的披風披上。但我想妳很激動，簡愛，妳的臉頰和手心都熱得發燙。我再問一次，發生甚麼事了嗎？」

「現在沒事了，我不害怕，也不難受了。」

「那麼妳剛剛害怕又難受？」

「是啊，但我慢慢再跟您說吧，先生，我想您只會笑話我的。」

「明天過後，我會真心笑妳的，在那之前我還不敢，我的獎勵還沒到手哪。那就是妳，這個月來像條鰻魚一樣滑手，又像野玫瑰般多刺。我的手哪兒也不敢放，但卻被刺得遍體鱗傷。現在我倒像是拾了隻迷途羔羊到懷裡來，妳跨出了羊圈來找妳的牧羊人，是嗎，簡愛？」

「我是想找您，但別得意過頭了。荊棘園到了，現在讓我下去吧。」

他在人行道上讓我下馬。約翰牽了他的馬，他跟著我走進大廳，要我趕快換上乾的衣服，然後到書房找他。當我走到樓梯轉角時，他喊住我，要我保證不會太久。我也沒花太久時間，不到五分鐘便再見到他，發現他正在用餐。

「坐著陪我，簡愛。看在老天份上，這是妳在荊棘園的最後一餐，而且要很久才會再回來了。」

我坐在他旁邊，但跟他說我吃不下。「是因為想到前方的旅程嗎，簡愛？想到要去倫敦，讓妳沒了食慾嗎？」

「我今晚甚麼也想不清楚，先生，幾乎不知道自己在想甚麼，所有事情都好不真實。」

「除了我，我可是真切實在的——摸摸我。」

「您啊，先生，是其中最虛幻飄渺的，您就像個夢。」

他笑著伸出手，「這是夢嗎？」他將手伸到我眼前。他的手圓潤、強壯而有力，手臂也長而壯碩。

「是啊，即使我觸摸到了，仍是個夢。」我說著將他的手放下。「先生，您用完餐了嗎？」

「用完了，簡愛。」

我按鈴請人將餐盤端走。我們再度獨處，我翻了翻爐火，接著坐在他腳邊的低椅子上。

「夜深了。」我說。

「是啊，但記得，簡愛，妳答應我在婚禮前一晚要徹夜陪著我的。」

「我記得，也會遵守承諾至少一兩個小時，因為我還不想睡。」

「妳的東西都準備好了嗎？」

「準備好了，先生。」

「我也是。」他回應道，「所有事情都安排妥當了，我們明天從教堂回來後半小時內就會離開荊棘園。」

「很好，先生。」

「簡愛，妳說『很好』時的笑容和平常很不同！妳的雙頰好紅！妳眼裡閃爍的光芒好奇怪！妳還好嗎？」

「我想我很好。」

「妳想！怎麼回事？告訴我妳的心情。」

「我無法，先生，我的心情無法用言語表達。我真希望此刻就停在這裡，誰知道下一刻的命運是甚麼呢？」

「妳想太多了，簡愛。妳是太過興奮，或者是太累了。」

「先生，您覺得平靜又快樂嗎？」

「平靜？不，但快樂——打從心底而生。」

我抬頭看著他臉上幸福的表情，炙熱漲紅著。

「相信我，簡愛。」他說道，「把任何壓抑在妳心上的釋放出來，讓我來分擔。妳害怕甚麼？怕我不會是個好丈夫？」

「我完全不擔心這點。」

「妳害怕即將要面對的新環境嗎？即將到來的新生活？」

「不。」

「妳難倒我了，簡愛。妳憂傷的神情和音調讓我覺得又困惑又難受，我想要個解釋。」

「那麼，先生，聽我說吧。您昨晚不在嗎？」

「不在。我知道了，妳要說的是我不在時發生的事；或許也不算甚麼，但總之就是困擾著妳。讓我聽聽看吧。也許是菲爾法克斯太太說了甚麼？或者妳聽見僕人們說了甚麼？敏感的自尊心受傷了？」

「不是的，先生。」十二點鐘響，我等到指針到了位，嘶啞的鐘聲結束，才繼續說。

「我昨天整天都忙個不停，非常忙碌，也非常快樂，因為我並沒有如您以為的，對新環境等感到擔心害怕。我覺得能和您一起生活是我的福氣，因為我愛您。不，先生，別忙著安撫我；讓我說完。昨天我全心信賴天意，並相信這一切的美好都是因為您和我。若您記得，昨天天氣很好；空氣和天空一片平靜，讓我對您旅程中的安危和舒適不再掛心。晚餐過後我在人行道上走了一會兒，心裡想著您，想像您就在我身邊，幾乎忘了您不在。我想著眼前的生活——您的生活，先生——比我要更廣闊活躍，如同江流匯集的海洋深處和海峽河床的淺灘。我不懂為何道德教化者說這世界是一片孤寂荒漠，對我來說，它盛開得像朵玫瑰。就在日落時，空氣轉涼，烏雲滿天，我走進屋裡，蘇菲要我上樓看剛到的結婚禮服。我在盒子下發現了您的禮物——您慷慨奢侈從倫敦寄來的頭紗。我心想，因為我不要珠寶，您便要騙我收下同樣貴重的東西。我微笑著打開頭紗，想著要怎麼嘲笑您的品味，和您費盡力氣要把你平凡庸俗的新娘打扮成貴婦的心思。我想著要戴著我自己準備的素面亞麻方巾，來搭配我這顆卑下的腦袋；想問問您若一個女人無法給予丈夫財富、美貌和人脈，是否便不夠好。我能想見您的表情，也能聽見您粗氣否定的答案，和您傲慢地說，您無須和有錢人或皇室貴族結婚來增加財富或提高身分地位。」

「妳真瞭解我，這小女巫！」羅徹斯特先生插嘴道。「但除了鑲邊頭紗，妳還看到了甚麼？妳看見了毒藥或匕首，現在臉色才會這麼難看嗎？」

「不，不是的，先生，除了那精緻昂貴的頭紗，和羅徹斯特的驕傲之外，我甚麼也沒看見。而那並沒有嚇著我，因為我已習慣惡魔的存在。但先生，當天色愈來愈暗，開始起風——不同於現在狂亂又高聳的風，昨晚的風『發出淒切嗚咽之聲』，更令人毛骨悚然。我真希望您在家。我走進這書房，看見空蕩蕩的椅子和爐火，感到一陣涼意。上床後過了好一會兒，我始終無法入睡，焦慮和緊繃的感覺壓著我。風還呼嘯著，聽在我耳裡，彷彿低沉的鬼魅之聲。一開始我無從判定是在屋裡或是遠處，但每當恢復平靜，那朦朧又憂傷的聲音就會出現。最後，我猜那一定是遠處的狗吠聲。聲音停止時，我也鬆了口氣。睡著後，我一直夢見月黑風高的夜晚，也一直希望您在身邊，但有股奇異惆悵的預感，感覺有阻礙要拆散我們。第一個夢裡，我在一條蜿蜒曲折的未知路上，四周一片黯淡，大雨落在我身上，我抱著一個孩子——非常小的孩子，還不會走路，在我冰冷的懷裡縮瑟顫抖著，可憐哀戚地哭著。先生，我想您一定在那漫漫長路的前方，我就使了勁地要追上您，努力呼喊您的名字，求您停下來；但我動不了，說出的話朦朧不清，而您，感覺每分每秒離我愈來愈遠了。」

「我就在妳身邊，簡愛，而這些夢卻讓妳心事重重？緊張的小傢伙！把不切實際的痛苦忘掉，只想著真實的幸福！妳說妳愛我，簡愛，沒錯，我不會忘了的，妳也別想否認。那些話一經妳說出口，便活了過來。我清楚聽見那溫柔的話語，或許是太過沉重的想法，但就像音樂一樣美妙；『我覺得能和您一起生活是我的福氣，因為我愛您。』妳愛我嗎，簡愛？再說一次。」

「我願意，先生。我願意用我全心全意來說。」

「唔，」沉默了幾分鐘後他說，「真奇怪，但那句話深深刺痛了我的心。為甚麼呢？我覺得是因為妳說得如此熱烈和充滿景仰，因為妳望著我的眼神充滿令人敬畏的信仰、真理和奉獻，滿溢得彷彿有甚麼鬼魅就在我身邊。露出邪惡的樣子吧，簡愛，妳太知道是甚麼樣子了，露出妳燦爛、害羞、令人惱火的笑容吧，說妳討厭我、嘲笑我、與我爭論、做任何事都好，就是別讓我感動，我寧可被激怒，也不要感到悲傷。」

「等我把故事說完，就會嘲笑您、和您爭論，直到您滿足了為止，但先聽我說完吧。」

「簡愛，我還以為妳已經說完了。我以為妳難過是因為夢。」

我搖搖頭。「甚麼！還有嗎？但我可要先警告妳，我相信那不是甚麼要緊的事。說吧。」

感覺到他的不安，和無來由的不耐煩，讓我有些詫異，但還是繼續說了。

「我夢見了另一個夢，先生。我夢見荊棘園是個陰鬱的廢墟，蝙蝠和貓頭鷹的住所。整個雄偉的莊園成了一座空城，看來又高大又脆弱。我在月夜下四處走著，穿過裡頭蔓草叢生的圍牆，一會兒被大理石壁爐絆倒，一會兒被倒塌的橫樑絆倒。我披著披巾，仍抱著那個不知名的孩子。無論我的手臂有多疲累，都不可能將他放下；無論有多沉重，我都得抱著他。我聽見遠處路上傳來馬蹄奔馳聲，我知道那是您，您要離開好多年，到在一個遙遠的國家去。我發了狂似地匆忙爬上一道薄牆，想看您一眼。石頭從我腳邊滾了下去，長春藤蔓從我手裡鬆脫，孩子害怕地抓著我的脖子，幾乎要使我窒息，最後我終於到了最高處。我看見您在那白色小路上像個黑點，愈來愈小。風吹得我幾乎無法站立，便坐在狹小的岩石上，將那嚇著了的孩子放在我膝上安撫著。您轉了個彎，我彎身看您最後一眼，牆便塌了。我被震了一下，孩子從我膝上滾下去，我失去重心，跌了下去，然後便醒了。」

「簡愛，現在可說完了吧。」

「序言說完了，先生，故事還沒說呢。一醒來，有道光線讓我眩目，我心想：喔，天亮了！但我錯了，那只是燭光。我猜是蘇菲進來了，梳妝台上有支蠟燭。衣櫃門開著，我睡前才把禮服和頭紗掛進了衣櫃裡，那兒傳來一陣騷動。我問：『蘇菲，妳在做甚麼？』沒人回應，但衣櫃旁出現了人影，高高舉著蠟燭，看著掛在皮箱上的禮服。『蘇菲！蘇菲！』我再度大喊，仍舊無聲無息。我坐起來，彎身往前看，一開始我感到驚訝，接著是困惑，然後我脈搏裡的血液一陣發涼。羅徹斯特先生，那不是蘇菲，不是莉亞，不是菲爾法克斯太太，不是——對，我當時很肯定，現在也仍然肯定——甚至不是那奇怪的女人，葛瑞絲。」

「一定是她們其中之一。」羅徹斯特先生插話。

「不，先生，我向你保證絕對不是。我之前從未在荊棘園看過那站在我眼前的身影，那身高、那輪廓都未曾見過。」

「說說看，簡愛。」

「先生，那似乎是個又高又壯的女人，稀疏的黑髮垂在背後。我不知道她穿的是甚麼衣服，又白又直挺，但究竟是睡袍、被單、或壽衣，我也說不上來。」

「妳有看見她的臉嗎？」

「一開始沒有，但不一會兒她拿了我的頭紗，舉起來看了好久，接著她將頭紗戴在頭上，轉身看著鏡子。那時我才清楚地從黑暗中的橢圓鏡子裡看見她的臉和五官。」

「看起來如何？」

「恐怖又嚇人！喔，先生，我從未看過像那樣的臉！毫無血色，是張野蠻人的臉。我真希望可以忘記那雙紅色眼睛和發黑膨脹的可怕面容！」

「鬼魅通常都是面無血色的，簡愛。」

「先生，那東西發青發紫，嘴唇又腫又黑，眉頭起了皺紋，血紅眼睛上狂亂地豎著黑色眉毛。您知道那讓我想起甚麼嗎？」

「說吧。」

「邪惡的德國妖怪——吸血鬼。」

「啊！她做了甚麼？」

「先生，她從頭上把我的頭紗拿下，撕成兩半，丟在地上，用力踩著。」

「然後呢？」

「她拉開窗簾向外看，或許是看見天要亮了，便拿著蠟燭走到門邊。就在我的床邊，那身影停住了，可怕的雙眼俯看著我；她突然把蠟燭靠近我的臉，在我眼前吹熄。我感覺到她火紅的臉照著我的臉，便失去了意識。我這輩子第二次——就這麼兩次——因為恐懼而不省人事。」

「妳醒過來時沒人在妳身邊？」

「沒有人，先生，只有白晝。我起身洗頭洗臉，喝了一大口水，雖然沒生病，卻感覺好虛弱。我想除了您，再不能把這夢境告訴別人。現在，先生，告訴我這女人是誰，是甚麼東西？」

「肯定是精神過於緊繃的產物，我可得小心照顧妳了，我的寶貝，妳纖細敏感的神經承受不了太粗重的事。」

「先生，就這件事，我的神經沒有問題。那東西是真的，這件事也的確發生過。」

「那妳之前的夢呢，也是真的嗎？荊棘園是個廢墟嗎？我因無法克服的阻礙而得與妳分開嗎？我會不留一滴淚、沒有吻別、不留隻字片語便離開妳嗎？」

「只是還沒有發生。」

「那麼我會嗎？為甚麼會這麼覺得？將我們緊緊聯繫的那天已經開始了，當我們結合，便不會再有這些心理恐懼，我保證。」

「心理恐懼，先生！我真希望只是如此，從來沒有如此希望過，因為連您都無法向我解釋那可怕的幽靈。」

「正因為我無法解釋，簡愛，那便一定不是真的。」

「可是，先生，我今天早上起床時也這麼告訴自己。但當我環視房內，想鼓起勇氣，在明亮的白晝用正面愉悅的心情看待熟悉的一切時，那兒，就在地毯上，我看見我自欺欺人的證據──頭紗從頭被撕成了兩半！」

我感覺到羅徹斯特先生的驚訝和顫抖，他趕緊抱住我。「感謝老天！」他驚呼道，「如果昨晚真有甚麼邪魔歪道靠近妳，被損毀的只有頭紗。噢，想想可能發生甚麼事！」

他喘著氣，將我緊緊抱住，我幾乎快無法呼吸。沉默了幾分鐘，他快活地說道：

「簡愛，現在我要把一切解釋給妳聽。那事是半夢半真，我想，的確有個女人進了妳房裡，而那個女人，一定就是葛瑞絲。妳說她是個奇怪的人，從妳所知道的事情看來，的確有理由這麼說她，她對我做了甚麼？對馬森做了甚麼？在半夢半醒之間，妳發現她進來和她所做的事，但妳很激動，幾乎是在意識不清之下，便賦予了她妖怪般的外貌。那凌亂的長髮，腫脹的發黑臉龐，過於誇大的身材，都是由於想像，出於夢魘。那被撕爛的頭紗是真的，也像她會做的事。我想妳會問，為甚麼我要把這樣的女人留在我的屋裡。等我們婚後一年又一天時，我會告訴妳的，但不是現在。妳滿意了嗎，簡愛？妳接受我對這神祕事件的解釋嗎？」

我想了想，對我來說，這的確是唯一的可能。我並不滿足，但為了讓他開心，我努力裝出滿足的樣子──鬆了口氣，我的確是這麼覺得。因此我回他一個心滿意足的笑容。由於現在已經超過一點鐘許久了，我就準備離開。

「蘇菲是不是跟阿黛拉睡在兒童房呢？」我點蠟燭時，他問道。

「是的，先生。」

「阿黛拉的小床有足夠的空位給妳，妳今晚跟她睡吧，簡愛。妳遇到的事一定讓妳很心神不寧，我不希望妳自己獨睡。答應我，到兒童房去吧。」

「我很樂意，先生。」

「把門從裡面緊緊反鎖。上樓時叫醒蘇菲，請她明早叫醒妳，因為妳得在八點前著裝完畢、用完早餐。現在，別再想東想西，把不開心的事拋開，簡愛。妳沒聽見風的溫柔呢喃嗎？雨也不再敲打著窗櫺了，瞧。」他將窗簾拉開，「是個美好的夜晚哪！」

是啊，半片天空清澈明朗，風往西邊吹著，聚集的雲朵往東方排成長長一列銀色。月光平靜安詳地照耀著。

「嗯。」羅徹斯特先生探詢地看著我的眼睛，「我的簡愛現在感覺如何呢？」

「夜晚好寧靜，先生，我也是。」

「那麼妳今晚便不會夢見分離，而會夢見充滿愛和祝福的婚禮。」

這個預言成真了一半，我的確沒有夢見傷心的事，但也沒有夢見快樂的事，因為我完全睡不著。抱著小阿黛拉，看著那熟睡的童稚臉龐，如此安穩、沉靜、純真，等著即將到來的日子。我的生命甦醒，內心騷動著，當太陽一升起，我也隨著起床。我記得離開時阿黛拉仍抱著我，我記得我吻了吻她，將她的手從我的脖子上移開，懷著奇怪的情緒哭了起來。因為擔心我的啜泣聲會吵醒她仍舊香甜的歇息，我就離開了。她彷彿是我的過去，而現在，我要將自己打扮好，迎向那令我畏懼卻又崇拜之人，我的未知未來。

蘇菲七點時來替我梳妝打理，她的動作慢吞吞，慢得羅徹斯特先生都不耐煩了，派人上樓問我為甚麼不下樓。她才正在替我別上頭紗（終究是那條素面亞麻方巾），我趕緊要逃離她的手下。

「等等！」她用法語喊道。「看看鏡子裡的自己，妳都還沒看一眼呢！」

於是我在門邊轉過身，看見一個穿著禮服、戴著頭紗的身影，如此不像我自己，彷彿是陌生人。「簡愛！」一個聲音喊道，我趕緊下樓，在樓梯腳下便遇見了羅徹斯特先生。

「慢吞吞的！」他說，「我都不耐煩得火燒頭了，怎麼拖這麼久！」

他帶我到客廳去，認真地把我看了又看，說我「美得像朵百合，不只是他的驕傲，還是他眼裡的渴望」。然後說只給我十分鐘用點早餐。他按鈴，一位新來的僕人，是個男僕，回應了鈴聲。

「約翰備好馬車了嗎？」

「備好了，先生。」

「行李拿下去了嗎？」

「他們正在搬，先生。」

「你到教堂去，看看伍德牧師和執事在不在，回來告訴我。」

如讀者所知，教堂就在大門處，所以男僕很快便回來了。

「先生，伍德先生正在牧師室裡穿牧師袍。」

「馬車呢？」

「馬已經上好鞍了。」

「馬車不需要跟我們去教堂，但我們回來時都得準備好。所有箱子和行李箱都要搬好、綁好，馬車伕得在位置上待命。」

「好的，先生。」

「簡愛，妳準備好了嗎？」

我站了起來。沒有伴郎，沒有伴娘，沒有親友等著或集結成群，只有我和羅徹斯特先生。我們經過大廳時，菲爾法克斯太太站在那兒。我很想跟她說話，但手被鐵鍊銬著似的，被拉著大步前進，我幾乎快跟不上。羅徹斯特先生的表情彷彿認為不論任何理由遲了一刻都不能容忍。我很好奇有沒有新郎會跟他一樣——如此急促匆忙，如此一板一眼，或者，有沒有人在那堅定的眉頭下，還有著那火焰般閃亮的眼睛。

我不知道往大門走下去時，天氣是好或壞，我沒看著天，也沒看著地。我的心佔據了眼裡的風景，好似附著在羅徹斯特先生身上。我們走著走著，他似乎全神盯著甚麼一樣，眼神銳利又暴烈，我想看那無形之形究竟是甚麼，想感受他彷彿與甚麼力量搏鬥抵抗著的想法。

他在教堂的小門邊停住，發現我快喘不過氣了。「我對我所愛太殘忍了嗎？」他說。「休息一會，靠著我，簡愛。」

我現在仍記得那畫面，神所居住的灰色老房子靜靜在我面前出現，一隻白嘴鴉在尖塔上盤旋著，早晨的天空很晴朗。我還記得翠綠的墓園土墩，我也不會忘記，低處小丘上有兩個陌生人影，讀著少數幾個長了雜草的墓碑上刻的碑文。我會注意到他們，是因為當他們看見我們時，便繞到教堂後方去了。我想他們一定是從邊門進去，要來觀禮的。羅徹斯特先生沒有發現他們，他正焦急地看著我恐怕是沒了血色的臉，因為我感覺自己的額頭冒著汗，臉頰和嘴唇又冷又冰。我很快便恢復過來，他輕輕帶著我走上通往教堂入口的小路。

我們走進這安靜樸素的聖地，牧師穿著白袍在簡陋的祭壇等我們，執事站在他旁邊。一切都靜止了，只有兩個人影在角落動著。我的猜測是對的，那兩個陌生人在我們之前溜了進來，現在正站在羅徹斯特家的墓旁，背對我們，從欄杆外看那古老的大理石墓碑，上頭有一個跪著的天使，守護著英國內戰時死於馬斯頓荒原戰役的戴墨・羅徹斯特，以及他的髮妻，以理莎白。

我們的婚禮在祭壇的欄杆內舉行。我聽見身後傳來腳步聲，轉過頭去。其中一位陌生人正走向祭壇，顯然是位紳士。儀式開始了，牧師宣讀完婚姻的意義，接著向前一步，微微向羅徹斯特先生鞠躬，繼續說道：

「我要求並告誡你們兩人（如果你們在那最終審判日揭露所有心中祕密），如果你們當中的任何一人知道你們在這場神聖的婚禮中的結合也許不是合法的，便必須現在立刻坦白。請務必瞭解：沒有神的允許，任何人的婚姻都不會有神的祝福，他們的結合也不會是合法的。」

如一貫的儀式，他停了下來。那誓詞後的停頓，何曾被人打斷呢？不曾，或許，一百年就那麼一次。牧師沒有將視線移開他的書，他停頓了一會，繼續唸下去。他的手已伸向羅徹斯特先生，嘴裡問道：「你願意娶這位女士為妻嗎？」這時附近傳來一個清晰的聲音說道：

「婚禮必須停止，我在此聲明有不可克服之障礙存在。」

牧師抬頭看著說話的人，默不作聲，執事也是。羅徹斯特先生微微震了一下，彷彿腳下發生了地震。他站穩了腳，頭也不回、眼也不抬便說：「繼續。」

他低沉的聲音一說，一陣肅靜。伍德先生隨即說：

「對此聲明，若不加以查證，確認其真偽，我無法繼續。」

「婚禮就到此為止吧。」我們後方的聲音又再說道，「我有證據可以證明我所言不假，這樁婚事確實有無可克服的障礙存在。」

羅徹斯特先生聽見了，但不予理睬，執著又堅定地站著，不為所動，只握著我的手。多麼炙熱強壯的手！這一刻他就像剛挖掘出的大理石般，臉色發白、強硬又魁偉！他的眼睛好亮，仍帶著戒備，卻如此憤怒！

伍德先生一臉茫然，「這障礙是甚麼呢？」他問道。「或許可以解決、可以解釋清楚？」

「很難。」那人回答，「所以我特意說是『不可克服的障礙』。」

說話的人走向前，靠在欄杆上。他斬釘截鐵、冷靜沉穩，但並不大聲地說：

「僅是因為前一段婚姻還存在，羅徹斯特先生的夫人仍活著。」

聽見那些低聲話語，我比被雷擊中更加震驚，血液感受到比冰凍或烈火更劇烈的沸騰。但我很鎮定，沒有昏過去。我看著羅徹斯特先生，要他看著我。他整張臉白得像石頭，眼裡有著電光石火。他甚麼也沒否認，卻像在否認所有事情。他沒說話、沒有笑容、像沒把我當人一樣，只是緊緊摟著我的腰，將我拉到他身旁。

「你是甚麼人？」他問那不速之客。

「我叫布利格斯，倫敦某某街的律師。」

「你要誣陷我有個妻子？」

「我是要提醒您，您夫人的存在，先生。即使您不認同，法律上是認同的。」

「請跟我描述她，她的名字、她的出身、她的所在。」

「當然。」布利格斯先生冷靜地從口袋裡拿出一張紙，以一種帶著鼻音的正式口吻唸道：「我確定，並能證明在某年（十五年前）十月二十日，英國某郡荊棘園及某郡芬迪恩莊園主人，愛德華・菲爾法克斯・羅徹斯特與我的妹妹柏莎・安東妮塔・馬森——商人喬那斯・馬森及其妻（克里奧爾人）安東妮塔氏之女，於牙買加西班牙鎮某教堂結為連理。該教堂留有此樁婚姻的證明，其中一份為我所有。署名者，理查・馬森。」

「那文件若是真的，或許能證明我結過婚，但無法證明其中所提到的，身為我妻子的女人仍然在世。」

「三個月前她仍活著。」律師回道。

「你怎麼知道？」

「我有證人，他的證詞，即就是您，先生，也無法反駁。」

「找他來，否則便下地獄去吧。」

「我會請他出來，他就在場。馬森先生，請走向前。」

羅徹斯特先生一聽見這名字，便咬緊了牙。他也正感受到一陣強烈的顫抖。我離他很近，感覺到他全身因憤怒或絕望的痙攣。第二位陌生人，那自始便站在後方的，現在走上前來。律師身後出現一張蒼白的臉孔——是的，是馬森先生。羅徹斯特先生轉身看著他。他的眼珠，如我常說的，是黑色的，現在卻成了黃褐色，甚至在那黑暗之中發出血紅光芒，他漲紅了臉，橄欖色的雙頰和本無血色的額頭，因心中升起蔓延的火而灼熱。他舉起強健的手臂，本來可以揮到馬森，讓他倒在教堂地上，因這粗暴一擊而嚇得不敢喘氣，但馬森躲開了，虛弱地叫喊著：「老天啊！」對他的蔑視讓羅徹斯特先生冷靜下來；他的憤怒就像希望被摧毀了一樣，束手無策地消散而去。他只問道：「你要說甚麼？」

馬森發白的嘴唇吐出小得聽不見的聲音。

「你如果無法清楚回答，就是有鬼。我再一次問你，你要說甚麼？」

「先生、先生。」牧師插話道，「別忘了您身處神聖之地。」接著他溫和地詢問馬森：「先生，您是否確定這位先生的夫人仍活著？」

「勇敢點，」律師催促他，「說出來。」

「她現在正住在荊棘園裡。」馬森用更明確清晰的語氣說，「我四月才見過她，我是她的哥哥。」

「在荊棘園裡！」牧師脫口而出。「不可能！我在這裡住很久了，先生，我從未聽過荊棘園有位羅徹斯特夫人。」

我看見羅徹斯特先生嘴角揚起令人生畏的微笑，他喃喃說道：

「不，天哪！我小心不讓任何人知道，或用那名諱稱呼她。」他若有所思著，認真想了十分鐘後，下定決心說：

「夠了！一次都講清楚吧，明人不說暗話。伍德，闔上你的書，脫下你的牧師服。葛林執事，離開教堂，今天不辦婚禮了。」那人便離開了。

羅徹斯特先生蠻勇不顧一切地說：「重婚真是個醜陋的詞彙！然而，我確實想重婚。可命運如此玩弄我，或天意本如此——或許是後者。現在，我跟個魔鬼沒甚麼兩樣，而且，如我站在那兒的牧師所言，該受神嚴厲的審判，甚至得被打入那不滅之火和不死之蛆之中。先生們，我的計畫失敗了；這位律師和他的委託人所言不假，我結了婚，而且與我結婚的女人仍活著！你說你沒聽過那上頭的房子裡有個羅徹斯特夫人，伍德，但你一定常聽說有個被看管監禁在那兒的神祕瘋子。有人偷偷告訴你，她是我的私生妹妹；有人說，是遭我遺棄的情婦。我現在便告訴你，她是我的妻子，十五年前與我結婚的人名叫柏莎，是這位勇敢仁兄的妹妹，他現在雖四肢顫抖、嘴唇發白，卻顯示出他心意有多麼堅定。振作點，老兄！不要怕我！打你就像打女人一樣。柏莎瘋了，她來自一個瘋子家庭，三代的瘋子和精神病患！她的母親，那克里奧爾人，是個瘋女人，也是個酒鬼！我在娶了她的女兒後才發現，因為他們先前從未透露家族祕密。柏莎就像個盡責的孩子，繼承了她母親的一切。我有個美麗的伴侶——純潔、聰慧、溫婉端莊，可以想見我會是幸福的男人。我歷經了豐富的事情！噢！我的經歷太過美好了，如果你們知道就好了！但我無須再向你們多解釋。布利格斯、伍德、馬森，我邀你們所有人到屋裡來，見見普爾太太的病人，以及我的夫人！等你們看見我被騙娶了甚麼樣的人為妻，再評判我是否有權利打破婚約、尋求至少是同為人類的人吧。這女孩，」他看著我說道，「對於那醜陋的祕密一無所知，伍德，就和你一樣，她以為一切都是美好合法的，從未想過會和一個可鄙的人陷進一場婚姻騙局，那可鄙之人還有個糟糕、瘋了的、野蠻的伴侶！你們全都來吧，跟著我！」

他離開教堂時仍緊握著我，三位先生跟在後面。到大門口時，我們看見了馬車。

「牽到後頭的馬廄去，約翰。」羅徹斯特先生冷冷地說，「今天不需要了。」

我們一進門，菲爾法克斯太太、阿黛拉、蘇菲和莉亞都前來迎接招呼我們。

「向後轉，所有人！」羅徹斯特先生吼道，「我不需要妳們的祝賀！誰稀罕？我不稀罕！十五年了，太遲了！」

他繼續走上樓，仍牽著我的手，示意三位先生跟著他走。我們爬上第一個樓梯間，走上長廊，繼續到了三樓；羅徹斯特先生用鑰匙打開了低矮的黑色門，讓我們進到滿是壁掛的房間，裡頭有一張大床，這是個美如畫般的密室。

「你知道這個地方，馬森。」我們的嚮導說，「她在這裡咬了你、拿刀傷你。」

他拉起牆上一幅壁掛，第二道門就在後面，他也將這扇門打開。這個房間沒有窗戶、燃燒著的爐火周圍有又高又堅固的爐圍，天花板上懸掛著一盞吊燈。葛瑞絲彎著身，顯然在鍋裡煮些甚麼。在那遠處的陰暗角落裡，一個人影跑前跑後。那究竟是一頭野獸或人類，第一眼沒人說得上來。牠似乎用四肢匍匐著，像某種奇怪的野生動物般，但牠穿著衣服，披著一頭黑白相間、亂如鬃毛的毛髮，遮住了頭和臉。

「早安，葛瑞絲！」羅徹斯特先生說。「妳好嗎？今天一切都好嗎？」

「還過得去，先生，謝謝您。」葛瑞絲回答，邊小心抬起那鍋煮好的東西放在壁爐擱架上。「有點暴躁，但不至於『發狂』。」

一陣尖銳的叫聲似乎戳破了她粉飾太平的謊言，那穿著衣服的土狼站起來，用後腳站得直挺挺地。

「啊！先生，她看見您了！」葛瑞絲叫道，「您最好趕緊離開。」

「就待一會兒，葛瑞絲，妳一定得讓我待一會兒。」

「那麼小心點，先生！看在老天份上，小心！」

那發狂的瘋子怒吼著，她甩開遮住臉的蓬鬆亂髮，猙獰地看著她的訪客。我清楚認出那張青紫的臉、那浮腫的五官。葛瑞絲走上前。

「讓開。」羅徹斯特先生說著將她推到旁邊，「我想她現在沒有刀，而且我有所戒備。」

「誰都不會知道她有甚麼，先生，她如此狡猾，以常人的判斷力，是無法揣測出她的把戲的。」

「我們最好離她遠點。」馬森小聲地說。

「去見魔鬼吧！」是他妹夫的回答。

「小心！」葛瑞絲大叫。那三位先生同時向後退。羅徹斯特先生將我拉到身後，那瘋子跳起來，用力抓住他的喉嚨，要咬他的臉，他們使勁扭打著。她是個粗壯的女人，體型幾乎和她的丈夫一樣，還更加臃腫些。她在這場搏鬥中不只一次展現了強大的力氣，健壯敏捷如他，都幾乎要被她掐死了。他大可將她一拳擊昏，但他不願意打她，只是角力著。最後他抓住她的手臂，葛瑞絲給他一條繩子，他將她的手臂綁在她身後。葛瑞絲給了他更多繩子，他拿了便將她綁到椅子上。這過程中參雜了最兇惡的吼叫和劇烈無比的猛烈掙扎。接著羅徹斯特先生轉向看見這一幕的人，帶著淒涼的苦笑。

「那就是我的夫人。」他說。「這是我來自配偶僅有的擁抱，這就是撫慰我寂寥時刻的情意！而這才是我想要的，」他將手放在我的肩上，「這個如此勇敢沉靜地站在地獄的虎口、冷靜看著魔鬼嬉戲的年輕女孩，我希望用她與那頭難以捉摸的猛獸交換。伍德、布利格斯，看看這差異！把這雙清澈的雙眼與那兒血紅的眼珠相比──這張臉與那怪模怪樣，這樣的身材與那肥大的身軀，然後再評斷我。福音之師和法律之師，記得你們怎麼評斷別人，別人便怎麼評斷你們！現在都離開吧，我得把我的珍寶關起來了。」

我們全都離開了。羅徹斯特先生在我們之後待了一會兒，吩咐葛瑞絲做些事。下樓時，律師對我說：

「女士，」他說道，「妳可免於所有責難，妳的伯父知道了會很高興的──如果馬森先生回到馬德拉時，他還活著的話。」

「我的伯父？他怎麼了？你認識他嗎？」

「馬森先生認識他，約翰先生是他在豐沙爾的公司好幾年的老客戶。你伯父收到妳的信，提到妳即將要跟羅徹斯特先生結婚時，馬森先生正好待在馬德拉調養身體，準備要回牙買加，剛好和他在一起。約翰先生提到這消息，因為他知道馬森先生與一位羅徹斯特先生熟識。可想而知，馬森先生非常吃驚和苦惱，便將真實情況告訴了他。我很遺憾，妳的伯父現在正在病危之際，且病情每下愈況，已經是不太可能康復的狀況。因此他無法親自到英國，把妳從陷阱中解救出來，但他拜託馬森先生盡快阻止這門錯誤的婚事。他請他來找我，我送出所有急件，幸好沒有太遲，而妳，想當然，也必然這麼想。因為我不能說在妳抵達馬德拉之前，妳伯父就會過世，因此我建議妳跟馬森先生一道回去。但也正是如此，我想在妳知道更多愛先生的消息，或從他那兒得到消息之前，最好先留在英國。我們還有甚麼事要待在這裡嗎？」他問馬森先生。

「沒，沒有。走吧。」馬森先生焦慮地回他，還沒跟羅徹斯特先生道別，便從大廳門口離開了。牧師留下來說了幾句話，大概是告誡或責備他高傲的教友。話一說完，他也離開了。

我回到房裡，站在半開的門旁聽著他離開。屋裡空蕩蕩的，我把自己關進房裡，鎖上門，以免有人進來，我開始動作——不是啜泣、不是哀傷，我還沒平靜得能夠感受——我無意識地褪去禮服，換上我昨天穿過、以為是最後一次穿的長裙。我趴在桌上，開始思考——直到現在我才開始能夠聽、看和動——我剛剛被領著或被拉著上上下下，看著一件件事情發生、一樁樁被揭露；而現在，我總算能思考。

那個早晨平靜得可以，除了那短暫登台的瘋子。教堂的事情也並不吵鬧，沒有激烈的情緒、沒有大聲爭吵、沒有爭執、沒有反抗或挑釁、沒有眼淚、沒有哭泣，只有幾句話、對這樁婚事平靜的異議；羅徹斯特先生問了幾個簡短嚴肅的問題；回答、解釋和證據被提出；羅徹斯特先生公開承認事實；然後我們看見活生生的證據；不速之客們走了，一切都結束了。

我一如以往在自己的房裡——只有我自己，沒有太大的變化，沒有甚麼打擊了我，或危害了我，或傷害了我。但昨天的簡愛去哪了呢？她的人生呢？她所盼望的事到哪去了呢？

簡愛，那個曾經熱切期盼著的女人，幾乎要成為新娘了，卻再度成了冷漠孤獨的女孩。她的生命黯然了，她的期盼只剩絕望。聖誕節的霜在這仲夏到來，十二月的風雪捲起這六月天，冰霜凝結了熟透的蘋果，雪沙覆蓋了綻放的玫瑰，積雪掩埋了牧草和小麥田，昨晚百花齊放的小路，如今滿是積雪。十二小時前還繁葉茂盛、明亮如熱帶叢林的樹林，現在荒蕪一片、如挪威冬日野地白蒼蒼的松樹林。我的希望全然死去，被那難以捉摸的命運給擊垮，就如那一夜之間降臨埃及土地上所有初生之子的厄運。我望著我所珍惜的、昨日如此綻放明朗的希望，如今就像僵硬冰冷而蒼白的屍體，再無法復生。我看著我的情意，那屬於羅徹斯特先生的感受——他所創造出的，如今在我心裡顫抖著，如同冰冷搖籃裡受盡病痛和折磨的孩子。它不能躲進羅徹斯特先生的臂彎，不能索取他胸口的溫暖。噢，也再不能回到他身邊，因為景仰已受摧殘，信任已然崩塌！羅徹斯特先生對我來說，不再是以前的他，因為他並不是我所想的他。我不能怪他，我不能說他背叛了我，但我不會再相信他的話，且必須離開他，這些，我再清楚不過了。何時、用甚麼方式、何處，我還沒想到，但我不懷疑，他自己就會催促我離開荊棘園。看來，他對我並沒有真正的情感，只不過是反覆無常的激情，而那激情僅止於此，他不會再要我了。但我連走過他身旁都沒有勇氣，我應該要恨他的。噢，我的雙眼多麼盲目啊！我的行為多麼軟弱！

我摀住並闔上雙眼，漩渦般的黑暗彷彿圍繞在我身邊，思緒如一股混亂的暗潮。我將自己放逐、放鬆、放空，彷彿讓自己躺在大河裡乾枯的河床。我聽見流水從遠處山裡流過，感覺到那水流的到來，我不想起來，也沒有力氣逃脫。我癱軟虛弱，希望自己死去。我心裡只有一個仍悸動的念頭——我想起了神，默默禱告著。這些話在我黯然無光的心中上下遊蕩，本該輕聲說出口的，卻無力表達：「求祢不要遠離我，因為急難臨近了，沒有人幫助我。」

急難臨近了，但因我沒有向上天祈求，因為我的雙手沒有握起、雙膝沒有跪下、雙唇沒有開啟，急難便來了，洶湧的洪流將我吞沒。我感到生命孤寂、愛情已逝、希望幻滅、信心受到重重打擊，這整個意識是一股沉悶滯緩的巨大混亂，強大兇猛地在我頭頂上盤旋。那酸苦的時刻無以言喻，事實上，「洪水沒進我的靈魂，我深陷泥沼，沒有立足之處；我到了深水之中，大水將我淹沒。」

午後某刻，我抬起了頭，看了看四周，看見西邊閃著金光的夕陽正要從牆邊落下，我問自己：「我該怎麼辦？」

但我心中的聲音——「即刻離開荊棘園」是如此唐突、如此可怕，讓我關起了耳朵。我說我現在無法承受這樣的想法。「不是羅徹斯特先生的新娘並不是最大的痛。」我想，「從那最美好的夢中甦醒、發現一切是一場空，是我能夠承受和熬過的可怕事情；但要我決心立刻全然與他分離，我無法忍受，我做不到。」

但這時，我心裡的聲音告訴我，我做得到，而且必須這麼做。我和我的內心角力著，我想要變得軟弱，就可以避開眼前更可怕的折磨；而「良知」化身為暴君，掐著「情感」的咽喉罵她，告訴她她的小腳還未陷得太深，且誓言他那鐵石般的臂膀必會將她甩進起伏不定的苦痛之中。

「把我趕走吧！」我哭喊著。「有沒有人可以幫幫我？」

「不，妳得自己離開，沒有人可以幫妳。妳得自己摘去妳的右眼，砍斷妳的右手，妳的心會是祭品，而妳是那傷它的祭司。」

我忽地站了起來，對這孤獨之中如此殘忍的評判感到恐懼，如此可怕的聲音充斥在寂靜之中。我一站直，頭便一陣暈眩。我覺得自己是過於激動和飢餓了，從那天起我就滴食未進，因為我一頓早餐都沒吃。我現在才想到，伴隨著奇怪的痛楚，我已經把自己關在這裡很久了，卻沒有人來問我好不好，或請我下樓，連小阿黛拉都沒有來敲門，菲爾法克斯太太也沒有來找我。「朋友總會遺忘那被命運摒棄之人。」我喃喃自語著，邊轉開門把走出去。我被一個東西絆了一下，我的頭還在暈，視線模糊，手腳虛弱。我無法馬上站好，我跌了下去，但沒有倒在地上，一隻手臂伸出接住了我。我抬頭看，是羅徹斯特先生接住了我，他坐在我房門外的椅子上。

「妳終於出來了。」他說。「嗯，我等了妳好久，聽了好久，但都沒聽見任何動靜，也沒有抽噎聲。那死寂再多五分鐘，我就要破門而入了。所以妳在躲我？妳把自己關起來，獨自難過！我寧可妳來找我，把我罵一頓。妳很直率，我以為會是那樣。我準備好要迎接妳熱雨般的淚，只希望那淚浸濕我胸口，可是那淚流到了無情的地板上，或濕透了妳的手帕。但我錯了，妳連哭都沒哭！我看見蒼白的臉頰和黯然的眼神，卻沒有淚痕。那麼我想，妳的心一定哭著淌血了？」

「簡愛，沒有一句責備嗎？沒有酸苦，沒有難過嗎？沒有撕裂的感受或痛楚嗎？妳就這麼安靜坐在我讓妳坐著的地方，用那疲倦消沉的樣子看著我。」

「簡愛，我從沒想過要這樣傷害妳。如果一個人只有一隻小母羊，像女兒一樣親，吃他的麵包、喝他的水、依偎在他胸口，某天卻在屠宰場裡錯手殺了牠，那錯殺的悔恨絕不比我現在多。妳會原諒我嗎？」

讀者啊，此時此刻我已原諒他了。他眼裡的懺悔如此深，聲音裡的遺憾如此真，如此有男子氣概的言行，除此之外，他整個樣子和態度裡有著那不變的情意——我全都原諒他了，但沒有說出口，沒有表現出來，只在我心中。

「妳知道我是個渾蛋嗎，簡愛？」不久他憂愁地問道，我想是因為我始終沉默不語、無精打采，那是因為身體的疲倦，而不是因為心。

「知道，先生。」

「那就直截了當告訴我，不要放過我。」

「我無法，我好累好難受。我想喝水。」他發出有些顫抖的嘆息，抱起我，帶我下樓。一開始我並不知道他帶我到哪去，我的眼前一片雲霧，不久我感覺到爐火燃起的溫度，因為雖是夏天，我在房裡卻又冰又凍。他把酒拿到我唇邊，我喝了之後才有點精神。接著我開始吃他遞給我的東西，很快便恢復過來。我在書房裡，坐在他的椅子上，他靠得很近。「如果我就這麼死了，不用感受太椎心的痛楚，或許會好點。」我心想，「那麼我就不須努力揪著我的心，把它從羅徹斯特先生那兒撕裂。看來，我定得離開他。但我不想離開他——我不能離開他。」

「妳現在感覺怎麼樣，簡愛？」

「好多了，先生，我很快就會沒事的。」

「再喝口酒，簡愛。」

我喝了，接著他將酒杯放到桌上，站在我面前，認真地看著我。突然，他轉身呢喃了些激動的話，在書房裡快步走來走去。他彎身，像要吻我，但我想起現在不能夠擁抱親吻，便轉頭將他推開。

「甚麼！這是怎麼了？」他心急說道。「喔，我知道了！妳不願親吻柏莎的丈夫？妳覺得我懷中已有人，不該擁抱妳？」

「無論如何，都沒有我的位置和說話餘地了，先生。」

「為甚麼，簡愛？妳不需說太多話，我來替妳說；妳會說，因為我已經有了夫人了，對嗎？」

「對。」

「如果妳這麼想，就是誤解我了，妳一定覺得我是個放蕩的密謀者，惡劣又卑鄙，假裝愛妳，就為了讓妳陷入精心策畫的圈套，奪去妳的名譽，掠取妳的自尊。妳要說甚麼？我知道一開始妳還很虛弱，甚麼都說不出來，連呼吸都很困難。其後，妳還不習慣怪罪痛斥我；除此之外，淚水的閘門已開，若妳說太多話，淚水就會宣洩而下；而且妳並不想宣洩、不想罵我、不想大哭大鬧。妳在想要怎麼做，妳覺得言語毫無用處。我瞭解妳，我已經準備好了。」

「先生，我並不想與您作對。」我說道，不穩的聲音警示我長話短說。

「妳話是這樣說，但在我心裡，妳正在算計著要將我摧毀。妳就跟說了我是個已婚男子沒甚麼兩樣——對一個已婚男子，妳大可躲我、閃避我，剛剛妳便拒絕吻我。妳想讓自己成為陌生人，僅是以阿黛拉的家庭女教師身分住在這屋簷下，若我對妳說了甚麼友善的話，妳就會說：『那男人差點讓我成了他的情婦，我一定得對他冰冷如霜。』於是妳便成了冰雪和鐵石。」

我清了清喉嚨，穩住聲音說道：「一切都變了，先生，我也必須改變。毫無疑問地，為免情緒的起伏，以及深陷回憶和複雜關係的掙扎，只有一個辦法——阿黛拉必須找個新家教，先生。」

「喔，阿黛拉會去上學，我已經安排好了。我也不願讓荊棘園裡那醜陋的關係和回憶折磨妳——這該死的地方、這亞干[1]的住所、這傲慢無禮的墓穴，向那寬闊天空的光明散播活死人般恐怖的氣息——這狹小的岩石地獄裡，有隻真正的惡魔，比我們想像出的大批惡魔還糟。簡愛，妳不該待在這裡，我也是。把妳帶到荊棘園來是我最大的錯誤，我明知道這是多麼可怕的地方。在我見到妳之前，我就要所有人保密，對這地方的災禍，一個字都不許吐露。只因為我擔心要是知道了自己和甚麼樣的人同住，阿黛拉永遠也找不著家庭女教師，但我也不能將這瘋子移送到別的地方去；雖然我有間老房子在芬迪恩莊園，那兒比這裡更幽靜偏僻，我大可將她安全地安置在那裡，但那裡位在樹林之中，環境對健康不利，我無法昧著良心這麼做。或許那些潮濕的牆很快地就會讓我脫離她，但每個惡人都有缺點，我的缺點就是不願間接殺人，即就是我最恨的人。

「然而，向妳隱瞞那瘋女人的存在就像用披風蓋住一個孩子，卻將他放到有毒的尤巴斯樹旁一樣——那惡魔的近處都已染毒，且終年不散。但我會關閉荊棘園，我會把前門釘牢，用木板封住低處的窗；我會每年給葛瑞絲兩百英鎊，讓她在這裡陪伴我的『夫人』——如你們稱呼

1 譯註：聖經《約書亞記》中，亞干因取了神所要毀滅之物而受到懲罰。

那可怕瘋女人的詞彙。有了錢，葛瑞絲甚麼都願意做的，她還可以要她兒子——格林斯比收容所的管理人——陪伴她，並給予協助，無論我的『夫人』是熟稔地在半夜將人燒死在床上、拿刀刺人、把人咬得骨肉分離，等等——」

「先生，」我打斷他，「您對那不幸的女士好無情，您提到她時帶著恨意，充滿憎恨的厭惡感。好殘忍！她瘋了也不是故意的。」

「簡愛，我的小心肝，所以我才這麼喊妳，因為妳就是如此，妳不知道自己在說甚麼，妳又批評了我。我恨她，並非因為她瘋了。如果妳瘋了，妳覺得我會恨妳嗎？」

「我覺得會，先生。」

「那麼妳便錯了，妳並不瞭解我，不瞭解我的愛。對我而言，妳的每一吋都是我的心頭肉，無論病痛都是如此。妳的心是我的珍寶，若破碎了，仍舊會是我的珍寶。若妳瘋了，我的臂膀會守護著妳，而不是用一件緊身馬甲束縛妳；即就是妳狂怒的抓扯，在我眼中仍有著魅力；若妳像今早那女人一樣狂亂飛撲向我，我會將妳抱住，至少會是寵溺的束縛。我不會像對她一樣，厭惡地避開妳；在妳安靜的時刻，不會有監管人或看護，只會有我；我能夠給妳不倦的溫柔，即使妳不會報以笑容；我永遠不會厭倦看著妳的眼睛，即使那雙眼不再發出認得我的光芒。但我說這些做甚麼呢？我剛才正在說要讓妳離開荊棘園哪！如妳所知，一切都準備好了，明天妳便可以離開。我只要妳在這屋簷下再忍受一晚，簡愛，然後便可以永遠向這屋裡的不幸和恐怖道別！我有個地方可去，那裡是個沒有可憎回憶、不受侵擾的安全避風港，甚至不會有謊言和流言蜚語。」

「那麼帶著阿黛拉跟您去吧，先生。」我插話道，「她會陪著您的。」

「甚麼意思，簡愛？我說過，我會送阿黛拉去上學。況且我要一個孩子陪伴做甚麼，還不是我的孩子——是個法國舞者的私生女！為甚麼妳要不停提到她！我說，為甚麼妳要阿黛拉來陪我？」

「您提到要遁世隱居，先生，隱居和獨身一人是很無趣的，對您來說太過無趣了。」

「獨身！獨身！」他惱怒地重複說道。「看來我得解釋清楚，我不知道妳那怪裡怪氣的表情是甚麼意思。妳得和我一起隱居，妳懂嗎？」

我搖搖頭。在他愈來愈激動時，即使要冒著險表達那沉默的異議，都需要相當的勇氣。他在書房裡快步走著，然後停了下來，彷彿被釘在一個點上。他努力看了我好久，我轉開視線，盯著爐火，試著裝出和保持平靜鎮定的樣子。

「現在簡愛的執拗出現了，」他最後說，比我所預期的還要更平靜。「那絲綢卷軸目前已經夠柔順平滑了，但我始終知道會有糾結和難題，現在可來了——煩惱、憤怒和無窮盡的麻煩！老天啊！我真希望有一點參孫的力量，可以快刀斬亂麻！」

他又開始踱步，但很快又再度停下來，這次停在我面前。

「簡愛，妳願意聽原因嗎？」他彎身在我耳邊說，「因為，若妳不願意，我就要用蠻力了。」他的聲音粗啞，樣子像個剛掙脫重重束縛，猛然陷入狂亂放縱的男子。我曾見過那個樣子，比這時更加激動，我甚麼辦法也沒有。現在，這一秒就是我所能控制和制止他的姿態，只要回了話、動了一下、害怕了，便將注定我和他的命運。但我並不害怕，一點都不怕。我感覺到內在的力量，一股力氣支撐著我。這時刻很危險，但也有其魅力，或許就如同印地安人以獨木舟划過急流的感受。我握住他緊握的手，鬆開他扭曲了的手指，輕聲對他說：

「坐下，我陪你想講多久，就講多久，甚麼我都聽你說，無論理性或不理性的。」

他坐了下來，但並沒有馬上開口。我一直努力忍住眼淚，要用盡力氣才能夠壓抑自己，因為我知道他不會希望見到我哭。然而，現在我知道可以讓淚水恣意流下。若淚水惹怒了他更好，因此我就盡情哭了起來。

不久我就聽見他認真地懇求我鎮定下來，我說我沒辦法，因為他這麼激動。

「但我並沒有生氣，簡愛，我只是太愛妳了，但妳一直拉下妳蒼白的小臉，如此堅決冰冷，我無法忍受。別哭了，擦乾眼淚吧。」

他放軟了聲調，說他鎮定多了，所以我也平靜了下來。他隨即將頭靠在我的肩上，但我不允，接著他要將我拉到懷中——不行。

「簡愛！簡愛！」他說，聲音如此哀傷，顫動了我每根神經。「妳不愛我了嗎？妳在乎的只有我的身分，和我『夫人』的身分嗎？因為妳覺得我沒有資格做妳的丈夫，妳便避開我的觸碰，好似我是癩蛤蟆或大猩猩？」

這些話讓我好心痛，但我能做甚麼、說甚麼呢？我或許只能甚麼也不做、甚麼也不說，但我因他受了傷而痛悔自責，無法克制自己撫慰那被我傷了的傷口。

「我當然愛您。」我說，「從未有過地愛，但我現在不能表現或縱容這份感覺，而且這是我最後一次說了。」

「最後一次，簡愛！甚麼？如果妳仍愛我，妳覺得妳能夠跟我生活在一起、每天見到我，卻仍舊冷酷地保持距離嗎？」

「不，先生，我很確定我無法，因此我想只有一個辦法，但若我說了，您一定會生氣。」

「喔，說吧！若我生氣了，妳的眼淚是最好的武器。」

「羅徹斯特先生，我得離開您。」

「多久，簡愛？幾分鐘？好讓妳可以梳梳亂了的頭髮；洗洗那看來又熱又燙的臉？」

「我必須離開阿黛拉和荊棘園，我必須一輩子與您分離；我必須用新的身分、在陌生的面孔之間，開始新的生活。」

「當然，我說過妳該這麼做的！我就不當是妳要離開我的瘋話。妳的意思是要成為我的一部分。新身分嘛，沒問題，妳還會是我的夫人，我仍未婚。妳會成為羅徹斯特夫人；有名有分。在妳我有生之年，我只會有妳。妳可以到我法國南方的住所，那是一間在地中海岸的白色別墅。妳在那兒一定會有快樂安全和最單純的生活。永遠不需害怕我會使妳落入陷阱，成了我的情婦。為甚麼妳搖頭呢？簡愛，妳得理智點，否則我真會再度發狂的。」

他的手和聲音顫抖著、鼻翼擴張、眼睛發出火焰，但我仍不畏懼地說；

「先生，您的夫人仍活著，那是今早您便知曉的事實。若我如您所想，和您同住，那麼我就是您的情婦，其他的都只是強詞奪理罷了——都是謊言。」

「簡愛，妳忘了我的脾氣並不好，我不會忍讓太久，我不是冷酷無情之人。憐憫我，也憐憫妳自己，把手指放在我的脈搏上，感受它的跳動，妳可要準備好了！」

他露出手腕，伸向我，他的臉頰和唇沒了血色，愈來愈蒼白。我難受得不知如何是好，讓他如此激動、用他如此憎惡的方式拒絕他是很殘忍的，但我不願屈服。當人們被逼至絕境時，總會直覺地向那高於人類的存在求援：「神哪，救救我吧！」我不禁脫口而出。

「我是個笨蛋！」羅徹斯特先生突然大喊。「我一直告訴她我沒有結婚，卻沒向她解釋原因。我忘了她對那女人的性格，或我之所以跟她結合、陷入這地獄般的處境一無所知。噢，我確信當簡愛知到了一切以後，會認同我的。把妳的手交給我，簡愛，我得要看到妳、觸碰到妳，來感覺妳在身旁——我會把真實情況告訴妳，幾句話就好，妳能聽我說嗎？」

「可以，先生，幾小時都可以。」

「只要幾分鐘就夠了。簡愛，妳知道，或有聽過我並非家中長子，我曾經有個哥哥嗎？」

「我記得菲爾法克斯太太跟我說過一次。」

「那麼妳聽說過我父親是個唯利是圖、貪得無厭的人嗎？」

「我大概知道。」

「好，簡愛，正是因為如此，他不希望分家產，他無法忍受要分配財產、把一部分的財產給我。因此，他決定把所有財產給我的哥哥羅蘭德。但他也無法忍受自己有個兒子成為窮人，因此我必須娶個富家小姐。不久他幫我找了一門親事；馬森先生的父親是西印度群島的大農場主人和富商，是他的舊識。他確知他的財產很多，且是真的，於是提了親。他發現馬森先生的父親有一個兒子和一個女兒，而且從他嘴中得知，他會給女兒一筆三萬英鎊的財產——這正切合他意。我大學一畢業，便被送到牙買加去娶那選好的新娘。我父親沒提到她的財產，只說馬森家小姐是西班牙鎮著名的美人，這話確實不假。她確實很美，跟布蘭琪一樣，高䠷黝黑又貴氣。她的家人希望能把握住我，因為我出身優秀，她也是如此。他們帶她到宴會上見我，穿得很漂亮。我很少見她獨自一人，也很少跟她單獨說話。她很稱讚我，大方展現了她的魅力和才藝。所有認識她的男人都似乎為她傾倒，而且羨慕著我。我飄飄然，興奮又激動，由於無知、年輕又不諳世事，我以為我愛上她了。再沒有比愚昧的群體競爭、色慾薰心、輕率魯莽、年少輕狂更愚蠢、更能讓一個男人匆促犯錯的了。她的親戚們鼓吹我，競爭者激起我的鬥志，她誘惑我，一樁婚事就這麼在我幾乎茫然不知身在何處的情況下決定了。喔，一想到那衝動，我就鄙視我自己！內心覺得極為恥辱痛苦。我從未愛過、從未尊重，甚至從未認識過她。我不知道她的任何性格，我沒有看清她的言行舉止是否謙遜端莊、仁慈善良、正直坦率或謙恭合宜，然後我就與她結婚，我真是庸俗卑下、蒙了眼的呆頭鵝！讓我別再增添罪惡了——想想現在在對誰說話。

「我從未見過我的新娘的母親，我以為她去世了。蜜月一過，我就知道我錯了——她只是瘋了，被關在精神收容所裡。還有她一個弟弟也在那兒，他是一個徹底的蠢蛋。她的哥哥，妳見過的，我無法恨他，即使我憎惡他所有家人，因為他脆弱的心中有某種真摯的情感，無論是對他不幸的妹妹的關心，或是對我無賴般的依賴，但他有天也可能會變成一樣的人。我父親和我的哥哥羅蘭德知道這所有一切，但他們只想到那三萬英鎊，於是設下這個陰謀陷我於不義。

「這些是很卑鄙的事，但除了隱瞞事實之外，我無法將一切怪罪我的妻子，即使我發現她的性格與我迥異、品味可憎、生性平庸、膚淺、狹隘，完全無法看得更高、想得更遠；當我發現我無法自在地跟她度過一個下午，連一個小時都沒辦法，我們之間無法對話，因為無論我開啟甚麼話題，都會立即從她那兒得到粗俗平庸、固執愚昧的回應；當我知道我永遠不可能有個安穩的家，因為沒有僕人願意忍受她暴躁無理的脾氣、荒謬矛盾又刁鑽的命令時，我就開始壓抑自己。為了避免被責罵，我話說得愈來愈少，我試著把自己的後悔和憎惡藏在心裡，我壓抑自己深深的厭惡。

「簡愛，我不想讓妳聽那些糟透了的細節，再說下去我會吐出不雅的話的。我跟樓上那女人住了四年，不到四年就讓我疲倦不堪，她的性格變得更加反覆無常，無理取鬧愈來愈頻繁──那脾氣如此暴烈，只有殘暴的方式才能制止，但我不願用殘暴的方式。她的智力如此低淺，脾氣卻如此大！柏莎是一位聲名狼藉的母親的女兒，將我拖入所有醜陋可恥的痛苦中，使一位有了妻子的男子無節制地酗酒和出軌。

「在這期間，我的兄長離世，四年的最後，我父親也撒手人寰了。我變得非常富有，但內心卻因憎惡而貧乏。我從未見過的污穢不潔和墮落頹廢伴隨著我，在法律上和社會上成了我的一部分。我無法藉由任何法律途徑脫離，因為醫生已經發現我的『夫人』瘋了，她過當的行為已預示了精神異常的開始。簡愛，妳不喜歡我說的這些嗎？妳看起來好虛弱，我是不是該改天再說呢？」

「不，先生，說完吧。我很同情您，我發自內心同情您。」

「從某些人身上得到的同情，簡愛，是又討厭又羞辱人的，理應要丟回說出口的人嘴裡。但那是冷酷無情又自私的人才會有的同情，那是聽見苦痛悲哀時五味雜陳而自負的痛楚，伴隨著對於承受苦難之人的無知蔑視。但那不是妳的同情，簡愛，不是妳這一刻臉上流露出的感受，妳的眼眶幾乎決堤，妳的心跳動著，妳的手在我手裡顫抖著。妳的同情，親愛的，就是母愛的痛苦，那出生時神聖的痛楚。我接受了，簡愛，讓那女孩降生於世吧！我的雙臂等著迎接她。」

「先生，現在繼續吧，您發現她瘋了的時候，您怎麼辦？」

「簡愛，我近乎絕望，殘存的自尊心就是我和那巨大深淵之間的阻礙。在世俗之人眼中，我無疑背了一層不名譽的恥辱，但我決心使自己在自己眼中孑然一身，最後我拒絕受她罪惡的玷污，並脫離與她的精神異常的所有連結。但社會仍將我的名字和我的人與她相提並論，我仍舊每天見到她、聽到她的聲音。她的氣息充斥在我所呼吸的空氣中，呸！除此之外，我記得我曾經是她的丈夫——那個記憶在那時、在此刻，都令人厭惡。而且，我知道只要她活著，我就不可能是另一個更好的妻子的丈夫。即使她年長我五歲——她的家人和她的父親甚至連她的年紀都騙了我——她身體健康強壯，和她精神不穩定的程度相仿，大概可以跟我活得一樣久。因此，在那二十六歲的年紀，我全然無助。

「有天晚上我被她的吼叫聲吵醒——自從醫生宣布她瘋了之後，當然她便被關了起來——那是個悶熱的西印度之夜，通常是暴風雨前夕的徵兆。我無法入睡，便起身開窗。那空氣像硫磺蒸氣般，沒有任何清新氣息。蚊子飛了進來，繃了臉似的在房裡嗡嗡叫；我能從房裡聽見海像地震般的隆隆聲，烏雲從海的上方飄過；月亮在波濤之間起伏，又大又紅，像一顆燙手的榴彈砲；她最後血紅的一瞥，照在醞釀著暴風雨且顫動的世界上。我被那氣氛和畫面撼動，耳朵充斥著那瘋女人的尖叫咒罵聲，那時她正用魔鬼般帶著恨意的聲音喊著我的名字！即就是妓女，都不曾有過那麼污穢骯髒的詞彙。雖然隔了兩間房，我仍聽得見每一個字；那間西印度的房子裡，薄薄的隔間雖能抵擋，卻只能稍微擋住她狼嚎似的吼叫。

「『這種生活，』我最後說，『簡直是地獄，這是無底深淵的聲音哪！如果可以，我有權利把自己帶離這裡。這極大的苦難折磨著我的肉體，使我的靈魂受苦。我不怕那炙熱的煉獄之火，再沒有比這現狀更糟的了──讓我離開，回到神的身邊吧！』

「我邊說邊跪下，打開槍盒，裡頭有一對上了膛的手槍，我打算自殺。那念頭只有短暫閃過，因為我並沒瘋，是那強烈純粹的絕望讓我想要自我毀滅，但那念頭一秒便過去了。

「一陣從歐洲吹來的海上清風灌進敞開的地窖裡，那風吹湧而入，發著火焰，空氣變得純淨。我那時下定了決心。當我走在濕漉花園中濕淋淋的橘子樹下，以及濕透的石榴和鳳梨之間，熱帶雨林間的燦爛黎明照亮了我的四周──我恢復了理智，簡愛──現在聽我說，因為那是在那一刻真正撫慰了我、指引我正確道路的大智慧。

「那來自歐洲的甜美清風仍在簇葉間呢喃著，大西洋的雷鳴彷彿燦爛輝煌的自由，我已乾渴枯萎了好長一段時間的心被那聲音一震，沸騰了滾滾熱血；我渴望重生，我的靈魂渴求那一口純淨的甘露。我看見希望重生，並再次感受到希望。從我花園盡頭的花拱門看去，我看見海洋，比天空更藍。舊世界已逝，明朗的未來就此開啟！

「『去吧！』希望說著，『再次回到歐洲，你在那兒不需背負污名，也不需承受污穢的牽絆。你可以帶著那瘋女人到英國去，將她幽禁在荊棘園，提供合適的照護，然後到你想去的地方遊歷，去交你喜歡的新朋友。那折磨了你這麼久、如此污蔑你名聲、如此侮辱你的名譽、如此荒廢你的青春的女人，並非你的妻子，你也非她的丈夫。只要她受到適當的照料，你便仁至義盡了。讓她的身分、與你的關係被掩埋遺忘之中，與你再無干係。將她安置在安全舒適之處，使她帶來的恥辱成為祕密，然後離開她。』

「我立刻便這麼做了。我父親和哥哥並沒有讓他們認識的人知道我的婚姻，因為在我第一次寫信告知他們我已成婚時，我就已開始感受到極其不堪的後果，並從這整個家族的性格與體質上，感覺到可怕的未來在我面前開啟；我附上叮囑，要他們務必將此事保密。很快地，我父親為我所選的夫人的不名譽行為，也使他為這個媳婦感到丟臉。他完全不願公開此事，和我一樣急於隱瞞。

「於是，我就將她送到了英國。有這麼一隻可怕的怪物在船上，真是可怕的旅程。幸好我終究將她送到荊棘園，並看著她被安置在三樓房間裡，這十年來，她的密室成了野獸的窩巢、醜陋妖精的囚房。我費了很多心思替她找看護，因為必須選個忠誠可靠的人，因為她的胡言亂語免不了要洩漏我的祕密。除此之外，她有時會恢復神智，有時是幾個星期，她總漫天漫地罵我。最後我雇用了格林斯比收容所的葛瑞絲，只有她和卡特醫生（那晚馬森受傷害怕時，來幫他包紮的人），知道我的祕密。菲爾法克斯太太或許有猜到甚麼，但她沒辦法得知確切實情。整體說來，葛瑞絲確實是個好看護，雖然她顯然有無可改善的缺失，不止一次因放鬆了警戒而出事，但那就是她這麻煩工作會有的狀況。那瘋女人又狡猾又邪惡，從未放過看護偶有怠惰的機會，一次藏了拿來刺她哥哥的刀，又一次拿了密室鑰匙，趁晚上跑出來。第一次她企圖要把我燒死在床上，第二次她鬼鬼祟祟進了妳房裡。感謝老天眷顧妳，她只把怒氣發在妳的頭紗上，那或許讓她對自己結婚那日有了模糊的回憶。但要說真可能發生甚麼事，我實在不敢想像。當我想到今早那飛撲抓著我喉頭的東西，那青黑漲紅的臉孔俯視著我純潔可愛的白鴿窩，我的血液便凝結了。」

「那麼，先生，」他停下時我問道，「您把她安置在這裡之後做了甚麼？您去了哪裡？」

「我做了甚麼？簡愛，我成了行屍走肉。我去了哪？我就像那些三月遊魂一樣漫無目的飄盪。我去了歐洲，走了所有歧路。我只想找一個聰明、我能夠愛的好女人，和我留在荊棘園的復仇女神全然相反。」

「但您不能結婚，先生。」

「我堅信且認為我能夠結婚，也應當結婚。我的原意並非欺瞞，像如今騙了妳一樣，我打算誠實地說出來，公開求婚。對我來說，我應當能夠自由地愛與被愛，這是如此理所當然的，我從未懷疑能夠找到願意且能夠理解我、接納我的女人，除了我所背負的詛咒。」

「所以呢，先生？」

「當妳好奇的時候，簡愛，總會讓我微笑。妳眼睛瞪得像隻急於知道答案的小鳥，時時刻刻不安躁動，彷彿答案向妳飛得不夠快，妳想讀人心裡的答案似的。但在我繼續說之前，告訴我妳說『所以呢，先生？』是甚麼意思。這句話很短，但妳很常說，總是讓我說得沒完沒了，我不太清楚為甚麼。」

「我的意思是，接下來呢？您怎麼做？發生了甚麼事？」

「果然！那麼現在妳想知道甚麼？」

「您是否找到您喜歡的人、是否向她求婚，還有她說了甚麼。」

「我可以告訴妳我是否找到喜歡的人，以及我是否向她求婚，但『她說了甚麼』還不在命運之書中。我流浪了十年，在一個又一個城市居住；有時是聖彼得堡，更常是巴黎，偶爾在羅馬、那不勒斯和佛羅倫斯。有了足夠的財富和赫赫大家族的護照，我能夠選擇與我相伴的人，沒有任何人會拒我於外。我在英國、法國、義大利和德國仕淑女之中尋找我的理想之人，卻遍尋不著。有時，某個閃瞬片刻，我以為自己瞥見、聽見、看見了那個我理想中的身影，但卻總是落空。我並非要求完美，無論心靈或外貌都並非如此。我只想找到那適合我的人——和那克里奧爾人相反的人，但卻始終找不著。在那些人中，我從未如此自在；因有了不合適的婚姻所帶來的風險、恐怖和嫌惡的前車之鑑，我從未向誰求過婚。失望讓我變得輕率揮霍，但從未縱情放蕩，那是我所始終痛惡的。那是我印度梅瑟琳娜的功勞，如此根深柢固的厭惡，即使開心享受時都如此束縛著我。任何近乎縱情喧鬧的場景都似乎使我想起她和她所做的一切，於是我就遠離這一切。

「然而，我無法獨居，因此我試著以情婦為伴。我選的第一個人是凡瑞絲——另一個令男人想起便鄙視自己的選擇。妳已經知道她是甚麼樣的人，以及我和她結束的原因。在她之後還有兩個人，一個義大利人嘉辛塔，和一個德國人克萊拉，兩個女人都非常漂亮。但幾個禮拜後，她們的美麗算甚麼？嘉辛塔無理取鬧又暴力，三個月我就厭倦了她。克萊拉誠實而安靜，但笨拙愚蠢、毫無感受能力，完全不合我的品味。我給了她一筆錢，替她安排了好生意，然後便順利甩了她。可是，簡愛，從妳的表情看來，妳對我頗有微詞。妳覺得我是個無情無義又輕浮的浪子，對嗎？」

「確實，有時我並不這麼喜歡您，先生。您難道不覺得換過一個又一個情婦，是最差勁的生活方式嗎？您說得若無其事一樣。」

「我當時的確這麼覺得，我也並不喜歡那樣。那是一種卑微的生存方式，我再也不想回到那種生活。雇用情婦沒比買個奴隸好多少，兩者經常在本質上是低劣的，地位更總是低一等，和層次低的人一起親密生活就是自甘墮落。現在我厭惡那些與凡瑞絲、嘉辛塔、克萊拉共度的回憶。」

我感覺得到，這些話出於真心，從這些話中推測，若我忘了自己和所有受過的教育，在任何情況、任何理由、任何誘惑下，我就會成為這些可憐的女孩，他有天會像如今詆毀和她們的回憶一樣想我。我並沒有把這想法說出口，用想的就夠了。我將這想法刻在心裡，當艱難棘手的時刻到來，或許能夠幫助我。

「現在，簡愛，為甚麼妳不說『所以呢，先生？』我還沒說完呢。妳臉色看起來很不好。我知道妳仍是不諒解我，但讓我說重點吧。去年一月，拋下所有情婦，在那一無是處、浪蕩孤獨的生活過後，我心灰意冷，被失望給腐蝕、憤世嫉俗地排拒所有人，尤其是女人，因為我開始將那聰明、忠實而可愛的女人視為僅是夢想。因為事業的關係，我回到了英國。

「一個寒凍的冬日午後，我驅馬前往荊棘園──那可恨之地！我不期待那兒會有祥和或愉悅之情。在海伊村小徑的一個石階上，我看見一個嬌小身影靜靜坐在那兒。我無視地經過，如掠過其對面去了梢的柳樹。我並沒有預感那身影對我而言會有甚麼意義，不覺那身影會成為我生命中的女主宰——我或好或壞的謬思來源——以樸素的偽裝等在那兒。即就是馬斯羅爾的意外事件，我也並未知曉。那身影莊重地走向前幫忙，如此稚氣纖細的生物！好似紅雀般跳到我的腳邊，說要用那纖細的臂膀承載我。我沒好氣，但那小東西不肯走，偏要站在我身邊，奇怪的堅持。她一副嚴正的樣子看著我說話。我是得靠人幫忙的，藉著那雙手，我受了恩惠。

「當我扶著那嬌弱的肩膀，某種新的感受——一股元氣和知覺鑽進我的身軀裡。當我知道這精靈會回到我身邊，而且她就住在我下方的房子，感覺很好，否則我絕不會甘心讓她從我手底下溜走，看著她消失在後方陰暗的樹叢裡。那晚我聽見妳回來的聲音，簡愛，雖然妳可能沒有察覺我想著妳或期待著妳回來。隔天妳和阿黛拉在走廊上玩時，在不被人發現的地方，我看著妳，看了半個小時。我記得那是個下雪的日子，妳們不能出門。我在我的房裡，房門微開，我聽得見，也看得見。阿黛拉佔去了妳表面的注意力好一陣子，可我卻覺得妳的心思在別處。但妳對她非常有耐心，我的小簡愛，妳跟她說話、逗她玩了好久。她終於離開妳時，妳立即陷入了深深的白日夢中。妳慢慢地在走廊上踱步，偶然經過窗臺時，妳看著外面深深的積雪，妳聽著如泣如訴的風聲，然後再輕輕走著、夢著。我想那些白日夢的場景並不黑暗，妳的眼中間或出現欣喜的神色，一種輕柔雀躍的眼神，說明那並不是酸苦不適和憂鬱的沉思。妳的樣子流露出甜美的青春幻想，靈魂隨著希望的翅膀飛翔，飛入理想國度。菲爾法克斯太太在大廳跟一個僕人說話的聲音驚醒了妳，妳對自己露出的笑意多麼古怪啊，簡愛！妳的笑容好有意思，那笑容很機靈，似乎嘲笑著自己的空想，彷彿在說『我的一切幻想都非常美好，但我一定得記得，它們全是不切實際的。我的腦海裡有一片玫瑰紅的天空和滿是綠色花朵的伊甸園，但我清楚知道，我腳下有一大片遼闊的土地要去遊歷，我身旁聚集了狂風暴雨』。妳跑下樓，吩咐菲爾法克斯太太一些差事，我想是記錄每週帳目或那之類的事吧。我則為妳離開了我的視線而惱怒著。

「我不耐地等到了晚上才找妳過來，我想妳的性格會很特別，對我來說前所未見，我想要探索更多、瞭解更多。妳走進客廳時，帶著又害羞又獨立的樣子和氣質，妳的穿著純樸別致，大概就像現在的樣子。我跟妳說話，不久便發現妳有著奇異的反差。妳的穿著和言行規規矩矩，妳經常怯弱而缺乏自信，大體上受過良好的教養，但卻完全不習慣人群，並且非常害怕自己因失禮或疏忽而引人注目；但每當有人問話，妳就會抬起那雙銳利、無畏而發亮的眼睛，直視對話者的臉孔，妳的眼神中有股穿透力；遇到窮追不捨的問題，妳就會給出準備好的直率回答。妳似乎很快便習慣了我，簡愛，我相信妳是從自己和妳嚴厲又壞脾氣的主人之間，感受到了共同點。因為令人吃驚地，妳很快就能恢復鎮定，無論我如何咆哮，妳對我的壞脾氣總是沒有訝異、恐懼、惱怒或厭煩。妳看著我，時不時露出一種我無法形容的、單純又聰慧的優雅笑容。看見那笑容我就滿足又開心，我喜歡我眼中所見，而且希望更常看見。但有好一段時間，我刻意和妳保持距離，很少找妳。我是個喜愛享受又講究的人，希望能延長這新奇有趣的相識過程；此外，我也有好一陣子極度害怕若我無節制地摘取這朵盛開的花，她就會凋零、會失去那清新美好的魅力。我當時並不知道她並非短暫綻放的花朵，而是堅不可摧、光芒四射的珍寶。還有，我想看看若我迴避妳，妳是否會找我，但妳並沒有，妳仍舊待在妳教室裡的書桌和畫架前。若我偶然遇見妳，妳便快速與我擦身而過，像不認得我似的，僅表示尊敬。簡愛，妳那幾天的表情若有所思，不是沮喪，因為妳並沒有蒼白黯淡，但也不愉快，因為妳沒有希望，也沒有娛樂。我好奇妳怎麼想我，或妳是否想到過我，於是決定要弄個明白。

「我繼續注意妳，妳的眼中有些開心，態度和善，當妳說話時，我知道妳有顆喜歡與人交流的心，是那沉悶的教室、妳無趣單調的生活，讓妳變得鬱鬱寡歡。我允許自己享受對妳好的愉悅感，友好很快便喚醒了情緒，妳的表情變得溫柔，妳的語調變得輕柔，我喜歡妳用開心的語氣喊我的名字。那時我總喜歡和妳偶遇，簡愛，妳的態度猶豫著，很令人費解；妳看著我的眼神有點困擾──徬徨的困惑。妳不知道我的反覆無常是為甚麼──是要做個嚴厲的主人，或是個仁慈的朋友。我那時已太喜歡妳，無法經常裝出前者的樣子。而且，當我友善地伸出手，妳那年輕睿智的臉上就會浮現盛開的花、光芒和欣喜之情，我常要克制緊抱著妳的衝動，壓抑在心裡。」

「別再說過去的事了，先生。」我打斷他，邊偷偷抹去眼角的淚。他說的話對我是種折磨，因為我知道我該怎麼做──越快越好。而這所有的回憶，和他發自肺腑的感受，只會讓我要做的事難上加難。

「是啊，簡愛。」他答道，「當現在更加確定，未來更加明亮，何必想著過去呢？」

聽到這蠱惑人心的話，我顫抖了起來。

「妳現在明白這一切了，對嗎？」他繼續說道。「一個男人在極為慘痛和陰鬱的孤寂中度過年少荒唐歲月後，我第一次找到我真正所愛——我找到了妳。妳是我的另一半——我更好的自己、我的善良天使。我深深地為妳著迷，妳善良、有天賦又惹人愛，我心中有一股熱烈而神聖的情感。那情感向妳傾靠，將妳拉入我的人生中心與活力泉源，讓我圍繞在妳的身邊，並且燃起純淨炙熱的火焰，將妳我融合為一。

「正是因為感受和知道這些，我才決定與妳結婚。說我已經有個妻子簡直空虛可笑，妳現在知道我有的不過是隻可怕的魔鬼。我不該試圖騙妳，但我擔憂妳性格中的固執，我擔心過早坦承會引來偏見，我想在大膽冒險前，確保妳心無罣礙。這麼做很膽小，起初我就應該像如今，懇求妳的高尚與寬容，開誠佈公地坦承我人生的極大痛苦，向妳傾訴我對更崇高、更值得的生活的渴求嚮望，把我的，不是『決心』，這個詞彙不夠有力，而是對忠誠的愛和美好的愛的『無力抗拒』，展現於妳，如此我就能被忠誠地、好好地愛著。那麼，我應該問問妳是否接受我忠誠的誓言，並誓言妳將對我忠貞不二。簡愛，現在說吧。」

我緘默不語。

「為甚麼妳不說話，簡愛？」

我正在經歷一場嚴峻的磨難，一雙兇惡的鐵手緊揪著我。可怕的時刻，充滿掙扎、黑暗、灼燒！這世上再沒有人像我如此被深愛著，而我也如此崇拜著那個愛著我的人，但我必須放下這所愛與崇拜之人。我口中吐出我無以忍受的悲傷話語：「分開吧！」

「簡愛，妳知道我想要甚麼嗎？只要這句誓言：『我願意，羅徹斯特先生。』」

「羅徹斯特先生，我『不』願意。」

另一陣長長的沉默。

「簡愛。」他的柔情嗓音讓我悲傷了起來，因不祥的恐懼而變得如石頭般冰冷，因為這僵硬的聲音是獅子發怒的前兆，「簡愛，妳的意思是我們要分道揚鑣了嗎？」

「是的。」

「簡愛，」他彎身抱我，「妳真是這個意思？」

「是的。」

「那麼現在呢？」他溫柔地輕吻我額頭和臉頰。

「是的。」我立即掙脫了他的束縛。

「喔，簡愛，這太無情了！這、這太過分了。愛我並不過分哪！」

「順從了您就是過分。」

他的眉毛揚起，一副要發作的樣子，五官扭曲，他起身，但仍舊努力克制了下來。我將手扶在椅子後面，支撐著自己，我顫抖，我害怕，但我堅定無比。

「想一想，簡愛，看一眼我在妳離去後的可怕生活。所有的快樂都隨妳而去，還剩下甚麼？我沒有妻子，只有樓上的瘋子，或者我會像那墓地的屍體般。我該怎麼辦，簡愛？哪裡去找一個陪伴者、找到些許希望？」

「像我一樣，相信神和自己，相信天堂。希望天堂再相聚。」

「那麼，妳不願意讓步嗎？」

「不願意。」

「那麼妳要使我過著悲慘的人生、帶著詛咒死去？」他抬高了聲量。

「我希望您過得清清白白，願您死時心安理得。」

「那麼妳便要奪去我的愛和純真？妳要將我丟回原處，讓我把慾望視作愛情、把罪惡之地當作家嗎？」

「羅徹斯特先生，我不會落入這般命運，也不曾將這命運推向您。我們生來就是要努力和忍耐的，您和我都一樣。在我忘了您之前，您就會遺忘我的。」

「妳這話把我說得像個騙子，玷污了我的人格。我是不會變心的；妳當著我的面說我很快就會改變，這行為說明妳的判斷如此扭曲、如此倔強剛愎！難道將同類人逼向絕望，會比僅是違背人類定下的法律、但沒有人會因此受傷要好嗎？畢竟妳沒有親人，也沒有舊識，和我在一起無須擔心冒犯了誰。」

確實如此，他說話時，我的良知和理智背棄了我，怪我拒絕了他。它們的聲音和「感受」一樣大，大聲疾呼著：「喔，答應他吧！」那聲音說著，「想想他多麼可憐，想想他多麼危險，看看他被獨留此處的處境；想想他的莽撞，想想他絕望時的不顧一切；安撫他吧、拯救他、愛他，告訴他妳愛他、妳願意。這世界上有誰在乎『妳』？或誰會因妳而受傷？」

那倔強的聲音答道：「『我』在乎自己。越孤單、越沒有朋友、越沒有支援，我越要尊重自己。我要守著神所賜予、人類認可的法律。我要堅守我清醒時的原則，而非失去理智時的判斷——如同現在。沒有誘惑的時刻，不需要法律和原則；法律和原則正是用在這樣的時刻，當身體和靈魂正起而叛亂。那苛刻嚴厲的律法無可侵犯褻瀆。若是為自身之利，我或許會違背它們，它們有何用呢？律法有其價值，所以我始終相信遵守著。若我現在背棄了它們，就是因為我失去理智、不再理智了。火焰在我的脈搏裡流竄，我的心跳快得我數不及。這一刻，我憑靠著先入為主的成見、必然的決斷，紮根似的站穩了腳。」

我痛下決心。羅徹斯特先生看懂了我的表情，知道我已下定決心。他的怒氣漲到最高點，無論如何，他定得暫時壓下怒火。他走了過來，抓住我的手臂，摟緊了我的腰，彷彿要用他著了火的目光將我吞噬。這一刻，我覺得身體無力得像收割過後、遺留冷風中的殘株般，無力地任火焰灼燒。我的心中仍堅定著靈魂，確保其最終的穩固安全。幸好靈魂總有個翻譯——往往在意識之外，但仍舊是忠實的譯者——那就是眼睛。我抬頭望著他的眼，當我看著他盛怒的臉，不自禁吐出一聲嘆息，他緊抓得我好痛，我超過負荷的力氣幾乎耗盡。

「從來沒有。」他咬著牙說，「從來沒有如此脆弱卻又如此堅韌的東西。她在我手裡像根蘆葦似的！」他使力甩開我，「我只消一根食指和拇指便可以折斷她，但若我折斷她、撕碎她、傷害了她，又有甚麼好處呢？想想那雙眼睛，想想那眼神中的堅定、不受拘束和自由，用超乎勇氣的必勝決心來拒絕我。無論我對那牢籠做了甚麼，也無法得到她——那野蠻又美麗的生物！若我破壞，若我搶去那脆弱的牢籠，我的暴行只會使我的俘虜奔向自由。我或許能夠成為這牢房的征服者，但即使我擁有了這牢籠，裡頭的東西卻會向天邊奔逃。而我想要的是妳，我所想要的是那有意志和力量、貞潔又純淨的靈魂，而非脆弱易損的形體。若妳願意，妳就能夠輕輕地飛翔而來，依偎在我的心窩。若是強求，妳就會如香氣般從我緊抓的手中逃溢而出——在我呼吸到妳的香氣之前，妳就會消散而去。喔！來吧，簡愛，來吧！」

他邊說邊放開緊抓著我的手，只是看著我。那表情比發了狂似的緊抓我更令人難受，然而，只有傻瓜才會在這時屈服。我已面對了、擋下了他的憤怒，便也得躲避他的憂傷，我走向門邊。

「妳要走了，簡愛？」

「我要走了，先生。」

「妳要離開我了？」

「是的。」

「妳不會再來了？妳不會來安慰我、救贖我了？我深刻的愛、我狂亂的悲痛，我發了狂的祈求，對妳而言甚麼也不是？」

他的聲音裡有多麼難以言述的痛苦！要堅定地再說一次多麼困難：「我走了。」

「簡愛！」

「羅徹斯特先生！」

「那麼，離開吧！我同意了。只是記著，妳將我留在極度痛苦之中。上樓到妳房裡去吧，把我所說的全想一遍，還有，簡愛，看一眼我受的折磨──想想我。」

他轉身而去，將臉埋在沙發裡。他痛苦地喊道：「喔，簡愛！我的希望，我的愛，我的生命！」然後深深地、強烈地啜泣起來。

我已走到門口，但讀者啊，我又走了回去，和我離開的決心一樣堅定。我跪在他身旁，將他的臉轉向我，吻了吻他的臉頰，摸了摸他的頭髮。

「願神保佑您，我親愛的主人！神會讓您遠離傷害和錯誤，指引您，撫慰您，回報您過去對我的好。」

「小簡愛的愛會是我最好的回報。」他說，「沒有了它，我的心殘破不堪。但簡愛會給我她的愛的，是的——高貴而慷慨地給予。」

他漲紅著臉，眼神閃過一絲火焰，忽地站了起來。他伸出手，但我躲了開來，旋即離開了書房。

「再見了！」我離開時心中吶喊著。絕望地再說了一句：「永遠不見了！」

*****

那晚我沒想過要睡，但我一躺下卻進入了淺眠。我才正想著童年的情景，便夢見自己躺在蓋茲海德莊園的紅房間裡。夜晚很暗，我的心中有莫名的恐懼。那很久之前把我嚇昏的光線也出現在這情景中，那光線爬上了牆，停在朦朧的天花板中心顫動著。我抬起頭看，屋頂便成了雲朵，又高又晦暗，那光暈就像月亮釋出的水氣。我看著月亮愈來愈近，伴隨著奇異的期盼，好似她的圓盤上寫著命運。從沒有月亮像她一樣，從雲中迸出前進。一隻手從籠罩的黑暗中伸出，將這一切拂去。那時碧空中不再有月亮，而是一個身穿白衣的人影，發著光的面孔朝向地面，又看了看我。她對我的靈魂說話，我無法估量那聲音的距離，但如此靠近，就在我的耳邊輕聲說著：

「我的女兒，遠離誘惑吧。」

「聖母，我會的。」

我在恍惚中回答，醒了過來。仍是夜晚，但七月的夜晚是很短的，午夜過後不久，就會是黎明。「現在開始我該完成的事不算太早。」我想著。我起身，衣服已經穿好了，因為我只脫了鞋便上床。我知道我的抽屜裡哪裡可以找到幾匹亞麻布、一個珠寶盒和一只戒指。找這些東西時，我發現了羅徹斯特先生幾天前逼著我收下的珍珠項鍊。我留下項鍊，那並不是我的，而是屬於一個已消失在空氣中、想像中的新娘。我將其他東西裝在一個小布包裡，把我僅有二十先令的錢包裝進口袋，繫上草帽、披上披肩，帶著布包和我的拖鞋——我還不能穿上鞋——悄悄離開了房間。

「再見了，好心的菲爾法克斯太太！」我經過她房門口時輕聲說道。「再見了，我親愛的阿黛拉！」我看了一眼兒童房。我不能進去抱抱她，我得騙過一對機靈的耳朵，因為我知道現在那對耳朵可能正聽著。

我不該在羅徹斯特先生的房門停留，但我的心跳卻在那門檻前停住了，我的腳步也被迫停下。裡頭的人沒有睡，急促不安地徘徊走著，一次又一次地嘆息。這間房裡有個天堂——暫時的天堂——若我願意，只要走進去，說：

「羅徹斯特先生，我會愛您、伴您至死不渝。」我的唇邊會湧出狂喜的泉源，我知道。

那現在無法入睡的好主人，正不耐地等著黎明到來。清晨他就會找我，但他將找不著我。他會覺得自己被遺棄了，他的愛被拒絕了，他會很痛苦，或許會鋌而走險，我也想到這點了。

我的手伸向門把，又縮了回來，繼續向前走。

我悄聲下樓，我知道我該做甚麼，沒再多想。我從廚房裡找到側門的鑰匙，也找到一小瓶油和羽毛，我將鑰匙和鎖抹上油。我拿了些水，拿了些麵包，因為我或許得走很遠，而我的體力已消耗太多，絕不能倒下。我無聲無息地完成這些事，打開門，走出去，輕輕關上門。庭院裡照著昏暗的破曉微光，大門緊緊鎖著，但其中一個小門只是拴上而已，我從那扇門離開，也關上了門。現在，我已經出了荊棘園。

草原遠處一英里外，有條與米爾科特相反方向的路，一條我經常看見、好奇通往何處、卻從未走過的路，我決心踏上這條路。現在不能再想，不能再回頭看，甚至也無法向前看。過去或未來，都不能再想。前者是天堂般美好的一頁，如此肝腸寸斷，只要想起任何一絲點滴，就會毀去我的勇氣，耗盡我的體力。後者一片空白，如同洪水暴雨過後的世界。

我順著草原、灌木叢和小路邊緣走，直到日出。我想那是個美好的夏日早晨，我知道我離開屋子才穿上的鞋很快就會被露水浸濕，但我沒有抬頭看升起的太陽、微笑的天空和甦醒的大自然。一個即將上斷頭台的人，即使經過再美好的風景，都看不見花兒的微笑，只知道那即將切離骨肉的刀口、最終僵硬木然的凝望。我想到悲傷的飛翔和無家可歸的流浪；喔！我痛苦地想著我拋下的一切，不能自己。我想到他在他的房裡，看著日出，希望我很快就能去找他，說我願與他相守，成為他的伴侶。我想和他在一起，我渴望回去，現在還不算太晚，我可以不讓他嘗到失去的痛苦。我知道，我的離去還沒被發現。我可以回去，安撫他、成為他的驕傲、從悲慘；或許是毀滅之中救贖他。噢，我害怕他自我放逐，比被我遺棄更糟，這深深刺痛了我！

那是把鋒利的箭，插在我的胸口，當我試圖拔出，卻是撕裂般的痛；而回憶將那箭插得更深，讓我痛不欲絕。鳥兒開始在草叢林間歌唱，牠們對自己的伴侶總是忠誠，鳥兒便象徵著愛情。而我呢？在刺痛的心和努力堅守的原則之間，我厭惡起自己。離開了我的主人，我沒有從自我讚許中，更沒有從自尊心得到慰藉。我傷了人，也受傷了。在我自己眼中，我如此可惡。但我仍舊不能轉身，也不能往回踏一步。神領我走上這條路，而我熱烈的痛楚狠狠踐踏著我的意志，扼殺我的良知。我狂亂地哭泣，便走在自己孤獨的路上，我走得飛快，快得像發了瘋似的。從內心開始蔓延到四肢的脆弱緊揪著我，我倒下，躺在地上好幾分鐘，臉埋進了濕漉漉的草皮中。我有點恐懼，或說希望，希望我就死在這裡，但我很快便爬了起來，用手和膝蓋緩慢匍匐，然後再次站了起來，前所未有地渴切與堅定，要抵達那條道路。

當我到時，累得不得不在樹叢裡坐著休息。我一坐下，便聽見了車輪聲，看見一輛馬車過來。我站起來揮揮手，馬車停了下來。我問車伕要去哪，他說了一個很遠的地方，一個我確定羅徹斯特先生找不到的地方。我問他要多少酬勞才願意帶我去那兒，他說三十先令。我說我只有二十先令，好吧，他還是願意試試。他允許我進馬車裡，因為裡面是空的。我上了馬車，他關上門，馬車上路了。

仁慈的讀者啊，你或許永遠無法體會我當時的感受！你的眼眶或許從未流下如此激動、滾燙而痛徹心扉的淚水。你或許從不曾如我那一刻如此無助、如此痛苦地懇求上蒼，因為你或許從未像我一樣，害怕你今生摯愛因自己而墮落。

兩天過去了。那是個夏日傍晚，馬車伕讓我在一個叫做白色十字的地方下車，我付的酬勞已經不能再走得更遠，我身上也再沒有另一枚先令了。這時馬車已經走了一英里遠，我獨自一人，這時才發現我為了安全起見放在馬車的置物箱裡的布包忘了拿。布包就在置物箱裡，一定在那裡，現在，我真的身無分文了。

白色十字不是個小鎮，連村莊都不是，只是一個放了石柱當作標誌、有四條路交會的路口。石柱刷得亮白，我想就是為了在遠處黑暗中更清楚些。石柱頂端有四塊路牌，根據路牌指示，離這裡最近的村莊有十英里遠；最遠的則超過二十英里。從那些有名的城鎮地名看來，我知道自己身在何處，是一個中北地區的郡，我看見遍地的高野荒沼、山稜起伏。我的後方和左右兩側都是巨大的沼澤地，遠處從我腳邊低下的壑谷連著如波瀾的山巒。這裡的人口一定很少，這些路上都沒有行人，它們向東、西、南、北延伸出去——又白、又廣大、又孤獨，全都被沼澤所截斷，兩旁長了又深又廣的石南叢。但或許會有偶然經過的旅人，我希望現在不會有人看見我，他們會納悶我在這路標下徘徊，顯然漫無目的又茫然地，不知在做甚麼。他們可能會問我，我回答不出個所以然，但聽來不可置信又令人生疑。這一刻，我和人類社會沒有任何連結，沒有咒語、沒有希望可以召喚出同伴，見到我的人不會有好的想法，也不會真心為我做些甚麼。我沒有家人，只有那宇宙之母——大自然，我要尋求她的懷抱和安歇之處。

我直接踏入石南叢中，我在棕色沼澤邊看見的一個深邃窪地停了下來，走進那及膝的黑暗草叢中。我隨著樹叢蜿蜒而過，在一個隱密的角落找到一個布滿漆黑蘚苔的花崗岩峭壁，我在峭壁下坐了下來。沼澤高岸圍繞在我身邊，峭壁保護著我的頭頂，在那之上則是一片天空。

過了一會，我竟然在這兒平靜了下來。我隱約擔心附近會有野牛，擔心打獵的人或盜獵者會發現我。若有陣狂風吹過，我就會抬頭看，擔心是頭公牛要衝過來了；若有千鳥嘯叫，我就會以為有人來了。然而，發現自己的憂慮毫無根據，並在向晚日暮的深沉寂靜籠罩中平靜下來後，我大膽了起來。我還沒開始思考，只是聽著、看著、害怕恐懼著，現在我重新找回了思緒。

我該做甚麼？去哪兒？喔，真是難以忍受的問題，我甚麼也不能做、哪兒也不能去呀！我疲倦得無法估量還得走多長的路，還沒到有人的地方便四肢發顫，在有人願意聽我說話，或寬慰我任何匱乏之前，我得向冷漠的善心人士乞求下榻之處、胡攪蠻纏著要那不情願的同情、遭受冷淡的驅逐！

我摸摸石南叢，很乾，但卻留有一絲夏日陽光的溫暖。我看著天空，天很純淨，有顆善良的星星正在峽谷隆起的上方閃耀著。露水降下了，但卻溫柔慈悲，沒有風聲呢喃。大自然好似仁慈又親切，我是被放逐的人，而她是愛我的。我這從人類身上只得到猜疑、抗拒、侮辱的人，全然眷戀地緊擁著她。至少今晚，我可以成為她的訪客，一如她的孩子，我的母親會無條件無保留地收容我。我還有一點麵包，是我們中午經過一個小鎮時，我用零星的幾分錢買的——我最後僅有的錢幣。我看見到處是熟了的覆盆子閃耀著，彷彿石南叢中的黑玉，我採了一把配著麵包吃。我先前劇烈的飢餓感即使沒有被滿足，也至少因這簞食瓢飲而和緩了。飽餐後，我在夜裡禱告，然後選了個臥榻處。

峭壁旁的石南叢又密又高，我一躺下，腳便被埋在樹叢之中，兩旁高高的石南只留下一個狹窄空間讓夜晚的空氣入侵。我將我的披肩對摺，鋪在自己身上，有蘚苔的隆起地面就是我的枕頭。就這麼歇息，至少在這夜晚的開始，我並不冷。

我能在此休息已經足夠幸福了，只是一顆難過的心破壞了一切。那顆心因裂開的傷口痛著，內心淌著血，撕裂了心弦。它為羅徹斯特先生和她的命運顫抖著，為他同情慟哭、不停渴望著要見他，像一隻折了雙翅的鳥兒般虛弱，即使尋不著，牠仍顫抖著振翅欲飛。

我因這思緒的折磨而心力交瘁，我跪坐起來。夜晚降臨，她的星球升起，一個安穩祥和的夜，靜謐得令人不再恐懼。我們知道神無所不在，但我們在祂最雄偉廣闊的作品面前，才最能感受到祂的存在。祂的作品便在無雲的夜空中，祂的國度沉默地運轉著，讓我們清楚感受祂的不朽、祂的全能、祂的無所不在。我跪坐著，為羅徹斯特先生禱告。我含著淚光，抬頭看見遼闊的銀河，想起那兒有著無數的星系，像一條絲柔的光跡劃過夜空；我感受到神的偉大與力量。我確知祂會救贖親手所造之物，地面之物、祂所珍愛的人的靈魂皆不會枯朽腐爛。我的禱告成了感謝，造物者也正是靈魂的救贖者。羅徹斯特先生是安全的，他是神的孩子，神會守護著他。我再次窩進山丘的胸懷，不久便沉沉睡去，遺忘了憂傷。

但隔天，困乏隱約又赤裸地向我襲來。在小鳥們離巢後很久、蜜蜂們前來採露水未乾、一日中最精華的石南花蜜很久以後——當早晨的影子縮短，大地和天空充滿了陽光——我起身，看了看四周。

真是個沉靜、炎熱又美好的日子！這一片高沼真是一片金黃沙漠！到處都是陽光。我真希望能住在裡面、以此為生。我看見一隻蜥蜴從峭壁上跑過，我看見有隻蜜蜂在香甜的覆盆子間忙碌著。這一刻我真希望能變成蜜蜂或蜥蜴，那麼我就能找到足夠的養分，暫居在此。但我是人類，有著人類的欲求，我必然不能繼續待在這無以飽足的地方。我站起來，看了看身後剛躺過的臥榻。我對未來毫無希望，只希望我的造物主慈悲地在我夜裡睡下時便要去我的靈魂，好讓這疲倦的身軀因死去而免去更多與命運的爭鬥，能夠靜靜地腐朽，平靜地與這片曠野土壤合而為一。然而，生命的必然、痛苦和責任都不在我的掌握之中。我必須背載著這負累、這欲求、忍受這苦難、完成這責任。我動身啟程。

再次回到白色十字，我循著陽光指引的路走去，現在日頭又高又熱烈。我沒有其他選擇，走了好久，正當我覺得體力耗盡，或許會屈服於幾乎壓垮我的疲倦，想要停下勉強的腳步，坐在附近我看見的一顆石頭上，無力地屈從麻木不仁的心和四肢時，我聽見了鐘聲——教堂的鐘聲。

我轉向那聲音傳來的方向，那兒，在我一小時前便不再注意的浪漫山丘、層疊變化之間，我看見了一個村莊和尖塔。我右手邊的低谷全是牧草地、小麥田和樹林。一條發亮的小河蜿蜒地從一片綠色、肥沃的麥田、陰鬱的樹林、清朗陽光的牧草地、各種陰影之間流過。前方路上響起隆隆車輪聲讓我回過神來，我看見一輛四輪馬車正吃力地爬上山丘，不遠處有兩隻乳牛和牧牛人。附近有人類生活和勞作著，我必須撐下去，像其他人一樣努力生活和辛勤勞動。

大約下午兩點，我進了村子。村莊街尾有間小店，櫥窗裡有一些甜點麵包，我對著一塊點心垂涎欲滴。有了那點心，我或許能恢復一點力氣；沒了它，我很難再繼續前進。一回到人群，我又再次渴望體力和活力。我覺得因飢餓而昏倒在村莊的石子路上是件羞恥的事。我身上難道沒有東西可以換條麵包了嗎？我想著。我脖子上圍了一條小絲巾，我還有手套。我不知道人們在窮困的絕境裡是怎麼做的，我不知道這些東西有沒有用，或許沒有，但我得試試。

我走進店裡，店裡有個女人。看見一個穿著體面的女士，她定是這麼想，她客氣地走向前招呼。她怎麼能招呼我呢？我感到一股惱羞，吐不出準備好的話。我不敢把那破舊的手套和皺巴巴的絲巾拿給她；除此之外，我覺得這有些唐突。我只請她讓我坐一會兒，因為我很累。顧客上門的期待轉成了失望，她冷冷地答應了。她指指一個位置，我沉沉地坐了下去。我好想哭，但意識到這行為會有多不合時宜，我忍了下來。不久我問她：「村裡有沒有裁縫師或女工？」

「有，兩三個吧，大概也只需要這麼多人。」

我想了想，都走到這一步了，我被迫面對貧窮困境。我身在一個沒有資源、沒有朋友、沒有錢的處境下，一定得做些甚麼。做甚麼？我得找工作。到哪去找？

「妳知道這附近有人要找傭人嗎？」

「我不知道。」

「這個地方主要產業是甚麼？大多數人都做甚麼？」

「有些是農場苦力，很多人都在奧利佛先生的針線工廠和鑄鐵廠工作。」

「奧利佛先生雇用女人嗎？」

「不知道。」她回我。「有人做這，有人做那，窮人家的母親總得想辦法。」她似乎對我的問題感到厭煩，也對，我又怎麼能強求她呢？一兩位鄰居走了進來，顯然要坐我的椅子，我就離開了。

我走上街，看著左右兩旁的房子，但卻找不到藉口，也沒有辦法可以進去。我在村莊閒晃，有時走遠一些，大概一個多小時，再走回來。我更累了，更是餓得發慌，我轉進一條小路，坐在樹籬下。然而，不消幾分鐘，我就又再次站起來，再度去尋覓某個契機，或至少某個情報。小路最上方有間漂亮的小房子，前方有個花園，打理得很別致、花開得很茂盛。我停在門口，我能用甚麼名目去靠近那白色大門或碰那富麗堂皇的門環呢？住在裡頭的人要怎麼樣才可能對我感興趣？我仍是走近、敲了門。一位看起來很溫和、衣著整潔的年輕女子開了門。我用聽來既無助又虛弱的聲音——可憐、低沉又顫抖的聲音——問她這裡需不需要僕人？

「不需要。」她說，「我們沒有傭人。」

「能不能告訴我，要去哪裡找工作，甚麼都好？」我繼續說，「我從外地來，不認識這裡的人。我想找工作，甚麼都可以。」

但她並不須為我著想，或替我找工作；除此之外，在她眼裡，我這個人、我的處境和背景該有多麼可疑啊！她搖搖頭，說「很抱歉她無法給我任何訊息」。接著她關上了白色大門，輕柔又禮貌，但卻將我拒於門外。若她再把門開久一點，我想我應該會討片麵包，因為我現在身體羸弱不堪。

我無力再回到那勢利的村莊，而且我也不期望那裡會有人幫忙。我真寧可到不遠處的樹林去，那蔥鬱樹林的疊影好似在歡迎我去歇息，但我好虛弱、好無力，消磨著我對大自然的渴望，我本能地在可能有食物的地方遊蕩著。當飢餓的禿鷹在我的側腹中，張著鳥喙和鷹爪時，談甚麼孤獨，談甚麼歇息。

我走向附近住家，離開，又再回來，又再次走遠，總是在問了也是白問，不會有人在乎我孤獨的處境中掙扎著。在我像一隻走失又飢腸轆轆的狗兒般遊蕩時，黃昏近了。我穿過一片草原，看見前方有教堂的尖塔，我加快腳步走去。教堂庭院附近和花園中央有棟小而美的房子，我想那就是牧師的住處了。我想起外地人到人生地不熟的地方、想要找工作時，有時候會像牧師尋求引薦和協助。牧師的功能就是幫忙——至少能給建議——那些想要自食其力的人。我應該有那麼點權利到這裡來尋求協助。我鼓起勇氣、振奮力氣，繼續向前。我到了屋前，敲了廚房的門，一位老太太開了門，我問她這是否是牧師的住處。

「是的。」

「牧師在嗎？」

「不在。」

「他會很快回來嗎？」

「不會，他回家去了。」

「很遠嗎？」

「不太遠；大概三英里。他父親突然走了，他現在在沼澤居，可能會在那裡待兩個多禮拜。」

「這裡有女主人嗎？」

「沒有，只有我，我是管家。」對她，讀者啊，我無法拉下臉拜託她讓我每下愈況的飢餓好過些。我還不能乞討，我再度緩慢地走開。

我再次拿出絲巾，又想起那小店裡的點心。喔，只要一片麵包！只要一口就可以減輕我飢餓的痛苦！我本能地再次掉頭回到村裡，再次到了那家店，走了進去。雖然那女人旁邊有其他人，我仍是鼓起勇氣向前詢問：「請問用這條絲巾能換條麵包嗎？」

她懷疑地看著我：「不，我從來沒這樣賣過東西。」

我幾乎要絕望了，便向她討半塊蛋糕，她再次拒絕了。「我怎麼知道妳的絲巾是哪來的？」她說。

「妳願意要我的手套嗎？」

「不！我要那做甚麼？」

讀者呀，講這些事情是很難受的。有些人說回憶過去痛苦的經歷是種樂趣，但直到今日，我仍無法忍受稍稍提到這些事。那道德的羞辱，混雜著身體的折磨，實在是太令人痛苦、不忍多談的回憶。我不怪那些冷漠拒絕我的人，我知道那是必然的，誰也沒辦法。普通乞丐本來就常招來質疑了，穿著得體的乞丐更是必然如此。當然，我討的是工作，可給我工作關誰的事呢？當然，不會是初次見面、對我的性格全然不知的人。而那不願拿我的絲巾換麵包的女人，又怎麼了呢？假若這交易就她看來是懷有惡意或毫無利益的，她並沒有錯。現在讓我長話短說吧，我厭惡這話題。

天黑前不久，我經過一間農舍，那農人坐在開著的門前，吃著麵包和起司當晚餐。我停下來說：

「能不能給我一片麵包呢？因為我好餓。」他詫異地看了我一眼，但沒說甚麼，從自己的麵包上切了厚厚一片給我。我想他並不覺得我是乞丐，只是個古怪的小姐，想吃他的全麥麵包。當我一走出農舍所能看見的地方，便坐下來吃麵包。

我不能奢望要在屋簷下借宿，於是去了之前提過的樹林裡。但我的夜晚很慘澹，被地面的濕氣和冷空氣侵擾著。此外，不止一次有人經過我附近，我得一次又一次地換地方，心中沒有安全感，也沒有平靜。接近清晨時下雨了，接下來整天都是潮濕的。讀者啊，別問我那天做了甚麼，我和先前一樣找工作，和先前一樣被拒絕，和先前一樣飢腸轆轆，但有了食物下肚。在一間小屋門前，我看見一個小女孩正要把一團冷掉的麥片糊丟進豬飼料槽裡。「可以把那給我嗎？」我問。

她看著我。「媽媽！」她大叫，「有個女人要我把這些麥片糊給她。」

「唉，小姑娘。」裡面傳來一個聲音，「如果是乞丐就給她吧，豬不會想吃麥片糊的。」

小女孩將發霉硬掉的麥片糊倒到我手裡，我狼吞虎嚥地吃了。

當濕冷的夜深了，我在走了一個多小時的路上停了下來。

「我的力氣快耗盡了。」我自言自語道，「我覺得我無法再走了。我今晚又無處可去了嗎？雨這麼下著，我一定得把頭靠在濕冷的地上嗎？我擔心我沒有其他辦法了，畢竟誰會接納我呢？但這飢餓、虛弱、寒冷、這孤寂的感覺好可怕——這毫無希望的感覺。我很有可能在早晨之前便死去，但為何我在想到死亡時無法平靜呢？因為我知道，或相信，羅徹斯特先生活著，那麼，我就不能屈服地死於飢餓苦寒的命運。噢，老天哪，讓我再活久一點吧！幫幫我！指引我！」

我在昏暗朦朧的夜景中四處張望。我看見自己已遠離了村莊，快看不見村莊了。那四周的農地都不見了，因為我胡亂在小路中遊走，再次走進了一大片沼澤地。現在只有幾片草原，幾乎像我和那幽暗山丘間無人開墾的石南叢一樣遼闊而貧瘠。

「唉，我寧可死在那兒，也不願死在大街上或人煙熙攘的路上。」我心想。「如果這些地方有渡鴉的話，最好有烏鴉和渡鴉來撿食我的肉骨，也不要被裝在救濟院的棺材裡，在乞丐的墳墓中腐爛。」

於是，我走向山丘。我抵達山丘，現在只要能找到個低谷讓我躺下就行了，就算不安全，也至少隱蔽些。但這片荒地的地表看來毫無起伏，只有同一種色調——有蘚苔和急流的沼地上是綠的，有石南的乾涸土讓是黑的。夜愈來愈深，我仍能看見這些，雖然只是光影交替的變化，因為晝日的光已漸漸消逝。

我的視線仍在那水流停滯、消失在遼闊景色中的隆起之地和沼澤邊緣遊蕩著，一個在沼澤和山脊間昏暗的地方，有盞燈火亮起。「鬼火幻影」是我心中的第一個念頭，我想它很快就會熄滅。然而，它持續穩定地燃燒著，沒有變得模糊渺茫，也沒有更加強烈。「那麼，難道是剛點燃的營火？」我自問道。我看著，看它會不會擴展開來，但並沒有，它既沒有熄滅，也沒有燒得更旺。「或許是屋裡的燭光。」於是我推測著，「但即使如此，我也不可能走到那兒去，那太遠了。就算離我只有一碼之遙，又有何用？我只能去敲門，眼睜睜看著門關上。」

我從原地倒了下去，將臉埋在地面。我動也不動，晚風吹過山丘、吹過了我，在遠處嗚咽消逝；雨下得很急，再次將我的肌膚打濕。若我在這靜默的嚴寒中變得僵硬——麻木不仁地死去是多麼慈悲——雨就會不停猛打在我身上。我本該毫無知覺的，但我還沒死去的身軀因那刺骨寒意而顫抖起來。不久，我站了起來。

火光仍在那兒，在雨中模糊卻堅定。我試著再繼續走，拖著我疲累的四肢緩緩走向那火光。火光領著我斜越山丘，穿過廣大的泥塘，即就是如今的仲夏都泥濘不堪了，冬天是一定過不去的。我在這裡跌倒了兩次，但都立刻爬起來，振作精神。這火光是我最後僅存的希望，我一定要走到。

穿過了泥沼，我看見高沼上有白色的東西。我走近一看，是條路或小徑，直直地通向火光處，那火光現在在一個小丘上的矮樹叢間發著光——從黑暗中樹的形狀和簇葉看來，顯然是冷杉。我的星火在我走近時不見了，有障礙物擋在我和它之間。我伸出手，感覺前方的一團深色物體，發現是面堆了石子的矮牆。牆的上方，有個像是柵欄的東西，裡面有又高又刺的樹叢。我繼續摸索著，前方再次出現白色物體，是個門，一扇小門。我碰到它時，發出了鐵鍊聲。小門兩旁是深褐色的冬青或是紫杉。

走進小門，穿過矮樹叢，一棟房子的黑色輪廓映在眼前，黑黑的、低低的、長形的房子。但那指引我的火光不在了，一片朦朧。裡頭的人睡了嗎？恐怕是如此。我轉了個方向去找門，那溫暖的光又再次出現了，從離地一英尺處，非常小的格子窗的菱形窗玻璃裡照了出來。爬滿了屋子的常春藤蔓或某種藤蔓植物茂密的葉子讓窗子變得更小了。那孔隙如此狹小，連窗簾和百葉窗都派不上用場。我彎身撥開覆蓋窗玻璃的葉子，裡面一切都映入了眼簾。我能清楚看見擦得晶亮的沙褐色地板和一個胡桃木餐具櫃，餐具櫃上擺著一排白鑞盤，映照出紅通通的爐火和光輝。我看見一個時鐘、一張白色松木桌子、幾張椅子。那為我指路的蠟燭在桌上燃燒著，燭光下有位老婦人正織著襪子，雖有倦容，卻和四周一樣乾淨整潔。

我沒怎麼多注意這些平凡無奇的事物，倒是爐火邊、安靜處在一片玫瑰色的祥和溫暖中的事物更令我感興趣。兩位年輕優雅的女士坐在那，各方面看上去都是淑女，其中一位坐在低搖椅上，另一位坐在矮凳上。兩個人都穿著黑紗黑衣，那黯淡的裝束格外地凸顯了她們美麗的臉蛋和脖子。一隻老獵犬把巨大的頭靠在一位女孩的膝上，另一個女孩的膝上則蜷曲著一隻黑貓。

怎麼會有這樣的人在這簡陋的廚房裡呢！她們是誰？她們不可能是桌邊那老婦人的女兒，因為她看來像個村婦，而她們卻優雅又有教養。我從未見過像她們那樣的臉龐，但當我看著她們，卻覺得每個輪廓特徵都那麼熟悉。我不能說她們漂亮，她們太過蒼白和肅穆。當她倆彎身看一本書時，若有所思的表情近乎嚴肅。她們之間的台子上放著第二根蠟燭和兩本厚厚的書，似乎時常用來跟她們拿在手上的小書翻閱比較，就像翻譯時得查字典一樣。這個畫面靜得彷彿所有影像都是幻影，而那有著燭光的小屋是幅畫。如此沉靜，我能聽見爐火中灰燼掉落的聲音、時鐘在黑暗角落的滴答聲，我甚至覺得自己能夠聽見那老婦人編織的答答聲。因此，當終於有個聲音打破這奇異的寂靜時，我也能聽得見。

「嘿，黛安娜。」其中一位專注的學生說，「法蘭茨和老但以理夜晚時刻在一起，法蘭茨正在講他被嚇醒的夢境——聽好囉！」她低聲唸了一些東西，我一個字也聽不懂，因為那是個陌生的語言，不是法文，也不是拉丁文。究竟是希臘文或德文，我也說不上來。

「真是強而有力。」她唸完時說道，「我讀得津津有味。」另一位女孩抬起了頭聽，凝視著爐火複述了一遍。後來，我知道了那個語言和那本書，因此我在這兒寫下這段字句；雖然我一開始聽到時，只覺得像發出了聲音的樂器，甚麼意義也沒有。

「『有人走向前，彷彿夜空星辰。』真好！真好！」她深色的深邃眼珠發亮著。「眼前依稀有個崇高的天使長栩栩如生浮現眼前！這句話值得用一百頁來稱讚！『我在憤怒的外衣中惦量思緒，斟酌盛怒的後果。』我喜歡！」

兩人再度陷入沉默。

「有說話像那樣的國家嗎？」老婦人抬頭問。

「是啊，漢娜，一個比英國更大的國家，那兒就是這麼說話。」

「嗯，我實在不知道他們怎麼能知道對方在說甚麼。如果妳們去那裡，可以聽懂他們說話，對嗎？」

「我們或許可以聽得懂一點，但不是全部；因為我們並不像妳想的那麼聰明，漢娜。我們不會說德文，如果沒有字典幫忙，我們也讀不懂的。」

「那妳們學這個要做甚麼哪？」

「我們想教德文，或至少一點基礎，如他們所說，那麼我們賺的就能夠比現在更多。」

「很有可能，但別看了，妳們今晚讀得夠多了。」

「我想也是，至少我是累了。瑪莉，妳呢？」

「非常累，畢竟沒有老師，只靠一本字典學語言是件苦差事。」

「是啊，尤其是這麼晦澀難解又美好的德文。不知道聖約翰甚麼時候會回家。」

「應該不會太久，都十點了。」她看著從腰間拿出的一個小金錶，「雨下得好急，漢娜，妳能不能去看看客廳裡的爐火呢？」

老婦人起身，打開一扇門，我隱約看見一條走道。不久我就聽見她在裡面攪動爐火，很快又走了回來。

「啊，孩子們！」她說，「走進客廳讓我好難過，裡面看起來好孤單，椅子空蕩蕩地放在角落裡。」

她用圍裙擦了擦眼角，兩位先前肅穆的女孩看起來很難過。

「但他去了更好的地方。」漢娜說道，「我們不能期望他再回來，而且沒有人走的時候比他更安詳了。」

「妳說他沒要我們回來？」其中一位女孩問。

「他沒時間哪，孩子。妳們的父親突然就走了。他前一天有點不舒服，但也沒甚麼大礙，聖約翰問他要不要妳們回來，他還笑他。他隔天開始覺得頭有點重，也就是兩個禮拜前，去睡了之後就再也沒起來了。妳們的哥哥進房裡找他時，他已經全身僵硬了。啊，孩子們！他是老教派的最後一人了，因為他和聖約翰先生跟其他已經逝世的人不一樣，因為妳們的母親跟妳們差不多，都是讀書人。瑪莉，妳跟她是同一個模子出來的，黛安娜比較像妳們的爸爸。」

我覺得她們很像，不知道那老僕人（現在我確定她是僕人了）從哪看出了差異。兩個人都白皙苗條，臉上都充滿了卓爾不群的智慧。當然，一位的髮色要比另一位深，她們穿著的風格也不同。瑪莉淺棕色的頭髮編成了兩條平順的辮子，黛安娜略深一些的厚長鬈髮披在肩上。時鐘敲響了十點。

「妳們會想吃點東西吧。」漢娜說，「聖約翰先生回來時一定也是。」

接著她便去備餐了，兩位女士站了起來，似乎要到臥房去。直到這一刻，我一直專心地看著她們，她們的外表和對話都如此讓我興味盎然，幾乎忘了自己悲慘的處境，現在我又想了起來。相較起來，我更加孤寂淒涼、更加孤立無援了。要這屋裡的人理解我的處境、相信我的困頓不幸、惠予我安歇之處顯得如此不可能！我摸索著找到了門，猶豫地敲了敲門，覺得一切都是妄想。漢娜開了門。

「妳要做甚麼？」她藉著手上的燭光打量我，詫異地問道。

「我能見妳的女主人們嗎？」我說。

「跟我說妳要跟她們說甚麼就行了，妳打哪來的？」

「我從外地來的。」

「妳這個時候在這裡做甚麼？」

「我希望能有個倉庫或任何地方歇息過夜，還有一點麵包。」

不信任，那我所害怕的表情出現在漢娜臉上。「我會給妳一片麵包，」她停頓了一下說，「但我們不能讓來路不明的人過夜，不可能的。」

「請讓我見妳的女主人們。」

「不，我不會讓妳見的。她們能為妳做甚麼？妳不要繼續在這裡晃蕩了，很不好看。」

「但如果妳趕我走，我可以去哪？我該怎麼辦？」

「喔，我告訴妳，妳知道要去哪，也知道該怎麼辦。注意別惹是生非，就是這樣。這裡有一分錢，走吧！」

「一分錢餵飽不了我，我也沒力氣再走更遠了。不要關門──喔，不要，拜託！」

「我必須關門，雨都潑進來了。」

「告訴小姐們，讓我見她們──」

「我真的做不到，妳別自以為尊貴了，否則也不會這麼鬧嚷嚷的。走開。」

「但如果妳趕我走，我會死的。」

「妳才不會，妳怕是不懷好意才會在這麼晚的時候在民宅遊蕩。如果附近有妳的同黨要闖空門之類的，可以跟他們說，這屋裡可不是只有我們，我們有個男人，還有狗，還有槍。」這位忠實卻執拗的僕人將門關上，從裡面反鎖。

這是壓垮駱駝的最後一根稻草，一陣劇烈的痛苦──真實的絕望和劇痛──流淌且擰絞著我的心。我筋疲力盡，真的，再也踏不出任何一步。我跌在濕冷的門階上，我呻吟著，擰著自己的手，痛苦地放聲大哭。喔，死亡這可怕的東西！喔，在這最後一刻，恐懼如此接近！可嘆哪，這孤獨、這受人驅逐的境遇！那支撐著希望的，和堅忍刻苦的動力沒了——至少有一刻沒了。但最終我仍是很快便努力振作。

「不過是一死。」我說道，「我相信神，讓我就這麼靜靜等待他的旨意吧。」

我不僅想著這些話，也說了出來，將所有苦痛壓在心底，我努力讓那苦痛留在那裡；沉默而靜止。

「所有人都會死。」一個近在咫尺的聲音說，「但不該被迫如妳一般因困頓拖延而過早死去。」

「誰？或甚麼東西在說話？」我因這突如其來的聲音而恐懼問道，現在再無法希望能有誰幫我了。一個身影靠近，這漆黑的夜晚和我衰弱無力的視力再無法看清那是甚麼東西。一陣急促大聲的敲門聲，另一個身影出現在門口。

「是您嗎，聖約翰先生？」漢娜大喊。

「對，是我，快開門。」

「呀，您一定又濕又冷，真是個狂風暴雨的夜晚！快請進，您妹妹正在擔心您哪，而且我想附近有壞人在晃蕩。剛剛有個女乞丐，她還沒走！就躺在那兒。起來！可恥！我叫妳走開！」

「別說了，漢娜！我有話對這女人說。妳已經盡了責任趕她，現在我得盡我的義務，讓她進來。我就在附近，聽見了妳和她說的話。我想這個狀況並不尋常，我一定得好好瞭解。小姐，起來吧，先進屋裡吧。」我艱難地照做，不久便站在那乾淨明亮的廚房裡、在那火爐邊發抖著、病懨懨，想必是一副慘白狼狽又飽受風霜的樣子。兩位小姐、她們的兄長聖約翰先生，和那老僕全都盯著我看。

「聖約翰，這是誰？」我聽見一個人問。

「我不知道，我發現她在門口。」他答道。

「她看起來確實很蒼白。」漢娜說。

「白得像陶土或是死人一樣。」有人說。「她要昏倒了，讓她坐著。」

我的頭確實很暈，我倒了下去，但一張椅子接住了我。我還有知覺，只是無法說話。

「或許給她喝點水會好點。漢娜，拿些水來。但她瘦得不成人形，好瘦，都皮包骨了！」

「像個幽靈似的！」

「她生病了嗎？或只是餓著了？」

「我想是餓著了。漢娜，那是牛奶嗎？給我，還要一片麵包。」

黛安娜（我從她彎身靠近我時，在我和爐火間垂下的長鬈髮認出是她）撕了點麵包，在牛奶裡浸了浸，放到我嘴邊。她的臉靠我很近，我看見她臉上帶有同情，她急促的呼吸透露出關心。她簡短的話語也像是情緒的慰藉：「吃點東西。」

「對，吃一點。」瑪莉輕聲說道，她替我脫下濕透的帽子，抬起我的頭。我吃下她們給的東西，一開始虛弱無力，不久便越吃越快。

「一開始別吃太多，別讓她吃了。」哥哥說。「她吃夠了。」於是他將牛奶及一盤麵包拿走。

「再一點，聖約翰——看她渴望的眼神。」

「現在不能再吃了，妹妹。看看她能不能說話，問她名字。」

我覺得自己能說話了，便回答：「我叫簡・愛略特。」我擔心洩漏身分，先前便決定了要用化名。

「妳住哪兒？妳的朋友呢？」

我緘默不語。

「我們可以找妳認識的人來看妳嗎？」

我搖搖頭。

「妳能說說自己的事嗎？」

不知道為甚麼，我一進到這屋子的庇護裡，一見到屋子的主人們，便再不覺得自己格格不入、漂泊不定、被這廣闊世界所背棄。我敢於拋開那乞丐模樣，展現自己的最自然的態度和性格。我再次有了自我，而當聖約翰先生要我講自己的事，我現下實在太過虛弱，無法順他的意，我停頓了一會說：

「先生，我今晚無法多說。」

「那麼，」他說，「妳希望我做些甚麼呢？」

「甚麼也不用。」我回答。我的力氣只夠我說這麼簡短的答案。黛安娜接下去：

「妳的意思是，」她問，「我們已經給了妳足夠的協助？我們可以讓妳離開，到那沼澤地和雨夜中去嗎？」

我看著她。我心想，她有張標致的面孔，同時帶著權威和仁慈。我突然有了勇氣，用微笑回應她關心的眼神，說：「我會相信你們。即使我是條沒有主人的流浪狗，我知道你們也不會將我趕離你們的爐火。事實就是如此，我確實不害怕。就隨你們安置我，但恕我無法說太多話，我喘不太過氣，說話時幾乎無法呼吸。」他們三人看了看我，全都沉默了。

「漢娜，」聖約翰先生最後說，「先讓她在那裡坐一會，別問她問題。十分鐘後，讓她把剩下的牛奶和麵包吃完。瑪莉和黛安娜，我們到起居室去討論一下。」

他們離開。不久其中一位小姐回來了，我不知道是誰。我坐在溫暖的火爐邊，舒服得恍恍惚惚的。她低聲吩咐漢娜一些事，不久，在漢娜的攙扶下，我設法爬上階梯。我濕透的衣服被換下了，不久便有張溫暖乾爽的床迎接我。我感謝神，置身在那無法言喻的感激喜悅和溫暖光輝，然後沉沉入睡。

接下來大約三天三夜的記憶都非常模糊。我記得期間有時會恢復意識，但無法思考，也不能動。我知道我在一間小房間和一張狹小的床上。我似乎與那張床合而為一，像石頭一樣毫無意識地躺在上面，要與它分離簡直像要殺了我一樣。我不知道時間過了多久，經過了多少個清晨到中午，中午到夜晚的變遷。有人進來或離開我都知道，甚至知道他們是誰；說話的人站在我身旁時，我能知道那人說了甚麼，但我無法答話，也無法張嘴或移動四肢。最常來看我的是漢娜，她的到來讓我心神不寧。我有種感覺，覺得她希望我離開，覺得她不理解我或我的處境，覺得她對我有成見。黛安娜和瑪莉一天會進來一兩次，她們會在我床邊悄聲說類似這樣的話：

「幸好我們帶她進來了。」

「是啊，如果她整晚在外頭，早上一定會死在門口。不知道她經歷了甚麼事情？」

「我想是難以理解的艱辛，窮困、憔悴蒼白的流浪女？」

「從她說話的方式看來，我想，她並不是沒受過教育的人。她的口音純正，脫下來的衣服雖然髒污濕透，但並不破舊，也很雅致。」

「她長得很特別，雖然蒼白憔悴，但我卻很喜歡。一旦恢復健康和精神，我想她的樣子會更討人喜歡。」

我從未在她們的對話裡聽見任何後悔讓我進屋，或猜疑、或厭惡反感的字句。我感到很安心。

聖約翰先生只進來過一次，他看著我，說我會這樣昏睡是由於長時間過度勞累造成的。他說不需要找醫生，他確信我的身體會自己找到最好的治療。他說我的神經過於緊繃，因此整個身體機制得睡眠休息一會。不是甚麼大病，他認為我很快就會復原的。他用很沉靜低穩的聲音簡短地說了這些話，停頓了一會後，他用彆扭的語氣說：「相貌不凡，顯然不是粗俗或低賤之人。」

「絕對不是，」黛安娜說。「說實話，聖約翰，我看到這可憐的小靈魂，心都暖了起來。希望我們可以永遠這麼照顧她。」

「這是不可能的，」他回答。「這位小姐大概跟朋友們有了誤會，或許是在貿然的情況下離開他們的。若她不太執拗，我們或許可以讓她去找回他們。但我從她臉上看見了她的固執，或許不那麼好說得通。」他站著看了我一會兒，說：「她看來很有教養，但完全不漂亮。」

「她病得這麼重，聖約翰。」

「病或沒病，她都不漂亮。那些特徵裡沒有能和漂亮優美相提並論的。」

第三天我好多了，第四天就能說、能動、能從床上坐起和轉身。漢娜在我猜大概是晚餐時間時，拿了一些稀粥和乾吐司給我。我吃得津津有味，食物很好吃，沒有我至今吞下肚的那些被下了毒似的怪味。當她離開，我覺得神清氣爽了起來。飽足後不久，我開始想走動走動。我想下床，但我要穿甚麼呢？只有我因睡在地上和跌入沼澤而濕漉漉、沾滿泥巴的衣服。我覺得穿著這麼襤褸不堪出現在我的恩人們面前很丟臉，我不想蒙羞。

床邊的椅子上放著我所有的東西，乾淨清爽。我的黑色長裙掛在牆上，沼澤泥濘的痕跡都不見了，濕漉漉的皺痕也被撫平了，看來很得體。我的鞋子和襪子變得乾淨可見人。房裡有梳洗的用具，還有把扁梳和鬃梳讓我梳頭。在一陣耗費體力、每五分鐘休息一次的過程之後，我終於把自己打理好了。我的衣服鬆垮垮的，因為我瘦了，但我用條披巾遮掩，再度回到乾淨體面的樣子，沒有泥濘髒污，沒有我討厭的紊亂痕跡，讓我看來落魄頹喪的一切都沒了。我緩緩扶著扶手走下石階，走到一條狹窄的走道上，不一會兒便到了廚房。

廚房裡滿是剛出爐的麵包香氣和爐火宜人的溫度。眾所周知，成見是最難從固執的心底連根拔除的，就像是從未鬆動的土壤，或因耕作而肥沃的土壤；成見就從那裡滋長，堅固如石頭縫中的雜草。漢娜一開始其實是很苛刻固執的，現在開始多了一些憐憫，當她看見我穿得乾淨得體走進來時，甚至露出微笑。

「甚麼？妳起來啦！」她說。「那妳好多了。如果想的話，妳可以坐我爐邊的椅子上。」

她指指那張搖椅，我坐了下來。她忙裡忙外，邊不時用眼角餘光打量我。當她從烤箱裡拿出麵包，她走向我，直率地問：

「妳來這裡之前有乞討過嗎？」

我一時間很憤慨，但想到生氣是沒有用的，而且對她來說，我的確就像個乞丐。我平靜地回答，但仍免不了要強調：

「妳錯把我當乞丐了。我和妳或妳家小姐們一樣，並非乞丐。」

她愣了一下，說：「我不懂，妳看起來沒有房子，也沒銀子，不是嗎？」

「沒房子或沒銀子，我想妳是指錢的意思，並不代表是妳所想的乞丐。」

「妳讀過書嗎？」她馬上又問。

「讀過，讀很多書。」

「但妳沒上過學吧？」

「我在學校待了八年。」

她張大了眼睛。「那為甚麼妳養不活自己？」

「我已經養活了自己，而且我相信，我也可以再次養活自己。妳要這些醋栗做甚麼？」她拿出一籃水果時，我問道。

「要做派餅的。」

「給我，我來挑揀。」

「不用了，妳甚麼都不用做。」

「但我一定得做些甚麼，讓我來吧。」

她應允，甚至拿了條乾淨的毛巾給我蓋在裙子上，「免得弄髒了。」她說。

「妳做不慣僕人的工作的，我看妳的手就知道了。」她說道。「難道妳是裁縫師？」

「不，妳猜錯了。好了，別管我是做甚麼的，別花腦筋在我身上。告訴我這是甚麼地方。」

「有人叫這裡沼澤居，有人管它叫高沼屋。」

「那住在這裡的先生叫聖約翰先生？」

「不，他不住在這裡，他只待一陣子。他住在他莫頓的教區。」

「那個幾英里外的村莊嗎？」

「對。」

「他是做甚麼的？」

「他是牧師。」

我想起在牧師公館，我說要找牧師時，那老管家的回覆。「那麼，這裡是他父親的住處囉？」

「對，老瑞弗先生、還有他父親和祖父，還有曾祖父都住在這裡。」

「那麼，那位先生的全名是聖約翰・瑞弗先生嗎？」

「對，聖約翰好像是他受洗的名字。」

「他的妹妹叫作黛安娜和瑪莉嗎？」

「對。」

「他們的父親過世了？」

「三個星期前死於腦中風。」

「他們沒有母親嗎？」

「夫人已經走了很多年了。」

「妳跟著這家人很久了嗎？」

「我在這裡待三十年囉，他們三個都是我帶大的。」

「那妳一定是位忠心耿耿的僕人。即使妳很沒禮貌地說我是乞丐，我還是要這麼稱讚妳。」

她再度驚訝地看著我。「我想，」她說，「我是錯怪妳了，但這附近有這麼多盜匪騙子，妳一定得原諒我哪。」

「還有，」我繼續嚴厲地說道，「即使妳在連一隻狗都不該拒於門外的夜晚想趕我走。」

「唉，是太過分了，但還能叫人怎麼辦哪？我不是為自己想，是為這些孩子們呀，可憐的孩子！除了我，沒有人可以照顧他們了，我得讓自己看起來嚴厲些。」

我嚴肅地沉默了好幾分鐘。

「妳可別把我想得太壞。」她又說。

「但我確實覺得妳很壞。」我說，「我來告訴妳為甚麼，並不是因為妳拒絕收留我，或把我當成騙子，而是因為妳剛剛把我沒『銀子』、也沒房子說得像是種恥辱。好些聖賢偉人也曾如我一般窮困，如果妳是基督徒，就不該把貧困視為罪惡。」

「我再也不會了，」她說，「聖約翰先生也這麼告訴我，我知道我錯了。但我現在完全對妳刮目相看了，妳看起來是個體面的小姑娘。」

「好吧，我現在原諒妳了。握手言和吧。」

她伸出她沾滿麵粉、長了厚繭的手，衷心的微笑照亮了粗糙的臉龐。從那一刻起，我們就是朋友了。

漢娜顯然很喜歡說話。我在挑揀水果時和她在揉麵糰時，她不停跟我說著她已故的先生和夫人，並且如她喊年輕人一樣喊我「孩子」。

她說，老瑞弗先生是個很普通的人，但是個一如他家族出身的紳士。沼澤居建造以來便一直是屬於瑞弗家的房子，已經有「大概兩百年歷史了，雖然跟奧利佛先生在莫頓谷地的別墅比起來是間簡樸的小房子」。但她記得奧利佛先生的父親是做縫針的，瑞弗家在威廉四世時就是鄉紳，看莫頓教堂的附屬室便可以知道。她繼續說：「老主人跟其他在地人一樣，沒甚麼不同，都對射箭、農作和這類的事很著迷。夫人就不同了，她很喜歡讀書，而且讀得很多，『孩子們』都跟她一樣。這附近沒有人像他們一樣，從來沒有過。他們喜歡讀書，三個都是，幾乎從會說話就開始看書了，他們一直都是『自成一派』。」聖約翰先生長大後便去上大學，當牧師；女孩們一畢業，便當了家庭女教師，因為他們告訴她，他們的父親幾年前被信任的人騙了一大筆錢而破產，已沒有遺產留給他們了，他們得靠自己。他們好長一段時間都不住家裡，現在是因為父親的喪事才回來待幾個禮拜，但他們好喜歡沼澤居和莫頓，還有這些高沼和山丘。他們一直在倫敦，還有很多大城鎮，但他們總說沒有地方比得上家鄉。還有他們兄妹處得很好，從未不和或爭執，她覺得沒有哪家人比他們更融洽了。

挑揀完醋栗後，我問兩位小姐和她們的兄長現在在哪裡。

「到莫頓散步去了，但他們再半小時就會回來吃晚餐。」

他們在漢娜估算的時間內回來了，從廚房的門進來。聖約翰先生看見我時，只是敬了個禮便走過；兩位小姐停下來，瑪莉簡短說了幾句話，善意又平靜地表達自己很高興看到我能下樓；黛安娜拉著我的手，對我搖了搖頭。

「妳真該等我回來再下樓的。」她說，「妳看起來還是好蒼白，而且好瘦！可憐的孩子！可憐的女孩！」

黛安娜的聲音聽起來像鴿子的輕柔低語。我喜歡與她的眼神相對，她的臉也深深吸引著我。瑪莉的臉一樣標致，一樣漂亮，但她的表達較為含蓄，態度雖和善，卻較疏離。黛安娜的樣子和說話方式都有種權威感，她顯然很有想法。我很自然地喜歡服從於她的權威，且願意為那積極的意志放下我的自我和自尊。

「妳在這裡做甚麼呢？」她繼續問道，「這可不是妳該來的地方。瑪莉和我有時候會待在廚房裡，因為在家我們喜歡自在點，甚至有些恣意而為，但妳是客人，得去客廳才是。」

「我在這裡很舒服。」

「才不呢，漢娜在妳身邊轉來轉去，把麵粉弄得妳一身。」

「還有，這爐火太熱了。」瑪莉插話。

「沒錯。」她姊姊說，「來，妳得聽話。」她仍握著我的手將我扶起來，帶我到裡面的客廳去。

「在我們放好東西，準備晚餐的時候，」她讓我坐在沙發上說，「妳就坐那兒。我們在這小沼澤居裡喜歡做的另一件事就是在我們想要的時候，或漢娜在烤東西、釀酒、洗東西或燙衣服的時候，準備自己的餐點。」

她關上門，把我跟聖約翰先生獨自留下。他坐在我對面，手裡拿著一本書或報紙。我先看了看客廳，然後觀察起聖約翰先生。

客廳很小，裝飾很樸素，但卻很舒適，因為乾淨又整齊。古樸的椅子擦得很亮，胡桃木桌也光亮得像玻璃鏡一樣。斑駁的牆上掛了一些奇怪又年代久遠的男人和女人畫像；一個玻璃門壁櫥裡頭有一些書和一組古老的瓷器。客廳裡沒有多餘的擺設，沒有現代傢俱，除了茶几上一對針線盒和一張黑檀木女用梳妝台。所有東西，包括地毯和窗簾，看起來全都陳舊卻保持良好。

聖約翰先生端正地坐著，眼睛盯著書，嘴唇緊閉，跟牆上滿是灰塵的畫一樣，很容易觀察。就算他是雕像，也差不了多少。他很年輕，或許二十八或三十歲左右，瘦瘦高高的，臉龐很引人注意，輪廓像希臘人一樣簡潔乾淨。又挺又古典的鼻子，雅典式的嘴和下巴。事實上，很少有英國人的臉能像他這般接近古典的標準。難怪他對我不端正的五官感到有些吃驚，他的五官如此恰到好處。他的眼睛又大又藍，眼睫毛是棕色的，象牙般無血色的高額頭上有幾縷柔順的髮絲隨意飄落。

這是個男人的臉孔嗎，讀者？但他卻有著少見的溫和、陰柔、令人印象深刻，或甚至說是沉著的氣質。他靜止地坐著，我卻感覺到他的鼻息、他的嘴、他的眉宇之間有著焦躁不安、或執著、或企圖心。他一句話也沒跟我說，連往我的方向看一眼都沒有，直到他的妹妹們回來。黛安娜走進走出準備晚餐，拿了一小塊蛋糕要給我，正在烤爐上烤著。

「現在吃吧。」她說，「妳一定很餓了。漢娜說妳早餐吃了一點燕麥粥之後就甚麼都沒吃了。」

我並沒有拒絕，因為我的胃口開了，飢腸轆轆著。聖約翰先生闔起了書，走到餐桌旁，坐了下來，那雙蔚藍如畫的眼睛直盯著我。他至此之前避開生人的眼神現在直接而毫無拘泥，堅定地搜尋著，毫無怯懦地表明用意。

「妳很餓。」他說。

「是的，先生。」這就是我，我總是本能地如此——簡短應答，直接坦蕩。

「妳因為輕微發燒昏睡了三天，這是好事，否則一開始就毫無節制地進食，會很危險。現在妳可以吃了，雖然還是不能過量。」

「我想我不會吃您太久的飯的，先生。」我拙劣又不加修飾地回答。

「是不會。」他冷冷地說，「等妳把友人的住處告訴我們，我們可以寫信給他們，讓他們來帶妳回家。」

「我得坦白告訴您，這我做不到。我沒有家，也沒有朋友。」

他們三個人看著我，但並非不信任。她們的眼神中沒有猜疑，只是好奇。我說的是二位小姐們，聖約翰的眼神雖表面清澈，卻難以揣測。他似乎更把那雙眼當作探詢別人想法的工具，而非自我吐露。那銳利而有所保留的眼神令人更加侷促不安，而無法說出話來。

「妳是說，」他問道，「妳完全沒有任何親友？」

「是的，沒有任何聯繫，我在英國也沒有任何可去的地方。」

「以妳的年紀，這真是獨特的處境！」

這時我看見他瞄向我放在桌上交握著的手。我不懂他為甚麼要看我的手，他的問題很快便解釋了一切。

「妳沒有結過婚？妳未婚？」

黛安娜笑了。「怎麼？她不過就十七八歲，聖約翰。」

「我快十九歲了，但我還沒結婚，沒有。」

我的臉上感到一陣灼熱，因為說到婚姻便勾起了我酸苦轟烈的回憶。他們全看見了我的侷促和情緒。黛安娜和瑪莉轉開眼神，沒盯著我緋紅的臉看，讓我鬆了口氣。但那冷酷嚴峻的兄長繼續直盯著，直到逼出了我的眼淚。

「妳之前住哪裡？」他隨即問道。

「你太咄咄逼人了，聖約翰。」瑪莉低聲說。但他更加堅定和銳利地彎身要答案。

「那地方的名字，以及和我同住的人，都是我的祕密。」我簡潔地回答。

「我認為，如果妳想，妳有權利向聖約翰或任何其他人保密。」黛安娜說。

「但若我對妳的過去一無所知，我就無法幫妳。」他說。「而妳需要幫忙，不是嗎？」

「我確實需要，先生，我也在尋求一些好心人讓我找到我能做的工作，好讓我能夠養活自己，即使是勉強餬口也好。」

「我不知道我是不是好心人，但我很樂意盡自己最大的力量和誠意幫妳。那麼，先告訴我妳過去做甚麼，還有妳會做甚麼吧。」

現在我吃完了晚餐，飲品像酒一樣讓我神清氣爽了起來，放鬆了我緊繃的神經，讓我能夠好好地跟這位年輕又銳利的審判官說話。

「聖約翰先生，」我對他說，如他率性不造作地看著我一般，我也看著他，「您和您的妹妹已經對我夠好了，是人所能給予的莫大恩惠。您救了我一命，又收留款待我，這份恩情令我感激不盡，我也願意，在某個程度上，向您們吐露。我會盡可能將您們所收留的、這位無處可去的人的身世告訴您們，但恕我無法違背內心平靜——我自己及他人道德和身心上的安危——全盤奉告。」

「我是個孤兒，牧師之女。我的父母在我有記憶前便離去了，我是被別人撫養長大的，在一個慈善機構受教育。我甚至可以告訴你們那機構的名稱，那個我當了六年學生、兩年教師的地方——某某郡的羅伍德孤兒院。聖約翰先生，您們應該聽過？布洛克赫先生是司庫。」

「我聽過布洛克赫先生，也去過那個學校。」

「大概一年前，我離開羅伍德，成為家庭女教師。我的工作環境很好，我也過得很快樂。我在四天前被迫離開那個地方，來到這裡。離開的原因，我無法，也不能解釋，說了只是畫蛇添足、危險，且聽來難以置信。我並非犯了過錯，一如你們三位，沒有罪惡。我的命運坎坷，也必得會再辛苦一陣子，因為我曾以為那地方是天堂，但迫使我離開的原因卻詭譎而駭人。我只求盡快且祕密地離開那裡，為確保這兩點，我沒帶走任何東西，除了一個小包裹，而那包裹在我匆促之間，忘在帶我到白色十字的馬車裡了。因此我到這附近時，是身無分文了。我餐風露宿了兩晚，遊蕩了兩天，沒有踏進任何屋裡，但期間吃了兩次東西。而在那飢寒交迫、身心俱疲，絕望得幾乎要嚥下最後一口氣時，您，聖約翰先生，不許我因困乏而死在家門前，帶我進了這屋簷下。我知道所有您的妹妹為我做的事，因為在我看似昏睡的期間，我並非毫無意識；我非常感謝她們由衷真誠的憐憫，和欠您的人情一樣多。」

「別讓她說太多話，聖約翰。」我停下時黛安娜說，「她顯然還不適合太過激動，到沙發來坐下，愛略特小姐。」

我忘了自己的新名字，慢了半拍才對這名字反應過來。聖約翰先生馬上就注意到了，似乎甚麼也逃不過他的眼睛。

「妳說妳叫簡・愛略特？」他問道。

「我的確是這麼說的，這是我目前出於權宜之計所想的名字，但並非我的真名。因此我聽到時，覺得很陌生。」

「妳不願意透露真名？」

「是的，我擔心這一切會被人發現，任何可能被發現的線索，我都得避免。」

「我相信妳這麼做是對的。」黛安娜說。「哥哥，現在讓她休息一會吧。」

但聖約翰想了一會，無比沉著敏銳地說：

「妳不會想依賴我們太久。我想，妳會希望盡快不再依賴我妹妹們的憐憫，尤其是我的『好心』，我知道這之間的差別，但我並不怪妳，這是合理的，妳希望能夠自食其力？」

「的確，我也已經說過了。告訴我怎麼做，或怎麼找工作，這是我現在唯一需要的；然後讓我離開，即就是到最簡陋的茅屋去，但在那之前，請讓我留在這裡。我怕極了再次經歷那無家可歸的困乏及可怕。」

「妳確實『應該』待在這裡。」黛安娜白皙的手放在我的頭上說。「妳『應該』。」瑪莉用含蓄又真誠的語氣重複了一次，彷彿一切理應如此。

「如妳所見，我的妹妹們很樂意讓妳留下。」聖約翰先生說，「就如她們樂意收留並珍惜一隻可能是被冷風從窗戶吹入的凍僵小鳥。我大概知道該怎麼讓妳找到工作，也會盡我所能，但妳要知道，我的能力有限，我只是個貧窮鄉村教區的牧師，能幫上的忙不多。如果妳不願做些小事，便去找比我更有能力的援助吧。」

「她已經說了，只要是正當工作，她甚麼都願意做。」黛安娜替我答道。「你也知道，聖約翰，她沒有其他選擇了，她是不得已才要忍受像你這樣不通情理的人。」

「我可以縫紉，我可以做女工，我可以當女傭、保母，甚麼都好。」我回答。

「好。」聖約翰先生冷冷地說。「如果妳是這麼想的，我答應會用自己的時間和自己的方式幫妳。」

他隨即繼續讀起他在晚餐前看的那本書，不久我就離開了，因為說了太多話，坐了太久，我的體力差不多耗盡了。

越熟悉沼澤居裡的人，就越喜歡他們。幾天之內，我已經復原得差不多了，可以坐整天，有時也能出去走走。我可以跟黛安娜和瑪莉一起做她們平常做的事，也能跟她們盡興聊天，在她們需要我、且願意讓我幫忙的時候提供協助。這樣的相處讓我恢復了精力，是我從未有過的快樂。因為品味、感受和原則都如此相投。

我喜歡讀她們愛讀的書、做她們喜歡做的事、崇敬她們所敬愛的人。她們愛極了她們僻靜的家，我也是，這古樸的灰色小屋、低矮屋簷、格子窗、斑駁的牆、冷杉林蔭，全都在山風吹送下傾斜著；那花園因紫杉與冬青而幽暗，雖沒有花朵，卻生著最堅毅的物種，充滿生命力和不朽的魅力。她們眷戀著後方紫色的高沼，和她們所居之處；戀著那從小門出去，沿著石子路可到的下方溪谷。那溪谷先是蜿蜒繞在長滿蕨類的河堤間，然後穿梭在石楠荒野的幾個野生小原野間，或供養高沼的灰綿羊群，和牠們好似滿臉青苔的小羊。我想，她們是滿心熱烈地依眷著這景象。我能理解那感受，也真實體會到其中力量。我看見這裡的迷人之處，感受到其孤寂中的神聖，我的視野因綿亙起伏的輪廓線條而豐足，享受山脊和谷地的原始色彩，覆蓋著青苔、石楠花、遍地野花的草皮、蕨叢和色彩柔和的花崗岩峭壁。這些小細節在我眼中正如她們所見，如此純粹美好的喜悅。在這個地方，無論強勁的疾風或柔和的微風，狂風暴雨或寧靜的日子，日出或日落時刻，月夜或無雲之夜，在我眼中，同樣引人入勝。一如她們的陶醉狂喜，我的感官也受了同樣的魔力包圍。

我們的室內活動一樣意氣相投。她們會的和讀的比我更多，但我求知若渴地跟隨著她們曾踏過的腳步，貪婪地讀她們借我的書，於是午後時光和她們討論一天所讀便如此令人滿足。我們志同道合、暢所欲言，簡而言之，我們如此心有靈犀。

若說我們三人之中有誰最好、誰是領導者，那就是黛安娜。以外貌來說，她比我好得太多，她漂亮、精力充沛。她天生擁有的豐富朝氣和踏實的活力，使我驚嘆，也令我不解。我在午後能夠講一會兒話，但一旦那滔滔不絕的生氣和口條沒了，便不得不坐在黛安娜腳邊的凳子上，把頭靠在她的膝上，聽她和瑪莉輪流討論我僅略知皮毛的話題。黛安娜說要教我德文，我喜歡跟她學習，她喜歡、也適合指導人，我也同樣喜歡她的學者風範，很適合我。我們的性格互補得恰到好處、相濡以沫。她們發現我會畫畫，馬上貢獻了她們的筆和彩色筆盒。我畫得比她們都好，讓她們又驚訝又著迷。瑪莉會跟我坐在一起看我畫，然後學著畫，她是個學得快、聰明又勤奮的學生。因此我們忙著相娛相伴，朝夕如一刻，幾週如幾日般過去了。

至於聖約翰先生，我和他妹妹們之間如此自然又快速滋長的友好親密並沒有擴及到他身上。我們生疏的其中一個原因就是他比較不常在家，他似乎經常探訪教區各處生病困苦的人。

無論天氣如何，都似乎阻礙不了他到教區探訪，或雨或晴，只要他的晨讀時間一結束，他就會拿著帽子，帶著他父親的老獵犬卡洛，踏上他關愛或職責之旅——我不知道他是怎麼想的。有時天候不佳，他的妹妹們會勸阻。他就會帶著特有——與其說高興，更像是嚴肅——的笑容說：

「如果我因一陣強風或幾滴雨水便不去履行這些輕而易舉的事，如此懈怠，將來怎麼成事呢？」

黛安娜和瑪莉對這個回應通常是一聲嘆息和幾分鐘的沉思。

但除了他常外出，還有另一個阻礙了我們友誼的原因；他似乎是個沉默寡言、總想著自己的事，甚至性格陰森的人。雖然在牧師職務上有熱忱，生活習慣也無可挑剔，但他卻似乎無法享受那本該屬於每個虔誠基督徒和善心人士心中的平靜和內在的滿足。他經常在午後坐在窗邊，面前擺放著書桌和文件時，放下書或手中寫的東西，手靠著下巴，思緒飄到我不知何處的地方去。但從他眼裡的閃爍和瞳孔變化看來，他心緒不寧且內心激動。

而且我覺得大自然對他而言，並不像對她妹妹而言那樣的珍寶。他曾說過一次，我就聽過那麼一次，他讚賞那高低起伏的山丘、對他稱之為家的深色屋頂和古老牆垣發自內心的喜愛。但比起喜悅，他的語調中更多的是抑鬱陰沉。而且我從未見過他到高沼地去尋求撫慰人心的平靜，從未出去探尋或思索那萬千大自然所能帶來的平靜的喜悅。

如他這般不善言詞，過了好些時間我才有機會推敲他的思緒。我第一次知道他的才華是聽見他在莫頓教堂佈道時。我真希望能描述那次佈道的情景，但心有餘而力不足。我甚至無法準確表達那情景對我的影響。

一開始很平靜——的確，以那聲音傳送的強度而言，自始至終都是平靜的。那與眾不同的腔調很快便傳遞出誠摯卻嚴格壓抑的熱情，推波助瀾著剛健有力的語言。這語言逐漸增強，簡短扼要而有節制。我的心因佈道者的感染力而激動著，驚愕詫異著，無法平息。整場佈道會中充斥著奇異的刻苦精神，沒有溫和慰藉，只有嚴峻的喀爾文式教條——適者生存、物競天擇、用盡廢退——經常被提及。每一次提及這些觀點，聽來都像是命運的審判。當他佈完道，我並沒有因為他的話而感覺更美好、更平靜、更受啟發，只覺得一陣無來由的悲傷。因為對我來說——我不知道別人是不是也這麼覺得——我聽的那場佈道是來自失望中餘下的迷惘，動搖了不滿的渴求和不安的抱負。我知道聖約翰生活純淨、認真勤懇而有企圖心，還未找到那超然存在於神的平靜。我想，就像他無法體會我心中破碎的崇拜之人和失去的天堂，和我所隱瞞和備受折磨的遺憾一樣。我盡可能地避免提及那遺憾，但那憾事卻存留在我心中，殘忍無情地主宰著我。

這時已過了一個月，黛安娜和瑪莉就快要離開沼澤居了。身為繁榮南方大城市的家庭女教師，她們將回到那等著她們的、全然不同的生活和情景，她們各自在富有而傲慢自大的家庭中，遭受低下卑微的對待，無人知道或挖掘出她們內在的良善，僅只讚賞她們外在的技能，如讚賞廚子的廚藝或侍女的品味。對於答應我要找的工作，聖約翰先生甚麼都還沒說，但找工作對我而言變得格外緊迫了。有天早晨，我被獨自留下，和他待在客廳幾分鐘，我大膽走向窗戶隱蔽處——那兒有他的桌子、椅子和書桌，被視作他讀書的聖地——我正要說話，雖然不太知道該怎麼開口，因為要打破他冷若冰霜的性格，始終很困難；最後他先開了口，免去我的為難。

我一走近，他便抬起了頭；「妳有問題要問我？」他問道。

「是的，我想知道您是否打聽到了任何我能勝任的工作。」

「我三個禮拜前找到，或說想了件妳能幫忙的事，但因為妳在這裡似乎很幫得上忙，也很開心，因為我的妹妹們顯然和妳處得很好，妳在這裡也給了她們不同以往的興味；我覺得不該在這時破壞妳們的融洽情誼，等到她們要離開沼澤居了再告訴妳比較適當。」

「她們三天內就要離開了？」我問。

「是的，她們一走，我就會回莫頓的牧師公館。漢娜會跟我過去，這間房子會關起來。」

我等了一會，期待他會繼續這個話題，但他似乎進入了另一個思緒，拋下了我和我的事。我得要提醒他回到那與我切身相關且緊要的話題上。

「您想到的是甚麼工作，聖約翰先生？我希望沒有拖得太晚，增加了獲取這份工作的難度。」

「喔，不會，因為這個工作只取決於我願不願意給，和妳願不願意接受。」

他再度停了下來，似乎不情願繼續說。我不耐煩了起來，露出一兩個焦躁不安的動作，眼神熱切又認真地盯著他看，用比語言更有力、更省事的方式來向他表達感受。

「妳不需急著知道，」他說，「坦白告訴妳，我沒有更合適或更好的辦法了。在我解釋以前，如果可以的話，想想我確實曾提過的，我幫妳就如同盲人幫助瘸子一般。我很窮，因為我發現當我付清了所有父親的債務後，只剩下這個破舊的小屋、後面斑駁的冷杉、這貧脊的高沼土壤、前方的紫杉和冬青。我沒沒無名，瑞弗是古老的家族，但我們家僅有的三個子孫，兩個捧著陌生人的飯碗，一個則覺得自己和自己的國家格格不入，不僅不該生於此，也不該死於此。是的，而且他認為，堅信自己有著榮耀的命運和志向，在那與肉體分離的十字架落到了他肩上，當成為最虔誠的教會鬥士和其領頭，便須高呼著：『起身，跟從我！』」

聖約翰如同佈道般說著這些話，聲音平靜而深沉。他面無表情，眼神閃著光輝。他繼續說道：

「因為我自己窮困而人微言輕，僅能供妳困頓和微賤的工作。『妳』甚至會覺得這是貶低身分的工作，因為妳的興趣喜好是這世界所稱之為高尚的，妳的品味近乎完美，妳的身邊必定也是有教養之人，但『我』再想不出有比這貶低身分的工作更能使我們變得更好的了。我認為，越是不毛蠻荒之地，便越是基督徒要去辛勤耕作之處；那勞苦所得到的回報越少，榮耀便越是崇高。神的旨意，在這樣的情況下，就是先驅者的命運，而那最早的福音先驅就是十二使徒，他們的領袖正是耶穌自己，那救世主。」

「所以呢？」他再度停了下來，我問道：「繼續說吧。」

他看著我，繼續說了下去。事實上，他好似是從容不迫地讀著我的臉，彷彿那些五官和線條是書頁上的文字。從他接下來的話裡透露出他的審視有了結論。

「我相信妳會接受我所供予妳的職務。」他說，「並且堅持一段時間，雖然並非永遠，如同我無法永遠持有那狹窄及越發狹小之地、偏遠僻壤的鄉間牧師公館。因為妳的性格並不適於平靜安穩的生活，如我一般，雖然是以不同的方式。」

「請解釋。」當他再度停了下來，我催促道。

「我會解釋，妳便可知道這想法有多麼乏善可陳、多麼淺薄、多麼不足一提。因為我父親過世了，我能夠主宰自己的人生，便不會在莫頓待太久。一年後我或許會離開這個地方，但我在的期間，一定會盡全力為這地方謀求最大福利。莫頓在兩年前我到的時候，並沒有學校，窮人家的孩子們沒有往上爬的希望。我為男孩們辦了所學校，現在想為女孩們辦第二所學校。為此我已經租了棟房子，裡頭有兩個房間，能當作女老師的住處。她的薪資是一年三十英鎊，好心的蘿莎蒙小姐已經將她的住處整理好了，非常簡樸，但應有盡有。蘿莎蒙小姐是我教區裡唯一的大戶人家，奧利佛先生的女兒，奧利佛先生是溪谷裡針線工廠和鑄鐵廠的所有人。這位小姐為救濟院裡的一個孤兒負擔教育費和添購衣服，條件是這位孤兒得打理這簡陋辦公室的女主人的住處和學校，因為教學工作會使她沒有時間親自打理。妳願意當這位女主人嗎？」

他匆匆丟出這個問題，似乎覺得這提議會引來不滿或輕蔑的拒絕。雖然能猜到一些我的想法，但他並不知道我所有的想法和感受，無法知曉我會怎麼看待這工作。事實上，這工作很卑微，但有地方住，而我正想要個安全的避風港。這工作很勞心勞力，但比起在富有人家當家庭女教師，至少是獨立自主的。為陌生人勞役的恐懼在我心中已被撫平了，這並非卑賤的工作，並非一文不值，並不會降低我的人品，因此我下了決心。

「感謝您的提議，聖約翰先生，我真心接受這份工作。」

「但妳理解我說的嗎？」他說道，「這是個鄉村學校，妳的學生只是一些窮苦孩子、鄉下孩子，頂多是農家女兒。妳得教編織、縫紉、讀書、寫字、算術。妳的才華怎麼辦？妳的內在涵養、想法、品味要怎麼辦呢？」

「那便留著，直到需要的時候，就會派上用場。」

「那麼，妳知道妳接下的是甚麼工作嗎？」

「知道。」

他露出微笑，不是酸苦或悲傷的微笑，而是喜悅和心滿意足的微笑。

「那麼妳甚麼時候要開始這份工作呢？」

「我明天會到我的住處去，如果可以的話，下個禮拜就開學。」

「很好，就這樣吧。」

他起身走過客廳，仍舊站著，再度看著我。他搖了搖頭。

「您有甚麼不滿嗎，聖約翰先生？」

「妳不會在莫頓待太久，沒錯，不會的！」

「為甚麼？您為何這麼說？」

「我從妳的眼睛看出來的，那雙眼並沒有要過著安穩平凡的生活。」

「我並沒有野心。」

他聽見「野心」這個詞，嚇了一跳。他反覆說道：「不，妳怎麼會想到野心？誰有野心？我知道我有，但妳怎麼知道的？」

「我在說我自己。」

「嗯，如果妳沒有野心，妳——」他打住。

「甚麼？」

「我是要說，充滿熱忱，但或許妳會誤解這個詞，感到不愉快。我的意思是，妳身上有著莫大無比的感染力和同理心。我很肯定，妳並不會甘心過著孤獨的生活，也不會將自己的氣力貢獻在單調平靜的獨立工作太久。正如我一樣。」他強調，「隱沒在這沼澤、幽禁在這山中，違反了神所賦予我的天性，上天賜予的才能無處發揮，毫無用武之地。妳聽聽我有多麼矛盾。我佈道要人對命運知足，即就是劈柴挑水的苦力——我，身為祂所指派的神職人員，卻幾乎是語無倫次、心神不定。唉，心之所嚮和原則必須得調和一致才行。」

他離開了客廳。在這短短的一小時裡，我對他的認識比過去一整個月還多，但他仍令我困惑。

當離開兄長和離家的日子越近，黛安娜和瑪莉也越加感傷和沉默。她們都試著要表現得一如往常，但卻無法完全克服或隱藏她們得與之對抗的憂傷。黛安娜隱約提到這可能會是前所未有的離別。如聖約翰所想，這可能會是好幾年，也或許會是一生的分離。

「他會為他長久以來的志向拋下一切。」她說，「天生的執念和領受仍是更強而有力的。聖約翰看起來很安靜，簡，但他心中藏著一份狂熱。妳覺得他很溫和，但在某些事情上，他死也不願改變。最糟的就是，我的心無法要我勸阻他去履行那執念，當然，我也不曾有一刻責怪過他。那是對的事、崇高且充分展現基督徒精神，但卻傷透了我的心！」她美麗的眼睛湧出淚來。瑪莉低著頭做自己的事。

「現在我們沒有了爸爸，也很快就要沒有哥哥和家了。」她小聲說道。

過了不久，有件小插曲發生了，似乎要印證古語所說的天意造化——「禍不單行」，要為她們在茶飲之間不經意流露的憂傷添加煩擾。聖約翰走過窗邊，邊讀著一封信。他走了進來。

「約翰舅舅走了。」他說道。

兩姊妹似乎受了很大的影響，不是詫異或恐慌，這消息在她們眼中似乎嚴肅重大，而非令人悲慟。

「走了？」黛安娜複述道。

「對。」

她像要搜尋甚麼似的盯著聖約翰的臉。「所以呢？」她低聲問。

「走了，怎麼了？」他依舊如大理石般面無表情地回答。「所以呢？為甚麼？算了。唸信吧。」

他將信丟到她膝上，她看了看，交給瑪莉。瑪莉沉默地讀完，把信交回給她哥哥。三個人看著彼此，三個人露出微笑──陰鬱又憂傷的笑容。

「阿門！我們可以活下去了。」黛安娜最後說。

「無論如何，都會比之前的日子好過。」瑪莉說。

「只是那讓『可能發生的情景』更強烈地烙印在心中。」聖約翰說，「並且和『現下的景況』成了鮮明對比。」

他將信摺好，鎖進書桌抽屜裡，再次走了出去。

有好幾分鐘都沒人作聲，然後黛安娜轉頭對我說：

「簡，妳一定覺得我們很奇怪。」她說，「覺得我們鐵石心腸，竟對關係如此親近的舅舅的死訊如此無所動搖。可我們從沒見過他，也不認識他。他是我母親的哥哥，我父親和他在很久以前有過爭吵。因為他的建議，我父親把大半家產都拿去投資，那場投資也毀了我父親。他們互相指責，憤怒地決裂，再沒有和好過。我舅舅後來事業蒸蒸日上，賺了兩萬英鎊。他沒有結婚，只有我們和另一個親戚，那位親戚也和他互不相識。我父親總希望他會懷抱著贖罪的心情將遺產留給我們。那封信裡是告訴我們，他將所有遺產都贈予另一位親戚，但留了三十幾尼給聖約翰、黛安娜和瑪莉添購悼念戒指。他當然有權利這麼做，但我們知道這消息卻難免覺得沮喪。我和瑪莉本來以為每個人可以有一千英鎊，過富足的日子；而對聖約翰來說，這筆錢很有用，因為可以讓他去做想做的事。」

解釋完了，話題也到此為止，聖約翰和他妹妹們再沒有多說甚麼。隔天，我離開了沼澤居，到莫頓去。再隔天，黛安娜和瑪莉前往彼郡。不到一個禮拜，聖約翰和漢娜回到牧師公館，因此那老農莊便被擱棄了。

我的家，我終於找到了一個家，是間小屋子。一個有著白色的牆和拋光的木質地板、四張彩色椅子、一張桌子、一個時鐘、一個櫥櫃、兩三個碗盤、一組代爾夫特陶瓷茶具的小地方。樓上是一間廚房大小的房間，有木製的床板和五斗櫃，雖然小，但要放進我那僅有的幾件衣服已是綽綽有餘。即使我善良慷慨的朋友們已好心多給了我幾件必要的衣服。

現在是傍晚，我用一顆橘子的報償，讓那服侍我的小孤兒離開。我獨自坐在火爐邊。這天早上，村裡的學校開學了，我有二十位學生。但其中只有三個識字，其他的不會寫字也不會算術。好幾個會編織，有幾個會一點縫紉。她們說著各式各樣的鄉音，當下我們彼此都難以理解彼此的語言。有些學生行為野蠻粗魯、不學無術又不受教，但另一些好學可教，很討我喜歡。我必須提醒自己這些穿著粗鄙的鄉下孩子們和仕紳子孫一樣好、一樣有血有肉，那固有的卓越、優雅、聰穎、善良存在他們內心，和最好的人家的孩子一樣。我的職責就是使這些種子茁壯，我一定可以從管理這學校中找到一些快樂。我並不期待這在眼前展開的新生活會有多大樂趣，但毫無疑問地，若我調整心態，盡力而為，便足以支撐我一天過一天。

今天從早到傍晚，在那簡陋樸素的教室裡時，我真的開心、安心、滿足了嗎？我不願自欺欺人，老實說，完全沒有，我覺得淒涼極了。我覺得——是的，我是笨蛋——我覺得自取其辱。我懷疑自己是否在這社會階級中向下沉淪了。我對那我所聽見和看見的一切無知、貧困、粗俗感到無力又沮喪。但我不能因為這些感受而過於怨恨或瞧不起自己，我知道這些感覺是錯的，這是一個很棒的機會，我得努力克服。明天，我相信，我就會好一點。再過幾個禮拜，或許就不會再有這些感受。幾個月後，這是有可能的，我就能高興地看見學生的進步和改變，喜悅滿足或許會取代厭惡的感受。

這時，我問自己一個問題——甚麼比較好呢？毫無掙扎地屈服於誘惑、聽從渴望、不必痛苦地努力，就陷入那溫柔的陷阱裡，在覆蓋其上的花朵中熟睡，在南方的某處，奢華享受的別墅裡醒來；現在身在法國，成了羅徹斯特先生的情婦，為他佔去我大半時間的愛情而狂喜著，因為他會——喔，是的，他會愛我好一陣子。他「確實」愛我，再不會有人這樣愛我。我再也無法知道那獻予年輕貌美、優雅端莊之人的美好誓言，因為再沒有人會認為我擁有這些魅力。他喜歡我、以我為傲——除了他，再沒有人會如此——可我岔到哪去了、說這些、想這些做甚麼呢？我問的是，在馬賽、在傻人的天堂裡當一個奴隸，短暫迷惑於那幸福的狂喜，下一刻卻因嚐到悲哀與恥辱的酸苦眼淚而窒息；或是帶著一顆健康的心、在吹著輕輕微風的山溪中，當一個自由坦蕩的鄉村女教師；究竟甚麼比較好？

是的，現在我覺得堅持原則和法律是對的，我要拒絕和銷毀一時的瘋狂衝動。神領著我做了正確的決定，我感謝天意的指引！

日暮沉思至此，我起身，走向門口，看著豐收季節的落日和屋前寧靜的田野，小屋和學校離村莊有半英里遠。鳥兒唱著牠們的最後一曲。

「雲淡風輕，露水芬芳。」

我看著看著，以為自己很快樂，不久卻詫異地發現自己哭了，為甚麼呢？因為命運已將我和我的主人分散，我再也見不著他；那因我而起的悲傷絕望和氣急敗壞，現在或許會將他推入歧途，推到那沒有希望和振奮之處。想到這，我不再望向美好的晚霞天空和莫頓寂寞的溪谷，我說：「好孤寂。」因為溪谷轉彎處，除了被樹叢半遮掩的教堂和牧師公館，以及遠處維爾莊園的屋頂——大戶人家奧利佛先生和他女兒的住處——甚麼也看不見。我掩住雙眼，將頭靠在門的石框上。但不久，區隔開我的小花園和外面草坪的小門附近傳來微微騷動聲。我即刻看見一隻狗——老卡洛，老瑞弗先生的獵犬——正用鼻子推開小門，聖約翰手抱著胸靠在門上，他皺著眉眼，陰沉地幾乎是不悅，直盯著我看。我請他進來。

「不，我不能久待，只是把我妹妹們留給妳的一個小盒子送來。我想裡面應該有彩色筆盒、鉛筆和紙。」

我走向前拿，真是個讓人開心的禮物。我走近時，他嚴肅地看著我，顯然我臉上的淚痕非常明顯。

「第一天的工作比妳想像的還難嗎？」他問道。

「喔，不！剛好相反，我想再過一段時間，我就會跟學生們處得很好的。」

「但或許是妳的住所、妳的屋子、妳的傢俱讓妳失望了？說實話，的確是簡陋了點，但——」

我打斷他：「我的住處乾淨又能遮風避雨，傢俱夠用而便利，我對所見的一切心懷感激，毫無埋怨。我絕非執著講究於一張地毯、一張沙發、一只銀盤的人；除此之外，我在五個星期前一無所有；我是個外地人、乞丐、無業遊民，現在我有了認識的人、有了家、有了工作。我對神的恩慈、朋友的慷慨、命運的賞賜感到受寵若驚。我沒有甚麼好挑剔的了。」

「但妳覺得孤寂沉悶？妳身後的那幢小屋子又幽暗又空蕩。」

「我幾乎還沒有時間享受平靜的感覺，更別說會因為孤寂而感到不耐煩。」

「很好，我希望妳確如其言，無論如何，妳的判斷力會告訴妳，現在要屈服於羅德之妻[1]猶豫不決的恐懼之下還太早。當然我對妳的過去一無所知，但我勸告妳堅定克制每個想回頭的衝動，安穩做好現在的工作，至少幾個月。」

「我正打算如此。」我答道。聖約翰繼續說：

「要克制衝動和改變自然的心之所嚮很是艱難，但以我的經驗，我知道是能夠做到的。神給了我們某種程度的力量來決定我們自己的命運，當我們的能量似乎需要超出負荷的糧食，當我們的意志因走上不該走的路而耗損，我們需要的不是空虛的飢困，不是在絕望中站得直挺，而是尋找另一種心靈糧食，如那渴望禁果的力量一樣強大，或許更為純淨，來為那冒險犯難的雙足開闢一條如命運為我們封閉的、或許較為崎嶇，卻又直又寬廣的道路。」

「一年前，我自己極度慘淡，因為我覺得我當牧師是個錯誤，那一成不變的職責讓我無聊

1 《聖經．創世紀》中，神將毀去淫亂的所多瑪城，天使告知羅德一家逃跑時不可回頭，但羅德之妻忍不住回頭，因而化成鹽柱。

得發慌。我想要在這世上擁有更活躍的生活，希望有多采多姿得文藝氣息，希望成為藝術家、作家、演說家，甚麼都比牧師來得好。是的，一顆政治家、軍人、追求榮耀、希望成名、享受權勢光輝的心，在我的牧師袍下跳動著。我覺得我的人生如此可悲，我必須改變，否則便要死去了。在一段時間的灰暗掙扎下，一線曙光升起，我寬了心。我狹隘的生活一霎那間成了沒有邊界的平原；我聽見上天的召喚，於是使盡了力氣展開雙翼，到了更高的視界。神賦予我任務，要到遠方去施展一切，才能和力量、勇氣和口才——那在軍人、政治家和演說家的特質全都會派上用場，因為這所有一切，都是一位好傳教士的條件。

「我下定決心成為一位傳教士。從我心態改變的那一刻起，身上的所有銬鐐都消失褪去了，再沒有束縛，只有惱人的疼痛——僅有時間能夠將其治癒。事實上，我父親反對這事，但自從他走後，我再不需與那法定的阻礙角力抗爭。等把幾件事情安排妥當、找到莫頓的接繼牧師、克服或斷開心中一兩個糾結的感受後，最終與人性的拉扯，我知道我會克服，因為我已誓言必會克服——我就會離開歐洲，到東方去。」

他以他獨特、壓抑卻強而有力的聲音說著。他停下來時，並沒有看著我，而是看著我也正望著的落日。我和他背對那從沼原通往小門的小徑，那長滿草的小徑上沒有腳步聲，這一刻溪谷緩緩的水流聲和畫面彷彿搖籃曲。一陣甜美如銀鈴般的愉悅聲音傳來，讓我們嚇了一跳，那聲音說：

「晚安，聖約翰先生；晚安，老卡洛。你的狗比你還要早認出牠的朋友呢，先生。我在沼原下方時，牠便豎起耳朵搖尾巴了，但你現在還背對著我哪。」

是真的。雖然起初聖約翰是被那音樂般的腔調給嚇了一跳，彷彿雷霆在他頭頂劈開了雲朵一般，但他在聽完這句話後仍是維持著相同的姿態——他的手臂靠在門上，臉朝西望。再三思量後，他終於轉身。我看見一個人影出現在他身旁，離他不到三英尺的地方有個純白色的人影——青春而優雅的身影，輪廓飽滿而精緻；那身影彎下腰摸摸卡洛、抬起頭、將長面紗向後甩。在他的視線下，出現一張完美無瑕的臉蛋。完美無瑕是個強烈的說法，但我並不打算收回或使用更委婉的形容。那是阿爾比恩[2]所能滋養出的最甜美的臉蛋，如玫瑰和百合般白皙紅潤，在那強風和豐饒的天空的孕育和庇護下，讓這個人、這個說法順理成章。不失任何風采、沒有瑕疵，這位少女有著勻稱和細緻的臉孔，眼睛的形狀和色澤都如我們在美女畫裡才能見到的，又大又圓，深邃飽滿；長長的眼睫毛圍繞著一雙靈動大眼，如此溫柔迷人；畫過的眉毛乾淨清爽；白皙平滑的額頭，為這光彩奪目的活潑少女增添了幾分寧靜氣息；光滑好氣色的鵝蛋臉，嘴唇也充滿朝氣而紅潤健康、甜美可人；那平整潔白的牙齒毫無瑕疵，嘴邊有小酒窩；那豐沛茂密的飄逸長髮為她增添光彩——簡而言之，她集所有優點於一身，全然是個完美女神。我看著這美麗的生物驚嘆著，全心讚賞著。大自然在創造她時如此不公平，忘了往常賦予人天賦時的吝惜節制，慷慨地將一切贈予這祂心愛的產物。

聖約翰會怎麼看這超然脫俗的天使呢？當我看見他轉頭看她，自然地問起自己這個問題，

2 英格蘭的雅稱及舊稱。

且理所當然地從他的表情去尋找答案。他的視線已從這仙女身上移開，看著小門邊的一叢小雛菊。

「美好的傍晚，但妳不該這麼晚獨自出來。」他說著用腳踩那闔起花朵的雪白的頂部。

「喔，我今天下午剛從斯郡回來。」她說的是二十英里外的一座大城鎮，「爸爸說你的學校開學了，新老師來了，所以我晚餐後就戴了帽子、從山谷下跑來看她，這就是新老師嗎？」她指指我。

「對。」聖約翰說。

「妳覺得妳會喜歡莫頓嗎？」她用直率又天真單純的口吻問我，很討人喜歡，像個孩子似的。

「但願我會，我有很多喜歡莫頓的理由。」

「妳的學生跟妳想的一樣認真嗎？」

「滿認真的。」

「妳喜歡妳住的地方嗎？」

「非常喜歡。」

「我布置得好嗎？」

「很好，真的。」

「而且我選了艾莉絲來服侍妳，選得好嗎？」

「真的很好，她很好教，也很靈巧。」我想這位就是繼承人——蘿莎蒙小姐了。上天給她的財富和那些天生麗質的外在一樣偏心！她的誕生是由甚麼樣的星象組合來主宰的呢？我真好奇。

「我有時會過來幫妳教課。」她繼續說，「來找妳對我來說會是個改變，我喜歡改變。聖約翰先生，我待在斯郡的時候好開心。昨晚，或說今天早上，我跳舞跳到兩點。從狂歡節開始，某支軍隊駐紮在那兒，軍官們是世界上最好的男人，讓我們所有年輕的磨刀和剪刀商販都相形見絀了。」

有一刻我似乎看見聖約翰的下唇突起，上唇噘起。當那女孩笑著告訴他這件事時，他的嘴顯然緊抿著，下半部的臉異常地嚴肅僵硬。他的視線從小雛菊中抬起，轉而盯著她，沒有笑意，審視著而帶有深意。她再次露出笑容回應他，那笑聲洋溢了她的青春、她的玫瑰臉頰、她的酒窩、她明亮的眼睛。

他沉默陰鬱地站著，她再次彎身撫摸卡洛。「可憐的卡洛比較愛我。」她說。「牠不會對朋友那麼嚴肅又冷淡。而且如果牠會說話，一定不會沉默不語的。」

當她拍拍狗兒的頭，在牠年輕而嚴肅的主人面前彎下身，如此天真優雅，我看見那主人的臉亮了起來。我看見他嚴肅的眼神被突如其來的火焰給融化，搖曳著無法抗拒的情感。又紅潤又明亮，他看起來簡直和她一樣漂亮。他的胸膛鼓起，彷彿他大大的心臟厭倦了專橫的壓抑，掙脫了意志，因得到自由而強健地跳動。但他控制住了，我想就像不屈不撓的騎士馴服了脫韁野馬一樣。對於那柔情攻勢，他沒說話，動也沒動。

「爸爸說你現在都不來看我們了。」蘿莎蒙小姐抬頭繼續說。「你幾乎不來維爾莊園了，他今天晚上自己一個人孤零零的，而且不太舒服，你可以跟我回去看看他嗎？」

「這時候去打擾奧利佛先生不合時宜。」聖約翰答道。

「不合時宜！但我覺得正是時候。這正是爸爸最想要人陪的時候，下班之後他就沒事做了。現在跟我去吧，聖約翰先生。為甚麼你這麼害羞、鬱悶呢？」她自說自話填補了他沉默的空隙。

「我都忘了！」她叫了出來，甩甩她美麗的鬈髮，彷彿被自己嚇到了一樣。「我真是粗心又不經大腦！抱歉，我現在才想到你不想跟我說話的原因。黛安娜和瑪莉離開了，沼澤居也沒人住了，你一定很孤單。我瞭解你的感受，來看看爸爸吧。」

「今晚不行，蘿莎蒙小姐，今晚不行。」

聖約翰像個機器人一樣說話，只有他自己知道要費多少力氣才能推辭。

「唔，如果你這麼固執，那我要走了，因為我不敢再多待，開始降露水了。晚安！」

她伸出手，他只碰了一下。「晚安！」他用好似回音般低沉空洞的聲音說著。她轉身，但不一會兒又跑回來。

「你還好嗎？」她問。也難怪她會這麼問，他的臉色和她的衣服一樣白。

「很好。」他斬釘截鐵地說，接著欠了欠身，離開了小門。她走上一條路，他走向另一個方向。她像精靈般輕快地走下沼原，兩度回頭看他；而他，堅定地邁步走過沼原，一次都沒回頭。

這是另一種折磨和犧牲，這景象讓我的思緒從局外人回到了自己身上。黛安娜曾說過她哥哥「固執得要死」，果然毫不誇張。

我繼續盡我所能，對學校事務認真負責。一開始真的很辛苦，過了一段時間的全力以赴，我開始能夠理解我的學生和她們的性格。她們沒有受過教育，甚麼都做不好，在我看來愚笨得無可救藥。而且第一眼見到她們，全都一樣愚笨。但我很快便發現自己錯了。她們和受過教育的人有所差異，當我愈來愈瞭解她們，她們也愈來愈瞭解我，這個差異愈來愈顯著。她們對於我、我說的話、我的規定和方式不再感到詫異之後，我發現這些外表笨拙、目瞪口呆的鄉下孩子之中，有幾個成了聰明伶俐的女孩。好幾個則是樂於助人又友善，我也發現其中好幾個孩子自然有禮、自重自愛、優秀出色，贏得了我的好感和讚許。這些女孩很快便在學業、保持整潔、固定的學習、保持安靜有秩序的過程中得到成就感。她們在某方面的進步，甚至神速得令人訝異，我也為此感到光榮和驕傲。此外，我自己也開始喜歡其中一些認真的女孩，她們也喜歡我。我有幾位農家女兒，幾乎都已是少女了。這些女孩已經會讀、會寫、會縫紉，我教她們文法、地理、歷史和更精細的針線活。我發現她們很好學，渴望學得更多和期望有所進步，我在她們的家中度過無數個美好的午後時光。她們的父母（農人和農人之妻）也因此真誠以待。接受他們的簡單的善意、報以關心回應、細心體諒他們的感受，是件開心的事情。他們或許並非總能適應，但這讓他們驚喜，也對他們有所益處。因為在他們眼中，這是種抬舉，讓他們對所感受到的恭敬對待有著虛榮心。

我覺得自己在鄰近地區備受歡迎，只要出了門，就會聽見各種友好真摯的招呼問候，感受到善意的笑容迎接著我。身在眾人的關懷之中，雖然只是勞工階層的人，但那就像「坐沐陽光下，沉靜心愜意」。內心寧靜的感受萌芽且盛開在陽光之下。在人生的這段期間，我的心更經常是滿懷感激，而非灰心喪志，但讀者啊，實話實說，在這沉靜和積極的生活之中——為學生勞心付出了整天之後，在獨自滿足地畫畫或讀了一下午的書之後——我總會在夜晚匆匆陷入奇異的夢境。許多顏色的、激動焦慮的、理想完美的、紛擾忙碌的、狂風暴雨的夢，在奇異的場景中，在冒險犯難和浪漫之中，我總會一次又一次地在某些危機時刻遇見羅徹斯特先生；然後感受到他的手臂、聽見他的聲音、看見他的眼睛、觸碰著他的手和臉頰、愛著他、也被他愛著；那一輩子陪伴他身旁的希望再次燃起，如同初次燃起的熊熊烈火。於是我醒了過來。我意識到自己身在何處，處在甚麼樣的情境；然後我從沒有帳幕的床上起身，顫抖著，在寂靜黑暗的夜晚中發出那絕望的驚厥，和情緒的奔流爆發。隔天早上九點，我準時開始上課，平靜安穩地準備迎接一整天規律的職責。

蘿莎蒙小姐說要來找我，的確說到做到。她常在早晨騎馬時到學校來。她會慢慢騎著她的小馬到門口，後面跟著一位騎在馬上、穿著制服的男僕。她穿著紫色騎馬裝，亞馬遜的黑色天鵝絨帽優雅戴在長鬈髮上，髮絲親吻著她臉頰、飄逸在肩上，這些都比不過她細緻的容貌。接著她走進那鄉間建築物裡，在鄉下孩子們的讚嘆羨慕之間遊走。她通常會在聖約翰每天上教義問答課時過來，這位女訪客深情的眼神恐怕都要刺穿那年輕牧師的心了。他的某種直覺似乎警示著她的到來，即使他沒有看見；她出現在門口時，即使他的視線離門口很遠，他的臉頰總會紅起來，大理石般僵硬的五官有了難以形容的變化，即使努力抗拒著；那沉默的五官下壓抑的熱情，敵不過牽動的肌肉和那投射的目光。

當然，她知道她的力量；事實上，他並沒有隱藏，因為他無法隱藏。儘管他有著基督徒的淡泊堅忍，但當她走向前跟他說話、開心地微笑、帶著鼓勵，甚至深情地看著他的臉時，他的手顫抖著，眼神炙熱。即使他沒親口說出，但他那悲傷堅定的表情似乎說著：「我愛妳，我也知道妳喜歡我。我不願說出口，並非我倆不可能。若我獻出我的心，我相信妳會接受的。可這顆心已獻上聖壇，聖火已將其圍繞，很快就會是被燒盡的祭品。」

然後她就會像個失落的孩子般噘著嘴，憂傷的雲朵遮掩了她明亮耀眼的活力；她匆匆將手從他手上抽離，暫時任性地轉身離開，如此英勇壯烈。在她離開時，聖約翰毫無疑問地能夠追上前、喚她、攔住她，但他不願給出那天堂，也不願為那有著她的愛的天堂放棄追尋真正永恆天堂的希望。此外，他無法將他所擁有的——漫遊者、胸懷大志者、詩人、牧師——侷限在單一熱情之中。他無法、也不願為了家庭和維爾莊園的平靜生活拋棄傳教的野地平原。我會知道這麼多，是因為我曾不顧他的沉默冷淡，勇敢入侵他的心房。

蘿莎蒙小姐很常到我的小屋來，讓我備感榮幸。我已經全然瞭解她的性格，沒有祕密或任何掩飾。她愛賣弄風情，卻並非無情之人；她要求嚴格，但並非自私自利。她的出身使她有些放縱，但卻非驕縱無理。她性子急，但很有幽默感；愛慕虛榮（她身不由己，畢竟每在鏡子裡看一眼，就是這麼紅潤可人），但並不矯揉造作；出手大方，卻不財大氣粗；率真無邪而聰穎；活潑快樂且無憂無慮。簡而言之，即使對一個旁觀者和相同性別的我來說，她也非常迷人，但她並不特別有趣或有深度。例如，她的心思就和聖約翰的妹妹們很不相同。但我仍是喜愛她，就如同我喜歡阿黛拉一樣。只是，同樣討人喜愛的大人和孩子，還是自己看顧指導的孩子距離會近一些。

她突然對我很友善，她說我和聖約翰很像，只是當然，她直率地說：「不及他十分之一好看，即使妳是個善良清秀的小可人兒，但他是天使呢。」然而，我和他一樣善良、聰明、沉著和堅定。她說我是個怪人，才會來當村裡的學校老師；她敢肯定，我之前的歷史若公開的話，一定是個美好浪漫的故事。

一天傍晚，她仍舊像個孩子般，沒想太多但也不至於冒犯，翻找我小廚房裡的櫥櫃和抽屜。她起先發現了兩本法文書、一本席勒的書、一本德文文法和字典書，然後是我的畫具和一些素描，包含一枝有個漂亮小天使女孩的鉛筆頭，那是我的學生，和各種風景畫，是在莫頓溪谷和附近的高沼原畫的。她先是驚訝地怔住，接著雀躍起來。

「這些圖是妳畫的嗎？妳會說法文和德文嗎？妳真是天之嬌女，真是奇蹟哪！妳畫得比我在斯郡念初等學校的老師還好。能不能為我畫張像，讓我拿給爸爸看呢？」

「非常樂意。」我回答，想到要為這完美動人的模特兒畫畫像，便感覺到藝術家的喜悅激動。她當時穿著一件深藍色絲質洋裝，露出手臂和脖子，唯一的裝飾是她飄逸優雅披在肩上的栗色自然長鬈髮。我拿了一張上好的硬紙板，小心翼翼地描繪輪廓，我想上色時一定是種享受。但因為天色晚了，我跟她說改天得再過來坐著。

她跟她父親說了我的事，隔天傍晚奧利佛先生便親自陪著她過來。他是個高大結實的男人，滿頭灰髮，站在他可愛的女兒身邊，像是明亮花朵旁的一座灰白高塔。他顯然不多話，或許是性格自負，但他對我非常好。蘿莎蒙小姐的畫像讓他非常高興，他說我一定得把畫完成。他也堅持要我隔天傍晚到維爾莊園坐坐。

我去了，發現維爾莊園是個又大又華麗的地方，展現出主人的富裕。我在的時候，蘿莎蒙一直開心得不得了。她父親和藹可親，晚餐後他與我聊天，對我在莫頓學校做的一切表達強烈讚許；還說從他所見所聞看來，他只擔心我待在這地方大材小用，很快便要離開，去找更合適的地方。

「沒錯。」蘿莎蒙叫著，「她那麼聰明，都能在上流家庭裡當家庭女教師了，爸爸。」

我想比起任何上流家庭，我更願意待在這兒。奧利佛先生滿是崇敬地聊起聖約翰、瑞弗家，他說他們是這地方很古老的家族，他們的祖先非常富有，整個莫頓曾經都是他們的。即就是現在，他都覺得那房子的所有人若想的話，可以跟最好的人家聯姻。他說這麼好又有才華的年輕人決定要當傳教士是很可惜的事，把寶貴的人生都給浪費了。看來，蘿莎蒙的父親想排除一切困難讓蘿莎蒙和聖約翰結為連理。奧利佛先生顯然認為這位年輕牧師的出身、好名聲和神職足以彌補錢財的不足。

那是十一月五日，是個假日。我的小僕人在幫我打掃完房子後，心滿意足地拿著一分錢小費離開了。周遭一切都明亮無瑕；乾淨的地板、光亮的壁爐、和擦得發亮的椅子。我也打扮得乾淨整齊，準備盡情揮灑這一個在我眼前的午後。

我花了一小時翻譯了幾頁德文，接著拿了調色板和鉛筆，開始更輕鬆（因為更簡單一些）

的工作，那就是完成蘿莎蒙的畫像。頭部已經完成了，只剩下背景顏色和衣服紋路的陰影；豐滿的嘴唇上再塗上一抹洋紅，再為長鬈髮加幾筆柔順的捲度，藍色眼珠下睫毛的陰影要深一些。我專心一志地琢磨這些美好的小細節，這時傳來一陣急促的敲門聲，聖約翰打開我的門，走了進來。

「我是來看看妳假日過得如何。」他說道，「不會是在沉思吧，我希望？好在沒有，這樣很好，妳畫畫時，就不會覺得孤單了。妳看看，我還是不相信妳，即使妳目前都把自己照顧得很好。我帶了一本書，讓妳傍晚可以看。」他把一本新書放在桌上——是本詩集，在當時經常用來贈予幸運之人的天才的產物——現代文學的黃金時代。啊！我們這時代的讀者可沒這麼幸運了。但別氣餒！我不會停下來譴責或抱怨。我知道詩歌猶未死，天才尚未殞落；財富未能主宰一切，無法蒙蔽或屠害他人。有一天，詩歌將再次捍衛它們的存在、地位、自由和力量。擁有力量的天使們，安全降落在天堂！當利慾薰心的靈魂贏得勝利，弱者為自我毀滅啜泣時，它們微笑以對。詩被毀棄了嗎？天才詩人被放逐了嗎？不！平庸的人哪，不會的，別讓嫉妒心侵佔了思想。不會的，它們不僅活著，並且主宰救贖一切，沒了它們散布各處的神聖力量，就會使人墮入地獄——墮入自身卑賤的地獄之中。

當我迫不及待地看著史考特敘事詩《馬密翁》的彩頁（怎能抗拒《馬密翁》的魅力），聖約翰彎身看著我的畫。他高眺的身影驚訝地立刻又挺直了起來，他甚麼也沒說。我抬頭看他，他避開我的視線。我知道他在想甚麼，也能夠直接看穿他的內心。這一刻，我比他更加鎮定和冷靜。我暫時抓到了他的把柄，如果可以的話，我想為他做些甚麼。

「他堅定、自我要求高。」我心想，「他讓自己太辛苦了，把每個感受和痛苦都藏在心裡，甚麼也不說、不承認、不透露。我想如果他能夠稍微聊聊甜美的蘿莎蒙——那個他覺得不該娶的人——應該會好一點。我要讓他說出來。」

我先開口：「坐吧，聖約翰先生。」但他一如以往，說不能待太久。「很好，」我在心裡說著，「那就站著吧，但你還不能走，我很堅定。你有著和我一樣難受的寂寞。我會試試看能否挖掘你的祕密湧泉，在那大理石般僵硬的胸口找到縫隙，好將一滴同情的芬芳滴入。」

「這畫像畫得像嗎？」我開門見山地問。

「像！像誰？我沒有仔細看。」

「你有，聖約翰先生。」

他幾乎被我突如其來的莽撞直言給嚇到了，吃驚地看著我。「喔，這還不算甚麼呢。」我在心中想著。「我可不打算被你一點生硬的反應給阻撓了，我已準備要好好聊一聊。」我繼續說道：「你仔細清楚地看過了，但我不反對你再看一次。」我起身將畫交到他手裡。

「畫得很好。」他說，「筆觸柔軟、色調鮮明，非常優雅逼真。」

「是啊，是啊，我全都知道。可這是誰呢？像誰呢？」

他猶豫了一下，答道：「蘿莎蒙小姐，我冒昧推測。」

「當然。此刻，先生，為了回饋你精確的猜測，我承諾要為了你，將這幅畫像謹慎又忠實地完成，假若你願意接受這個禮物的話。我並不想浪費時間和力氣，送你毫無價值的東西。」

他仍舊盯著畫，看得越久，抓得越緊，似乎越是渴望。「很像！」他喃喃說道，「眼睛畫得很好，顏色、光線、表情都完美無缺。畫中的她在微笑哪！」

「擁有這一幅微笑的畫，於你是慰藉還是痛苦呢？告訴我，當你身在馬達加斯加或開普敦，或是印度時，這會是讓你有所慰藉的紀念物嗎？或是看見它，會勾起你無力而傷痛的回憶呢？」他偷偷抬高視線，瞄了我一眼，猶豫不決又心煩意亂，再次看著畫像。

「我確實想要這畫像，但這是否審慎明智就是另一個問題了。」

既然我已確知蘿莎蒙真的喜歡他，而她的父親也不反對，我暗自下定決心（我倒覺得沒有聖約翰那般欣喜），要促成他們。就我看來，若他繼承了奧利佛先生的大筆家產，仍會像在那熱帶陽光下揮霍才能、浪費力氣一樣行善如流。我打算這麼說服他，於是回答他：

「依我所見，若你能直接帶走真人，會更加審慎明智。」

這時他已經坐了下來，把畫像放在面前的桌上，兩手撐在眉間，深情地望著。我想他現在對我的魯莽不生氣也不驚訝了。我甚至感覺到，他開始覺得這麼直接坦白地聊他以往視為不可觸碰的話題、聽見有人這麼自在地談起，是種新的享受，出乎意料的放鬆。比起高談闊論，拘謹的人真的更常需要坦白直接地討論他們的感受和痛苦。那看似恬淡寡慾的人，畢竟還是人，在他們靈魂「寧靜之海」中「貿然投入」直率的言語和善意，往往能給予他們最大的恩惠。

「我很確定，她喜歡你。」我站在他椅子後方說，「而且她的父親很尊敬你。還有，她是個善良的女孩，有點粗心大意，但你足以為你們兩人想得周全的。你應該要娶她。」

「她『真的』喜歡我嗎？」他問道。

「當然，她再沒這麼喜歡誰了。她不停說起你，沒有甚麼比聊你更讓她開心，或讓她這麼常提到的了。」

「很高興聽到這些。」他說，「很高興，就聊一刻鐘吧。」他還真拿出手錶，放在桌上開始計時。

「但說這些有甚麼用呢？」我問道，「你可能正在準備一些振振有詞的辯駁，或鍛造新的枷鎖來束縛你的心。」

「別把我想得這麼不近人情。就當我正在屈服和融化吧，如我現在做的事。人類的愛像一股甫開啟的噴泉在我心中升起，甜美的泉水在我如此謹慎和努力固守的區域滿溢湧流，在我如此勤勉不懈，以善意和克己的種子耕作之地。現在這土地被甜蜜的洪水給淹沒了，那初生的芽陷入沼澤，美味的毒藥使它們腐敗。然後我看見自己身在維爾莊園的客廳裡，在我的新娘蘿莎蒙的腳邊軟凳上伸懶腰，她正用她甜美的聲音對我說話，用那雙妳描繪得如出一轍的眼睛低頭看我，用那珊瑚紅的嘴唇對我微笑著。她是我的，我是她的，這樣的生活和剎那的世界對我來說已經足夠。唉，別說了！我的心充滿喜悅，我的精神狂喜振奮，讓我靜一靜。」

我順著他的心意，手錶滴答滴答響，他的呼吸既急促又低沉，我靜靜站著。一刻鐘便在這陣寂靜之中過去。他拿起手錶，放下畫像，起身站在壁爐前。

「此刻，」他說，「那幅畫的狹小空間會帶來過度的興奮和錯覺。我將額頭靠在那誘惑的胸脯，我的頸項不由自主地束縛於她的花蕊之中，品嚐她的花蜜。那枕頭燃燒著，花圈上有隻角蝰，酒帶著苦味；她的承諾是虛空的，她的付出是個錯誤，我明瞭知曉這一切。」

我吃驚地看著他。

「很奇怪，」他繼續說，「即使我此刻如此瘋狂地愛著蘿莎蒙，事實上是對這精緻美麗、優雅迷人的事物用盡所有最熱烈的情感，我卻同時平靜客觀地感受到：她不會成為我的好妻子、她不是適合我的伴侶、婚後一年我就會發現這點、十二個月的迷戀會換來一生的悔恨。我知道。」

「奇怪極了！」我忍不住脫口而出。

「我的心，」他接著說，「對她的魅力極為敏銳，卻也深刻感受到她的缺點──她無法理解我所渴求的──無法協助我所做的事。蘿莎蒙吃得了苦、做得了事、傳得了道嗎？蘿莎蒙能當傳教士的妻子嗎？不可能！」

「但你不需當個傳教士啊，你可以放棄那個想法。」

「放棄！甚麼！我的志業？我遠大的工作？我為建造天堂的華廈，而在這地面上築起的地基？我名列光榮有志之士的希望，還有將知識傳入無知之域、以和平代替戰爭、自由取代奴役、宗教取代迷信、以天堂的希望替代地獄的恐懼？我得放棄嗎？這些比我脈搏中的血液更為珍貴。那是我必須期許自己，且為其而活的啊！」

我愣了一段時間，說：「那麼蘿莎蒙小姐呢？她的失望和難過都與你無關了嗎？」

「蘿莎蒙小姐身邊總是圍繞著追求者和討好的人，不消一個月，她的心中便不會再有我。她會忘了我，並且，或許吧，會嫁給一個比我更能帶給她幸福的人。」

「你說得雲淡風輕，但你還掙扎著呢。你變得憔悴瘦弱了。」

「不，如果我瘦了些，是為我未確定的前程焦慮著，我離開的日子一直延後。就在今天早上，我接到通知，我等了許久的接任牧師還要再三個月才能來接替我，或許還會延長至六個月。」

「只要蘿莎蒙小姐一進教室，你就會顫抖和臉紅。」

他臉上再次浮現驚訝的表情，他沒想過有女人會敢這麼跟男人說話。對我來說，這樣的對話是習以為常的了。無論男人或女人，面對頑強、拘謹而有教養的人，我都得直到跨過那傳統保守的壁壘、穿過內心祕密的門檻、在他們堅硬如石的心中爭取一席之地時，才能自在地與他們溝通。

「妳很特別，」他說，「而且不畏懼。妳有勇敢的靈魂，正如妳能夠看透人的眼睛。但讓我告訴妳，妳有些錯解我的情緒了。妳把我的情緒想得更深刻有影響了些，給了我比我所需、合理的同情還要更多。當我在蘿莎蒙小姐面前臉紅、顯得陰鬱時，我並不同情自己。我譴責自己的怯懦，我知道那是可恥的，我想，僅僅肉體的燥熱並不會震動靈魂。『靈魂』就如岩石般堅固，如無盡大海般深遠。我知道我是誰——一個冷漠固執的男人。」

我不可置信地露出微笑。

「妳已經成功知道我的祕密了，」他繼續說道，「現在是悉聽尊便了。若剝去那層基督教義用來掩蓋人類醜惡的血肉外衣，我原就只是一個冷漠、固執、有野心的男子。所有情感中，只有天生的喜好才能永遠主導我。我的嚮導是理性，而非感性，我的野心無限，我的慾望是比別人到更高境界、做得更多，永不滿足。我推崇吃苦耐勞、堅持不懈、勤勉和才能，因為這些是人類抵達偉大終點，並爬上陡峭高處的方法。我對妳的工作感興趣，因為我覺得妳是個典型的勤勉不倦、有條不紊而積極不懈的女性，而非因為我同情妳的遭遇或妳仍承受著的折磨。」

「你把自己說得像個異教徒了。」我說。

「不，我和泛神論者正是因此而不同，我相信勤勉的力量，而且我相信福音。妳說錯了，我不是異教徒，而是個基督徒——耶穌所創宗教的追隨者。身為祂的門徒，我承接了祂的純淨、祂的慈悲、祂仁慈的教義。我推崇祂的教義，我立誓要將其傳播各處。我在年少時便已皈依宗教，從此養育了我的天性；從一株幼苗，那與生俱來的喜好之中，宗教栽種了一棵遮蔭的大樹——慈善事業。從誠實正直的盤根錯節之中，信仰培養了我神聖的正義感。我想讓卑微的自己擁有權力和名聲，它將這野心化成散布我主之道的企圖，為那十字架的準則贏得勝利。宗教為我做了這麼多，將原先的我變成最好的樣子，修剪鍛鍊我的天性。但它無法將我的天性連根拔除，也無法消滅，直到這肉身成為不凡的存在。」

他邊說邊拿他放在桌上、在我調色板旁邊的帽子，再看了畫像一眼。

「她確實很美。」他喃喃說道，「不愧名叫『世間之玫瑰』[1]，名符其實！」

「那麼何不讓我畫張給你呢？」

「為了甚麼呢？罷了。」

他拿下我作畫時習慣用來靠手，以免弄髒畫板的薄紙，蓋住那幅畫。他突然在這張空白的

1 拉丁文中，蘿莎蒙（Rosamond）的意思即為「世間之玫瑰」。

紙上看見了甚麼，我不知道是甚麼，但那東西吸引了他的目光。他一把奪去，看著邊緣，接著看了我一眼，一副不可思議又無法理解的樣子，那眼神彷彿要深深記下我的身形、臉蛋和裝束，因為那目光快速又鋒利如閃電般掃射我的全身。他的嘴唇微啟，似乎要說話，但他吞下了要說出口的話，無論是甚麼話。

「怎麼了？」我問道。

「甚麼事也沒有。」他回答，接著將紙放回原處。我看見他快速地從頁邊空白處撕下一小角，收進手套裡，然後匆匆點了點頭，說了聲「午安」，便離開了。

「好吧！」我用這地方的說話方式嘆道，「那可比甚麼都重要！」

我自己看了看那張紙，但除了一些我試顏色留下的褪色污漬之外，甚麼也沒看見。我思索了一兩分鐘，但還是想不出個所以然，覺得再想下去也是枉然，便不再多想，很快便忘了這事。

聖約翰走後便開始下雪，風雪颳了整晚。隔天刺骨的風帶來強勁又令人炫目的雪，薄暮之前，溪谷滿是積雪，幾乎無法通行。我關上百葉窗，鋪了張墊子在門下，免得雪從門縫吹進來；鋪好柴火後，我在爐邊坐了近一小時，聽著隱約傳來的狂風暴雪聲。我點了根蠟燭，拿了《馬密翁》讀了起來：

日落諾勒姆壁壘峭壁，
崔德河流形影寬闊且綺麗，
切維厄特山人跡罕至，
巨樓高塔，城樓砥柱，
側翼城垣環視金黃光輝中。

不久我就在詩韻中忘了風雪。

我聽見一個聲響，是風吹動了門吧，我心想。不，是聖約翰抬起了門閂，從冰凍狂風中、在那咆哮的黑暗之中，走了進來，站在我面前。那覆蓋他高䠷身軀的衣袍白如冰河。我幾乎是一陣驚愕，那晚風雪掩蓋了溪谷，我本沒期望會有訪客。

「有甚麼壞消息嗎？」我問，「發生甚麼事了嗎？」

「沒有，妳真是容易擔心受怕！」他邊說邊將外袍脫下掛在門上，冷靜地將他進來時移動了的地墊推回原處，跺了跺腳上的雪。

「我把妳乾淨的地板弄髒了，」他說，「但妳得原諒我一次。」接著他走進爐火邊，「要來這裡真是千辛萬苦。」他邊說邊將手伸到爐火上烘。「積雪高到我的腰部，幸好雪已經變緩了。」

「但你為甚麼會來？」我按捺不住地問。

「這麼問客人真是不太客氣，但既然妳問了，我就稍微跟妳聊聊吧。我厭倦了我沉默的書和空蕩蕩的房間。除此之外，因為昨天我體驗了故事聽一半的心情，現在等不及要來聽續集。」

他坐了下來，我想起他昨天奇怪的行為，開始擔心他的理智是否受了影響。然而，若他瘋了，他倒是個非常冷靜鎮定的瘋子。當他將被雪浸濕的頭髮從額頭上撥開，火光肆無忌憚地照在他蒼淡的眉和臉頰上時，我從未看過像他此刻如此俊美如大理石雕像的輪廓，也因為發現那因憂慮或哀傷而凹陷的痕跡而感到難過。我等待著，期待他會說些至少我聽得懂的話，但他的手放在下巴上，手指放在唇上，他在思索著。看見他的手和臉一樣消瘦憔悴，讓我嚇了一跳。一股沒來由的同情湧上心中，我忍不住說：

「真希望黛安娜或瑪莉可以回來跟你一起住，你不該自己一個人的，你那麼不照顧自己的身體。」

「沒有的事，」他說，「必要的時候我會照顧自己。我現在很好，妳覺得我哪裡不對勁了嗎？」

他滿不在乎、心不在焉地說，要讓我知道至少就他而言，我的掛念擔心都是多餘的。我默不作聲。

他的手指仍緩慢地在唇上游移，眼神仍恍惚地盯著壁爐。我想該說些甚麼，便問他有沒有覺得冷風從身後的門吹進來。

「沒有！」他簡短回答，有些不耐煩。

「好，」我心想，「如果你不講話，就自個待著吧。我不再理睬你了，我自己看書去。」

於是我剪了燭芯，繼續讀《馬密翁》。不久他有了動靜，我的視線不時飄向他。他僅僅拿了個羊皮資料夾，然後拿出一封信，默默看完，摺好，收回去，再度陷入沉思。我無法弄懂面前這個人難以理解的行為，也無法在不耐煩的情況下保持緘默。他或許會斷然漠視我，但我還是要說話。

「最近有黛安娜和瑪莉的消息嗎？」

「從我一個禮拜前給妳看那封信之後就沒有了。」

「你的計畫都沒有任何改變嗎？你還是無法如預期一樣在近期離開英國嗎？」

「確實，恐怕無法，那願望是美好得無可成真了。」至此我仍是困惑，便換了個話題，聊起學校和學生們。

「葛瑞特的母親好多了，所以她今早回學校上課了。下禮拜還會有四個鑄鐵廠來的新女孩，她們本來是今天要來的，只是下了這場雪。」
「真是的！」
「奧利佛先生替其中兩位出學費。」
「是嗎？」
「他打算在聖誕節時請全校吃飯。」
「我知道。」
「是你提議的嗎？」
「不是。」
「那是誰提的？」
「他女兒吧，我想。」
「很像她的作風，她這麼善良。」
「是啊。」
再度回到一陣沉默，時鐘敲了八下，喚醒了他。他放下交叉的雙腿，坐直，轉向我。
「放下妳的書一會，坐離爐火近一些。」他說道。
我不解，但也想不出個所以然，便照做了。
「半小時前，」他繼續說，「我提到我迫不及待要來聽故事續集，我想了想，覺得還是由我來說故事，妳來聽比較好。在開始之前，我得先提醒妳，這故事或許聽來平庸無奇，但從不同的人嘴裡說出來，了無新意的細節往往會多了些新意象。最後，無論新舊，反正故事不長。」

「二十年前，一位貧窮的堂區牧師，先別管他的名字，他愛上了一位富有人家的女兒。她也愛上了他，並不顧所有朋友的反對，與他結了婚，友人在他們婚後全都拒絕與她往來。不到兩年，這對貧寒夫婦雙雙去世，靜靜地被安葬在一起。我見過他們的墳墓，就在某郡一個雜草叢生的製造業城鎮，一座陰森灰黑老教堂四周的大墓園人行道底下。他們留下了一個女兒，出生時便被慈善機構收留；她冰冷得像我今晚猛然遇上的風雪一樣。慈善機構將這孤苦無依的小東西送到母方富裕的親戚家——我現在可要提名字了——被蓋茲海德莊園的里德太太，也就是她的舅媽收養。妳很驚訝，聽見甚麼聲音了嗎？我想只是隻隔壁教室的老鼠在木椿上爬來爬去。我整修重建之前，那是個穀倉，穀倉裡通常都會有老鼠。繼續。里德太太養了這孤兒十年，她高不高興，我不知道，從沒聽她說過，但十年後她將這孤兒送到一個妳也知道的地方；妳在那裡待了很久，沒別處，正是羅伍德學校。她在那裡似乎很受尊敬，從學生成了教師，跟妳一樣，我真的很訝異她的故事和妳如此相似；她離開後成了家庭女教師，至此，又和妳的人生相似。她負責教養一位羅徹斯特先生的養女。」

「聖約翰先生！」我打斷他。

「我可以猜到妳的感覺，」他說，「但再等一下，我快說完了，聽我說完。我不知道羅徹斯特先生是甚麼樣的人，但有件事實是，他向這位少女求了婚，她卻在婚禮上發現他有個仍活著的妻子，雖然是個瘋子。他後來的事情和說詞都只是臆測，但當有件重要消息要傳達給這位女教師時，她卻不見了；沒人知道她何時離開、去哪了或怎麼去的。她在深夜離開荊棘園，從此消失無蹤、遍尋不著。這國家如此之廣大，她音訊全無。但有件緊急事件得須找到她，所有報紙上都貼了廣告，我自己有一封來自布利格斯先生的信，這位律師跟我提到我剛剛所說的這些事情。這事難道不奇怪嗎？」

「告訴我一件事就好，」我說，「既然你知道了這麼多，一定知道那就是我——羅徹斯特先生怎麼樣了？他好不好？在哪裡？在做甚麼？一切都好嗎？」

「我不知道羅徹斯特先生的事，信上沒提到他，只說了我剛剛提過，那樁詐欺又不合法的意圖。妳該問的是那家庭女教師的名字，這件急需她出面的究竟是甚麼事。」

「那麼，沒有人到荊棘園去嗎？沒人見到羅徹斯特先生嗎？」

「我想是沒有。」

「但他們寄了信給他？」

「當然。」

「那他說了甚麼？回信給誰？」

「布利格斯先生說回信的不是羅徹斯特先生，而是一位女士，署名是埃麗絲・菲爾法克斯。」

我覺得心寒又驚愕，我的擔憂可能成真了，他很可能離開了英國，不顧一切又絕望地奔回歐洲那些他過去常去的地方。那麼他在那裡用甚麼來麻醉痛苦的折磨；用甚麼來麻痺濃烈的情感呢？我不敢再想。喔，我可憐的主人，曾經幾乎成為我的丈夫，那我經常稱「我親愛的愛德華」的人。

「他一定是個壞男人。」聖約翰說。

「你不瞭解他，別妄加斷言。」我微微惱怒說。

「很好，」他默默說，「我確實也沒多放心思在他身上，我還得把話說完。既然妳不問那女教師的名字，我就得自己說了。別走！我有證據，重要的東西總要見到白紙黑字寫下才算數。」

他再度小心翼翼地拿出羊皮資料夾，打開、東翻西找。其中一層隔頁出現一張破舊、被匆匆撕下的碎紙。我認得那材質、深藍和湖紅的色漬，以及覆蓋在畫像的紙頁邊搶眼的硃砂色漬。他站了起來，把那張紙拿到我眼前，我看著，循著黑墨水字跡，是我自己筆跡寫下的「簡愛」。那筆跡無庸置疑讓我出了神。

「布利格斯跟我提到一位簡愛。」他說，「尋人啟事要找一位簡愛，我認識一位簡．愛略特。我承認我有所懷疑，但直到昨天傍晚這些事情才總算是撥雲見日。妳要承認這名字，捨棄化名嗎？」

「是的、是的，但布利格斯先生在哪？他或許比你更知道羅徹斯特先生的事。」

「布利格斯在倫敦，我不確定他知不知道羅徹斯特先生的事，他想找的並不是羅徹斯特先生。現在妳是拘泥於細節，而罔顧大局了。妳沒問為甚麼布利格斯先生要找妳，他找妳做甚麼。」

「好吧，他找我做甚麼？」

「只是要告訴妳，妳在馬德拉的伯父過世了，他把所有財產都留給妳，妳現在是有錢人了；僅此而已，沒別的了。」

「我！有錢？」

「是的，妳，有錢了——繼承了大筆遺產。」

一陣沉默。

「妳一定得證明妳的身分。」聖約翰立刻接著說，「只要一個步驟，並不困難，妳便可以立刻獲得這筆財產。妳的財產已經歸入英國銀行，遺囑和需要的文件都在布利格斯那兒。」

現在可是風水輪流轉了！一瞬間從貧困到富有可是件好事啊，讀者；非常好的事，但絕非讓我在一瞬間能理解或得以享受的事。何況人生還有其他更值得歡欣鼓舞和歡天喜地的事。「這件事」無可改變，是真實世界的一件事，並非甚麼理想，所有一切都純粹而樸實，如同事實的揭露。聽見得到一筆財富，一個人並不會開心跳躍、手舞足蹈和大聲歡呼，這個人開始想到責任、仔細考量。開心是必然，但在這之下也隱含著某些牽掛，於是我們鎮定自己，審慎嚴肅地為這福分思量憂慮。

除此之外，「遺產」、「遺贈」這些字眼意味著「死亡」、「喪禮」。我聽見我的伯父過世了——我唯一的親人。打從知道他的存在以來，我就希冀著某天能夠見到他，現在，我再也見不到了。然後這筆錢只給了我，不是我和一個能夠共享福分的家庭，而是我獨自一人。這無疑是個天大的恩惠，能夠自力更生會是件值得驕傲的事——是的，我是這麼覺得；這想法讓我的心雀躍起來。

「妳終於展開眉頭了。」聖約翰說。「我以為美杜莎看了妳，讓妳化成石頭了。或許現在妳會想知道妳身價多少？」

「我的身價多少？」

「喔，瑣事一樁！沒甚麼好提的，我想他們是說兩萬英鎊，但那是多少？」

「兩萬英鎊？」

我著實吃了一驚，我本來想是四五千英鎊。這消息的確讓我愣了一會，我從沒聽聖約翰笑過，他現在可笑了。

「嗯，」他說，「如果妳殺了人，我告訴妳妳的惡行被揭露了，大概也就是現在這嚇呆的樣子。」

「這是筆很大的數目，你不覺得哪裡出錯了嗎？」

「完全沒錯。」

「或許你看錯數字了，也許是兩千英鎊？」

「是用文字寫的，不是數字，是兩萬。」

我再度覺得自己就像個胃口普通的平凡人，獨自坐在足以供應一百人的美食饗宴桌前。接著聖約翰起身，披上外衣。

「如果不是這麼天氣惡劣的夜晚，」他說，「我就會要漢娜過來陪妳，妳一個人在這看起來太可憐了。但漢娜，可憐的女人！她無法像我一樣跨過浮冰，她的腿並不太長，所以我只得把妳留與傷悲獨處了。晚安。」

他拉起門閂，我突然想到了甚麼。「等一下！」我大聲說。

「怎麼了？」

「我不懂為甚麼布利格斯先生會寄信給你問我的事，或他怎麼會認識你，或猜想到住在這如此偏僻所在的你會知道我的下落。」

「喔！我是個牧師。」他說，「常有人請牧師幫忙奇怪的事情。」門閂再度發出喀喀聲。

「不，那無法滿足我！」我喊道，而那匆促又不解釋的回應確實比沉默還要奇怪，更加激起了我的好奇心。

「這是件非常奇怪的事。」我再說道，「我得知道更多一些。」

「下次吧。」

「不，今晚！今晚！」他從門邊走了回來，我坐在門和他之間。他看來有些尷尬。

「你沒把事情全跟我說清楚，就別想走。」我說。

「我希望不要是現在。」

「就是現在！得是現在！」

「我希望讓黛安娜或瑪莉來告訴妳。」

這些人讓我的好奇心到了頂點，定得追問到底、刻不容緩，我也這麼告訴他。

「但我說過我是個固執的男人，」他說，「很難說服。」

「我是個固執的女人，決不讓步。」

「還有。」他繼續說道，「我很冷漠，沒有甚麼影響得了我。」

「相反地，我很熱情，熱火能融化冰霜。那兒的火焰融化了你外衣上的霜雪，因為那火焰，霜雪流到了我的地板，像被踩踏過的街道。你要是希望我能原諒你弄髒地面的罪行和不當行為，聖約翰先生，就告訴我我想知道的。」

「那好吧，」他說，「若非妳求知若渴，妳的堅持也讓我屈服了，正如滴水能穿石。況且，妳終究會知道的，早晚罷了。妳名叫簡愛？」

「當然，先前已經都說過了。」

「妳或許沒注意到我和妳同姓？我的受洗名為聖約翰・愛・瑞弗。」

「沒有，真的！我現在倒想起來了，我在你借我的書上看見你名字的縮寫，但從來沒問過那是甚麼意思。但那又怎麼了？難道──」

我停了下來，那閃過我腦中的想法讓我無法說笑，更無法說話，我僵住了，一瞬間出現了個很強烈真實的可能。所有事情交織堆疊、剎然成序，那至此亂無章法的無形線索經過抽絲剝繭，每個環節都恰到好處，完整了連結。在聖約翰還沒開口前，我就本能地知道，事情是怎麼回事。但我不能期望讀者會跟我有一樣的本能理解，所以我得重述他的解釋。

「我母親的姓氏是愛，她有兩位兄長，一位是牧師，娶了蓋茲海德莊園的里德小姐；另一位是已故的馬德拉豐沙爾商人，約翰・愛先生。布利格斯先生是約翰先生的律師，八月底寫信告知我們舅舅的死訊，說他已將遺產留給了牧師弟弟的孤女，並因他和我父親之間從未解開的心結忽略了我們。幾個禮拜後，他又再次寄信給我，提到繼承人失蹤了，問我們知不知道她的消息。一個偶然寫在紙上的名字讓我找到了她，剩下的妳都知道了。」他再次準備離開，但我的背緊緊貼在門上。

「讓我說話，」我說，「讓我有時間喘氣和思考。」我停頓。他站在我面前，手拿著帽子，一副困惑的樣子。我繼續說：

「你的母親是我父親的妹妹？」

「是的。」

「我的姑姑？」

他鞠了個躬。

「我的約翰伯父是你的約翰舅舅？你、黛安娜和瑪莉是他妹妹的孩子，而我是他弟弟的孩子？」

「正是如此。」

「那麼，你們三個就是我的表哥表姊，我們有一半的血緣關係？」

「我們是表兄妹，沒錯。」

我看著他，我似乎找到了個哥哥，一個我引以為傲的哥哥；我能愛他的哥哥；以及兩位姊姊，她們的性格讓我即使和她們只是陌生人時，也能感受到她們真誠的鍾愛和肯定。我跪在那濕漉地上、從沼澤居廚房的低矮格子窗看見的那兩位女孩，讓我在酸苦絕望之中交織著興味的女孩們，是我的近親親戚。而那在家門口發現幾乎瀕死的我的年輕嚴肅男士，是我的血親。這對孤單的可憐人來說，是多麼光榮的事啊！這才是真正的財富！心中的財富！一股純淨、耐人尋味的泉源。這是天賜的福氣，明亮、耀眼而令人振奮——不似那沉重的黃金，即使富裕和討人歡迎，卻沉重得令人嚴肅。我立刻拍手歡呼，我的脈搏跳躍著，血液激動著。

「喔，我好開心！我好開心！」我喊道。

聖約翰微微一笑。「我沒說妳只顧細節，重要的事倒忽略了嗎？」他問。「我告訴妳妳得到一筆遺產時，妳很嚴肅；而現在，為了一件沒甚麼大不了的事，妳倒開心得不得了。」

「甚麼意思？或許對你來說沒甚麼大不了，你有妹妹，多一個表妹也沒甚麼，但我甚麼也沒有，現在多了三個親人——或兩個，如果你不想的話——在我長大成人時來到我的世界。我再說一次，我好開心！」

我快步在屋裡走來走去，停下來，幾乎要被那比我來不及接收、理解和安頓的思緒弄得喘不過氣來，我想著不久之後可能、也許、或許、應該會發生的一切。我看著空白的牆，牆彷彿成了一片星星緩緩升起的夜空，每顆星星都為我亮起了一個目標或喜悅。那些解救了我人生的人，直到這一刻前，我對他們的愛毫無助益的人，現在我終於能回報了。他們受困枷鎖之下，我能解救他們，他們能得到釋放，我能夠再使他們重聚。我所擁有的獨立自主和富足，也將是他們的。我們不正是四個人嗎？兩萬英鎊能夠平均分成五千英鎊，很公平——足以用不完了，公平公正——鞏固了彼此的幸福快樂。現在這筆財產不只是我的了，不再僅是一筆錢，而是生活、希望和喜悅的遺贈。

這些想法狂風暴雨似的佔據我的思考時，我是甚麼樣子，我也不知道，但我很快便發現，聖約翰拉了張椅子到我身後，溫柔地要我坐下。他也請我要鎮定些，我對那些無補於事和令我分心的含蓄批評不屑一顧，甩開了他的手，再度開始在屋裡走來走去。

「明天寫封信給黛安娜和瑪莉吧。」我說，「要她們直接回家。黛安娜說她們都覺得有兩千英鎊就是富有了，所以有了五千英鎊，她們可以過得很好。」

「哪裡可以幫妳倒杯水？」聖約翰說，「妳真的得努力讓自己平靜下來。」

「不需要！你有了這筆遺產會怎麼樣？這筆錢可以讓你留在英國、娶蘿莎蒙小姐為妻、像個平凡人一樣安頓下來嗎？」

「妳離題了，妳在胡言亂語。我太突然地告訴妳這消息，讓妳開心得昏了頭了。」
「聖約翰先生！你快讓我失去耐性了，我非常理智，是你誤解了，或是你裝作不懂。」
「或許，如果妳能夠再解釋得完整些，我會更能理解。」
「解釋！有甚麼需要解釋？你難道算不出兩萬英鎊平分成四份給我伯父的四位姪兒，就是每人五千英鎊嗎？我希望的是，你能夠寫信告訴你妹妹們她們得到了一筆遺產。」
「妳的意思是，妳得到的。」
「我已經說了我的想法，我無法接受其他的安排。我並非殘忍自私、盲目無德、或忘恩負義之人。此外，我很高興自己將有個家和家人。我喜歡沼澤居，我會住在沼澤居裡；我喜歡黛安娜和瑪莉，我會和她們住在一起。我有五千英鎊就已經夠心滿意足了，兩萬英鎊是種折磨和沉重的負擔；況且，我拿兩萬英鎊也無法心安理得，即就是合法之財。因此，我將多餘冗贅之財丟給你們。不要拒絕，不要討論，就同意，就這麼決定吧。」
「這是一時衝動，在確定之前，妳定得再多想幾天。」
「喔！如果你對我的誠意有所懷疑，我並不在意。你知道這分配很公平。」
「我『的確』知道很公平，但這前所未聞。此外，妳有權利擁有這整筆財產。那是我舅舅努力掙來的，他有權利留給任何他想留的人，他留給了妳。總之，妳理所當然擁有這筆錢。妳大可問心無愧地將這筆錢視為己有。」
「對我而言，」我說道，「這是道德良知問題，也是感覺問題。我得任性遷就我的感覺，我很少有機會如此。若你與我爭辯、拒絕我、煩擾我一年，我也無法讓那一瞥而見的美好喜悅溜走，某種程度回報那極大恩惠，並且得到我一生的朋友。」

「妳現在是這麼想，」聖約翰插話道，「因為妳不知道擁有財富、也不知道享受財富是甚麼感覺；妳無法想像兩萬英鎊能帶給妳甚麼，能讓妳到達社會甚麼樣的地位，能開啟怎麼樣的前程，妳無法——」

「而你，」我打斷他，「完全無法想像我有多渴望手足之情。我從未有過家，從未有過兄弟姊妹，我現在必然要、也將擁有這些。你不願承認、接納我嗎？」

「簡愛，我會成為妳的哥哥，我的妹妹會是妳的姊姊，不需要妳犧牲任何應得的權力。」

「哥哥？是啊，相隔千里之遙！姊姊？是啊，在陌生人間受奴役著！我，家財萬貫，坐擁我從未努力掙得的錢財，鬱鬱寡歡！而你們，身無分文！多好的平等相待、親如兄弟、關係緊密、感情親密啊！」

「可是，簡愛，或許妳對家人和家庭的渴望不一定要以妳想的方式實現，妳可以結婚。」

「又是一派胡言！結婚！我不想結婚，也絕不結婚。」

「這麼說太過頭了，如此冒險的言論證明妳興奮過度了。」

「這不過頭，我知道我光想到婚姻就會有甚麼感覺、會多麼抗拒。沒有人能再帶我走入愛裡，也不會因為財富被視為搖錢樹。況且我並不想要一個沒有同理心、陌生疏遠、與我全然不同的陌生人，我想要親人——和我有相同感受的人。再說一次你會當我的哥哥，你說出那些話時，我好滿足、好開心。如果可以，再說一次，真心地再說一次吧。」

「我想是可以的。我知道我愛著自己的妹妹，也知道對她們的愛根源於何處；尊重她們的價值，並讚許她們的天賦。妳也有原則和想法，妳的品味和習慣和黛安娜和瑪莉相似，有妳在總讓我感覺愉快，與妳聊天的這段時間，讓我找到了撫慰。我覺得自己能夠自在且自然的在心裡為妳留個位置，當作我第三位、年紀最輕的妹妹。」

「謝謝你，那已讓我今晚心滿意足。你也該走了，因為若你待得再久些，或許我會再被你的某些顧忌給惹怒。」

「那麼學校呢，愛小姐？我想現在得結束了？」

「不，我會繼續我的職位，直到你找到接替的人。」

他讚許地微笑，我們握了握手，他便離開了。

我無須再多加描述我為了如願安妥這筆遺產所歷經的掙扎和爭執。這是一項非常艱困的任務，但因我的堅決，我的表哥看見我對平分財產的心意始終堅持不變，他們心中確實覺得這安排是公平的，並且，他們知道，若是換了他們，必然也會作與我相同的決定，便終於同意將這事秉公處理。我們的見證人是奧利佛先生和一位能幹的律師，兩者都對我的心意了然於心，一如我向他們闡述。財產分配的結果確定，聖約翰、黛安娜、瑪莉和我，每人都平分到了一份財產。

一切都安排妥當時，已接近聖誕節，全國放假的季節近了。我已經離開了莫頓學校，明白這別離對我而言獲益良多。財富開啟了心胸，也張開了手；將我們得到太多的給予他人，不過是讓那迸發的不尋常知覺找到出口。我一直以來都和好幾位與我相似的鄉下孩子處得很好，當我們要分離時，更加確認了這份情感，她們坦白而激動地表達她們的喜愛。在她們純真的心中佔有一席之地，我深感感激。我答應之後每個禮拜都去看她們，給她們上一小時的課。

聖約翰來時，我已見過全班，正在點名看著六十位女孩從我面前魚貫而出，接著我鎖上門，手裡拿著鑰匙，跟五六位最好的學生話別，她們是英國農家階級裡最端莊優秀、虛心可教的少女了。那可不是大話，因為畢竟英國農民是在歐洲裡最有教養、最有禮、最自愛的了，因為後來我見過法國和德國農村，那兒最好的學生和我的莫頓女孩們相比，在我看來簡直無知、粗俗又昏愚。

「妳覺得自己的努力有所回報嗎？」她們都離開後，聖約翰問。「那為自己的時代和世代做了些好事的感覺，是否快樂？」

「無庸置疑。」

「而妳僅僅付出了幾個月！若是奉獻一生使他人獲得新生，豈不更好？」

「是啊，」我說道，「但我無法永遠這麼下去，我想教育別人，也想享受自己的天賦。我現在就得來好好享受，別提起學校的事、也別要我回學校，我已經離開了，打算全心放個假。」

他臉色一沉，「現在怎麼回事？妳說的是甚麼突然的想法？妳打算做甚麼？」

「做點事，盡我可能做些事。首先我得拜託你讓出漢娜，讓別人去服侍你。」

「妳要她幫忙嗎？」

「對，跟我一起到沼澤居去。黛安娜和瑪莉再一個禮拜就要回來了，我想在她們回到家之前把所有東西整理好。」

「我瞭解了。我還以為妳要到哪去旅行，這樣好多了。漢娜會隨妳去的。」

「那麼請她明天之前準備好，這是教室的鑰匙，我早上會把我屋子的鑰匙交給你。」

他拿了鑰匙。「妳給的倒是開心。」他說，「我不太懂妳怎麼這麼無憂無慮，因為我不知道妳離開了這份工作後要做甚麼。妳現在的人生有甚麼目標、目的和野心。」

「我第一個目標就是『大掃除』，你能理解這說法的意思嗎？從每個房間到地窖，徹底大掃除沼澤居。我的下一個目標就是用蜜蠟、油和無數條抹布來把整間屋子擦得再度發亮。我的第三個目標，就是精密計算，把每張椅子、桌子、床、地毯安置妥當；之後我就會到附近找你，借光你的煤和泥炭，好讓每間房間都有爐火。最後，在你妹妹們回來的前兩天，我和漢娜會開始準備打蛋、挑揀紅醋栗、磨調味粉、做耶誕蛋糕、準備碎肉派的食材、和其他廚房裡該準備的事，對你這不諳此道的人，說也說不清楚。簡而言之，我的目的就是在下週四黛安娜和瑪莉回來之前，確保一切都在完美狀態。我的野心就是在她們回來時，要給她們一個美好的歡迎會。」

聖約翰勉強一笑，他仍不滿意。

「現在一切都很好，」他說道，「但認真說，我想當一開始的熱情活力過去，妳會想追求比天倫之樂和喜悅更崇高的事情。」

「這是這世間最棒的事了！」我插話。

「不，簡愛，不是的，這世間並非享樂之處，不要試圖如此，也不要休息，更不要怠惰。」

「我的意思正好相反，是為此忙碌。」

「簡愛，現在我暫且體諒妳，我給妳兩個月的時間全心享受新身分、沉浸在這遲來的親情之中。但『之後』，比起沼澤居和莫頓、姊妹之情、自私的平靜和富足的感官薰陶，我希望妳開始將眼光放得更遠。我希望到那時，妳能夠再次施展妳的才能。」

我驚訝地看著他。「聖約翰，」我說道，「我覺得你這麼說簡直壞透了。我多麼想像個皇后般知足，而你卻試圖要使我心神不寧！為了甚麼？」

「為了回報神賜予妳的天賦，那是祂有天必然嚴格檢視的。簡愛，我會更謹慎小心地看著妳，我在此提醒妳；還會試圖壓制妳過度投入平凡天倫之樂的熱忱。別如此頑強地眷戀於血肉之軀，將妳的忠誠和熱忱用在更需要的地方，避免將它們浪費在平庸短暫的事物上。妳聽見了嗎，簡愛？」

「聽見了，只是你說的似乎是希臘文。我覺得自己有權利得到快樂，我『一定會』很快樂的。再見！」

我在沼澤居過得很快樂，努力打理，漢娜也是。她看我在亂七八糟的屋子裡忙得多開心——上漆、撢灰塵、清掃又下廚的——也跟著開心起來。而確實，在一兩天的加倍混亂之後，看著我們製造的混亂變為秩序，令人愈來愈覺得開心。我事前到斯郡去採購了一些新傢俱，我的表哥姊們給了我極大自由來做任何喜歡的改變，為此也準備了一筆金額。原來的客廳和寢室沒有太大改變，因為我知道黛安娜和瑪莉再次看見家裡老舊的桌子、椅子和床，會比看見最時髦的新傢俱更開心。但仍得有些新擺設，我希望她們回來時能有些新意。深色美觀的新地毯和窗簾、一些精心挑選的骨董瓷器和青銅擺設、新的床罩被單、最後是梳妝台上的鏡子和收納盒，看來煥然一新，又不過於招搖。我將一間空房全部重新擺設，放進古樸深紅桃花心木的傢俱擺飾。我鋪了帆布在走道上，在樓梯鋪了地毯。當一切布置完畢，沼澤居內部完全成了一個明亮舒適的典範，因為在這季節，它的外觀正是受寒冬荒蕪而單調淒涼的樣子。

重要的星期四總算到了。她們預計在天黑抵達，因此在黃昏之前，樓上和樓下的爐火便已點上。廚房布置得很完美理想，我和漢娜盛裝打扮，一切都準備就緒。

聖約翰首先到了。我拜託他在屋子全都打點好之前不要過來，事實上，光想到那屋牆裡髒手又瑣碎的事情就已足夠嚇跑他了。他到廚房來找我，看我準備晚餐的茶點，接著烘烤麵包。他走近爐火邊，問我是否滿意漢娜的幫忙。我的回答就是邀他跟我一起去看看我辛苦的傑作。我花了一些力氣，才讓他到屋裡走走看看。他只看了我把門打開的地方，當他在樓上樓下走過之後，他說要在這麼短時間裡做這麼大的改變，我一定又累又辛苦。但他並沒有說出任何稱讚住處變美的話。

這沉默讓我覺得消沉，我想這些變動或許讓他所珍惜的某些舊回憶被打擾了。我問他是否是如此，他帶著顯然失落的語氣。

「完全不然，相反地，我注意到妳對每個物品的小心顧慮，事實上，我擔心的是妳花費的心思要比那東西的價值來得多。像是，妳花了多少時間來看書研究這客廳的擺設？順帶一提，能跟我說這本書在哪嗎？」

我指了指書架上的一本書，他拿了下來，到他習慣的窗臺邊開始讀了起來。

這下可好，讀者啊，我並不喜歡這感覺。聖約翰是個好人，但我開始覺得他說的是事實，他是個頑固又冷漠的人。生活中的人文氣息和舒適愜意對他完全沒有吸引力，祥和喜悅之氣也無法令他醉然其中。表面看來，他只為胸中志向而活——當然，是為了那美好而偉大的事物——但他卻無法令他身邊的人放鬆、也不曾開口讚美。我看著他高聳的額頭，靜止蒼白得如白色石頭，看著他專注閱讀的俊美輪廓，我突然理解了這一切，他絕非一位好丈夫，做他的妻子會是件苦不堪言的事。如醍醐灌頂般，我理解了他對蘿莎蒙小姐的愛不過是感官之情。我懂了他有多鄙視自己那不能自主的狂熱情感，他有多想抑制和摧毀那情感，他有多不該相信那情感會帶領他或她走向永恆的幸福。我明白了是他的性格成了她的英雄——基督徒和異教徒——她的法律制定者、她的政治家、她的征服者，承載積累著偉大胸懷的堅定堡壘，但在爐火邊，卻經常是根陰沉而格格不入的冰冷笨重圓柱。

「這客廳不適合他。」我心想，「喜馬拉雅山或非洲叢林，甚至是瘟疫橫行的幾內亞海岸沼澤都更適合他些。也許他離開平靜的鄉間生活是好事，鄉間生活不適合他，讓他的才能都毫無用武之地，無法發揮或彰顯甚麼好處。只有在衝突和危難之中，證明了勇氣、發揮了力氣、承載了堅毅，他才能夠開口和動作，成為領導人和超然者。在這爐火邊，一個快樂的孩子都比他要得勢。他選擇傳教志業是對的，我現在瞭解了。」

「她們來啦！她們來啦！」漢娜叫著，打開了客廳門。同時老狗卡洛開心吠著，我跑了出去。天色暗了，但聽得見隆隆的車輪聲。漢娜立刻點亮了燈籠。馬車停在小門前，馬伕打開門，一個熟悉的身影率先下了車，接著是另一個身影。不一會我的臉便靠到了她們帽緣下，先是碰碰瑪莉柔軟的臉頰，接著是黛安娜飄逸的鬈髮。她們笑著親了親我，接著漢娜拍了拍卡洛——牠開心得要發狂了——急切地問一切是否都好，確認答案是肯定的之後，便匆匆走進屋裡。

她們因從白色十字一路過來的顛簸而發僵，因冰凍的夜晚空氣而直打哆嗦，但她們看見舒適的爐火便露出了愉悅的面容。車伕和漢娜在把行李搬進屋裡時，她們問起聖約翰。這時他從客廳走了出來，她們兩個張開雙臂抱著他。他各自給她們一個安靜的吻，低聲說了些歡迎的話，站著聊了一會，接著便表示，她們應該很快就會到客廳來，於是像是要躲進避風港似的回到客廳去了。

我替她們點了蠟燭要上樓，但黛安娜想先替車伕張羅妥當，好了之後，兩人才隨我上樓。看見房裡的新擺設，她們很高興。她們對新窗簾和新地毯、色彩豐富的瓷器慷慨地表達了喜悅之情。我對我的布置完全是她們想要的樣子感到開心，我所做的一切為她們回家的欣喜增添了鮮明朝氣。

那晚真是美好。我的表姊們滿心歡喜、滔滔不絕，她們的話語掩蓋了聖約翰的沉默寡言；

他見到妹妹們是打從心底開心的，但他無法理解她們的熱絡欣喜。那天的事情──黛安娜和瑪莉回家令他開心，但接下來的熱鬧喧嘩和喋喋不休的歡欣使他厭煩，我看得出他希望寧靜的隔天盡快到來。就在這午夜的愉悅時刻，晚餐後約一小時，一陣急促的敲門聲響起。漢娜進來說：「有個男孩來的真不是時候，要請聖約翰先生去看看他母親，他母親快不行了。」

「她住在哪裡，漢娜？」

「白色十字的峭壁頂上，大概有四英里遠，一路都是沼澤蘚苔。」

「跟他說我會過去。」

「先生，我想您還是別去的好。天黑之後那裡的路是最難走的，沼澤裡完全沒有小徑哪。還有今晚天氣這麼惡劣，是前所未有的強風啊。您最好捎幾句話過去，先生，說您明早再過去。」

但他已經在走廊上，穿上外衣了，沒有異議、不發一語便離開了。那時是九點鐘，他直到半夜才回來。他又餓又倦，但看起來比出門前開心。他盡了責任、付出努力、覺得自己有能力獻身克己，便感覺好多了。

接下來的整個禮拜恐怕要耗盡他的耐心了。那是聖誕週，我們沒有安排計畫，只沉浸在一種快樂放鬆的家庭生活中。高沼的空氣、在家的自由、富裕的曙光讓黛安娜和瑪莉像吃了靈丹妙藥般高興，從早到中午，從中午到晚上。她們可以聊個不停，詼諧簡練又新穎的對話引我入勝，比起其他事，我更喜歡聽她們說話、和她們分享。聖約翰並沒有制止我們的談話，但他逃得遠遠的。他很少在家，他的教區很大，人口分散，他每天都要去探望不同地區生病困苦的人。

有天早上吃早餐時，黛安娜沉思了幾分鐘後，問他他的計畫是否有變動。

「沒變，也不會變。」是他的回答。接著他告訴我們，他已經確定明年要離開英國了。

「那麼蘿莎蒙呢？」瑪莉問，這句話似乎是脫口而出，因為她才說出口，便做了個手勢，彷彿想把話收回。聖約翰手裡拿著一本書——他在用餐時有看書的怪癖——他闔上書，抬起頭。

「蘿莎蒙，」他說，「就要嫁給格瑞比先生了，他是斯郡人脈最廣、最有聲望的格瑞比爵士之孫，我昨天從她父親那得知了這消息。」

他妹妹們看向彼此、看了看我，我們三個看著他，他和玻璃杯一樣平靜。

「這門婚事一定是倉促決定的。」黛安娜說，「他們一定才認識不久。」

「只有兩個月，他們十月在斯郡的舞會遇上的。但這門婚事毫無阻礙，如現下的情景，萬事皆備，不須拖延。只要格瑞比爵士給他們的斯府裝修完畢，他們就會在那裡辦婚禮。」

在這之後，我第一次發現聖約翰獨自一人時，我試圖問他是否覺得難過，但他似乎不需要同情，我歷經了幾次冒險所受過的羞辱，便不再多問。除此之外，我實在很不會跟他說話；他的緘默再次凝結一切，我的直言坦率也被凍結在那之下。他並沒有如他所承諾般，待我像他的妹妹。他一直在我們之間展現令人寒心的差異，完全沒有想培養關係的意圖。簡而言之，即使我已是他的表妹，也和他同住一個屋簷下，卻覺得我們之間的距離比他僅當我是學校老師時還大。每想起我曾經能夠傾聽他吐露心事，便難以理解他現在的冷漠。

正因如此，當他突然從埋首讀書的桌前抬頭說話時，我大感詫異：

「妳瞧，簡愛，仗已打完，贏得勝利了。」

他對我說話讓我愣住了，沒有馬上回應，猶豫了一會，我才說：

「但你確定自己不是那些贏得了勝利，卻付出太大代價的勝利者嗎？若再有一次，不會毀了你嗎？」

「我想不會，就算會也不要緊。我不會再有一樣的仗要打。這矛盾衝突是決定性的關鍵，現在我的道路明朗了，我感謝神的安排！」語畢，他便繼續沉默埋首書中。

當我們彼此的相娛相樂（黛安娜、瑪莉和我）漸漸和緩下來，我們繼續往常的習慣和研讀。聖約翰在家的時間多了些，他跟我們坐在同一個空間，有時候幾小時都在一起。瑪莉畫畫時，黛安娜繼續研讀一系列的百科全書（讓我讚嘆又驚訝），我苦讀德文，他則沉思於自己的神祕學問——某種東方語言，他覺得是他計畫中的必要知識。

因此他似乎全心埋首其中，坐在他專屬的窗臺邊，沉靜而專注。但他那雙藍色眼睛一離開那看來古怪的文法書，總會四處遊蕩，有時好奇地盯著我們——他的學生們——觀察。若被發現，就會立刻移開視線，但不久又會回到我們桌前探詢。我不懂那代表甚麼，我也不解，對我來說的小事，也就是我每週至莫頓學校的訪視，他為何總確切表達滿意之情。更讓我困惑的是，若天候不佳，如下雪、或下雨、或颳強風，他妹妹們勸阻我別去時，他總一貫地不將她們的掛慮當回事，勸我無論如何都要完成工作。

「簡愛不是如妳們所想的那麼弱不禁風的人。」他總會說，「她和我們一樣，能受得住山裡狂風、或滂沱大雨，或幾片雪的。她的身體健康又靈活，比許多更強健的人都還足以應付各種天候狀況。」

有時我受了風吹雨淋回到家，疲憊不堪，卻從未敢抱怨，因為我知道說了就會使他不高興。在任何事情上，堅忍剛毅總能讓他高興，反之則格外惱怒。

然而，一天下午我得待在家，因為我真的感冒了。他的妹妹們代替我去莫頓，我正坐著讀席勒的作品，他正在研讀他難解晦澀的東方卷軸。我翻譯了一段當作練習，無意間看了他一眼，才發現那雙炯炯有神的藍色眼睛正緊盯著我。我不知道那雙眼打量了我多久，如此認真，卻又如此冰冷，我有一瞬間起了雞皮疙瘩，好像自己正跟甚麼不尋常的東西共處一室。

「簡愛，妳在做甚麼？」

「學德語。」

「我希望妳別學德語了，來學學印度語。」

「你不是認真的吧？」

「非常認真，我非要妳學不可，我來告訴妳原因。」

他接著解釋印度語是他自己現在正在學習的語言，當他學得越多，便越容易忘記前面所學，若有個人能跟他一起不斷複習，就能將所學牢牢記在心中，對他有極大幫助。他在我和他妹妹們之間猶豫了一些時間，但他決定選擇我，因為我是三人中能在桌前坐最久的。我是否能幫他這個忙呢？或許我不必犧牲太久，因為現在距離他離開，只剩三個月了。

聖約翰不是個可以讓人輕易拒絕的人，你會覺得自己在他心中的每個印象，無論是痛苦或快樂，都如此深深烙印而永恆。我同意了。黛安娜和瑪莉回來時，黛安娜發現她的學生竟成了他哥哥的學生，她笑了，而且她和瑪莉都覺得，聖約翰絕不可能向她們提出這樣的要求。他默默回答：

「我知道。」

我發現他是個非常有耐心、非常寬容，但卻嚴格的老師。他希望我做很多事，當我完成了他的期許，他就會以他的方式來全心地褒揚讚許。他漸漸佔據了我心靈的自由，他的讚美和注意比他的漠視還要能控制人。當他在場的時候，我再也無法自在地說笑，因為有個纏擾不休的直覺不停提醒我，他不喜歡人多話隨便（尤其是我）。我完全能感覺到，他只接受認真專注的工作，有他在的時候，其他事都是空想，我覺得自己被施了凍結的咒語。當他說「去」，我就去；「來」，我就來；「做這」，我就去做。但我並不喜歡我的奴役狀態，我時常希望他可以繼續忽視我。

一天晚上就寢前，他妹妹們和我站在他身邊跟他說晚安，他一如往常分別親了親她們，也一如往常地握了握我的手。黛安娜忽然起了玩性（她並不因受他控制而痛苦，因為她有另一種強大的意志），說道：

「聖約翰！你總說簡愛是你第三個妹妹，但你並不把她當妹妹哪，你應該也親親她。」

她將我推向他。我覺得黛安娜太過冒失，覺得不自在又困惑，正當我還在思索著這感覺，聖約翰低下頭，他希臘式的臉龐到了我面前，眼神銳利地探究我的眼；他親了我。沒甚麼比這更像被大理石或冰雕親了，或我應該說，我的傳教士表哥的禮數正是如此。但或許是試驗的親吻，他的吻不過是個試驗。親了我之後，他看著我要得到解答。那一吻並不唐突，我很確定自已沒有臉紅，或許我還有些臉色發白，因為我覺得這吻就像是我腳鍊上的封印。之後他從未忘記這儀式，而我沉默又嚴肅的接受，似乎在他心中添加了一點好感。

對我而言，我每天都更希望能討好他，但越是如此，我就每天越發覺得失去了自我、扼殺了我大半才能、拉扯著我天生的愛好、逼迫自己接受那不屬於我天性的事物。他想把我訓練到我永遠無法到達的境界，我時時刻刻想達到他不斷提高的標準，卻備受折磨。要把我的稜角修正成他那精確又典型的模範、讓我多變的綠色眼珠成為他海藍又帶著肅穆榮光的眼珠，是不可能的事。

然而，現下不僅是他的優勢束縛著我。近來我總容易看起來哀傷，我的心裡坐著一個受傷的惡魔，耗盡我的快樂——懸念之惡。

在這些地物和命運變遷之中，讀者啊，你或許以為我已忘了羅徹斯特先生。我一刻都不曾遺忘，我仍想著他，因為那並非陽光所能蒸散的霧氣，也不是風雨能吹散的沙雕像，那是個刻印在石板上，注定要和大理石一般長久的名字。想知道他好不好的念頭如影隨形，在莫頓學校時，每晚我回家想的就是這件事；現在到了沼澤居，每晚睡前我總心心念念掛著此事。

在我和布利格斯先生為遺囑的事信件往來中，我問了他是否知道羅徹斯特先生目前所在、是否健康，但正如聖約翰所說，他對他的事一無所知。接著我寫信給菲爾法克斯太太，希望知道他的狀況。我盤算著這做法能為我解答，我確信她一收到信就會回覆我。兩個星期過去，我對一切音訊全無感到詫異；但當兩個月過去，每天郵差來了又走，甚麼也沒捎來，我陷入深切的掛念折磨之中。

我再寄了封信，有可能我的第一封信寄丟了。新的努力燃起了新的希望，和之前一樣延續了幾個禮拜，接著，就像之前一樣，漸漸消逝、忽明忽滅，我沒有收到任何隻字片語。半年的空等後，我的希望落空，覺得一片黑暗。

美好的春陽照耀，我卻無法享受。夏日到來，黛安娜試著讓我開心，她說我看起來氣色很差，想陪我到海邊走走。聖約翰阻止了她，說我並不想無所事事，我想要工作，我現在的生活過於漫無目的，我需要目標。於是，我想，為了彌補我的不足，他延長了我學印度語的時間，更積極要我把工作完成。而我，像個笨蛋一樣，從未想過要拒絕他；我無法拒絕他。

有天我意志較往常闌珊，因為受了強烈的失落感打擊。早上漢娜告訴我有封我的信，我下樓拿信，幾乎確定那等待已久的消息終於到來，卻只收到布利格斯先生寄來的商務信件。這痛苦的事實讓我落下幾滴淚水，而現在我坐著鑽研印度碑文那晦澀字母和豐富的比喻，眼眶又充滿了淚水。

聖約翰把我叫到他身邊唸書，我照做，聲音卻出賣了我，讀書聲全成了啜泣聲。起居室裡只有我和他，黛安娜在客廳裡練習音樂，瑪莉忙著園藝工作；那是個非常美好的五月天，無雲晴朗而微風徐徐。我的同伴對這情緒沒表現出詫異，也沒問我原因，只說：

「我們休息一下，簡愛，等妳鎮定些。」當我慌忙要撫平這情緒時，他平靜又耐心地坐著，埋首桌前，像個以醫學目光審視的醫生，對一位病患的病情瞭若指掌。我止住了啜泣，擦乾眼淚，喃喃說了些早上不太舒服的話，便繼續、然後完成我的工作。聖約翰拿開我和他的書，鎖進書桌裡，說：

「現在，簡愛，妳得去走走，且是跟我一起。」

「我去叫黛安娜和瑪莉。」

「不，我今天早上只要一個伴就好了，而且那一定得是妳。去穿戴好，從廚房的門出去，走那條通往沼澤谷區的路，我等會便過去。」

我不知道有甚麼折衷辦法，在我的人生中，面對與我性格迥異的積極、強勢性格，在絕對的屈服和堅決反抗之間，我從不知該如何折衷。我總是忠誠地選擇其中一種，直到陷入另一種爆發的一刻，有時激烈而狂怒。現在的情況，和我現下的心情都不適於反抗，我選擇了小心翼翼地聽從聖約翰的指示。不到十分鐘，我已和他肩並肩走在峽谷中的荒野小徑。

微風從西邊吹來，吹過山丘，帶著石南和湧流的甜美芬芳。天空是一片晴朗藍天，河水流下溪壑，隨著過往春雨漲起，傾注那充沛清澈的水源，映照著陽光下的金色光圈和晴空中的青玉色澤。我們向前走，離開了小徑，踏上一片柔軟草皮，滿是蘚苔和翠綠色，時或點綴著白色小花和星星般閃閃發光的黃色花叢。這時，整片山丘將我們包圍著，從幽谷到丘頂，蜿蜒至那山丘間的核心。

「我們在這休息一會吧。」當我們抵達第一堆離群的岩石時，聖約翰說。那岩石群好似某種入口的門房，後方有小河流下，匯成瀑布。再更遠處的山坡沒有草地和花朵，只有石南作為地衣和險崖峭壁作為點綴——將自然野地化成了蠻荒原始之地，使多采多姿的生命成了肅穆之色——守護著被遺棄的孤獨希望，及寧靜的最後避風港。

我坐了下來，聖約翰站在我附近。他抬頭看著那起伏的窪地，目光隨著小河流去，順著那為河流增添色彩的無雲晴空轉了回來。他脫下帽子，讓微風拂著他的髮、吻著他的眉。他似乎和這所在之靈合而為一，眼神彷彿向某種事物說了再見。

「我會再見到這一切的。」他大聲說，「當我在恆河畔的睡夢之中，以及那更遙遠的以後——當另一種沉睡征服了我——在那更深邃的河岸。」

奇異的話語、奇異的愛！一種對祖國的、苦行僧般的狂熱！他坐了下來，我們半小時都沒說話，他沒對我說話，我也沒對他說話。之後他說道：

「簡愛，再六個禮拜我就要走了。我已預訂了六月二十日前往東印度的船位。」

「上帝會保佑你的，因你已進行著祂的工作。」我回道。

「是的。」他說，「那正是我的榮耀和喜悅。我是我主虔誠的僕人，我並不受制於人類的規範、不屈服於那不健全的法律和我脆弱的同類錯誤的牽絆，我的國王、我的律法、我的主宰是那全能之主。奇怪的是，我周圍的人並不熱切期盼和支持那同樣的旗幟；不願加入這相同的志業。」

「他們全都沒有你的力量，對軟弱的人來說，要跟隨那強壯之人是愚行哪。」

「我並不與軟弱之人對話，也沒想到他們，我只對那些值得、有能力完成這志業的人說話。」

「那些人非常稀少，也難以找尋。」

「妳說得對，但一旦找到，便要喚醒他們，敦促激勵他們努力，證明他們的天賦所在，以及為何他們擁有這天賦；在他們耳邊傳遞上天的旨意，依據神的指引，授予他們在人類之中，祂所選定的位置。」

「若他們真有資格，他們自己的心難道不會先告訴他們嗎？」我覺得彷彿有個可怕的咒語正圍繞在我身邊，我因聽見某些一旦說出便像施了法般的話語而顫抖著。

「那麼『妳的』心怎麼說？」聖約翰問。

「我的心是沉默的，我的心是沉默的。」我驚懼地回道。

「那麼我得為它開口。」那低沉、堅忍不懈的聲音繼續說道。「簡愛，跟我去印度吧，做我的伴侶和夥伴，」

周圍的幽谷和天空旋轉著，山稜起伏著！我彷彿聽見了來自天上的召喚；彷彿一位傳道使徒，像來自馬其頓的呼聲，宣告著：「來幫助我們！」但我並非使徒，我無法看見那報信者，我無法接收他的召喚。

「噢，聖約翰！」我喊道，「可憐可憐我吧！」

我懇求的是一個認真執行自己所相信的義務、不知同情也不曾自責的人。他繼續說道：「神和大自然要妳成為傳教士之妻，祂們賦予妳的不是性格，而是內心的力量；妳並非為愛而生，而是為勞動而生。妳必得——應該要——成為傳教士之妻。妳會歸我所有，我這麼說並非為一己之私，而是為我主的聖職。」

「我不適合，我沒有使命。」我說。

他已預想到這首次的拒絕，他並沒有被激怒。其實，當他背靠著後方峭壁、雙手抱胸、表情嚴肅，我知道他已準備了長篇大論要來與我對抗，也蓄積了足夠的耐心來熬到最後；然而，那是最終勝利終歸於他的決心。

「謙遜，簡愛，」他說，「是基督教美德的基礎。妳說妳不適任是對的，誰能適任呢？或者誰真正受到了召喚，會相信自己值得受到召喚？例如我，不過渺小如塵埃。與聖保羅相比，我知道自己是那最大的罪人，但我並不因知曉我個人的卑劣而感到氣餒畏縮。我知道我的主，祂如此公正全能；當祂選擇了羸弱之人來執行偉大的工作，祂就會從祂那廣大無垠的領地中，供給那人方法，直到目的達成。和我一樣想，簡愛，相信我。我要妳倚靠的是那萬古磐石，別懷疑，它能夠承載妳身而為人的軟弱。」

「我不知道傳教士的生活是甚麼樣子，我從來沒學習過傳教士的工作。」

「我雖才疏學淺，但能提供妳需要的協助，我可以時時刻刻為妳指派工作，始終在妳身邊，無時無刻協助妳。我一開始可以這麼做，很快地（因為我知道妳的能力），妳會和我一樣強壯靈敏，便不再需要我的協助。」

「可我的能力，能承擔這工作的能力在哪？我感覺不到。你說話時，我內心沒有東西對我說話或喚醒我。我感受不到點燃的光芒，沒有甦醒的生命，沒有勸導或喜悅的聲音。喔，我真希望能讓你看看我的心在這一刻多麼像個陰暗的地牢，牢裡束縛著那縮瑟的恐懼；害怕被你說服而從事我無法勝任的工作的恐懼！」

「我能給妳答案，聽著。從我們第一次見面，我就看著妳，我觀察了十個月。在那段時間裡，我給了妳各式各樣的考驗。而我看見和發現了甚麼呢？在學校時，我發現妳能做得很好，按部就班而正直實在地完成與妳習慣和喜好不同的工作。我看見妳有能力做得圓融得體，只要能自我控制，妳就能夠成功。妳得知自己突然變得富裕時的冷靜，我看見一顆沒有底馬[1]罪惡的心，金錢於妳沒有過多的力量。妳堅決將自己的財產分為四份，只取其中一份，並以抽象的正義之名讓出那其餘三份，我知道那是一個樂於犧牲奉獻的靈魂。在我的期望之下，妳馴良地放下自己所感興趣的學問，因我的興趣而選擇他者；在那孜孜不倦和堅持不懈之下，妳那面對困難時不屈不撓的精力和毫不動搖的韌性，我知道那就是我所尋找的人格。簡愛，妳是可造之才，勤勉而公正無私、忠誠而堅定、勇敢無畏。妳非常溫婉，非常英勇，別再否定自己，我無條件相信妳。作為印度學校的女教師、和印度女性中的推手，妳的協助對我來說將無以估價。」

鋼鐵般的裹屍布束縛著我，那勸服以緩慢堅定的步伐前進。我將雙眼閉上，他最後的話語成功進入那看似緊鎖的心，讓道路變得更加清澈。我所做的一切，原本顯得如此模糊、如此無助細碎，當他一開口卻凝聚起來，在他的手下形塑成既有的樣貌。他等著答案。再度冒險回應之前，我請他給我一刻鐘時間思考。

「非常樂意。」他答道，接著起身，朝山隘走了幾步，在一片隆起的石南叢裡坐下，直挺地躺了下來。

「我可以做他希望我做的事，我被迫去看見和認知這點。」我沉思著：「也就是，假使

1 《聖經》的《腓利門書》中提到，底馬因「貪愛現今世界」而離棄保羅。

我命中確有其事的話。但我覺得我的人生並非要久耗在印度陽光下。所以呢？他並不在乎這點，當我將死，他就會棄我不顧，置我於神所給予的一切靜謐聖潔之中，這是非常顯而易見的。離開了英國，我就要前往一個充滿愛卻空洞的土地；羅徹斯特先生不在那兒。就算他在，那又如何？我又能如何呢？我現在的目標就是在沒有他的地方活下去，沒甚麼比這更荒謬可笑而懦弱的了，日復一日的拖延，彷彿我在等著某些不可能的變化，可能使我重回他身邊。當然（如聖約翰曾說過的）我必須尋找生命中另一種興趣來彌補那已失去的，他現在提出的不正是人類所能收受，或神所能指派的、最榮耀的事嗎？那高尚的情懷和崇高的理想，不正是填補情感被撕除和希望崩毀後僅剩的空虛感最好辦法了嗎？我相信我得說我願意，但我竟然顫慄著。唉！若我答應聖約翰，我就是丟棄了半個自己；若我去了印度，必然活不久。而這段從英國到印度、從印度到墳墓裡的日子會是怎麼過的？喔，我太清楚了！那畫面也非常清楚地在我眼前。我耗盡全力滿足聖約翰，直到筋疲力盡，我一定會討好他，直到達成他的期望，那最崇高的中心思想和最遙遠的外在環境。若我真的跟他去了，若我真的做了他所要我做的犧牲，我必然全心全意奉獻，我會將一切奉獻於聖壇之上——我的心、我的身和所有一切。他永遠不可能愛我，但他會讚許我；我會展現他還未見過的力量，未察覺過的能力。是的，我能夠和他一樣努力，且毫無怨言。

「那麼同意吧，他的提議是可行的，除了一點——可怕的一點。那就是他要我成為他的妻子，但卻對我毫無丈夫之情，只有那在遠處峽谷湧起泡沫的河流下、巨石皺褶般的蹙眉不悅。他稱讚我就像稱讚士兵的武器用得好，僅此而已。不嫁他，我就永遠不須苦惱；可我能完整他的計畫——冷漠地執行他的計畫——完成婚禮嗎？我能夠收下他的婚戒，在知道那靈魂空缺下，忍受所有形式的愛（他一定會這麼說，我毫不懷疑）嗎？即使知道他的每分愛意都是有原則的犧牲，我還能忍受嗎？不，這樣的折磨簡直荒謬可怕，我絕無法接受。我能夠作為他的妹妹與他同行，而非他的妻子，我會這麼告訴他。」

我看向他躺著的小丘，他仍像柱子般躺臥著。他的臉轉向我，眼睛發出戒備而熱切的光芒。他起身走向我。

「若我能以自由之身前往印度，我已準備好了。」

「妳得解釋解釋。」他說，「妳的答案很不清楚。」

「你如今是我的表哥；而我，是你的表妹。我們就繼續如此，你和我別結婚的好。」

他搖搖頭，「表兄妹是行不通的，如果妳是我的親妹妹，情況或許不同；我會帶著妳，終生不娶。但如今的情況，我們的關係必然得藉由婚姻昇華和見證，否則便不可能存在，任何其他的可能都會引來真實的阻礙。妳難道不懂這點嗎，簡愛？想一想，妳的聰明才智會引領妳的。」

我確實想了想，但我的理智仍無所動搖，僅將我引領至我們不可能以夫妻應有的感情愛著對方的事實，因此也就意味著我們不該結婚。我如此說道。「聖約翰，」我回答他，「我視你為兄長，你視我為胞妹，因此就繼續這麼下去吧。」

「我們不能、我們不能。」他的回答短促而堅決，「行不通的。你已經說了妳會跟我前往印度，記得，妳說過了。」

「有附帶條件的。」

「好吧、好吧。重點是，妳並不反對跟我離開英國，在我未來的工作上與我合作。妳已經開始犁田了，這是好事，妳一向說到做到，不會反悔。妳眼前只有一個目標——妳承接下的工作該怎麼做才是最好的。把妳複雜的喜好、感受、想法、希望、目標簡化，所有思慮僅只為一個目的，就是致力達成，用妳的能力——妳偉大的主的使命。為了如此，妳得有個夥伴，不是兄長——那聯繫不夠緊密——而是一個丈夫。我也是，不需要姊妹，姊妹某天會離我而去。我要的是妻子，我能夠全然擁有的伴侶，從生至死。」

他說話時，我顫抖著，感覺到他的聲音傳到我的脊髓，他抓著我的四肢。

「別找我，去別處找人吧，聖約翰，找個適合你的人。」

「妳的意思是適合我的使命、適合我的聖職的人。我再次告訴妳，這並非無關緊要的個人私慾——那僅是人類自私的慾望——我希望找到伴侶，這是傳道的使命。」

「那麼我就將為傳道奉獻我的精力，這是祂所要的，而非我自己，只不過是那果核的外皮和果殼。至於祂用不著的果核，我就自己留著。」

「妳不能，妳不該如此。神要的豈是一半的奉獻？豈是殘缺不全的犧牲？我為神宣揚教義，以祂之名徵募於妳。我無法接受以神之名，卻只有一半的忠誠，得是全部才行。」

「喔！我會將我的心奉獻予神。」我說，「你並不想要。」

讀者啊，我不否認，我這話帶著壓抑嘲諷的語氣和感受。直到現在，我默默地害怕起聖約翰，因為我並不瞭解他。他讓我震驚，因為他令我不解。他究竟是聖人、是凡人，我先前並不知道，但從這段對話中，他的性格逐漸嶄露在我的眼前。我看見他的缺點，坐在石南小徑上，面前有那英俊的身影，我坐在他腳邊，明白他和我一樣平凡。他冷酷專制的面紗落下，我感受到他的缺點，感覺到他的不完美，因而有了勇氣。我和他平起平坐，能與他爭辯，一個若有必要、我能拒絕的人。

我說出這句話後，他沉默了下來，我立即大膽抬頭望著他。

他低頭看著我，臉上一副嚴肅驚訝且深深不解的樣子。「她在諷刺、在嘲諷我嗎？」那表情彷彿這麼說。「這是甚麼意思？」

「我們別忘了這是神聖的事情，」他不久說道，「過於輕率地推想或談論都是罪過。簡愛，我相信妳說妳會全心奉獻神是認真的，那就是我所要的。一旦超脫了妳人類之心，全心向主，主在地面上的精神國度的完善就會是妳快樂和努力的目標；妳會準備好，去做任何能達到那目標的事。妳將會知道，我們婚姻的身心結合會為妳和我的付出帶來動力，那是唯一能夠將人類的命運和存在推向永恆的結合。並且，撇開所有次要的無常變化，所有瑣碎的阻礙和敏感的感受，所有僅是個人的身分、本性、優點或弱點，妳就會想盡快步入那結合之中。」

「是嗎？」我簡短問道；我看著他的五官，美麗和諧，但那嚴肅靜默卻詭異得令人畏懼。他的眉，威風凜凜卻未曾舒展；他的眼，明亮深邃而洞澈人心，卻未曾有過柔軟；看著他高䠷氣勢的身形，想像我自己是他的妻子。噢！不可能！做他的助理、他的夥伴都可以，我可以以那身分與他漂洋過海；在東方豔陽下辛勤工作，以那職務和他同在亞洲沙漠之中；崇敬並盡力趕上他的勇氣、奉獻和力量；靜靜地適應他的強勢主宰；對他根深柢固的野心泰然自若地微笑；分辨這男人身上的基督徒特質，對那特質深深尊敬，對另一者則寬容原諒。僅只以這身分與他相處，我必然經常受折磨，我的身上彷彿披掛著枷鎖束縛，可我的心和抑制是自由的。我仍能保有那不曾枯萎的自我，在孤獨時刻，我不受奴役的感受能與之對話。我的內心深處仍屬於我，他未曾來過，那兒增長的情感鮮活而受保護，未曾因他的苦行枯萎，也未曾受他那軍人行進般步伐踐踏。但身為他的妻子，將時時伴他左右、時時壓抑、時時受檢視，強逼我內心的火焰不能燒起、迫使那火僅能在心中燒，不能發出一聲呼喊，即使那受禁錮的火焰耗盡了生命——這我絕無法忍受。

「聖約翰！」我沉思到此，喊他道。

「嗯？」他冰冷地回應。

「我再說一次，我欣然同意作為你的傳教夥伴與你同去，但不是你的妻子。我無法嫁給你，成為你的一部分。」

「妳必須成為我的一部分。」他堅定地回答，「否則這整個協商只是枉然。我一個未滿三十歲的男性，怎麼能帶著一個十九歲的女孩一起去印度，若非她嫁給了我？若沒有結婚，我們怎麼能永遠在一起——有時相依為命、有時身處野蠻部落？」

「很好，」我簡短地說，「在那些情況下，我也可以是妳的親妹妹，或像你一樣的男性和牧師。」

「有人知道妳不是我的妹妹，我就不能這樣介紹妳，這麼做只會招來非議。至於其餘的，雖然妳有男人般強而有力的腦袋，卻有顆女人的心，而且，行不通的。」

「行得通，」我帶著些許傲氣堅決地說，「完全可行，我有顆女人的心，可那並不是你在乎的。對你來說，我只要有夥伴一樣的忠實、同袍般的坦率、忠誠和兄妹情誼——若你願意的話——以及後輩對前輩的尊敬和服從，再沒有其他的了——別害怕。」

「我要的確實如此。」他自言自語道，「那正是我所要的。但這麼做會有阻礙，我得消除阻礙。簡愛，妳嫁給我不會後悔的，結婚後我就絕對能夠給妳這關係中足夠的愛，就在妳眼前。」

「我鄙視你所謂的愛。」我忍不住起身站在他面前、背靠著岩石說道。「我鄙視你給的虛偽情感，沒錯，聖約翰，而且我鄙視給了虛偽情感的你。」

他怔怔地看著我，緊閉那好看的雙唇。他究竟是憤怒或吃驚，或是其他，我難以分辨，他總能完全控制住自己的表情。

「我沒想到妳會這麼說。」他說，「我想我沒做甚麼讓妳鄙視的事，沒說甚麼讓妳鄙視的話。」

他溫柔的語氣讓我軟化，高尚平靜的氣度使我懾服。

「原諒我這麼說，聖約翰，但我之所以如此輕率地說話，都是你的錯。你提了一個我們本就心各有所嚮的話題——我們永遠不該談論的話題。那愛之名是我們之間的衝突來源。若事實如此，我們能怎麼辦？我們該怎麼想呢？我親愛的表哥，放棄你結婚的計畫吧，忘了這件事。」

「不，」他說，「這事計畫很久了，也是唯一能夠確保我達成偉大目標的計畫，但我現在不會再逼妳。明天，我會到劍橋去，得去跟那兒的許多朋友道別。我會離開兩週，這段時間好好想想我的提議；別忘了假若妳不願，妳拒絕的不是我，而是神。藉著我的計畫，他為妳開啟一份聖職，只有作為我的妻子，妳才能夠達成使命。拒絕成為我的妻子，就是永遠在那自私自利和貧脊荒蕪的道路上畫地自限。那樣一來，妳恐怕要被當作那些背棄信仰、比異教徒更糟的人了！」

他說完了，再度轉身背對我。

「倚靠河流，倚靠山稜。」

但這次他將感受全都幽禁在他的心中，不值得說給我聽。當我走在他身邊，往回家的路走時，我清楚從他鋼鐵般的沉默中感覺到他對我的想法，那苦行專橫之人因期待服從卻遭受拒絕的失望、那冷漠執拗認定下的不以為然，發現自己無能為力理解另一種感受和想法。簡而言之，身為一個男人，他必然希望逼我就範，僅只是因為身為虔誠的基督徒，他才對我的倔強如此有耐心，給我這麼長的時間來反省懺悔。

那天晚上，他親了他的妹妹們之後，他覺得甚至連跟我握手都要忘了才好，默默地離開了客廳。我即使對他沒有愛情，也有許多友情，於是對那刻意的忽略感到受傷，難過得眼淚湧上了眼眶。

「我知道妳和聖約翰吵了架，」黛安娜說，「在你們去高沼地散步時。但去找他吧，他現在正在走廊徘徊著等妳，他會好好彌補的。」

在這樣的情況下，我並不執著於尊嚴，比起自尊，我一向是更希望快樂的。於是我跑去找他，他站在階梯下。

「晚安，聖約翰。」我說。

「晚安，簡愛。」他平靜地回答。

「那麼握手言和吧。」我再說。

他握著我的手多麼冰冷鬆垮啊！他對那天發生的事非常不高興，真心示好都無法溫暖他的心，眼淚也無法動搖他。他不打算開心和好，沒有欣慰的笑容或善意的言語，只有那基督徒的耐心和沉著。我問他是否原諒我，他說他不擅於記仇，沒有甚麼好原諒的，也沒有甚麼好生氣。

說完他便離開了。我真寧可他揍我一頓。

他隔天並沒有如他所說的前往劍橋，他延後了一整個禮拜才離開。那段時間裡，他讓我感受到一個善良卻嚴肅、認真卻執拗的人對冒犯了他的人所能給予的嚴厲懲罰。沒有明顯的敵意，沒有半句責備，但他讓我時刻都深刻感受到我無法討他歡心。

聖約翰並非有那不該屬於基督徒的懷恨之心，他未曾傷我毫髮，即使他大可這麼做。就本性和原則而言，他本不是以仇恨為滿足之人。他原諒我說鄙視他和他的愛，但他沒忘了那些話。只要他和我同住，他便永遠不可能忘記。從他轉頭看我、那寫在我和他之間空氣中的神情，我就看得出來。只要我開口，到了他耳裡便彷彿全是那些話，他對我的每個回應都呼應著那些話。

他並沒有迴避與我交談，甚至每天早晨一如往常地要我到他書桌前研讀。我想他內心深處，那邪惡的男人恐怕對他展現出的技能有著聖潔基督徒所不能言明和表露的愉悅，他的言行舉止顯然和平時一樣，如同過往一般從每個舉動和每句言語當中透露嘉獎和讚賞，那嘉獎和讚賞過去曾在他嚴厲的語言和態度下有著某種魅力。對我而言，他事實上已不再是血肉之軀，而是大理石。他的眼睛是顆冰冷、明亮的藍色寶石，他的舌頭是說話的工具，僅此罷了。

這所有一切對我都是折磨——細微而纏繞不去的折磨，燃起一把憤怒的蘊火，以及煩擾壓垮我的悲痛顫抖。我感覺到若我是他的妻子，這個好人純淨得如同陽光照射不到的深處，很快就能殺了我，無須讓我流一滴血，或在他那水晶般的道德良知留下一絲犯罪的污點。在我努力想取悅他時，尤其能感受到這點。我的讓步並沒有使他讓步。他對我們的疏遠毫不受折磨，也沒有和解的期盼，即使我不停流下的眼淚不只一次浸濕了我們一同埋首看的書頁，對他卻沒有任何影響，彷彿他的心真是鐵石。同時他對他的妹妹們，卻較以往更好，恐怕僅有的冷漠不足以讓我完全明白我被屏棄和隔絕於外似的，非要加上那對比。我很確定他這麼做並沒花太多力氣，只是遵循原則罷了。

他離家的前一晚，我偶然在日落時見到他在花園散步，我記得，我看著他，看著這個現在如此疏離、曾經救我一命、和我是近親的男人，我心軟了，決定最後一次努力挽回他的友誼。我走了出去，他站著靠在小門邊，我走到他身邊，開門見山地說：

「聖約翰，我很難過，因為你還在生我的氣。我們和好吧。」

「我希望我們能和好。」他動也不動地說，眼睛仍望著升起的月亮，在我走近前他便一直看著那月亮。

「不，聖約翰，我們不再是以前那樣的朋友了，你知道的。」

「不是嗎？那是錯覺。對我來說，我希望妳健康、一切都好。」

「我相信你，聖約翰，因為我知道你希望所有人都好。可我是你的表妹，比你對僅是陌生人所展現的善意，我應該能希望得到你更多的關心。」

「當然。」他說，「妳的希望很合理，我也不把妳當陌生人。」

他說這話的語氣又冷漠又平靜，折磨人又令人困惑。若我任由自尊和憤怒發作，就會立刻掉頭離開，但我心中有某種比起那些感受更強大的力量。我深深尊敬我表兄的天賦和原則，他的友誼對我而言很重要，失去他的友誼讓我苦不堪言。我不會這麼快便放棄努力克服這一切。

「我們一定要用這種方式分開嗎，聖約翰？當你去了印度，你就要這樣離我而去，不說一句好話嗎？」

他看著月亮的視線立刻轉向了我。

「簡愛，我去印度，就會離開妳！甚麼？妳不去印度嗎？」

「你說若我不嫁給你，就不能去。」

「那妳就不嫁我！妳就那麼堅持嗎？」

讀者啊，你可知道，如我所知，那些冷漠的人的問題有多麼令人懼怕？他們的憤怒是多麼巨大的雪崩？他們一不高興就能擊碎多少海上凍結的冰？

「是的，聖約翰，我不會嫁給你，我堅持我的決定。」

那積雪鬆動了，微微向前滑動，但還未完全崩塌。

「再問一次，為何拒絕？」他問。

「先前，」我回答，「是因為你並不愛我；現在，我的回答是，因為你幾乎是恨我了。若是嫁了你，我就活不了。你現在便要了我的命了。」

他的唇和臉頰發白，非常蒼白。

「我要了妳的命──我正在要了妳的命？妳真不該說這種話，暴力、粗魯又不實在，透露出令人遺憾的心態，該受嚴厲指責、無可原諒，但人有義務原諒他的同伴，直到第七十七次。」

我已經仁至義盡了。雖然非常希望能抹去我之前在他心中留下的傷口，卻在那頑強之處踩下了另一個更深的足跡，深深烙印其中。

「現在你真的恨我了。」我說。「安撫你是沒必要的了，我知道自己已成了你永遠的敵人。」

這些話再添了一道新傷口，讓情況更糟，因為這些話觸碰了真理。那無血色的唇顫抖著抽搐了一下。我知道自己在那鋼鐵般的憤怒之火上澆了油，我心如刀割。

「你完全誤解我的話了。」我再度抓著他的手說，「我無意要讓你難過或傷害你，真的，並沒有。」

他露出前所未有的苦笑，堅決地抽回自己的手。「我想妳現在是要收回承諾，不去印度了？」他想了很長一段時間後說。

「不，我可以去，作為你的助手。」我回答。

他沉默了非常久。我不知道這段期間他心裡在大自然與福音之間有甚麼樣的掙扎，他的眼裡只閃著奇異的光芒，臉上閃過異常的陰影。他最後終於開口：

「我先前便跟妳提過，一個如妳這般年紀的單身女子，要跟我這樣一個單身男子一起出國，是荒謬無稽之談。我會說出這樣的話，是因為我以為可以讓妳不再提起這個方法。但妳竟然還是提起了，我為妳感到遺憾。」

我打斷他，這明確的責備讓我一下之間有了勇氣。「理智點，聖約翰，你簡直是無理取鬧了。你假裝對我所說的話感到吃驚，你並不真的吃驚，因為，以你優越心智，不可能如此愚笨或如此自負地曲解我的意思。我再說一次，若你願意，我可以做你的副手，但永遠不會是你的妻子。」

他的臉色再度變得灰白，但一如以往，他將自己的情緒控制得很好。他斷然卻沉穩的答道：

「不是我妻子的女性副手，不適合我。那麼，看來妳是不能跟我去了。但若妳說的是真的，我進城時會跟已婚的傳教士談談，他的妻子需要助手。妳的財富使妳不需依賴社會的幫助，因此即使有了不守承諾、離棄所參與計畫的恥辱，也仍可被寬恕。」

如讀者所知，我從未給過任何正式的承諾或參與任何計畫。這樣的話實在太過嚴苛，也太過專橫了。我回答：

「沒有恥辱、沒有背信承諾、沒有參與計畫。我並沒有義務去印度，尤其是跟陌生人去。即使跟你去都是冒險，因為我欣賞你、對你有信心，並且作為妹妹，我很愛你，但我確信，無論何時跟誰去，我都無法在那樣的氣候下活太久。」

「啊！妳擔心的是妳自己。」他輕蔑地揚起嘴角說。

「沒錯。神給了我生命，並非要我隨意浪費，要我如你所希望的去做，我開始思考，等於是自殺。此外，在我決意離開英國之前，我必須確定我留著不會比離開更有用處。」

「甚麼意思？」

「試圖解釋只是枉然，但有件事讓我痛苦掛念了許久，直到把那掛念釐清之前，我哪也不能去。」

「我知道妳的心在哪，以及妳掛念甚麼。妳所掛心的事於法不容、褻瀆不潔。妳已癡心妄想了這麼久，真該為自己此刻提及這事感到慚愧。妳想著羅徹斯特先生？」

沒錯，我以沉默應允。

「妳打算去找羅徹斯特先生嗎？」

「我一定得知道他現在怎麼樣了。」

「那麼我仍會——」他說道，「為妳祈禱，全心誠摯地懇求神別讓妳真的流離失所。我原以為妳是神所選中之人，但神所見的和人類所見不同，祂所見的終能實現。」

他打開門，穿過門，往峽谷走去，很快便不見了人影。

我再次走進客廳，看見黛安娜站在窗邊，一副若有所思的樣子。黛安娜比我高很多，她將手放在我肩上，彎身看著我。

「簡愛，」她說。「妳最近總是又蒼白又讓人擔心，我知道一定有甚麼事。跟我說說妳和聖約翰之間的事吧，我在窗邊看著你們半小時了，妳一定得原諒我這樣偷窺，但這麼長一段時間，我想我還是不知道怎麼回事。聖約翰是個奇怪的人——」

她頓了一下，我沒有說話，不久她繼續說：

「我知道我哥哥很珍視妳的某些獨特見解，他已經觀察注意妳很長一段時間，他從沒對其他人這樣過，為甚麼？我希望他是愛上妳了，是嗎，簡愛？」

我將她冰冷的手放在我發熱的額頭上，「不，小黛，完全不可能。」

「那麼為甚麼他要老那樣看著妳、那麼常單獨找妳、經常要妳待在他身邊？瑪莉和我都覺得，他希望妳嫁給他。」

「的確是，他要我當他的妻子。」

黛安娜拍了拍手，「我們正是這麼希望、這麼想的！那麼簡愛，妳會嫁給他，對嗎？那麼他就會待在英國了。」

「完全不是這樣，黛安娜，他跟我求婚的意思是要找一個適合跟他在印度做苦工的夥伴。」

「甚麼？他希望妳去印度？」

「對。」

「瘋了！」她叫道。「妳在那活不過三個月的，我敢保證。妳不能去，妳沒同意，對吧，簡愛？」

「我沒同意嫁給他。」

「結果他不高興了？」她猜道。

「非常不高興，恐怕永遠也不會原諒我，但我提議可以以他妹妹的身分跟他去。」

「這麼做簡直是瘋了，簡愛。想想妳要做的事；做不完的勞役，甚至連強健的人都活不了，而妳這麼瘦弱。妳瞭解聖約翰，他會要妳做不可能做到的事；在那炎熱時刻，他也不會同意妳休息的；而且很不幸的，我注意到，只要他要求，妳就會強逼自己去達成。我很訝異妳有了勇氣拒絕他。那麼妳不愛他嗎，簡愛？」

「不是對丈夫的愛。」

「但他是個英俊的小伙子。」

「而我如此平庸，妳知道的，小黛。我們不適合。」

「平庸！妳？完全不會。妳太美了，也太好了，在加爾各答可是炙手可熱的。」她再次急切地要我拋下所有和她哥哥出國的想法。

「我一定會的。」我說，「因為剛剛我再次提出以副手的身分協助他，他對我的不成體統感到很訝異。他似乎覺得我提議在不結婚的前提下跟他去，是件不檢點的事，好像我打從一開始就不想把他當兄長，而且一直不把他當兄長。」

「妳為甚麼說他不愛妳呢，簡愛？」

「妳真該聽他自己說，他一而再說他希望結合不是為了自己，而是為了他的使命。他告訴我，我是為勞動而生，不是為了愛；這當然沒錯，但我認為，若我不是為愛而生，那麼我就不是為婚姻而生。小黛，一輩子跟一個把自己當工具的男人在一起，難道不奇怪嗎？」

「難以忍受，不合理，不可能！」

「那麼，」我繼續說道。「雖然我現在對他只有兄妹之情，但如果被迫成為他的妻子，我能想像，必然要承受他那種奇異、折騰人的愛，因為他如此優秀；他的表情、態度和言語必然經常有種妄自尊大的風範。那樣一來，我的命運將變得不可言喻的悲慘。他不會希望我愛他，若我表現出那樣的情緒，他就會讓我知道，那對他而言是不必要的身外之物，我有那樣的情緒是很不得體的。我知道他會這樣。」

「但聖約翰是個好人。」黛安娜說。

「他是個好人和偉大的人，但他在追求自己遠大理想時，冷酷無情地忘了平凡人的感受和需求。因此，對於卑微的人來說，最好離他遠點，免得受他踐踏。他來了！我先走了，黛安娜。」於是我看見他走進花園時，便趕緊上了樓。

但晚餐時我再次被迫見到他。餐席間他和往常一樣鎮定沉默，我本以為他不會跟我說話，並且確定他已經放棄了他的婚姻計畫，隨之而來的事證明我兩點都想錯了。他完全和往常一樣跟我說話，或說跟他近來的態度一樣──小心翼翼而有禮貌。顯然他以祈求聖靈的幫忙，來壓抑因我而起的憤怒，現在相信自己已再次原諒了我。

傍晚禱告的閱讀時間，他選了《啟示錄》第二十一章。聽他唸聖經文字總是件愉悅的事，他的好嗓音沒有再比此刻更好聽飽滿的了；傳遞神諭時，他的神態舉止沒有比此刻更神聖純淨、使人敬畏的了。而今晚當他坐在家人之中（五月的月光從那未有窗簾覆蓋的窗戶透了進來，讓桌上的燭光黯然失色），那聲音更加肅穆，神態更加威攝。他坐在那兒，俯身偉大古老的《聖經》，描述書頁中新天堂和新世界的願景，講述神將與人類同住，擦去所有他們眼中的淚水，並承諾不再有死亡、悲傷或悲鳴，也不再有痛苦，因為過去一切都已遠去。

當他說出接下來的字句，我感到異常顫慄。尤其當我感覺到那聲調細微而難以形容的變換，他說著說著，眼神轉向了我。

「得勝的，必要承受這些福分。我要作他的神，他要作我的兒子。只是那些膽怯的、不信的、可憎的、殺人的、淫亂的、行邪術的、拜偶像的和所有說謊的人，他們的份是在燒著硫磺的火湖裡，這就是第二次的死。」

至此，我知道聖約翰為我擔憂的命運。

他唸出那章節最後的宣言，那榮耀的字句帶著平靜、壓抑的勝利，混雜了迫切誠摯的渴求。那讀經者相信自己的名已被記在羔羊生命冊之上，且他深切嚮往著那時刻到來，他得以進入塵世君王們帶著榮耀和崇敬歸屬的城市。那兒不須有陽光或月光照耀，因為神的光芒使其明亮，羔羊也成了光亮。

在接下來的禱告裡，他投入所有精力；他所有堅定不移的熱忱甦醒，他深切向神祈禱，決心要得勝。他祈求使那心智軟弱之人得到力量，為迷途的羔羊指引方向，讓那些受世俗和肉體誘惑而脫離正道的人，即使在第十一個小時，也能夠回心轉意。他請求、他催促、他宣告神的恩惠就是使他們免去火焰的烙印。那誠摯期盼如此深刻莊嚴，一開始聽見那禱告，我不解他的用意，接著當那禱告繼續並變得激昂時，我深受感動，最終充滿敬畏。他如此真誠地覺得自己的目標遠大而美好，任何人只要聽見他的禱告，就能感同身受。

當禱告結束，我們離開；他隔天一大早便要走了。黛安娜和瑪莉親吻過他，離開了客廳，我想必是被他的輕聲暗示給征服了，我伸出了手，祝他旅途順利。

「謝謝妳，簡愛。如我所說，兩個禮拜後我就會從劍橋回來，這段時間，就是留給妳斟酌思考的。若我是為人類的傲慢自尊，便不會再要妳與我結婚，但我將我的使命當作首要目標——為神的榮耀做一切。我主受了很長時間的折磨，因此我也會是如此。我無法放棄妳，使妳落入神譴的地獄之中；趁還有時間的時候，悔改醒悟吧。記著，我們日出而作，得須『日落而息』。想想富人，那些在這一生享福之人的福分。神給了妳選擇的力量，那福分不該從妳身上被奪去！」

他將手放在我頭上說出最後這些話，他認真誠懇而溫和地說，他的樣子實在不像一個觸碰另一半的情人，倒像牧師在召喚他的迷途羔羊——或者更合適的說法，像個看守靈魂的守護天使。所有有才能的人，無論他們是否有感受能力、無論他們是狂熱分子或胸懷大志者或暴君似的掌權者，只要他們精誠所至，當他們征服統治一切，就能金石為開。我很尊敬聖約翰，尊敬得促使自己一度到那這麼久以來我努力避免的地步。我很想停止與他的掙扎搏鬥，讓他的意志流進他所在的深淵，不再有我自己的。現在我幾乎跟之前曾經歷過的一樣，因他而感到困擾，只是是另一種不同的方式。兩次我都成了傻子。當時的屈服是原則錯誤，現在屈服就會是判斷錯誤。所以此刻，當我在這安靜之中回頭看，我想我頃刻明白了自己的愚行。

在我導師的觸碰下，我呆若木雞，忘了我的拒絕，克服了我的恐懼，麻痺了我的掙扎。那不可能的——例如我與聖約翰的婚姻——剎那變成了可能。一切在突然的壓倒性勝利之下完全變了。宗教的呼喚、天使的召喚、神的旨意，人生彷彿捲了了卷軸，死亡之門敞開，展現超凡的永恆；似乎為了那兒的安全和祝福，這裡的一切都可以即刻犧牲。這幽暗的空間裡充滿了聖靈。

「妳現在能夠決定了嗎？」那傳道使者問。他用溫柔的語調問著，輕輕將我拉向他。噢，那溫柔比逼迫更強而有力！我能夠拒絕聖約翰的憤怒，卻在他的和善之下柔順如蘆葦。但我始終知道，一旦我現在屈服了，便免不了某天要被叫去悔悟我先前的反抗。他的性格並沒有因為一小時莊嚴的禱告而改變，只是變得更加強烈。

「若我確定，就能決定。」我回答：「若我確定神的旨意就是要我嫁給你，我就能在此刻此處誓言與你結婚——無論往後如何。」

「神聽見我的禱告了！」聖約翰脫口而出。他將手更堅定地按在我頭上，彷彿招降了我。他的雙臂環著我，幾乎像他愛我似的（我說幾乎——我知道那差別，因為我曾感受過被愛，但像他，我感受的沒有愛，只想到使命）。我與自己內在微暗的影像對抗著，強烈希望做正確的決定，只有這樣。「讓我看，讓我看見那道路吧！」我向天祈求。我比先前要更激動，接下來結果是否是因為激動，讀者應該能夠判斷。

整間屋子靜悄悄的，因為除了我和聖約翰，我想其他人都睡了。那一盞燭光就快熄滅，客廳裡滿是月光。我的心跳得又快又急，我聽見它在跳動。突然間它靜止了下來，因一種無法形容的顫慄感受傳遍我的頭部和四肢。那感覺並不像電流，但卻一樣尖銳、一樣奇異、一樣令人震驚，讓我至此沉寂的感官彷彿受了召喚般甦醒過來，開展到了極限。他們躍躍欲試，當那血肉震動了我的骨髓，眼睛和耳朵也等待著。

「妳聽見了甚麼？看見了甚麼？」聖約翰問。我甚麼也沒看見，但聽見一個近乎呼喊的聲音：

「簡愛！簡愛！簡愛！」除此之外再無其他聲音。

「喔，天哪！那是甚麼？」我倒抽一口氣。

我應該說：「那聲音從哪來的？」因為聽起來並不像在這客廳裡，也不在這屋裡，不在花園裡；並非從空氣中而來，也不是從地底傳來，更不是天上。我聽見了那聲音，卻無從得知它從何而來、為何而來！那是人類的聲音——一個熟悉、所愛、記得再清楚不過的聲音——羅徹斯特先生的聲音。那聲音平實而傷痛、狂亂、詭譎而迫切。

「我來了！」我喊著。「等等我！喔，我會去的！」我奔向門邊，往走廊看去，一片漆黑。我跑進花園，空無一物。

「您在哪裡？」我喊著。

沼澤谷地的山丘悠悠地傳回了回應；「您在哪裡？」我聽著。風在冷杉木間低聲嘆息，高沼一片孤寂，深夜一片靜寂。

「該死的怪力亂神！」我說道，有神祕景象從門邊紫杉旁的漆黑之中出現。「這並非妳的錯覺，也非妳的巫術，而是大自然的力量。她甦醒了，並且無關奇蹟，盡了最大力量。」

聖約翰跟著我，試圖拉住我，我甩開了他。這是我取得上風的時刻了，我的力量全力開啟。我要他別問、別說話，離開我就是，我必須、也希望一個人靜靜。他即刻照做。當有了足夠的力量施令，便不會有人不從。我上樓到房裡去，將自己鎖在房裡，跪了下來，開始禱告——和聖約翰的方式不同，但同樣有其效用。我似乎離聖靈非常近，我的靈魂在祂腳邊，感激滿溢。我在禱告中起身，下定決心；我躺了下來，無所畏懼、豁然開朗，只期待著天明到來。

白晝到了，天一亮我就起床，花了一兩個小時整理房裡、抽屜裡和衣櫥裡的東西，希望東西在我離開的這一小段時間擺放在我想要的位置上。這時，我聽見聖約翰走出房門。他停在我房門口，我擔心他會敲門；他沒敲門，但從門縫下遞了一張紙條。我拿起紙條，上頭寫著：

昨晚妳離開得太過突然，若妳再待久一些，就能將手放在基督的十字架和天使的光圈上。我期盼兩個禮拜後回來那天聽到妳的決定。期間，看家並為自己禱告，祈禱妳不會受到誘惑，我相信妳的靈魂是願意的，只是我知道，肉體是脆弱的。我會時刻為妳禱告。

聖約翰謹啟

「我的靈魂，」我在心裡想著，「很願意去做對的事，而我的肉體，一旦天命確實降臨於我，我希望強壯的足以完成那使命。無論如何，都需強健得足以去找尋、探詢、摸索這片疑雲中的出口，並找到撥雲見日的一天。」

那是六月的第一天，但早晨寒涼多雲，打在我窗臺的雨又急又快。我聽見前門打開的聲音，聖約翰走了出去。從窗戶看去，我看見他穿過花園。他走進雲霧覆蓋的沼澤，往白色十字方向去，他要在那裡搭車。

「再過幾個小時，我會跟著你走上同一條路，表哥。」我心想。「我也要到白色十字搭車，在我永遠離開英國之前，也有得去探訪和探問的人。」

離早餐時間不到兩小時了，這段期間我在房裡輕聲徘徊，想著那促成我現下計畫的聲音。我回想當時心裡的感受，因為我仍記得那無可言喻的所有奇異感受。我回想我聽見的聲音，再次想著那聲音從何而來，卻依舊不得其解。那似乎是我內心的聲音，並非外在世界。我不解那是否僅是緊繃焦慮的緣故——錯覺妄想？我不這麼認為，也不相信，那更像是一種靈示。那困惑的震撼感就像是撼動保羅和西拉監獄的地震，開啟了靈魂封印的大門、鬆脫了枷鎖，使沉睡的靈魂甦醒，起而顫抖著、傾聽著、呆若木雞，接著第三次在我驚呆的耳、顫抖的心震出一聲哭喊；我的靈魂不曾恐懼動搖，但就彷彿成功取得這特權、掙脫累贅之身般歡欣鼓舞。

「不消幾天，」我結束冥想之後說，「我就會知道昨晚喚我那聲音的主人的些許消息。既然信件沒有用，就得親自去一趟。」

早餐時，我告訴黛安娜和瑪莉我將啟程，至少會離開四天。

「獨自去嗎，簡愛？」她們問。

「是的，要去見或打聽一個我已擔心許久的友人，或打聽些消息。」

她們大可以說——她們一定會想——以為除了他們，我再沒其他朋友了，因為事實上，我確實經常這麼說。但她們善解人意，沒多說甚麼，黛安娜只問我是否確定身體狀況可以上路，她發現我氣色很不好。我說，沒甚麼比心裡的焦慮更痛苦的了，我希望能夠盡快減輕這痛苦。

接下來的安排很順利，因為她們沒有多加詢問；沒有多加猜測。我曾跟她們解釋過，我現在無法清楚說明我的計畫，她們和善又有智慧地保持緘默，讓我有自由行動的特權，若是她們遇到相同情況，我也會這麼做的。

我在下午三點離開沼澤居，四點過後不久，我就站在白色十字的標誌下，等著馬車來帶我到遙遠的荊棘園了。在那些偏僻路徑和荒涼山丘的沉默之中，我聽見遠處傳來的馬車聲。那是和一年前、同一個地點、我在一個夏日午後走下的同一種馬車，如此孤寂、無助而漫無目的！我招手，馬車停了下來，我上了馬車，現在不再被迫挪出我所有積蓄作為代價。再度踏上前往荊棘園的路上，我覺得就像要展翅返家的信鴿。

那是三十六小時的車程，我在星期二午後從白色十字出發，星期四一早車伕在一幢路旁旅館停下，讓馬兒喝水。旅館位在樹籬笆、平原和矮丘之間（和莫頓中北部的沼澤相比，那線條和色彩多麼柔和啊！），那景色在我眼前彷彿曾經熟悉的臉龐輪廓。沒錯，我認得這片景色，我知道我們很靠近目的地了。

「荊棘園離這裡還有多遠？」我問車伕。

「再兩英里，小姐，跨過這片平原就到了。」

「我的目的地到了。」我心想。我下了馬車，將一個箱子交給車伕保管，直到我來拿；我付了旅費，讓車伕心滿意足後便上路了。那明亮的天色照耀著旅館招牌，那鍍金的字寫著：「羅徹斯特旅館。」我的心跳了起來，我已經在我主人的土地上了。我的心又沉了下去，只因想到：

「就妳所知，妳的主人或許已離開了英國，再說，就算他在荊棘園，那妳奔往之地，誰會在他身邊呢？他那瘋妻，而且妳和他沒有任何關係，妳不敢跟他說話或去見他。無濟於事的，妳最好別再向前走了。」心中的聲音告誡著。「問問旅館裡的人吧，他們能給妳所有妳想知道的答案，可以一次解除妳的疑惑。去問那人吧，問問羅徹斯特先生是否在家。」

「這個想法很有道理，但我卻不敢逼自己行動。我好害怕得到的答案會讓我陷入絕望，延長疑惑就是延長希望，我或許能再次看見星光下的莊園。那石階在我前方，那在我離開荊棘園的早晨，曾經備受折磨地帶著報復的憤怒思緒，看不見也聽不見、心力交瘁地匆促穿過的原野；在我還不清楚自己所做的決定時，我已在那片原野之中。我走得好快！有時還跑了起來！我好期待看見那片熟悉的樹林！我多想迎接那片我所知道的樹林，看一眼那樹林間的草坪和山丘！」

樹林總算出現了，黑壓壓的烏鴉群，一聲鴉叫打破了早晨的寧靜。我心中湧現奇異的喜悅，我加快了腳步。穿過另一片平原，走過小路，庭院的牆出現了，後方的門房室，而那幢房子、那鴉群棲地仍隱匿其中。「我應該會先看到正前方。」我心中很肯定，「那英勇雄偉的城垛會使人驚嘆，我能找出我的主人的窗戶，也許他正站在窗邊——他起得很早——或許他現在正在果樹林或前方的人行道上散步。我或許會看見他！但只有一下子！當然，在那樣的情況下，我應該不至於發狂地奔向他吧？我不知道，我不確定。如果我奔向他，會怎麼樣？天哪！會怎麼樣呢？再次嚐到有他目光的生活，誰會受傷害呢？我胡思亂想著，或許此刻他正看著庇里牛斯山的日出，或在那南方平靜無波的海上。」

我沿著果樹林的矮牆走，轉彎，那兒恰好有個小門開著，在兩根上方有石球的石柱之間，可以通往草坪。站在石柱後方，我就可以靜靜窺見莊園別墅的正面全部。我小心翼翼地探頭望去，想確認是否有個哪個房間的窗簾已經拉起。城垛、窗戶、長形的正前方；從這隱蔽的位置看去全能映入眼簾。

當我探頭望去，盤旋在頭上的鴉群或許正看著我。我很好奇牠們會怎麼想。牠們一定覺得我起初非常謹慎膽小，漸漸變得大膽魯莽了起來。先是看了一眼，接著就這麼盯著，然後離開了我的崗位，不由自主地走進草坪，突然在那幢大廈前方停下，打量許久。「一開始何必要如此怯懦的裝模作樣呢？」牠們可能會這麼想，「現在怎麼又如此愚魯莽撞了？」

讀者啊，聽我娓娓道來。

一位有情之人發現他的情人在長滿苔蘚的河岸邊睡著了，他希望能偷看一眼她美麗的臉龐而不吵醒她。他輕輕走過草地，小心地不發出聲音；他停了下來，猜想會不會吵醒她了，他退了幾步，他說甚麼也不願被看見。一切寂靜無聲，他再度向前走，俯身看她；薄紗遮住了她的面貌，他將薄紗撩起，彎身靠得更近，此刻他期盼看見美人沉睡的面容——溫暖燦爛而可人。那第一眼如此急切！可又如此牢牢緊盯！他多麼詫異！如此突然又熱切地抱緊那他原先不敢觸碰的身影，隔了不久，又以手指碰觸。他如此大聲呼喚芳名、放下一切負累、狂亂凝視著！他於是緊抱著、叫喊、凝望，因為他再也不怕因發出聲音、任何動作，而驚醒夢中人。他以為所愛之人睡得香甜，卻發現她已化成了石頭死去。

我懷著膽怯的喜悅朝那宏偉別墅望去，看見了一座焦黑廢墟。

再不須躲藏在門柱之後了！不須窺探臥室窗櫺，恐怕驚動了裡頭的人！再不須附耳聽開門聲，想像人行道或碎石步道上的腳步聲！那草坪、那庭園一片廢棄荒蕪，大門敞開著，空無所有。正前方如同我曾在夢中見過的，只剩下一面牆，看起來又高又脆弱，上頭的窗戶沒了窗框，沒有屋簷、沒有城垛、沒有煙囪，一切都沒了。

一片死寂，人煙稀少的寂寞荒地。難怪寄到這兒的信都沒有回音，彷彿寄到了教堂側廊的墓穴一般。那陰森焦黑的石頭敘述著這莊園的命運——大火浩劫。但怎麼發生的？這場災難是甚麼緣故？除了城垣和大理石和木製品的損毀之外，還有甚麼損失嗎？有人和東西一樣受了損傷嗎？若是有，是誰？可怕的問題，這裡沒有人能回答，連個無聲的證據記號都沒有。

沿著毀損的牆和倒塌的內部走了一圈，我知道這場大災禍並非最近發生的事。我想，冬雪從那空無所有的拱門滑落，冬雨打進了那些地下的地窖，因為有植物在春天時從濕透的垃圾堆中冒了出來，雜草在石縫和倒塌的樑柱間長得到處都是。還有啊，這場災禍的不幸主人當時在哪呢？在哪塊土地？受著甚麼樣的庇佑？我的視線不自覺看向大門附近的灰色教堂，問道：「他是否和他的祖先戴墨・羅徹斯特一起在那狹窄的大理石碑下了？」

得有人來回答這些問題，這附近只有那間小旅館，不久我就回到了那兒。旅館主人親自將我的早餐端進臥房，我要他關上門、坐下來，我有些問題要問他。但等他坐好了，我倒不知道該從何開始了，我好害怕那可能得到的答案，而那我剛離開的荒地景象讓我有聽壞消息的心理準備。主人是個忠厚老實的中年人。

「你一定知道荊棘園吧？」我終於擠出這句話。

「知道，小姐，我曾經住過那兒。」

「是嗎？」不是在我在的時候，我心想，我不認識你。

「我是已故的羅徹斯特先生的管家。」他補充道。

已故！我彷彿受到重重一擊，那我原本想逃避的一擊。

「已故！」我倒抽口氣。「他過世了嗎？」

「我是指現任羅徹斯特先生的父親。」他解釋道。我再次喘了口氣，血液繼續流了回來。這些話可以確定，羅徹斯特先生——我的羅徹斯特先生至少還活著（願上天保佑他，無論他在何處！），至少是「現任羅徹斯特先生」。真令人高興！無論接下來聽見甚麼，我都似乎能夠忍受了；以相較起來平靜的心情。既然他不在墓園之中，我想即使他在澳洲或紐西蘭，我也能接受了。

「羅徹斯特先生現在住在荊棘園嗎？」我問。我當然知道答案，但卻想把問題轉而探問他所在之處。

「不，小姐——喔，不，現在沒人住那裡了。我想妳對這附近一定不熟悉，否則妳一定會聽說去年秋天發生的事情，荊棘園現在荒廢了，是在大概秋收時節燒掉的。真是場可怕的災難！損毀了一大筆珍貴財物，幾乎所有傢俱都燒光了。那場火是深夜燒起來的，救火車從米爾科特趕到之前，整棟建築已經是一片火海。那景象真是可怕，我親眼見到的。」

「深夜！」我嘀咕著。是啊，荊棘園裡的火災總是發生在那時候。「有人知道怎麼燒起來的嗎？」我問。

「他們猜呀，小姐，他們猜測過。其實應該說，那已經是確定的事了。妳可能不知道，」他把椅子拉得離桌子近一些，低聲繼續說，「那兒關著個女人，是個、是個瘋子哪！」

「我略有耳聞。」

「她被嚴密幽禁起來，小姐，大家甚至好些年都不確定她的存在。沒人見過她，他們只是聽傳言說莊園裡有這麼一個人，她是誰或是做甚麼，倒難以推測。他們說羅徹斯特先生從國外把她帶回來的，有人說她是他的夫人。但一年前發生了一件怪事──非常離奇的事。」

我擔心會聽見自己的故事，便努力要將他拉回正題上。

「那麼這位女子？」

「這位女子，小姐，」他答道，「原來是羅徹斯特先生的妻子！這事是在前所未見的奇怪方式下被人知道的。莊園裡有個年輕小姐，是莊園裡的家庭教師，羅徹斯特先生愛上……」

「可是火災──」我提醒他。

「我快說到那了，小姐，羅徹斯特先生愛上她了。僕人們說他們從未見過他對誰這麼傾心，總是時刻跟著她。他們總會看著他──妳知道僕人都會這樣的，小姐──他把她看得比甚麼都重要，所有人，除了他，沒人覺得她有多麼漂亮。她是個小傢伙，他們說，幾乎像個孩子似的。我自己沒看過她，但我聽女僕莉亞說過她，莉亞很喜歡她。羅徹斯特先生快四十歲了，但這女教師還不到二十歲。妳就知道，他這年紀的男人愛上了女孩，常常就像被下了迷藥似的。唉，他想娶她。」

「這些事下次再告訴我吧。」我說。「但現下我有個特殊原因，希望能知道火災的事。難道這瘋子，羅徹斯特夫人，和這場火有關係嗎？」

「妳猜對了，小姐，顯然是她，除了她也沒別人會這麼做。照顧她的女人叫葛瑞絲；她在工作上很能幹，非常值得信賴，但因為一次疏失——經常發生在看護和總管身上的疏失——她私藏了一瓶杜松子酒，不時總會多喝那麼幾口。這是可以理解的，因為她太辛苦了，但這還是很危險，因為在葛瑞絲喝了酒睡著之後，那瘋女人，她跟女巫一樣狡猾，就會從她口袋裡拿鑰匙，走出房門，在屋子裡遊蕩，做一些腦子裡想到的瘋狂壞事。他們說她有次差點把她丈夫燒死在床上，但我不知道那件事。但是這次晚上，她先是放火燒了隔壁房間的壁掛，然後下樓到曾經是那位女教師的房裡去，她似乎知道某些事情，對她心存怨恨；她在那兒放了火，但幸好沒人睡在裡面。那女教師兩個月前就跑了，羅徹斯特先生用盡一切方法找她，像她是他在這世上最珍貴的寶物一樣。他沒有任何她的消息，然後他變得暴躁易怒；因為失意而變得易怒，他從不是個野蠻人，但失去她之後，他變得很可怕。他也想自己一個人生活。他把管家菲爾法克斯太太送到她很遠的朋友家去，但他很慷慨，給了她一筆養老金過生活。那是她應得的，她是個非常好的女人。他的養女，阿黛拉小姐，被送到學校去。他不再跟所有上流社會的人往來，把自己關在莊園裡，像個隱士一樣。」

「甚麼？他沒離開英國嗎？」

「離開英國？才沒有哪！他連那屋子的石頭門都沒踏出過，除了晚上，他會像個遊魂一樣在庭園和果樹林裡走來走去，像行屍走肉一樣——這是我的感覺。妳不知道，小姐，在他遇見那女教師之前，是多麼生氣勃勃、無拘無束又熱心爽朗的人哪。他不像有些人會酗酒、打牌、賽馬，他也不是非常英俊，但他有他自己的膽量和意志，那是其他人都沒有的。妳要知道，我從他小時候就認識他了。對我來說，我常常希望愛小姐在來荊棘園之前掉進海裡算了。」

「所以火災發生的時候，羅徹斯特先生在家？」

「對，他確實在家，上上下下全都燒起來時，他還跑到頂樓去把所有僕人叫起來、親自帶他們下樓，又回去要把他的瘋妻從她房裡救出來。然後他們大聲喊他，說她在屋頂上。她站在城垛上揮手，大聲叫得他們在一英里外都聽得見。我親眼看見、親耳聽見她的聲音。她是個魁梧的女人，留著長長的黑髮，她站在那，我們可以看見她的頭髮在火焰裡飄揚。我親眼見到，還有好幾個人也見到了，羅徹斯特先生從天梯爬上屋頂，我們聽見他喊『柏莎！』我們看見他走近她，接著，小姐呀，她大叫一聲，縱身一躍，下一秒鐘她已經猛撞在碎石道上了。」

「死了？」

「死啦！唉，撞在石子上，腦袋迸裂、血濺四處。」

「老天哪！」

「如妳所說，小姐，真是可怕！」

他渾身一顫。

「後來呢？」

「嗯，小姐，後來那房子就燒掉了，現在只剩一些破碎城牆。」

「有人傷亡嗎？」

「沒有，如果有的話或許還好些。」

「怎麼說？」

「可憐的羅徹斯特先生！」他脫口嘆道，「我從沒想過會這樣！有人說這是他隱瞞第一次婚姻，又在妻子還活著時想娶另一個的報應。但就我而言，我很同情他。」

「你說他還活著？」我大聲問。

「是啊，是啊，他還活著，但很多人覺得他還是死了的好。」

「為甚麼？怎麼回事？」我的血液再度冰冷了起來。「他在哪裡？」我問。「他在英國嗎？」

「哎、哎，他是在英國，我想他出不了英國的，他現在哪也去不了呀。」

這真令人痛苦！但這男人似乎下了決心要延長那痛苦。

「他完全瞎了。」他最後終於說。「對，羅徹斯特先生雙眼全盲。」

我原本害怕是更糟的情況，害怕他瘋了。我重振精神，問這是怎麼回事。

「這全是因為他的英勇，某方面也可以說是因為他的善良，小姐，直到所有人都逃出去了，他才離開那房子。在羅徹斯特夫人從城垛跳下來後，他終於從那巨大的樓梯下來時，一陣巨響——所有東西都倒了。他從倒塌的樑柱下被救出來，還活著，可惜卻受傷了；一根橫樑倒下來保護了他，但卻擊中了一隻眼和一隻手臂，嚴重得卡特醫生得直接替他截肢。另一隻眼被燻得發炎，也看不見了。他現在實在很無助——又瞎又跛。」

「他在哪裡？他現在住哪？」

「在芬迪恩莊園，他在農莊裡的房子，離這裡大概有三十英里，是個很偏僻的地方。」

「誰跟他在一起？」

「老約翰和他太太，沒其他人了。他們說他現在身體很不好。」

「你有甚麼交通工具嗎？」

「我們有輛馬車，小姐，一輛非常華麗的馬車。」

「馬上去備車吧，如果你的車伕可以在今天天黑前送我到芬迪恩莊園，我會付給你和他兩倍的酬勞。」

芬迪恩莊園是一棟十分古老的宅邸，中等大小、少有誇飾的建築裝飾，坐落在樹林深處。我之前曾聽說過這個地方，羅徹斯特先生經常提起它，偶爾也會到這兒來。當初他的父親買下那座宅邸是為了方便狩獵。羅徹斯特先生原本有意出租房子，卻因地點不適宜人居住，而且環境有礙健康，始終找不到房客。芬迪恩莊園於是長年無人居住，傢俱擺設也付之闕如，只有兩、三個房間有稍加整理好的設備，讓屋主在狩獵季節可以使用。

我趕在天黑以前抵達這棟房子，那個傍晚的天色陰慘、颳著寒冷的強風，不停下著刺骨的綿綿細雨。我付了先前承諾過的兩倍車資，遣走馬車和車伕，自己徒步走完最後一英哩路程。即使距離莊園已經不遠了，仍然看不見房子的蹤跡，因為周圍陰暗樹林裡的樹木長得茂密又幽森。有一道立在花崗石柱間的鐵門，指引我該從哪裡進去，穿越大門之後，我立刻發現自己置身在陰黯暮色下的蔥鬱林木間。那兒有條長滿青草的小徑通往林間步道，小徑兩旁是盤根錯節的灰白樹幹，上方則有拱起的枝葉。我沿著小徑向前走，期盼能快點到達目的地，但走了又走，愈走愈遠，彷彿永無止境，放眼望去，沒有任何房舍或庭園的跡象。

我以為自己走錯方向、迷路了。灰暗的天色與幽黑森林，團團將我包圍住。我看了看四周，試圖尋找另一條道路。沒別的路了，到處都是交纏的枝椏、石柱般的巨大樹幹和濃密的夏季綠蔭，沒有任何空曠之地。

我繼續向前走，眼前的路終於變開闊了，樹木也漸漸稀疏。我看見一道欄杆，又看見那棟房子。在這昏暗微光下，那棟房子若隱若現，幾乎隱沒在樹叢中，難以辨識。腐蝕的牆壁又綠又潮濕。我走進只有門閂栓著的小門，站在一片與世隔絕的庭園裡，四周的樹林圍成了了半圓形，向外林陳列出去。裡面沒有花朵、沒有花圃，只有一條寬廣的碎石步道，沿著一片草地蜿蜒出去，被周遭茂密蔥鬱的廣闊樹林包圍。房子正前方有兩堵凸出的三角牆，格子狀窗戶窄小，前門也很窄，門前只有一級臺階。整個景象如同「羅徹斯特旅店」的主人所說，是個「很偏僻的地方」。這裡宛如平常日的教堂一樣幽靜，只聽得見雨聲啪噠啪噠地打在林樹葉上的聲音。

「這裡會有人住嗎？」我心想。

嗯，有的，確實有人生活的足跡，因為我聽見了聲響；那扇狹小的前門打開來了，某個身影正從屋子裡走出來。

門開得很慢，一個人影走進幕色中，站在臺階上，是個沒戴帽子的男人。他伸出手來，似乎在感覺是否下著雨。即使天色朦朧昏暗，我仍然認出他來；那不是別人，正是我的主人，愛德華．羅徹斯特先生。

我停下腳步，幾乎屏住了呼吸，站在那裡窺視他、端詳他，不讓自己被察覺，唉，他已經看不見我了。這種突如其來的相遇，狂喜往往被心跳完全壓抑住了。所以，我輕而易舉就克制住自己，沒發出驚叫聲，也收斂住急欲衝向前的腳步。

他的身材仍然像以前一樣健壯結實，體態依舊挺拔，頭髮還是那麼烏黑，面容也沒有改變、憔悴。在這一年的時間裡，並沒有因為任何悲傷，耗損了他強健的體魄和神采奕奕的氣息。但是，我在他臉上發現了變化，他的神情看起來既絕望又憂鬱，讓我聯想起受傷或被束縛的野獸禽鳥，牠們因陷入乖舛的境遇而乖戾、悲憤，所以變得危險、難以接近。那隻身困籠中的老鷹，牠金色鷹眼裡的凶猛目光已熄滅，看起來大概就像這位失明的參孫[1]一樣吧。

讀者啊，你以為我會懼怕他盲眼後的狂暴嗎？如果你這麼想，那就是不懂我了。我悲傷之餘，還懷有一股溫柔的希望，想要趕快大膽親吻那岩石般的額頭，親吻額頭底下那對如此冷峻嚴肅的雙唇。但是時候未到，我還不想走上前說話。

他踏下那階石梯，慢慢向前摸索、走向那片草地。他豪邁的步伐如今何在？接著他停下腳步，彷彿不知道該轉向哪邊。他舉起手，撥開眼皮，費力地望著天空，卻神情茫然空洞，之後又望向周圍的樹林；看得出來，這一切在他眼中只是空洞的黑暗。他伸直右手（殘缺的左手始終藏在他的懷裡），他似乎想藉由觸碰，弄清楚身邊的事物，但他只有摸索到一片虛無，因為樹木距離他站的地方還有好幾碼遠。他放棄了努力，雙臂抱胸，沉默不語，靜靜站在雨中，任由又急又快的雨水滴落在他沒戴帽子的頭上。這時約翰從某個地方走了出來，靠近他。

「先生，您要扶著我的手嗎？」他說。「馬上就要下大雨了，您是否最好趕緊進屋去？」

「別管我。」他回答。

1　大力士參孫慘遭心愛的女子大利拉背叛，被非利士人抓住，挖去雙眼。《聖經・士師記》第十六章第二十一節。」

約翰離開了，沒發現我。羅徹斯特先生開始試著到處走走，可惜卻徒勞無功，四周的一切對他來說，都太不確定了。他摸索著回到屋裡，走進去以後又關上了門。

我走過去敲門，約翰的妻子來應門。「瑪麗，」我說，「妳好嗎？」

她驚嚇了一跳，彷彿像見鬼似的，我安撫她鎮定下來。她急忙問我：「真的是妳嗎？小姐，這麼晚的時候，來到這麼荒涼的地方？」我拉著她的手代替回應，接著再跟隨她走進廚房。約翰正坐在熊熊爐火旁邊。我用簡短的幾句話，解釋我離開荊棘園之後，我聽說了所有發生的事情，所以前來見羅徹斯特先生。我請約翰到我剛才遣走馬車的收費亭，去取我留在那裡的行李箱。接著我一邊脫帽子和披肩，一邊問瑪麗我是否能在芬迪恩莊園過夜。瑪麗說雖然有點難安排，但還是有辦法解決。我告訴她我會留下來。這時，客廳的傳喚鈴聲正好響起。

「妳進去的時候，」我說，「就跟先生說有個人想見他，不過別說出我的名字。」

「我想他不會見妳，」她說，「他誰都不肯見。」

她回來時，我問他說了甚麼。「他要妳通報姓名，並且說明來意。」她回答。接著倒了一杯水，托盤上還放了蠟燭。

「他按鈴是為了這些嗎？」我問。

「是呀，雖然他眼睛看不見，但是一到晚上總是要點蠟燭。」

「把托盤給我，我送進去。」

我從她手上接過托盤，她伸手示意客廳門在哪裡。托盤在我手上顫抖得很厲害，水都潑出來了。我的心臟又猛又快地撞擊著我的肋骨。瑪麗幫我開門，我進去之後，她又幫我關上門。

客廳看起來很陰暗，疏於照料的幽微火光在爐柵裡奄奄一息，房間裡那位盲眼主人傾身接近爐火，頭靠在高高的舊式爐架上。他的老狗派勒躺在一旁，躲得遠遠的，蜷曲起來，彷彿怕被不小心踩到。我進去的時候，派勒豎起了耳朵，接著嗚咽地吠了一聲，跳起來衝向我，差點撞翻我手裡的托盤。我把托盤放在桌上，拍拍牠，輕聲說：「趴下！」羅徹斯特先生機械性地轉過頭來，「看」甚麼引起了騷動，卻甚麼也看不見，他只好嘆口氣，又轉過頭去。

「瑪麗，把水遞給我。」他說。

我拿著只剩半杯的水走向他，派勒仍然興奮地跟著我。

「怎麼回事？」他問。

「派勒，趴下！」我再次說。他拿進唇邊的水杯停在半空中，彷彿在側耳傾聽。他喝了水，放下杯子。「是妳嗎，瑪麗？」

「瑪麗在廚房裡。」我回答。

他倏忽伸出手來，可是他看不見我站在哪裡，所以也就碰不到我。「是誰？是誰？」他問，彷彿想用那雙喪失視力的眼睛去看；那徒勞無功又令人心碎的嘗試！「回答我，再說一遍！」他專制又大聲地下命令。

「先生，您還想再多喝點水嗎？剛剛那杯水被我灑掉了一半。」我說。

「是誰？到底是甚麼東西？誰在說話？」

「派勒認識我，約翰和瑪麗也知道我來了。我今天傍晚才抵達。」我說。

「老天！我在幻想甚麼？我是不是陷入了甜蜜的瘋狂啊？」

「不是錯覺，不是發狂，先生。您精神好得很，不會有幻想；您也很健康，不會發瘋。」

「說話的人在哪裡？只是個聲音嗎？哦！我看不見，可是我一定得要摸摸看，否則我的心跳會停止，腦袋會爆裂。不管你是甚麼西，或是甚麼人，最好讓我摸一摸，否則我活不下去！」

他開始摸索，我抓住他胡亂揮舞的手，雙手緊緊將它握住。

「是她的手指！」他喊道。「她小巧纖細的手指！那麼一定還有更多。」

那隻健壯的手掙脫開來，我的胳臂被抓住了，再來是我的肩膀、脖子、腰。他拉我過去，我與他緊緊相依偎。

「是簡愛嗎？這是甚麼？這是她的體型、她的身高……」

「還有她的聲音。」我補了一句。「她整個人都在這裡，她的心也是。上帝保佑您，先生！我好高興能再次這麼靠近您。」

「簡愛！簡愛。」他只說得出這些話。

「我親愛的主人。」我回答道，「我是簡愛。我來找您了。我回到您身邊了。」

「真的嗎？有血有肉嗎？是我活生生的簡嗎？」

「您碰得到我，先生；您還抱著我，抱得那麼緊，我沒有冰冷得像死屍一般，也沒有虛無得像空氣一樣，對嗎？」

「我活生生的簡！這些肯定是她的手腳，這些是她的五官。只是，我經歷過那麼多坎坷，不可能有這種福氣。這是夢，就像我夜裡在夢中再度擁她入懷，像我現在一樣。夢裡我吻她，像這樣。感覺到她愛我，相信她不會離開我。」

「先生，從今天起，我再也不會離開您了。」

「再也不會，是那幻影說的嗎？但我總在醒來時，發現一切只是空虛的嘲諷，而我如此孤寂、遭受遺棄。我的生命陷入黑暗、寂寞又絕望。我的靈魂乾涸了，卻不得甘露；我的心挨餓著，卻永遠不能飽餐一頓。溫柔安穩的夢境啊，現在依偎在我懷裡，妳也會飛走，像妳那些已經飛走的姊妹們一樣。簡，離開之前親吻我、抱我吧。」

「我吻這裡，先生，還有這裡！」

我把雙唇印在他曾經明亮、如今黯淡無光的雙眼上，我撥開他額頭的髮絲，也親吻他的額頭。他彷彿突然驚醒，終於相信這一切是真實。

「簡，是妳，對嗎？妳要回到我身邊了嗎？」

「我回來了。」

「妳沒有溺斃在哪條水溝裡，或沉屍在哪溪流裡？妳也沒有憔悴站在茫茫人海中流浪？」

「沒有，先生！我現在是個獨立自主的女人了。」

「獨立自主！簡，這是甚麼意思？」

「我那位住在馬德拉群島的叔叔過世了，留給我五千英鎊遺產。」

「啊！這是實際的。這是真實的事！」他喊道。「我不可能夢見這種事。此外，她那獨特的腔調，這麼精力充沛，而且恰到好處，也非常輕柔，讓我枯萎的心開朗起來，有了生命力。甚麼，簡！妳是個獨立自主的女人？妳有錢了？」

「如果您不讓我跟您一起住，我可以在您家附近蓋一棟房子，如果您晚上想要找人陪時，可以到我家客廳坐坐。」

「簡，既然妳有錢了，毫無疑問地，妳現在一定有朋友可以照顧妳，不需要把時間浪費在像我這樣一個瞎眼的殘廢吧？」

「先生，我說了。我已經獨立自主了，也有錢了，我可以自己作主。」

「而且妳會留在我身邊？」

「當然，除非你拒絕。我想當你的鄰居、看護和管家。你孤單的時候，我可以陪你；唸書給你聽、跟你一起去散步、陪你閒坐。我要服侍你，當你的眼和手。別再如此憂鬱，我親愛的主人；只要我活著，就不會棄你不顧，你就不會孤單的。」

他沒有回答，看起來很嚴肅，若有所思。他嘆口氣，嘴唇微啟，像是有話要說，卻又閉了起來。我覺得有些難為情，或許我太過主動、背離習俗，而他跟聖約翰一樣，覺得我很失態又輕率。我剛剛說出那些話，確實是認定他希望也會要求我成為他的妻子，而這份雖未明說卻肯定的期待，鼓勵了我，覺得他會立刻要求娶我為妻。但他完全沒有這方面的明示，臉上的表情變得愈來愈憂鬱。我突然覺得自己也許猜錯了，也許不知不覺中當了傻瓜，自作多情。我輕輕掙脫他的懷抱，他卻心急地把我攬得更緊。

「不，不，簡，妳不許走。不行，我摸到妳了、聽見妳的聲音、感覺到有妳在的幸福，感覺到被妳撫慰的美好滋味，我不能放下這些快樂。我已經所剩無幾了，我一定要擁有妳。就算全世界都笑話我，說我荒謬、自私都無所謂。我的靈魂有妳，就能心滿意足，否則它會對它的軀殼施展報復，讓我形如枯槁。」

「嗯，先生，我會待在您身邊，我說過了。」

「是啊。可是妳說要留在我身邊，跟我理解的大不相同。妳或許可以下定決心留在我身邊；像個仁慈的小護士般伺候我（因為妳心地善良、有慷慨的靈魂，讓妳願意為那些妳同情的人，付出犧牲），那樣我也就心滿意足了。我想如今妳只是對我懷著父親般的情感吧，妳覺得呢？來，告訴我。」

「你願意怎麼想，我就怎麼想。先生，只當你的看護我就心滿意足了，如果你覺得這樣比較好。」

「但妳不能永遠當我的看護，簡，妳還年輕，總有一天要結婚。」

「我才不在乎結不結婚。」

「妳應該要在乎的，簡。如果我仍然像從前一樣，就會想辦法努力讓妳在乎婚姻。可惜我只是個瞎眼的廢人！」

他再度陷入憂鬱之中。而我恰恰相反，變得更加開心，重拾了勇氣。這最後幾句話讓我明白問題所在，在我眼中那根本不是問題。剛剛的尷尬頓時消失無蹤，我重新用更愉快的口吻跟他說：

「也該有人來把您重新變回人類了。」我邊說邊撥開他那需要修剪的濃密頭髮。「因為我覺得你成了一隻獅子，或那類的東西。你的周圍『彷彿』瀰漫著尼布甲尼撒二世[2]氣息，顯然是如此。你的頭髮讓我想起老鷹的羽毛，你的指甲是否長得像鳥爪，我倒還沒注意。」

「這隻手臂上，沒有手也沒有指甲。」他說著將那截了肢的手臂從胸前抽出來讓我看。「這不過是義肢；真可怕的畫面！妳不覺得嗎，簡愛？」

「看到這真令人難過，看到你的眼睛也很令人難過；還有你額頭上的火印疤痕。最糟糕的是，這些很危險，會讓人願意冒著去愛你、為你付出太多的風險，不顧這一切。」

「我以為妳看到我的手，和我殘缺的視力時，會厭惡我。」

「是嗎？別對我說這些話；免得我說些貶低你的話。現在，我要離開你一會兒，去把爐火升好，把爐圍附近掃一掃。火點燃好的時候，你看得見嗎？」

「看得見，右眼可以看到一點朦朧的紅光。」

「那你看得見燭光嗎？」

「非常模糊，每盞燭光都像朵發光的雲霧。」

「你看得見我嗎？」

「看不見，我的小精靈，但能聽見看感覺到你，我已經太感激了。」

「你甚麼時候用晚餐？」

2 古巴比倫時迦勒底帝國的君王，專斷獨行，毀壞所羅門聖殿並征戰耶路撒冷、流放猶太人。

「我從來不用晚餐。」

「但你今晚得吃一些。我餓了，我想你也是，只是你忘了。」

我把瑪麗喚來，不久就讓房間變得更有朝氣；同樣地，我也為他準備了一頓舒適的晚餐。我的精神很好，開心又自在地與他在晚餐時聊天，之後又聊了許久。跟他在一起沒有煩惱拘束，無須壓抑歡欣快活的氣息，因為跟他在一起，我非常自在輕鬆，因為我知道我適合他。我說的話或做的一切彷彿都能使他得到慰藉或活力。真令人開心的感受！我整個人有了生氣和光芒，在他身邊，我完全活了過來，他在我身邊也是。即使他雙目失明，他臉上依然洋溢著笑容，額頭上綻放著喜悅的光芒，他的面貌柔軟了、變溫暖了。

晚餐過後，他開始問我許多問題，問我去了哪裡、做了些甚麼，又是怎麼找到他的。但我只回答了一部分的問題，當時夜深了，無法一五一十詳述細節。除此之外，我不希望談到那些太震撼的細節，不想在他心中開鑿另一口情緒的井，我現在唯一的目標就是讓他開心。如我所言，他心情很愉快，卻是一陣好一陣壞。若談話之中有一刻沉默，他就會變得浮躁不安、摸摸我，然後喊道：「簡！」

「妳是真人嗎，簡愛？妳確定嗎？」

「我認真相信是如此，羅徹斯特先生。」

「但在這黑暗沉鬱的傍晚，妳怎麼能如此突然出現在我寂寞的爐邊呢？我伸手拿了僕人端來的水，端給我的人卻是妳。我問了個問題，本以為約翰的太太會回答我，妳的聲音卻出現在我耳邊了。」

「因為是我代替瑪麗把托盤端進去。」

「現在跟妳在一起的這一刻好像是魔法似的，誰會知道我過去幾個月熬過多少黑暗、沉悶又絕望的生活？甚麼都不做、甚麼也不想，白晝如同黑夜；唯一感覺到的，只有爐火消逝，剩下的寒冷，我忘了吃東西時，只有飢餓；再來就是止不住的悲傷，偶爾會發狂似地渴望再度抱緊我的簡愛。沒錯，我好渴望她再回來，遠超過我對恢復視力的渴望。簡愛怎麼可能會跟我在一起，說她愛我？她會不會匆匆地來，也匆匆離去？等到明天，我好害怕就再也找不著她了。」

我想我最好跳脫他一連串糾結思緒，給他平淡又實際地回應，或許是安撫他目前心境的最好方法。我將手指撫過他的眉毛，說他的眉都燒焦枯萎了，我要幫他塗抹些東西，讓它們長得跟從前一樣又濃又黑。

「好心的仙子，再怎麼對我好、再怎麼鼓舞我，又有甚麼用？反正到了某一刻，妳又會拋棄我，像個倏忽即逝的影子，消逝無蹤，無從得知上哪兒去、怎麼去，又會讓我遍尋不著。」

「先生，您有小梳子嗎？」

「要做甚麼，簡？」

「只是要梳理這一頭蓬亂黑髮。這樣近距離看您，我才發覺您的模樣好嚇人。您說我像個精靈，但我覺得您更像個棕精靈3。」

3 蘇格蘭傳說中的小精靈，會在夜晚幫人類做事。

「我的模樣很難看嗎，簡？」

「非常難看，先生，您一直都不好看。」

「哼！無論在哪，妳都一樣淘氣。」

「但我一直跟很好的住人在一起，他們比您好多了，好上一百倍，有您從未有過的想法和眼界，比您更有教養、更高尚。」

「妳到底和誰在一起？」

「您把頭轉成這樣，會讓我把您的頭髮扯下來的，那麼一來，我想您就不會再懷疑我是真是假了。」

「見鬼了，妳到底都和甚麼樣的人在一起？」

「今晚您甚麼都問不出來，先生，您得等到明天。您知道，留一半的故事就表示我明天得出現在您的早餐桌前，把故事說完。順帶一提，我一定得注意，到時不能只帶著一杯水出現在您的壁爐邊，我至少要帶一顆蛋，煎火腿更是少不了的。」

「妳這個伶牙俐嘴的醜丫頭；人模人樣的小精靈！妳讓我感受到過去十二個月以來的痛苦經歷都消失了。若掃羅王能有妳取代他的大衛，便不需要用豎琴就能驅趕壞心情了。」

「好了，先生，幫您梳理好了，您氣色紅潤多了，外表也整齊了。我要道晚安了。我這三天都在舟車勞頓，已經很累了。晚安！」

「一句話就好，簡，妳住的那個地方只有女人嗎？」

我笑著逃開了，跑上樓時還在笑著。「好主意！」我靈機一動。「看來我有辦法刺激他，慢慢引他走出鬱悶。」

隔天早上，我就聽見他起床走動的聲音，從這個房間晃到另一個房間去。等瑪麗一下樓，我就聽見他問：「簡愛小姐在嗎？」接著問：「妳安排她住在哪個房間？夠乾燥嗎？她醒了嗎？去問問她需不需要甚麼，還有她甚麼時候才要下樓。」

我估計早餐時間快到了的時候，就走下樓。我輕輕走進客廳，在他察覺我之前就先看見他。親眼見到他那原本神采奕奕的精神屈服於身體上的孱弱，確實很令人難過。他坐在椅子上，一動也不動，但是惴惴不安，顯然滿懷期盼，因習慣憂傷而蔓生的皺紋，已刻在他深邃的五官上。他的面容讓人想到一盞熄滅的燭光，等待著再次被點燃，但可嘆哪！如今他自己已經無法重新燃起朝氣蓬勃的光芒，必須仰賴別人！我原本打算表現得開心自在、無憂無慮，但目睹健壯硬漢變得如此無助，就刺痛了我內心最柔軟的地方，但我仍盡力打起精神跟他說話。

「先生，真是個明亮晴朗的早晨。」我說。「雨停了，也遠離了，還有雨後和煦的陽光，你等一下最好出門散散步。」

我喚醒了光芒，他的臉亮了起來。

「喔，妳真的在，我的小雲雀！來我這兒。妳沒有離開，沒有消失？一個小時前我聽見妳同伴在樹梢高歌的聲音，但那歌聲聽起來一點都不悅耳，就跟升起的陽光在我眼裡沒有光輝。在我耳裡，這世上只有簡愛的聲音是旋律，我很慶幸她不是天生安靜沉默的人，唯有她在身旁，我才感覺到陽光。」

聽見他公開對我的依賴，我頓時熱淚盈眶，就如同一隻身在棲木上的尊貴老鷹，被迫乞求麻雀幫牠覓食獵物。但我不會輕易落淚，我拭去鹹鹹的淚珠，讓自己忙著準備早餐。

多數早晨我們都在戶外度過。我帶他離開潮濕荒涼的樹林，走到讓人心曠神怡的田野間去。我向他描述田野的明亮翠綠、那清新的花朵和樹籬、那湛藍透亮的天空。我在隱密又舒適的地方幫他找了個座位，那是一棵枯乾的樹幹殘幹。等他坐好後，我沒阻止他擁我入懷。既然我和他相聚要比分離快樂，又何必制止呢？派勒趴在我們身旁，一切都好安靜。他將我摟在懷中，突然說道：

「殘忍、殘忍的逃兵！喔，簡，當我發現妳逃離了荊棘園，到處都找不到妳時；還有我找遍妳的房間，確定妳沒帶錢，也沒帶任何值錢的東西時，我有多麼心痛！我送妳的珍珠項鍊原封不動躺在原本的小盒子裡，妳原本準備好要在蜜月旅行時帶上路的行李，綁好鎖上了留在原地。我心想，我心愛的人身無分文，她要怎麼辦呢？還有她到底怎麼熬過來的？說來讓我聽聽吧。」

在他催促下，我開始細說過去一年的經歷。我將那三天流浪挨餓的事情輕描淡寫帶過，因為全盤托出只會徒增他不必要的痛苦。我告訴他的那一丁點內容，就已經撕裂了他真摯的心，比我想的更讓他難受。

他說，我不該那樣離開他，身無分文就離開了，我應該告訴他我的打算。我如果說實話，他絕對不會逼迫我成為他的情婦。即使他陷入絕望時看似粗暴，事實上，他愛我太深、太心疼我，不願讓自己成為我的暴君。他可以給我一半的財產，不會要求任何回報，也不會索討一個吻，也不願讓我形單影隻流落在那荒野之中。他相信我承受的困難，比我描述的還要多。

「嗯，無論我經歷了甚麼，那些苦難都很短暫。」我回答他。接著我繼續告訴他我被收留在沼澤居，成為村莊學校的老師等等。然後就是得到遺產、找到親人，一件一件告訴他。當然，聖約翰這個名字頻頻出現在故事裡。等我一說完，他立刻問起那個名字。

「那麼，這個聖約翰是妳的表哥？」

「是的。」

「妳常提到他，妳喜歡他嗎？」

「他是個非常好的人，先生，我不可能不喜歡他。」

「好人，那表示是個德高望重的五十歲男士嗎？或者，那是甚麼意思？」

「聖約翰只有二十九歲，先生。」

「套句法國人的話，『真年輕』。他是個矮小、頭腦遲頓又面貌醜陋的人嗎？他之所以是好人，是否因為他沒有犯下罪惡，並非是由於他德行超凡？」

「他總是孜孜不倦，做著偉大又崇高的事情。」

「但他的腦袋呢？或許簡單愚鈍了點？他或許是好意，但妳聽他說話會無奈聳肩？」

「他很少說話，先生，他總是單刀直入說重點。他的頭腦一流，我想雖然不突出，但鬥志高昂。」

「那麼他是個有才能的人嗎？」

「確實很有能力。」

「受過良好的教育嗎？」

「聖約翰是個才華洋溢、學識淵博的人。」

「我想，妳好像說他的舉止不符合妳的品味？自以為是又一本正經的牧師架子？」

「我沒談到他的舉止，但除非我品味極差，否則就一定很符合我的品味。他的舉止很優雅、沉靜又溫文儒雅。」

「那他的長相——我忘了妳是怎麼描述他的外貌——某個幾乎要被白領巾勒死、踩著厚底皮靴的鄉巴佬牧師？」

「聖約翰的衣著很得體，他長得很英俊，又高又帥、白皙，有著藍眼珠、希臘式輪廓。」

他轉頭：「可惡！」再對我說：「簡，妳喜歡他嗎？」

「嗯，羅徹斯特先生，我喜歡他，但您先前問過我了。」

我當然注意到他的情緒變化。嫉妒緊緊揪著他，刺傷了他，可是這種刺痛有益於他，讓他暫時脫離那折磨啃噬人的憂鬱毒牙。因此，我還不會立刻馴服那嫉妒之蛇。

「愛小姐，也許妳一刻也不想坐在我腿上？」他說出這句有些令人意外的話。

「為甚麼呢，羅徹斯特先生？」

「妳剛剛描繪的影像是太過驚人的對比了。妳描述著一個俊美優雅的阿波羅，他就在妳的想像中——又高又帥、藍眼睛、白皙、希臘式的輪廓。妳的眼睛卻落在那其醜無比的火神伏爾甘身上——一個十足的鐵所、皮膚黝黑、寬闊的肩膀，而且還又瞎又瘸。」

「我先前倒沒想過，不過您還真的很像伏爾甘，先生。」

「好，小姐，妳可以走了，但在妳走之前，」他比之前更緊緊地擁抱我，「能不能再回答我一、兩個問題就好？」他停了下來。

「甚麼問題呢，羅徹斯特先生？」

接下來就是這場密集詰問。

「聖約翰安排妳在莫頓學校當老師，是在他發現妳是他表妹之前？」

「是的。」

「妳經常見到他？他偶爾會到學校去？」

「每天。」

「他讚同妳的教學方法吧？我知道妳的方法很優異，因為妳是如此有天分的人！」

「他確實很讚許我的方法。」

「他在妳身上發現了許多他意想不到的長處？妳的某些才能一點都不平庸。」

「這我就我不知道了。」

「妳說妳住在學校附近的小屋裡，他去那裡找過妳嗎？」

「有時候。」

「晚上嗎？」

「有過一、兩次。」

他停頓下來。

「在發現親戚關係之後，妳跟他和他妹妹們住在一起多久？」

「五個月。」

「聖約翰經常跟妳們女孩子相處嗎？」

「嗯，後面的起居室是大家共用的書房，他坐在窗邊，我們坐在書桌旁。」

「他經常讀書嗎？」

「經常。」

「讀甚麼書？」

「印度斯坦語。」

「妳那時都做些甚麼？」

「一開始的時候，我在學德語。」

「是他教妳嗎？」

「他不懂德語。」

「他甚麼也沒教妳嗎？」

「有，教一點點印度斯坦語。」

「他教妳印度斯坦語？」

「是的，先生。」

「也教他妹妹們嗎？」

「沒有。」

「只教妳？」

「只教我。」

「妳主動說要學的嗎？」

「不是。」

「他想教妳？」

「是的。」

他再次停頓。

「為甚麼他想教妳？印度斯坦語對妳有甚麼用？」

「他希望我跟他去印度。」

「啊！我知道來龍去脈了。他希望妳嫁給他？」

「他要求我嫁給他。」

「這是妳捏造的，隨意捏造虛構故事來氣我。」

「恕我直言，那件事千真萬確。他不只一次跟我求婚，而且態度跟您當初一樣堅持。」

「愛小姐，我再說一次，妳可以離開我了。同樣的話我還要說多少次？我都允許妳走開了，為何還要執意坐在我膝上呢？」

「因為我坐在這裡很舒服啊。」

「不，簡愛，妳在這裡不舒服，因為妳的心不在我這兒，在妳那位表哥身上——這個聖約翰那裡。喔，直到這一刻之前，我以為我的小簡兒全屬於我！即使她離開了我，我都相信她還愛著我，那是我飽受煎熬時的丁一點溫馨慰藉。我們分開了這麼久，我為我們的分離流了熱淚，萬萬想不到，當我為她傷痛時，她竟然愛著另一個人！但悲傷已經無濟於事了，簡，離開我，嫁給聖約翰吧。」

「那麼就擺脫我吧，先生，把我推開，否則我絕不會心甘情願離開您。」

「簡愛，我始終喜歡妳說話的聲調，仍舊給了我希望，聽起來如此真摯。當我聽見妳說話的時候，彷彿回到了一年前。我忘記妳已有了新對象，但我不是傻瓜，妳走吧……」

「先生，我要走去哪兒呢？」

「走妳自己的路，跟隨妳挑選的丈夫。」

「那是誰呢？」

「妳明知道，這位聖約翰先生。」

「他不是我的丈夫，永遠也不會是。他不愛我，我也不愛他。他愛的是（以他能夠愛的方式，但那與你的愛不同）一位名叫蘿莎蒙的漂亮女孩。他想娶我，只是因為他覺得我會是個適職的傳教士妻子，而蘿莎蒙不適合。他是個善良有壯志的人，但很嚴厲，對我冷得像座冰山。他不像你，先生，我在他身邊、靠近他、跟他相處時都不快樂。他對我一點都不寬容，也不遷就我，絲毫沒有喜愛寵溺。他不覺得我有魅力可言，即使是青春也沒用，只不過看見我身上可取的精神特質罷了。那麼先生，我必須離開您，去找他嗎？」

我不由自主地發顫，緊緊環抱著我那失明的心愛主人。他露出微笑。

「甚麼？簡！這是真的嗎？妳和聖約翰之間真是如此嗎？」

「當然是如此，先生！喔，您不需要嫉妒！我只是想逗逗您，讓您別那麼憂傷，我覺得憤怒或許比悲傷好。但如果您真心希望我愛您，只要您明白我多麼愛您，就會覺得驕傲又滿足。我整顆心都屬於您，先生，即使命運將我永遠放逐在您的世界之外，我的心依然與您同在。」

當他吻我，痛苦的念頭再次使他的臉色黯淡下來。

「我凋零的視線！殘缺的力氣！」他惱恨地喃喃叨念著。

我擁吻他，設法安慰。我知道他心裡在想甚麼，想替他說出來，卻不敢說。他別過臉去的那一分鐘，我就看見一滴淚珠從那緊閉的眼皮底下滑落，緩緩流下那陽剛的臉頰。我的情緒高漲起來。

「我比荊棘園果樹林那棵慘遭雷擊的老七葉樹，好不了多少。」不久他說，「那殘缺的樹有甚麼資格要求一株剛萌芽的忍冬花，用那清新芬芳來掩蓋它的腐朽呢？」

「您不是殘樹，先生，也不是慘遭雷擊的老樹，您翠綠又健壯。無論你是否開口要求，植物都會在你的腳跟下生長，因為它們喜歡享受您慷慨富足的庇蔭。而且它們生長的時候，會靠近您，圍繞著您，因為您的力量是它們安全的後盾。」

他再次微笑，我安撫了他。

「簡，妳指的是朋友吧？」他問道。

「對，朋友。」我吞吞吐吐地回答，因為我知道自己指的不只是朋友，卻又找不到合適的詞彙。他助我一臂之力。

「噯！可是簡，我要的是妻子。」

「是嗎，先生？」

「是呀，難道妳不知道嗎？」

「當然不知道，您甚麼都沒說。」

「妳不想聽到這種話嗎？」

「那要視情況而定，先生，取決於您的選擇。」

「簡，妳要幫我做決定，我等著妳的決定。」

「先生，那就選擇最愛您的她吧。」

「至少我會選擇我最愛的她。簡，妳願意嫁給我嗎？」

「我願意，先生。」

「我願意。」

「嫁給一個盲眼的可憐人，妳得牽著他走路的人？」

「我願意。」

「嫁給一個殘缺的男人，比妳年長二十歲，妳還得侍候他？」

「我願意。」

「真的嗎，簡？」

「千真萬確，先生。」

「喔！我的寶貝！願上帝保佑妳，使妳得善報！」

「羅徹斯特先生，如果我這輩子曾做過好事、曾有過過善念、做過虔誠無瑕的禱告，曾許下正當的善願，那麼我現在已經得到善報了。對我來說，能成為你的妻子，就是世上最幸福的事。」

「因為妳以犧牲為樂。」

「犧牲！我犧牲了甚麼？用飢餓換來了食物，用掛念換來了滿足。能夠有幸環抱我珍愛的人，可以親吻我深愛的人，在我信賴的人身邊歇息，這叫犧牲嗎？如果是，那麼我的確樂於犧牲。」

「還要容忍我的殘缺，簡，要忽視我的缺陷。」

「先生，那些對我來說，都不算甚麼。我現在更愛你了，我能真正幫你的忙，而不是在你自負又獨立時，只顧著扮演給予和保護者的角色，依賴著驕傲的你。」

「在此之前，我一直痛恨接受幫助、厭惡要人帶路。從今以後，我再也不厭惡這種感覺了。我不喜歡把手交給僕人，但豆被簡的纖細手指握住是多麼愉悅的事。過去我寧可孤獨，也不願僕人噓寒問暖，但是簡的溫柔照顧會是一輩子的幸福。簡愛適合我，但我適合她嗎？」

「是天成佳偶，先生。」

「既然如此，我們還等甚麼，我們必須馬上結婚。」

他的表情和語氣都充滿渴望，他急躁的老毛病又犯了。

「簡，我們必須合而為一，刻不容緩。只要得到法律許可，我們就結婚。」

「羅徹斯特先生，我剛剛才發現，太陽已經從天頂西沉許久，派勒也早已回家吃晚餐了。讓我看看您的手錶。」

「簡，把錶繫在妳腰帶上吧，以後它就留在妳身邊，我用不著。」

「將近下午四點了，先生，您不覺得餓嗎？」

「從今天起的第三天，就會是我們婚禮的日子，簡。現在別管禮服和首飾了，那些全都微不足道。」

「先生，陽光已經曬乾所有雨跡。風也停了，現在天氣有點熱哪。」

「妳知道嗎？簡，現在我的古銅色脖子上就掛著妳的那條珍珠小項鍊。從我失去唯一珍愛的那天起，我就一直戴著它，藉此懷念她。」

「我們穿過樹林回家吧，那條路最陰涼。」

他沒留意我說的話，顧著繼續說話。

「簡！我猜妳一定覺得我是個不虔誠的傢伙，可是剛剛對於這世上的慈愛上帝，我的心充滿感激。祂的見識跟凡人不同，只有更透徹洞明；祂所判斷跟凡人不同，卻更有智慧。我錯了，我幾乎玷污我純真的花朵，幾乎讓她的純潔蒙上罪惡，所以全能的上神將她從我身邊奪走。我冥頑不靈地反抗祂，不願屈服，我蔑視天意，幾乎要詛咒上蒼。神的正義繼續伸張，讓我遭受重大災難，我被迫穿越死亡陰影的山谷。祂的懲戒多麼嚴厲，那重重一擊使我永遠謙卑。妳知道我曾經很驕傲，但現在呢？我必須依賴外界的指引，就像孩子般脆弱。最近，簡，只有最近，我才開始感受到上帝操縱著我的命運。我開始體驗到自責與悔悟，希望與我的創造者和解。我開始斷斷續續禱告，我的禱告很簡短，但非常虔誠。

「幾天以前，我能算得出來——一共四天。那是上星期一晚上，我突然有種特別的感覺，難過的情緒取代了平日的狂暴，覺得悲傷又鬱鬱寡歡。我一直有種預感，覺得既然我到處找不著妳，妳一定是已經不在人世。那天夜裡，大概是十一點和十二點之間，我準備懷著悲傷就寢之前，我祈求上帝，如果蒙祂允許，我希望盡快離開這個世界，到另一個國度去，因為那裡至少有希望與簡愛重逢。

「當時我在臥室，坐在敞開的窗邊。夜晚的空氣宜人，我覺得心情很平靜；雖然我看不見星星，只能藉著一層朦朧發光的薄霧，知道天上有月亮。我好想妳，簡兒！哦，我的靈魂和肉體都渴望著妳！我痛苦又謙卑地問上帝，難道我承受的孤獨、痛苦和折磨還不夠多嗎？是否很快就能嘗到喜樂和安詳？這一切都是我罪有應得，也坦承我再也沒辦法繼續承受了，我乞求著。我內心的願望不由自主從嘴裡吐露出來，化作『簡愛！簡愛！簡愛！』」

「你大聲喊出來了嗎？」

「對。如果有人聽見，一定會覺得我瘋了，我聲嘶力竭地喊。」

「是星期一晚上，接近深夜的時候嗎？」

「對，但時間不重要，接下來發生的怪事才是重點。妳八成會說我迷信，我血液裡確實流著迷信的特質，向來如此。然而，這是真的，至少我現在還能想起我親耳聽見的聲音。」

「當我喊著『簡愛！簡愛！簡愛！』，有個聲音——我說不清那聲音從何而來，但我知道那是誰的聲音，它回答我：『我來了，等等我。』再過一會，風中傳來一陣呢喃：『你在哪裡？』

「如果可以，我想告訴妳那些話在我心中形成的想法和畫面，可是要難描述這些東西，實在太難了。芬迪恩莊園如妳所見，隱密在茂密樹林之中，聲音傳不進來，也不會有回音。那句『你在哪裡？』似乎是從叢山之間傳出來，因為我聽見一陣山谷回音重複那些話。那一刻，吹拂我額頭上的風似乎更涼爽，也更清新了。我幾乎以為我們倆在那荒野孤寂的場景中相遇了。在我心裡，我相信我們一定相遇過。妳在那個時間，想必正熟睡吧，簡愛，或許妳的靈魂脫離了身軀，前來撫慰我的靈魂，因為那是妳的聲調，我十分確定——那是妳的聲音！」

讀者啊，正是在星期一晚上，接近深夜時，我聽見那個神祕的呼喚，那也正是我回應的字句。我聽著羅徹斯特先生的描述，但沒有說出口。這種巧合實在太驚人，難以言喻或討論。如果我說出來，我的傾聽者必然在心中留下深刻印象，而那顆心尚未從憂鬱的折磨之中走出來，不需要再添上更深刻的超自然陰影。所以我沒將這些事留在心裡，獨自咀嚼回味。

「妳現在就能明白，」我的主人繼續說，「那天晚上妳毫無預警地出現在我的壁爐旁，我為甚麼會覺得妳只是單純的聲音與幻影，如同先前深夜呢喃和山谷回音般，終會沉默消散，歸於寂靜。現在，我由衷感謝上帝！我知道這一切是真的。沒錯，我感謝上帝！」

他將我從膝上放下來，站起來，恭敬地舉起帽子，彎身用那失明的雙眼面向大地，默默祈禱，我只聽見他禱告的最後幾句話：

「我感謝我的造物主，在審判的同時，還保有慈悲。我謙卑地乞求我的救贖之主賜給我力量，從此迎向比以往更純潔的人生！」

他張開雙手接受我的引導，我拉起那隻親愛的手，貼在我唇上親吻，接著才讓那隻手擱在我肩上。我個子比他矮小許多，卻是他的支柱和嚮導。我們走進樹林，踏上回家的歸途。

讀者啊，我嫁給了他。我們辦了一場安靜低調的婚禮，只有我、他、牧師和執事在場。我們從教堂回到家後，我走進廚房，瑪麗正在準備晚餐，約翰正在清洗刀具，我說：「瑪麗，今天早上我跟羅徹斯特先生結婚了。」

這位管家和她丈夫都是舉止得宜、沉穩從容的人，任何時候都能放心跟他們宣布重大消息，而不必擔心會惹來刺耳的驚聲尖叫或震耳欲聾、滔滔不絕的驚嘆聲。瑪麗倒是抬起頭仔細盯著我瞧，給爐子上兩隻烤雞淋醬汁的長柄勺子在空中停頓了大約三分鐘，約翰停下正在擦拭刀具的動作也停頓了同樣長的時間。但是瑪麗重新彎腰繼續看著她的烤雞，只說：

「是嗎，小姐？嗯，理所當然是這樣！」

過了一會兒，她又說：「早上我看見妳跟先生一起出去，但我不知道你們是要去教堂結婚。」然後她繼續塗她的醬料。我轉頭去看約翰時，他笑得咧開了嘴。

「我就跟瑪麗說會這樣，」他說，「我瞭解愛德華先生。」約翰是家裡的老僕人，從他的主人還是家裡的幼子時，就認識他了，所以經常喊主人的教名。「我知道愛德華先生會怎麼做，而且也很肯定他不會拖拖拉拉。我敢肯定，他做得很對。小姐，我祝妳幸福！」他禮貌地撥開前額頭髮致意。

「謝謝你，約翰。羅徹斯特先生要我拿這個給你和瑪麗。」我往他的手裡塞了一張五英鎊的紙鈔，沒等他回應便走出了廚房。過了不久，我經過廚房門口時，我聽見這些話：

「她可比其他千金小姐適合他多嘍。」還聽見：「就算她不是頂漂亮的，但至少不算醜，心地也非常好。任何人都看得出來，她在主人眼裡可是美若天仙。」

我立即寫了封信到沼澤居和劍橋，告知他們我的所有近況，也鉅細靡遺解釋我這麼做的原因。黛安娜和瑪莉完全支持我的作法。黛安娜說她會給我一些時間享受蜜月，之後就會來拜訪我了。

「簡，她最好別等到我們蜜月結束時才來，」我唸信給羅徹斯特先生聽時，他說。「如果等到那時候就遲了，因為我們一輩子都會沉浸在蜜月的光輝下，這道光芒只會在妳或我的墳墓上消逝。」

聖約翰收到消息時的想法如何，我並不清楚，他從未回覆我寄去的那封信。然而，六個月後，他寫了一封信給我，卻完全沒有提及羅徹斯特先生，也沒談到我的結婚的事。他那封信很平靜，雖然語氣很嚴肅，卻很和善。從此之後我們便一直保持書信往返，只是聯繫得不太頻繁。他說希望我過得幸福，相信我不是那種只在意世俗瑣事、忘懷上帝的人。

讀者啊，你還沒忘記小阿黛拉吧？我可沒忘記，不久後我就向羅徹斯特先生詢問是否能到她去的學校探望她，他答應了。阿黛拉再次見到我時，她欣喜若狂的模樣讓我深受感動。她看起來蒼白又纖瘦，她說自己過得不快樂。我發現這間學校的規矩太嚴格，對她這種年齡的孩子來說，課業內容也太過於繁重，於是帶著她回家。我原本想繼續當她的家庭教師，但很快就發現這是不切實際的事；現在有另一個人佔據我全部的時間和心思，那就是我的丈夫。所以，我另外找了一間管教比較寬鬆自由的學校，而且學校的矩離也近，方便我經常去探望她，偶爾還能夠帶她回家。我悉心關照她在上活上不虞匱乏，她很快就在新學校安頓下來了，適應得非常快樂，而且課業上也有長足進步。隨著她成長，良好的英國教育矯正了許多她的法國缺點。等她畢業時，我發現她成為一個討人喜歡又溫和柔順的伴侶：有規矩、脾氣好又端莊有禮貌。自此之後，她出於感激，對我和我家人一直以來都很關懷，如果說我在能力範圍內曾給予她微薄的善意，她也早已經做了很好的報答了。

我的故事即將進入尾聲，只剩幾句話簡單講一些我的婚姻生活，並且簡短談那些經常出現在這篇故事裡的幾個人，我的故事就結束了。

如今，我已經結婚十年了，我能夠體會全心全意為世上最愛的人而活、兩人水乳相融的生活是甚麼樣的感受。我覺得自己是最幸福的人；任何言語都無法形容這種幸福，因為我就是我丈夫的生命，如同他也是我的全部生命。世上再也沒有任何女人像我這樣親近伴侶、像我這般徹徹底底成為他的骨中之骨、肉中之肉[1]。我永遠不會厭倦我的愛德華給我的陪伴，他也不曾厭倦我的陪伴，這就如同我們永不會厭倦自己胸膛裡悸動的心跳一樣，於是我們總是形影不離。對我們來說，和彼此在一起就跟獨處時一樣自在，又跟有伴侶時一樣愉快。我想，我們可以整天談話都不會厭倦，跟彼此談話只不過是種更活躍而且聽得見的思考。我的所有

1　出自《聖經・創世記》第二章第二十三節，上帝取亞當的肋骨，創造了夏娃的故事。

心事都向他傾訴，他也跟我分享他的心情，我們如此契合、琴瑟和鳴。

我們結婚後的前兩年，羅徹斯特先生的眼睛仍然看不見，也許正是因為這個原因，才拉近我們彼此的距離，讓我們如此親密。因為當時我就是他的眼睛，如同我現在仍是他的左右手。事實上，我就是他的摯愛（他常這麼喊我）。他透過我觀賞大自然、閱讀書本。我從未厭倦成為他的眼睛，而把眼前的風景、周邊的天候轉化為言辭，將田野、樹木、城鎮、河流、雲朵、陽光都訴諸為語言，用聲音把那無法停駐在他眼簾中的光線，刻劃到他耳裡。我從未厭倦讀書給他聽，也從未厭倦帶他到任何他心嚮往之的地方、幫他完成他想做的事。我做這些事時儘管有些悲傷，卻感到很豐足、很強烈的喜悅；因為他接受我為他所做的一切事，從來沒有由於羞愧而沮喪，或因恥辱而意志消沉。他愛我愛得如此真摯，可以坦然接受我的協助，他知道我為他做一切事都是心甘情願；他感受到我對他一往情深，心裡明白他接受我的協助時，就是滿足了我最甜蜜的心願。

結婚後即將屆滿兩年的某一天早晨，我正在聽他口述、謄寫一封信，他走過來俯身靠近我，對我說：「簡，妳脖子上戴了亮晶晶的東西嗎？」

我戴著一條金色錶鍊，我回答他：「是啊。」

「那妳穿著淡藍色的洋裝嗎？」

沒錯，我穿了淡藍色洋裝。接下來他告訴我，他已經有一段日子以來，感覺右眼的朦朧雲霧愈來愈淡，現在他可以確定了。

我陪他前往倫敦，讓一位權威的眼科醫生看診，最後他終於恢復了右眼的視力。雖然他不能看得非常清楚，讀書或寫字也無法太久，但他不需要旁人攙扶就可以獨力走動。天空在他眼中，不再是一片空白，世界不再一片虛無空盪。當他抱起我們的第一個孩子時，他看得見兒子遺傳了他的眼睛，像他以前一樣，一雙大眼烏黑晶亮。那時，他又一次滿懷感恩，感謝上帝以慈悲減輕了審判。

所以，我與我的愛德華過得很幸福，而且由於我們愛的每個人也都幸福快樂，覺得更加幸福了。黛安娜和瑪莉都結婚了，我們每年輪流互相探望對方。黛安娜的丈夫是海軍上校，是一位英勇的軍人，也是善良的好人。瑪莉的丈夫是位牧師，是他哥哥的大學同窗，以他的學識才能和品格來看，都與瑪莉很匹配，值得託付終生。斐詹斯上校和華爾登先生都和夫人鶼鰈情深。

至於聖約翰，他離開英國，前往印度去了，踏上他為自己選擇的道路，至今堅持不懈。他在艱難的險境中奮鬥，再也無法找到比他更堅決果敢、不屈不撓的拓荒者了。他堅定、虔誠、忠實、真摯，又充滿精力和熱忱。他為自己的族類肩負重任，為他們開闢通往至善之境的苦難路途；他像巨人般劈荊斬棘，芟除了阻礙前往至善路的教義偏見及種姓制度。他或許太過嚴峻，也或許雄心勃勃，但他是嚴厲的智仁勇戰士[2]，守護著他的朝聖者，免受地獄魔王亞

2　warrior Greatheart，英國作家約翰・班揚（John Bunyan, 1628－1688）的知名著作《天路歷程》（*The Pilgrim's Progress*）一書中，保護朝聖者安全抵達聖城的戰士。

坡倫[3]的侵犯。他的苛刻來自於他是專制的使徒，當他說：「若誰想要跟隨我，就應該捨棄自己，揹起他的十字架，跟我走。」完全是代耶穌而發言。他的野心屬於崇高的領袖精神，一心只想在那些獲得救贖的世人中躋身前排，企圖成為從塵世中蒙受救贖的第一列人；純潔無瑕地站在上帝的寶座前，分享羔羊的偉大勝利；這群羔羊都是上帝召喚、選擇的一片虔誠忠實的人。

聖約翰一直沒有結婚，他也不會結婚了。他至今仍滿足於承擔重任的勞役，而這苦行也即將要走到盡頭，他的燦爛陽光正迅速西沉。他寄來的最後一封信讓我留下凡人的眼淚，但心中卻充滿神聖的喜悅；他期待著那終將到來的報償：他不朽的冠冕。我知道下一封信將會由陌生人執筆，告訴我這位善良的忠僕終於蒙主寵召，進入那喜悅的樂土了。何必為此難過落淚呢？聖約翰臨終時絕不會畏懼死亡的陰影，他的心靈將會澄淨無雲，他的心無所畏懼，他的願望終將達成，他的信仰堅定不移，他自己的話就是明證：

「我的主，」他說，「已經向我預言了。祂的宣告一天比一天都更加明確，『我必很快到來！』而我也時時刻刻更加熱切地回應祂：『阿門，主耶穌啊，我願祢來！』」

3 見《聖經・啟示錄》第九章第十一節，提到亞坡倫是無底深淵的使者，掌管傷害人間的蝗蟲。

Classic Novels
經典小說

簡愛
Jane Eyre

作者	夏綠蒂・勃朗特（Charlotte Brontë）
譯者	張玄竺
發行人	王春申
編輯指導	林明昌
營業部兼任 編輯部經理	高　珊
主編	王窈姿
責任編輯	黃楷君
封面設計	吳郁婷
校對	鄭秋燕
印務	陳基榮
出版發行	臺灣商務印書館股份有限公司
地址	23150 新北市新店區復興路 43 號 8 樓
電話	(02) 8667-3712　傳真：(02) 8667-3709
讀者服務專線	0800056196
郵撥	0000165-1
E-mail	ecptw@cptw.com.tw
網路書店網址	www.cptw.com.tw
網路書店臉書	facebook.com.tw/ecptwdoing
臉書	facebook.com.tw/ecptw
部落格	blog.yam.com/ecptw

局版北市業字第 993 號
初版一刷：2016 年 06 月
定價：新台幣 450 元

ISBN 978-957-05-3046-9

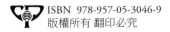

簡愛
夏綠蒂・勃朗特（Charlotte Brontë）著；
張玄竺譯
初版 . -- 新北市：臺灣商務出版發行
2016.06
面； 公分 . --（經典小說）
譯自：Jane Eyre
ISBN 978-957-05-3046-9

1. 英國文學 2. 小說
873.57
105007353